THERAPIE

Van Jonathan Kellerman zijn verschenen:

Doodgezwegen*
Domein van de beul*
Het scherp van de snede*
Tijdbom*
Oog in oog*
Duivelsdans*
Gesmoord*
Noodgreep*
Breekpunt*
Het web*
De kliniek*
Bloedband*
Handicap*
Billy Straight*
Boze tongen*
Engel des doods*
Vlees en bloed*
Moordboek*
Doorbraak
Lege plek
Dubbele doodslag (*met Faye Kellerman*)
Therapie

*In POEMA-POCKET verschenen

Jonathan Kellerman

Therapie

SUTHOFF

© 2004 by Jonathan Kellerman
All rights reserved
Published by arrangement with Lennart Sane Agency AB
© 2005 Nederlandse vertaling
Uitgeverij Luitingh ~ Sijthoff B.V., Amsterdam
Alle rechten voorbehouden
Oorspronkelijke titel: *Therapy*
Vertaling: Bob Snoijink
Omslagontwerp: Pete Teboskins
Omslagfotografie: Nonstock

ISBN 90 245 5256 7
nur 332

www.boekenwereld.com

Ter nagedachtenis van Warren Zevon

Met speciale dank aan dr. Leah Ellenberg

I

Een jaar of wat geleden had een psychopaat mijn huis platgebrand. Op de avond dat het gebeurde, was ik uit eten geweest met de vrouw die het huis had ontworpen en die er met mij woonde. We reden net over Beverly Glen toen de sirenes als huilende prairiehonden in de duisternis tekeergingen.

Het geluid stierf snel weg. Het duidde op een ramp in de buurt, maar er was geen reden om het ergste te vrezen. Als je een aartspessimist bent, denk je: de een of andere arme drommel is iets vreselijks overkomen.

Die avond pakte het anders uit.

Sindsdien maakt de sirene van een ambulance of brandweerwagen iets in me los; mijn schouders verstijven, ik houd de adem in, of er treedt een stoornis op in het ritme van dat paarse orgaan in mijn borstkas.

Pavlov had gelijk.

Ik ben opgeleid als klinisch psycholoog, dus ik zou er wel iets aan kunnen doen. Maar ik heb besloten dat niet te doen. Soms geeft angst me het gevoel dat ik leef.

De sirenes loeiden, terwijl Milo en ik zaten te eten in een Italiaans restaurant aan het eind van de Glen. Het was halfelf en een koele juniavond. Het restaurant gaat om elf uur dicht, maar wij waren de laatste klanten en de ober zag er moe uit. De vrouw met wie ik nu omging gaf avondcollege in de psychologie van afwijkend gedrag, en Milo's vriend Rick Silverman had op de eerstehulp van het Cedars-Sinai-ziekenhuis de handen vol met het redden van de vijf zwaarst gewonde slachtoffers van een kettingbotsing van tien auto's op de Santa Monica Freeway.

Milo had net het dossier van een roofoverval op een drankzaak aan Pico Boulevard gesloten, een overval die op meervoudige moord was uitgedraaid. Het oplossen van die zaak had meer volharding dan hersenwerk gevergd. Hij verkeerde in de positie dat hij zijn eigen zaken kon kiezen en hij had nog geen nieuwe op zijn bureau liggen.

Ikzelf was eindelijk klaar met getuigen bij een schijnbaar eindeloze voogdijzaak, aangespannen door een beroemde regisseur en zijn vrouw, een even beroemde filmster. Ik was redelijk optimistisch aan het werk begonnen. De regisseur was ooit zelf filmster geweest, en zowel hij als zijn ex kon goed acteren. Nu, drie jaar later, waren de twee kinderen, die er goed aan toe waren geweest, zenuwpezen die in Frankrijk woonden.

Milo en ik kauwden ons een weg door *focaccia* met een salade van miniartisjokken, *orrechiati* gevuld met spinazie en flinterdun geslagen kalfslapjes. Geen van beiden was erg spraakzaam. Een fles goede wijn deed de stilte eer aan. Vreemd genoeg voelden we ons allebei tevreden. Het leven was niet eerlijk, maar we hadden ons werk goed gedaan.

Toen de sirenes klonken, hield ik mijn aandacht op het bord gericht. Milo stopte met eten. Het servetje dat hij in zijn boord had gestopt, zat onder de spinazie- en olijfolievlekken.

'Wees niet bang,' zei hij. 'Er is geen brand.'

'Wie zegt dat ik bang ben?'

Hij veegde een lok van zijn voorhoofd, pakte zijn vork en mes, nam een hap, kauwde en slikte.

Ik vroeg: 'Hoe weet je dat?'

'Dat het geen brandweerauto is? Geloof me maar, Alex. Dat is een patrouillewagen. Ik ken de frequentie.'

Er snelde nog een loeiende patrouillewagen langs. En weer een.

Hij haalde een blauw mobieltje tevoorschijn en drukte op een knop. Een voorkeuzenummer ging over.

Ik trok mijn wenkbrauwen op.

'Gewoon nieuwsgierig,' zei hij. De verbinding kwam tot stand en hij zei: 'Met inspecteur Sturgis. Wat voor oproep is er zojuist naar de omgeving van het eind van Beverly Glen gegaan? Ja, vlak bij Mulholland.' Hij wachtte. In het gedimde licht van het restaurant waren zijn groene ogen bijna bruin. Onder het gevlekte servet droeg hij een lichtblauw overhemd dat eigenlijk niet stond bij zijn fletse huid. Zijn acneputjes waren vuurrood en zijn zware kaken leken wel pas gevulde wijnzakken. Aan weerskanten van zijn vlezige gezicht zaten lange witte, kroezige bakkebaarden. Het leken wel bunzingstrepen die kunstmatig aan zijn zwarte haar waren ontsproten. Hij is een homoseksuele politieman en mijn beste vriend.

'O ja?' zei hij. 'Is er al iemand op gezet? Oké, luister. Ik zit er toevallig vlakbij en kan er over tien minuten zijn. Nee, maak daar maar een kwartier à twintig minuten van. Ja, ja, natuurlijk.'

Hij klapte het telefoontje dicht. 'Dubbele moord, twee lijken in een auto. We zitten er zo dichtbij dat ik vond dat ik maar een kijkje moest nemen. Ze zijn nog bezig de plaats delict af te zetten en de technische dienst is er nog niet, dus hebben we nog tijd voor een toetje. Wat dacht je van *cannoli*?'

We deelden de rekening en hij bood aan me naar huis te brengen, maar dat namen we geen van tweeën serieus.

'In dat geval gaan we met de Seville,' zei hij.

Ik reed hard. De plaats delict was aan de westkant van de kruising van de Glen en Mulholland, op een smal, verwaarloosd granieten weggetje, dat na een bord met PRIVÉ omhoogliep naar een heuvel bekroond met platanen. Aan het begin van het weggetje stond een patrouillewagen. Aan een boom een eindje verderop hing een bordje met TE KOOP en het logo van een makelaar in Westside. Milo liet zijn legitimatiebewijs zien aan de agent in uniform in de auto en we reden verder.

Boven aan het weggetje stond een huis achter een heg, die er in het donker zwart uitzag. Een meter of tien daarvoor stonden twee andere patrouillewagens. We parkeerden de auto en gingen te voet verder. De lucht was paarsachtig en er hing nog een bittere geur van twee nasmeulende bosbranden, een in de buurt van Camarillo en de andere voorbij Tujunga. Beide branden waren onlangs geblust. Eén was er aangestoken door een brandweerman.

Achter de hagen stond een stevige houten omheining. Het dubbele hek was nog open. De lijken lagen onderuitgezakt in een rode Mustang op een halvemaanvormige oprijlaan van flagstones. Het huis aan het eind van de oprijlaan was een leegstaande villa, een neo-Spaanse kolos, die er overdag waarschijnlijk vrolijk en lichtoranje uitzag. Op dit uur was hij zo grijs als stopverf.

De oprijlaan liep langs ruim tweeduizend vierkante meter voortuin met nog een aantal enorme platanen. Het huis zag er vrij nieuw uit en het vooraanzicht werd tenietgedaan door te veel merkwaardig gevormde ramen, maar iemand was zo slim geweest om de platanen te sparen.

De kap van de kleine rode auto was omlaag. Ik bleef op afstand en sloeg Milo gade, die naar de auto liep maar behoedzaam achter het politielint bleef. Hij keek alleen maar. Even later kwamen twee agenten van de technische recherche met een karretje met kisten het terrein op. Ze praatten even met hem en doken vervolgens onder het lint door.

Hij kwam terug naar de Seville. 'Het ziet ernaar uit dat ze allebei in het hoofd zijn geschoten. Een jongen en een meisje, jong nog. Hij zit achter het stuur, zij ernaast. Zijn gulp staat open en zijn overhemd is half losgeknoopt. Haar blouse is helemaal uitgetrokken en samen met haar beha achterin gegooid. Verder droeg ze een zwarte legging. Die zit op haar enkels en ze heeft de benen uit elkaar.'

'Romantisch rendez-vous?'

'Leegstaand huis,' zei hij. 'Goeie buurt. Waarschijnlijk een mooi uitzicht vanuit de achtertuin. Nachtelijk voospartijtje? Denk het wel.'

'Als ze het huis kenden, woonden ze misschien vlakbij.'

'Hij zag er netjes en goedgekleed uit. Ja, ik denk dat je er wel van uit kunt gaan dat het buurtbewoners zijn.'

'Ik vraag me af waarom het hek open was.'

'Of misschien was dat niet zo en heeft een van beiden iets met het huis te maken en had die een afstandsbediening om het open te maken. Misschien heeft de familie van een van beiden het laten bouwen. De technische recherche doet z'n werk en hopelijk vinden ze identiteitsbewijzen in hun zakken. Het kenteken wordt momenteel nagetrokken.'

Ik vroeg: 'Is er ook een wapen?'

'Moord, zelfmoord? Ik denk het niet.'

Hij wreef over zijn gezicht. Zijn hand bleef ter hoogte van zijn mond, trok aan zijn onderlip en liet hem weer terugschieten.

'Wat denk je?' vroeg ik.

'Het is meer dan twee schoten in het hoofd, Alex. Iemand heeft een korte speer of de pijl van een kruisboog in de romp van het meisje gestoken. Hier.' Hij raakte een plek onder zijn borstbeen aan. 'Voorzover ik het kon zien, is dat verrekte ding dwars door haar heen gegaan. Het steekt in de rugleuning. Door de kracht heeft haar lichaam een opdonder gekregen, want ze ligt raar.'

'Een speer.'

'Ze is aan het spit geregen, Alex. Een kogel in haar hoofd was niet genoeg.'

'Overdrijving,' zei ik. 'Een boodschap. Waren ze inderdaad met seks bezig, of is hun lichaam in een seksuele houding geplaatst?'

Hij glimlachte luguber. 'Nu komen we op jouw terrein.'

2

De TR en de lijkschouwer trokken hun handschoenen aan en gingen onder het onbarmhartige licht van schijnwerpers aan het werk. Milo praatte met de agenten die het eerst ter plaatse waren geweest, en ik hing wat rond.

Hij liep met grote stappen naar een van de grote platanen, zei iets te-

gen een onzichtbare toehoorder en er kwam een nerveuze, slordig ge-
klede, man met een Latijns-Amerikaans voorkomen achter de stam
vandaan. De man praatte opgewonden en met veel gebaren. Milo
luisterde voornamelijk. Hij haalde zijn aantekenboekje tevoorschijn
en krabbelde iets neer zonder het oogcontact te verbreken. Toen hij
klaar was, mocht de man vertrekken.

De speer in de borst van het meisje bleek een zelfgemaakt wapen,
van een spijl van een smeedijzeren hek. De lijkschouwer die hem had
verwijderd, zei dat hardop toen zij hem naar de andere kant van het
gele afzettingslint droeg en op een stuk bewijspapier deponeerde.

De agenten gingen op zoek naar een soortgelijk hek op het terrein,
vonden een ijzeren hek om het zwembad, maar die spijlen hadden
een andere doorsnede.

Kentekenregistratie belde de gegevens van de auto door: de Mustang
was een jaar oud en stond op naam van Jerome Allan Quick, South
Camden Drive in Beverly Hills. In de portefeuille in de broekzak van
het mannelijke slachtoffer zat een rijbewijs dat uitwees dat hij Gavin
Ryan Quick was, die twee maanden daarvoor twintig was geworden.
Volgens een studentenkaart was hij tweedejaars student aan de universiteit, maar die kaart was al twee jaar oud. Uit een andere zak
haalde de TR een joint in een plastic zakje, en een in folie verpakt
condoom. Op de vloer van de Mustang ontdekten ze nog een condoom dat wel uit zijn verpakking was gehaald, maar nog opgerold
zat.

Er zaten geen zakken in de zwarte legging, noch in de goudkleurige
zijden blouse. Er werd geen portemonnee of handtas in de auto of
ergens anders gevonden. Het meisje was blond, mager, bleek en knap,
maar bleef ongeïdentificeerd. Zelfs toen de speer was verwijderd,
bleef ze in een verwrongen houding liggen, met de borst omhoog naar
de nachtelijke hemel, de hals verdraaid en de ogen wijdopen, een
spinachtige positie die geen levend wezen zou hebben aangenomen.
De lijkschouwer wilde nog geen definitief oordeel vellen, maar gokte erop, door de slagaderlijke bloedspatten, dat ze nog leefde toen ze
werd doorboord.

Milo en ik reden naar Beverly Hills. Hij bood opnieuw aan om me
thuis af te zetten en ik moest weer lachen. Allison zou inmiddels wel
thuis zijn, maar we woonden niet samen, dus was er geen reden om
haar te laten weten waar ik uithing. Toen Robin en ik nog bij elkaar
woonden, ging ik wel regelmatig naar huis. Af en toe was ik nalatig.
Het was de minste van mijn ondeugden.

Ik vroeg: 'Wie was die man met wie je hebt gesproken?'

'Een nachtwaker in dienst van de makelaar. Hij doet aan het eind van de dag zijn ronde om de dure objecten te inspecteren en te kijken of alles in orde is. De makelaardij verstrekt sleutels aan zijn employees, en makelaars van andere kantoren kunnen er een komen lenen. Zo op het oog een waterdicht systeem, maar deuren worden dikwijls niet op slot gedaan en hekken worden opengelaten. Dat is hier waarschijnlijk het geval geweest. Vandaag hebben drie makelaars het huis aan klanten laten zien. Het was de laatste halte van de nachtwaker. Zijn ronde loopt van San Gabriel tot aan het strand. Hij heeft de lijken aangetroffen en de politie gebeld.

'Maar je neemt hem toch onder de loep.'

'Al gebeurd. Geen kruitsporen. Ik zal ook die drie makelaars en hun cliënten natrekken.'

Ik stak Santa Monica Boulevard over, reed in oostelijke richting en vervolgens naar het zuiden over Rodeo Drive. De winkels waren dicht, maar de etalages waren verlicht. Een dakloze duwde een karretje langs Gucci.

'Dus jij neemt deze zaak,' zei ik.

Een half blok verder gaf hij antwoord. 'Ik heb al een tijd geen lekkere moordzaak gedaan. Het is goed om in vorm te blijven.'

Hij had altijd geroepen dat hij een hekel aan moordzaken had, maar ik zei niets. De laatste zaak was al een tijd geleden afgerond: een kille moordenaar die zijn slachtoffers met artistieke zwier executeerde. Daags nadat Milo zijn eindrapport had ingediend, zei hij: 'Nu heb ik wel zin in een domme caféschietpartij, waar de dader nog met een rokend pistool in zijn hand staat.'

Nu zei hij: 'Ja, ja, ik weet het. Ik ben een masochist. Laten we maar spijkers met koppen gaan slaan.'

Jerome Allen Quick woonde in een mooie straat anderhalf blok ten zuiden van Wilshire. Dit was het hart van Beverly Hills, en dat betekende fraaie huizen op percelen van twee hectare die tussen de één en twee miljoen dollar kostten.

Huize Quick was een wit, conventioneel huis van twee etages, zichtbaar vanaf de straat. Op de oprijlaan stonden een wit bestelbusje en een grijze Mercedes sport. Er brandde geen licht. Alles zag er vreedzaam uit. Dat zou weldra anders worden.

Milo belde de politie van Beverly Hills om te laten weten dat hij de familie van het slachtoffer in kennis ging stellen, waarna we uitstapten en naar het huis liepen. Hij klopte aan, maar het bleef stil. Nadat hij had aangebeld, klonken er voetstappen en een vrouwenstem vroeg wie er was.

'Politie.'

Het kijkgaatje in de deur lichtte op door de lamp in de vestibule. De deur ging open en de vrouw vroeg: 'Politie? Is er iets?'

Het was een slanke vrouw van halverwege de veertig met brede heupen en ze droeg een trainingspak van groen velours, een bril aan een kettinkje en ze liep op blote voeten. Haar asblonde haar was kunstmatig slordig gekapt. In het licht van de deuropening onderscheidde ik minstens vier kunstig verwerkte tinten blond. Haar nagels waren zilverkleurig gelakt en haar huid zag er flets uit. Ze tuurde naar ons en knipperde met de ogen. In huis was het stil.

Er bestaat geen goede formule voor wat Milo moest doen. Ze leek te krimpen, gilde, trok aan haar haren en maakte hem uit voor een krankzinnige leugenaar. Daarna puilden haar ogen uit, sloeg ze de hand voor haar mond en klonk er een kokhalzend geluid door haar vingers.

Ik was de eerste die haar achternaliep naar de keuken, waar ze in een roestvrijstalen gootsteen moest overgeven. Milo bleef met een ongelukkig gezicht in de deuropening staan, maar nam toch de tijd om de kamer in zich op te nemen.

Terwijl ze krampachtig overgaf, ging ik bij haar staan, maar raakte haar niet aan. Toen ze klaar was, gaf ik haar een stuk keukenrol.

Ze zei: 'Dank u wel, dat is erg vriendelijk...'

Ze wilde glimlachen, maar toen besefte ze dat ik een vreemde was en begon ze onbeheerst te trillen.

Toen we eindelijk in de huiskamer waren, bleef zij staan, maar ze stond erop dat wij gingen zitten. We namen plaats op het randje van een bank van blauw brokaat. Het was een fraai vertrek.

Ze keek ons met bloeddoorlopen ogen aan. Haar gezicht was bleek weggetrokken.

'Wilt u koffie met een koekje?'

Milo zei: 'Doet u geen moeite, mevrouw Quick.'

'Zeg maar Sheila.' Ze haastte zich terug naar de keuken. Milo balde zijn handen een paar keer tot vuisten. Mijn ogen prikten. Ik keek naar een Picasso-reproductie van een oude gitaarspeler, een pseudo-antieke staande klok van kersenhout, namaakbloemen van roze zijde in een kristallen vaas en familiefoto's van Sheila Quick, een magere man met grijs haar, een meisje met donker haar van een jaar of twintig en de jongen in de Mustang.

Ze kwam terug met twee verschillende bekers instantkoffie, een pot melkpoeder en een bord met besuikerde koekjes. Haar lippen waren bleek. 'Het spijt me vreselijk. Alstublieft, misschien knapt u hier wat van op.'

Milo zei: 'Mevrouw...'

'Shéíla. Mijn man is in Atlanta.'

'Voor zijn werk?'

'Jerry is ijzerhandelaar. Hij gaat sloperijen en ertssmelterijen langs, en zo.' Ze streek met haar handen door haar haar. 'Neem er maar een, het zijn Pepperidge Farms.'

Ze pakte een koekje, liet het uit haar handen vallen, probeerde het op te rapen en verkruimelde het op het tapijt.

'Kijk nou toch wat ik doe.' Ze gooide haar handen in de lucht en barstte in tranen uit.

Milo was vriendelijk maar vasthoudend, en hij en Sheila vervielen in een vraag-en-antwoordroutine: korte vragen van hem en lange, omstandige antwoorden van haar. Ze leek wel in trance te raken van haar eigen stem. Ik moest er niet aan denken hoe het zou gaan als we vertrokken waren.

Gavin Quick was de jongste van twee kinderen. Zijn drieëntwintigjarige zus studeerde rechten aan de universiteit van Boston. Gavin was een modelkind. Geen drugs, geen verkeerde vrienden. Zijn moeder kon zich niet voorstellen dat iemand hem kwaad wilde doen.

'Dat is eigenlijk een heel domme vraag, inspecteur.'

'Ik moet het vragen, mevrouw.'

'Nou, het slaat nergens op. Niemand zou Gavin iets willen aandoen. Hij heeft al genoeg te verwerken gehad.'

Milo zweeg.

Ze zei: 'Hij heeft een vreselijk auto-ongeluk gehad.'

'Wanneer is dat gebeurd, mevrouw?'

'Bijna een jaar geleden. Hij mag van geluk spreken dat hij niet is...' Haar stem brak. Ze liet haar hoofd in haar handen zakken, trok haar schouders samen en haar rug beefde.

Het duurde even voordat ze weer opkeek. 'Gavin was met een stel vrienden van de universiteit. Hij studeerde economie en was net klaar met zijn tweede jaar. Hij had belangstelling voor zaken, maar niet zoals Jerry. Financiën, onroerend goed, grote dingen.'

'Wat is er gebeurd?'

'Wat... o, dat ongeluk?' Het was idioot, absoluut idioot, maar luisteren kinderen ooit naar je? Ze ontkenden het, maar ik weet zeker dat er drank in het spel was.'

'Ze?'

'De jongen die reed... Zijn verzekeringsmaatschappij. Die stuurde op verminderde aansprakelijkheid aan. Logisch. Het was een jongen uit Whittier; Gavin kende hem van school. Hij is om het leven gekomen, dus we konden zijn ouders eigenlijk niet lastigvallen, maar het duurde zo vreselijk lang voordat de verzekering Gavins ziekenhuiskosten vergoedde... Maar dat willen jullie niet weten.'

Ze pakte een papieren zakdoekje en depte haar ogen.

'Wat was er precies gebeurd, mevrouw Quick?'

'Gebeurd? Ze waren met z'n zessen in zo'n stomme kleine Toyota gekropen en veel te hard over de Pacific Coast Highway gereden. Ze waren naar een concert in Ventura geweest en op de terugweg naar L.A. De jongen aan het stuur – Lance Hernandez – miste een bocht en vloog recht tegen een berg op. Hij en de passagier naast hem waren op slag dood. De twee jongens achterin naast Gavin waren maar lichtgewond. Gav zat tussen hen in geklemd; hij was de magerste, dus moest hij in het midden zitten, en er zat geen gordel. Volgens de Highway Patrol had hij geboft dat hij zo tussen die anderen in geperst zat, anders was hij eruit gevlogen. Nu werd hij alleen maar naar voren geworpen, met zijn voorhoofd tegen de rugleuning van de bestuurder. Zijn schouder was ontzet en er waren een paar botjes in zijn voeten gebroken omdat die naar achteren werden gebogen. Het rare is dat er geen sprake was van bloed en blauwe plekken. Hij had alleen maar een bultje op zijn voorhoofd. Hij was niet in coma of zo, maar ze vertelden wel dat hij een zware hersenschudding had. Een paar dagen leed hij aan ernstig geheugenverlies, en het duurde echt een paar weken voordat zijn hoofd weer helemaal in orde was. Maar los daarvan was er aan de buitenkant niets meer te zien, toen die bult eenmaal was geslonken. Maar ik ben zijn moeder, ik wist wel beter.'

'Hoezo, mevrouw Quick?'

'Hij was stiller... Is dit belangrijk? Wat heeft dat hiermee te maken?'

'Ik verzamel achtergrondinformatie, mevrouw.'

'Nou, daar zie ik het nut niet van in. Eerst komt u mijn leven kapotmaken, en dan... Het spijt me, ik reageer blijkbaar liever op u af, dan mezelf van het leven te beroven.' Brede glimlach. 'Eerst wordt mijn lieveling tegen een stoel gesmeten, nu vertelt u me dat hij is doodgeschoten door de een of andere maniak... Waar is het gebeurd?'

'Op een zijweg van Mulholland Drive, ten noorden van Beverly Glen.'

'Daar helemaal? Nou, ik zou niet weten wat hij daar te zoeken had.'

Ze keek ons aan met hernieuwde scepsis, alsof ze hoopte dat we ons hadden vergist.

'Hij zat in een auto met een jongedame.'

'Een jonge...' Sheila Quick kneep het zakdoekje tot een prop. 'Blond, goed figuur, knap?'

'Inderdaad, mevrouw.'

'*Kayla*,' zei ze. 'O, mijn god, Gavin en Kayla, waarom hebt u niet gezegd dat ze met z'n tweeën waren? Nu moet ik Paula en Stan... o, god, hoe moet ik die...'

'Was Kayla Gavins meisje?'

'Is... was. Ik weet het niet; ze hadden wel iets met elkaar.' Sheila Quick legde het zakdoekje op de bank en bleef roerloos zitten. Het propje werd weer groter alsof het bezield was, en ze staarde ernaar.

'Mevrouw Quick?' vroeg Milo.

'Het was aan-uit tussen Gavin en Kayla,' zei ze. 'Ze kenden elkaar al sinds Beverly High School. Na het ongeluk, toen Gavin...' Ze schudde haar hoofd. 'Ik kan het die ouders niet vertellen, het spijt me... Wilt u het doen?'

'Natuurlijk. Wat is Kayla's achternaam en waar wonen haar ouders?'

'U kunt de telefoon in de keuken gebruiken. Ze zijn vast nog op, althans Stan. Hij is een avondmens. Musicus; hij componeert muziek voor reclamespotjes en films. Hij heeft veel succes. Ze wonen in de Flats.'

'Hun achternaam, mevrouw?'

'Bartell. Vroeger was het Bartelli, of zoiets. Italiaans. Kayla is blond, maar wel Italiaans. Noord-Italiaans waarschijnlijk. Althans aan Stans kant. Ik weet niet wat Paula is. Vindt u dat ik mijn man in Atlanta moet bellen? Daar is het al erg laat; hij heeft vast een zware dag gehad.'

Milo stelde nog een paar vragen, werd niets wijzer, gaf haar een slokje van een van de bekers instantkoffie, kwam de naam van haar specialist – Barry Silver – te weten en belde hem uit zijn bed. De dokter woonde in Beverly Hills en zei dat hij direct zou komen.

Milo vroeg of hij Gavins kamer mocht zien en Sheila Quick ging ons voor naar boven over een traploper van roodbruine pluche. Ze gooide de deur open en deed het licht aan. Het was een ruime, lichtblauwe kamer die naar zweet en bederf rook. Er stond een onopgemaakte twijfelaar, op de grond slingerden stapels gekreukte kleren, boeken en kranten. De lege plekken werden gevuld door vuile borden en verpakkingen van cafetariavoer. Ik heb de politie wel eens

drugspanden zien verlaten die er na een huiszoeking ordelijker uitzagen.

Sheila Quick zei: 'Vroeger was Gavin netjes. Voor het ongeluk. Ik
heb het geprobeerd, maar het opgegeven.' Ze haalde haar schouders
op en werd rood van schaamte. Ze deed de deur weer dicht. 'Soms
is het vechten tegen de bierkaai. Hebben jullie kinderen?'

We schudden ons hoofd.

'Misschien is dat maar goed ook.'

Ze stond erop dat we weggingen voordat de dokter kwam, en toen
we protesteerden, drukte ze haar handen tegen haar slapen en vertrok ze haar gezicht, alsof we haar veel pijn bezorgden.

'Laat me maar alleen met mijn gedachten. Alstublíéft.'

'Goed, mevrouw.' Hij kreeg het adres van Paula en Stan Bartell. Het
was aan dezelfde straat, maar in blok achthonderd, ongeveer anderhalve kilometer verder aan de andere kant van het zakendistrict.

'De Flats,' herhaalde Sheila Quick. 'Het is me het huis wel.'

Als je in een film opnamen van Beverly Hills ziet, zijn die bijna altijd
van de Flats. Regisseurs hebben een voorkeur voor de zonovergoten,
met palmen afgezette wegen zoals Foothill Drive en Beverly Drive,
maar je kunt een willekeurige brede weg tussen Santa Monica en Sunset Boulevard nemen als het om primaire Californische rijkdom gaat.
In de Flats begonnen de prijzen voor een aftandse stulp bij twee miljoen dollar, en overdadige, gepleisterde kolossen konden meer dan
driemaal zoveel opleveren.

Toeristen van de oostkust krijgen meestal dezelfde indruk van de omgeving: erg schoon, erg groen, maar wat een krenterige percelen. Huizen die in Greenwich, Scarsdale of Shaker Heights percelen van meer
dan een hectare zouden sieren, staan op lapjes van tweeduizend vierkante meter gepropt. Dat weerhoudt de bewoners er niet van om er,
vlak naast de buren, kopieën van Newport-villa's van meer dan dui-
zend vierkante meter neer te zetten.

Huize Bartell was zo'n villa, een kolossale bruidstaart met een vlak-
ke voorgevel met een iel voortuintje dat voornamelijk in beslag werd
genomen door een halvemaanvormige oprijlaan. Het perceel was af-
geschermd door een witte omheining met vergulde pinakels. Naast
het elektronisch bediende hek hing een bordje met WE ZIJN GEWA-
PEND. Door het hek zagen we dubbele deuren met panelen van mat-
glas en daarachter blauwgroen licht. Erboven was een grote, ronde
opening waardoor een luchter zichtbaar was die fel brandde. Er ston-

den geen auto's voor. Een vierdeursgarage bood ruimschoots voldoende onderdak aan gemotoriseerde speeltjes.

Milo slaakte een diepe zucht en zei: 'Nog maar een keer, en tactvol blijven.' We stapten uit. Op Sunset Boulevard flitsten auto's langs, maar op North Camden Drive was het rustig. In Beverly Hills wemelt het van de bomen, en langs Camden stonden magnolia's die dol op South Carolina zouden zijn. Hier hadden ze te lijden onder de droogte en de smog, maar er stonden er een paar in bloei en ik rook de bloesem.

Milo drukte op het knopje van de intercom. Een mannenstem blafte: 'Ja?'

'Meneer Bartell?'

'Wie bent u?'

'Politie.'

'Wat is er?'

'Mogen we binnenkomen, meneer?'

'Waar gaat het over?'

Milo zei fronsend: 'Uw dochter, meneer.'

'Mijn... Wacht even.'

Even later werd de voorgevel in een zee van licht gezet. Nu zag ik twee sinaasappelbomen in potten aan weerskanten van de voordeur. Een daarvan zag er verlept uit. De deur zwaaide open en een grote man stak de oprijlaan over. Hij bleef een meter of vijf voor ons staan, schermde zijn ogen af met zijn handen en zette nog drie stappen in het licht van de schijnwerpers, alsof hij op het toneel stond.

'Wat heeft dit te betekenen?' vroeg hij met een zware, schorre stem. Stan Bartell kwam nog dichterbij. Hij was tegen de zestig en had een gebruind gezicht. Het was een grote, breedgeschouderde man met een haakneus, dunne lippen en een forse kin. Glanzend wit haar zat naar achteren in een paardenstaart. Hij droeg een bril met een zwart montuur, een dunne gouden halsketting en een glimmende, wijnrode ochtendjas van fluweel die de grond raakte.

Milo liet zijn legitimatie zien, maar Bartell kwam niet dichterbij.

'Wat is er met mijn dochter?'

'Het is echt beter als we binnenkomen, meneer.'

Bartell zette zijn bril af en nam ons op. Hij had donkere, vorsende ogen die dicht bij elkaar stonden. 'Zijn jullie van de politie van Beverly Hills?'

'L.A.'

'Wat moeten jullie dan hier? Ik ga jullie natrekken, dus als je me belazert, ben je gewaarschuwd.' Hij liep weer naar binnen en trok de voordeur achter zich dicht.

We bleven wachten op de stoep. Aan de zuidkant van het blok verschenen koplampen, gevolgd door het gedreun van bassen toen er een Lincoln Navigator langzaam voorbijreed. Achter het stuur zat een jongen die niet ouder leek dan vijftien met een honkbalpet achterstevoren op zijn hoofd. Vanuit de auto stampte hiphop. De terreinwagen vervolgde zijn weg naar Sunset Boulevard, om over de Strip te rijden.

Vijf minuten gingen voorbij zonder een teken van Stan Bartell.

Ik vroeg: 'Hoeveel zal de politie van Beverly Hills hem vertellen?'

'Geen idee.'

We wachtten nog een paar minuten. Milo ging met zijn handen langs de witte spijlen van het hek. Bekeek het beveiligingsbordje. Ik kon wel raden wat hij dacht: je kon je huis nog zo beveiligen...

Het hek gleed open. Stan Bartell kwam naar buiten, bleef op zijn bordes staan en wenkte. Toen we naar binnen gingen, zei hij: 'Het enige wat ze hier over de aanwezigheid van de politie van L.A weten, is dat er sprake is van iets wat ze kennisgeving noemen, over een jongen die mijn dochter kent. Laat me voor de zekerheid jullie legitimatie zien.'

Milo liet hem de zijne zien.

'Klopt,' zei Bartell. 'Wat is er dan met Gavin Quick?'

'Kent u hem?'

'Zoals ik al zei, is hij een kennis van mijn dochter.' Bartell stak zijn handen in de zakken van zijn ochtendjas. 'Betekent kennisgeving wat ik denk?'

'Gavin Quick is vermoord,' zei Milo.

'Wat heeft dat met mijn dochter te maken?'

'Gavin is aangetroffen met een meisje. Jong, blond...'

'Gelul,' zei Bartell. 'Dat is Kayla niet.'

'Waar is Kayla?'

'Uit. Ik zal haar bellen op mijn mobiel. Kom maar mee, dan zul je het zien.'

We volgden hem naar binnen. De vestibule was zeven meter hoog en had een marmeren vloer. Hij was een stuk groter dan de huiskamer van de familie Quick. Het huis was een orgie van beigetinten, op de amethistkleurige glazen bloemen na die overal stonden. Er hingen enorme, abstracte olieverfschilderijen zonder lijst in variaties op dezelfde, nietszeggende aardekleur.

Stan ging ons zwijgend voor langs diverse andere grote vertrekken naar een studio aan de achterkant. Houten vloer en een balkenplafond. Een divan, drie klapstoelen, een vleugel, een elektronisch orgel, synthesizers, mengpanelen, bandrecorders, een altsax op een standaard en een fantastische archtopgitaar in een open koffer, waarin ik een d'Aquisto van vijftigduizend dollar herkende.

Aan de wanden hingen ingelijste gouden platen.

Bartell plofte op de bank, wees beschuldigend naar Milo en haalde een mobieltje uit zijn zak. Hij toetste een nummer in, hield de telefoon aan zijn oor en wachtte.

Er werd niet opgenomen.

'Zegt nog niks,' zei hij. Daarna verkreukelde zijn gebronsde gelaat en barstte hij in hartverscheurend snikken uit.

Milo en ik bleven hulpeloos staan.

Uiteindelijk vroeg Bartell: 'Wat heeft die gore klootzak met haar gedaan?'

'Gavin?'

'Ik had Kaylie nog zo gezegd dat hij niet spoorde, dat ze bij hem uit de buurt moest blijven. Vooral na dat ongeluk; jullie weten toch van dat klote-ongeluk? Moet een hersenbeschadiging hebben opgelopen, die klo...'

'Zijn moeder...'

'O, die. Rare trut.'

'U hebt moeilijkheden met ze gehad.'

'Ze is gestoord,' zei Bartell.

'In wat voor opzicht?'

'Gewoon maf. Komt haar huis nooit uit. De móéilijkheid was dat haar zoon achter mijn engel aan zat.' Bartell had enorme vuisten. Hij sloeg de ogen ten hemel en wiegde naar voren en naar achteren. 'O christus, dit is vreselijk, dit is zo allejezus verschríkkelijk!' Zijn ogen fonkelden van paniek. 'Mijn vrouw... die zit in Aspen. Ze gaat niet skiën, maar 's zomers gaat ze ernaartoe om te winkelen en voor de frisse lucht. O shit, die gaat dood, die zal gewoon in elkaar zakken en sterven, godverdomme.'

Bartell boog voorover, sloeg de armen om zijn knieën en wiegde nog een poosje. 'Hoe heeft dit kunnen gebeuren?'

Milo vroeg: 'Waarom denkt u dat Gavin Quick Kayla iets zou hebben gedaan?'

'Omdat hij... omdat die gast niet spoorde. Kaylie kende hem van de middelbare school. Ze heeft het heel vaak met hem uitgemaakt, maar hij bleef maar terugkomen, en zij bleef het maar halfslachtig uitma-ken. Die schooier kwam langs om rond te snuffelen, ook als Kaylie er niet was. Dan viel hij mij maar lastig, alsof het iets zou uitmaken als hij zich inlikte bij haar ouweheer. Ik werk thuis, ik probeer wat werk gedaan te krijgen en die eikel maar over muziek emmeren als-of hij er iets van wist. Ik maak een heleboel jingles en heb m'n dead-lines. Dacht je dat ik trek had in een gesprek over alternatieve punk-muziek met zo'n stom joch? Hij ging zitten en was niet weg te branden. Uiteindelijk heb ik tegen het dienstmeisje gezegd dat ze hem niet meer binnen mocht laten.'

'Obsessief,' zei ik.

Bartell liet zijn hoofd hangen.

'Was het erger na dat ongeluk?' vroeg Milo.

Bartell keek op. 'Dus hij heeft het gedaan.'

'Dat is niet waarschijnlijk, meneer Bartell. Op de plaats delict is geen wapen gevonden, dus mijn intuïtie zegt me dat hij alleen maar een slachtoffer is.'

'Wat bedoel je nou? Waar wil je godverdomme...'

Er klonken voetstappen, lichte voetstappen, en we draaiden ons al-ledrie om.

In de deuropening stond een knap meisje met een lage, strakke spij-kerbroek die er geolied uitzag, en een zwarte blouse tot haar mid-denrif, zodat er een platte, bruine buik zichtbaar was. Ze had twee piercings in haar navel, een daarvan met een turkoois. Over haar schouder hing een zwarte zijden tas met geborduurde zijden bloe-men. Ze had te veel make-up op en een haakneus boven een forse kin. Ze had lang steil haar met de kleur van vers hooi. De blouse had een opzichtig decolleté. Daarin hing een gouden K aan een ketting.

Stan Bartells bruine gezicht verbleekte tot een vlekkerig beige. 'Wat zullen we...' Hij sloeg een hand tegen zijn hart en stak vervolgens beide handen naar het meisje uit. 'Schatje! Schatje!'

Het meisje zei fronsend: 'Wat ís er, pap?'

3

Stan Bartell vroeg: 'Waar heb jij in godsnaam gezeten?'

Kayla Bartell keek haar vader aan alsof hij gek was geworden. 'Uit.'

'Met wie?'

'Met vrienden.'

'Ik heb je mobiel gebeld.'

Kayla haalde haar schouders op. 'Die had ik uit. Er was te veel lawaai in de club; ik zou hem toch niet hebben gehoord.'

Bartell wilde iets zeggen; daarna trok hij haar naar zich toe en omhelsde haar. Ze keek ons aan alsof ze gered moest worden.

'Pá-ap.'

'Goddank,' zei Bartell. 'God zij geloofd en geprezen.'

'Wie zijn deze mensen, papa?'

Bartell liet zijn dochter los en keek ons woedend aan. 'Weg.'

Milo zei: 'Juffrouw Bartell...'

'Nee!' riep Bartell. 'Eruit. Nu.'

'Wie zíjn dat, papa?'

'Níémand.'

Milo zei: 'Vroeg of laat wil ik Kayla graag spreken.'

'Als Pasen en Pinksteren op één dag vallen.'

Toen we bij de voordeur waren, ging Bartell op zijn bordes staan en drukte hij op de afstandsbediening. De hekken gleden open en Milo en ik waren er maar net op tijd doorheen voordat ze zich weer met een klap sloten.

Bartell sloeg de voordeur achter zich dicht.

Milo zei: 'Oom agent maakt vrienden en verspreidt een vrolijke stemming, waar hij ook komt.'

Toen we wegreden, zei hij: 'Interessant dat Bartell ervan uitging dat Gavin Kayla iets had aangedaan. Jij gebruikte het woord *obsessief*.'

'Bartells vijandigheid kan gewoon betekenen dat hij het niet kan hebben dat iemand achter zijn engeltje aan zit. Maar obsessiviteit kan een neveneffect van een hersenbeschadiging zijn.'

'En die zwijnenstal van hem? Z'n moeder beweerde dat hij vroeger netjes was. Klopt dat ook met hersenbeschadiging?'

'Als je een flinke klap op je voorhoofdskwab krijgt, kunnen er allerlei veranderingen optreden.'

'Blijvende?'

'Dat hangt van de ernst van de verwonding af. Meestal zijn ze tijdelijk.'

'Gavin is tien maanden geleden gewond geraakt.'

'Dat is geen goed teken,' zei ik. 'Ik zou graag weten hoe hij in het algemeen functioneerde. Die studentenkaart die hij op zak had, was twee jaar oud. Aangenomen dat hij gesjeesd is, wat heeft hij dan in de tussenliggende tijd gedaan?'

'Misschien is hij in verkeerd gezelschap geraakt,' zei hij. 'Is hij *obsessief* geworden. Ik zal nog eens bij Sheila langsgaan. Volgens Bartell is ze maf. Is jou iets opgevallen?'

'In de context waarin we haar hebben ontmoet, zou iets minder dan een zenuwinzinking pas maf zijn geweest.'

'Ja... Ik zal vader onder de loep nemen als hij terug is uit Atlanta... Wat een heerlijke baan heb ik toch. Voor vandaag is het welletjes. Zet me maar weer af op de Glen, en daarna is het welterusten.'

Ik reed Sunset Boulevard op en stak de grens van Holmby Hills over. Milo zei: 'De grote vraag is nu: wie is dat meisje? En waarom haar wel en Gavin niet spietsen?'

'Dat aspect plus de manier waarop ze is achtergelaten is een seksuele boodschap,' zei ik. 'Reken af met de man en ga je gang met de vrouw.'

'Denk je dat de lijkschouwer aanwijzingen van aanranding zal vinden?'

'Als we met een seksuele psychopaat te maken hebben, is die spijl in haar borst misschien al voldoende.'

'Surrogaatpenetratie?'

Ik knikte.

'Dus misschien is het iets verknipts,' zei hij. 'En heeft het niets met de slachtoffers te maken. Dan waren het gewoon een paar kinderen die toevallig op het verkeerde tijdstip op de verkeerde plaats waren.'

'Dat zou kunnen blijken.'

Hij lachte zachtjes. 'En ik had me nog wel vrijwillig aangeboden.'

'Het kon niet beter,' zei ik.

'Hoe bedoel je?'

'Ik bedoel dat jij geen half werk zult doen.'

Hij gaf geen antwoord. Ik nam gas terug om een paar keer af te slaan en keek hem even aan. Er vormde zich een vermoeden van een glimlach om zijn lippen.

'Wat een vriend,' zei hij.

De volgende ochtend ontbeet ik vroeg met Allison Gwynn voordat haar eerste cliënt zou komen. Ze heeft een praktijk in Santa Monica op Montana, ten oosten van Boutique Row, en we troffen elkaar in een tearoom in de buurt. Het was tien over halfacht en het zat er nog niet vol mensen met een zee van vrije tijd. Allison droeg een wit linnen pakje met witte sandalen, waarboven haar lange zwarte haar goed uitkwam. Ze gaat nooit de deur uit zonder make-up en een assortiment indrukwekkende sieraden. Vandaag waren het koraal en goud, kleinoden die we hadden gekocht tijdens een recent uitstapje naar Santa Fe.

Ze was er al toen ik kwam en had een half kopje koffie gedronken. 'Goeiemorgen. Wat zie jíj er aantrekkelijk uit.'

Ik gaf haar een kus en ging zitten. 'Morgen, stuk.'

We kenden elkaar zes maanden, maar waren nog in het stadium waarin de hartslag versnelt en het lichaam warm wordt.

We bestelden zoete broodjes en raakten aan de praat. Eerst over koetjes en kalfjes, daarna wat seksuele prietpraat en vervolgens over het werk. Gepraat over het werk kan het einde van een relatie betekenen, maar tot nu toe had ik het wel prettig gevonden.

Zij begon. Drukke week, tentamens van haar colleges nakijken, een agenda vol cliënten en vrijwilligerswerk in een verpleeghuis voor terminale patiënten. Uiteindelijk belandden we bij de gebeurtenissen van de vorige avond. Allison heeft belangstelling voor wat ik doe. Meer dan belangstelling zelfs. Ze wordt geboeid door de lelijkste aspecten van het menselijk gedrag, en ik vraag me wel eens af of dat het element is dat ons bindt. Misschien is het levenservaring. Als tiener had ze seksueel vernederende ervaringen gehad, ze was al weduwe toen ze in de twintig was, ze draagt een pistool in haar tas en oefent graag op menselijke doelwitten van papier. Daar sta ik maar niet zo bij stil. Te veel analyse en je hebt geen leven meer.

Ik beschreef de plaats delict.

Ze zei: 'Mulholland Drive. Toen ik nog op Beverly High School zat, gingen we daar altijd met de auto naartoe.'

'Wij?'

Ze grijnsde. 'Ik en de andere zogenaamde maagden.'

'Voor een religieuze ervaring.'

'Niet in die tijd; daar kun je van op aan,' zei ze. 'Jonge jongens en zo. Te veel enthousiasme en te weinig finesse.'

Ik lachte. 'Dus het was een bekende rendez-vousplek.'

'Dat heb jij moeten missen, arme boerenjongen uit het middenwesten. Jawel, schat. Mulholland was een romantische ontmoetingsplek bij uitstek. Nog steeds, waarschijnlijk, hoewel er minder op achterbanken wordt gerommeld omdat kinderen het tegenwoordig thuis op hun eigen kamer mogen doen. Je kent het excuus: het is beter als je weet waar ze uithangen.'

'Er zijn twee gezinnen die er nu waarschijnlijk zo over denken.'

Ze duwde een haarlok achter haar oor. 'Tragisch.'

De broodjes werden gebracht; ze waren warm en overdekt met amandelsnippers. Ze zei: 'Een leegstaand huis. Zo creatief waren wij niet.

Waarschijnlijk hadden ze het bordje met TE KOOP en dat openstaande hek gezien en hun kans gegrepen. Arme ouders. Eerst dat ongeluk van die jongen en nu dit. Je zei dat hij veranderd was. In welk opzicht?'

'Zijn kamer was een bende en zijn moeder beweerde dat hij ooit netjes was geweest. Veel heeft ze niet gezegd. Het was niet het geschikte moment om door te vragen.'

'Nee, natuurlijk niet.'

Ik zei: 'De vader van zijn vroegere vriendinnetje beschreef hem als obsessief. Als zij niet thuis was, kwam hij haar vader lastigvallen en allerlei vragen stellen. De vader liet ook doorschemeren dat hij overdreven hardnekkig achter zijn dochter aan zat. Toen hij dacht dat zijn dochter dood was, was zijn eerste reactie dat Gavin daar de hand in had.'

'Dat zou eerder de Beschermende Vader kunnen zijn.'

'Mogelijk.'

'Heeft hij nog gevolgen van die hersenschudding gehad?' vroeg ze. 'Black-outs, gestoord gezichtsvermogen, desoriëntatie?'

'Zijn moeder heeft alleen iets van tijdelijk geheugenverlies gemeld.'

'Dat ongeluk was tien maanden geleden,' zei ze. 'En nog praat zijn moeder over hem alsof hij veranderd was.'

'Ik weet het,' zei ik. 'Misschien had hij wel blijvende schade opgelopen. Maar ik weet niet of dat er allemaal wel iets toe doet, Ally. Romantische plekjes trekken voyeurs en erger volk aan. Gavin en het meisje zijn ofwel halverwege het liefdespel onderbroken, ofwel zo neergelegd dat het daarop leek.'

'Een mafkees dus.' Ze bekeek haar broodje maar raakte het niet aan. Glimlachte. 'Om maar een technische term te gebruiken.'

'Het is een beetje prematuur voor technische termen,' zei ik.

'Mulholland Drive,' zei ze. 'Wat je allemaal doet als je nog denkt dat je onsterfelijk bent.'

We kuierden drie straten verder naar haar praktijk. Allison pakte mijn bovenarm. Haar open witte schoenen hadden hoge hakken en daarom reikte haar kruin tot mijn onderlip. Een zeewindje tilde haar haar op en zachte lokken streken langs mijn gezicht.

Ze vroeg: 'Had Milo zich vrijwillig aangeboden voor deze klus?'

'Het leek er niet op dat hij een aanmoediging nodig had.'

'Waarschijnlijk logisch,' zei ze. 'Hij zag er de laatste tijd nogal verveeld uit.'

'Het was me niet opgevallen.'

'Jij zou het moeten weten, maar die indruk maakte hij wel op mij.'
'Deze zaak zal hem voorlopig van de straat houden.'
'Jou ook.'
'Als hij mij nodig heeft.'
Ze lachte. 'Voor jou zou het ook wel goed zijn.'
'Maak ik ook een verveelde indruk?'
'Eerder rusteloos. Al die opgekropte dierlijke energie.'
Grommend sloeg ik met mijn vrije hand op mijn borst en slaakte een
niet al te harde Tarzan-kreet. Twee vrouwen die snelwandelend on-
ze kant op kwamen trokken hun lippen op en liepen met een wijde
boog om ons heen.
'Hun dag kan niet meer stuk,' zei ze.

Milo verveeld? Die zeurde zoveel over werkstress, persoonlijke stress,
de toestand in de wereld en wat dan ook, dat het idee nooit bij me
was opgekomen.
Wanneer had Allison hem voor het laatst gezien? Twee weken geleden, bij een laat avondmaal in Café Moghul bij het Bureau L.A.-West
dat hij als tweede kantoor gebruikt. De eigenaren geloven dat zijn
aanwezigheid vrede en veiligheid in de zaak garandeert, en ze behandelen hem als een maharadja.
Die bewuste avond werden Allison en ik, Rick en de grote man op
een copieuze maaltijd getrakteerd. Allison en Milo zaten toevallig
naast elkaar en hadden het grootste deel van de avond met elkaar
gepraat. Het had een poosje geduurd voordat hij haar mocht en gewend was aan het idee dat ik een nieuwe vriendin had. Robin en ik
waren ruim tien jaar samen geweest, en hij had met haar weggelopen. Robin heeft het geluk met een andere man gevonden. Ik dacht
dat ik daar vrij goed mee omging, terwijl zij en ik ons best deden om
een nieuw soort vriendschap op te bouwen. Behalve wanneer het me
minder goed afging.
Ik wachtte tot Milo zou ophouden met doen alsof hij een kind was
dat gevangenzat in een voogdijgeschil.
De ochtend na die Indiase maaltijd belde hij me om te zeggen: 'Jij
hebt je streken, maar als je eenmaal voor iemand kiest, is ze een blij-
vertje.'

Daags na de moord belde hij me. 'Geen sperma bij dat meisje, geen
spoor van aanranding. Behalve als je die speer meetelt. Beiden zijn
doodgeschoten met hetzelfde .22-pistool, één kogel per persoon, recht
in het voorhoofd. Jouw vijandige of dolle schutter zou zijn wapen

hebben leeggeschoten. Dus dit wil zeggen dat de man zelfvertrouwen had. Een koele vogel, misschien wel met ervaring.'

'Zelfverzekerd en voorzichtig,' zei ik. 'Hij wilde ook niet te veel lawaai maken.'

'Kan,' zei hij. 'Hoewel hij wat dat betreft wel goed zat, want het dichtstbijzijnde huis is een paar honderd meter verderop. Dat pistool zou trouwens alleen maar *pangpang* hebben gedaan; geen harde knallen. Geen uitgangswonden. De kogels zijn rondgeketst in de hersenpan van die jongelui, en hebben het soort schade aangericht dat je van een .22 kunt verwachten.'

'Is het meisje al geïdentificeerd?'

'Nog niet. Haar vingerafdrukken zitten blijkbaar niet in het systeem, hoewel ik dat niet met zekerheid kan zeggen, omdat de computer niet goed werkt. Ik heb met de lui van Vermiste Personen gesproken, en zij zijn bezig met een stel aanplakbiljetten. Ik heb een beetje rond gebeld met de andere bureaus, maar jonge blondjes zijn geen zeldzaamheid als het om VP gaat. Ik denk dat ze waarschijnlijk een van Gavins andere vriendinnetjes is. Hoewel je dan wel zou denken dat iemand haar inmiddels zou missen, en niemand heeft Bureau Beverly Hills gebeld, of aangifte van een vermist meisje gedaan.'

'Ze logeerde waarschijnlijk ergens,' zei ik. 'Ouders zijn tegenwoordig makkelijk. En rijke ouders zijn misschien meer op reis.'

'Het zou mooi geweest zijn als ik met Kayla had kunnen praten… Ondertussen heb ik de lijkschouwer gevraagd voordat hij sectie doet een paar foto's te maken. Ik heb ze net opgehaald, zodat ik de minst griezelige aan mensen kan laten zien. Het ziet er bijna uit alsof ze slaapt. Ik wil die aan de familie Quick laten zien. De vader is waarschijnlijk al thuis en de zus misschien ook. Ik heb ze gebeld, maar er neemt niemand op. Ook geen antwoordapparaat.'

'In de rouw,' zei ik.

'En nu ga ik roet in het eten gooien. Ga je mee? Voor het geval ik assistentie nodig heb in de afdeling tact?'

4

In het middaglicht zag huize Quick er nog mooier uit: goed onderhouden, strak gazon, de voortuin omringd door perken met balsemien. Overdag mochten alleen vergunninghouders er parkeren. Milo had een bordje met LAPD op zijn dashboard gelegd en gaf mij er een voor de Seville. In zijn vrije hand had hij een bruine envelop.

Ik legde het bordje in de auto. 'Nu ben ik officieel.'

'Ha ha. Daar gaan we weer.' Hij boog een been en rekte zijn nek. Hij haalde de lijkfoto van het blonde meisje uit de envelop.

Het knappe gezicht was nu een bleek masker. Ik bestudeerde de details: wipneus, kuiltje in haar kin, piercing in een wenkbrauw. Sluike gele lokken die op de foto een groenachtige tint hadden gekregen. De groene tint van de huid was echt. Het kogelgat was net een grote, zwarte moedervlek met een gezwollen rand, vlak naast het midden van een rimpelloos voorhoofd. Om de ogen hadden zich paarsblauwe plekken gevormd; bloed dat uit de hersens was gelekt. Onder de neus zat ook iets van bloed. De mond hing een beetje open. Haar tanden waren recht en dof.

In mijn ogen had de foto niets van 'alsof ze slaapt'.

Ik gaf de foto terug en we liepen naar het huis van Quick.

Een vrouw in een zwart broekpak deed open. Ze was een slanke, hoekige brunette met krachtige trekken en een zelfbewuste houding, jonger dan Sheila Quick. Ze had kortgeknipt haar dat aan de voorkant in plukjes gespreid zat en met haarlak op zijn plaats werd gehouden.

Ze had haar handen in haar zij gezet. 'Het spijt me; ze slapen.'

Milo liet zijn legitimatie zien.

Ze zei: 'Dat verandert niets aan de feiten.'

'Mevrouw...'

'Eileen. Ik ben Sheila's zus. Hier is mijn legitimatie.' Ze haalde een crèmekleurig visitekaartje uit de zak van haar jasje. Aan haar vinger droeg ze een peervormige driekaraats diamant.

Eileen Paxton
Vice-president en
Financieel Directeur
Digimorph Industries
Simi Valley, Californië

'Digimorph,' zei Milo.

'Ultratechnische digitale *enhancing*. We doen filmwerk. Voor de grootste films.'

Milo glimlachte. 'Hier is een foto, mevrouw Paxton.' Hij liet haar de lijkfoto zien.

Eileen knipperde niet met haar ogen, maar haar lippen bewogen. 'Is

dat het meisje dat ze bij Gavin hebben aangetroffen?'
'Herkent u haar, mevrouw?'
'Nee, maar dat zou me ook verbazen. Ik dacht dat Gavin samen met zijn meisje was gevonden. Dat kleine ding met die kromme neus. Dat zei Sheila.'
'Uw zuster nam dat aan,' zei Milo. 'Het was geen onredelijke veronderstelling, maar ze heeft zich vergist. Dat is een van de redenen dat we hier zijn.'
Hij hield de foto zo dat Eileen Paxton hem kon blijven zien. Ze zei: 'Doet u hem maar weg.'
'Is meneer Quick al terug uit Atlanta?'
'Hij slaapt. Ze slapen allebei.'
'Wanneer denkt u dat ze beschikbaar zullen zijn?'
'Hoe weet ik dat nou? Dit is voor de hele familie een vreselijke tijd.'
'Dat is het zeker, mevrouw.'
'Wat een stad,' zei ze. 'Wat een wereld.'
'Goed, dan komen we later wel langs,' zei Milo.
We maakten aanstalten om te vertrekken en Eileen Paxton wilde net de deur dichtdoen, toen een mannenstem van binnen klonk: 'Wie is daar, Eileen?'
Ze stond met één been in huis en zei iets onverstaanbaars. De man antwoordde. Zijn stem klonk harder. Milo en ik draaiden ons weer om naar het huis. Er kwam een man naar buiten, met zijn rug naar ons toe. Hij zei iets tegen de deuropening. 'Je hoeft mij niet te bemoederen, Eileen.'
Een gedempt antwoord. De man deed de deur dicht, draaide zich met een ruk om en keek ons aan. 'Is er nieuws over de moord op mijn zoon?'
Hij was lang en mager, had afhangende schouders en droeg een donkerblauwe coltrui boven een kakibroek en witte Nikes. Zijn dunne, grijze haar was met een nonchalante slag gekamd. Hij had een lang gezicht met diepe plooien en een hoekige kaak en blauwe, wijd uitstaande ogen met donkere kringen op de gerimpelde huid eronder. Hij had zware oogleden, alsof hij moeite had om wakker te blijven. We liepen weer naar het bordes. Milo stak zijn hand uit. Quick gaf hem snel een hand, wierp een blik op mij en vroeg: 'Weten jullie al iets?'
'Ik ben bang van niet. Als u even tijd hebt...'
'Natuurlijk heb ik dat.' Quick trok een mond alsof hij iets vies proefde. 'Mijn schóónzus, de directrice. Ze heeft Spielberg één keer ontmoet en nu denkt ze dat haar poep niet meer stinkt. Kom binnen.

Mijn vrouw is volkomen van de wereld. Onze huisarts heeft haar valium gegeven of zoiets, maar ik ben in orde. Hij wilde mij ook een pil geven, maar ik wil helder blijven.'

Milo en ik namen plaats op dezelfde blauwe bank en Jerome Quick nam een imitatie-chippendale leunstoel. Ik bekeek de familiefoto's weer. Ik wilde me Gavin voorstellen als iets anders dan dat ding in de Mustang.

Bij zijn leven was hij een lange jongen met donker haar, een prettig gezicht en de wijduitstaande ogen van zijn vader. Ze waren wel donkerder; grijsgroen. Op een paar oudere foto's droeg hij een bril. Zijn gevoel voor mode was nooit veranderd. Ballerige kleren met designerlogo's. Altijd kort haar, ofwel gemillimeterd, ofwel met veel zorg en gel in stekeltjes gemodelleerd. Een doorsneejongen met een aarzelende glimlach; niet knap en niet lelijk. Kijk in een willekeurige straat in de buitenwijken, in een kleine of een megabioscoop, en je ziet er dertien in een dozijn zoals hij. Zijn zus – de rechtenstudente in Boston – was onaantrekkelijk en ernstig.

Quick zag me kijken. 'Dat was Gav.' Zijn stem haperde. Hij vloekte binnensmonds en zei: 'Terzake.'

Milo bereidde hem voor op de foto en liet die vervolgens aan hem zien.

Quick wuifde hem weg. 'Die heb ik nooit gezien.' Hij sloeg zijn ogen neer. 'Heeft mijn vrouw over het ongeluk verteld?'

'Ja, meneer.'

'En nu dit.' Quick sprong overeind, liep naar een namaak-chippendale salontafel, keek een poosje naar een kristallen sigarettendoos, maakte die vervolgens open, haalde er een sigaret uit en stak die op met een bijbehorende aansteker.

Blauwe rook steeg op naar het plafond. Quick inhaleerde diep, ging weer zitten en lachte schor.

'Vijf jaar geleden ben ik gestopt. Sheila vindt het wellevend om deze bij de hand te houden voor de gasten, hoewel niemand meer rookt. Zoals de goeie ouwe tijd in Hollywood en al die flauwekul. Die onzin heeft ze van haar zus...' Hij keek naar de sigaret, tikte de as op het kleed en wreef het erin met zijn hak. De resulterende zwarte vlek leek hem genoegen te doen.

Ik vroeg: 'Had Gavin het over een nieuw vriendinnetje?'

'Nieuw?'

'Na Kayla.'

'O, zij,' zei Quick. 'Met die leegstaande bovenverdieping. Nee, hij had niets gezegd.'

'Zou hij het gezegd hebben?'

'Hoezo?'

'Was hij openhartig over zijn privé-leven?'

'Openhartig?' zei Quick. 'Minder dan voor zijn ongeluk. Hij raakte wel eens in de war. Ik bedoel in het begin. Vind je het gek? Hij had hier een enorme optater gekregen.' Quick wees op zijn voorhoofd. Dezelfde plek waar de kogel zijn zoons schedel was binnengedrongen. Dat wist hij nog niet. Hij hoefde het ook nog niet te weten.

'Verwarring,' zei ik.

'Die was maar tijdelijk. Maar hij merkte dat hij zich niet meer op zijn studie kon concentreren, dus die gaf hij eraan.'

Quick nam een trekje en trok een grimas, alsof roken pijn deed.

'Zijn voorhoofdskwab had een optater gekregen,' zei hij. 'Ze vertelden dat die de persoonlijkheid bestuurt. Dus is het logisch...'

'Dat Gavin was veranderd,' zei ik.

'Niets ingrijpends, maar inderdaad, het kon niet anders dan dat hij zou veranderen. Maar vervolgens werd hij weer beter, en daarmee verbeterde bijna alles. Hoe dan ook, Gavins ongeluk heeft hier vast niets mee te maken.'

Quick rookte snel en tikte nog meer as af. 'We moeten weten wie dit op zijn geweten heeft. Had die klootzak nog aanwijzingen achtergelaten?'

Milo zei: 'Er zijn geen verdachten en we hebben heel weinig informatie. We hebben het meisje nog niet eens kunnen identificeren.'

'Nou, ik ken haar niet en Sheila vast ook niet. Wij kennen dezelfde mensen.'

'Kunt u iets over Gavin vertellen wat ons op weg kan helpen?'

'Gavin was een geweldig joch,' zei Quick op een toon alsof hij wilde zeggen: durf het eens tegen te spreken. 'Goed stel hersens. Geweldige golfer. We waren allebei gek op golf. Ik had het hem geleerd en hij was een vlotte leerling. Was me zo voorbijgestreefd. Handicap 7, en hij werd steeds beter. Dat was voor het ongeluk. Daarna was zijn coördinatie niet meer zo best, maar hij speelde nog altijd goed. Zijn aandacht dwaalde af... Soms wilde hij dezelfde slag steeds maar weer herhalen. Hij wilde het vlekkeloos doen.'

'Perfectionistisch,' zei ik.

'Ja, maar op een gegeven moment heb je een opstopping op de green, en dan moet je ermee ophouden. Qua interesses had hij belangstelling voor zaken, net als ik.' Jerry Quick zakte een beetje in elkaar.

'Dat was ook veranderd. Hij verloor zijn belangstelling voor zaken. Hij kreeg andere ideeën, maar ik dacht dat het maar tijdelijk zou zijn.'

'Andere loopbaanideeën?' vroeg ik.

'Je kunt beter loopbaanfantasieën zeggen. Economie was opeens verleden tijd en nu wilde hij gaan schrijven.'

'Waarover?'

'Hij maakte grapjes over schrijven voor boulevardbladen. Om met modder te gooien naar beroemdheden.'

'Maar dat was zeker maar een grapje,' zei ik.

Quick keek nijdig. 'Hij moest erom lachen en ik ook. Ik zei toch al dat hij zich niet kon concentreren? Hoe zou hij in hemelsnaam voor een krant kunnen schrijven? Eileen was hier een keer en hij vroeg haar of zij beroemdheden kende over wie hij iets lelijks kon schrijven. Daarna knipoogde hij naar mij, maar Eileen deed het bijna in haar broek. Die gaf hem een hele preek over beroemdheden, dat ze recht op privacy hadden. Ze werd doodsbenauwd van de gedachte om de een of andere grootheid tegen zich in het harnas te jagen... Hoe dan ook, waar was ik gebleven?' Quick keek glazig. Hij nam een haal van zijn sigaret.

'Dat Gavin onderzoeksjournalist wilde worden.'

'Zoals ik al zei, dat meende hij niet.'

'Wat deed Gavin nadat hij zijn studie had opgegeven?'

Quick zei: 'Rondhangen. Ik wilde best dat hij weer zou gaan studeren, maar blijkbaar was hij er nog niet klaar voor, dus ik... Het was geen makkelijke tijd voor hem en ik wilde hem niet achter zijn vodden zitten. Ik dacht, misschien schrijft hij zich in het voorjaar weer in.'

'Nog meer veranderingen?' vroeg ik.

'Hij ruimde zijn kamer niet meer op. Die liet hij echt vervuilen. Hij was nooit zo vreselijk netjes geweest, maar hij zorgde meestal goed voor zichzelf. Nu moesten we hem er wel eens aan herinneren dat hij moest douchen, tandenpoetsen en zijn haar kammen. Dat vond ik vreselijk, want hij geneerde zich. Hij protesteerde nooit, gooide nooit zijn kont tegen de krib. Hij zei alleen: "Sorry, pap," alsof hij wist dat er iets was veranderd en het hem dwarszat. Maar dat was allemaal aan de beterende hand; hij was bezig eroverheen te komen. Hij deed weer wat aan zijn conditie, ging weer lopen. Het lopen ging hem goed af; hij deed acht à tien kilometer alsof het niets was. Zijn arts zei dat hij weer de oude zou worden.'

'Welke dokter?'

'Allemaal. De neuroloog... Hoe heette die ook weer...' Quick nam een trek van zijn sigaret en tikte met zijn vrije hand tegen zijn wang. 'Een Indiase man. Barry Silver, onze specialist, had ons naar hem verwezen. Indiër, in Saint John's... Singh. Hij draagt een tulband, dat moet zo'n... je weet wel zijn. Barry is niet alleen Sheila's specialist, maar ook een vriend. Ik golf met hem, dus die verwijzing vertrouwde ik wel. Singh heeft een paar tests gedaan en zei dat hij niet zag dat er echt iets mis was met Gavs hersenen. Hij zei dat het tijd zou kosten voordat Gav weer de oude zou zijn, maar wist niet hoe lang. Daarna stuurde hij ons naar een therapeut, een psycholoog. Om Gav te helpen herstellen van zijn hersenletsel.'

'Een neuropsycholoog?' vroeg ik.

Quick zei: 'Ik weet alleen dat ze psychotherapeut is. Een vrouwelijke zielknijper. Koppel. Ze is op de radio en tv geweest.'

'Mary Lou Koppel.'

'Kent u haar?'

'Van naam,' zei ik.

'Eerst kreeg Gav met een van haar partners te maken, maar dat klikte niet, dus is hij met haar verdergegaan.'

'Wat was er mis met die eerste partner?'

Quick haalde zijn schouders op. 'Dat hele proces is allemaal erg geheimzinnig. Je moet flink betalen om je kind met iemand te laten praten, maar je mag niet weten wat er aan de hand is.' Hij nam een haal van zijn sigaret. 'Gavin zei dat hij zich niet prettig voelde bij die vent, en dat hij verder met Koppel te maken zou krijgen. Voor hetzelfde geld. Ze rekenen allebei tweehonderd dollar per uur, en dat kreeg ik niet terug van de verzekering.'

'Had het geholpen?'

'Wie zal het zeggen?'

'Wat voor feedback kreeg u van dr. Koppel?'

'Niets. Ik werd buiten die hele therapie gehouden. Ik reis veel. Te veel. Ik was van plan te minderen.'

Hij rookte zijn sigaret helemaal op, pakte een verse, stak die met het peukje aan, doofde dat tussen duim en wijsvinger. Hup, op de grond. Hij mompelde iets.

Milo vroeg: 'Pardon?'

Quick glimlachte abrupt. Het had iets onthutsends. 'Ik ben altijd op reis, en dat is geen pretje. U weet hoe de luchtvaartmaatschappijen zijn; het zijn discipelen van de duivel. Je vliegt vaak voor je werk? Het zal ze worst wezen. Maar toen Sheila me had gebeld over Gavin en ik ze vertelde waarom ik naar huis moest, werd ik als een vorst behandeld. Je krijgt het etiket nabestaande en hebt overal voorrang. Opwaardering naar de eersteklas; ze liepen zich het vuur uit de sloffen.'

Hij blafte. Misschien moest het lachen voorstellen. Hij nam een trek, hoestte, en nam weer een trek.

'Dat komt ervoor kijken. Dan pas krijg je een menselijke behandeling.'

Milo informeerde naar zijn dochter, en Quick zei: 'Ik heb tegen Kelly gezegd dat ze maar in Boston moest blijven. Ze studeert rechten, dus wat heeft zij er nu aan om hiernaartoe te komen? Als jullie het... Als jullie Gavin vrijgeven voor de begrafenis, mag ze komen. Wanneer is dat?'

'Dat is moeilijk te zeggen,' zei Milo.

'Dat lijkt jullie herkenningsmelodie wel.'

Milo glimlachte. 'Kayla Bartell...'

'Die heb ik al een tijdje niet gezien. Ze kende Gav van de middelbare school en ze hebben een poosje met elkaar gerommeld.'

'Gerommeld?'

'Zoals jongelui doen,' zei Quick. 'Haar vader is een soort componist. Eileen zegt dat hij belangrijk is.'

'Maar u hebt hem nooit ontmoet.'

'Waarom zou ik?'

'Gavin en Kayla...'

'Dat was Gavs zaak... Eerlijk gezegd snap ik al die vragen niet, jongens,' zei Quick. 'Wat er is gebeurd kan niets met Gav te maken hebben. Hij is met een of ander meisje naar Mulholland gereden en een viespeuk – de een of andere seksueel gestoorde gek – heeft zijn kans schoon gezien. Zo is het toch? Is dat niet wat jullie denken?'

Voordat Milo iets kon zeggen, wendde Quick zijn blik naar de trap. Eileen Paxton kwam naar beneden gestampt, sloeg geen acht op ons en haastte zich naar de keuken.

We hoorden een kraan lopen. Vervolgens klonk er lawaai van pannen. Even later kwam Sheila Quick aarzelend en onvast ter been naar beneden. Op de onderste tree bleef ze staan en keek naar de grond alsof ze geen zin had om de laatste stap te zetten. Haar blik was wazig en ze greep de leuning ter ondersteuning. Ze droeg een roze ochtendjas en leek wel van de ene op de andere dag tien jaar ouder geworden.

Ze zag ons, en zei 'Hallo' met een dikke tong. Ze zag de sigaret in haar mans hand en kreeg een verbeten trek om haar mond.

Jerome Quick nam uitdagend een trekje. 'Blijf daar niet op de trap staan; kom maar helemaal naar beneden. En wees voorzichtig, je zit onder de valium.' Hij deed geen moeite om haar te helpen.

Ze bleef staan. 'Is er nog... nieuws, inspecteur?'

Milo schudde zijn hoofd. 'Het spijt me dat we u weer moeten lastigvallen, mevrouw Qui...'

'Nee, nee, nee, u helpt mij... ons... juist. U was heel... vriendelijk. Gisteravond. Dat was vast niet makkelijk. U was heel vriendelijk. Dat was niet makkelijk, voor mij nóch voor u.'

Jerry Quick zei: 'Ga weer naar bed, Sheila. Je bent...'

'Ze zijn gisteravond erg aardig geweest, Jerry. Het is alleen maar beleefd dat ik...'

'Ze zijn vast geweldig geweest, maar...'

'Jerry. Ik. Wil. Beleefd. Zijn.' Sheila Quick kwam naar beneden en ging op een stoel terzijde zitten. 'Hallo,' zei ze opgewekt.

'We zijn er inmiddels achter dat het meisje dat Gavin bij zich had niet Kayla Bartell was, mevrouw.'

Sheila Quick zei: 'U had gezegd dat ze blond was.'

Jerome Quick zei: 'Een zeldzaamheid in L.A.'

'Ik heb een foto,' zei Milo. 'Het is geen aangenaam gezicht, want het is een lijkfoto. Maar als u er een blik op wilt werpen, als we haar kunnen identificeren, kan dat misschien vaart achter de zaak zetten.'

Sheila Quick keek hem aan. Hij liet haar de foto van het dode meisje zien.

'Ze ziet er zo... dood uit. Arm ding.' Ze schudde haar hoofd. Ze griste de foto uit Milo's handen en hield hem dichter bij haar gezicht. Haar handen trilden en de hoeken gingen op en neer. 'Laat u ook zo'n foto van Gavin aan andere mensen zien?'

'Sheila,' zei Quick.

'Nee, mevrouw,' zei Milo. 'We weten al wie Gavin is.'

Ze bestudeerde de foto. 'Gavin had nooit gezegd dat hij een nieuwe vriendin had.'

'Gavin was twintig,' zei Jerome Quick. 'Hij hoefde geen rekenschap af te leggen over met wie hij uitging.'

Sheila Quick bleef naar de foto staren. Uiteindelijk gaf ze hem terug. 'Nog een, dus,' zei ze.

'Pardon?'

'Iemand anders' lieveling, ook dood.'

5

Milo kreeg een geschreven toestemming om met Gavins artsen te praten en we vertrokken. Het was bijna vijf uur, de lucht was melkwit en giftig en we waren allebei moe en hongerig. We reden naar een delicatessenwinkel aan Little Santa Monica voor broodjes en koffie. Ik nam roggebrood met rosbief en pittige mosterd. Milo koos een nat monster van verschillende etages pastrami, koolsla, paprika en nog een paar ingrediënten die ik niet kon thuisbrengen. Alles zat in een croissant gepropt, die uiteenviel zodra hij erin beet. Hij leek dat grappig te vinden.

Hij slikte en zei: 'Modelgezin.'

'Ze zijn geen reclame voor een ideaal gezinsleven,' zei ik. 'Maar misschien heeft de vader gelijk en doet het er niet toe.'

'Seksueel gestoorde vreemde vermoordt zijn zoon. In dat geval heeft het gezin er zeker niets mee te maken.'

'Ik zie hier geen familiemisdrijf in,' zei ik. 'Het feit dat de familie het meisje niet kent, kan erop duiden dat ze niet het type meisje was dat je meeneemt om aan je moeder voor te stellen. Dat kan weer betekenen dat zij het primaire doelwit was.'

'Iemand met slechte vriendjes.'

'De moordenaar heeft haar gespietst en haar tas meegenomen. Dat kan trofeeënjacht zijn, maar stel nou dat hij niet wilde dat ze vlug geïdentificeerd zou worden?'

'Het primaire slachtoffer voor seks, moord of allebei?'

'Ik weet het niet,' zei ik. 'Er was geen sprake van aanranding, maar in mijn ogen heeft die speer nog steeds een seksuele connotatie. Gavin heeft één kogel gekregen; hij is gewoon uit de weg geruimd, en dat komt overeen met een moordenaar die hem alleen maar wilde uitschakelen, zodat hij zich aan zijn echte taak kon wijden.'

'Áls Gavin eerst is doodgeschoten. Dat is niet vast te stellen.'

'Dat is een kwestie van logica,' zei ik. 'Het meisje leefde nog toen de moordenaar haar spietste. Het is niet waarschijnlijk dat Gavin werkeloos zou hebben toegezien toen dat gebeurde. Of dat de moordenaar het risico zou hebben genomen om de strijd met een jonge, gezonde man aan te binden. Hij heeft Gavin met één schot uit de weg geruimd en vervolgens zijn aandacht op het meisje gericht. Zij heeft zich koest gehouden, omdat ze zo klein was, omdat ze bang was en omdat de moordenaar een enorm overwicht had. Misschien had hij wel beloofd haar niets te zullen doen als ze zich niet ver-

zette. Zijn er tekenen dat ze zich heeft verzet?'
Hij schudde zijn hoofd.
Ik zei: 'Ze zag dat Gavin werd vermoord, bleef doodsbang zitten en hoopte er het beste van. De moordenaar heeft die speer in haar gestoken en haar vervolgens ook een kogel door het hoofd gejaagd. Voor mij betekent dat razernij. Toen beide jongelui dood waren, had hij de tijd om zijn werk te inspecteren en met de plaats delict te rommelen. Gavin en het meisje waren ofwel begonnen met iets seksueels, ofwel hij heeft het zo in scène gezet. Omdat het een zedenmisdrijf wás, of om het daarop te laten lijken.'
Hij legde zijn broodje neer. 'Je geeft me wel een heleboel keuzes.'
'Waar heb je anders vrienden voor?' zei ik. 'Heb je al meer spiesmoorden gevonden?'
'Nog niets.' Hij pakte zijn broodje en er verdween een enorme hap in zijn muil. 'Denk je dat het condoom van Gavin was, of had de moordenaar het meegebracht?'
'Het zat in zijn zak, dus vermoedelijk was het van hem.'
'Dus je denkt dat het spitten in Gavins psyche vergeefse moeite is? Ik dacht dat zijn therapeute behulpzaam zou kunnen zijn. En jij kent haar.'
'Ik weet wie ze is.'
'Van de tv.'
Daar gaan we, dacht ik. Ik verborg mijn mond achter mijn koffiekopje.
Hij zei: 'Telkens als je het over haar hebt, trek je een gezicht.'
'Ze is niet iemand naar wie ik zou doorverwijzen,' zei ik.
'Waarom niet?'
'Ik mag de bijzonderheden niet verklappen.'
'Geef me dan maar de grote lijnen.'

Vijf jaar daarvoor had een anderszins bedachtzame rechter me gevraagd een zevenjarig meisje te evalueren, dat gevangenzat in een rampzalige echtscheidingsprocedure. Beide ouders waren getrainde relatietherapeuten. Dat had voldoende waarschuwing moeten zijn.
De moeder was een jonge, passieve, onnatuurlijk bezorgde vrouw met scherpe trekken, die was opgegroeid met gewelddadige ouders die allebei alcoholist waren, en ze was van relatiewerk overgestapt op het werken met geharde drugsverslaafden in een door de gemeente gefinancierde kliniek in Bellflower. Haar ex-man, een arrogante man die twintig jaar ouder was, had pathologische trekjes. Hij was een

kersverse sekstherapeut en een soort goeroe, met een doctorsgraad van een van de grote universiteiten in het oosten en een nieuwe baan bij een yoga-instituut in Santa Barbara.

Het tweetal had al ruim een jaar niet met elkaar gesproken, maar ze stonden allebei op gedeeld ouderschap. Het was een eenvoudige regeling: drie dagen bij de een, vier bij de ander. Geen van beide ouders zag er been in om een zevenjarig meisje honderdvijftig kilometer te laten pendelen tussen het nep-adobehuis van haar vader in de ashram, en het mistroostige, gemeubileerde appartement van haar moeder in Glendale. Het zogenaamde hete hangijzer was de kalender: wie kreeg vier dagen, en wie drie? En hoe zat het met de vakanties? Na twee maanden furieus debatteren verschoof het onderwerp naar de coördinatie van het conventionele dieet dat de moeder voorstond en het veganisme dat de vader omhelsde.

Waar het werkelijk om ging, was wederzijdse haat, tweehonderdduizend dollar op een gezamenlijke investeringsrekening en de zogenaamde seksuele roofzucht van papa's vier vriendinnen.

Als ik een voogdijevaluatie doe, praat ik graag met therapeuten, en de strijdende partijen hadden er allebei een. Die van de vader was een tachtigjarige Indiase swami die Engels met een zwaar accent sprak en medicijnen voor hoge bloeddruk slikte. Ik reisde naar Santa Barbara en bracht twee aangename uurtjes door met het corpulente, gebaarde heerschap, ademde wierook in en kwam niets van belang te weten. De vader had zijn avatar al in zes maanden niet gesproken. 'Dat is geen probleem voor u?'

Hij kwam uit de lotushouding, deed iets onmogelijks met zijn lichaam, knipoogde en zei met een glimlach: '*What will be, will be.*'

'Dat is een liedje.'

'Doris Day,' zei hij. 'Geweldige zangeres.'

De therapeut van de moeder was Mary Lou Koppel en die weigerde me te woord te staan.

Eerst negeerde ze me volledig door niet terug te bellen. Na mijn vijfde poging om haar te bereiken, belde ze wel en legde ze uit: 'U begrijpt het vast wel, dr. Delaware. Beroepsgeheim.'

'Dr. Wetmore heeft toestemming gegeven.'

'Ik ben bang dat zij die niet kan geven.'

'Wie dan wel?'

De lijn sputterde. Ze zei: 'Ik heb het over iets conceptueels, niet iets juridisch. Teresa Wetmore is buitengewoon kwetsbaar. Thad is, zoals u vast wel zult weten, erg gewelddadig.'

'Fysiek?'

'Emotioneel,' zei ze. 'Dat is erger. Teresa en ik hebben vooruitgang geboekt, maar het zal tijd vergen. Ik kan niet riskeren om de geest uit de fles te laten.'

'Mijn zorgen gelden het kind.'

'U hebt uw prioriteiten, ik de mijne.'

'Dr. Koppel, ik zou erkentelijk zijn voor elk inzicht uwerzijds dat mij zal helpen bij mijn aanbeveling voor de rechtbank.'

Stilte. Geruis op de lijn.

'Dr. Koppel?'

'Het enige inzicht dat ik u kan geven,' zei ze, 'is om Thad Wetmore te mijden als de pest, meneer Delaware.'

'U hebt een aanvaring met hem gehad.'

'Ik heb hem nooit ontmoet, meneer Delaware. En zo wil ik het graag houden.'

Ik schreef haar nog een brief, die ik ongeopend terugkreeg. De voogdijzaak sudderde door tot het geld van de Wetmores op was en de advocaten er de brui aan gaven. De rechter volgde mijn aanbevelingen: beide ouders hadden uitgebreide opvoedingsbegeleiding nodig voordat voogdijschap een kans van slagen had. Een wekelijks retourtje van driehonderd kilometer was hoe dan ook niet in het belang van het kind. Toen de rechter vroeg of ik de opvoedkundige wilde zijn, antwoordde ik dat ik hem een lijst met namen zou bezorgen. Vervolgens dacht ik na over wie me recentelijk hadden geërgerd.

Drie maanden later dienden Teresa en Thaddeus Wetmore allebei een klacht op ethische gronden in bij de raad van toezicht op de klinische psychologie. Het duurde een poosje voordat ik me daarvan had verlost, maar uiteindelijk werden de klachten ongegrond verklaard. Kort daarop leek Mary Lou Koppel wel overal op radio en tv te verschijnen.

Als deskundige in relatiecommunicatie.

Milo at zijn broodje op. 'Klinkt als een heerlijk mens. Wat voor nummertje doet ze voor de media?'

'Wat ze maar wil.'

'Een zelfuitgeroepen deskundige?'

'Talkshows hebben altijd behoefte aan vulling,' zei ik. 'Als je zegt dat je een specialist bent, ben je dat. Ik denk dat Koppel een pr-mannetje in de arm heeft genomen en een lekker circusje heeft bekokstoofd, dat haar praktijk van cliënten voorziet.'

'Zo jong, en toch al zo cynisch.'

'Een van tweeën is zo slecht nog niet.'

Hij grijnsde, veegde het vocht van zijn bord met de rest van zijn broodje en nam een laatste hap van de zompige troep. 'Staat hersenbeschadiging erg in de belangstelling?'

'Als je bedoelt of Koppel een gekwalificeerd neuropsycholoog is, weet ik het niet. Dat is wat Gavin nodig had, althans in het begin. Iemand die erachter kon komen wat er werkelijk met zijn hersenen aan de hand was en gerichte aanbevelingen kon doen voor zijn revalidatie.'

'De neuroloog zei dat hij niets kon vinden.'

'Des te belangrijker,' zei ik. 'Als ik een gok moest wagen, zou ik zeggen dat Koppel geen kaas van neuropsychologie heeft gegeten. Het is een klein vakgebied dat een gespecialiseerde opleiding vergt. De meeste neuropsychologen doen geen rechtstreeks therapeutisch werk en andersom.'

Zijn ogen zakten halfdicht. 'Claire Argent was toch zo iemand?'

Dr. Claire Argent was een van de talrijke slachtoffers geweest van een monster waarop we een paar jaar daarvoor jacht hadden gemaakt. Een stille vrouw, omhuld door geheimen, die – gehalveerd in de taille – in twee stukken was aangetroffen in de kofferbak van haar auto.

'Inderdaad,' zei ik.

Hij slaakte een diepe zucht. Deed zijn ogen dicht en masseerde zijn oogleden. 'Bedoel je dat de kans bestaat dat Koppel Gavin misschien verkeerd heeft behandeld?'

'Of ik heb het mis, en ze heeft hem uitstekend behandeld.'

'Ik dacht dat het misschien wel een goed idee zou zijn om met Koppel te praten. Al blijkt Gavin niet het primaire slachtoffer, dan nog heeft hij misschien iets tegen haar over het blondje gezegd en kan ik een heleboel administratieve rompslomp overslaan.'

'Verwacht er niet te veel van. Gezien haar bekendheid denk ik niet dat ze met een moordzaak geassocieerd wil worden.'

'Ik heb toestemming zwart op wit van de ouders.'

'Daarmee mag ze praten,' zei ik. 'Ze hóeft het niet. Ze kan selectief zijn in wat ze je vertelt. Áls ze je al iets vertelt.'

'Je ziet haar echt niet zitten.'

'Ze was erg lastig toen daar geen reden voor was. Het welzijn van een kind stond op het spel en dat kon haar niets schelen.'

Hij glimlachte. 'Eigenlijk wilde ik jou vragen om met haar te gaan praten. Psychologen onder elkaar. Dat zou mij de ruimte geven om andere dingen te doen. Zoals in Vermiste Personen duiken, de zoektocht misschien wel uitbreiden tot de hele staat, autopsierapporten en ballistische rapporten lezen en de kleren van het meisje onderzoeken. Maar dat is niet erg. Ik heb deze zaak op me genomen en wie a zegt moet b zeggen.'

Hij gooide geld op tafel en we vertrokken.

'Ik ga wel met haar praten,' zei ik.

Hij bleef staan op de stoep. Vrouwen uit Beverly Hills gleden langs ons heen in wolken parfum. 'Zeker weten?'

'Waarom niet? Dit keer ga ik haar niet bellen. Ik sta opeens voor haar neus. Dat zal best interessant zijn.'

6

Mijn huis, gebouwd voor twee bewoners, staat tussen naaldbomen boven een ruiterpad dat zich door Beverly Glen slingert. Hoge, witte muren, gewreven houten vloeren, dakramen op interessante plaatsen en niet al te veel meubilair doen het groter lijken dan het is. Makelaarsjargon zou er *luchtig maar intiem geproportioneerd* van maken. Als ik alleen thuiskom, kan al die negatieve ruimte heel hol klinken.

Vanavond voelde het koud. Ik liep langs de post op de eettafel naar mijn werkkamer. Ik startte de computer op, zocht Mary Lou Koppel in de gids van de American Psychological Association en tikte haar naam in een paar zoekmachines op internet.

Ze was afgestudeerd op dezelfde universiteit als ik. Ze was een jaar ouder dan ik, maar had zich pas kort na mijn afstuderen ingeschreven. Vijf jaar later was haar dissertatie over borstvoeding en angst bij kersverse moeders geaccepteerd, waarna ze stage had gelopen in een van de academische ziekenhuizen en een postdoctoraalstudie had gedaan tijdens een betrekking in een inrichting in San Bernardino.

Op haar bevoegdheid was niets aan te merken en er was nooit een klacht bij de raad van toezicht tegen haar ingediend. Ik had het bij het rechte eind gehad toen ik gokte dat ze geen opleiding neuropsychologie had gevolgd, noch bevoegd was op dat vakgebied.

Haar naam leverde 432 resultaten op, allemaal uittreksels van interviews tijdens diverse tv- en radioprogramma's. Als je iets beter keek, zag je een heleboel herhaling en bleven er uiteindelijk maar een dertigtal echte thema's over.

Mary Lou Koppel had met veel gezag gesproken over communicatiebarrières tussen mannen en vrouwen, geslachtsidentiteit, eetproblemen, strategieën voor gewichtsverlies, probleemoplossing in bedrijven, midlifecrisis, adoptie, leerproblemen, autisme, puberteit, adolescentenrebellie, premenstruatiesyndroom, menopauze, paniekstoornissen, fobieën, chronische depressie, posttraumatische stress, seksisme, racisme en geobsedeerdheid met leeftijd en met afmetingen van borsten en geslachtsdelen.

Een onderwerp dat haar belangstelling bleef houden was gevangenishervorming. In het afgelopen jaar had ze acht keer een radiointerview gegeven waarin ze fulmineerde tegen de verschuiving van reclassering naar straf. Tijdens twee van die gesprekken was ze terzijde gestaan door een man die Albin Larsen heette, en die te boek stond als psycholoog en mensenrechtenactivist.

De foto's die ik vond toonden een prettig ogende vrouw met kort, ruw, toffeekleurig haar. Ze had een rond gezicht met bolle wangen, een scherpe, iets scheve kin en een sierlijke hals met een huid die al wat losser begon te worden. Heldere, donkere ogen. Brede, vastberaden mond. Schitterend gebit, maar haar glimlach deed geposeerd aan. Op alle foto's droeg ze rood.

Nu wist ik naar wie ik moest zoeken.

De volgende morgen vertrok ik om kwart voor twaalf naar haar praktijk. Ik ging ervan uit dat ik haar het best tijdens haar lunchpauze kon treffen. Haar praktijk was in Beverly Hills, maar niet in de *Divanstraat* (Bedford Drive), of een van de andere populaire straten waar dure therapeuten samenscholen.

Dr. Mary Lou Koppel dreef haar nering in een gebouw van twee etages op de hoek van Olympic Boulevard en Palm Drive, een buurt met uiteenlopende bedrijven vlak bij de chique zuidgrens van de stad. Verderop waren een autospuiterij en een privé-school ondergebracht in wat ooit een twee-onder-een-kapwoning was geweest. Daarna volgden een bloemist en een apotheek die met bejaardenkorting adverteerde. Het verkeer op Olympic was non-stop en even oorverdovend als op een snelweg.

Het gebouw van Koppel had geen vensters aan de voorzijde; de gevel was van baksteen en geschilderd in de kleur van nat zand. Er waren geen andere kenmerken dan zwarte plastic huisnummers die te klein waren om van de overkant te kunnen lezen. De voordeur zat op slot en op een bordje stond dat de ingang aan de achterzijde was. Achter het gebouw was een parkeerplaats voor zes auto's. Bij drie vakken stond GERESERVEERD en ze werden in beslag genomen door kleine, donkere Mercedesen zoals die van Jerry Quick.

Ik stopte geld in de meter op Palm Drive en stak over.

Op de benedenetage was een lange, schemerige gang met rood tapijt langs de oostkant van het gebouw waar het naar popcorn rook, zoals een bioscoopfoyer. Er was maar één vestiging: een firma genaamd Charitable Planning. Een pijl op de muur wees naar de trap en toen ik daar kwam, maakten namaakbronzen letters duidelijk wat me op de eerste verdieping te wachten stond.

PACIFICA-WEST PSYCHOLOGICAL SERVICES

Boven lag grijze bedrijfsvloerbedekking. De wanden waren blauwgrijs en er was beter licht. In tegenstelling tot op de parterre was hier geen lange gang. Na drie meter was er een loodrechte wand. Er was één deur met een bordje RECEPTIE.

Daarachter lag een verlaten wachtkamer met stoelen van blauwe tweed en salontafels met stapels tijdschriften. Er waren geen ramen, alleen een deur met drie bordjes. FRANCO R. GULL, PH.D, MARY LOU KOPPEL, PH.D, ALBIN A. LARSEN, PH.D.

Larsen was de mensenrechtenactivist met wie Koppel een paar interviews over gevangenishervormingen had gedeeld. Twee praktijken spekken voor de prijs van één.

Naast elk bordje zat een knopje en een klein lampje met facetjes. Op een bord stond dat cliënten zich na een druk op de knop bekend moesten maken. Een wit lampje betekende dat de psycholoog beschikbaar was, rood betekende bezet.

De lichtjes van Gull en Larsen waren rood, die van Koppel niet. Ik noemde mijn naam.

Even later ging de deur open en daar stond Mary Lou Koppel in een rood, kasjmier truitje met korte mouwen op een witte linnen broek en rode schoenen. In het echt waren haar donkere ogen bijna zwart. Helder, intelligent en nieuwsgierig. Ze bekeek me van top tot teen. Haar haar was lichter dan op de foto's, ze had er een paar rimpels bij, haar blote, zachte armen zaten onder de sproeten en waren molliger dan de rest van haar lichaam. Aan haar rechterwijsvinger zat een ring met een gele diamant. Een grote, kanariegele steen omringd door kleine saffiertjes. Geen trouwring.

'Ja?' vroeg ze. Fraaie, zachte, lage stem. Een radiostem.

Ik noemde mijn naam, gaf haar mijn kaartje en zei dat ik zo nu en dan de politie adviseerde. Ze las de kleine lettertjes. 'Delaware.' Ze gaf het kaartje terug en keek me aan. 'Dat is een ongewone naam. Kennen wij elkaar?'

'Van een paar jaar geleden, maar dat contact was alleen telefonisch.'

'Ik vrees dat ik u niet begrijp.'

'De echtscheidingszaak van Wetmore. De rechtbank had mij om een voogdijaanbeveling gevraagd. U was Teresa Wetmores therapeute.'

Ze knipperde met de ogen en glimlachte. 'Als ik het me goed herinner, ben ik toen niet zo behulpzaam geweest.'

Ik haalde mijn schouders op.

'Jammer,' zei ze. 'Wat ik u destijds niet kon vertellen – en wat ik u waarschijnlijk nog steeds niet zou moeten vertellen – was dat Terry Wetmore me aan handen en voeten had gebonden. Ze had het helemaal niet op u. Ze vertrouwde u niet en verbood me om iets tegenover u los te laten. Dat maakte me een beetje vleugellam.'

'Dat kan ik me voorstellen.'

Ze legde een hand op mijn schouder. 'De valkuilen van ons vak.' Haar hand bleef nog even liggen, ging langs mijn mouw en viel omlaag. 'Dus wat brengt u hier vandaag? Waarmee kan ik u nog meer niét van dienst zijn?'

'Gavin Quick.'

'Wat is er met Gavin?'

'Hij is eergisteravond vermoord.'

'Verm... O, mijn god. O, nee... Komt u binnen.'

Ze ging me voor door een korte gang langs een kopieerapparaat en een waterkoeler, naar een van de drie deuren achterin. Haar praktijkkamer was gelambriseerd met platen licht, gespikkeld esdoornhout. Er lag donkerblauw, hoogpolig tapijt en er stonden een bureau van glas op een zwart granieten onderstel, een perspex ligstoel, extra grote, lichtblauwe banken en verstelbare stoelen die met gevoel voor design waren gerangschikt. Het plafond was van geluidwerend kurk. Er zat niets aan de houten wanden met hun fraaie patronen. Haar diploma's stonden in een glazen vitrine een eindje terzijde, tezamen met kristallen presse-papiers en iets wat op pueblokeramiek leek. Zeegroene gordijnen onttrokken de vermoedelijke ramen aan het oog. Hun positie betekende uitzicht op het parkeerterrein en het steegje. De ruimte was groot, maar gezellig. *Luchtig maar intiem geproportioneerd...*

Mary Lou Koppel nam plaats aan haar glazen bureau en ik nam de dichtstbijzijnde makkelijke stoel. Hij was erg comfortabel. Ik zonk zo diep weg dat ik werd gedwongen naar haar op te kijken.

Ze zei: 'Wat verschrikkelijk. Ik heb Gavin vorige week nog gezien. Niet te geloven.'

Ik knikte.

'Wat is er gebeurd?'

Ik vertelde het in grote trekken en besloot met het ongeïdentificeerde blonde meisje.

Ze zei: 'Arme jongen. Hij had al zoveel doorgemaakt.'

'Dat ongeluk.'

Ze legde haar handen op haar glazen bureaublad. Ze had dunne polsen; haar vingers waren kort maar smal en ze had haar nagels transparant gelakt. Bij haar rechterhand stond een porseleinen doosje met visitekaartjes, er lag een leesbril en een zilverkleurig mobieltje. 'Heeft de politie enig idee wat zich heeft afgespeeld?'

'Nee. Daarom ben ik hier.'

'Ik begrijp niet goed wat u voor ze doet.'

'Dat geldt ook wel eens voor mij,' zei ik. 'Nu is me gevraagd contact met u op te nemen omdat we collega's zijn.'

'Collega's,' zei ze. 'Denken ze soms dat ik kan helpen een moord op te lossen?'

'We praten met iedereen.'

'Nou,' zei ze, 'ik was Gavins therapeut, maar ik zie niet in hoe dat relevant kan zijn. U denkt toch niet dat dit verband met Gavins behandeling kan houden?'

'Op dit punt ligt alles nog open, mevrouw Koppel.'

'Zeg maar Mary Lou,' zei ze. 'Nou ja, die logica volg ik wel... in abstracto.' Ze haalde een hand door haar haar. 'Voordat we verdergaan, zou ik graag iets van een schriftelijke ontheffing zien. Ik weet dat er geen sprake is van wettelijk beroepsgeheim nu Gavin dood is. En ik wil zeker niet gezien worden als een hinderpaal. Opnieuw. Maar... u begrijpt het zeker wel, hè?'

'Absoluut.' Ik overhandigde haar de vrijwaring die de familie Quick had getekend. Ze wierp er een blik op. 'Je kunt niet voorzichtig genoeg zijn. Goed, wat wilt u weten?'

'Gavins ouders hebben laten doorschemeren dat er zich na het ongeluk persoonlijkheidsveranderingen hebben voorgedaan. Enige verminderde persoonlijke hygiëne en iets wat op obsessief gedrag lijkt.'

'Bent u vertrouwd met de effecten van interne hoofdwonden, meneer Delaware?'

'Ik ben geen neuropsycholoog,' zei ik, 'maar het deed me aan postconcussief syndroom en iets van persoonlijkheidsverandering denken.'

'Met interne hoofdwonden kan er van alles gebeuren... mag ik Alex zeggen?'

'Ja hoor.'

Ze lachte een schitterend gebit bloot. Daarna werd ze weer ernstig. 'Dit ging om een verwonding van de voorhoofdskwab. Je kent de rol van de voorhoofdskwab in termen van emotionele reactiviteit. Het kan best zijn dat Gavin het equivalent van een kleine lobotomie opliep toen zijn hoofd tegen de achterkant van die stoel sloeg.'

'Er hadden tien maanden tussen gezeten,' zei ik, 'en nog was hij niet honderd procent genezen.'

'Inderdaad... Ik vond dat zorgelijk. Maar aan de andere kant kunnen de menselijke hersenen – vooral bij jonge mensen – wonderbaarlijk plastisch zijn. Ik had wel hoop.'

'Op volledig herstel?'

Ze haalde haar schouders op.

'Plasticiteit,' zei ik. 'Je doet neuropsychologie.'

Ze bekeek me een halve seconde. 'Ik houd de vakliteratuur bij. Er was geen behoefte aan neuropsychologie omdat de organische kant gedekt was door een neuroloog. Hij en ik waren het erover eens dat we er niets mee op zouden schieten als we Gavin aan nog meer proeven zouden blootstellen. De patiënt had emotionele steun nodig en mijn taak was om daarvoor te zorgen.'

Ik haalde mijn aantekenboekje tevoorschijn. 'Dr. Singh.'

'Voortreffelijke man.'

'Had hij Gavin naar jou verwezen?'

Ze knikte.

'Wanneer?'

'Gavin is ongeveer drie maanden in behandeling geweest.'

'Dus zeven maanden na het ongeluk.'

'Het heeft een tijdje geduurd voordat er rust in de tent was.'

Ik deed of ik in mijn boekje las. 'Hij was verwezen naar jouw groep, niet rechtstreeks naar jou.'

'Pardon?'

'Er is me verteld dat Gavin bij een van je partners was begonnen, maar naar jou is overgestapt.'

Ze sloeg haar benen over elkaar. De zwarte marmeren piëdestal ontnam me het grootste deel van het zicht, maar ik zag het puntje van een rode schoen. 'Nu je het zegt, weet ik het weer. Zo is het precies gegaan. Singh had Gavin naar de groep verwezen en Franco – dr. Gull – had dienst. Franco heeft een paar keer met Gavin gesproken; daarna nam ik het over.'

'Problemen tussen Gavin en dr. Gull?'

'Ik zou het geen problemen noemen,' zei ze. 'In die tijd – zo kort na het ongeluk – was Gavin extreem prikkelbaar. Nogmaals, dat was logisch. Maar je weet hoe het kan gaan tussen therapeuten en cliënten. Nu eens klikt het, dan weer niet. En Franco had toch al een volle agenda.'

De zwarte ogen keken me aan. 'Zoals met jou en Teresa Wetmore. Ik weet zeker dat het merendeel van je cliënten met je wegloopt en je vertrouwt. Maar anderen... Werk je fulltime voor de politie, of heb je ook nog een praktijk?'

'Ik doe kortetermijnprivé-consulten.'

'Geen therapie?'

'Meestal niet.'

'Een privé-praktijk kan zwaar zijn,' zei ze. 'De gezondheidsinspectie met al zijn onzin; de magere stroom verwijzingen als er weinig geld is. Waarschijnlijk levert een dienstverband bij de politie een lekker regelmatig inkomen op.'

'Ik ben niet in dienst van de politie. Daar gaat het ook om kortetermijnconsulten.'

'Aha...' Ze glimlachte. 'Hoe dan ook, Gavin is mijn cliënt geworden en ik had het gevoel dat we vooruitgang boekten.' Ze sloeg haar been weer terug en schoof naar het puntje van haar stoel. 'Alex, ik kan niets bedenken wat ik zou kunnen vertellen en wat behulpzaam zou zijn bij een politieonderzoek.'

'Hoe zit het met Gavins obsessiviteit?'

'Zo zou ik het niet noemen. Er was in de verste verte geen sprake van een echte ocs. [Obsessief Compulsieve Stoornis] Gavin kon een tikje vasthoudend zijn, meer niet.'

'Als hij iets in zijn hoofd haalde, liet hij het niet meer los?'

'Je laat het pathologischer klinken dan het was. Hij kon een beetje... enthousiast zijn.'

'Volgens zijn ouders had hij opeens heel andere loopbaanideeën. Van de zakenwereld naar de journalistiek.'

Daar leek ze van op te kijken en ik vroeg me af hoe goed ze haar cliënt had gekend.

'Mensen veranderen nu eenmaal van gedachten,' zei ze. 'Vooral jonge mensen. Soms zorgt een tragedie ervoor dat mensen opeens weten wat ze echt willen doen.'

'Was dat met Gavin gebeurd?'

Ze knikte vaag.

'Had hij nog plannen om weer naar de universiteit te gaan?'

'Hij had er moeite mee om gemotiveerd te blijven, Alex. Een van mijn doelen was om hem te helpen weer zin in zijn leven te zien. Maar dat moest voetje voor voetje. Gavin worstelde nog met de veranderingen.'

'Dus hij was cognitief vertraagd.'

'Ja, maar het was subtiel. En ik geloof dat de emotionele stress het erger maakte. Je maakt me nieuwsgierig, Alex. Waarom heb je zo'n belangstelling voor zijn persoonlijkheid?'

'Ik heb belangstelling voor die obsessieve kant omdat de politie zich afvraagt of die hem in moeilijkheden kan hebben gebracht.'

'Hoe dat zo?'

'Dat hij de verkeerde persoon tegen zich in het harnas heeft gejaagd.'

'De verkeerde persoon.'

'Iemand die gewelddadig zou reageren.'

Ze bracht een vinger naar haar lip. 'Daar zou ik van opkijken; dat Gavin met de verkeerde mensen zou omgaan. Hij was een aardige, maar conventionéle jongen. Hij heeft er in elk geval nooit iets over tegen mij gezegd.'

'Was hij openhartig?'

De zwarte ogen gingen naar het plafond. 'Hoe zal ik het zeggen... Gavin was niet zo introspectief, net zomin als zoveel jonge mensen.'

'Waar praatte hij over?'

'Ik probeerde hem zover te krijgen dat hij zijn gevoelens ging uiten. Zijn boosheid omdat hij zich anders voelde. Schuldgevoel omdat hij het ongeluk had overleefd. Twee vrienden waren om het leven gekomen, weet je.'

Ik knikte.

Ze zei: 'Ik had de indruk dat Gavin wist dat hij iets kwijt was – een zekere voorsprong, iets van scherpzinnigheid – maar hij had moeite om er woorden aan te geven. Het kan afasie zijn geweest, of anders gewoon het gebrek aan verbale vaardigheid van een man die net uit de puberteit is. Hoe dan ook, ik wist dat hij met zijn gevoelens worstelde. Ik kon niet te veel druk uitoefenen. Maar een keer heeft hij zich naar mijn mening voortreffelijk uitgedrukt. Dat was pas een paar weken geleden. Hij kwam op een sessie en zag er neerslachtig uit. Ik wachtte af en eindelijk sloeg hij op de armleuning van de bank – die bank – en riep: "Het is zwaar klote, mevrouw K! Iedereen vindt dat ik er goed uitzie, iedereen zegt dat het goed met me gaat, maar ik weet dat dat niet zo is." Daarna stopte hij. Hij hijgde en was rood aangelopen, en toen hij verderging, was dat zo zacht dat ik hem amper verstond. Hij zei: "Het is net als in zo'n film over androïden. Ik ben mezelf niet meer. Ik ben nog wel het kastje waarin ik ben gekomen, maar iemand heeft met de bedrading geknoeid." Daarna zei hij: "Ik mis mijn eigen ik." En uiteindelijk moest hij huilen. Het leek me een doorbraak, maar de volgende week zegde hij zijn afspraak af, en die daarna ook. Sindsdien heb ik hem nog maar één keer gezien en bij die sessie was het net alsof er niets was gebeurd. Hij wilde alleen maar over auto's en sport praten. Het was net alsof we weer helemaal bij af waren. Maar zo gaat dat met jongemannen.'

Ik zei: 'Heeft hij het nog over zijn sociale leven gehad?'

'Je bedoelt over uitgaan met meisjes?'

'Ja.'

'Er was wel sprake geweest van een vriendinnetje, een meisje dat hij kende van de middelbare school. Maar dat was uit.'

'Door het ongeluk?'

'Ik neem aan van wel. Maar nogmaals, persoonlijke dingetjes moest ik mijden.'

'Omdat Gavin op zijn hoede was als het over zijn privé-leven ging.'

'Zeer.'

'Had hij het nog over andere meisjes gehad?'

Ze schudde haar hoofd.

'Vind je het erg om een blik te werpen op een foto van het meisje dat samen met hem is vermoord? Hij is in het mortuarium gemaakt.'

Ze huiverde. 'Daar zie ik het nut niet zo van in.'

'Geen probleem.'

'Nee, laat toch maar zien,' zei ze. 'Ik moet deze hele ellendige toestand verwerken.'

Ik legde de lijkfoto op haar glazen bureaublad. Ze raakte hem niet aan, maar keek er alleen maar naar. Haar mond verloor zijn vastberaden trek. Er klopte een ader op haar slaap. Haar hart was sneller gaan kloppen.

'Ken je haar?'

'Ik heb haar nog nooit gezien. Ik probeer het me alleen maar voor te stellen. Hoe het voor die twee moet zijn geweest.'

7

Mary Lou Koppel liet me uit en keek me vanuit de deuropening van haar wachtkamer na toen ik de trap af liep. Toen ik even bleef staan om een blik over mijn schouder te werpen wuifde ze glimlachend met haar vingers.

Thuis luisterde ik mijn antwoordapparaat af. Drie telefoontjes van telemarketeers en Allison, om te laten weten dat er een cliënt had afgebeld, dat het al een poos geleden was dat we naar de film waren geweest en of ik vanavond tijd had. Ik belde haar op met het voorstel om eerst te gaan eten en zei dat ik er om zeven uur kon zijn.

Daarna startte ik mijn computer op en logde in op mijn MED-LINE-account van de faculteit om artikelen over interne verwondingen aan de voorhoofdskwab te lezen. Bij ernstige verwondingen zijn bloeduitstortingen en beschadigingen te zien op röntgenfoto's, of op CAT-scans. Maar in minder dramatische omstandigheden was de schade subtiel en onzichtbaar, het resultaat van zogenaamde *axonale schering*, een microscopisch kleine beschadiging van de zenuwuiteinden. Dat soort gevallen waren niet met neurologische proeven vast te stellen en konden het best via neuropsychologische evaluatie worden vastgesteld: door methoden als de Wisconsin Card Sort, of de Rey-Osterreith Complex Figure-proef die problemen met aandacht, denken en informatieverwerking blootleggen.

Patiënten met letsel aan de voorhoofdskwab kampten soms met driftaanvallen. En ze konden impulsief en obsessief worden.

Ik draaide een paar artikelen uit, verkleedde me in een short, T-shirt en sportschoenen en ging een heel eind hardlopen omdat ik het korte, treurige leven van Gavin Quick van me af wilde zetten. Maar dat lukte niet, en ik concentreerde me op een evaluatie van mijn eigen leven. Nadat ik een douche had genomen en vrijetijdskleren had aangetrokken, probeerde ik Milo te bereiken op het bureau. Tegen de tijd dat ik hem via zijn autotelefoon had bereikt, had ik het gesprek met Mary Lou Koppel in perspectief.

Ze had wel meegewerkt, maar ik was niet echt veel wijzer geworden. Misschien wist ze ook niet zoveel. Gavin was drie maanden in therapie geweest en vermoedelijk had hij heel wat sessies gemist. In combinatie met zijn weerstand en Koppels vermijden van zijn cognitieve problemen stelde de behandeling maar weinig voor.

Mary Lou Koppels benadering was neergekomen op wat in vakkringen als 'ondersteunende therapie' bekendstaat. Niet per se verkeerd. Soms heeft een cliënt niet meer nodig dan een knikje en een schouder om op uit te huilen. Maar soms is 'ondersteuning' alleen maar een excuus om niet meer te doen.

'Bedoel je dat ze er de kantjes afliep?' vroeg Milo.

'Misschien heeft ze wel haar best gedaan. Zij heeft Gavin tegenover zich gehad, ik niet.'

'Ridderlijk van je. Maar je ziet haar nog steeds niet zitten.'

'Ik heb niets tegen haar,' zei ik.

'Dan heb ik het zeker verkeerd gehoord. Heb je het nog over die eerste keer gehad, toen je niet tot haar door kon dringen?'

'Daar begon ze meteen over. Ze zei dat haar cliënt de pest aan mij had en me niet vertrouwde. Ze had haar verboden om me iets te vertellen.'

'Dus die zag jou niet zitten, makker?'

'De cliënt diende wel een klacht tegen me in bij de ethische commissie.'

'Au,' zei hij.

'De klacht werd niet ontvankelijk verklaard.'

'Vanzelf,' zei hij. 'Was het een chagrijnige mafkees?'

'Zoiets.'

'Klojo's.'

Over ondersteunende therapie gesproken.

Ik zei: 'Hoe dan ook, meer ben ik niet wijzer geworden over Gavins emotionele toestand.'

'Minder slim dan hij geweest was en obsessief.'

'Dat wisten we dus al.'

'Het blijft interessant.'

Ik vroeg: 'Is er nog nieuws over de identiteit van het meisje?'

'Niks. Ook weinig forensisch materiaal. Gavins vingerafdrukken zaten op het stuur, maar er zat niets op de deursluitingen. Niet van hem, noch van dat meisje. Iemand heeft ze zorgvuldig schoongemaakt. Dat betekent een efficiënt persoon, nietwaar? Dat klopt met het stalkerscenario. Heleboel wielsporen op de oprit. Helaas was het een chaos met te veel overlap, dus de technische jongens konden geen bruikbare afdruk maken. Met het komen en gaan van makelaars kun je ook niet anders verwachten. Geen van de buren heeft iets gezien of gehoord, geen meldingen van verdachte personen of onbekende auto's. Ik laat Zeden dossiers napluizen om te kijken of er de laatste tijd nog griezelige voyeurs voorwaardelijk op vrije voeten zijn gekomen.'

'Nog iets over de volgorde van de moordpartij?'

'De patholoog-anatoom is het met jouw redenering eens, dat Gavin eerst is doodgeschoten, maar een eenduidig oordeel kan hij niet geven omdat er ondersteunend forensisch bewijs ontbreekt. De bloedspetters wijzen erop dat Gavin en het meisje zaten toen ze werden afgeknald, en het bloed over haar hele borst en vrijwel niets rond de hoofdwond duidt erop dat ze leefde toen ze door die ijzeren spies werd doorboord. Ik heb wat rondgereden op zoek naar bouwterreinen om te zien of er ergens smeedijzer ontbrak, maar nop. Ik krijg het gevoel van een verrassingsoverval; wat denk jij?'

'Lijkt me heel aannemelijk,' zei ik. 'De dader volgt ze en kijkt toe. Waarschijnlijk heeft hij zijn auto op Mulholland gezet en is hij te voet verdergegaan. Hij wacht af, ziet dat er een beetje gevoosd wordt en raakt opgewonden. Als het condoom van Gavin was, zouden hij en het meisje op het punt van vrijen hebben gestaan. Op dat moment komt de dader uit de duisternis, en béng.'

'Het verrassingselement. Er was geen sperma op of in haar te vinden, al zat ze met ontbloot bovenlijf. Ze had haar legging nog aan, dus dat klinkt aannemelijk.'

'Nog iets uit de autopsie?'

'Haar laatste maaltijd was een halve Big Mac, een beetje patat en ketchup. Naar schatting zes uur voor haar dood. In Gavins maag zaten pasta met basilicum en knoflookbrood. Mevrouw Quick bevestigt dat ze dat voor het avondeten had klaargemaakt. Gavin en zij hadden vijf uur voor de moord gegeten. Daarna was hij op zijn kamer en ging zij naar de hare om tv te kijken.'

'Geen afspraakje voor het eten dus,' zei ik. 'Gavin en het meisje hebben apart gegeten, vervolgens zijn ze bij elkaar gekomen. Hoe laat was Gavin weggegaan?'

'Sheila had hem niet horen weggaan. Ze ging in de verdediging en gooide het erop dat Gavin volwassen was en zij hem niet op z'n lip wilde zitten.'

'Gezien wat hij had doorgemaakt,' zei ik.

'Ja,' zei hij. 'Ik heb haar de foto van Blondie nog een keer laten zien omdat ze me nu minder wazig leek. Maar ik kreeg hetzelfde antwoord: een volslagen vreemde.'

'Misschien had hij haar ergens opgepikt,' zei ik.

'Daar moest ik ook aan denken en ik heb een rechercheur met alle twee de foto's langs de clubs gestuurd. De patholoog-anatoom heeft bloed- en weefselmonsters voor DNA-onderzoek gemaakt, maar als de lichamelijke gegevens van het meisje niet ergens in de een of andere officiële databank zitten, is dat waarschijnlijk een doodlopende straat. Tot nu toe schijnt ze nergens op een lijst van vermiste personen voor te komen. Dat kan betekenen dat ze iemand is die in een andere stad van huis is weggelopen, of dat al jaren geleden heeft gedaan. De lijkschouwer doet niet graag een gooi naar haar leeftijd, maar ik heb eens goed gekeken en ze lijkt me iets ouder dan Gavin, tussen de drie- en vijfentwintig. En ze ziet er niet uit als iemand die is weggelopen. Ze droeg degelijke kleren en oogde verder ook goed: make-up, oorbellen, nagellak. Geen geweldig gebit – ze mist een paar kiezen achterin – maar de rest ziet er goed uit. Het haar was geverfd, maar ze is van nature ook blond. De lijkschouwer zei dat hij parfum kon ruiken; hij dacht dat het Armani was. Daar heb ik op de plaats delict niets van gemerkt, en toen ik in het mortuarium was, rook ze inmiddels naar andere dingen. Maar ik geloof het wel, dr. Quan heeft een goeie neus.'

'Te netjes voor een prostituee?'

'Wel voor een tippelaar. Te conservatief gekleed voor een doorsneehoer. Een chiquere prostituee? Kan. Hoezo?'

'Geen etensafspraakje,' zei ik. 'Doelgericht contact.'

'Kun jij je een jongen als Gavin voorstellen die weet hoe hij aan zo'n mooie beroeps moet komen? Hij was gekleed als een student. Hij had geen Zegna-pak aangetrokken om met een smak geld de hotels in Beverly Hills af te gaan.'

'Maar hij is in Beverly Hills opgegroeid, dus kende hij die hotels misschien wel. Met voldoende geld op zak zou hij hebben kunnen onderhandelen.'

'We hebben dertig dollar in zijn portefeuille gevonden.'

'En als hij het meisje al betaald had? Haar tas is weg. Zo ja, dan zou diefstal een extraatje voor de dader zijn geweest.'

'Een callgirl die een klusje buitenshuis met een jongen met hersenbeschadiging had,' zei hij.

'Dat is de moeilijkheid met interne hoofdwonden. De problemen kunnen subtiel zijn. Als je niet wist hoe Gavin vroeger was, zou hij niet zijn overgekomen als iemand met een hersenbeschadiging. Gewoon een nette jongen in een leuke cabriolet. We weten dat hij impulsief en dwangmatig kon zijn, en misschien had hij daarom een beroeps benaderd. Hij zat natuurlijk met zijn driften, vooral nadat het uit was geraakt met Kayla Bartell.'

'Heeft Koppel nog gezegd waarom het was uitgeraakt?'

'Ze nam aan dat het iets met het ongeluk te maken had. Ik had niet de indruk dat ze veel over Gavin wist.'

'Een beroeps,' zei hij. 'Een opgewonden jongen; zijn meisje maakt het uit. Misschien had zijn zelfvertrouwen een deuk opgelopen... Het is mogelijk.'

'En dan nog iets,' zei ik. 'Zijn gepraat over roddels opspitten. Stel dat hij iets met zijn droom om boulevardjournalist te worden had gedaan? Waar kun je een beroemdheid beter te grazen nemen dan in een duur hotel?'

'Hij begint met speuren naar bekendheden en pikt een beroepshoer op?'

'Jeugdige impulsiviteit, versterkt door hersenbeschadiging.'

'Oké,' zei hij. 'Ik zal de portiers van dure Beverly-hotels natrekken. Niet dat ze zullen bekennen dat ze beroepsprostituees binnenlaten. Ik zal ook de politie van Beverly Hills vragen of ze haar kennen en de foto aan de jongens van Zeden laten zien. Ondertussen blijft ze een gewoon, goedgekleed blondje.'

'Is er nog iets op te maken uit haar kleren?'

'De blouse is van Donna Karan New York, de G-string en push-up-beha van Calvin Klein, en in de legging zat geen label. Goeie schoenen, uitstekende zelfs: Jimmy Choo. Van wat ik ervan weet, kosten die een smak geld. In Beverly Hills is een winkel van Jimmy Choo aan Little Santa Monica, dus daar ben ik geweest. Je legt algauw vijf- à zeshonderd dollar neer voor een hoge hak met een bandje. Niemand herkende haar als klant, maar toen ik die schoen beschreef, wist de verkoopster direct waarover ik het had. Twee seizoenen oud, en ze konden zijn gekocht in de uitverkoop bij Neiman, of Barneys, of zo.'

'Dure schoenen,' zei ik. 'Verzorgd uiterlijk. Je zou toch denken dat iemand haar zou missen.'

'Ja, maar als zo'n meisje alleen woont, kan het even duren voordat iemand beseft dat ze er niet is. Het ziet ernaar uit dat dit een slepende zaak wordt. Bedankt voor je hulp, Alex. Als ik iets weet, geef ik je een seintje.'

Ik pikte Allison op bij haar praktijk. Ze had loshangende haren. Ze vlocht haar vingers door de mijne en kuste me hartstochtelijk. We hadden geen van tweeën honger, dus gingen we eerst naar de bioscoop. In de Aero, een paar straten verderop aan Montana, draaide *Blood Simple*, een oude film van de gebroeders Coen. Allison had hem nog nooit gezien. Ik wel, maar het was zo'n film die je wel twee keer kunt zien.

Even na negen uur verlieten we de bioscoop, en reden naar Hakata aan Wilshire, waar we plaatsnamen in een eethokje ver van de luidruchtige sushibar en de popsterposters. We bestelden sake met zalmsalade en teriyakisteak met gemengde sashimi.

Ik vroeg Allison hoe zij Gavin Quick zou hebben behandeld.

'Als ik te maken krijg met cliënten met een hersenbeschadiging, zijn die meestal helemaal door de neuropsychologische molen gehaald,' zei ze. 'Zo niet, dan laat ik dat alsnog doen. Als de proeven een mankement uitwijzen, beveel ik een gerichte behandeling aan. Als die achter de rug is, richt ik me op het bundelen van de krachten van de cliënt.'

'Ondersteunende therapie.'

'Soms hebben ze behoefte aan meer dan dat. De uitdaging is leren omgaan met een heel nieuwe wereld. Maar ondersteuning is daar inderdaad een belangrijk onderdeel van. Dat kan heel moeilijk zijn, Alex. Een stap vooruit, twee stappen achteruit, veel stemmingswisselingen, en je weet nooit wat het uiteindelijk oplevert. Eigenlijk zit je met iemand die weet dat hij niet meer de oude is en machteloos staat tegenover verandering.'

'Gavin had tegen zijn therapeute gezegd dat hij zijn eigen ik miste.'

'Dat vat het goed samen.'

Ik schonk voor ons allebei een kopje sake in. 'Lekker luchtig afspraakje, hè?'

Glimlachend streelde ze mijn pols. 'Maken wij nog altijd afspraakjes?' Voor ik iets kon zeggen, vroeg ze: 'Vanwaar al die vragen over technische aspecten, schat? Had zijn geestelijke toestand iets met de moord te maken?'

'Zijn geestestoestand ging een rol spelen toen Milo zich afvroeg of hij misschien de verkeerde persoon tegen de haren in had gestreken. Maar ik denk dat het meisje het doelwit was, en dat Gavin gewoon pech heeft gehad.'

'Wéér pech heeft gehad.'

We begonnen te eten.

Even later: 'Wie was die therapeute?'

'Een zekere Mary Lou Koppel. Ze zei dat haar doel was om hem emotioneel minder gesloten te maken. Het klonk niet alsof dat erg goed was gegaan.'

Ze zette haar kopje neer. 'Mary Lou.'

'Ken je haar?'

Ze knikte. 'Dat is vreemd.'

'Wat?'

'Er is al eerder een cliënt van haar vermoord.'

8

Ik schoof mijn bord opzij.

Allison zei: 'Ik heb Mary Lou een paar keer ontmoet. Op conferenties en symposia. En ik heb een keer met haar in een panel gezeten. Wat me van haar nog het meest bijstaat, zijn haar rode kleren en haar glimlach. Ze glimlachte altijd, ook als daar geen reden voor was. Alsof ze mediatraining had gehad. In het panel had ze een heleboel te vertellen, maar weinig ondersteunende gegevens. Het was duidelijk dat ze zich niet had voorbereid en dat ze het moest hebben van haar charisma.'

'Je bent geen fan van haar.'

'Ik ben op haar afgeknapt, Alex. Maar ik heb me wel afgevraagd of dat gewoon een kwestie van jaloezie was. Omdat iedereen wist hoe geslaagd ze was. Het gerucht ging dat ze de helft meer rekende dan de rest van ons en cliënten weigerde. Die moord is ruim een jaar geleden gebeurd. Ik was op een conferentie van de Western Psychological Association in Las Vegas, en Mary Lou zou een voordracht geven over psychologie en de media, die ze op de valreep annuleerde. Ik was niet van plan geweest om hem bij te wonen, maar een van mijn vrienden had zich wel ingeschreven. Hal Gottlieb. Die avond zat ik met Hal en nog wat mensen te eten en hij maakte een grapje dat hij haar zou vervolgen omdat hij geld had verloren aan een blackjacktafel, want hij had door de annulering van Mary Lou Koppel tijd gekregen om naar het casino te gaan. Vervolgens vertelt hij dat ze had geannuleerd omdat een van haar cliënten was vermoord. Er viel een lange stilte. Ten slotte maakte iemand een grapje over slechte publiciteit, en iemand anders zei dat slechte publiciteit voor Mary Lou niet bestond. Dat ze er wel een slaatje uit zou slaan.'

'Populair meisje,' zei ik.

'Wij psychologen kunnen net zo vals zijn als iedereen. Onze cliënten moesten eens weten.'

'Herinner je je nog bijzonderheden van die moord?'

'Om de een of andere reden herinner ik me dat het slachtoffer een vrouw was. Maar misschien verzin ik dat maar, Alex. Ik zou het echt niet weten.'

'Ruim een jaar geleden.'

'April vorig jaar, na Pasen. Dus veertien maanden geleden.'

'Toen ik de zoekmachines op Mary Lou losliet, is er niets over die moord naar boven gekomen,' zei ik. 'Maar omstreeks die tijd begon ze wel interviews over gevangenishervorming te geven, dus misschien heeft dat misdrijf haar belangstelling gewekt.'

'Best mogelijk.'

'Eén van die interviews heeft ze samen met een collega uit haar maatschap gedaan, een zekere Albin Larsen. Ken je die?'

Ze schudde haar hoofd en porde met een eetstokje in haar salade. 'Twee moorden in één praktijk. Als die praktijk maar groot genoeg is, is dat misschien niet zo bizar.'

'En die van Mary Lou was groot.'

'Dat werd wel gezegd.'

'Nou,' zei ik, 'het prikkelt op z'n minst de nieuwsgierigheid. Ik geef het door aan Milo. Bedankt.'

'Graag gedaan.' Ze veegde een lok zwart haar uit haar gezicht en sabbelde op haar onderlip.

Ik boog me over het tafeltje om haar een kus te geven. Ze pakte mijn gezicht in beide handen, drukte haar lippen op de mijne en liet me weer los.

Ik schonk nog meer sake in.

'Dit is heerlijk,' zei ze.

'Eersteklas sake,' zei ik.

'Ik bedoelde dit uitje met jou.'

'O.' Ik sloeg tegen mijn voorhoofd.

Ze voelde lachend aan een diamanten oorbel. 'Ondanks mijn voorliefde voor glimmertjes, heb ik eigenlijk maar weinig nodig. We leven, en onze hersens werken prima. Dat is een goed begin, vind je niet?'

De volgende morgen legde ik de laatste hand aan een voogdijrapport, en omdat ik naar buiten wilde, reed ik naar de rechtbank van L.A.-West om de documenten af te geven bij de raadkamer. Het politiebureau was vlakbij en ik ging er lopend naartoe. De burgerreceptionist kende me en wuifde me zonder formaliteiten door naar boven. Ik liep de trap op, passeerde de grote ruimte van Ernstige Delicten waar Milo ooit met de andere rechercheurs had samengewerkt, en vervolgde mijn weg door de gang.

Hij had vijftien jaar op die afdeling gewerkt, maar was er door zijn geaardheid en zijn voorkeur om alleen te werken nooit een echt teamlid geworden. In de beginjaren was er heel wat vijandigheid geweest, vooral van de uniformdienst en de korpsleiding, maar dat was allemaal langgeleden en nooit van de kant van de recherche. Rechercheurs zijn te intelligent en hebben geen tijd voor dat soort onzin. De afgelopen jaren had Milo's hoge percentage opgeloste zaken hem een stilzwijgend aanzien opgeleverd.

Ruim een jaar geleden was zijn leven veranderd. Op jacht naar een doortrapte seksmoordenaar van een oude, onopgeloste zaak van twintig jaar geleden was hij op een aantal privé-geheimen van de hoofdcommissaris gestuit. De commissaris, inmiddels uit zijn functie ontheven, had een oplossing geboden: Milo zou worden gepromoveerd tot inspecteur, maar het bureauwerk bespaard blijven dat nu eenmaal met die functie samengaat, op voorwaarde dat hij beider loopbaan niet te gronde zou richten. Verbannen naar zijn eigen vertrekken, uit de buurt van de andere rechercheurs, zou hij een bijzonder geval zijn: hij mocht zijn eigen zaken uitzoeken, maar niet opvallen. Als hij hulp nodig had, mocht hij naar believen jongere rechercheurs inzetten, maar verder was hij op zichzelf aangewezen.

Op een zijspoor gezet worden en meewerken: het is schering en inslag bij de overheid. Milo wist dat hij werd gemanipuleerd en vond dat vreselijk. Hij overwoog op te stappen, maar slechts heel even. Hij besloot niet aan de bedelstaf te gaan en overtuigde zichzelf ervan dat isolement ook vrijheid kon betekenen. Het extra salaris op de bank zetten was ook niet weg, en zolang de commissaris aan de macht was, was zijn kostje gekocht.

Nu was de commissaris weg en moest er nog een vervanger worden gekozen. Er meldden zich tien kandidaten, inclusief een vice-commissaris van Community Services, die zijn kandidatuur introk na een interview met een krant in San Francisco waarin hij na dertig jaar uit de kast kwam en de naam van zijn levensgezel noemde.

Ik vroeg Milo of dat iets aan de situatie op zijn bureau zou veranderen.

Hij lachte. 'Toen de naam van Berger op de lijst verscheen, rolden er zoveel ogen door kassen dat je het in Pacoima kon horen. De kans dat hij het wordt is net zo groot als de kans dat ik een tweede alvleesklier krijg.'

'Maar toch. Het feit dat hij ervoor uit is gekomen.'

'Alleen wat de buitenwereld betreft. Bij de politie was het al jaren bekend.'

'O,' zei ik.

'Sinds mijn beginjaren zijn de tijden veranderd,' zei hij. 'Niemand kijkt meer, niemand zegt er iets van, niemand legt meer rotzooi in mijn kluisje. Maar de basis – de psychodynamiek – zal toch nooit veranderen? Zoals ik het zie, zijn mensen nu eenmaal zo gemaakt. Het zit in ons DNA. Wij-zij, iemand moet de held en iemand de gebeten hond zijn. Om de paar jaar moeten we iemand op z'n lazer geven om zelf een goed gevoel te krijgen. Als het merendeel van de wereld zou zijn zoals ik, zouden hetero's hetzelfde probleem hebben. Het zal wel iets met evolutie te maken hebben, hoewel ik er niet de vinger op kan leggen. Kun jij je licht erop laten schijnen?'

'Ik heb de lampjes in de auto laten liggen.'

Hij lachte weer, op die vreugdeloze manier waarop hij het patent heeft. 'Bloeddorst regeert. Ik zal nooit zonder werk zitten.'

De deur van zijn kantoor stond open en hij zat aan zijn bureau een dossier te lezen. Het was een kamer zonder ramen, amper groot genoeg voor hem, met niets aan de muur en een foto van hem en Rick op zijn bureau. Aan het vissen, ergens in Colorado. Ze droegen allebei een geblokt overhemd en zagen eruit als een stel buitensporters. Het grootste deel van het uitstapje was Milo hoogteziek geweest. Zijn computer stond aan en zijn screensaver was een haai die jacht maakte op een duiker. Telkens als de kaken van de haai de zwemvliezen van de duiker raakten, kreeg hij een trap tegen zijn kop. Een drijvend opschrift luidde: GEEN GOEDE DAAD BLIJFT ONBESTRAFT.

Ik klopte op de deurpost.

'Ja,' gromde hij zonder op te kijken.

'Ook goeiedag; Gavin Quick blijkt niet de eerste cliënt van Koppel die voortijdig aan zijn eind is gekomen.'

Hij keek op en staarde me aan alsof we elkaar voor het eerst ontmoetten. Zijn blik klaarde op. Het was Gavins dossier. Hij sloeg het dicht.

'Wat zei je?'

Ik zei het nog een keer.

Ik ging op een extra stoel zitten. Zijn gezicht was een meter van het mijne. Ik zag nergens zo'n goedkope sigaar van Milo, maar zijn kleding gaf een zware geur van oude rook af.

Hij zei: 'April vorig jaar.'

'Allison weet het niet zeker, maar ze denkt dat het slachtoffer een vrouw was.'

'Nou, raad eens? De politie is eindelijk het digitale tijdperk in gestrompeld.' Hij tikte op zijn scherm. De haai en de duiker verdwenen om plaats te maken voor een aantal willekeurig geplaatste icoontjes. In de hoek was het scherm troebel en gebarsten. 'Althans in theorie. Dit exemplaar heeft de neiging om te crashen. Hij is gedoneerd door een middelbare privé-school in Brentwood, omdat de kinderen hem niet meer konden gebruiken.' Hij typte iets. Het apparaat maakte een geluid als een wasmachine en was traag met het downloaden. 'Hierzo, jongen. Elke wederrechtelijke slachting in dit arrondissement van de afgelopen vijf jaar, op slachtoffer, datum, afdeling en status. Waarschijnlijk geen spietswerk, want daarop heb ik al gezocht... Laten we maar eens kijken wat april oplevert...'

Hij scrollde. 'Ik tel zes... zeven vrouwen. Laten we maar beginnen met de gevallen in de Westside, want daar is Koppels praktijk. Nog mooier is dat ik maar een paar meter hoef te lopen voor de dossiers.'

Ik wierp een blik op het scherm. 'Voor hét dossier. Het ziet ernaar uit dat er maar één zaak in L.A.-West was.'

'Zo gemakkelijk kan het toch niet zijn?'

Maar dat was het wel.

Flora Elizabeth Newsome, eenendertig jaar, bruin haar, bruine ogen, een meter vijfenzestig, negenenvijftig kilo. Onderwijzeres van groep drie van de Canfield Street School, op een zondagmorgen dood aangetroffen in haar appartement in Palms. Ze was door messteken en een schotwond om het leven gebracht. Ze was al minstens twaalf uur dood toen ze werd gevonden.

Dr. Mary Lou Koppel was op 30 april ondervraagd door rechercheurs Alphonse McKinley en Lorraine Ogden. Dr. Koppel had niets anders te melden dan dat ze Flora Newsome had behandeld tegen 'angst'.

Niet opgelost.

Ik las het sectierapport. 'Gestoken en een kogel uit een .22-pistool. Zou het niet interessant zijn als de ballistiek overeenkwam? En steken is niet zo heel anders dan spietsen.'

Milo leunde naar achteren. 'Ik kan er altijd van op aan dat jij mijn betreurenswaardig saaie leven opvrolijkt.'

'Beschouw het maar als therapie,' zei ik.

Rechercheur Alphonse McKinley was overgeplaatst naar de Metro Squad in het Parker Center. Rechercheur Lorraine Ogden zat een eindje verder op de gang, en probeerde wijs te worden uit de wartaal op haar computerscherm.

Ze was een jaar of vijfendertig, een forse vrouw met vierkante schouders, kort donker haar met grijze strepen en een vastberaden mond. Ze droeg een oranje-en-crèmekleurige paisley blouse, een bruine lange broek en crèmekleurige platte schoenen. Aan de ene hand droeg ze een trouwring en een halfkaraats diamanten ring, aan de andere een ring van haar middelbare school.

'Milo,' zei ze, amper opkijkend. Haar scherm was gevuld met rijen getallen. 'Dit ding haat mij.'

'Volgens mij heb je net ingebroken bij een Zwitserse bank.'

'Ik denk het niet, geen swastika's. Wat is er?'

Milo stelde mij voor. Lorraine Ogden zei: 'Ik heb je wel eens gezien. Is er iets psychologisch mis?'

'Altijd,' zei Milo, 'maar dit heeft met het werk te maken.' Hij vertelde haar over de moordpartij aan Mulholland en de overeenkomsten met Flora Newsome.

'Zelfde zielknijper,' zei ze. 'Dan is er waarschijnlijk een verband.'

'In alle gevallen is een .22 gebruikt. Ons slachtoffer was gespietst, het jouwe gestoken.'

'Hoe gespietst?'

'IJzeren staaf door het middenrif.'

'Flora was vrij lelijk toegetakeld. Bij haar was ook een mes in de borst gestoken.' Ogden klemde de tanden op elkaar en haar mond werd breder. 'Dat zou mooi zijn, want die zaak is op niets uitgelopen.'

'Ik heb het dossier gelicht, maar als je even tijd hebt, zou het prettig zijn om het uit jouw mond te horen, Lorraine.'

Ze wierp een nijdige blik op de computer en zette hem uit. Ze was niet zachtzinnig. Het apparaat beefde. 'Volgens mijn zoon is het niet goed om hem uit te zetten zonder de juiste stappen uit te voeren. Hij zegt dat er dan rotzooi in het systeem komt. Maar ik krijg niets anders dan rotzooi.'

Ze stond op. Een meter tachtig, en dat op platte schoenen. Gedrieën liepen we de gang op.

'Hoe oud is je zoon?' vroeg ik.

'Tien, maar hij lijkt wel dertig. Hij is dol op wiskunde en al dat technische gedoe. Die zou wel weten wat hij aan moest met dat ellendige rotding.' Tegen Milo zei ze: 'Volgens mij is spreekkamer A leeg. Laten we daar maar déjà vu gaan spelen.'

9

Spreekkamer A was een ruimte van drie bij vier met een laag plafond. Er stonden een opklaptafel en stoelen, en hij was zo felverlicht dat ik de neiging had iets te bekennen. Op de achterkant van de stoelen zaten nog stickers van de Wal-Mart-uitverkoop. De tafel lag vol lege pizzadozen. Milo schoof ze naar het uiteinde en ging aan het hoofd zitten. Lorraine Ogden en ik aan weerskanten.

Ze pakte het Newsome-dossier, bladerde het door, stopte bij de autopsiefoto's en keek een hele poos naar een glanzende foto van dertien bij achttien.

'Arme Flora,' zei ze. 'Dit was haar afstudeerfoto. Ze heeft haar akte gehaald op de California State University in L.A.'

'Ze was eenendertig toen ze stierf,' zei Milo. 'Is dat een oude foto?'

'Een recente. Tussen de universiteit en de pedagogische academie had ze kantoorwerk gedaan. Het jaar voor de moord was ze net afgestudeerd. Ze was klaar met een stagejaar op school. De hoofdonderwijzer mocht haar, de kinderen mochten haar, en ze zouden haar vragen om te blijven.'

Ze tikte met haar nagel tegen de rand van de foto. 'Deze hebben we van haar moeder. We moesten hem met alle geweld houden. Al en ik hebben een soort band met haar gekregen. Aardige vrouw. Ze had alle vertrouwen in ons; viel ons nooit lastig. Ze belde zo nu en dan alleen om ons te bedanken en te zeggen dat ze zeker wist dat we de zaak zouden oplossen.' Haar neusvleugels verwijdden zich. 'Ik heb al zeker een halfjaar niets van haar gehoord. Arme mevrouw Newsome. Evelyn Newsome.'

Ik vroeg: 'Mag ik?' en ze schoof de map naar me toe.

Flora Newsome was bij haar leven op een verzorgde maar onopvallende manier aantrekkelijk geweest. Ze had een breed gezicht met een gave huid, donker haar tot op de schouders en lachende, heldere, lichte ogen. Voor de afstudeerfoto had ze een pluizige witte trui aangetrokken met een gouden ketting en een crucifix. Achter op de foto stond: *Voor pap en mam. Eindelijk geslaagd!* Blauwe inkt, fraai handschrift.

'Paps en mams,' zei ik.

'Twee maanden na Flora's afstuderen is haar vader overleden. Met mam ging het ook niet best. Die had ernstig last van artritis. Zestig jaar, maar ze zag eruit als vijfenzeventig. Na de moord op Flora is ze naar zo'n verzorgingstehuis verhuisd. Als je daar niet in een vloek en een zucht van veroudert...' Ze fronste. 'Dus wat kan ik jullie hierover vertellen... Flora's vriend had haar zondagochtend om een uur of halftwaalf gevonden. Ze hadden een brunchafspraak en zouden naar Bobby J's in de Jachthaven gaan.' Ze snoof. 'Gek dat ik dat nog weet. We hebben het gecontroleerd en het restaurant bevestigde de reservering. De vriend staat voor de deur, klopt aan en er wordt niet opengedaan. Hij blijft kloppen en uiteindelijk probeert hij Flora met zijn mobiel te bellen. Vergeefs. Hij bonkt op het raam en kan niet naar binnen kijken, want de gordijnen zijn dicht. Dus gaat hij de conciërge halen. Die wil hem niet binnenlaten. Hij heeft die vriend wel eens gezien, maar kent hem niet echt. De jongen speelt op en dreigt de politie erbij te halen, en de conciërge belooft even een kijkje te nemen. Even later staat de conciërge in het struikgewas te kotsen en belt de jongen het alarmnummer. Hij roept om een ambulance. Dat had geen zin. De patholoog-anatoom zei dat ze rond middernacht was vermoord.'

Ze gebaarde om het dossier. Ik schoof het terug en ze nam het weer door. 'Een kogel en steekwonden. We telden vierendertig wonden. Ernstig geval van overkill. En inderdaad, hier is er een vlak onder het middenrif. Volgens de lijkschouwer is de dader helemaal uit zijn dak gegaan door flink met dat mes te karnen. Heleboel bloed. Breed lemmet met één scherpe kant, als een slagersmes. Flora had een setje messen in haar keuken, in zo'n houten blok met gleuven, en het grootste ontbrak. We namen aan dat de dader het als souvenir had meegenomen, of om het bewijsmateriaal te verdonkeremanen.'

'Onze man heeft die staaf in het meisje laten zitten,' zei Milo.

'Charmant. Dus denken jullie dat die psychologe een schakel is?'

Milo haalde zijn schouders op. 'Twee mensen uit één praktijk vermoord en een paar overeenkomsten in de modus.'

Lorraine Ogden zei: 'Zouden ze allebei dezelfde idioot in de wachtkamer zijn tegengekomen?'

'Geen slecht scenario, Lorraine.'

Ze speelde met haar trouwring. 'Ik wou dat ik jullie iets meer over Flora kon vertellen, maar het was van meet af aan een doodgeboren kindje. Een slachtoffer zonder afwijkingen, alom geliefd, geen bekende vijanden. Ik rook direct een psychopaat. De moeilijkheid was dat het een voorzichtige psychopaat is. In de huiskamer zaten vingerafdrukken. Die van Flora, van haar vriendje, haar ouders en de conciërge. Dat is een tachtigjarige vent met staar, dus in die richting hoef je het niet te zoeken. En er zaten nog een paar afdrukken van Flora in de slaapkamer, vooral in en om de kleerkast. Maar niets op of bij haar bed. Hetzelfde gold voor de keuken en de badkamer. Schoongeveegd. Vooral de badkamer. Geen vlekje in de gootsteen, geen haartje in de badkuip of op de zeep. We hebben de TR de afvoer laten openmaken en ja hoor, daar zat Flora's bloed. Bovendien leek het onder de luminol wel een slachthuis. In het bloed zaten allemaal wisvegen, volgens de lijkschouwer van een rechtshandig per-

soon. In de keuken stond ook een rijtje glazen en een daarvan had dat blinkend schone van een glas dat net uit de vaatwasser is gekomen. De TR bevestigde dat er vaatwaskristallen onderin zaten.'
'Dader slaat zijn slag, maakt schoon en neemt een glaasje.'
'Perfectionist,' zei Lorraine. 'Niet dat hij erg subtiel met haar is geweest. Hij heeft haar nog een kogel gegeven toen ze al dood was, maar ze leefde nog een poosje, althans gedurende een deel van het steekwerk.' Heleboel slagaderlijk bloed op de lakens gesproeid; je hebt de foto's gezien. Hij heeft haar met haar benen wijd op haar rug laten liggen. Onze theorie was dat ze in haar slaap was verrast. Althans dat hoop ik maar. Stel je toch voor dat je hierbij wakker wordt? Dat je bij volle bewustzijn bent?' Ze klapte de map dicht.
'Zoveel bloed,' zei Milo, 'en geen voetafdrukken.'
'Niet één. Waar is O.J. als je hem nodig hebt? Deze schoft is voorzichtig te werk gegaan, jongens. Daar ga je met je mooie overdrachtstheorie. We hebben wel een flinter neopreen – zwart plastic – op een hoekje van Flora's nachtkastje gevonden. Het zag eruit als een hoekje dat van een groter stuk was gescheurd. Al en ik vroegen ons af of hij soms vuilniszakken had meegenomen, of een soort zeildoek. Volgens het lab kon het bouwplastic zijn. Dus misschien hebben we te maken met iemand uit de bouwwereld. We hadden gehoopt dat we een vingerafdruk op dat plastic zouden vinden.' Ze grijnsde. 'Net als op tv.'
'Maar niks,' zei Milo.
'Twee keer niks. Ik was zo gefrustreerd dat ik zelfs zo'n profileerformulier van de FBI heb ingevuld en naar Quantico heb gestuurd. Vier maanden later krijg ik een officiële brief van de FBI. Blanke man, efficiënte psychopaat, waarschijnlijk ergens tussen de vijfentwintig en veertig jaar en inderdaad, de bouwwereld klinkt aannemelijk, maar vang me nergens op.'
'Daar gaan onze belastingcenten naartoe.'
'Dagelijks.'
Ik zei: 'Een smeedijzeren hek kan het aantal bouwterreinen beperken.'
'Moordzuchtige ijzerwerker. Ja hoor, kan best. Of hij heeft het gewoon van een bouwplaats gepikt en geslepen. Wat betreft die zielknijper...' Ze wierp een blik op mij en zei: '... pardon, therapéúte: daar zijn we alleen achtergekomen omdat er om de twee weken cheques van haar rekening waren afgeschreven. Honderd dollar per keer, wat me een bom duiten leek voor iemand die maar vierhonderd verdiende. Toen we haar moeder ernaar vroegen, reageerde die verbaasd.

Flora had haar nooit verteld dat ze voor iets in behandeling was. Al en ik hebben dr. ... hoe heet ze ook weer...'

'Koppel.'

'Juist, dr. Koppel. We hebben telefonisch met haar vergaderd en ze zei dat ze Flora maar een paar keer had gezien, wat klopte met die cheques. Zes betalingen in drie maanden. Ze wilde geen bijzonderheden kwijt; beroepsgeheim. We zeiden dat overledenen geen aanspraak meer op dat privilege hebben, en ze antwoordde dat ze dat wist, maar dat er toch niets te vertellen viel. Ze klonk alsof ze danig was geschrokken en zei dat ze naar huis was gevlogen van een conferentie. Geeft zij reden tot argwaan?'

'Niet dat ik weet,' zei Milo. 'Zoals je al zei, de schuldige kan gewoon een van haar patiënten zijn geweest. Geen idee waarom Newsome in therapie was?'

'Volgens mij had Koppel het over *aanpassingsproblemen*... Zoiets. Ik weet nog dat ze ontkende dat er iets vreemds was aan Flora's persoonlijkheid. We vroegen of ze betrekkingen onderhield met mafkezen of louche figuren en ze zei dat Flora daar nooit over had gesproken. Ze gaf ons een diagnose... Aanpassingsprobl...'

'Aanpassingsstoornis, zorgelijk type?' vroeg ik.

'Zoiets. Waar het op neerkwam, was dat Flora last had van stress, de spanning van haar stagejaar op die school. Ze besefte dat ze onderwijzeres zou worden, met alle verantwoordelijkheid van dien. Ze zat ook met financiële problemen vanwege de jaren die ze vrij had genomen van haar werk om weer te gaan studeren.'

'Geldzorgen,' zei Milo, 'maar toch om de twee weken honderd dollar schuiven voor Koppel?'

'Volgens Koppel was dat met korting. Ze had haar honorarium gehalveerd en was ermee akkoord gegaan dat Flora om de twee weken in plaats van iedere week zou komen.'

'Ze bewees Flora een dienst.'

'Eigenlijk wel, ja,' zei Lorraine. 'Koppel zei dat iedere week doorgaans het minimum was om iets aan therapie te hebben, maar voor Flora had ze een uitzondering gemaakt. Is dat zo, meneer Delaware? Is er een minimum?'

'Nee.'

'Nou ja,' zei ze. 'Koppel vond van wel.' Haar handen lagen op elkaar. Ze was een stevige vrouw, maar ze had sierlijke handen met pianovingers. 'Daar was ze nogal nadrukkelijk over: hoe ze Flora ter wille was geweest. Ik weet nog dat ik dacht dat ze het vooral over zichzelf had, niet over Flora.'

'Groot ego,' zei Milo. 'Ze doet praatprogramma's op de radio.'
'O ja?' zei Lorraine. 'Ik luister alleen naar *The Wave*, lekkere jazz na
een dagje bloed en tranen. Hebben jullie al met haar gesproken?'
'Meneer Delaware wel.' Hij keek naar mij.
Ik vatte het gesprek samen.
Lorraine zei: 'Dat klinkt alsof u ook niet veel wijzer bent geworden.'
'Misschien hééft ze ook weinig te zeggen,' zei Milo. 'Meneer Dela-
ware vraagt zich af of Koppel therapeutisch gesproken misschien een
beetje laks is geweest tegenover ons slachtoffer. Hoe dan ook, we
gaan nog eens met haar praten. Het is mij een beetje te toevallig. Nog
iets wat we over Flora moeten weten?'
'Niet dat ik weet.'
'Is die vriend nooit verdacht geweest?'
'Brian van Dyne,' zei Ogden. 'Onderwijzer op dezelfde school, paar
jaar ouder dan Flora. De avond van de moord was hij met twee vrienden naar een wedstrijd van de Lakers geweest; daarna uit eten, vervolgens een kroegentocht. Allerwegen bevestigd. Die vrienden hebben hem na twee uur 's nachts afgezet bij zijn appartement in Santa
Monica. Ik heb hem nooit als de dader gezien, maar we hebben hem
voor de zekerheid toch aan de leugendetector gezet en op kruitsporen getest. Geen sporen op zijn handen, maar die proef was ongel-
dig omdat er te veel tijd tussen had gezeten. Voor de leugendetector
slaagde hij met vlag en wimpel.'
'Waarom zag u hem niet als de dader?' vroeg ik.
'Hij leek kapot van Flora's dood, echt verpletterd. Volgens zijn vrienden was hij tijdens de wedstrijd en daarna in een buitengewoon goed
humeur geweest. Wie we ook spraken zei dat Flora en hij het goed
met elkaar konden vinden. Dat zou me allemaal nog niet overtuigd
hebben, maar samen met die leugendetector? Geen sprake van; hij is
het niet.'
'Wist hij iets van Flora's therapie?'
'Nee. Hij wist er net zomin iets van als Flora's moeder.'
'Tweewekelijkse afspraken,' zei ik. 'Makkelijk te verdoezelen.'
'En dat had Flora zeker gedaan. Ze maakte Brian van Dyne wijs dat
ze naar de fitness ging. Wat logisch was, want ze was tenslotte lid
van de Sports Depot aan Sepulveda. Steps-aerobics en zo. Al en ik
hebben met het personeel gesproken om te informeren of ze met de
een of andere fitnessfreak had aangepapt, misschien wel zo'n foute
spierbundel als tegenwicht voor die keurige Brian. Maar nee hoor,
ze hield zich afzijdig; ze kwam alleen maar om te zweten.'
'En ze hield haar therapie geheim,' zei ik.

'Daar kijk ik niet zo van op, meneer Delaware. Als een van onze collega's hier het advies krijgt om in therapie te gaan, slaan ze er ofwel geen acht op, of anders houden ze hun lippen stijf op elkaar.'

'Het stigma.'

'Dat is nog springlevend. Flora had serieuze plannen met Brian van Dyne. Ik begrijp wel dat ze niet wilde dat hij – noch haar baas op school – iets van haar problemen wist.'

'Hoe lang gingen ze al met elkaar om?'

'Een halfjaar.'

'Geen echt openhartige communicatie,' zei ik. 'Maar misschien hebt u gelijk. Ik vraag me wel af of de reden waarom ze in therapie is gegaan misschien iets stigmatiserenders is dan werkstress.'

'Misschien de een of andere diep verborgen, duistere kink in haar karakter? Wie weet? Misschien laat dr. Koppel iets los.'

Milo zei: 'Als onze zaak iets met de jouwe te maken heeft, kon je wel eens gelijk krijgen, Lorraine. De een of andere gek heeft Flora – en onze Gavin – in de wachtkamer gezien en een slachtoffer geroken.'

'Mannelijke en vrouwelijke slachtoffers?' vroeg Ogden. 'Hoe zit het met dat meisje dat samen met het jouwe is gestorven?'

'Nog niet geïdentificeerd.'

Lorraine fronste. 'Geen therapiegeval?'

'Dr. Koppel ontkende dat ze het meisje kende,' zei ik.

'Als dat iets zegt,' zei Lorraine.

Milo vroeg: 'Had je de indruk dat ze loog?'

'Niet zo sterk, maar het lijkt erop dat ze tegenover ons allebei ontwijkend is geweest, en die toevalligheid is zonder meer verdacht. Laat maar weten als je met haar hebt gepraat. Nog iets anders?'

Milo zei: 'Lorraine, ik was van plan om nog eens te gaan praten met jouw hoofdrolspelers, als jij daar geen bezwaar tegen hebt. Mama, dat vriendje en Flora's collega's.'

'Ga je gang; het belangrijkste is dat we Flora kunnen sluiten. Je kent Al McKinley.'

'Goeie vent,' zei Milo.

'Goed stel hersens,' zei ze. 'En een echte terriër.' Ze haalde diep adem. 'Hij en ik hebben deze zaak gedaan. We hebben zedendossiers uitgevlooid en die daders naast misdadigers uit de bouw gelegd. Het is angstaanjagend hoeveel foute jongens er op daken werken, of klusjes doen. Maar er kwam helemaal niets uit. Ik was zo gefrustreerd dat ik zelfs hoopte dat er een lijk met dezelfde signatuur zou opduiken, en dat er dan meer forensisch materiaal zou zijn. Aardig van me, hè? Dat ik wilde dat er nog iemand zou sterven. Dat neopreen...

Hij gebruikt haar mes, maar neemt wel plastic mee. We hebben hier met een roofdier te maken. En die weten van geen ophouden. Is dat niet zo, meneer Delaware?'

Ik knikte.

Milo zei: 'Misschien is deze ook niet gestopt.'

10

Canfield School was gehuisvest in een blok aan Airdrome Avenue, drie straten ten zuiden van Pico en ten oosten van Doheny. Door de omheining van harmonicagaas zagen we spelende kinderen tegen de achtergrond van een beschilderde muur. Liefde, vrede en harmonie. Kleine kinderen met een gezicht dat glansde van mogelijkheden.

De wijk was Baja Beverly Hills, vijf minuten met de auto van de praktijk van Mary Lou Koppel aan Olympic. Als Flora Newsome met de auto van haar appartement in Palms naar haar sessies was gegaan, zou ze langer onderweg zijn geweest, maar niet veel. Twintig minuten, als het druk was.

Het adjunct-hoofd was een zwarte dame genaamd Lavinia Robson met een graad in de pedagogiek en een prettige manier van doen.

Ze controleerde onze geloofsbrieven, stelde de juiste vragen en ontbood Brian van Dyne via de intercom.

'Koffie?' vroeg ze.

'Nee, dank u.'

'Flora was een schat. Het heeft ons allemaal erg aangegrepen. Zijn er nieuwe aanwijzingen?'

'Nee, het spijt me, dr. Robson. Maar soms kan een frisse blik nuttig zijn.'

'Dat geldt ook voor het onderwijs. Ha, daar is Brian.'

Flora Newsomes vroegere vriend was een lange man van in de dertig met smalle schouders. Hij had dun blond haar en een pluizig, grauw snorretje. Zijn bleke huid deed een afkeer van zonneschijn vermoeden. Hij droeg een groen overhemd, kakibroek, een bruine, wollen das en wandelschoenen met rubberzolen. Een bril met dikke glazen gaf zijn ogen een perplexe uitdrukking. Bovendien was hij echt geschrokken van onze komst, dus zag hij eruit alsof hij op een vreemde planeet was geland.

'Flora?' zei hij. 'Na al die tijd?' Zijn stem klonk fluisterend en licht.
De telefoon van Lavinia ging. 'Pat is er vandaag niet, Brian. Waarom neem je de heren niet mee naar haar kantoor?'

De afwezige Patricia Rohatyn was bijzonder pedagogisch adviseur van de school. Haar kantoor was een krappe ruimte met een linoleum vloer vol boeken en spelletjes. De afvoer van de airconditioning ratelde. De kamer rook naar gummetjes.
Voor een rommelig bureau stonden twee stoelen van kinderformaat. Brian van Dyne zei: 'Gaan jullie maar zitten,' en hij ging een derde stoel halen. Hij kwam terug en ging tegenover ons op een grote stoel zitten. Het was geen poging om te domineren, want hij liet zich een beetje zakken om op ons niveau te komen.
'Uw aanwezigheid is zo merkwaardig,' zei hij. 'Ik ben net gisteren verloofd.'
'Gefeliciteerd,' zei Milo.
'Na Flora had ik een hele tijd geen zin om uit te gaan. Uiteindelijk heb ik ja gezegd toen mijn zuster een blind date voor me had georganiseerd.' Hij glimlachte melancholiek. 'Karen – mijn verloofde – kent de bijzonderheden van wat er met Flora is gebeurd niet. Ze weet alleen dat ze is overleden.'
'Ze hoeft ze niet te weten.'
'Precies,' zei Van Dyne. 'Het kost me nog steeds moeite. Om eraan te denken. Ik was degene die haar heeft gevonden... Wat brengt u hier? Is er eindelijk een verdachte?'
Milo sloeg de benen over elkaar en moest zijn best doen om niet een stapel spelletjes omver te schoppen. 'We nemen de zaak opnieuw onder de loep, meneer. Is er nog iets wat u te binnen is geschoten na uw gesprekken met de eerste rechercheurs?'
'O, een nieuw onderzoek,' zei Van Dyne ontmoedigd. 'Nee, niets.'
Hij masseerde de brug van zijn neus. 'Waarom is de zaak heropend?'
'Hij is nooit gesloten, meneer.'
'O,' zei Van Dyne. 'Nee, natuurlijk niet.' Zijn knieën botsten tegen elkaar.
Ik kreeg kramp in mijn rug van die kleine stoel en rekte me uit. Voor Milo moest het vreselijk zijn, maar zo te zien was er niets mis met hem.
Hij zei: 'Eén ding dat tijdens ons nieuwe onderzoek naar boven is gekomen, is het feit dat Flora Newsome in therapie was. Volgens rechercheur Ogden was dat een verrassing voor u.'
'Het was een volslagen verrassing. Flora had me er nooit iets over

verteld. Wat merkwaardig was, want ik was zelf ook in therapie geweest en had het haar wel verteld.' Van Dyne deed iets met zijn bril. 'Ik dacht dat we een openhartige relatie hadden.'

'U bent dus ook in therapie geweest,' zei Milo.

Van Dyne glimlachte. 'Niets krankzinnigs, inspecteur. Ik was drie jaar getrouwd geweest, en zes maanden voordat ik met Flora kennismaakte, gescheiden. Mijn vrouw is bij me weggegaan voor een andere man en ik had het er moeilijk mee. Eerlijk gezegd was ik behoorlijk depressief. Ik ging naar een psycholoog die me counselde en naar een psychiater verwees voor een korte antidepressivakuur. Na drie maanden voelde ik me al een stuk beter en stopte ik met slikken. Nog twee maanden therapie en ik was klaar om op eigen benen te staan. Dat maakte dat ik openstond voor een relatie met Flora. Ik zou dus wel de laatste persoon zijn om laatdunkend te doen over therapie. Waarschijnlijk dacht Flora daar anders over.'

'Denkt u dat ze zich geneerde?'

Van Dyne knikte.

Milo vroeg: 'Hebt u enig idee waarom ze in behandeling wilde?'

'Geen flauwe notie. En neem maar van mij aan dat het me heeft beziggehouden.'

'Ze was goed aangepast.'

'Ik dacht het wel.'

'Hebt u daar nu twijfels over?'

'Ik neem gewoon aan dat ze hulp heeft gezocht omdat ze ergens mee zat. Het moest wel iets zijn wat in Flora's ogen ernstig was. Ze was niet iemand die praatte om het praten.'

'Iets ernstigs.'

'In háár ogen.'

'Hadden jullie elkaar hier op school leren kennen?' vroeg Milo.

'Op de eerste schooldag. Ik was net overgeplaatst uit de Valley en Flora begon aan haar stagejaar. Ze moest een andere leerkracht helpen, maar ik was uiteindelijk degene die haar de kneepjes van het vak moest leren. Van het een kwam het ander.'

Milo haalde zijn aantekenboekje tevoorschijn. Met zijn ogen op de bladzijde vroeg hij: 'Enig idee wie Flora Newsome kwaad heeft willen doen?'

'De een of andere gek,' zei Van Dyne. 'Geen rationeel mens zou zoiets doen als wat ik heb gezien. Het was... Mijn maag draaide ervan om.'

'Heeft Flora ooit gezegd dat ze bang voor iemand was?' vroeg Milo.

'Iemand die haar lastigviel, die haar stalkte of zoiets?' Hij bracht zijn grote gestalte iets dichter bij Van Dyne en gebruikte nu alleen Flora's voornaam.

'Nooit. Maar gezien het feit dat ze haar therapie geheimhield, kan ik niet met zekerheid zeggen dat ze niets anders verborgen hield.'

'Is ze ooit bang of buitensporig nerveus op u overgekomen?'

'Dat stagejaar was best spannend. Wie vindt het nou leuk om beoordeeld te worden? Maar ze deed het geweldig; ze zou zonder meer geslaagd zijn. Onderwijzen betekende heel veel voor haar, inspecteur. Ze vertelde me dat alles wat ze daarvoor had gedaan gewoon werk was geweest, maar dit was haar carrière.'

'Wat had ze nog meer gedaan?' vroeg ik.

'Voornamelijk kantoorwerk. Ze heeft wat archiefwerk gedaan voor een advocatenkantoor, ze heeft op een reclasseringsbureau gewerkt en vervolgens heeft ze het kantoor geleid van een softwarebedrijf dat over de kop is gegaan. 's Avonds studeerde ze voor haar akte.'

'De reclassering in het centrum?' vroeg Milo.

'Dat heeft ze nooit gezegd, alleen dat ze het daar niet prettig vond. Er liepen te veel rare snuiters in en uit. Ik vond dat het misschien van belang kon zijn en heb het ook tegen de vorige rechercheurs gezegd, maar die leken daar anders over te denken. Omdat het al een poosje geleden was dat Flora daar had gewerkt.'

'Rare snuiters.'

'Haar woorden,' zei Van Dyne. 'Ze wilde er niet over praten.' Hij vlocht zijn vingers in elkaar voor zijn borst, alsof hij zijn hart moest beschermen. 'Wat u moet begrijpen over Flora is dat ze niet de meest spraakzame persoon was die ik kende. Oppervlakkig gezien was ze niet zo uitgaand of hartstochtelijk.' Hij ging met zijn tong langs zijn lippen. 'Ze was erg... traditioneel, meer als iemand van mijn moeders generatie.'

'Conservatief.'

'Zeer. Daarom keek ik er zo van op dat ze in therapie was geweest.'

'En u hebt geen idee wat haar dwarszat?' vroeg Milo.

'Ze leek me gelukkig,' zei Van Dyne. 'Echt waar.'

'Dat ze ging trouwen.'

'Gelukkig zonder meer. Ze was een gereserveerd iemand, inspecteur. Een ouderwets meisje.' Van Dyne maakte zijn vingers los, maar hield zijn hand op zijn borst. 'Hebt u al met haar therapeute gesproken? Dr. Mary Lou Koppel; zij is een van die radiopersoonlijkheden. Het kan best zijn dat Flora haar heeft gevonden nadat ze haar op de radio had gehoord.'

'Zou Flora zoiets doen?' vroeg ik. 'Naar de radio luisteren en bellen voor een afspraak?'

Van Dyne moest even nadenken. 'Ik zou het niet hebben kunnen voorspellen, maar wie zal het zeggen? Wat heeft Koppel over haar behandeling van Flora gezegd?'

'Ik heb haar nog niet gesproken,' zei Milo.

'Misschien hebt u meer succes dan ik.' Van Dynes handen vielen op zijn schoot. 'Een paar weken na de moord heb ik haar opgebeld, toen ik had gehoord dat Flora bij haar in therapie was geweest. Ik weet niet eens wat ik van haar wilde. Waarschijnlijk iets om me aan Flora te herinneren. Misschien iets van medeleven; het was een afschuwelijke tijd. Maar had ik even het verkeerde nummer gedraaid! Ze was allesbehalve meelevend. Ze zei dat haar beroepsgeheim haar belette om met me te spreken en hing op. Heel kortaf. Niet erg therapeutisch.'

Toen we wegreden van de school, stak Milo fronsend een sigaartje op. 'Gevoelige jongen.'

'Was er iets aan hem wat je dwarszat?'

'Niet in criminele zin, maar ik zou geen biertje met hem willen drinken. Mij te broos.' Hij fronste weer. 'Een baantje bij een reclasseringsbureau, waar de boeven haar nerveus maakten. Eén gesprek en we hebben al informatie die niet in Lorraines aantekeningen staat.'

'Lorraine en McKinley waren niet onder de indruk van dat baantje bij de reclassering, omdat er al een jaar was verstreken.'

'Ik ben sneller onder de indruk.'

We keerden terug naar het bureau, waar hij inlogde op Flora Newsomes staat van dienst bij de overheid, en hij vond het reclasseringsbureau waar ze vijf maanden kantoorwerk had gedaan. Niet in de stad, maar bureau Hollywood-Noord. Een halfuurtje rijden van de plaats delict.

Ik zei: 'Een schurk ziet haar, volgt haar naar huis en neemt poolshoogte bij haar appartement. Voor een beroeps zal inbreken een koud kunstje zijn geweest.'

'Typisch geval van mislukte reclassering,' zei hij. 'Ik vraag me af wat dr. Koppel daarvan zou denken.' Hij stond op, rekte zich uit en plofte weer neer.

Ik zei: 'Er is nog een mogelijkheid. De schurk is haar niet gevolgd; ze kende hem al. Daarom was er geen spoor van braak. En hoefde hij geen mes mee te nemen. Misschien is Flora om iets anders dan aanpassingsproblemen in therapie gegaan.'

'Lief, ouderwets meisje dat het aanlegt met een schoft?'

'Ze verzweeg haar therapie voor haar vriend, dus ze kan ook andere geheimen hebben gekoesterd.'

'Rommelen met verkeerd gezelschap,' zei hij. 'Verboden geneugten. Het schuldgevoel bracht haar bij dr. Koppel.' Hij keek me aan. 'Je spint me wel een web.'

Hij liep met me mee naar buiten en wierp een blik op zijn Timex. 'Ik denk dat ik Koppel maar eens ga besnuffelen. Alleen, aangezien jullie iets met elkaar uit te werken hebben.'

'Iets uit te werken,' zei ik met een glimlach.

'Om in de sfeer te blijven.'

In de loop van de avond belde hij me om te vragen: 'Wist jij dat psychologen niet verplicht zijn om dossiers te bewaren?'

'Dus Koppel heeft geen gegevens meer van de behandeling van Flora Newsome.'

'Een maand na Flora's dood, hup de versnipperaar in. Volgens Koppel is dat standaardprocedure; alle afgesloten zaken worden vernietigd. Anders krijgt ze "opslagproblemen". Ze beweert dat het ook de vertrouwelijkheid waarborgt, omdat niemand "toevallig" op een status kan stuiten.'

'Herinnerde ze zich nog iets van Flora?'

'Nog minder dan voor Lorraine. "Ik behandel zoveel mensen, inspecteur."'

'Maar deze was vermoord.'

'Maakt niet uit.'

'Ze maakte het je moeilijk.'

'Niet in eerste instantie. Ze was zeer vriendelijk, leuke glimlach, ontspannen manier van doen. Je krijgt de groeten, overigens. Ze zegt dat je een echte heer bent.'

'Ik ben geroerd. Heeft ze je nog iets concreets gegeven?'

'Ze zei dat ze het niet zeker wist, maar dacht dat Flora was gekomen met angstgevoelens. Ik besloot er niet omheen te draaien en bracht de mogelijkheid ter sprake dat ze een misdadig vriendje had. Geen reactie. Als ze iets te verbergen had, verdient ze een Oscar.'

'Wat vond ze van twee vermoorde patiënten in veertien maanden?'

'Ze leek me een tikje onthutst toen ik het zo formuleerde, maar ze zei dat ze er nog nooit bij stil had gestaan. Ze had zo'n enorm cliëntenbestand dat het niet echt iets zei. Mijn indruk is dat ze een bezette dame is. Het hele gesprek heeft zich al wandelend afgespeeld. Ik trof haar toen ze naar haar Mercedes liep. Ze ging naar de opnamen van een programma en haar mobiel bleef maar overgaan. Een van haar partners, een zekere Gull, had zojuist zíjn Mercedes geparkeerd en kwam een praatje maken. Ze poeierde hem af; te oordelen naar zijn gezichtsuitdrukking was hij dat gewend.'

'Twee moorden in één praktijk, is dat gewoon?'

'Ik heb volgehouden, Alex. Ze raakte geïrriteerd en drukte me in de hoek door te vragen of er aanwijzingen waren van enig verband tussen Gavin en Flora. Ik kon haar geen bijzonderheden geven, dus moest ik nee zeggen. Ze zei: "Daar heb je het al. Gezien de omvang van mijn praktijk is het een statistische gril." Maar ik weet niet zeker of ze dat wel geloofde. Ze had de handen aan het stuur en ze had witte knokkels. Die werden nog witter toen ik vroeg of ze cliënten behandelde van wie ze wist dat ze een strafblad hadden. Ze zei nee, natuurlijk niet. Haar patiënten waren allemaal fatsoenlijke mensen. Maar misschien heb ik haar... je weet wel, haar geweten aangesproken en schiet haar iets te binnen. Over een paar dagen probeer ik het opnieuw en ik wil graag dat jij erbij bent.'

'Of we nu dingen met elkaar uit te werken hebben of niet.'

'Hoe meer dingen hoe beter, in dit stadium. Ik wil haar ongerust maken. Maar eerst wil ik met de lui van de reclassering praten om te horen wat die zich van Flora herinneren. Ik heb ook het adres en telefoonnummer van Flora's moeder en zou het erg op prijs stellen als jij een praatje met haar wilt maken. Ik moet uitkijken dat ik niet helemaal in Flora verdrink en Gavin en het blondje verwaarloos.'

'Ik zal het morgen proberen.'

'Dank, dank.' Hij gaf me het nummer van Evelyn Newsome en een adres in Ethel Street in Sherman Oaks. 'Ze zit niet meer in een verzorgingstehuis. Zes maanden geleden is ze naar een echt huis verhuisd. Misschien heeft iemand een wondermiddel tegen artritis gevonden.'

'Wil je nog iets specifieks van haar weten?'

'De duistere krochten van haar dochters geest voordat ze werd vermoord en eventuele vriendjes die Flora voor Dyne heeft gehad. Verder mag je vragen wat je wilt.'

'Klinkt als een strategie.'

'Of iets wat daarop lijkt. Raad eens wat het onderwerp van het programma is dat Koppel ging opnemen.'

'Communicatie.'

Stilte. 'Hoe weet je dat?'

'Goeie gok.'

'Je bent angstaanjagend.'

11

De volgende morgen om tien uur belde ik Evelyn Newsome. Een vrouw met een waakzame stem nam op: 'Hallo?' Toen ik me voorstelde, klonk ze vriendelijker.

'De politie is erg aardig voor me geweest. Is er nieuws?'

'Ik wil even langskomen voor een praatje, mevrouw Newsome. We zullen nog een keer over oud terrein gaan, maar...'

'En u bent psycholoog?'

'We bekijken Flora's zaak van alle kanten.'

'O, dat is prima, meneer. Ik kan altijd over mijn Flora praten.'

Ethel Street ligt even ten zuiden van Magnolia en het was een minuut of twintig rijden via de Glen, over Ventura Boulevard en recht naar het centrum van Sherman Oaks. Aan deze kant van de bergen was het acht graden warmer dan in de stad, en het was droog genoeg om mijn sinussen te prikkelen. Hier was de zeedamp opgelost, waardoor de lucht boven de Valley blauw was.

Het blok waarin Evelyn Newsome woonde, bestond uit bescheiden, goed onderhouden gelijkvloerse huizen, voornamelijk revolutiebouw voor terugkerende veteranen van de Tweede Wereldoorlog. Boven roodhouten schuttingen torenden oude sinaasappel- en abrikozenbomen. Een aantal percelen werd overschaduwd door enorme, gehavende iepen, topzware naaldbomen en ongesnoeide moerbeien. Andere stonden onbeschermd in het onbarmhartige zonlicht van de Valley.

Het nieuwe huis van Evelyn Newsome was een lichtgroen gepleisterde bungalow met een nieuw dak van namaakspanen. Het gazon was een vlakte van gelige stoppels. Aan weerskanten van het bordes stonden beelden van paradijsvogels. Op de veranda hing een schommel roerloos in de hete, windstille lucht.

Voor de voordeur zat een hor, maar de houten deur zelf stond open, zodat de donkere, lage huiskamer in het volle zicht lag. Twee jaar geleden was Evelyn Newsomes dochter vermoord, maar op een bepaald niveau had ze haar vertrouwen nog niet verloren.

Voordat ik kon aanbellen, verscheen er een grote man met wit haar van in de zeventig, die de hordeur openmaakte.

'Meneer Delaware? Ik ben Walt McKitchen. Evelyn zit achter op u te wachten. Hij had hoog opgetrokken schouders en een rossig gezicht met een paarse kokkerd van een neus en een kleine mond. Ondanks de warmte droeg hij een overhemd van blauwgrijs flanel dat tot zijn hals was dichtgeknoopt, op een grijze wollen broek met een valse plooi.

We gaven elkaar een hand. Hij had eeltige worstvingers. Toen hij me voorging naar de achterkant van het huis, zag ik dat hij mank liep en dat een van zijn schoenen een orthopedische zool van een centimeter of acht had.

We passeerden een net slaapkamertje en kwamen bij een even kleine aanbouw met lambrisering van knoestig grenen, een pluizige groene bank, planken vol boeken en een breedbeeld-tv. De airconditioner in het venster was stil. Aan de muren hingen een paar zwartwitfoto's. Een groepsfoto van een militair bataljon. Een jong stel voor ditzelfde huis. De bomen waren nog jonge scheuten en het gazon gewoon aarde. Rechts van de man stond een Plymouth met een bol dak uit de jaren dertig. De vrouw had een bordje met VERKOCHT in haar hand.

Evelyn Newsome zat op de pluizige bank. Ze was een mollige dame met afhangende schouders, wit, gewatergolfd haar en vriendelijke ogen. Voor haar op een knoestige, roodhouten salontafel stonden een theepot onder een muts en twee kop-en-schotels.

'Meneer Delaware,' zei ze terwijl ze half overeind kwam. 'Ik hoop dat u geen voorkeur hebt voor koffie.' Ze klopte op de bank rechts van haar en ik nam plaats. Ze droeg een witte blouse met een Peter Pan-kraag op een kastanjebruine stretchbroek. Ze was topzwaar en had dunne benen. Haar broek was meer lubber dan stretch.

'Dit is prima, mevrouw Newsome, dank u wel.'

Ze schonk in. Op de kopjes stond in zeefdruk: HARRAH'S CASINO, RENO, NEVADA.

'Suiker? Citroen of melk?'

'Helemaal niets, graag.'

Walt McKitchen bleef in de deuropening hangen. Evelyn Newsome zei: 'Zo is het goed, lieverd.'

McKitchen nam me van top tot teen op, salueerde en vertrok.

'We zijn nog in de wittebroodsweken,' zei ze glimlachend. 'Meneer McKitchen bezocht vroeger zijn vrouw in het verzorgingstehuis waar ik woonde. Zij is overleden en wij raakten bevriend.'

'Gefeliciteerd,' zei ik.

'Dank u wel. Ik had nooit gedacht dat ik daar nog weg zou komen. Artritis. Het is geen osteoartritis die iedereen op mijn leeftijd krijgt. Ik heb de reumatoïde vorm, die is erfelijk. Ik heb m'n hele leven pijn gehad en na de dood van Flora werd die constant. Nu heb ik gezelschap, heeft mijn dokter me nieuwe medicijnen gegeven en gaat het prima. Zo zie je maar weer, dat dingen kunnen verbeteren.' Ze boog haar vingers en haalde een hand door haar haar.

De thee was lauw en smakeloos, maar ze deed haar ogen dicht van genot. Ze zette het kopje op tafel en zei: 'Ik hoop dat er goed nieuws over Flora is.'

'We zijn net begonnen de zaak opnieuw te bekijken.'

Ze gaf een klopje op mijn hand. 'Ik weet het, lieverd. Ik bedoel op de lange termijn. Welnu, waarmee kan ik je helpen?'

'Is u nog iets te binnen geschoten nadat de eerste rechercheurs…'

'Die waren niet slecht,' zei ze. 'Een man en een vrouw, en hij was zwart. Ze bedoelden het goed. Eerst had ik nog hoop, daarna niet meer. Ze waren wel eerlijk door te zeggen dat het onderzoek op niets was uitgelopen. De reden was dat mijn Flora zo'n goed mens was; er waren geen slechte invloeden. Dus moest het iemand zijn die ze niet kende en dat maakt het moeilijker. Althans, dat zeiden ze.'

'Was u het er niet mee eens?'

'Wel dat Flora een goed mens was, maar er was wel iets wat me dwarszat. Een tijdje voordat het gebeurde, had Flora bij de reclassering gewerkt. Ze vond het er direct vreselijk, en toen ik vroeg waarom, zei ze dat ze de mensen met wie ze te maken kreeg niet mocht. Ik zei: "Houd er dan mee op." Ze zei: "Het is maar tijdelijk werk tot ik mijn akte heb, mam, en het betaalt goed. Goede baantjes zijn niet dik gezaaid." Dat heb ik aan de rechercheurs verteld en die zeiden dat ze het zouden natrekken, maar ze dachten niet dat het van belang zou zijn omdat Flora er al bijna een jaar weg was.'

'Wat had Flora gezegd over de mensen met wie ze te maken kreeg?'

'Dat was alles, en als ik ernaar vroeg, ging ze over iets anders praten. Ik denk dat ze niet wilde dat ik me zorgen maakte. Flora heeft altijd iets beschermends tegenover mij gehad. Qua gezondheid heb ik zo mijn ups en downs gehad.' Haar blauwe ogen kregen iets alerts. 'Denkt ú dat er een verband met dat bureau kan zijn geweest? Bent u daarom hier…' Haar hand trilde. 'Die eerste rechercheurs leken er zo zeker van te zijn dat het niet belangrijk was, maar het heeft me wel dwarsgezeten, weet u.'

'Er zijn geen aanwijzingen dat er zo'n verband is, maar het wordt wel onderzocht.'

'Dus wist u er al van.'

'We hebben het van Brian van Dyne.'

'Brian.' Ze glimlachte en streek met haar vinger over het Harrah's logo.

'Waren er problemen tussen hem en Flora?'

'Met Brian?' grinnikte ze. 'Die twee leken al getrouwd. Allebei heel conservatief. Flora was erg op hem gesteld en hij aanbad haar.'

'Hoezo conservatief?' vroeg ik.

'Oud voor hun leeftijd. Flora was altijd al zo geweest. Ze was vroeg volwassen geworden. En toen ze Brian ontmoette, zei ik nog: "Ze heeft haar evenknie gevonden." Flora's vader was een mannelijke man. Meneer McKitchen ook. Dat is mijn type, maar Flora...' Ze haalde haar schouders op. 'Dit is niet aardig tegenover Brian. Brian is een lieve jongen. Mijn theorie is dat Flora op hem is gevallen omdat hij zo anders was dan haar voorgaande vriendje. Nou, díe was vrij macho, maar hij had weer andere problemen. Maar dat weet u vast wel.'

'Hoezo?'

'De eerste rechercheurs hebben hem aan de tand gevoeld nadat ik ze over zijn stemmingswisselingen had verteld. Ze zeiden dat hij hoegenaamd niet werd verdacht.'

In het dossier was geen sprake van een vroegere vriend. Ik zei: 'Ik heb nog niet alles gelezen, mevrouw Newsome. Over wat voor stemmingswisselingen hebt u het?'

'Roy kon een heel aardige jongeman zijn, maar hij kon ook imploderen. Flora zei wel eens dat ze op eieren moest lopen wanneer Roy zo'n bui kreeg. Niet dat hij Flora iets aandeed, daar is in de verste verte nooit sprake van geweest. Er was zelfs geen sprake van stemverheffing. Wat haar dwarszat waren zijn stiltes. Ze vertelde me dat hij in lange, kille stiltes kon vervallen waarin hij onbereikbaar was.'

'Humeurig,' zei ik.

Ze zei: 'Ik geloof niet dat Roy iets te maken heeft met wat er met Flora is gebeurd. Hij was weliswaar humeurig, maar hij en Flora zijn vriendschappelijk uit elkaar gegaan en ik ken zijn familie al mijn hele leven.' Ze knipperde met haar ogen. 'Om u de waarheid te zeggen, had Roy geen reden om boos op Flora te zijn. Hij was namelijk degene die een eind aan de relatie maakte. Hij kreeg iets met een andere vrouw; zo'n ordinair type, als je het mij vraagt. Nu gaan ze weer scheiden. Wat een narigheid.'

'U hebt nog steeds contact met Roy.'

'Zijn ouders waren onze buren toen we nog in Culver City woonden. Roy en Flora waren samen opgegroeid, als broer en zus. Roys ouders hebben een aquarium... zo'n viswinkel. En Roy houdt niet van dieren; is dat niet gek? Hem heb ik al een poosje niet gezien. Ik spreek zijn ouders zo af en toe nog wel. Zijn moeder heeft me over die scheiding verteld. Volgens mij wilde ze eigenlijk zeggen dat Roy bij Flora had moeten blijven, als hij slim was geweest.'

'Hoe heet Roy voluit?'

'Nichols. Roy Nichols, junior. Dat heb ik die andere rechercheurs ook verteld; het moet allemaal in het dossier staan.'

'Hield Flora wel van dieren?'

Ze schudde haar hoofd. 'Zij en Roy waren wat dat betreft eender. Heel netjes, allebei. Alles moest opgeruimd zijn. Wat dat betreft, zou je denken dat Roy wel ander werk had gekozen.'

'Wat doet hij dan?'

'Hij is timmerman. Bouwt houtskeletten van huizen. Maar misschien is dat schoner werk dan loodgieten.'

'Bouwvakker.'

'Precies.'

Ik bleef nog een kwartier in de kamer met z'n grenen lambrisering, werd niet veel wijzer, bedankte haar en vertrok.

Ik belde Milo. Hij was op het bureau en ik vertelde hem over Roy Nichols.

'Humeurig, houdt niet van dieren, bouwvakker,' zei hij. 'Dus nog iets wat Lorraine en Al hebben overgeslagen.'

'Volgens Evelyn Newsome hebben ze wel met hem gepraat en hem van de verdachtenlijst geschrapt.'

'Ja, ja... Ik zal hem toch voor de zekerheid opzoeken in de gemeentelijke databank... Ik heb hier een Roy Nichols met een geboortedatum die ongeveer moet kloppen... en kijk eens: twee veroordelingen. Vorig jaar wegens rijden onder invloed en het jaar daarvoor wegens een 415. Twee maanden na de moord op Flora.'

'Verstoring van de openbare orde kan van alles zijn,' zei ik. 'Gezien dat rijden onder invloed had het waarschijnlijk met alcohol te maken.'

'Nu ben ik bij Kentekenregistratie... Hier, een adres in Harter Street. Dat is in Culver City, vlak bij Flora's huis in Palms. Ben je op de terugweg naar de zogenaamde stad? Kom maar naar het bureau, dan gaan we die jongen een bezoekje brengen.'

'Het reclasseringsbureau van de Valley is niet ver van Evelyn Newsomes huis. Ik wilde even langsgaan om een kijkje te nemen.'

'Doe maar geen moeite. Flora heeft daar maar drie dagen gewerkt voordat ze werd overgeplaatst naar een tijdelijk onderkomen op de hoek van Sepulveda en Venice. Een van die projecten die met federale subsidie is gefinancierd. Kantoortjes in winkelpanden waarvan ze er een stuk of vijf door de hele stad hebben geopend. Hoefden de booswichten niet zo ver te reizen; God verhoede dat we de arme drommels te zwaar belasten. Men verkeerde in de hoop dat de schurken er dan minder moeite mee zouden hebben zich te melden.'

'Je spreekt in de verleden tijd,' zei ik.

'Juist. Er was geen sprake van grotere meegaandheid en een paar miljoen dollar later zijn die kantoren weer gesloten. Flora is gebleven tot het geld op was, dus had ze niet zo'n hekel aan haar werk dat ze is gestopt. Ze heeft ook niet zo'n grote indruk gemaakt. Haar chef herinnert zich haar als een stil meisje. Hij zei dat ze voornamelijk kaartenbakwerk deed en de telefoon opnam. Hij betwijfelde dat ze iets met een boef had gekregen.'

'Waarom?'

'Hij zei dat ze nogal op zichzelf was en er ook niet zoveel boeven kwamen.'

'Er kwamen er genoeg om haar tegen de haren in te strijken,' zei ik. 'En de hoek van Sepulveda en Venice is heel dicht bij haar huis. Ik zou wel eens willen weten hoeveel boeven die daar kwamen een verleden van zedendelicten hadden.'

'Veel succes. De reclassering is niet zo'n klein beetje bureaucratisch. Alles moet via het hoofdkantoor in Sacramento, en nu de filialen dicht zijn, bevindt het archief zich ergens in de ruimte. Maar als het moet, ga ik wel spitten. Ondertussen is het adres van Roy Nichols ook in de buurt, en zijn dossier doet vermoeden dat hij moeite heeft zijn impulsen te bedwingen. En zijn jullie niet degenen die zo'n tamtam maken over het feit dat psychopaten niet van dieren houden?'

'Dat gaat over wreedheid jegens dieren,' zei ik. 'Flora's moeder zei dat Nichols een netheidsmaniak is.'

'Zie je nou wel? Weer zo'n tic. Precies het type om een plaats delict goed schoon te maken. Het is toch de moeite waard om hem te besnuffelen? Ik zie je over... Wat denk je, twintig, vijfentwintig minuten?'

'Ik vlieg.'

12

Milo's ongemarkeerde auto draaide stationair aan de stoeprand voor het bureau. Hij zat aan het stuur te roken en met zijn vingers te trommelen.

Ik stopte naast zijn raampje. Hij gaf me een personeelsvergunning en ik parkeerde de auto op het terrein aan de overkant. Toen ik terugkwam, stond het portier aan zijn passagierskant open. Voordat het goed en wel dicht was, reden we al in zuidelijke richting.

'Hebben we haast?'

'Ik heb Roy Nichols' dossier gelicht. Die 415 was niet zomaar een dronkelap die een ruit breekt. Maar je had wel gelijk dat de drank een rol heeft gespeeld. Nichols had een vent in een sportcafé in Inglewood in elkaar geslagen, en niet zo zuinig ook. Het slachtoffer had een paar gebroken botten. Volgens het proces-verbaal dacht Nichols dat de man een geile blik op zijn meisje had geworpen, een zekere Lisa Jenrette. Er was een woordenwisseling, en van het een kwam het ander. Nichols kreeg geen aanklacht wegens mishandeling aan zijn broek omdat verschillende andere gasten zwoeren dat de ander het eerst had geslagen, en dat hij inderdááddd had geprobeerd om Nichols' meisje te versieren. Zo'n eikel die altijd ruzie zoekt. Nichols heeft een deel van zijn dokterskosten betaald en ordeverstoring bekend. Hij heeft niet gezeten, beloofde dat café te zullen mijden en bezocht een praatgroep woedebeheersing.'

Hij scheurde door zijstraten van Olympic, sloeg linksaf en reed de kant van Sepulveda op. 'Ernstige jaloezie kan leiden tot het soort overkill dat ze in Flora's slaapkamer hebben aangetroffen.'

'Volgens Evelyn Newsome had Nichols een punt achter de relatie gezet.'

'Dus was hij misschien van gedachten veranderd en bezitterig geworden. Ik heb het medisch rapport gelezen van de knaap die hij in elkaar heeft geslagen, Alex. Verbrijzelde gezichtsbotten, schouder uit de kom. Eén getuige verklaarde dat Nichols op het punt stond om het hoofd van die knaap tot pulp te slaan toen ze erin slaagden hem weg te trekken.'

We reden een poosje zwijgend verder. Toen vroeg hij: 'Een praatgroep woedebeheersing. Geloof jij dat zoiets werkt?'

'Soms wel, misschien.'

'Dat is nog eens een hartgrondige aanbeveling.'

'Ik denk dat er voor een fundamentele verandering meer komt kijken dan een paar verplichte lezingen.'

'Het peertje moet ook vervangen wíllen worden.'

'Precies.'

'Nog meer weggegooid belastinggeld,' zei hij. 'Net als die reclasseringsfilialen.'

'Ik denk het.'

'Nou,' zei hij, 'daar kan ik nou echt woest van worden.'

Roy Nichols' huis was een iets grotere, sneeuwwitte versie van Evelyn Newsomes bungalow. Het droeg de kenmerken van ambitieuze, maar ongerijmde woningverbetering: veel te brede, zwarte luiken die niet zouden hebben misstaan op een huis van twee etages in koloniale stijl, een paar Dorische zuilen die een nietige veranda overeind hielden, veelkleurige, kostbare Spaanse dakpannen die te hoog waren opgetast, een schuifraamvenster, tot de onderkant van de gevel gefineerd als natuursteen in verschillende kleuren. Hier was het smaragdgroene grasveld weelderig en onberispelijk. Aan weerskanten van het bordes stonden sagopalmen van anderhalve meter, bij elkaar voor vijfhonderd dollar vegetatie. Dwergjeneverbessen langs de hele voorkant, laag bij de grond gesnoeid met bonsaiprecisie.

Op de oprijlaan hield zich een voertuig schuil onder een smetteloze zwarte hoes. Milo tilde een hoekje van de hoes op. Het was een blinkend zwarte Ford pick-up met een pas verchroomde bumper. Verhoogde vering, speciale wielen. Op een sticker onder een plastic laagje stond: HOW AM I DRIVING? CALL 1-800-SCRU YOU.

We liepen naar de voordeur. Midden op een zwart gelakte deur zat een sticker van een beveiligingsbedrijf. Toen we aanbelden, klonk er een elektrisch klokkenspel. *Dong dong deng dang doeng dieng.*

'Even wachten!' Een vrouw deed open. Lang, jong, knap, maar doodop. Ze had een hartvormig gezicht en droeg een dun zwart tanktopje op een witte badstof short. Geen beha, op blote voeten. Prachtige benen; op een van haar glimmende schenen zat een scheerwondje. Ze had dof, lichtblond haar dat nonchalant zat opgestoken. Roze gelakte, kapotte nagels. Een donkerder tint op haar teennagels, die er nog erger aan toe waren. Achter haar was een ruimte vol kartonnen dozen. Nieuwe dozen met rechte randen, afgeplakt met bruin plakband en met het opschrift INHOUD, gevolgd door drie blanco regels. Ze kruiste haar armen voor een paar grote, zachte borsten. 'Ja?'

Milo liet zijn legitimatie zien. 'Bent u mevrouw Nichols?'

'Nu niet meer. Komt u voor Roy?'

'Ja, mevrouw.'

Ze gebaarde ons met een zucht naar binnen. Afgezien van een stukje bij de voordeur stond de hele kamer vol dozen. Tegen de dichtgebonden vuilniszak stond een kindermatrasje.

'Verhuizing?'

'Zodra de verhuizers komen. Ze zeggen morgen, maar ze zijn al een keer niet verschenen. Het huis is al verkocht, ik moet er volgende week uit zijn. Wat heeft Roy uitgespookt?'

'U neemt aan dát hij iets heeft gedaan.'

'Wat doet u anders hier? Ik heb niets gedaan en Lorelei ook niet. Dat is mijn dochter. Die is vier, en als ze wakker wordt uit haar middagslaapje, schop ik jullie eruit.'

'Hoe is uw naam, mevrouw?'

'Mevrouw,' zei ze geamuseerd. 'Ik heet Lisa. Nu nog Nichols. Ik neem waarschijnlijk mijn meisjesnaam weer aan: Jenrette, die heb ik altijd een stuk mooier gevonden dan Nichols. Maar nu heb ik andere dingen aan mijn hoofd. Dus wat heeft hij gedaan?'

'Misschien niets. We willen alleen even met hem praten.'

'Dan moeten jullie naar het bouwterrein. Hij werkt in Inglewood. Op Manchester, in de buurt van de Forum. Ze verbouwen een kantoor. Ik weet dat hij goed verdient, maar je moet niet proberen een cent van hem los te krijgen. Goddank heeft hij lieve ouders. Ze willen dat Lorelei een fatsoenlijke opvoeding krijgt, ook al is ze biologisch gesproken niet hun kleinkind. Ik heb ze verteld dat ik in L.A. zou blijven en zij haar konden bezoeken als ze me een handje hielpen. Anders ga ik terug naar Tucson, waar míjn ouders wonen.'

'Roy is op de centen,' zei Milo.

'Roy is net een ouwe vrek, behalve als het op zijn hobby's aankomt.'

'Wat voor hobby's?'

'Zijn pick-up, zijn whiskyverzameling, dit huis verbouwen. Kijk maar om je heen, daar kwam nooit een eind aan. Als er niet zoveel dozen stonden, zou ik jullie alle lambrisering laten zien die hij in de achterkamers heeft gemaakt. Rozenhout in alledrie de slaapkamers. Duur spul. Het is er nu zo donker als een mortuarium, maar hij beweerde dat het de waarde verhoogde. Dus wat gebeurt er? We zetten het huis op de markt, we krijgen een koper, en het eerste wat die gaat doen is die lambrisering eruit breken.'

'Daar zal Roy niet blij mee zijn,' zei ik.

'Roy is nergens blij mee.'

'Humeurig.'

Ze keek me aan. 'Het lijkt wel of u hem kent.'

'Ik heb hem nooit ontmoet.'
'U boft.'

Milo vroeg of ze Roy onlangs nog had gezien.
'Al in geen maand. Hij woont bij zijn ouders, vier straten verderop.
Je zou denken dat hij wel eens langs zou komen om Lorelei te zien.
Roy komt wel zo af en toe, maar zelfs áls hij er is, speelt hij niet met
haar. Voor hem is het een púnt dat ze niet van hem is.' Haar blik betrok. Ze verplaatste haar gewicht, liet haar armen hangen en keek
naar de grond. 'Hoor eens, ik moet een paar telefoontjes plegen.
Waarom vertellen jullie me niet wat hij heeft gedaan? Ik bedoel, als
hij gevaarlijk is, moet ik dat dan niet weten?'
Milo vroeg: 'Vindt u hem potentieel gevaarlijk?'
'Bent u een soort psychiater?' vroeg Lisa Nichols. 'We hebben er een
bezocht, vanwege de scheiding. In opdracht van de rechtbank, en dat
heeft hij gedaan, naar die psychiater gaan. Hij stelde vragen in plaats
van antwoorden te geven.'
'Roy heeft niets gedaan. We willen hem alleen maar spreken over een
ex-vriendin van hem.'
'Die vermoord is? Flora?'
'U weet ervan.'
'Alleen wat Roy me heeft verteld.' Haar hand vloog naar haar mond.
'U wilt toch niet zeggen...'
'Nee, mevrouw. We doen een nieuw onderzoek en praten met ieder-
een die haar heeft gekend.'
'Ik heb een kind van vier,' zei Lisa. 'U moet wel open kaart spelen.'
'U bent bang voor Roy,' zei ik.
'Ik ben bang voor zijn stemmingen. Niet dat hij me ooit iets heeft ge-
daan. Maar hij kan soms zo... in zichzelf wegkruipen.'
Milo vroeg: 'Wat heeft hij u over Flora Newsome verteld?'
'Dat ze...' Ze beet op haar bovenlip. 'Het klinkt zo...'
'Wat wilt u zeggen, mevrouw?'
'Hij zei dat ze koel was. In bed. Seksueel niets waard. Hij zei dat ze
het waarschijnlijk had aangelegd met de een of andere man, vervol-
gens niet op zijn avances was ingegaan, en dat het zo is gegaan.'
'Dat is zijn theorie, hè?'
'Roy ziet alles in termen van seks. Als het aan hem lag...' Ze wend-
de haar hoofd af. 'Ik moet doorgaan met pakken. Lori zal zo wak-
ker worden en dan kan ik niets meer doen.'
Ze gaf ons het adres en telefoonnummer van Roys ouders. Milo belde, kreeg zijn moeder aan de lijn, loog dat hij aannemer was en op

zoek was naar skeletbouwers en kreeg het adres van Roys huidige werkplek.

Toen we over Sepulveda in zuidelijke richting naar Inglewood reden, zei hij: 'Ik denk dat Flora Roy niet voldoende ter wille was, en dat hij haar daarom aan de kant heeft gezet. Vandaar zijn theorie. Of... Hoe noemen jullie dat, als je je eigen shit bij iemand anders legt...'

'Projectie,' zei ik. 'Geen spoor van braak bij Flora wijst op iemand die ze kende. Die overkill duidt op een heleboel onderdrukte woede, en die seksuele kant doet de bron van die woede vermoeden.'

'Een smeedijzeren hekspijl. Op bouwplaatsen moet je die kunnen vinden. Nu ben ik meer dan ooit nieuwsgierig naar waar die klootzak is geweest op de avond van de moord op Gavin en het blonde meisje. Tussen haakjes, ik heb twee rechercheurs langs de dure hotels gestuurd. Daarna hebben ze met de politie van Beverly Hills gepraat en niemand kent ons Jimmy Choo-meisje. Die hotels liegen waarschijnlijk, maar de politie van Beverly Hills houdt een lijst van dure callgirls bij, en daar staat zij niet op. Maar dat is een kwestie van tijd. Iemand moet haar missen.'

13

De voorman van Roy Nichols was een gedrongen man van middelbare leeftijd die Art Rodriguez heette en zo onverstoorbaar was als een stenen boeddha. Op zijn veiligheidshelm zat een sticker met DODGER BLUE boven een plakplaatje van de Amerikaanse vlag. Hij droeg een buitenmaats Disneyland-t-shirt onder een chambray hemd, een smerige spijkerbroek en vuile werkschoenen, en hij had een opgevouwen formulier van de paardenrennen in zijn hand.

We stonden in het stoffige zonlicht binnen een omheining van harmonicagaas om het bouwterrein. Er werd een aanbouw gemaakt aan de zijkant van een lelijk bakstenen kantoorgebouw van twee etages. Het oorspronkelijke, raamloze gebouw was uitgebroken, maar boven de ingang hing nog een bord met GOLDEN AGE INVESTMENTS.

De nieuwe aanbouw was nog in het skeletstadium en Roy Nichols was een van de bouwers. Rodriguez wees hem aan. Hij zat gehurkt op de eerste verdieping met een spijkerpistool te werken. Het rook er naar vers hout, houtbewerker en zwavel.

Art Rodriguez vroeg: 'Moet ik hem even halen? Jullie kunnen ook een helm opzetten en naar hem toe gaan.'

'Doet u het maar,' zei Milo. 'U kijkt er niet van op dat we hem willen spreken.'

Rodriguez liet een rokerslachje horen. 'In dit werk? Al mijn dakbedekkers zijn boeven, en dat geldt voor een heleboel beroepen.'

'Nichols is geen boef.'

'Boef, potentiële boef, wat maakt het uit? Iedereen krijgt een tweede kans. Daarom is dit zo'n geweldig land.'

'Maakt Nichols op u de indruk van een potentiële schurk?'

'Ik bemoei me niet met hun privé-leven,' zei Rodriguez. 'Stap één: ze komen op tijd, stap twee: ze doen dit klerewerk. Als een deel van hen dat met enige regelmaat doet, hoor je mij niet klagen.'

'Is Nichols betrouwbaar?'

'Hij is eigenlijk een van de beteren. Je kunt je klok op hem gelijkzetten, zo stipt is hij. Beetje verwijfd, eigenlijk.'

'Verwijfd,' zei Milo.

'Verwijfd,' herhaalde Rodriguez. 'Ik bedoel kieskeurig, nuffig, pietepeuterig. Alles moet precies goed zijn. Hij doet me aan mijn vrouw denken.'

'Hoezo kieskeurig?'

'Hij wil zijn broodtrommeltje stofvrij houden en wordt pissig als ze met zijn gereedschap klooien, of als zijn collega's niet op tijd komen. Bij elke verandering van routine heeft hij het niet meer. Hij vouwt goddomme zijn jáck op.'

'Een perfectionist.'

'Wat heeft hij misdaan?'

'Nog niets.'

'Hopelijk kunnen we het zo houden,' zei Rodriguez. 'Ik kan op hem rekenen en hij werkt goed.'

Roy Nichols was bijna een meter negentig, woog minstens honderdtien kilo en had een harde, uitpuilende buik, armen als een beroepsworstelaar en benen als boomstammen. Het hoofd onder zijn helm was kaalgeschoren. De stoppels op zijn gezicht en zijn wenkbrauwen waren blond. Onder een overall van blauwe spijkerstof droeg hij een aardekleurig T-shirt dat was doordrenkt van het zweet, en op zijn rechterbovenarm zat een roos getatoeëerd. Hij had een hoekig, gebruind gezicht met een dubbele kin met diepe plooien waardoor hij er ouder uitzag dan dertig jaar.

Rodriguez wees naar ons. Nichols haastte zich voor hem uit en stevende dreigend op ons af.

'Kleng, eerste ronde,' mompelde Milo.

Toen Nichols bij ons was, vroeg hij: 'Politie? Waarom?' Zijn stem klonk ijl en ongerijmd hoog. Ik durfde te wedden dat heel wat bellers naar zijn moeder hadden gevraagd. En dat Roy Nichols daar nooit aan had kunnen wennen.

Milo stak zijn hand uit.

Nichols liet een stoffige hand zien, mompelde 'smerig' en liet hem weer zakken. Hij draaide zijn nek los. 'Wat willen jullie?'

'Over Flora Newsome praten.'

'Nú? Ik ben aan het werk.'

'We zouden een paar minuten van uw tijd erg op prijs stellen, meneer Nichols.'

'Waar gáát het om?' Nichols' stierennek liep rood aan en de kleur rees naar zijn wangen.

'We bekijken de zaak opnieuw en praten met iedereen die haar heeft gekend.'

'Ik heb haar wel gekend, maar ik weet niet wie haar heeft vermoord. Ik heb dat hele gelazer al gehad met een paar andere smerissen. Ik zit op m'n werk man, en ze betalen me per uur. Het zijn hier net nazi's man; als ik even te lang in de plee blijf, korten ze op m'n loon. Als dit een vakbondsbaantje was, konden ze dat niet maken, maar dat is het niet, dus laat me met rust.'

'Ik regel het wel met meneer Rodriguez.'

'Ja, vast.' Hij schuifelde wat en draaide nog eens met zijn nek.

'Een paar minuten maar.'

Nichols vloekte binnensmonds. 'Laten we in elk geval uit die verrekte zon gaan.'

We liepen naar een hoek van het terrein in de schaduw van twee verplaatsbare toiletten. De chemicaliën lieten het afweten, en de stank was overweldigend.

Nichols trok zijn neus op. 'Wat een stank. Geweldig. Godverdomme.'

'Jij wordt ook gauw kwaad,' zei Milo.

'Dat zou jij ook zijn als je per uur werd betaald en iemand je tijd kwam verdoen.'

Nichols maakte het leren dekseltje van zijn horloge los om te kijken hoe laat het was. 'Die eerste smerissen hebben me dagenlang beziggehouden, man. Wat een gelazer. Aan hun spelletje zag ik zo dat ze me als een verdachte beschouwden.'

'Spelletje?'

'De een doet aardig, de ander is een eikel. Een man en een vrouw. Hij deed net of hij de aardige was. Ik kijk genoeg tv om te weten hoe dat gaat.' Hij haalde een hand over zijn kale hoofd. 'En nou jullie weer. Krijgen jullie soms overuren betaald en probeer je de zaak een beetje te rekken?'

Milo staarde hem aan.

Nichols zei: 'Hebben ze jullie niet verteld dat ik een waterdicht alibi had voor de avond dat Flora werd vermoord? Ik heb naar voetbal gekeken in een sportcafé, daarna heb ik pool en darts gespeeld en ben ik dronken geworden. Een maat heeft me even na twaalf uur naar huis gebracht, en daar heb ik de bank in de huiskamer ondergekotst. Mijn vrouw heeft me in bed gestopt en zeurde niet aan m'n kop tot ze me twee uur later wekte nadat ze er een poosje op had gekauwd, en toen kreeg ik de volle laag. Dus ik ga vrijuit, oké? Een hele zwik mensen heeft dat bevestigd en jullie collega's weten dat.'

Milo wierp een blik op mij. We dachten allebei hetzelfde. Zijn vrouw had dat niet gezegd.

'Heb je nog een theorie over wie Flora heeft vermoord?'

'Nee.'

'Helemaal niet?'

Nichols ging met zijn tong langs zijn lippen. 'Waarom zou ik?'

'We hebben gehoord dat je er een theorie op na houdt.'

'Ik weet niet waar je het over hebt.'

'Flora's libido. Of gebrek daaraan.'

'Shit,' zei Nichols. 'Jullie hebben met Lisa gesproken. Vind je het gek? We liggen in scheiding; die kan godverdomme mijn bloed wel drinken. Heeft ze jullie niet verteld dat ik die avond thuis was? Shit; nee dus. Zie je nou wel, ze haat me.'

'En die theorie van je?'

'Ja, ja, dat heb ik tegen haar gezegd, maar ik kletste uit m'n nek. Zoals je met je vrouw praat, weet je wel.'

Milo glimlachte.

'Vrouwen willen altijd dat je met ze praat,' zei Nichols. Hij deed zijn hand een paar keer open en dicht in nabootsing van gekakel. 'Je komt na een zware dag op je werk thuis, je wilt je lekker ontspannen, maar zij willen praten. Bla bla bla. Dus zeg je wat ze willen horen.'

'Wilde Lisa iets over Flora's libido horen?'

'Lisa wou horen dat ze vurig was, de vurigste van allemaal, hartstochtelijker dan wie ook.' Nichols gromde. 'Dáár ging dat over.'

Milo deed een stap dichterbij. 'Dus jij hebt Lisa opgehemeld door

Flora af te zeiken? En is er nog een bepaalde reden waarom je Flora als slecht voorbeeld had gekozen?'

Nichols deed een stapje achteruit.

'Had Flora seksuele problemen, Roy?'

'Als je met problemen bedoelt dat ze het niet kon,' zei Nichols.

'Kon ze niet vrijen?'

'Ze kon niet kláárkomen. Ze had geen gevoel daarbeneden. Ze lag daar net als een... vloerkleed. Ze híéld er niet van. Ze wou het niet zeggen, maar ze had wel een manier om het je duidelijk te maken.'

'Hoe dan?'

'Als je haar aanraakte, keek ze zo... verschrikt. Alsof ze... alsof je haar pijn deed.'

'Dat klinkt niet als een leuke relatie.'

Nichols gaf geen antwoord.

Milo zei: 'Toch ben je... hoe lang was het... een jaar met haar omgegaan?'

'Nog niet eens.' Nichols sperde zijn ogen open. 'Ik weet waar jullie heen willen.'

'Wat dan, Roy?'

'Dat ik boos op haar ben geworden omdat ze niet wilde, maar zo ben ik niet. We hebben nooit ruzie gehad; ik ben altijd aardig tegen haar geweest. Ik nam haar mee naar de film, uit eten, alles. Ik heb er geld in gestoken, man. Niet dat het me iets opleverde.'

'Eenzijdig handeltje,' zei Milo.

'Dat klinkt alsof ik een rotzak ben.' Nichols draaide met zijn vlezige schouders. Hij glimlachte. 'Nou ja, het maakt niet uit hoe ik erop sta. Ik heb een superwaterdicht alibi, dus jullie mogen denken wat je wilt.'

'Heb je het uitgemaakt met Flora vanwege haar seksuele problemen, Roy?'

'Dat was een van de redenen. Dat is toch niet gek voor een normale vent? Maar we hadden niet echt iets met elkaar. We waren buren; we waren samen opgegroeid. Onze ouders gingen met elkaar om; we deden barbecues samen, van alles. Iedereen wilde ons min of meer als stel zien, snap je wat ik bedoel?'

'Gekoppeld door de ouders,' zei ik.

Hij keek me dankbaar aan. 'Ja, precies. "Flora is zo'n lief meisje." "Flora zou een geweldige moeder zijn." En ze zag mij wel zitten, absoluut, dus waarom niet? Ze zag er niet slecht uit, ze zou zelfs heel leuk zijn geweest als ze zich wat beter had gekleed. En als ze beter genaaid had. Maar we trokken meer met elkaar op dan dat we met elkaar gingen, snap je wel? Hoe dan ook, ik heb flink in haar geïnvesteerd. Heel wat kreeft met haar gegeten. Toen we uit elkaar gingen was er niets aan de hand.'

'Vond ze dat niet erg?'

'Jawel hoor, maar niks hysterisch, begrijp je wel? Ze moest een beetje huilen; ik zei dat we vrienden zouden blijven en dat was dat.'

Ik vroeg: 'En zíjn jullie ook vrienden gebleven?'

'Er was wat... animositeit.'

'Jullie zagen elkaar nog wel?'

'Nee,' zei Nichols. Nu bekeek hij me argwanend. Hij legde een grote hand op zijn kale hoofd en krabde een paar schilfers verbrande huid weg. 'Ik zag haar af en toe bij mijn ouders. Niks rancuneus.'

Milo zei: 'Die kreeftmaaltijden. Nog een specifiek restaurant?'

Nichols keek hem aan. 'Ik kan overal kreeft eten, maar Flora hield van dat restaurant in de Marina, daar bij de haven.'

'Bobby J's.'

'Daar ja. Flora vond het leuk om naar de boten te kijken. Maar toen ik haar een keer een rondvaart door de Marina aanbood, zei ze dat ze zeeziek werd. Typisch Flora. Alleen maar woorden.'

'Flora zou de ochtend nadat ze werd vermoord bij Bobby J gaan brunchen. Met haar nieuwe vriend.'

'Nou en?'

Milo haalde zijn schouders op.

Nichols zei: 'Nieuwe vriend? En dat zou ik moeten weten? Doe nou niet alsof ik haar ex was en zij me de bons heeft gegeven, en dat mij dat iets kon schelen, want dat is volstrekte lúlkoek.'

'Roy,' zei Milo, 'afgezien van Flora's problemen, neem ik aan dat jullie wel met elkaar hebben geslapen.'

'Geprobeerd, ja. Flora deed net alsof haar benen aan elkaar gelijmd zaten. En altijd maar doen alsof je haar pijn deed. Als je mijn mening wilt horen, is ze inderdáád daarom in moeilijkheden gekomen.'

Nichols stak zijn kin uitdagend naar voren. 'Stel dat ze de een of andere gozer had opgegeild en vervolgens niet wou? Een gast met minder begrip dan ik. Het kan best zijn dat die vriend van haar is geflipt. Hij leek wel een watje, maar zijn het niet altijd juist die stille knakkers?'

'Heb je hem ontmoet?'

'Eén keer. Flora kwam met hem bij mijn ouders. Op *Thanksgiving*, 's avonds nadat we ons hadden volgestopt. Ik zat onderuitgezakt op de bank, want als ik zo heb gegeten, wil ik niet meer bewégen, man. Lisa en mijn moeder deden de afwas, mijn vader en ik zaten verzaligd voor de buis, en tring, daar gaat de bel. Komt Flora binnen, helemaal opgetut, arm in arm met die bleke fluim met dat slappe snorretje, en hij lijkt slecht op zijn gemak, zo van: wat doe ík daar, godverdomme? Zij beweert dat ze alleen maar langskomt voor mijn ouders, maar ík weet dat ze alleen maar wil laten zien dat ze het zonder mij best redt. Zo zijn vrouwen nou eenmaal.'

Nichols klapte zijn kaken op elkaar. 'Alsof meneer de onderwijzer indruk op mij zal maken. Hebben jullie hem al doorgelicht?'

'Je hebt geen hoge pet op van Van Dyne.'

'Ik heb niks tegen hem. Ik was blij dat hij en zij samen waren; misschien kon hij wel meer met haar.' Nichols glimlachte. 'Of misschien ook niet. Dat mogen jullie uitzoeken. Mag ik nu weer wat geld gaan verdienen?'

'Waar was je maandagavond, zeg maar tussen zeven en elf uur?'

'Maandag? Hoezo? Wat is er maandag gebeurd?'

Milo deed nog een stap dichterbij. Hij en Nichols keken elkaar recht in de ogen. Hun neus raakte bijna die van de ander. Nichols bleef zijn kin naar voren steken, maar hij knipperde met zijn ogen en vertrok zijn gezicht.

'Geef antwoord alsjeblieft, Roy.'

'Maandag... Toen was ik bij mijn ouders.' Door de bekentenis liep Nichols weer rood aan. Nu kleurde hij tot zijn voorhoofd. 'Daar woon ik tot ik een ander huis heb gevonden.'

'En je weet zeker dat je maandagavond daar was.'

'Ja, dat weet ik zeker. Ik sta elke ochtend om halfvijf op, zodat ik tijd heb om wat oefeningen te doen, te douchen, een flink ontbijt te eten en om halfzeven op het werk te zijn. Ik werk me de hele dag te pletter, ga naar huis, doe nog wat gewichtheffen, eet, kijk tv en ga om halfnegen naar bed. Zo ziet mijn vrolijke leventje eruit en dat vind ik prima, ja? Wat ik níét prima vind is dat jullie me voor niks komen lastigvallen. Ik ben niet verplicht om met jullie te praten, dus nu ga ik weer aan mijn werk.'

We keken hem na.

Ik zei: 'En onze eerste kandidaat in de Mister Charme-verkiezing is...'

Milo zei: 'Op het randje.'

'Wankelend.'

'Denk je dat hij onze dader is?'

'Als zijn alibi's niet kloppen, ben ik zeer geïnteresseerd.'

'Flora is tussen middernacht en twee uur vermoord. Hij zegt dat een maat hem even na twaalf uur naar huis heeft gebracht en dat zijn vrouw hem om twee uur heeft gewekt. Dat klinkt allemaal prachtig en ik heb er niets over in het dossier gelezen.'

Ik zei: 'Stel dat hij eerder is thuisgekomen en dat Lisa hem rond één uur heeft gewekt? Ze geeft hem de wind van voren, gooit alles eruit en gaat naar bed. Hij is woest en gefrustreerd, kan niet meer slapen, stapt uit bed, gaat naar buiten en rijdt naar iemand anders die hem heeft gefrustreerd. Sommige lustmoordenaars worden door een flinke dosis stress over het randje geduwd. En een heleboel van die efficiënte types houden er een op het oog stabiel huwelijk op na, terwijl ze andere vrouwen te grazen nemen.'

'Je hebt mot met je vrouw en reageert het af op je ex.'

Ik zei: 'Hij lijkt momenteel behoorlijk gespannen. Een seksueel geladen knaap die weer bij zijn ouders woont.'

'Gavin en het blonde meisje,' zei hij. 'Een stel dat op het punt staat te gaan vrijen jaagt hem over de rooie omdat hij barst van de opgekropte seksuele energie.'

'Zijn alibi voor Gavin en het blonde meisje is nog dunner omdat hij en zijn ouders geen slaapkamer delen. Hij kan makkelijk zonder hun medeweten naar buiten zijn geglipt. Ook al zullen ze het tegendeel beweren omdat ze nu eenmaal zijn ouders zijn.'

Nichols liep zonder om te kijken naar het skelet. We zagen hem naar de eerste verdieping klimmen, zijn gereedschapsgordel omdoen en zijn spijkerpistool pakken. Hij rekte zich nog een keer uit – om achteloos over te komen – alvorens het pistool op een kruisbalk te drukken.

Tak tak tak.

Milo zei: 'Kom, we gaan.' We liepen terug naar de auto. Hij ging weer naar Sepulveda en reed in noordelijke richting naar L.A. Het was druk op de boulevard en we schoten niet op. De warme, onbarmhartige lucht leek wel op de zijkanten van de ongemarkeerde politieauto te drukken. Veel mensen keken. Je kon zo zien dat het een politieauto was. Al hadden we in een VW gezeten, dan nog zouden Milo's rusteloze ogen hem hebben verraden.

Hij zei: 'Wat ík graag wil weten, is waarom Lorraine en Al niet de moeite hebben genomen Nichols op het verdachtenlijstje te zetten.'

'Ga je het vragen?'

'Zo doe ik dat, jongen. Openhartig, eerlijk en oprecht.'

'Dat zal leuk worden.'

'Hé,' zei hij, 'ik ben heus wel tactvol.'

Hij zette de politieradio aan, luisterde even naar de oproepen, mompelde: 'Wat hou ik toch van deze stad,' en hij draaide het volume laag.

Ik zei: 'Al zou Nichols onschuldig zijn, hij heeft ons toch nuttige informatie gegeven.'

'Flora's seksuele problemen?'

'Die waren misschien de reden dat ze in therapie is gegaan. Dat zou verklaren dat ze Van Dyne erbuiten heeft gehouden. Nu ik erbij stilsta: ook hij heeft haar beschreven als op het eerste gezicht weinig hartstochtelijk. De tijdslijn klopt ook: ze begon met de behandeling nadat ze door Nichols aan de kant was gezet en voordat ze met Van Dyne kennismaakte. Nichols beweert dat hij zich als een heer heeft gedragen, maar ik weet zeker dat hij schaamteloos eerlijk is geweest over de reden waarom hij er een punt achter zette.'

'Meneer Tact,' zei hij. 'Hé trut, haal die lijm tussen je benen vandaan of ik ben pleite.'

'Toen Flora over de pijn heen was, heeft ze misschien besloten dat ze inderdaad een probleem had. Het lijkt me logisch dat ze een vrouwelijke therapeut heeft gekozen voor een seksueel probleem.'

'Doet Koppel ook sekstherapie?'

'Ik geloof dat er maar heel weinig is wat ze niet doet.'

Het licht sprong op rood en hij stopte. Een jumbojet vloog laag over op weg naar LAX. Toen het lawaai was weggestorven, zei ik: 'Aangenomen dat Nichols' alibi's kloppen, heb je dan nog ruimte voor een andere theorie?'

'In dit stadium zou ik nog voor astrologie kiezen.'

'Als onderdeel van de behandeling raadt Koppel Flora aan om assertiever en avontuurlijker te zijn, en ze is risico's gaan nemen. In gevallen als het hare is dat standaardprocedure.'

'Wat voor risico's?'

'Praatjes met vreemden aanknopen, zich misschien zelfs laten versieren. En ze is tegen de verkeerde op gelopen. Wat ons linea recta terug zou voeren naar de reclassering. Stel dat Flora met een schurk had aangepapt? De een of andere agressieve supermacho, iemand als Roy Nichols, maar zonder een buurjongenverleden om hem te beteugelen. De moord kan een uit de hand gelopen seksavontuurtje zijn geweest. Of Flora was van gedachten veranderd en heeft er een gruwelijke tol voor betaald.'

'Zoiets als Mister Goodbar,' zei hij. 'Dat meisje was ook onderwijzeres... maar zij was een alleenstaande vrouw met een dubbelleven. Flora was verloofd met Van Dyne. En ze had een afspraak met Van Dyne toen ze werd vermoord. Bedoel je dat juffrouw Preuts haar verloofde beduvelde met een misdadiger?'

'Als het een misdadiger was, had ze hem leren kennen voordat ze iets met Van Dyne kreeg. Ik bedoel dat ze een andere man achter de hand kan hebben gehouden.'

'Een dubbelleven.'

'Of misschien had Flora het uitgemaakt met de schurk toen ze Van Dyne leerde kennen, maar kon de eerste dat niet accepteren. Er was geen spoor van braak. Dat kan op een bekende van Flora wijzen, of op een ervaren inbreker. Of op beide.'

'Flora had haar moeder en Van Dyne verteld dat ze een hekel had aan haar werk bij de reclassering. Denk je dat ze loog?'

'Mensen hebben de neiging om hun leven in vakjes te verdelen.'

Het licht sprong op groen en we kropen verder in de trage verkeersstroom. De lucht aan de horizon was van bruin tot grijs, waar de zon probeerde door te breken. Hij rommelde weer met de radio om nog even naar de politieoproepen te luisteren en draaide het volume omlaag.

'Van Dyne bedriegen met Boris Boef,' zei hij. 'Of misschien was Van Dyne iets te weten gekomen wat hij niet mocht weten en is hij geflipt. Jezus, wie weet is Van Dyne minder onschuldig dan hij lijkt.'

Ik dacht erover na. 'Flora's moeder liet doorschemeren dat Van Dyne niet zo mannelijk was. Dat kon ze van Flora hebben. En zijn alibi bleek al weinig sterker dan dat van Roy te zijn.'

'Dus misschien was zij niet de enige met seksuele problemen. Stel dat onze Brian niets klaarspeelde? Dat kan erg frustrerend zijn voor zo'n stille jongen.' Hij zette het volume weer hard en het constante gepraat van de meldkamer leek hem te kalmeren. We reden weer een stukje verder en hij schakelde abrupt over naar de gewone radio. Hij stemde af op een praatprogramma, luisterde naar de presentator die een beller uitfoeterde omdat hij de president bewonderde en zette het volume opnieuw laag.

'Ogden en Al McKinley hebben Nichols niet in het dossier opgenomen, maar hebben hem toch twee dagen lang aan de tand gevoeld. Die goeie ouwe Brian is dat zelfs bespaard gebleven… Maar wat dondert het; het is mijn zaak niet eens. Behalve als het iets met Gavin en het blonde meisje te maken heeft.'

Hij richtte zijn aandacht weer op het praatprogramma. De presentator bekte een beller af omdat ze niet meer verantwoordelijkheid nam voor haar zwaarlijvigheid. Hij onderbrak haar, en daar klonk de reclame voor een kruidenbrouwsel voor gewichtsverlies.

Hij vroeg: 'Wat vind jij van dit soort programma's?'

'Uitwassen van vrije meningsuiting,' zei ik. 'En van slechte manieren. Ben jij een liefhebber?'

'Nee, ik heb al narigheid genoeg op m'n werk, maar volgens het programma van vandaag komt onze Mary Lou over een uur op.'
'O ja?' zei ik. 'Wil je het horen?'
'Ik geloof dat je nooit genoeg kunt leren.'

14

Milo ging met Lorraine Ogden praten en ik bleef aan zijn bureau om het dossier van Gavin Quick te bestuderen. Niets nieuws. Ik richtte mijn aandacht op het dossier van Flora Newsome. Daar schoot ik ook weinig mee op. Vijf minuten later kwam Milo hoofdschuddend en rood aangelopen terug. Ik stond op, maar hij ging op de rand van het bureau zitten, strekte de benen en trok zijn das los. 'Mijn tact heeft me in de steek gelaten. Ik heb Nichols ter sprake gebracht en ze zei dat ze zich het lazarus had gewerkt aan die zaak en dat ik niet het recht had vraagtekens te zetten bij haar werk. Ze zei dat ik me met mijn eigen zaak moest bemoeien. Dat die twee zaken, hoe langer ze erover nadacht, helemaal niet zo op elkaar leken. Dat ik haar erbuiten moest laten. Daarna duwde ze me dit onder mijn neus.'
Hij gaf me een verkreukeld stuk papier dat ik gladstreek. Ballistisch rapport van het gerechtelijk laboratorium met het stempel VOORRANG en geparafeerd door rechercheur L.L. Ogden. Een vergelijking tussen het .22-pistool waarmee Gavin en het blonde meisje waren doodgeschoten en het wapen dat een eind aan Flora's leven had gemaakt. Een technisch rechercheur genaamd Nishiyama had de proef uitgevoerd.
Gelijksoortige, waarschijnlijk goedkope wapens, geïmporteerde halfautomaat, maar niet één en hetzelfde wapen.
'Met koopjes,' zei ik, 'kun je de ene weggooien en een andere kopen.'
'Alles is mogelijk, maar één en hetzelfde pistool zou heel wat prettiger zijn geweest. Nu heb ik een collega tegen het zere been geschopt en ben ik nog geen stap verder.'
'Zij is rechercheur tweede klas, jij inspecteur. Ik dacht dat de hiërarchie duidelijker was.'
'Alleen in naam. Het feit dat ik geen administratieve taken heb snijdt aan twee kanten. Iedereen weet dat ik geen invloed heb.' Hij bladerde

zijn boodschappen door. 'Nog niets over het blonde meisje, zo te zien...' Hij keek op zijn Timex. 'Koppel is op de radio.'

Hij zette zijn bureauradio aan en stemde af op het praatstation. Andere presentator, zelfde spottende toontje. Een tirade over rassenprofilering; deze man was er faliekant tegen.

Milo zei: 'Ja hoor, laten we opoes schoenen op het vliegveld maar binnenstebuiten keren terwijl meneer Hamas ongemoeid naar binnen walst.'

De presentator zei: 'Oké luisteraars, ik ben Tom Curlie, we zitten aan het begin van ons uur en elk moment kan er een gast binnenkomen. Dat is de bekende psychiater dr. Mary Lou Koppel, en iedereen die naar dit programma luistert, weet dat ze een intelligente vrouw is... en op wie niet luistert zitten we toch niet te wachten, ha ha. Vandaag zullen we het hebben over... Wat is er... Mijn technicus, de altijd charismatische Gary, laat me weten dat dr. Mary Lou Koppel aan de late kant is... U moet maar eens wat doen aan uw stiptheid, doc. Misschien een bezoekje aan de psychiater, ha ha. Laten we het ondertussen maar even over verzekeringen hebben. Bent u ooit van achteren aangereden door een van die gekken die wel overal lijken te zitten, als een invasie uit de ruimte? U weet wel wat ik bedoel: van die afwezige chauffeurs, mobiele-telefoonfanaten, of gewoon beroerde chauffeurs. Heeft zo iemand je bumper verkreukeld? Of erger? Dan beseft u de waarde van een degelijke verzekering, en bij Low-Ball Insurance krijgt u de meeste waar voor uw geld...'

Milo zei: 'Koppel is psycholoog, geen psychiater.'

'Waarom zou hij zich druk maken over de feiten?'

Tom Curlie deed zijn zegje en liet er een vooraf opgenomen spotje voor zelfgemaakte juridische formulieren op volgen. Vervolgens deed een vrouw met een zwoele stem verslag van het weer en de files op de snelweg.

Er volgde weer een spotje waarin Tom Curlie iets wat Divine Mochalicious heette de hemel in prees en dat je bij elke vestiging van CafeCafe kon krijgen, en daarna zei hij: 'De raadselachtige, maar toch nuchtere Gary laat me weten dat dr. Mary Lou Koppel, de psychiater die onze gast is, nog steeds niet in de studio is gearriveerd en dat genoemde zielknijper niet te bereiken is op haar mobiele telefoon. Tut, tut, Mary Lou. Je bent nu officieel geschrapt van de lijst van bevoorrechte gasten van de Tom Curlie-show, omdat Tom Curlie staat op punctualiteit, persoonlijke verantwoordelijkheid en al die andere deugden die dit land groot hebben gemaakt, hoewel dit land in een vlaag van verstandsverbijstering een president heeft gekozen die niet kan praten... Oké, wie zit er op haar te wachten, mensen? Laten we het maar eens over psychiaters hebben, en waarom die zelf zo stapelgek zijn. Ik bedoel, verbeeld ik het me nou, of sporen ze geen van allen? Dus, mensen, wat is hier aan de hand? Wordt iemand zielknijper omdat haar eigen hoofd hoognodig door de wringer moet? Of is het soms een kwestie van een ongelukkige jeugd, ha ha ha? Kom op, grijp die telefoon en vertel het me op 1 888 TOM CURLIE. Daar gaan we, de eerste telefoontjes komen al binnen en mijn eerste beller is Fred uit Downey. Hallo, Fred, is jouw ziel de laatste tijd nog uitgeperst?'

'Dag Tom. In de eerste plaats wil ik graag zeggen dat ik elke dag naar je luister, en dat ik je echt cool...'

'Goed gezien, Fred, maar hoe zit het nou met die psychiaters, die hersendokters, die geestenbezweerders, die zíélknijpers? Denk je dat ze geestelijk kreupel zijn, dat ze een klap van de molen hebben gekregen, dat ze hersendood zijn of zijn het piskijkers? Worden ze psychiater omdat ze zelf hoognodig op de divan moeten?'

'Nou, Tom, ik moet je zeggen dat ik ervaring heb met die lui, Tom. Een jaar of twaalf geleden zat ik buiten onder de sterrenhemel me met mijn eigen zaken te bemoeien, toen ze me ontvoerden om elektroden in mijn hersenen aan te brengen...'

Milo zette de radio uit.

'De beschaving en haar ongelukkigen,' zei ik.

'Eerder zeurpieten. Misschien heeft Lorraine wel gelijk en moet ik me op Gavin concentreren. Ik zal de jongens bellen die ook bij dat ongeluk betrokken waren; kijken wat daaruit komt. En ik zal ook eens zien of ik dat vriendinnetje, Kayla Bartell, te spreken kan krijgen zonder dat haar ouweheer er met zijn neus bovenop zit.'

'Wil je Koppel nog steeds spreken?'

'Die ook.' Hij ging zitten. 'Kennelijk is ze niet in haar praktijk, anders had die maloot wel contact met haar gekregen. Laat me eerst maar eens wat rondbellen. Wat vind je ervan als we er over twee uur langsgaan? Of later, als dat je beter uitkomt.'

'Over twee uur is prima. Wil je dat ik probeer Kayla te spreken?'

'Als je haar op straat tegen zou komen, zou ik dat prima vinden,' zei hij. 'Maar we zitten met de politie van Beverly Hills en het feit dat die vader zo opgefokt is, dus we kunnen ons maar beter aan het protocol houden.'

'Bezoek beperkt tot officiële politievertegenwoordigers.'

'Inderdaad.'

In de auto naar huis luisterde ik naar Tom Curlie. Mary Lou Koppel bleef de grote afwezige en Curlie had het niet meer over haar. Het programma bestond beurtelings uit reclameboodschappen en telefoontjes van treurige en boze luisteraars, en daarna introduceerde hij zijn volgende gast, een letselschadeadvocaat, die zich had gespecialiseerd in het vervolgen van snelbuffetketens wegens rassendiscriminatie en het verkopen van te hete koffie.

Curlie zei: 'Ik weet het niet, Bill, maar wat mij betreft mogen ze allemaal achter de tralies omdat ze gewoon rotzooi verkopen.'

In plaats van naar huis te rijden, vervolgde ik mijn weg naar Beverly Hills en reed ik langs huize Quick. Op de oprijlaan stond hetzelfde witte busje, maar de Baby-Benz was weg. De gordijnen waren dicht en de post van die dag lag op het bordes. Een tuinman snoeide de heg. Een anorectische vrouw liep voorbij met een zwarte chow-chow aan de lijn. De hond zag er gedrogeerd uit. Anderhalf blok verder suisde het verkeer voorbij op Wilshire. Een gezin was verscheurd, maar de wereld draaide gewoon door.

Ik keerde, reed in noordelijke richting via de kantoorwijk de Flats in, en passeerde villa Bartell. Bij daglicht was het huis nog kolossaler, en wit en vierkant als een nieuw stuk zeep. De omheining leek wel een gevangenisafzetting. De vierdeursgarage was dicht, maar net binnen het hek draaide een rode Jeep Grand Cherokee stationair.

Ik parkeerde de auto en zag vanaf de overkant het hek opengaan en Kayla Bartell erdoorheen scheuren. Ze had haar mobiel aan haar oor, sloeg zonder te kijken of er verkeer van links kwam rechts af en snelde in de richting van Santa Monica Boulevard. Ze praatte constant en geanimeerd in haar mobiel en had geen idee dat ik haar volgde toen ze een stopbord negeerde op Elevado en hetzelfde deed op Carmelita. Zonder haar richtingaanwijzer te gebruiken sloeg ze op een riskante manier links af op Santa Monica en vervolgde in oostelijke richting met de telefoon nog steeds in haar ene hand. De andere hield het stuur vast, en soms liet ze het los om te gesticuleren en zwaaide ze naar een andere rijstrook. Andere weggebruikers hielden meestal afstand, tot een andere jonge vrouw in een Porsche Boxster toeterde en met haar lichten knipperde.

Kayla sloeg geen acht op haar, bleef babbelen, sloeg links en rechts af naar Canon Drive, reed in zuidelijke richting en parkeerde in een leverancierssteegje achter de kapsalon van Umberto. Een bediende hield haar portier open en Kayla sprong eruit. Ze droeg een zwart kanten topje tot haar taille, een zwarte leren broek en laarzen met

hoge hakken. Op haar hoofd zat een honkbalpetje van zilverlamé. Haar blonde paardenstaart zat door het afstelbandje.
Geen fooi voor de bediende, alleen maar een glimlach. Iemand had haar zeker verteld dat dat voldoende was.
Met verende tred betrad ze de salon.

'Knipbeurt van tweehonderd dollar,' zei Milo. 'Ach, de jeugd van tegenwoordig.'
We reden in de Seville in oostelijke richting over Olympic naar de praktijk van Mary Lou Koppel.
Ik vroeg: 'Heb je de jongens van dat ongeluk nog te pakken gekregen?'
'Allebei, en ze bevestigen wat Quick heeft gezegd. Gavin zat achterin, tussen hen ingeklemd. Toen de auto tegen die berg vloog, kregen ze een dreun en werden ze heen en weer geslingerd. Maar door de klap werd Gavin naar voren geperst en vloog hij met zijn hoofd tegen de bestuurdersstoel. De een beschreef het als een banaan die uit zijn schil schiet. Allebei zeiden ze dat Gavin een goeie jongen was, maar dat hij enorm was veranderd. Hij ging niet meer met ze om en trok zich terug. Ik vroeg of hij mentaal trager was geworden, en toen aarzelden ze. Ze wilden hem geen trap na geven. Toen ik volhield, gaven ze toe dat hij suffer was geworden. Hij was gewoon niet meer dezelfde jongen.'
'Zeiden ze nog iets over obsessief gedrag?'
'Nee, maar ze hadden hem al een tijdje niet gezien. Ze waren behoorlijk van hun stuk dat hij was vermoord. Geen van beiden had een idee wie hem kwaad zou willen doen, en ze kenden ook geen ander blond meisje met wie hij omging dan Kayla. Die een van hen als een "verwend heksje" beschreef.'
'De anonieme blondine,' zei ik.
'Ik heb de tv-stations gebeld,' zei hij, 'om te vragen of ze die lijkfoto konden laten zien. Dat wilden ze niet; vonden ze te griezelig. Maar als ik een tekening kon laten maken die de scherpe kantjes ervan afhaalde, dan misschien wel. Als de zendtijd het toeliet. Ik heb een kopie van de foto naar een van onze tekenaars gestuurd; we zullen wel zien. Misschien willen de kranten de eigenlijke foto wel brengen. Krijgt dat arme kind nog haar vijftien seconden roem.'
'Te griezelig,' zei ik. 'Kijken ze naar dezelfde tv als ik?'
Hij moest lachen. 'De media hebben de mond wel vol over dienstverlening, maar ze willen alleen zendtijd verkopen voor spotjes. Het was net alsof ik een verhaal moest verkopen aan de een of andere

showbizzeikel. *Wat koop ík daarvoor?* Oké, we zijn er. Rijd eens achterom; kunnen we zien of de Mercedes van Mary Lou er staat.'

Dat was niet het geval, maar we parkeerden de auto toch en liepen het gebouw binnen.
De deur van de afdeling Pacifica-West Psychological Services was niet op slot. Deze keer was de wachtkamer niet leeg. Een lange vrouw van in de veertig ijsbeerde handenwringend op en neer. Ze droeg een grijs gympakje, witte sportsokken en roze Nikes. Ze had lange benen, een klein bovenlijf, kort, zwart uitwaaierend haar dat naar voren gekamd zat en blauwe, diepliggende, te felle ogen met wallen eronder. Haar glimmende, grove gezicht had de kleur van ingeblikte zalm. Onder de haargrens en bij haar oren was de huid geschilferd. Ze had net een peeling gehad. Haar gezicht verried dat ze eraan gewend was om gekoeioneerd te worden, maar bezig was te leren om zich ertegen te wapenen. Ze sloeg geen acht op ons en bleef ijsberen. Alledrie de lampjes waren rood.
Milo zei: 'Ik vraag me af wanneer haar sessie afloopt.'
De vrouw met het zwarte haar bleef heen en weer lopen en zei: 'Als u het over dr. K. hebt, trek dan maar een nummertje. Mijn sessie had twintig minuten geleden al moeten beginnen.' Ze liep de kamer op en neer, peuterde aan haar hoofd en bleef staan om de tijdschriften op tafel te inspecteren. Ze koos *Modern Health*, bladerde het nummer door en hield het blad opgevouwen in haar hand terwijl ze nog wat ijsbeerde. 'Dríéëntwintig minuten. Als het geen noodgeval is...'
Milo zei: 'Meestal is ze nogal stipt.'
Ze bleef staan en draaide zich om. Ze had een strak maar ingevallen gezicht. Door de angst waren haar ogen vochtig geworden, alsof ze naar een zonsverduistering had gekeken. 'Jullie zijn geen cliënten.'
'O nee?' zei Milo luchtig.
'Nee, nee, nee, nee. Jullie zien eruit als... Wat doen jullie hier?'
Hij haalde zijn schouders op en maakte zijn jasje los. 'We willen mevrouw Koppel gewoon even spreken, mevr...'
'Nou, dat gaat niet!' riep de vrouw. 'Het is míjn beurt! Ik moet haar spreken!'
Milo keek me hulpeloos aan. Smekend om hem te hulp te schieten.
'Vanzelfsprekend,' zei ik. 'Het is uw beurt. We gaan wel weg en komen een volgende keer terug.'
'Nee!' zei ze. 'Ik bedoel... Dat hoeft niet. Ik ben hier niet de baas. Ik heb niet het recht om hier zo op mijn strepen te staan.' Ze knipper-

de haar tranen weg. 'Ik wil gewoon mijn sessie. Mijn eigen sessie. Is dat overdreven narcistisch?'

'Helemaal niet.'

'Mijn ex-man beweert dat ik een ongeneeslijke narcist ben.'

'Ach, exen,' zei ik.

Ze staarde me even aan om te zien of ik het meende. Ik moest geslaagd zijn, want ze glimlachte. Ze zei: 'Gaan jullie maar zitten.' We gehoorzaamden.

Het bleef nog een kwartier stil in de wachtkamer. De eerste vijf minuten las de vrouw in haar tijdschrift. Vervolgens stelde ze zichzelf voor als Bridget. Ze keek weer in haar tijdschrift, maar haar aandacht was er niet bij. In haar slaap klopte een ader. Het was zo duidelijk dat ik het van de andere kant van het vertrek kon zien. Haar hart ging tekeer. Haar handen balden zich herhaaldelijk tot vuisten en haar blik vloog van het tijdschrift naar het rode lampje. Uiteindelijk riep ze uit: 'Ik begrijp er niets van!'

Ik zei: 'Laten we haar bellen. Haar antwoorddienst zal opnemen en misschien kan die ons vertellen of ze een spoedgeval heeft.'

'Ja,' zei Bridget. 'Ja, dat is een goed idee.'

Milo haalde zijn mobiel tevoorschijn, Bridget ratelde het nummer af en hij toetste het in. Wat een samenwerking.

Hij zei: 'Dr. Koppel alstublieft... meneer Sturgis; ze kent mij... Hoe zegt u? Weet u dat zeker? Want ik zit hier in haar wachtkamer en haar rode lampje is aan...'

Hij verbrak de verbinding.

Bridget zei: 'Nou? Nou?'

'Volgens haar antwoorddienst heeft ze zich vanmorgen niet gemeld, en dat doet ze gewoonlijk wel, en ze hebben geen idee waar ze is. Voor haar radiointerview had ze twee cliënten en die heeft ze ook gemist.'

Bridget riep: 'Dat rotmens! Dat is verdómd narcistisch!'

Ze greep haar tas, stevende naar de deur, gooide hem open en sloeg hem met een klap achter zich dicht. Er bleef een ongemakkelijke stilte achter.

'Ik denk,' zei Milo, 'dat ik mijn werk leuker vind dan het jouwe.'

Vijf minuten later bonkte hij op de deur van de praktijkruimten. Er klonk een gedempte mannenstem die iets zei in de geest van 'Eén moment!' De deur ging op een kier. De lichtbruine ogen die naar buiten keken, gingen schuil achter een achthoekige dubbelfocusbril, en de ooghoeken wezen schuin omlaag. Onderzoekend. Niet geamuseerd.

'Wat is er aan de hand?' Goed gemoduleerde stem met iets van een

Noord-Europees accent. Wat ik van zijn gezicht kon zien was glad en rossig; de kin zat in mollig vlees gebed. Die kin werd gesierd door een kortgeknipt, grijsblond ringbaardje. In het hart van dat baardje zat een smal, zuinig mondje.

'Politie,' zei Milo. 'Wij zijn op zoek naar dr. Koppel.'

'Politie? Dus bonkt u maar op de deur?' Kalme stem, bijna geamuseerd, ondanks de irritatie.

'U bent...'

'Dr. Larsen. Ik zit midden in een sessie en heb liever dat u weggaat. Waarom zoekt u Mary Lou?'

'Dat bespreek ik liever niet, meneer.'

Albin Larsen knipperde met zijn ogen. 'Best.' Hij wilde de deur weer sluiten. Milo hield hem tegen.

'Rechercheur...'

'Haar rode lampje brandt,' zei Milo. 'Maar ze is er niet.'

De deur ging wijder open en Larsen kwam naar buiten. Hij was een meter vijfenzeventig, halverwege de vijftig, een kilo of zeven te zwaar en had grijzend stekeltjeshaar. Hij droeg een groen, met de hand gehaakt mouwloos vest op een lichtblauw overhemd met knoopjes. Zijn kakibroek was in een vouw geperst, zijn bruine schoenen met een bolle neus waren glimmend gepoetst.

Hij nam ons even op. 'Is ze er niet? Hoe weet u dat?'

Milo herhaalde zijn gesprek met de antwoorddienst.

'Aha,' zei Larsen. Hij glimlachte. 'Dat wil nog niets zeggen. Dr. Koppel kan naar de praktijk zijn geroepen voor een crisis van een cliënt en is gewoon vergeten haar dienst te verwittigen.'

'Een crisis hier op kantoor?'

'Ons beroep kent talrijke crises.'

'Dikwijls?'

'Vrij vaak,' zei Larsen. 'Ik stel voor dat de beste manier om deze situatie tegemoet te treden is dat u uw kaartje achterlaat, en dan zorg ik ervoor...'

'Hebt u haar vandaag gezien, meneer Larsen?'

'Dat zou wel heel toevallig zijn. Ik zit al vanaf acht uur vol. Franco – dr. Gull – eveneens. We hebben een erg volle agenda en we proberen onze cliënten te spreiden om een bomvolle wachtkamer te voorkomen.' Larsen trok zijn hemdsmouw op voor een blik op zijn antieke, roodgouden Rolex. 'Mijn volgende cliënt is er trouwens over tien minuten en in mijn praktijk wacht een andere cliënt, wat erg onrechtvaardig is en heel onprofessioneel. Dus laat alstublieft uw kaartje achter, en...'

Milo zei: 'Waarom nemen we niet een kijkje om te zien of dr. Koppel wel op haar kamer is?'

Albin Larsen wilde de armen over elkaar slaan, maar bedacht zich. 'Dat zou ongepast zijn.'

'Anders ben ik bang dat we hier gaan wachten, meneer Larsen.'

Larsens mondje werd nog kleiner. 'Als u er even bij stilstaat, zult u concluderen dat u lomp bent.'

'Ongetwijfeld,' zei Milo. Hij ging zitten en pakte het exemplaar van *Modern Health* dat was neergegooid door de vrouw met de peeling. Larsen keek mij aan in de hoop op redelijkheid. Ik keek naar de grond.

'Goed dan,' zei hij. 'Ik zal even kijken.'

Hij trok zich terug in het gangetje en deed de deur dicht. Even later kwam hij uitdrukkingsloos terug.

'Ze is er niet. Ik begrijp het niet, maar ik weet zeker dat er een goede verklaring voor is. Nu moet ik echt terug naar mijn cliënt. Als u met alle geweld hier wilt blijven, weest u dan alstublieft rustig.'

15

'Dat noem ik nou een echte zielknijper,' zei Milo toen we naar buiten gingen. Onverstoorbaar, zachte stem en hij analyseert alles.'

'En ik voldoe daar niet aan?'

'Jij bent een uitzondering, mijn vriend.'

'Te vlug uit mijn evenwicht te brengen?'

'Veel te menselijk. Laten we maar eens bij dr. K. thuis langsgaan. Heb je tijd?'

'Ja hoor,' zei ik. 'Kunnen we zien hoe een echte vakgenoot leeft.'

Volgens de dienst kentekenregistratie woonde Mary Lou Koppel op McConnell Drive in Cheviot Hills.

Ik reed in westelijke richting langs Century City en zuidwaarts naar Pico, vervolgens een kleine kilometer voorbij Rancho Park en de radarapparatuur van een motoragent met een onbewogen gezicht. Milo zwaaide, maar de agent reageerde niet. McConnell was een prachtige straat die zich door de heuvels slingerde. In tegenstelling tot de botanisch eenvormige verkeersaders van Beverly Hills, stond er een gedurfde variatie van bomen aan weerskanten.

Koppel had een bakstenen huis van twee etages in Tudor-stijl op een heuvel, met een trap van dertig treden. De steile oprijlaan zou een uitdaging zijn voor een auto met een zwakke motor. De Mercedes was niet te bekennen, maar de garagedeur was dicht.

Milo zei: 'Misschien hebben die twee moorden in haar praktijk haar meer angst ingeboezemd dan ze heeft laten blijken en heeft ze even vakantie genomen.'

'Zonder haar cliënten in te lichten?'

'Angst kan rare dingen met je doen.' Hij bekeek de steile trap. 'Oké, geef de klimhaken maar aan, dan klauteren we naar boven. Hoe staat het met je reanimatievaardigheden?'

Hij ging voor en mompelde: 'Ze heeft tenminste een mooi uitzicht.' Ik volgde twee treden achter hem. Toen we boven waren, was hij buiten adem.

'Met... zo'n trap...' hijgde hij, 'heb je verdomme... geen... privé-fitness... nodig.'

Van dichtbij bleek het huis voorbeeldig onderhouden. De ramen blonken, de koperen dakgoten waren smetteloos. De bewerkte eikenhouten voordeur was kortgeleden in de vernis gezet. De voorgevel van oude baksteen werd verfraaid door varens, begonia's en papyrus. In het voorportaal hing de geur van gemengde kruiden in een stenen pot. Midden op het kleine, perfect onderhouden grasveldje stond een jacaranda met een meervoudige stam. Tussen de takken door had je uitzicht op de kom van L.A. en het San Gabriel-gebergte erachter. Ondanks de deken van smog was het een beeldschoon panorama. Toen Milo aanbelde, keek ik uit over talloze kilometers land en dacht wat ik altijd dacht: veel te groot voor één stad.

Er werd niet opengedaan. Hij probeerde het nog een keer, klopte aan en zei: 'Haar auto is weg, dus hier kijk ik niet van op, maar laten we voor de zekerheid maar grondig te werk gaan.'

We liepen om langs de zijkant van het huis naar een kleine, vierkante achtertuin, die werd beheerst door een zwembad en nog meer dichte beplanting. Tegen inkijk van de buren stond er aan drie kanten een haag van hoge ficussen. Het zwembad had een grijze bodem en was onberispelijk. Op een overdekt terras stonden een bakstenen barbecue met een schoorsteen, tuinmeubels en potplanten. Aan een dwarsbalk hing een kolibrievoederbakje en in de hoek maakte een minifontein – een bamboetuit in een tonnetje – een gezellig geluid. De achtergevel bestond voornamelijk uit een aantal openslaande deuren. Voor drie daarvan waren de gordijnen dicht. Maar bij een wa-

ren ze open en Milo liep erheen om naar binnen te gluren.
'Mijn hemel,' zei hij.
Ik liep naar hem toe om te kijken.
De achterkamer was ingericht met leren divans, glazen bijzettafeltjes, een bar van eikenhout en graniet en een plasma-tv van anderhalve meter breed met bijbehorende hifi-snufjes. Er was een spelprogramma op de tv. Deelnemers sprongen in extase op en neer als op een trampoline. Prachtige, scherpe kleuren.
Links zat Mary Lou Koppel ineengezakt op een van de banken, met haar gezicht naar ons toe en met de rug naar de tv. Haar ledematen waren wijd uitgespreid en haar hoofd hing naar achteren. Met wijdopen ogen staarde ze naar het gewelfde plafond.
Met nietsziende ogen. In haar borst stak iets langs en zilverkleurigs en haar gezicht had een levenloze kleur.
Het witte leer om haar heen zat onder de roestkleurige vlekken.

Wij bleven buiten en Milo belde de technische dienst, de lijkschouwer en twee patrouillewagens om de wacht te houden.
De patholoog-anatoom was een Aziatische vrouw, die niet goed Engels sprak en wegglipte zonder met ons te praten. De assistent van de lijkschouwer, een zwaargebouwde man met een grijze snor die Arnold Mattingly heette, kwam naar buiten en zei: 'Cho zegt dat je je gang kunt gaan, Milo.'
Milo vroeg fronsend: 'Is ze al weg?'
'Zij heeft het drukker dan wij het ooit zullen krijgen,' zei Mattingly. 'Er liggen stapels lijken in het mortuarium.'
'Heeft ze nog een voorlopige indruk gegeven?'
'Het lijkt erop dat ze in haar borst is gestoken met een briefopener en door het hoofd is geschoten. Ik weet dat je graag je eigen overzicht maakt, maar als je wilt, krijg je een kopie van het mijne.'
'Graag, Arnie. Wat was het eerst, die steekwond of de kogel?'
'Waarschijnlijk mag ik geen gok doen, en Cho is niet erg spraakzaam vandaag.' Mattingly legde zijn hand naast zijn mond, maar zijn volume werd niet minder. 'Haar man is bij haar weg.'
'Jammer,' zei Milo.
'Aardige vrouw,' zei Mattingly. 'Echt. Hoe dan ook, als je mijn mening wilt horen: er zat een heleboel bloed om de steekwond. Overvloedig, zogezegd. En maar een beetje om het kogelgat. Meer plasma dan rood spul.'
'Dus haar hart ging tekeer toen ze werd gestoken.'
'Als ik een gok moest doen, ja.'

'Klein kaliber pistool?'

'Zo te zien wel. Koppel is toch die psychologe?'

'Ken je haar, Arnie?'

'Mijn vrouw luistert naar haar als ze op de radio is. Ze vindt dat de dingen die ze zegt van gezond verstand getuigen. Maar als dat zo is, waarom moeten mensen haar dan betalen?' Hij schudde zijn hoofd. 'Mijn vrouw krijgt een beroerte als ik het haar vertel. Dat mag toch wel, hè?'

'Doe maar,' zei Milo. 'Voor mijn part bel je de media. Nog meer ideeën?'

Mattingly vroeg: 'Gaan we een partijtje gokken vandaag?'

'Het is een rotdag. Ik sta open voor suggesties.'

'Ik ben maar een nederig ambtenaartje.' Mattingly krabde op zijn hoofd. 'Ik zou zeggen dat het iets met haar werk te maken heeft. Misschien heeft ze de een of andere gek op de tenen getrapt.' Hij merkte mij kennelijk voor het eerst op. 'Klinkt dat logisch, meneer Delaware?'

'Zeer.'

Mattingly grijnsde. 'Daarom hou ik zo van dit werk. Ik zeg logische dingen, maar als ik thuiskom, hoor ik dat ik een malloot ben.' Hij verzamelde zijn spullen en vertrok.

Ik zei: 'Bel jij de media maar. Misschien schiet je dan eindelijk wat op.'

Het duurde een poosje voordat de TR klaar was met het onderzoek naar vingerafdrukken, schoenafdrukken, bloed of ander lichaamsvocht in de andere vertrekken, en tekens van braak of verzet.

Geen vingerafdrukken op de briefopener. Verder niets onthullends, behalve het voor de hand liggende feit dat de briefopener, een antiek geval met een benen handvat en een lemmet van zuiver zilver, afkomstig was van een bureausetje in Mary Lou's privé-werkkamer.

Toen de TR weg was, begon Milo met de beschamende huiszoeking die in geval van moord nu eenmaal moet gebeuren.

Onderzoek van het medicijnkastje in Koppels badkamer leverde de gebruikelijke toiletspullen op, tezamen met anticonceptiepillen, een pessarium en condooms ('Voorzichtige dame'), antihistaminen, een zalfje voor schimmelinfecties, Tylenol, Advil, Pepto-Bismol en artsenmonsters van het slaapmiddel Ambien.

'Al die adviezen aan derden, en zelf heeft ze slaapproblemen,' zei Milo. 'Zou ze zich ergens zorgen over hebben gemaakt?'

Ik haalde mijn schouders op.

Haar slaapkamer was knus, in zacht saliegroen en zalmroze. De lappensprei zat strak ingestopt, het vertrek was het toonbeeld van orde.

Milo ging met zijn hand door een kleerkast vol rood en zwart. In een ladekast trof hij nachtkleding, variërend van degelijk flanel tot sexy niemendalletjes uit het Hustler Emporium. Hij hield een kruisloos slipje van namaakluipaardleer omhoog.

'Zoiets koop je niet voor jezelf. Ik vraag me af wie haar minnaar is.'

Onder in de la met ondergoed vond hij een zilverkleurige vibrator in een fluwelen zak.

'Allerlei variaties van liefde,' mompelde hij.

Ik had niet veel met Mary Lou Koppel opgehad, maar het historisch exposé van haar leven was deprimerend.

We vertrokken uit de badkamer en keerden terug naar haar werkkamer, zodat Milo haar papieren kon doornemen. Het duurde niet lang voordat we op iets interessants stuitten.

Net als de rest van het huis was haar werkkamer opgeruimd. Op een sierlijk Frans renaissancebureau prijkte een keurige stapel documenten met daarop een rode, kristallen presse-papier in de vorm van een roos. Hij lag iets uit het midden, naast een goudkleurig, leren vloeiblad en onder de zilveren bureauset waaruit het moordwapen was verwijderd.

Milo viel het eerst op de laden aan. Hij vond Mary Lou Koppels financiële administratie, belastingaangiften en een stapel brieven van luisteraars van haar radio-interviews die er krachtige opinies voor en tegen op na hielden.

Hij maakte er een bundeltje van en stopte dat in een bewijszak.

Hij zei: 'Ze heeft 260.000 aan cliënteninkomsten in een jaar opgegeven, en nog eens 60.000 van openbare optredens en beleggingen. Geen armoe.'

In de onderste la vond hij documenten waarop een echtscheiding van tweeëntwintig jaar geleden werd samengevat.

Hij ging met zijn vinger langs de regels en zei: 'Toen de scheiding werd uitgesproken studeerde hij rechten... *Incompatibilité d'humeur*, boedelscheiding... Het huwelijk heeft nog geen twee jaar geduurd, geen kinderen... et cetera.'

Hij richtte zijn aandacht weer op het bureaublad, tilde de roosvormige presse-papier op en pakte de stapel documenten.

Bovenop lag de status van Gavin Quick.

16

Dunne status.

Milo had hem in een oogwenk met gekromde schouders en opeengeklemde kaken gelezen.

Hij gaf de map aan mij.

Mary Lou had een gedetailleerd intakeverslag voor haar behandeling van Gavin Quick geschreven, maar de navolgende aantekeningen waren spaarzaam.

Gavin had haar niet in de arm genomen wegens posttraumatische stress als gevolg van het ongeluk. Hij was tot therapie veroordeeld door een rechter in Orange County. Het was een alternatieve straf nadat hij vier maanden geleden was veroordeeld wegens het stalken van een vrouw uit Tustin genaamd Beth Gallegos.

Beth was bezigheidstherapeute geweest in het St. John's-Ziekenhuis, waar ze Gavin na zijn ongeluk had behandeld. Volgens Koppels aantekeningen was Gavin pathologisch gehecht aan haar geraakt, wat Beth ertoe had gebracht om de behandeling aan een andere therapeut over te dragen. Gavin bleef hardnekkig proberen om afspraakjes met haar te maken. Hij belde haar thuis, soms wel twintig keer op een avond, en vervolgens breidde hij zijn campagne uit door haar 's morgens vroeg wakker te bellen om huilend van zijn liefde voor haar te getuigen.

Hij schreef Beth lange liefdesbrieven en deed die op de post met geschenken als sieraden en parfum. In één manische week had hij haar in het ziekenhuis elke dag twintig rozen laten bezorgen.

Toen Beth Gallegos haar baan verruilde voor een functie in een revalidatiecentrum in Long Beach, wist Gavin haar op te sporen en zijn avances begonnen opnieuw.

Beth was op de hoogte van zijn hersenletsel en aarzelde om gerechtelijke stappen te nemen, maar toen hij een keer midden in de nacht bij haar langskwam, op de deur bonkte en met alle geweld wilde worden binnengelaten, belde ze de politie. Gavin werd gearresteerd wegens huisvredebreuk, maar de politie adviseerde Gallegos dat ze een straatverbod moest laten opleggen als ze de aanklacht wilde verzwaren.

Ze onderhandelde met Gavins ouders: als hij zou stoppen, zou ze geen stappen meer ondernemen.

Gavin ging akkoord, maar een week later begonnen de telefoontjes opnieuw. Beth Gallegos zorgde voor een straatverbod, en toen Gavin dat aan zijn laars lapte door haar op te wachten op het parkeerterrein van het centrum in Long Beach, werd hij aangehouden wegens stalken.

Dankzij zijn ongeluk slaagde hij erin de aanklacht terug te brengen tot aantasting van de persoonlijke vrijheid, op voorwaarde dat hij psychiatrische hulp zou zoeken. Zijn advocaat diende met succes een verzoek in om een therapeut voor te dragen. De officier van justitie maakte geen bezwaar, de rechter ging akkoord en Gavin werd verwezen naar Franco Gull, Ph.D.

Mary Lou Koppel had aangetekend dat ze de rechtbank op de hoogte had gebracht van Gavins overplaatsing van Gull naar haar.

Om alle juridische problemen te voorkomen.

Ct. heeft weinig inzicht, had ze geschreven. *Ziet niet in wat hij heeft misdaan. Mog. gerel. aan hersenbeschadiging. Ther. richt zich op inzicht en respect voor persoonlijke grenzen.*

Ik gaf het dossier terug aan Milo.

Hij knakte zijn vingers en zijn dikke, zwarte wenkbrauwen stonden op onweer.

'Leuk,' zei hij. 'Niemand die eraan denkt om dat aan mij te vertellen.'

'De Quicks wilden waarschijnlijk geen smet op Gavins nagedachtenis. Tel daarbij op het trauma van de moord op Gavin, en ik zou er niet van opkijken als ze het hadden vergéten.'

'Ja, ja, ja, maar die verrekte officier van justitie in Orange County dan? Die verrekte rechtbank? Die verrekte dr. Mary Lou? Dat joch wordt vermoord en niemand komt op het idee om me te vertellen dat hij nog geen halfjaar geleden maf was geworden en iemand erg ongelukkig heeft gemaakt!'

'De moord is niet in het nieuws geweest.'

'Ik heb telexen en verzoeken om informatie over dat blonde meisje naar alle arrondissementen gestuurd, inclusief de politie van Tustin, en Gavins naam staat er met koeienletters op. Ze zullen goddomme nog wel in de in-bakjes liggen.'

Hij probeerde vergeefs nog meer vingers te knakken. 'Als het publiek dit wist... Oké, die jongen was een stalker; dat verandert de zaak totaal.'

'Wat is het verband met de moord op Mary Lou?' vroeg ik. 'Of op Flora Newsome?'

'Weet ik veel!' riep hij.

Ik hield mijn mond.

'Sorry,' zei hij. 'Koppel is waarschijnlijk gestorven omdat ze iets over

Gavin wist. Ik heb geen flauw benul wat dat is, maar het kan niet anders. Wat Newsome betreft, denk ik dat Lorraine gelijk heeft en ik te veel gewicht heb gegeven aan de overeenkomsten tussen de zaken en niet aan de verschillen.'

Hij stopte het dossier in een zak, bladerde de rest van de stapel door en mompelde: 'Rekeningen, abonnementsaanvragen, rotzooi,' en hij legde ze terug op het bureau.

'Hier heb ik me nog wel vrijwillig voor aangemeld,' zei hij.

Ik dacht: je kunt niet zonder die uitdaging. Ik zei niets.

'Voorlopig blijft Newsome Lorraines probleem; ik houd het maar bij Gavin. En bij alle complicaties waarvoor hij heeft gezorgd, die verknipte kloothommel.'

17

De moord op Mary Lou Koppel kwam op de gebruikelijke manier in het nieuws: hoop geschreeuw, weinig wol, beetje vulling voor de kranten, paar alinea's voor het opgewekte draaiboek van glimlachende nieuwslezers met fonkelende ogen, die zich journalist waanden. Omdat er weinig forensische gegevens waren, legde het mediavolkje veel nadruk op de bemoeienissen van het slachtoffer met hun eigen terrein. Bijvoeglijke naamwoorden als 'uitgekookt' en 'mediageniek' werden gebruikt met de gebruikelijke wellust die voor clichés werd gereserveerd.

De volgende dag was de belangstelling alweer gedoofd.

Milo doorliep de juiste kanalen om het bureau voorlichting te vragen ervoor te zorgen dat het gezicht van het blonde meisje in de media kwam. De kapstok die hij aandroeg was de mogelijkheid van een groter verhaal dan twee jongelui die in Mulholland waren doodgeschoten, namelijk het verband tussen de moord op die twee jongelui en de moord op Koppel. De agenten van Voorlichting ondervroegen hem naar de basis van die bewering. Ze zeiden dat de tv-stations nooit een echte lijkfoto zouden uitzenden, dat ze werden bedolven onder dergelijke verzoeken van andere rechercheurs, maar beloofden er een blik op te zullen werpen.

Ik kwam bij zijn kantoor aan kort nadat hij er zelf was gearriveerd en ging zitten, terwijl hij zich met moeite uit zijn jasje hees, dat hem wel leek te wurgen. Door de inspanning zat zijn das scheef en hing zijn overhemd uit zijn broek. Hij ging op de rand van zijn bureau zitten, las een boodschap en drukte een toets op zijn telefoon in. 'Sean? Kom eens.'

Ik vroeg: 'Nog nieuws over Mary Lou?'

'O, hallo. De lijkschouwer schat de tijd van overlijden op ergens gisteravond, of in de kleine uurtjes. Geen sporen van braak, geen melding van onbekende voertuigen in de buurt.'

'En dat schot?'

'De buren aan de noordkant zitten in Europa. Aan de zuidkant woont een vrouw van in de negentig met een privé-verpleegster. Aan de oren van die zuster mankeert niets, maar ze slapen allebei in de kamer van de oude dame, en daar draaien een luchtbevochtiger en een luchtfilter, waardoor je alleen een atoomexplosie zou horen.' Hij lachte. 'Het lijkt wel een samenzwering van de goden. Heb jij nog nieuwe inzichten?'

Voordat ik antwoord kon geven, klopte er een lange, roodharige man van tegen de dertig op de deurpost. Hij droeg een grijs pak met vier knopen, een donkerblauw overhemd, een donkerblauwe das en Doc Martens. Hij had kortgeknipt haar en sproeten op zijn voorhoofd en wangen. Hij had losse ledematen, het postuur van een verkeersagent en het ronde babygezicht dat wel meer roodharigen hebben.

'Hallo,' zei Milo.

'Inspecteur.' Kort saluut.

'Dit is rechercheur Sean Binchy, Alex. Sean, dit is dr. Alex Delaware, onze psychologisch adviseur.'

Binchy bleef in de deuropening staan toen hij zijn hand uitstak. De kamer was er klein genoeg voor.

'Sean helpt me bij de zaak-Koppel.' Aan Binchy vroeg hij: 'Nog iets nieuws over de familie?'

'Beide ouders zijn overleden, chef. Ik heb een tante gevonden in Fairfield, Connecticut, maar die had dr. Koppel al in geen jaren gezien. Ze zei: "Nadat Mary Lou naar Californië was verhuisd, wilde ze niets meer met ons te maken hebben." Ze zei dat de familie de begrafenis waarschijnlijk wel zou betalen, en dat we de rekening maar moesten opsturen.'

'Er komt niemand over?'

Sean Binchy schudde zijn hoofd. 'Zo dik zijn ze niet met haar. Triest eigenlijk. Wat haar ex betreft, die woont hier. Ik bedoel in L.A. Maar hij is geen advocaat. Hij zit in onroerend goed.' Hij haalde een blocnote tevoorschijn. 'Encino. Ik heb een boodschap ingesproken, maar tot nu toe heeft hij niet teruggebeld. Ik wil nog wat buurtonderzoek

doen bij het huis van dr. Koppel en het dan nog eens proberen.'
'Klinkt goed,' zei Milo.
'Hebt u nog meer nodig, chef?'
'Nee, het is een goed idee om dat buurtonderzoek af te maken. Nog altijd niets van de buren?'
'Nee, sorry,' zei Binchy. 'Het was kennelijk een rustige avond in Cheviot Hills.'
'Oké, Sean, bedankt. *Sayonara.*'
'Tot kijk, chef. Prettig u ontmoet te hebben, meneer Delaware.'
Toen Binchy weg was, zei Milo: 'Vroeger was hij nota bene bassist in een ska-band. Vervolgens is hij bekeerd en besloot hij dat hij de Heer zou dienen door politieman te worden. Hij knipte zijn haar af, liet zijn piercings dichtgroeien en hoorde vervolgens bij de beste tien procent van zijn jaar op de politieacademie. Dit is de nieuwe politiegeneratie.'
'Hij lijkt me een aardige jongen,' zei ik.
'Hij is best intelligent, misschien een beetje houterig en rechtlijnig. We zullen eens kijken of hij creatief kan leren denken.' Hij grijnsde. '*Chef.* Te veel tv gekeken... Tot nu toe is hij niet komen aanzetten met dat godsdienstige gedoe, maar ik kan me niet aan de indruk onttrekken dat hij een keer gaat proberen om mij te redden. Het komt erop neer dat ik Gavin, dat blonde meisje en Koppel niet in mijn eentje aankan en hij weet van aanpakken... Goed, heb jij na gisteren nog nieuwe gedachten gehad?'
'Mary Lou had Gavins status mee naar huis genomen en boven op haar stapel gelegd,' zei ik. 'In haar praktijk veegde ze die twee moorden als een statistische gril van tafel, maar het zat haar wel dwars en ze is weer in haar aantekeningen gedoken. Het feit dat Newsomes status er niet bij was betekent dat ze waarschijnlijk de waarheid sprak toen ze zei dat ze die had versnipperd.'
'Er viel niet veel te bestuderen in dat dossier van Gavin.'
'Misschien was het intakeverslag voldoende. Daarin heeft ze Gavins juridische problemen gespecificeerd. Stel dat ze het feit dat hij is vermoord in verband heeft gebracht met dat stalken van Beth Gallegos? Dat ze een verdachte heeft gevonden, haar vermoedens met iemand heeft gedeeld en vervolgens als dank voor de moeite is vermoord?'
'Dat ze haar vermoedens rechtstreeks met de dader heeft gedeeld? Zou ze zo dom zijn geweest om hem te confronteren?'
'Misschien wel als hij een cliënt van haar was,' zei ik. 'Als ze iemand in haar bestand op het oog had, zou ze niet graag haar beroepsge-

heim hebben geschonden door rechtstreeks contact met jou op te nemen.'

'Zijn we nu weer terug bij de theorie van de gek in de wachtkamer?'

'Het kan ook zijn dat ze niet zeker van haar zaak was en hooguit een verdenking koesterde. Dus kan ze het met hem besproken hebben.'

'Wat een waanzin,' zei hij.

'Therapie is een scheve verhouding. Ondanks alle gepraat over gelijkwaardigheid is de cliënt behoeftig en afhankelijk en heeft de therapeut de wijsheid in pacht. Je overschat je persoonlijke invloed maar al te gauw. Mary Lou was hoe dan ook een sterke persoonlijkheid. Bovendien was ze een mediapersoonlijkheid en had ze zichzelf wijsgemaakt dat ze op alle gebieden deskundig was. Misschien had ze te veel zelfvertrouwen en het gevoel dat ze hem er wel toe kon brengen zichzelf aan te geven.'

'Over een egotrip gesproken als het haar was gelukt.'

'Psychologe lost meervoudige moord op,' zei ik. 'Dat is nog eens publiciteit.'

Hij dacht een hele tijd na. 'Eén van haar cliënten is een erg slechte jongen.'

'Geen sporen van inbraak,' zei ik. 'Iemand die ze kende en die ze heeft binnengelaten. Het is de moeite waard om nader te bekijken.'

'Ik kan niet bij haar cliëntenadministratie.'

'Misschien weten haar partners iets.'

'Dat zijn collega's, Alex. Geldt hetzelfde beroepsgeheim voor.'

'Ik weet de juridische fijne nuances niet precies, maar als de dader niet officieel hun cliënt is, zullen ze misschien wel in algemene bewoordingen over hem willen praten.'

'Klinkt me in de oren als een juridisch precedent,' zei hij. 'Maar wat kan het ook schelen; het is de moeite van een poging waard.' Hij belde Inlichtingen voor de nummers van dr. Larsen en dr. Gull, en sprak een boodschap in op de respectieve antwoordapparaten.

Ik vroeg: 'Hoe gaat het met de vingerafdrukken in huize Koppel?'

'Dat zijn er zoveel dat de TR denkt minstens een week nodig te hebben. Maar één ding hebben ze me wel verteld: geen enkele afdruk in de buurt van het lijk. In een straal van minstens drie meter is alles gewist. Een cliënt van een psycholoog die perfectionistisch is. Geen duidelijk geval van gekte, hè?'

'In de verste verte niet,' zei ik.

Hij sloeg het nieuwe moorddossier van Mary Lou Koppel open. 'Vanmorgen heeft Ballistiek haar verslag gefaxt. Die kaliber .22 die bij haar is gebruikt, leek op de pistolen die bij Gavin Quick en Flora

Newsome zijn gebruikt, maar was niet hetzelfde wapen. Nog afgezien van Flora zitten we met twee verschillende wapens voor twee moorden. Onze man heeft toegang tot goedkope wapens en kent de illegale handel.'

'Een ervaren misdadiger,' zei ik. 'Het type dat Flora Newsome op haar werk had kunnen leren kennen.'

'Zou zo iemand in therapie zijn gegaan?'

'Misschien onder dwang. Kijk maar naar Gavin Quick.'

Zijn ogen werden groot. 'Alternatieve straf. Iemand die behandeld móést worden. Daarmee kan ik dat verrekte beroepsgeheim omzeilen. We duiken gewoon in de gerechtelijke bevelen om te kijken of de een of andere rechter nog meer cliënten aan Koppel heeft toegewezen.'

Hij zakte ineen. 'Gigaklus.'

'Spits het toe op een jaar of twee en zet die werkbij van je erop.'

'Dat zal ik doen,' zei hij. 'Dat zal ik zeker doen. Het wordt ook tijd om meneer en mevrouw Quick weer eens aan de tand te voelen over het probleem van hun zoon, en om te horen of hij nog andere mensen het leven zuur heeft gemaakt. Tot nu toe krijg ik alleen een antwoordapparaat. Ik heb de officier van justitie en de advocaat van Gavins zaak gebeld. Daar schoot ik niets mee op; het was gewoon een van de vele zaken. Ik heb ook die twee vrienden van Gavins ongeluk gebeld, en die hadden geen idee dat hij Beth Gallegos, of wie ook had gestalkt. In het intakeverslag dat Koppel voor de rechter had geschreven, stond dat Gavins obsessie verband kon houden met zijn hersenbeschadiging. Wat denk jij?'

'Ook een vorm van obsessief gedrag,' zei ik. 'Jazeker, dat kan kloppen met een beschadiging van de voorhoofdskwab. Iets anders om te overwegen is het feit dat de wraakzuchtige vriend niet die van het blonde meisje hoeft te zijn. Misschien is hij de partner van Beth Gallegos. Stel dat Gavin de voorwaarden van zijn straatverbod heeft overtreden en weer met stalken was begonnen?'

'Dus die gast stalkt op zijn beurt Gavin en vermoordt hem en het blonde meisje?'

'Met hartstocht weet je maar nooit,' zei ik.

'Oké,' zei hij, 'laten we dan maar eens bij het object van Gavins hartstocht langsgaan.'

Een paar telefoontjes brachten aan het licht dat Beth Gallegos weer van baan was veranderd, ze was van het centrum in Long Beach vertrokken naar een particuliere onderwijstherapeutische praktijk in Westwood.

'Westwood is vlak bij Beverly Hills,' zei ik onderweg. 'Als Gavin haar nog altijd stalkte, betwijfel ik of ze dat risico had genomen.'

'Daar gaan we nu achter komen.'

Beth Gallegos was een stuk. Daarmee was Gavins obsessie niet verklaard. *Stalking* is iets psychopathologisch, en de slachtoffers tellen evenveel lelijke als mooie mensen; dat is gewoon een feit.

Ze was klein en had zwart haar en een olijfkleurige huid. Ze droeg een lichtblauw uniform dat neutraal was bedoeld, maar dat haar smalle taille, brede heupen en grote borsten niet kon verhullen. Ze had amberkleurige ogen met lange, krullende wimpers. Ze was zevenentwintig, droeg geen make-up en zag eruit als achttien. Als een frisse, schone, achttienjarige. Haar kortgeknipte nagels waren niet gelakt. Het sluike, golvende zwarte haar zat met een elastiekje in een paardenstaart.

Alles om niet op te vallen. Haar volmaakt ovale gezicht, cameeachtige trekken en weelderige lichaam maakten die poging zinloos.

Ze vond het niet prettig om ons te woord te staan in de receptie van de praktijk, dus namen we de lift naar de cafetaria op de parterre. Een jeugdige serveerster benaderde ons glimlachend, en hoewel Milo ook glimlachte, wiste iets in zijn begroeting de vreugde van haar gezicht.

Beth Gallegos bestelde thee en Milo en ik namen een cola. Toen de bestelling werd gebracht, drukte hij een bankbiljet in de hand van de serveerster. Ze ging snel weg en liet zich niet meer zien.

Beth was al zenuwachtig sinds onze komst en Milo probeerde haar met gekeuvel over haar werk op haar gemak te stellen. De praktijk waar ze werkte heette Comprehensive Rehab en specialiseerde zich in slachtoffers van een beroerte. Haar werk bestond eruit patiënten te helpen met de revalidatie van hun fijne motoriek. Ze vond de uitdaging bevredigend.

Milo zei: 'Zo klinkt het ook.'

Beth speelde met haar theekopje en meed onze ogen.

'Laten we het maar eens over Gavin Quick hebben,' zei Milo. 'Heb je gehoord wat hem is overkomen?'

'Ja, ik heb het in de krant gelezen. Afschuwelijk. Ik moest ervan huilen.' Ze had een licht nasale kleinemeisjesstem en smalle handen met soepele vingers. Aan de ringvinger van haar linkerhand zat een ring met een scherfje diamant.

Meer dan een vriendje dus.

'Je moest huilen,' zei Milo.

'Ja. Ik voelde me vreselijk. Ondanks wat ik allemaal met Gavin te stellen heb gehad. Want ik wíst wat hij had doorgemaakt. Ik wist dat hij dat deed door dat IHL.

Milo knipperde met zijn ogen.

'Intern hersenletsel,' zei ik.

Beth Gallegos knikte, deed een schepje suiker in haar thee, maar nam geen slok. 'Het kan raar lopen met zo'n IHL. Soms zie je helemaal niets op een scan, maar veranderen mensen enorm. Ik weet zeker dat Gavin die dingen niet had gedaan als hij niet gewond was geweest.'

'Heb je vaker last gehad van stalkers met hersenletsel?' vroeg Milo.

Gallegos' hand vloog naar haar mond. 'Nee, God verhoede dat ik dat nog eens moet meemaken. Ik zeg alleen dat de hersens alles besturen, en als daar iets mis is, kom je in de problemen. Daarom heb ik alles gedaan wat in mijn vermogen lag om te vermijden dat Gavin in een strafzaak verzeild zou raken.' Haar ogen werden vochtig.

'Naar mijn mening liet hij u weinig keus, mevrouw.'

'Dat zegt iedereen.'

'Wie is iedereen?'

'Mijn familie.'

'Is uw familie van hier?'

'Nee,' zei ze. 'Mijn ouders wonen in Duitsland. Mijn vader is kapitein in het leger. Eerst wilde ik ze niet vertellen wat er aan de hand was, want ik wist hoe mijn vader zou reageren.'

'Hoe dan?'

'Hij zou natuurlijk verlof nemen en meteen zijn overgevlogen om een hartig woordje met Gavin te wisselen. Toen hij er toch achter kwam, heeft het me moeite gekost om hem ervan te weerhouden. Dat is deels de reden dat ik een aanklacht had ingediend. Ik moest papa beloven dat ik goed voor mezelf zou zorgen. Maar het moest hoe dan ook gebeuren. Het werd gewoon te intens allemaal, en het was duidelijk dat Gavin hulp nodig had.'

'Je hebt het nooit aan je familie verteld, maar ze zijn er toch achter gekomen.'

'Ze hadden het van mijn zus. Die woont in Tucson. Ik had haar in vertrouwen genomen en laten beloven dat ze het ze niet zou vertellen.' Ze glimlachte. 'Natuurlijk luisterde ze niet naar me. Dat begrijp ik best; ik ben niet gek. We zijn dikke vriendinnen en ze deed het voor mijn bestwil.'

'Heeft er nog iemand anders je aangeraden om een aanklacht in te dienen?'

'Hoezo?'

Milo keek naar haar ring.

Beth Gallegos zei: 'Toen waren we nog niet verloofd. De relatie is zelfs pas begonnen vlak voordat ik die aanklacht indiende.'

Milo probeerde hartelijk te glimlachen. 'Hoe heet de gelukkige?'

'Anson Conniff.'

'Wanneer is de grote dag?'

'In de herfst.' Beths donkere ogen kregen iets geschrokkens. 'Vanwaar al die vragen over mij en mijn familie, inspecteur?'

'Ik zit met onbeantwoorde vragen.'

'Onbeantwoorde vragen? Betrek mij hier alstublieft niet bij, inspecteur. Ik kan die hele toestand echt niet nog een keer aan... Alstublieft.' Ze sprak met stemverheffing. De cafetaria was bijna leeg, maar het handjevol klanten keek onze kant op. Milo keek nijdig terug, zodat ze zich weer afwendden.

'Wat bedoelt u met *die hele toestand*, mevrouw?'

Jammerend droogde Gallegos haar ogen. 'Die juridische heisa, de rechtbank; ik wil nooit meer een beëdigde verklaring zien. Houd mij er alstublieft buiten.'

'Ik ben er niet op uit om u narigheid te bezorgen, mevrouw Gallegos, maar ik moet wel met iedereen praten met wie Gavin in conflict is geweest.'

Beth schudde haar hoofd. 'Er was geen sprake van een conflict. Ik heb nooit tegen Gavin geschreeuwd; ik heb nooit geklaagd. Het was alleen dat het probleem uit de hand liep. Hij moest ermee in het reine komen.'

'Is hij gestopt?' vroeg ik.

'Ja.'

'Helemaal?'

'Helemaal.'

Ze wendde haar ogen af. Ik vroeg: 'Hebt u nooit meer iets van hem gehoord?'

Ze plukte aan haar servet, scheurde de hoekjes af, maakte een stapeltje confetti en legde dat op haar schoteltje.

'In principe was het voorbij,' zei ze. 'Het was voorbij.' Haar stem trilde.

Milo zei: 'Beth, het is duidelijk dat je een goed mens bent. Dat betekent ook dat je slecht kunt liegen.'

Ze wierp een blik op de deur van de cafetaria, alsof ze ervandoor wilde.

Milo vroeg: 'Wat is er gebeurd?'

'Het was maar één keer,' zei ze. 'Een maand geleden. Het was niet echt zo'n probleemtelefoontje; het stelde niets voor. Daarom heb ik het nooit aan iemand verteld.'

'Waar had hij je gevonden?'

'Hier, op kantoor. Ik had net even pauze en de secretaresse gaf me de telefoon. Hij had haar verteld dat hij een vriend was. Zij weet niets van mijn... geschiedenis met Gavin. Toen ik zijn stem hoorde... Mijn hart bonkte in m'n keel en het zweet brak me uit. Maar het was... oké. Niets mafs. Hij zei dat hij spijt had van wat hij had gedaan en wilde zijn excuses aanbieden. Daarna vertelde hij dat hij een meisje had leren kennen, dat hij zijn leven weer op de rails kreeg, en dat hij hoopte dat ik het hem zou vergeven. Ik zei dat ik dat al had gedaan en dat was dat.'

'Denk je dat hij de waarheid sprak?' vroeg Milo. 'Dat hij echt iemand had leren kennen?'

'Hij klonk oprecht,' zei ze. 'Ik heb hem gefeliciteerd. Ik was blij voor hem.' Ze zuchtte. 'Hij klonk... meer volwassen. Alsof hij zijn plek had gevonden.'

'Zei hij nog iets over de persoon die hij had leren kennen?'

'Nee. Hij klonk wel gelukkig.'

'Hij is gelukkig, dus valt hij je niet meer lastig.'

'Ook dat,' zei ze, 'maar op dat moment dacht ik alleen maar: Gavin krijgt het eindelijk voor elkaar.' Ze voelde aan het oortje van haar theekop en roerde met het theezakje. 'Ik heb nooit iets tegen hem gehad, inspecteur. Ik had alleen maar met hem te doen. En toen de zaak echt op de spits werd gedreven, was ik bang. Maar ik was blij toen zijn leven weer de goede kant op ging.'

Ik zei: 'Anson was waarschijnlijk ook blij.'

'Ik heb Anson niets over dat telefoontje verteld.'

'Dat zou hem maar boos maken.'

'Hij heeft genoeg met me te stellen gehad,' zei ze. 'We hadden elkaar net leren kennen toen dat stalken begon. Dat is geen geweldig begin van een relatie.'

Milo zei: 'Het zal Anson wel woest hebben gemaakt.'

'Vindt u dat gek?' Gallegos keek ons met grote ogen aan. 'U gaat toch niet met hem praten, hè?'

'Jawel, Beth.'

'Waarom?'

'Zoals ik al zei, iedereen met wie Gavin overhoop lag...'

'Hij lag niet met Anson overhoop. Ga alstublieft niet naar hem toe; houd Anson erbuiten. Die zou Gavin of wie ook nooit iets aandoen. Zo is hij niet.'

'Gemakkelijk in de omgang?'

'Volwassen. Gedisciplineerd. Anson kan zich beheersen.'

'Wat doet hij voor werk?'

'Werk?' zei Gallegos.

'Zijn baan.'

'Dus u gaat wel met hem praten.'

'Er zit niets anders op, mevrouw.'

Beth Gallegos legde haar gezicht in haar handen en zo bleef ze een tijdje zitten. Toen ze ons weer aankeek, was ze bleek geworden. 'Ik vind het heel verschrikkelijk dat Gavin is vermoord. Maar ik kan echt niet meer verdragen. Toen Gavin terecht moest staan, heb ik een dagvaarding gekregen. Dat vond ik afschuwelijk.'

'U vond het geen pretje om te getuigen.'

'Het was geen pretje om daar te zíjn. De mensen die je in de hal tegenkomt. De geuren, dat wachten. Ik heb de hele dag gewacht en uiteindelijk werd ik niet opgeroepen, godzijdank. De rechtszaak stelde eigenlijk niet zoveel voor. Gavin bekende wat hij had gedaan. Later liepen hij en zijn ouders me voorbij en zijn moeder keek me aan alsof ík de schuldige was. Ik had het niet eens tegen Anson gezegd dat ik moest voorkomen. Ik wilde niet dat hij een dag werk zou verliezen.' Ze keek weer weg en beet op haar lip. 'Nee, dat is niet waar. Ik wilde niet dat de zaak mijn relatie zou... bezoedelen. Ik wil dat Anson mij ziet als een sterk persoon. Laat ons alstublieft met rust.'

Milo zei: 'Beth, ik heb er geen enkel belang bij om jou het leven zuur te maken. En er is geen reden aan te nemen dat jij – noch Anson – er nog meer bij betrokken wordt. Maar dit is een moordonderzoek en ik zou mijn werk niet doen als ik niet met hem ging praten.'

Ze zei amper hoorbaar: 'Oké. Ik begrijp het... Blijkbaar kan het niet anders.'

'Waar woont Anson?'

'We wonen samen. In zijn huis. Ogden Drive, bij Beverly. Maar hij is er niet; hij is aan het werk.'

'Waar?'

'Hij geeft les in krijgskunst,' zei ze. 'Karate, taekwondo, kickboksen. Hij is regionaal kampioen kickboksen geweest in Florida en is net aangenomen in een dojo vlak bij waar we wonen. Aan Wilshire bij Crescent Heights. Hij doet ook jongerenwerk. Op zondag, voor een parochie in Bell Gardens. We zijn allebei christen; we hebben elkaar leren kennen op een bijeenkomst van de Kerk. In september gaan we trouwen.'

'Gefeliciteerd.'

'Hij is een fantastische jongen,' zei Beth. 'Hij houdt van me en geeft me alle ruimte.'

18

Ik reed in oostelijke richting naar de dojo van Anson Conniff.

Milo zei: 'Gavin had dus iemand gevonden van wie hij ondersteboven was.'

'Althans dat dacht hij.'

'Als dat blonde meisje werd bedoeld, zag hij het niet verkeerd. Waarom kan ik er verdomme niet achter komen wie zij is?'

Even later zei hij: 'Karate-instructeur. Misschien kun jij wel indruk maken met die, hoe heet het ook weer, die karatepasjes...'

'*Kata*'s,' zei ik. 'Dat is al jaren geleden; ik ben niet meer in vorm.'

'Heb je de zwarte band?'

'Bruin.'

'Waarom ben je ermee opgehouden?'

'Ik was niet boos genoeg.'

'Ik dacht dat karate was bedoeld om je boosheid in bedwang te houden.'

'Krijgskunst is net als vuur,' zei ik. 'Je kunt koken of laten aanbranden.'

'Nou. Laten we maar eens kijken of meneer Conniff het smeulende type is.'

STEADFAST MARTIAL ARTS AND SELF-DEFENSE

Eén grote zaal met een hoog plafond en spiegels. Op de vloer lagen felgekleurde matten. Jaren geleden had ik karateles gehad van een Tsjechische jood die in het nazi-tijdperk zelfverdediging had geleerd. Ik was de belangstelling ervoor en mijn vaardigheid kwijt, maar toen ik de dojo binnenliep, brachten de zweetgeur en de discipline weer herinneringen naar boven, en ik merkte dat ik onwillekeurig de houdingen en bewegingen controleerde.

Anson Conniff was een meter zestig, woog een kilo of zestig, had een strak lichaam en lang, sluik, lichtbruin haar met gouden puntjes. Een surftype, enigszins aan de kleine kant. Hij droeg een wit karatepak, had een zwarte band en hij sprak met een luide, heldere stem een tiental beginners – allemaal vrouwen – toe. Een vrij oude Aziaat met wit haar zei dat de les over tien minuten afgelopen was en vroeg of we aan de kant wilden wachten.

Conniff liet de vrouwen een vijftal houdingen aannemen en daarna liet hij ze gaan. Ze wisten hun voorhoofd af, pakten hun sporttas en verlieten de dojo toen we naderbij kwamen.

Conniff glimlachte. 'Wat kan ik voor u doen, heren?'

Milo liet zijn legitimatie zien en de glimlach week van zijn gezicht. 'Politie? Waar gaat het over?'

'Gavin Quick.'

'O, die,' zei Conniff. 'Beth vertelde me erover; ze had het bericht in de krant gelezen.' Hij lachte.

'Wat is daar zo grappig aan, meneer Conniff?'

'Niet dat hij dood is; daar zou ik nooit om lachen. Het is gewoon grappig dat u mij daarover aanspreekt. Het lijkt wel een filmscenario. Maar u zult gewoon uw werk wel doen.'

Conniff veegde een lok uit zijn gezicht.

Milo vroeg: 'Hoezo dat?'

'Omdat het idee dat ik iemand zou vermoorden – of iets zou aandoen – absurd is. Ik ben christen en daarom ben ik voor het leven en tegen de dood.'

'O,' zei Milo. 'Ik dacht dat u misschien moest lachen omdat Gavin Quick dood is. Door wat hij met Beth had uitgespookt.'

Er was een opvallend verschil in lengte tussen Milo en Conniff. Karate en andere krijgskunsten leren je de omvang van je tegenstander te gebruiken, maar alleen al dit gesprek plaatste Conniff in een nadelige positie. Hij probeerde zichzelf groter te maken.

'Dat is echt bespottelijk, meneer. Gavin had Beth gekweld, maar ik zou me nooit in de handen wrijven over zijn dood of wiens dood dan ook. Daarvoor heb ik veel te veel van de dood gezien.'

'In het leger?' vroeg Milo.

'In mijn jeugd, meneer. Mijn broer had een aangeboren longziekte en stierf toen ik negen was. Dat was in Des Moines, Iowa. Het grootste deel van die negen jaar moest Bradley ziekenhuis in, ziekenhuis uit. Ik was drie jaar ouder en bracht uiteindelijk heel veel tijd in ziekenhuizen door. Ik heb ook een keer iemand zien sterven; ik maakte het eigenlijke proces mee. Een niet eens zo oude man werd de eerstehulp binnengebracht met een soort beroerte. De artsen dachten dat hij stabiel was, en voordat hij weer naar huis mocht, stuurden ze hem naar de afdeling ter observatie. De ziekenbroeders reden hem op een brancardwagentje zo'n grote patiëntenlift in, en mijn ouders en ik gingen toevallig met dezelfde lift naar boven, omdat we met Bradley beneden op de röntgenafdeling waren geweest. De man op het wagentje was aardig, hij lag grapjes te maken en opeens hield hij op met praten, zijn ogen gingen op oneindig staan, zijn hoofd zakte opzij en alle kleur verdween uit zijn gezicht. Die broeders sloegen op zijn borst. Mijn moeder deed haar hand voor mijn ogen, zodat ik niets kon zien en mijn vader begon non-stop over koetjes en kalfjes te praten, zodat ik niets kon horen. Honkbal, het ging over honkbal. Toen we uit de lift kwamen, was iedereen stil.'

Conniff glimlachte. 'Ik denk dat ik niet erg op de dood gericht ben.'

'In tegenstelling tot?'

'Mensen die dat wel zijn.'

'U bent gericht op bescherming,' zei Milo.

Conniff gebaarde om zich heen naar de dojo. 'Dit? Dit is gewoon mijn werk.'

Milo zei: 'Waar was u maandagavond?'

'Niet bezig Gavin Quick te vermoorden.' Conniff ontspande zich.

'In het licht van ons onderwerp bent u nogal luchthartig, meneer.'

'Wat moet ik anders? Mijn gezicht laten hangen? Dat zou niet eerlijk zijn.' Conniff trok zijn zwarte band aan en zette zijn voeten iets uit elkaar. 'Ik betreur de dood van Gavin Quick, omdat ik het verlies van elk mensenleven betreur, maar ik ga u niet wijsmaken dat ik iets om hem gaf. Hij heeft Beth het leven vreselijk zuur gemaakt, maar zij wilde dat met alle geweld op haar manier oplossen, en ze had nog gelijk ook. Dat stalken is opgehouden. Ik had geen reden om hem iets aan te willen doen.'

'Op haar manier,' zei Milo.

'Door hem te ontlopen,' zei Conniff. 'Door de juridische weg te bewandelen. Ik wilde Gavin confronteren – verbaal bedoel ik. Ik dacht dat hij misschien gevoelig zou zijn voor een gesprek van man tot man. Beth wilde dat niet en ik respecteer haar wensen.'

'Van man tot man.'

Conniff wreef zijn handen droog aan de zijkant van zijn tuniek. Hij had kleine, eeltige handen. 'Inderdaad, ik kan beschermend zijn. Ik hou van Beth. Maar ik heb Gavin Quick niets misdaan. Daar had ik geen reden voor.'

'Waar was u maandag?'

'Bij Beth. We zijn thuisgebleven. Als u mij niet vertrouwt, zou u Beth wel moeten vertrouwen. Die is heel vergevingsgezind. Zij functioneert op een hoog spiritueel niveau.'

'Wat hebt u gegeten?' vroeg Milo.

'Wie herinnert zich dat nou... Laat eens kijken; maandag, dus was het waarschijnlijk een restje. Zondag hebben we biefstuk van de barbecue gegeten en we hadden een heleboel over... Ja, restjes biefstuk. Die heb ik in stukjes gesneden, gesauteerd met paprika en ui en roergebakken. Beth heeft er wat rijst bij gekookt. Ja, zeker weten. We zijn thuisgebleven.'

'Ooit in therapie geweest, meneer Conniff?'

'Wat hebt u daarmee te maken?'

'We onderzoeken alle mogelijkheden,' zei Milo.

'Nou, ik vind die vraag nogal persoonlijk.'

'Het spijt me, meneer, maar...'

'Ik zal u toch antwoord geven,' zei Conniff. 'Na de dood van Bradley is het hele gezin in therapie gegaan. We zijn toen bij een prachtvent, genaamd dominee dr. Bill Kehoe geweest, en ik heb ook een paar keer alleen met hem gepraat. Hij was pastor van onze kerk en volledig bevoegd psychotherapeut. Hij heeft ons behoed voor radeloosheid. Wilt u nog meer weten?'

'Dat was de enige keer dat u in therapie bent geweest,' zei Milo.

'Jawel, inspecteur. Het heeft een tijdje – een hele tijd zelfs – geduurd voordat ik me niet meer schuldig voelde dat Bradley dood was en ik nog leefde, maar het is me gelukt. Tegenwoordig is het leven heel goed.'

Milo haalde de lijkfoto van het blonde meisje uit zijn zak. 'Hebt u dit meisje ooit gezien?'

Conniff bestudeerde de foto. 'Nee. Maar die blik ken ik. Zo dood als een pier. Die blik heeft mijn kinderjaren getekend. Wie is zij?'

'Iemand die gelijk met Gavin Quick is gestorven.'

'Triest,' zei Conniff. 'Maar er zijn altijd trieste dingen in de wereld. De sleutel is om dat allemaal achter je te laten en een spiritueel leven te leiden.'

Toen we weer in de auto zaten, toetste Milo de naam Conniff in de databanken. Twee parkeerboetes.

'Geen crimi, maar wel een vreemde snuiter, vind je niet?'

'Een man van strakke principes,' zei ik.

'Het type dat degelijk schoonmaakt.'

'Hij zegt dat hij thuis bij Beth was.'

'Ik zal het aan Beth vragen.'

'Is haar bevestiging voldoende?'

'Zoals hij zei, ze functioneert op een hoog niveau.'

Een telefoontje vanuit de auto leverde hetzelfde verhaal op van Beth. Roergebakken biefstuk.

We gingen terug naar het bureau waar Milo een gefaxte tekening van het dode meisje vond, plus een boodschap om Voorlichting te bellen.

'Moet je zien,' zei hij. 'Michelangelo draait zich om in zijn graf.'

Het was een oppervlakkige schets die alle diepte miste en nutteloos was. Hij maakte er een prop van en gooide hem weg, belde Voorlichting op het hoofdbureau, luisterde, en hing tandenknarsend op.

'In deze stad lijkt alles goddomme wel een auditie. Ze hebben net de krant gesproken en die heeft geen belangstelling. Misschien is het nog waar ook.'

'Ik kan Ned Biondi bellen. Die is een paar jaar geleden bij de *Times* met pensioen gegaan; hij zou wel weten wie je moet hebben.'

'Met een officieel nee van Voorlichting kan ik niet zomaar op eigen houtje gaan leuren. Maar misschien over een paar dagen, als we dan nog steeds geen identiteit hebben.' Hij tuurde naar zijn Timex en mompelde: 'Hoe zit het met jouw tijd en is je maag sterk genoeg?'

'Een bezoekje aan de Quicks?' zei ik. 'Ja hoor.'

'Doe je ook al aan tarot?'

19

'Dat méísje,' zei Sheila Quick, 'was ingehuurd om Gavin te hélpen, en in plaats daarvan brengt ze hem in móéilijkheden.'

Haar huiskamer zag er nog hetzelfde uit, maar omdat de gordijnen dicht waren, leek het wel een mortuarium en het rook er muf. De doos waaruit Jerome Quick zijn sigaretten had gehaald was leeg. Sheila Quick droeg een zwarte, katoenen ochtendjas met een rits aan de voorkant. Om haar grijze haar was een zwarte zijden hoofddoek als een tulband gewikkeld. Haar gezicht was gespannen, bleek en oud, en ze droeg roze pantoffels aan knobbelige voeten met blauwe aderen.

Ze zei: 'Niet te geloven.'

Milo vroeg: 'Wat, mevrouw?'

'Wat ze hem heeft aangedaan.'

'U beschouwt Gavins arrestatie als haar schuld.'

'Natuurlijk! Weet u hoe Gavin haar had leren kennen? Ze was therapeute in het St. John's-Ziekenhuis en ze moest Gavin helpen zijn motoriek weer terug te krijgen. Ze wíst wat hij had meegemaakt! Ze had meer begríp aan de dag moeten leggen!'

Milo en ik zwegen.

'Luister,' zei Sheila Quick. 'Als zij zich zo druk maakte over haar veiligheid, waarom heeft ze dan zo lang gewacht voordat ze een klacht indiende? En wat doet ze dan? Ze gaat meteen naar de politie, ze belt het alarmnummer, alsof het om de een of andere vreselijke noodsituatie gaat, terwijl Gavin alleen maar bij haar had aangeklopt. Ik weet dat ze heeft gezegd dat hij bonkte, maar niemand anders heeft dat gehoord. Gavin zei dat hij alleen maar had aangeklopt en ik geloof mijn zoon!'

'U vindt dat ze het alarmnummer niet had moeten bellen.'

'Ik vind dat ze ruimschoots de gelegenheid heeft gehad om met ons te komen praten, als ze er zo van overtuigd was dat er een probleem was. Waarom heeft ze dat niet gedaan? Ze had ons alleen maar hoeven bellen om te zeggen dat Gavin een beetje... opdringerig was. Wij zouden wel met hem gepraat hebben. Waarom heeft ze dat zogenaamde probleem zo laten sudderen als het zo erg was? Jullie zijn de deskundigen. Vinden júllie dat logisch?'

Milo zei: 'Ze heeft dus nooit van tevoren contact met u gezocht.'

'Nooit. Niet één keer. Snapt u wat ik bedoel?'

Milo knikte.

'En vervolgens wordt Gavin opeens gearresteerd, en moeten wij een advocaat in de arm nemen en die hele toestand meemaken.' Ze glimlachte bitter. 'Natuurlijk werd die aanklacht uiteindelijk ongegrond verklaard. Het was duidelijk dat er niets aan de hand was.'

Gavin had het op wangedrag laten aankomen en was tot therapie veroordeeld.

Sheila Quick zei: 'Hopelijk denkt u niet dat wat Gav is overkomen in verband staat met iets wat hij, of een bekende van hem had gedáán, inspecteur.'

'Het kan geen bekende zijn geweest?'

'Natuurlijk niet; wij kennen alleen maar aardige mensen. En Gavin...' Ze begon te huilen. 'Na het ongeluk had Gavin niemand meer, behalve zijn vader en mij en zijn zuster.'

'Geen vrienden,' zei ik.

'Dat is het 'm nu juist!' zei ze blij, alsof ze een moeilijke puzzel had opgelost. 'Het was geen bekende van hem, omdat hij eigenlijk niemand kende. Ik heb er lang over nagedacht, inspecteur, en ik weet zeker dat mijn lieveling gewoon op het verkeerde tijdstip op de verkeerde plaats was.'

'Een vreemde,' zei Milo.

'Kijk maar naar 11 september. Kende een van de slachtoffers de zwijnen die ze hebben vermoord? Zo is het nou precies. Dit is een boosaardige wereld; soms ben je het slachtoffer en nu is de familie Quick de dupe.'

Ze sprong overeind, haastte zich naar de keuken en kwam terug met een bord koekjes.

'Eten,' commandeerde ze.

Milo nam een koekje en at het in twee happen op. Hij gaf het bord aan mij. Ik zette het op een bijzettafeltje.

'Vertel eens,' zei Sheila Quick. 'Hebt u al vorderingen gemaakt?'

Milo veegde de kruimels van zijn broek op zijn hand en zocht iets om ze in te doen.

'Gooi maar op de grond, inspecteur. Ik maak elke dag schoon. Soms wel twee keer. Wat kan ik hier anders doen? Jerry is alweer aan het werk, die doet weer zaken. Ik benijd hem.'

'Dat hij zich kan concentreren?' vroeg ik.

'Dat hij zich kan afsluiten. Dat is iets mannelijks, hè? Jullie kunnen je afsluiten en weggaan en jagen en doen en transacties sluiten, alles wat jullie vinden dat je moet doen, en wij vrouwen kunnen niet anders doen dan thuis zitten wachten, alsof jullie een soort heldhaftige veroveraars zijn.'

'Mevrouw Quick,' zei Milo, 'u zult dit geen leuke vraag vinden, maar ik moet hem toch stellen. Had Gavin behalve met Beth Gallegos ooit problemen met andere vrouwen gehad?'

Sheila Quick balde haar vuisten. 'Nee, en het feit alleen al dat u dit durft te suggereren... Ik zeg u dat dit zo... verknipt is, zo kortzichtig.' Ze rukte de hoofddoek af en kneep in de stof. Haar hoofd was bezaaid met krulspelden die dicht op haar schedel zaten. Door het blonde haar waren witte wortels zichtbaar.

Milo zei: 'Het spijt me, maar ik moet...'

'U moet, u moet... u moet de krankzinnige vinden die mijn zoon heeft vermoord.'

'De jongedame met wie hij is aangetroffen, mevrouw. We hebben haar nog altijd niet kunnen identificeren.'

Sheila stond op en griste het bord met koekjes weg van de plek waar ik het had gezet. Ze ging weer naar de keuken, sloeg de deur achter zich dicht en bleef daar.

'Zoals ik al had voorspeld,' zei Milo, 'geen vrolijk tafereel. Ik weet dat ze door een hel moet gaan, maar tien tegen een dat ze vroeger ook al een feeks was.'

Er verstreken een paar minuten.

Hij zei: 'Ik moest maar eens naar haar toe gaan om af te ronden. Doe jezelf een plezier en blijf maar hier.'

Net toen hij opstond, zwaaide de keukendeur weer open en stevende Sheila Quick naar binnen. Ze had de spelden uit haar kapsel gehaald en het geborsteld, maar geen make-up opgedaan. Milo ging weer zitten. Ze bleef vlak voor ons staan en zette haar handen in haar zij.

'Nog iets?'

'Het meisje dat bij Gavin is...'

'Ken haar niet, nooit gezien, kan ik niets aan doen. Niemand van ons kent haar, mijn dochter incluis.'

'U hebt het aan Kelly gevraagd.'

'Ik heb haar gebeld om te vragen of Gavin met iemand omging, en ze zei dat ze dat niet wist.'

'Waren die twee zo dik met elkaar?'

'Natuurlijk. Kelly is de intelligentste van de twee; ze weet waar Abraham de mosterd haalt.'

Ik vroeg: 'Heeft ze plannen om terug te komen?'

'Nee. Waarom zou ze? Zij heeft haar eigen leven. In tegenstelling tot haar moeder.'

Ze keek me aan. 'Gavin was een goed mens. Een knap mens; natuurlijk waren de meisjes op hem gesteld. Daarom zat dat mens van Gallegos zo fout. Gavin hoefde helemaal niet achter zo'n... verpleegsterstype aan te zitten.'

'Wanneer is het uitgeraakt tussen hem en Kayla Bartell?'

'Weet ik het,' snauwde ze. 'Waarom vraagt u het niet aan haar? Dat... Ze is niet eens langs geweest. Niet één keer. Zelfs geen condoleancekaartje.' Ze tikte met een roze muiltje op het kleed. 'Zijn we klaar?'

Milo vroeg: 'Hebt u het nieuws over dr. Koppel gehoord?'

'Die is vermoord,' zei Sheila Quick. 'Ik heb het gisteren gelezen.'

Alsof het over het weer ging; emotieloos.

'Hebt u daar nog gedachten over, mevrouw Quick?'

'Het is vreselijk,' zei ze. 'Iedereen wordt maar vermoord. Wat een stad... Ik heb dorst. Wilt u iets drinken?'

'Nee, dank u, mevrouw. Ik wil u een paar namen voorleggen. Ik wil graag weten of er namen bij zijn die u bekend in de oren klinken. Anson Conniff.'

'Nee; wie is dat?'

'Flora Newsome?'
'Nee.'
'Brian van Dyne, Roy Nichols?'
'Nee, nee, néé. Wie zíjn die mensen?'
'Dat doet er niet toe,' zei Milo. 'Niets om u zorgen over te maken.
Dank u wel voor uw tijd.'
'Tijd,' zei Sheila Quick. 'Die heb ik in overvloed.'

20

Sheila Quick draaide ons de rug toe en we lieten onszelf uit.
Vlak voordat we bij de auto waren, ging Milo's mobiel over. Hij nam
op. Het blauwe gevalletje ging helemaal schuil in zijn grote hand.
'Sturgis... O, hallo. Ja, dat zijn we inderdaad... Hier, vlak voor het
huis... Ja... O, ja?... Waar is dat? Wanneer? Ja hoor, dat is prima.
Dank u wel, mevrouw. Tot zo.'
Hij klapte de telefoon dicht. 'Dat was Eileen Paxton, Sheila's jong-
ste zus. Ze is in Beverly Hills voor een vergadering, wilde een bezoek
aan haar zus brengen, zag ons naar binnen gaan en besloot te wach-
ten tot we klaar waren. Ze wil met ons praten.'
'Waarover?'
'*Familiekwesties*, zei ze. Ze zit een paar straten verder in een Itali-
aans restaurant in Bedford, op de hoek van Brighton.'
'Tijd voor tiramisu.'
Hij wreef over zijn buik en trok een grimas. 'Zelfs ik heb mijn gren-
zen.'
'Wat een desillusie.'

Het Italiaanse restaurant heette Pagano en buiten stonden drie wan-
kele tafeltjes die het grootste deel van de stoep in beslag namen.
Aan een daarvan zat Eileen Paxton een *café latte* te drinken in een
slank afkledend broekpak en slippers met hoge hakken. Ze zag ons,
glimlachte en begroette ons met een pink. Haar haar was korter dan
een paar dagen geleden, een paar tinten lichter geverfd en haar
make-up was meer uitgesproken. Ze droeg diamanten oorbellen
en een halsketting van jade, en ze zag eruit alsof ze iets te vieren
had.
Ze zei: 'Ik ben erg blij dat we even kunnen praten.'

Voorbijgangers passeerden ons rakelings. Milo ging iets dichter bij haar staan en vroeg: 'Hier of binnen?'

'O, hier maar. Ik hou van het ritme van de stad.'

Deze specifieke stad was amper meer dan een dorp, een kostbare uitstalling van protserige rijkdom. Het ritme werd bepaald door snelwandelende voetgangers en te grote automotoren die giftige dampen braakten. Milo en ik gingen zitten en bestelden espresso bij een ober met te veel gel in zijn haar en slaperige ogen. Eileen Paxton zag er tevreden uit, alsof dit een rustig, vreedzaam plekje voor een dineetje in de openlucht was.

'Wat voor indruk kreeg u van mijn zus?'

Milo knikte naar mij.

Ik zei: 'Ze leek me een tikje depressief.'

'U moet weten dat dit niet helemaal te wijten is aan wat er met Gavin is gebeurd. Sheila heeft al heel lang psychische problemen.'

'Chronische depressie?'

'Depressie, angstgevoelens, kan het leven slecht aan, noem maar op. Ze is altijd humeurig en gespannen geweest. Ik ben de jongste, maar ik moest altijd voor haar zorgen. Toen ze met Jerry trouwde, had ik zo mijn bedenkingen.'

'Over het huwelijk?'

'Over de vraag of Sheila het huwelijk wel aankon,' zei ze. Ze keek vlug opzij en glimlachte naar Slaapoog. 'Gio, kan ik een paar van die heerlijke pistachebiscuitjes krijgen? Dankjewel, je bent een schat.' En weer tegen ons: 'Ik moet Sheila nageven dat ze aan haar huwelijk heeft gewerkt en het leek haar goed af te gaan, ook al is Jerry geen modelechtgenoot.'

'Heeft hij ook problemen?'

Ze keek me woest aan. 'Jerry is een seksueel roofdier. Hij probeert alles met een vagina en met wie-weet-wat-nog-meer te versieren. Hij heeft zelfs geprobeerd mij te versieren. Dat heb ik nooit aan Sheila verteld; het zou het einde van haar en haar huwelijk zijn geweest, en dat wilde ik niet op mijn geweten hebben.'

Maar je vertelt het wel aan ons.

Ik vroeg: 'Wanneer was dat?'

'Een maand na hun bruiloft. Ze waren nauwelijks terug van hun huwelijksreis. Ik was toen ook getrouwd, en we waren met zijn vieren een weekeinde in Arrowhead. De familie van mijn eerste man had een huis aan het meer; een geweldige plek met een dubbele steiger. Alles ging prima tot Sheila een keer een dutje ging doen. Ze is gauw moe. Mijn man van destijds was investeringsbankier en moest voor

zaken naar de stad. Daardoor bleven alleen Jerry en ik over. Ik ging
op de steiger liggen zonnen in mijn bikini en even later kwam Jerry
langs. We waren nog geen tien minuten alleen of hij ging op de toer.
En ik bedoel niet subtiel. Hij stak zo zijn hand in mijn bikinibroek-
je.' Ze maakte een snelle klauwbeweging. 'Hij heeft géén zachte vingers.'

De ober bracht de espresso en een schaal met harde koekjes. Eileen
gaf een klopje op zijn hand, koos een halvemaanvormig koekje uit,
brak het in tweeën en knabbelde eraan.

'Wat deed u?' vroeg ik.

'Ik rukte Jerry's gore hand weg en zei wat ik met zijn ballen zou doen
als hij dat ooit nog een keer zou flikken. Sindsdien haat hij mij en
dat is wederzijds. Niet alleen vanwege dat incident, maar ook om
wat hij mijn zus aandoet.'

'Wat dan?'

'Hij belazert haar al zolang ze getrouwd zijn.'

Ik zei niets.

Ze zei: 'Neem maar van mij aan dat ik die griezel ken. Al die za-
kenreisjes waarop hij god mag weten wat uitspookt. De blikken die
hij me toewerpt als er niemand bij is. Zoals hij naar andere vrouwen
kijkt... De meisjes die hij als secretaresse aanneemt.'

'Wat is er met ze?'

'Sletten. Ze horen secretaressewerk te doen, maar zien eruit alsof ze
niet eens kunnen typen. Hij is weg om zijn ding te doen, god mag
weten wat, en Sheila leeft eigenlijk alleen. Ze heeft geen vriendinnen,
geen sociaal vangnet. Zo was het ook in onze kinderjaren. Ik had altijd een grote vriendenkring. Sheila is contactarm.'

Ik zei: 'Hij doet *god weet wat*. Volgens Sheila zit hij in de metaalhandel.'

'Dat heb ik ook gehoord,' zei ze luchtig. Ze kauwde op een *biscot-
ti.*

'U hebt uw twijfels?'

'Hij zal wel íéts doen, de rekeningen worden tenslotte betaald. Inderdaad, hij reist rond en handelt in aluminium, of zoiets. Maar toen
mijn man – mijn tegenwoordige man – een keer met hem over beleggingen probeerde te praten, had Jerry geen belangstelling. En Ted
is een geweldige makelaar, iemand die Jerry kan helpen. Ik heb de
indruk dat Jerry niet geweldig is in wat hij doet; dat hij veel moet
scharrelen om alleen al het hoofd boven water te houden. Om de
paar jaar verhuist hij zijn kantoor en hij is constant onderweg.'

'En neemt sletten in dienst als secretaresse.'

Ze aarzelde. 'Misschien was dat een beetje te kort door de bocht. Ik weet alleen wat hij destijds op die steiger met mij heeft gedaan. En de manier waarop zijn ogen rondzwerven.'

Ik zei: 'U denkt dat dit iets met Gavin te maken kan hebben.'

'Ik wil dat jullie alle feiten kennen, en ik weet dat je die van niemand anders zult horen. Dat gezin is verknipt en Gavin was een mafkees. Ik weet dat Sheila en Jerry jullie proberen wijs te maken dat hij voor het ongeluk een doorsneejongen was, maar zo was het niet. Gavin had problemen.'

'Wat voor problemen?'

Eileen wreef met het koekje langs haar boventanden alsof ze het email streelde. Haar tong kwam naar buiten om het koekje te likken. Vervolgens nam ze een stevige beet en kauwde traag.

'Ik zou dit niet vertellen, maar ik wil niet dat u om de tuin wordt geleid.'

'Dat stellen we op prijs, mevrouw.'

'Mooi,' zei ze, 'want ik voel me er wel ongemakkelijk onder, dat ik familiezaken rondbazuin.'

'Wat voor problemen had Gavin?' vroeg ik.

'Zo vader zo zoon.'

'Was hij seksueel roofzuchtig?'

'Dat klinkt een beetje te ruig,' zei ze. 'Gavin had zich niet tot een roofdier ontwikkeld. Nog niet althans. Maar hij was wel... Oké, er is geen reden om het niet te vertellen. Vorig jaar had Gavin juridische problemen in verband met een vrouw.'

'Beth Gallegos,' zei Milo.

Eileen liet teleurgesteld haar gezicht hangen. 'Dus dat weet u al.'

'Het is zojuist naar boven gekomen, mevrouw. We hebben het er zelfs net met uw zuster over gehad.'

'Meent u dat? Sheila zal wel geflipt zijn. Ze gaf zeker het slachtoffer de schuld, hè?'

'Inderdaad, mevrouw.'

'Zo gaat ze al haar hele leven met stress om,' zei ze. 'Mijn arme zus woont op een andere planeet. Nou, inderdaad, dat maakte deel uit van wat ik u wilde vertellen. Maar dat was alleen maar Gavins ernstigste probleem; er waren er meer.'

'Had hij nog andere vrouwen gestalkt?'

'Ik weet van minstens één meisje dat hij heeft lastiggevallen en volgens mij waren het er meer. Want dat soort gedrag is toch een patroon?'

'Ja zeker,' zei Milo. 'Wie was het andere slachtoffer?'

'Gavin had een vriendinnetje; een of ander rijkeluiskind uit de Flats. Ik heb haar maar één keer gezien, een klein, mager ding met een haviksneus. Ik vond haar nogal verwaand. Haar vader is een prominente jingleschrijver. Gavin behandelde haar seksueel agressief en ze heeft hem gedumpt.'

'Hoe weet u dat, mevrouw?'

'Omdat Gavin me dat heeft verteld.'

'Praatte Gavin met u over persoonlijke aangelegenheden?'

'Zo nu en dan.' Ze glimlachte en streelde haar hals. 'De jonge hippe tante. Hij vond het leuk dat ik in de filmindustrie zit en dat ik meer met de popcultuur heb dan zijn ouders. We babbelden wel eens. De keer dat hij me vertelde over de Kleine Miss Beverly Hills – ze heette denk ik Katya of zoiets – waren we met z'n allen uit eten, een eindje verderop in Il Principe. Het eten daar is goddelijk.'

'Dat moet ik eens proberen,' zei Milo. 'Dus het was een familie-etentje?'

'Gavin, Sheila en ik. Jerry was weg, zoals gewoonlijk.'

'Hoe lang geleden?'

'Eh, ik zou zeggen een halfjaar, misschien iets langer. Hoe dan ook, we zaten verrukkelijk te eten – ze bereiden daar zeebaars in een houtoven en maken hun eigen pasta – en opeens voelt Sheila zich niet lekker. Het was weer typisch Sheila; die kan nergens van genieten zonder te lijden, zelfs niet van een goed maal. Ze ging naar het damestoilet en bleef een hele tijd weg. Gavin en ik raakten aan de praat. Hij was de hele avond al gespannen. Uiteindelijk heb ik het uit hem gepeuterd. Hij was zijn meisje kwijt omdat ze geen belangstelling had voor seks. Hij noemde haar een *ijzeren maagd*.'

Ze rolde het afgekloven koekje tussen duim en wijsvinger en legde het op haar bord. 'Ik vroeg wat er was voorgevallen en hij vertelde het. Onder het praten werd hij steeds bozer. Hij was duidelijk kwaad en gefrustreerd.'

'Omdat die relatie uit was.'

'Nee, dat was het 'm nou juist. Hij zei dat het hem niets kon schelen of hij een meisje had of niet. Hij ging over de rooie omdat hij geen seks kreeg. Dat maakte hem echt razend.'

'Dat was na het ongeluk.'

'Niet zolang daarna. Misschien was het wel acht maanden geleden. Maar Gavin was altijd algauw gefrustreerd. Als kleine jongen had hij om de haverklap driftaanvallen.'

'Lage opwindingsdrempel,' zei ik. 'En nu was hij geflipt omdat hij geen seks kreeg.'

'Hij praatte over seks alsof hij er récht op had. Hij vertelde dat hij en dat meisje, die Katya, al sinds de middelbare school met tussenpozen met elkaar om waren gegaan, dus werd het tijd dat ze eens met hem zou vrijen. Alsof er een schema was, waaraan je je maar te houden had. Hij zei dat alle andere jongelui zich "suf neukten", dat de hele wereld één groot neukfestijn was, dat baadde in het sperma en dat ook hij best eens mocht zwemmen, en dat ze kon barsten, want hij zocht wel iemand anders.'

'Een hoop kwaadheid,' zei ik.

'Hij was van nature al driftig. Na dat ongeluk is dat alleen maar erger geworden. Het was net alsof zijn emotionele barometer van slag was; hij deed of zei gewoon wat hij dacht. Ik bedoel, ik ben zijn tante, en hij praat over spérma aan een tafeltje bij Il Principe. Ik had het niet meer. Daar komen belangrijke mensen.'

'Sprak Gavin hard?'

'Steeds harder. Ik bleef maar zeggen dat hij zachter moest praten. Ik probeerde verstandig met hem te praten. Ik zei dat vrouwen geen machines waren, dat je met zorg met ze om moest gaan, dat seks leuk kon zijn, maar dat het wel van twee kanten moest komen. Hij luisterde wel naar me en leek het zelfs tot zich te laten doordringen. Vervolgens schuift hij naast me en zegt: "Bedankt, Eileen. Je bent geweldig." Daarna pakt hij mijn borst in de ene hand, legt zijn andere hand op mijn achterhoofd en probeert zijn tong in mijn keel te steken. Gio? Schenk je nog eens in?'

Milo probeerde nog meer over Gavins seksleven en over het gezin uit haar te krijgen, maar toen ze eenmaal haar basishaat had gespuid, was er verder niets te melden. Hij bracht het gesprek op Gavins boulevardbladfantasieën.

'Dat,' zei ze, 'was ook iets wat indruk op hem maakte. Mijn werk in de filmindustrie. Hij bleef maar vragen of ik niet voor een uitnodiging voor feestjes van sterren kon zorgen, zodat hij ze kon gadeslaan.' Ze lachte. 'Alsof ik hem zou helpen om mijn vrienden te bezwadderen.'

'Wat was de bedoeling?'

'Rotzooi opspitten en die aan de roddelbladen verkopen. Hij beschouwde het als zijn journalistieke debuut. Hij ging het helemaal maken als journalist. Ik zei dat die boulevardbladen rommel waren en vol leugens stonden, maar daar wilde hij niet van horen. Hij beweerde dat ze eerlijker waren dan de gevestigde bladen omdat ze hun bedoelingen niet onder stoelen of banken staken.'

'Rotzooi.'

Ze knikte. 'Na dat ongeluk zag Gavin de hele wereld als één grote beerput.'

Ik vroeg: 'Heeft hij nog vorderingen gemaakt in zijn loopbaan als journalist?'

'Zoals een opleiding volgen of stage lopen?' vroeg Eileen. 'Niet dat ik weet. Ik betwijfel het. Hij was echt niet klaar om weer naar school te gaan of een baantje vol te houden. Hij was te wispelturig en deed maar wat. Hij was gesjeesd, bleef tot twaalf uur in zijn bed liggen en liet zijn kamer in een zwijnenstal veranderen. Ik kon het hem niet kwalijk nemen; zijn hersenen zullen vast een opdonder hebben gehad. Maar Sheila probéérde niet eens grenzen te stellen. En Jerry was natuurlijk altijd weg.'

'Gavin is wel in therapie geweest.'

'Onder dwang van de rechtbank.'

'Had hij verteld wie zijn therapeut was?'

'Dat heb ik van Jerry. Dr. Koppel. Alsof dat iets geweldigs was.' Ze fronste.

'Kent u haar?'

'Ik heb haar wel eens op de radio gehoord en ik moet zeggen dat ik niet onder de indruk was. Tegen luisteraars die bellen hangt ze alleen maar de moraalridder uit. Dan kun je net zo goed naar de kerk gaan.'

Ze sprak in de tegenwoordige tijd. Milo en ik keken elkaar aan. Ze zei: 'Wat is er?'

'Dr. Koppel is vermoord.'

Eileen werd bleek. 'Wát? Wannéér?'

'Paar dagen geleden.'

'Mijn god. Waarom weet ik dat niet? Is het op het journaal geweest?'

'In de krant van gisteren heeft een bericht gestaan.'

'Ik lees geen kranten,' zei ze. 'Behalve *Calendar*. Vermoord, o mijn god. Wilt u zeggen dat het iets met Gavin te maken had?'

'Nee, mevrouw.'

'Maar zij... Kan het wel toeval zijn?'

'Uw zuster leek niet onder de indruk.'

'Mijn zus spoort niet. Hebt u enig idee wie haar heeft vermoord?'

Milo schudde zijn hoofd.

'Vreselijk, vreselijk,' zei ze. 'Denkt u dat de kans bestaat dat het iets met Gavin te maken heeft?'

'Dat weten we niet, mevrouw.'

'Lieve hemel.' Eileen bleef een poosje ernstig. Ze at een koekje en grijnsde. Ze kreeg weer iets kokets. 'Nu doet u geheimzinnig, inspecteur.'

'Niet echt, mevrouw.'

'Nou... ik hoop dat u hier iets aan hebt. Ik moet gaan.'

'Nog één vraag, mevrouw. Herinnert u zich nog die foto die ik u heb laten zien, van dat meisje dat samen met Gavin is gestorven?'

'Ja, natuurlijk. Ik heb u verteld dat ik haar nog nooit had gezien en dat was de waarheid.'

'Gavin had tegen u gezegd dat hij een ander meisje wilde zoeken. Aan andere mensen heeft hij verteld dat het hem was gelukt.'

'Welke andere mensen?'

'Laten we het maar op andere mensen houden.'

'Meneer de ondoorgrondelijke rechercheur,' zei Paxton. Ze streek met haar knie langs die van Milo. 'Een nieuwe vriendin, hè? Voor Gavin kon dat van alles hebben betekend. Iemand op wie hij jacht wilde maken, of ze dat nu wilde of niet. Iemand die hij op tv had gezien.'

'Het meisje dat ik u heb laten zien was echt,' zei Milo. 'En ze zat 's avonds laat in Gavins auto op Mulholland.'

'Oké,' zei ze geïrriteerd. 'Dan had hij iemand gevonden. Op ieder potje past een deksel. Kijk eens wat er met haar is gebéúrd.'

Ze zorgde er wel voor dat Milo de rekening betaalde en zwierde weg op haar schoenen zonder hielbandje.

'Wat een nummer,' zei Milo. 'Wat een familie. Nou, wat was haar motief om met ons te praten? De Quicks afzeiken?'

'Ze veracht ze wel,' zei ik, 'maar dat maakt haar informatie niet minder waardevol.'

'Gavins ongepaste seksuele gedrag? Ja, dat klinkt met de dag idioter.'

'Als het waar is van Jerome Quick, heeft Gavin een rolmodel gehad. Gavin kon om te beginnen een bepaalde kijk op vrouwen hebben gehad, en dat ongeluk heeft zijn remmingen misschien nog meer verzwakt. Wat mij intrigeert is dat blonde meisje. Gavin had er moeite mee om vrouwen te benaderen; hij deed dat veel te ruw. Toch was een aantrekkelijke jonge vrouw bereid intiem met hem te worden. Een jonge vrouw met schoenen van vijfhonderd dollar, die door niemand als vermist is opgegeven.'

'Een prostituee,' zei hij. 'Kan niet anders.'

'Ernstige frustratie kan een jongen tot betaalde seks brengen. Een jongen uit Beverly Hills kan over een fatsoenlijk budget beschikken.

Vooral met een vader wiens zegen hij heeft. Ik weet dat ze in geen enkel Zeden-dossier voorkomt, maar dat is niet zo vreemd voor een betrekkelijke nieuweling die nog niet is opgepakt. Als ze op eigen houtje werkte, zal niemand haar missen. Als ze samen met iemand anders werkte, zal die misschien niet willen praten.'

'Een vader wiens zegen hij heeft,' zei hij. 'Zou papa hem soms een flink bedrag voor een flinke beurt hebben toegestopt?'

'En misschien wist papa wel waar hij moest zijn,' zei ik.

Jerome Quicks metaalhandel was een paar kilometer ten oosten van Beverly Hills op Wilshire in de buurt van La Brea, in een haveloos gebouw met drie verdiepingen tussen een paar hogere panden.

Een bordje in de verlaten hal meldde dat er een aantal kantoren te huur was. De meeste huurders waren firma's waarvan de naam maar weinig over de aard van hun activiteiten onthulde. Quicks kantoor was op de eerste verdieping, halverwege een slecht verlichte gang met linoleum op de vloer. Door de wanden drong een smakelijke, maar ongerijmde geur van doorgekookte runderstoofpot.

Quick hield er geen indrukwekkend kantoor op na: een kleine, vrijwel lege receptie met een deur waarop PRIVÉ stond. Er lag bruin, glimmend gelopen tapijt en de wanden waren voorzien van goedkope, namaakhouten lambrisering. De receptioniste zat aan een goedkoop gefineerd bureau. Ze was jong en mager en had een knap, maar hard gezicht en woest gekapt haar met felblauwe punten. Ze had een dikke laag grijsachtige make-up op, en haar lippenstift was flets grijsblauw. Haar kromme, azuurblauwe nagels waren bijna drie centimeter lang. Ze droeg een strakke, witte sweater op een zwarte broek van kunstleer en maalde kauwgom. Voor haar lag een exemplaar van *Buzz Magazine*. Het feit dat er geen andere tijdschriften lagen, noch dat er meer stoelen stonden, plus dat ze opkeek van onze komst, wees erop dat er niet vaak bezoek kwam.

Ze trok een getekende wenkbrauw op toen ze Milo's legitimatie zag, maar een ader in haar hals bleef langzaam en regelmatig kloppen.

Ze zei: 'Meneer Quick is er niet,' met een verrassend zwoele stem.

'Waar is hij?' vroeg Milo.

Ze draaide met haar schouders. 'San Diego.'

'Reist hij veel?'

'Altijd.'

'Lekker rustig voor jou.'

'Ja.' De blauwe nagels tikten op het tijdschrift. Er was geen computer of schrijfmachine te bekennen.

Milo zei: 'Je kijkt er niet van op dat de politie hem wil spreken.'

Ze haalde haar schouders op. 'Jawel hoor.'

'Is dit de eerste keer dat de politie hem wil spreken?'

'Ik werk hier pas een paar maanden.'

'Is er al eerder politie geweest?'

'Nee.'

Milo liet haar de foto van het blonde meisje zien. Ze knipperde snel met haar ogen en keek weg.

'Ken je haar?'

'Is ze dood?'

'Zeer.'

'Ik ken haar niet.'

'Zij is het meisje dat samen met Gavin Quick dood is aangetroffen.'

'O.'

'Je weet zeker wel van Gavin, hè?'

'Ja, natuurlijk.'

'Triest,' zei Milo.

'Ik heb hem niet écht gekend,' zei ze. 'Heel triest, ja.' Ze liet haar mondhoeken zakken. Alsof ze probeerde het te menen. Haar bruine ogen waren uitdrukkingsloos. 'Wie heeft het gedaan?'

'Dat proberen we juist uit te zoeken, juffrouw...'

'Angie.'

'Kwam Gavin hier wel eens?'

'Soms.'

'Hoe dikwijls, Angie?'

'Niet zo vaak.'

Milo knoopte zijn jasje los en schoof iets dichter naar haar toe. 'Hoe lang werk je hier al?'

'Drieëneenhalve maand.'

'Hoe vaak heb je Gavin Quick in die drieëneenhalve maand gezien?'

'Hm... een keer of drie. Kan vier keer zijn, maar ik denk drie.'

'Wat deed Gavin als hij hier was?'

'Dan kwam hij voor Jerry... voor meneer Quick. Soms gingen ze samen weg.'

'Lunchen?'

'Ik denk het.'

'Was het lunchtijd?'

'Ik denk het wel.'

'Wat vond je van Gavin, Angie?'

'Hij leek me wel oké.'

'Geen problemen?'

Ze ging met haar tong langs haar lippen. 'Nee.'

'Helemaal geen problemen? Gedroeg hij zich altijd als een heer?'

'Hoe bedoelt u?' vroeg ze.

'We hebben ons laten vertellen dat Gavin behoorlijk enthousiast kon worden. Overdreven enthousiast.'

Geen antwoord.

'Overdreven enthousiast met vrouwen, Angie.'

Ze legde een hand op het exemplaar van *Buzz*, alsof ze zich voorbereidde om een eed af te leggen. *Ik zweer op alles wat hip is...*

'Dat heb ik nooit gezien. Hij was wel beleefd.'

'Beleefd,' zei Milo. 'En tussen haakjes, wat is jouw achternaam?'

'Paul.'

'Angie Paul.'

'Ja.'

'Dus meneer Quick is vaak op reis.'

'Altijd.'

'Zal wel saai zijn om hier maar een beetje te zitten.'

'Het is wel oké.' Ze draaide weer met haar schouders.

Milo schoof nog dichter bij het bureau. Het blad drukte tegen zijn dij. 'Angie, heeft Gavin ooit geprobeerd je te versieren?'

'Waarom zou hij dat doen?'

'Omdat je een aantrekkelijke vrouw bent.'

'Bedankt,' zei ze toonloos. 'Hij is altijd beleefd geweest.'

'Waar is je baas naartoe?'

'Ergens in San Diego. Meer heeft hij niet gezegd.'

'Hij zegt niet waar je hem kunt bereiken?'

'Hij belt mij.'

'Hij laat je helemaal aan je lot over,' zei Milo.

'Dat vind ik prettig,' zei ze. 'Lekker rustig.'

Voordat we weggingen, noteerde Milo haar adres en telefoonnummer in Hollywood-noord en het nummer van haar rijbewijs. Op de terugweg naar het bureau controleerde hij de gegevens in de databanken. Drie jaar geleden was Angela May Paul gearresteerd wegens het bezit van marihuana.

'Paxton zei dat Quick sletten in dienst nam als secretaresse,' zei hij. 'Ik weet niet of onze Angie daaraan voldoet, maar hij haalt ze in elk geval niet bij een uitzendbureau voor directiesecretaresses. Dat kantoor van hem is behoorlijk achenebbisj, vind je niet?'

'Hij drukt de overhead,' zei ik. 'Volgens Eileen is hij geen magnaat.'

'Ze zei dat hij scharrelde... Denk je dat Angie de waarheid sprak toen ze zei dat ze het blonde meisje niet kende? Ze reageerde wel op die foto, hoewel je niet veel wijzer werd van dat onbewogen gezicht.'

'Ze knipperde flink met haar ogen toen je haar die foto liet zien,' zei ik, 'maar het is dan ook een lijkfoto.'

'Dat blonde meisje,' zei hij. 'Jimmy Choo en Armani-parfum. Misschien zorgde onze Jerry goed voor junior.'

Hij controleerde zijn telefoon op berichten, gromde en hing op.

'De heren Larsen en Gull hebben teruggebeld. Ze willen me liever niet in hun praktijk spreken en stellen Roxbury Park voor, morgen om 13.00 uur. De picknickplaats aan de westelijke kant; ze gaan daar wel eens lunchen. Heb je zin in een grasveld en bomen en wat kletsen met een paar collega's? Moet ik een picknickmandje meebrengen?'

'Gras en bomen klinkt goed, maar laat de lekkernijen maar zitten.'

21

'Alex, ik ben blij dat ik je eindelijk te pakken heb.'

Ik was even beduusd om Robins stem te horen, want ik had al in maanden niets van haar vernomen. Mijn hart ging niet sneller kloppen en daar was ik blij om.

Ik zei: 'Hallo, hoe is het?'

'Goed, en met jou?'

'Prima.'

Zo beschaafd.

'Ik bel om je een gunst te vragen, Alex, maar als het niet gaat, moet je het gewoon zeggen.'

'Waar gaat het om?'

'Ze hebben Tim zojuist gevraagd om naar Aspen te vliegen om met de tenor Udo Pisano te werken. Morgen is er een concert en nu is de stem van die man geblokkeerd omdat hij verkouden is. Ze willen Tim nog liever gisteren dan vandaag en ze hebben speciaal voor hem een vliegtuig gecharterd. Ik ben nog nooit in Aspen geweest en wil graag mee. Het gaat om een nacht of misschien twee. Wil jij op Spike passen? Je weet hoe hij is als hij in een kennel moet.'

'Ja hoor,' zei ik. 'Als Spike het niet erg vindt om bij mij te zijn.'

Een paar jaar geleden was er een kleine Franse buldog Sunset Boulevard met zijn razend drukke verkeer overgestoken en de Glen ingelopen. Hij belandde hijgend en wankelend in mijn tuin en was ernstig uitgedroogd. Ik gaf hem water en te eten en ging op zoek naar zijn eigenaar. Die bleek een oude vrouw op haar sterfbed in een villa in Holmby Hills. Haar dochter en enig erfgenaam was allergisch voor honden.

Hij was opgezadeld met een onuitsprekelijke stamboomnaam, dus herdoopte ik hem Spike en leerde alles over hondenbrokjes. Hij reageerde zwierig op zijn nieuwe omgeving, werd prompt verliefd op Robin en ging mij als concurrentie beschouwen.

Toen Robin en ik uit elkaar gingen, was de voogdij geen punt. Hij ging naar haar, tezamen met zijn lijn, etensbakken, de korte haren die hij op alle meubels achterliet, zijn gesnurk, gesnuif en arrogante tafelmanieren. Als beloning kreeg ik een hol klinkend huis.

Ik overwoog zelf een hond te nemen, maar was er nooit aan toegekomen. Spike zag ik niet vaak, want ik zag Robin niet vaak. Hij had bezit genomen van het huisje in Venice dat ze met Tim Plachette deelde en zijn achting voor Tim leek al niet hoger dan voor mij.

Robin zei: 'Reuze bedankt. Het zal vast wel goed gaan. Diep vanbinnen houdt hij van je.'

'Dat moet dan vreselijk diep zitten. Wanneer wil je hem brengen?'

'Het vliegtuig vertrekt van Santa Monica zodra we klaar zijn, dus zo gauw mogelijk.'

'Kom maar.'

Spike is geen doorsneehond.

Zijn platte snuit doet evenveel kikker-DNA als erfelijk materiaal van honden vermoeden; zijn oren zijn te groot en staan rechtop als bij een vleermuis en ze buigen, draaien en vouwen zich op in reactie op een breed scala van emoties. Hij neemt niet meer plaats in dan een Engelse dwergkees, maar slaagt er wel in om twaalf kilo lichaamsgewicht in die kubieke ruimte te stouwen. Het grootste deel bestaat uit zware botten en een wasbord van spieren, bekleed met een zwarte, gestreepte vacht. Zijn nek heeft een omtrek van vijfenvijftig centimeter en zijn knobbelige kop is drie handen breed. Zijn enorme bruine ogen glanzen van zelfvertrouwen en hij koestert een uiterst geringe, neerbuigende belangstelling voor andermans leven. Hij houdt er een eenvoudige filosofie op na: het leven is een feest en hij is het middelpunt.

Als ik met hem ging wandelen, dromden de vrouwen om ons heen. 'O, dat is de mooiste hond die ik ooit heb gezien!' was het eensluidende oordeel.

Deze middag had hij even weinig zin om van Robins zijde te wijken als om een bak watten te vreten.

Ik stak hem een kauwstokje toe. Hij wierp Robin een treurige blik toe en liet zuchtend zijn schouders hangen. 'Dit is helemaal niet erg, knapperd.'

Zijn radar registreerde het stukje hamburger in vershoudfolie dat ik in de zak van mijn overhemd had gestopt, maar toen hij het had weggeschrokt, snelde hij weer terug om zich achter Robins benen te verstoppen. Geweldige benen.

Ze zei: 'Moet je nou toch eens zien. Hij bezorgt me een schuldgevoel.'

'De vreugde van het ouderschap.'

Spike besnuffelde haar strakke spijkerbroek boven suède laarzen. Ze droeg een T-shirt van zwarte zijde onder een tapestryvest. Haar kastanjebruine krullen hingen los en haar gezicht was schoon en fris. Die grote, vochtige, bruine ogen. Die prachtige kaaklijn en smalle, rechte neus.

Die lippen en die grote snijtanden.

Ik zei: 'Geef hem maar aan mij, dan kun je gaan. Hij zal wel moeilijk doen, maar straks is er geen vuiltje aan de lucht.'

'Je hebt gelijk,' zei ze. Ze nam Spikes gezicht in beide handen. 'Luister eens, hondenkop. Papa zal goed voor je zorgen, dat weet je best.'

Hoe zou ze Tim noemen? Stiefpapa?

Spikes grote muil zakte open, zijn tanden blikkerden en een paarse tong zakte naar buiten.

Hij blafte een smeekbede.

Ik nam hem in mijn armen en drukte zijn taaie lijfje dicht tegen me aan terwijl hij snoof, kronkelde en hyperventileerde. Alsof ik een bowlingbal op pootjes in bedwang moest houden.

'O, hemeltje,' zei Robin.

Ik zei: '*Bon voyage*, Rob.'

Ze aarzelde, liep naar haar pick-up, bedacht zich en kwam weer terug. Ze sloeg een arm om mijn schouders en kuste Spike vol op zijn snuit.

Ik kreeg een kus op de wang, net op het moment dat Allison in haar zwarte Jaguar xjs aan kwam rijden.

Het dak van de cabriolet was omlaag en haar zwarte haar wapperde als in een reclamespotje voor een crèmespoeling. Ze droeg een zonnebril met blauwe glazen en een crèmekleurige trui met een turquoise sjaal. Oren, hals, vingers en polsen glinsterden. Allison is niet bang voor opsmuk.

Ze zette de motor uit en Robin liet haar arm zakken. Spike probeerde uit mijn armen te springen, en toen dat niet lukte, stiet hij een hartverscheurend gehuil uit.

'Hallo allemaal,' zei Allison.

'Hallo,' zei Robin glimlachend.

Spike deed net alsof hij stikte en gereanimeerd moest worden.

'Kijk eens aan, wie hebben we hier?' Allison gaf hem een klopje op zijn kop en kuste mij op de mond. Robin deed een paar stappen naar achteren.

Spike verstijfde. Hij keek van de ene vrouw naar de andere.

Ja, zo gaat dat nu eenmaal, jongen.

Hij kreunde.

Toen Robin was weggereden, liep ik achter Allison aan de trap op naar het terras, met in mijn armen een nog altijd sidderende hond. Op de overloop keek ze over haar schouder naar mij... nee naar hem. Ze raakte zachtjes zijn besnorde hangwangen aan. 'Moet je dit jochie toch eens zien. Ik was vergeten hoe lief hij is.'

Spike likte haar hand.

'Jij bent heel erg líéf!'

Spike begon amechtig te hijgen en ze aaide hem nog wat meer. Hij kronkelde, draaide zijn hoofd naar achteren en maakte oogcontact met mij.

Zo'n wetende blik, vervuld van triomf.

Even later lag hij aan Allisons voeten, vermaalde zijn tweede kauwstokje in evenveel minuten en bekeek me argwanend toen ik dichterbij kwam.

Sommige mannen hebben altijd geluk.

Allison was geschokt door de moord op Mary Lou Koppel en dat was schijnbaar de reden dat ze langskwam. Terwijl ik koffie voor twee zette, vroeg ze naar de bijzonderheden.

Ik vertelde haar het weinige dat ik wist.

'Dus kan het een cliënt zijn geweest,' zei ze.

'Momenteel is alles mogelijk.'

Haar handen zaten om de beker geklemd.

Ik zei: 'Je bent bezorgd.'

'Niet op een persoonlijk niveau.' Ze nam een slokje. 'Ik heb wel eens cliënten gehad – voornamelijk echtgenoten van cliëntes – die me een ongemakkelijk gevoel bezorgden. Maar dat was voornamelijk jaren geleden, toen ik meer verwijzingen van de instanties kreeg... Waarschijnlijk is de dood van Mary Lou dicht bij ons bed. We denken wel dat we weten wat we doen, maar we lopen het risico overmoedig te worden. Niet alleen ik. Drie andere psychologen hebben me gebeld, gewoon om erover te praten.'

'Mensen die Mary Lou hebben gekend?'

'Mensen die weten dat ik met jou omga en die wat meer inside-information hoopten te krijgen. Wees niet bang, ik ben discreet geweest.'

'Wat hadden ze op hun hart?'

'De menselijke onvoorspelbaarheid in ons soort werk. Waarschijnlijk wilden ze zichzelf geruststellen dat Mary Lou anders was, en dat het haar om die reden is overkomen.'

Ik zei: 'Ze hopen dat ze de een of andere gek van een praatprogramma op de tenen heeft getrapt, en dat het niets met haar praktijk te maken had.'

'Bingo. Maar van wat jij me vertelt, kán het ook een cliënt zijn geweest. Iemand die de jongen van Quick in de wachtkamer heeft leren kennen.'

'Gezien diens impulsieve gedrag tegenover vrouwen is de verdachtenlijst de wachtkamer ontstegen.'

'Maar de moord op Mary Lou moet iets met haar werk te maken hebben,' zei ze.

'Heb je enig idee hoe we toegang tot haar cliëntendossiers kunnen krijgen?' vroeg ik. 'Ik kan geen manier verzinnen om het beroepsgeheim te omzeilen.'

Ze dacht even na. 'Niet zonder een duidelijk aanwijsbaar en onmiddellijk dreigend gevaar; een gedocumenteerde aanwijzing van bedreiging.'

'Gavins status bevatte niets in die zin. En als iemand haar bedreigde, heeft ze er tegen Milo of mij niets over laten doorschemeren. Morgen hebben we een gesprek met haar partners.'

'Gull en Larsen.'

'Ken je ze?'

'Ik heb wel eens hallo tegen ze gezegd, meer niet.'

'Heb je een indruk?'

'Gull kwam nogal glad over; zo'n typische Beverly Hills-therapeut. Larsen is meer een academisch type.'

'Gull was aanvankelijk Gavins therapeut,' zei ik. 'Het klikte niet en Koppel nam hem over. Nu Gavin dood is, kan hij misschien vertellen waarom.'

'Wat een probleemjoch,' zei ze. 'Dat stalken, die versierpoging naar zijn tante.'

'Als je die tante mag geloven, is dat gezin niet zo'n klein beetje disfunctioneel.'

Ze nam nog een slok koffie, pakte mijn hand en hield hem vast. 'Jij en ik zullen tenminste nooit zonder werk zitten.'

'Milo evenmin.'

Spike rolde op zijn rug en trapte met zijn korte pootjes.

'Hij ziet eruit als een omgekeerde schildpad,' zei ze. 'Wat doe je, lieverd? Oefenen voor een wielerrace op je kop?'

'Dat is een teken dat je zijn buik moet krabben.'

Grinnikend gehoorzaamde ze. 'Bedankt voor de vertaling. Hondentaal is niet mijn sterkste kant.'

Ze hield op met krabben en wilde haar beker pakken. Spike protesteerde en ze bukte zich weer.

'Je bent een vlotte leerling. Nu ben je verloren.'

Ze lachte, pakte haar beker en slaagde erin een slok te nemen en te blijven krabben. Spike liet een boer en vervolgens spon hij als een kat. Allison schaterde het uit. 'Hij is net een apparaat met geluidseffecten.'

'Hij heeft allerlei talenten.'

'Hoe lang blijft hij?'

'Een dag of wat.' Ik vertelde haar over Robins telefoontje.

'Dat is erg lief van je.'

'Dit is wel het minste wat ik kan doen,' zei ik. 'Het had een gedeelde voogdij moeten worden, maar hij stemde zelf tegen.'

'Nou, dat was dan dom van hem. Je was vast een geweldige vader.'

Ze ging rechtop zitten, legde haar hand op mijn wang en ging met haar vinger langs mijn lippen.

Spike sprong op en zette het op een blaffen.

'Daar hebben we het al,' zei ik. En tegen Spike: 'Rustig een beetje, idioot.'

'O, wat streng,' zei Allison. 'Je kunt best streng zijn, schat. Dat heb ik nog niet eerder gezien.'

'Hij maakt het in me los.'

'Ik heb altijd een hond willen hebben,' zei ze. 'Maar je kent mijn moeder. Veel te netjes voor al dat haar op het kleed. En papa was altijd weg voor zaken. Ik heb wel een keer een salamander gehad. Die kroop uit zijn aquarium, verstopte zich onder mijn bed en droogde uit. Toen ik haar vond, leek ze wel een stukje gedroogd vlees.'

'Arm verwaarloosd kind,' zei ik.

'Ja, het was een tragische jeugd, al moet ik bekennen dat ik niet erg aan Sally gehecht was. Nat en glibberig is niet bevorderlijk voor een hechte band, hè? Maar zoiets...' Ze masseerde Spikes nek. 'Dit zie ik wel zitten.'

'Er zijn complicaties,' zei ik.

'Hoezo?'

'Dat zal ik je laten zien.'

Ik stond op, ging achter haar staan, streelde haar nek en drukte er een kus op. Ik wachtte tot Spike uit zijn dak zou gaan.

Hij staarde. Uitdagend. Deed niets.

Haar truitje had een v-hals en ik schoof mijn hand eronder. Ze zei: 'Mmm. Nu ik hier toch ben...'

'Dus je bent niet alleen gekomen om over Mary Lou te praten.'

'Wel waar, maar wat dan nog?' zei ze. Ik kneep zachtjes in haar tepel, en ze leunde achterover, zoog haar adem naar binnen en ademde uit met een zacht lachje. Ze stak haar hand naar achteren en streelde mijn zij. 'Heb je even?'

Ik wierp een blik op Spike. Hij was onbewogen.

Ik nam Allison bij de hand en liep met haar naar de slaapkamer. Spike dribbelde tien stappen achter ons. Ik deed de deur dicht. Stilte. Toen ik nog met Robin woonde, zou hij onophoudelijk hebben gezeurd.

Ik trok de gordijnen dicht, kleedde Allison uit en vervolgens mezelf. We gingen met de buiken tegen elkaar staan; het bloed stroomde toe en het koele vlees werd warmer.

Nog altijd geen protesten van de andere kant van de deur.

We omhelsden en betastten en kusten elkaar en ik vergat alles behalve Allison.

Pas toen ik in haar ging begon het gekrab en gejammer.

Allison hoorde het direct. Ze lag met haar handen op mijn armen en haar benen hoog om mijn rug geslagen en sperde haar blauwe ogen open.

We begonnen allebei te bewegen.

De commotie aan de andere kant van de deur nam toe.

'O,' zei ze, zonder op te houden. 'Ik snap... wat... je... bedoelt.'

Ik stopte niet en zij evenmin.

Spike hield vol.

Vergeefs.

22

Toen ik de volgende morgen om zes uur wakker werd, lag Allison naast me en Spike opgekruld op de grond aan het voeteneind. Zij had hem binnengelaten. Twee dagen lang probéérde hij niet eens beschaafd te doen.

Ik liet haar slapen en nam hem mee naar buiten zodat hij zijn behoefte kon doen. Het was een klamme, grauwe en merkwaardig geurige ochtend. Nevelslierten krulden langs de bergen omlaag. De bomen waren net zwarte wachters. Het was nog te vroeg voor de vogels. Ik keek hoe hij snuffelend en speurend door de tuin waggelde. Hij rook aan een tuinslak, besloot dat *escargot* een element van zijn Franse erfgoed was dat hij liever vergat, en verdween achter een bosje. Terwijl ik huiverend in mijn ochtendjas stond te wachten en mijn hoofd opklaarde, vroeg ik me af wie zich zo door Gavin Quick en Mary Lou Koppel bedreigd had gevoeld dat hij bereid was die mensen te vermoorden. Of misschien was er helemaal geen sprake van bedreiging en was het iemand die kickte op mensen doodmaken.

Daarna moest ik aan Gavins journalistieke fantasieën denken en namen mijn vragen een andere koers.

Aan het ontbijt zei ik niets over de moorden tegen Allison. Om halfnegen was ze naar haar praktijk en deed ik een paar klusjes rond het huis. Spike bleef stil voor de levenloze tv liggen. Hij had altijd al een voorkeur voor een blanco scherm; misschien heeft hij wel gelijk. Ik liep naar mijn werkkamer en ruimde wat paperassen op. Spike waggelde naar binnen en bleef naar me staren totdat ik opstond en naar de keuken liep om hem een stuk kalkoen te geven. Daarmee was hij de rest van de ochtend zoet en om tien uur lag hij in de keuken te slapen.

Toen Milo kort daarop belde om te vragen hem om twaalf uur op te halen voor het gesprek met Gull en Larsen, was ik blij om zijn stem te horen.

Voor het bureau liet ik de Seville stationair draaien. Milo was er nog niet en twee keer kreeg ik een waarschuwing van de verkeerspolitie om daar niet te blijven hangen. Milo's naam zei de tweede agent niets en hij dreigde met een bon. Ik reed een paar rondjes en trof Milo aan de stoeprand.

'Sorry. Net toen ik naar buiten ging, werd ik opgehouden door Sean Binchy.'

Hij deed zijn ogen dicht en leunde achterover. Zijn kleren waren ver-fomfaaid en ik vroeg me af wanneer hij voor het laatst had geslapen.

Ik reed via zijstraten naar Ohio, sloeg af in oostelijke richting, baan-de me een weg door de verkeersdrukte op Sepulveda en reed door naar Overland, waar ik eindelijk een skateboard kon inhalen.

Roxbury Park was vijftien minuten verder aan Olympic, anderhalve kilometer van de praktijk van Mary Lou Koppel en nog dichter bij huize Quick op Camden Drive. Ik moest denken aan het beperkte wereldje van Gavin sinds zijn ongeluk, totdat hij met het knappe blonde meisje naar Mulholland Drive was gereden.

Milo deed zijn ogen open. 'Ik zie het wel zitten om zo te worden rondgereden. Als je ooit een kilometervergoeding vraagt, krijgt de politie een flinke knauw.'

'Sint Alex. Wat moest Binchy?'

'Hij heeft een buurman van Koppel gesproken; een jongen die zeven huizen verder op McConnell woont. In de nacht van de moord heeft hij een busje op en neer zien rijden. De jongen kwam laat thuis, om een uur of twee. Dat busje reed hem in noordelijke richting voorbij, weg van Koppels huis en naar het zijne. Hij deed zijn portier op slot, bleef in de auto zitten en zag het keren en terugkomen. Hij reed heel langzaam, alsof de chauffeur een adres zocht. De jongen wachtte net zolang tot de achterlichten een poosje uit het zicht waren, maar het busje kwam niet nog een keer langs.'

'Waakzaam joch,' zei ik.

'Een paar weken geleden was er een straatoverval aan de andere kant van Motor geweest en zijn ouders hadden erop gehamerd dat hij op zijn qui-vive moest zijn.'

'Twee uur komt overeen met de schatting van de lijkschouwer. Heeft hij de chauffeur nog gezien?'

'Het was te donker. De jongen dacht dat de raampjes misschien ge-kleurd waren.'

'Hoe oud is hij?'

'Zeventien. Volgens Binchy is hij een bolleboos op Harvard-West-lake; lijkt wel betrouwbaar. Hij heeft ook iets met auto's en weet vrij zeker dat het een Ford Aerostar was. Zwart, grijs of donkerblauw; geen extra's voorzover hij kon onderscheiden. Hij heeft het num-merbord niet gezien; dat zou te mooi geweest zijn. Het is niet veel, maar als we een verdachte met een Aerostar vinden, is het tenminste iets.'

'Nog vooruitgang geboekt om toegang tot Koppels cliëntendossiers te krijgen?'

'Ik heb het aan drie artsenorganisaties gevraagd en ze zeggen allemaal hetzelfde. Zonder onmiskenbaar gewelddadig gedrag of bedreiging van een specifieke patiënt tegen een specifieke persoon kun je het wel schudden.'

'Misschien is er nog een manier om meer over Gavins privé-leven te weten te komen,' zei ik. 'Hij verbeeldde zich dat hij een ontluikend journalist was, en journalisten maken aantekeningen.'

'O, jezus.' Hij ging rechtop zitten en drukte met beide handen tegen het dashboard alsof hij wilde voorkomen dat hij voorover viel. 'Die bende die hij een kamer noemde. Al die stapels papier; misschien had hij wel iets opgeschreven. En ik heb het niet eens gecontroleerd. Shit.'

'Het is maar een suggestie...'

'De avond dat we Sheila Quick in kennis stelden, heeft ze ons de kamer laten zien. Ik had met haar te doen toen ik zag hoe ze zich geneerde. Ik heb niet eens moeite gedaan om die kamer te doorzoeken.' Hij drukte zijn duimen tegen zijn slapen. 'O, wat stom.'

'De avond dat we Sheila in kennis stelden,' zei ik, 'leek het nog een lustmoord. Niemand had enig idee dat Gavin misschien zelf een rol in zijn eigen dood had gespeeld. Dat weten we trouwens nog niet.'

'Ja, ja, ik stel de therapie op prijs, Alex, maar feit blijft dat ik die verrekte kamer meteen overhoop had moeten halen. Misschien word ik oud... Ik moet dingen gaan opschrijven, anders lekken ze weg uit mijn brein. Oké, genoeg gejammerd. Proactief, proactief. Na Gull en Larsen ga ik meteen terug naar huize Quick. Mevrouw Quick zal dolblij zijn dat ik in de persoonlijke spullen van haar dode jongen ga rommelen.' Hij trok een grimas. 'Hopelijk heeft ze nog niets weggegooid.'

'Volgens mij zal het wel even duren voordat ze zin heeft om zich daaraan te wijden.'

'Wat een leven leidt die,' zei hij zacht. 'Ik ben in het verleden van haar man gedoken. Onze Jerome heeft een keer een bekeuring gekregen voor te hard rijden, en een keer omdat hij een stopbord negeerde. Bij Zeden is hij niet bekend, noch bij andere afdelingen die ik heb gesproken, Bureau Santa Monica en Hollywood-west incluis. Dus als hij callgirls voor zichzelf of Gavin heeft gehuurd, is hij voorzichtig te werk gegaan. Ik heb er een paar zoekmachines op losgelaten en zijn naam komt maar één keer op. Een reünie van Vietnamveteranen, vijf jaar geleden in Scranton, Pennsylvania.'

Ik stopte voor rood licht in Century Park East. Een paar straten verder passeerde ik de campus van universiteitsformaat van Beverly Hills High School. Daarna volgde een groen, schoon, ordelijk park dat een heel blok besloeg en zich kenmerkte door het would-be correcte van alle openbare plekken in Beverly Hills.

Milo zei: 'Ben je klaar om voor collega te spelen? Moet ik zeggen wie je bent?'

'Nee, houd het maar onopvallend. Ik luister wel.'

'Als altijd de waarnemer. Geen gek idee waarschijnlijk. Oké, sla hier maar af op Roxbury, rijd door het zuidelijke uiteinde van het park en maak maar een rondje. Ze hebben gezegd dat ze op de picknickplaats zullen wachten, tegenover de steeg aan de kant van Spalding aan de westrand. Vlak bij de plek waar kinderen met hun mammie spelen.'

Albin Larsen en een grotere man met donker haar in een zwart pak zaten aan een houten tafel net binnen de groene, ijzeren omheining aan de westelijke rand van het park. Er stonden in totaal zes tafels in de schaduw van een verzameling oude Chinese iepen. Beverly Hills behandelt zijn bomen als showpoedels: de iepen waren gesnoeid in de vorm van enorme parasols. De psychologen hadden een tafel gekozen even ten noorden van een zandbak, waarin kleuters ravotten onder het wakend oog van moeders en kindermeisjes. Ze zaten met hun rug naar de kinderen.

Ik vond een parkeervak met het gezicht naar de groene omheining. Op de meeste andere vakken stonden suv's en busjes. Twee donkergrijze Mercedesen 190 die naast elkaar stonden waren de uitzondering. Ik had ze ook op Mary Lou Koppels parkeerplaats zien staan. Hetzelfde model als van Jerome Quick.

Milo zei: 'Allebei een Benz.'

'Ze werken samen, maar zijn afzonderlijk gekomen,' zei ik.

'Dat betekent?'

'Dat betekent laten we maar eens zien.'

Larsen en Gull waren zich niet van onze aanwezigheid bewust en we sloegen hen een poosje gade. Ze zaten te praten en te eten. Er werd niet veel gezegd, en zonder zichtbare emotie. 'Kom op,' zei Milo.

Toen we tot op drie meter van de tafel waren genaderd, zagen ze ons en legden ze hun plastic vork neer. Albin Larsens kleren waren min of meer dezelfde als de kleding die hij aanhad op de dag dat Mary Lou Koppel niet op haar werk was verschenen: weer een vest – deze keer bruin – boven een lichtbruin linnen overhemd met een groene, wollen das. Het zwarte pak van Franco Gull was van fijn geweven crêpe met smalle revers. Daaronder droeg hij een kraagloos overhemd van witte zijde dat tot zijn hals dichtgeknoopt zat. Gouden trouwring, gouden horloge.

Gull had brede schouders en zag er sterk uit. Hij had een dikke nek, een boksersneus en een groot, oneffen, maar knap gezicht. Hij had een dikke bos golvend zwart haar met grijze strepen. Zijn kin stak naar voren. Achter zijn zonnebril zaten bijgewerkte wenkbrauwen en hij had een rossige huid.

Hij was iets jonger dan Larsen; halverwege de veertig. Toen Milo en ik bij de tafel kwamen, zette hij zijn zonnebril af, zodat we twee grote, donkere ogen te zien kregen. Treurige ogen met grauwe wallen eronder. Daardoor leek hij een paar jaar ouder en had hij iets bedachtzaams. Hij zat een Chinese afhaalmaaltijd uit een doos te eten. Garnalen in een rode saus met rijst met miniloempia's als bijgerecht. Larsen at een gemengde salade in een schaal van piepschuim. Beide mannen hadden een blikje ijsthee.

Larsen zei: 'Goeiedag,' en hij gaf een vormelijk knikje. Gull gaf ons een hand. Hij had enorme vingers.

Beide mannen zaten in de schaduw, maar Gulls voorhoofd was overdekt met zweet. Pittige garnalen?

Milo en ik veegden stof en bladeren van de picknickbank en gingen zitten. Larsen ging door met eten. Gull glimlachte onzeker.

'Bedankt voor uw tijd, heren,' zei Milo. 'Het zal niet makkelijk zijn in de praktijk.'

Larsen keek op van zijn salade. Geen van tweeën zei iets.

'Ik bedoel de cliënten van dr. Koppel,' zei Milo. 'Al die verklaringen.'

'Ja,' zei Larsen. 'De kwetsbaarheid.'

Gull zei: 'Gelukkig hebben we niet met een enorm aantal cliënten te maken. In tegenstelling tot artsen behandelen we per man op elk willekeurig moment maar een stuk of vijftig cliënten. Albin en ik hebben het huidige bestand verdeeld en iedereen gebeld. Met voormalige cliënten zijn we nog bezig, maar het valt niet mee om iedereen te lokaliseren. Mary bewaarde haar dossiers niet langer dan een jaar.'

Hij had een zachte, kalme stem, maar door het praten leek hij buiten adem te raken. Hij wiste zijn voorhoofd af. Hij bleef transpireren.

'Is dat een standaardprocedure?' vroeg Milo. 'Dossiers vernietigen?'

'Dat besluit iedere therapeut voor zichzelf.'

'Hoe zit dat met u en dr. Larsen?'

'Ik bewaar mijn dossiers twee jaar. Jij, Albin?'

Larsen zei: 'Hangt ervan af, maar ik ook, zo'n beetje.'

'Geen protocol dus,' zei Milo.

152

'Wij zijn niet officieel een groep,' zei Larsen. 'We delen een praktijkruimte.'

'Dus wat gebeurt er nu met dr. Koppels actieve cliënten? In termen van behandeling?'

Franco Gull zei: 'Wie ervoor kiest om verder te gaan met Albin of mij kan dat. Wie liever een vrouwelijke therapeut heeft, verwijzen we graag door.'

'Klinkt georganiseerd,' zei Milo.

'Dat moet ook wel. Zoals Albin al zei, hebben we met een hoge mate van kwetsbaarheid te maken. Wat is er voor iemand die geestelijk in nood zit erger dan zo abrupt aan je lot te worden overgelaten?' Gull schudde zijn hoofd en zijn golvende haar trilde. 'Het is een nachtmerrie, voor hen en voor ons. Ongelooflijk.'

'De moord op dr. Koppel.'

Gull kneep zijn treurige ogen samen. 'Daar hebben we het toch over?' Albin reeg een tomaatje aan zijn vork maar stak hem niet in zijn mond.

'Het is een enorm verlies,' zei Gull. 'Voor haar cliënten, voor ons, voor... Mary was levendig, briljant en dynamisch. Zij was iemand van wie ik veel heb geleerd, inspecteur. Het is moeilijk te vatten dat ze er echt niet meer ís.'

Hij wierp een blik op Larsen.

Die speelde met een blaadje sla en zei: 'Dat ze zomaar naar de andere wereld is geholpen.' Hij droogde zijn ogen. 'We hebben een goede vriendin verloren.'

Franco Gull zei: 'Hebt u enig idee wie dat op z'n geweten heeft?'

Milo zette zijn ellebogen op de picknicktafel. 'Ik weet dat u gebonden bent aan uw beroepsgeheim, maar een wezenlijke bedreiging ontheft u daarvan. Kent een van u een cliënt die dr. Koppel ooit heeft bedreigd? Een cliënt die een echte wrok tegen haar koesterde?'

'Een cliënt?' vroeg Gull. 'Hoe komt u daarbij?'

'Ik denk overal aan, meneer Gull. Alle mogelijkheden moeten de revue passeren.'

'Nee,' zei Gull. 'Zulke cliënten zijn er niet, geen sprake van.' Hij pakte een servetje en wiste zijn voorhoofd weer af.

Milo keek naar Albin Larsen. Die schudde zijn hoofd.

Milo zei: 'Dr. Koppel behandelde mensen met problemen. Het lijkt me een logisch uitgangspunt.'

'Alleen logisch in theorie,' zei Gull, 'maar het is niet van toepassing op onze praktijk. Mary behandelde geen psychopaten.'

'Wie dan wel?' vroeg Milo.

'Mensen met ernstige aanpassingsproblemen,' zei Gull. 'Angstgevoelens, depressiviteit, dingen die ze vroeger neurose noemden. Plus mensen wie au fond niets mankeert, maar die met keuzeproblemen worstelen.'

'Loopbaanbegeleiding?'

'Allerlei vormen van begeleiding,' zei Gull.

'Het woord neurotisch gebruikt u dus niet meer?'

'Etiketten vermijden we, inspecteur. Om stigmatisering te voorkomen. Therapie is geen behandeling zoals een medische procedure, dus zoals een arts die iets bij een passieve patiënt doet. Het is zoiets als een overeenkomst. Wij beschouwen ons en onze cliënten meer als partners.'

'Therapeut en cliënt als team.'

'Juist.'

'Aanpassingsproblemen,' zei Milo. 'U bent er absoluut zeker van dat dr. Koppels praktijk geen gevaarlijke individuen herbergde.'

Albin Larsen zei: 'Mary zou het werken met gewelddadige individuen niet prettig hebben gevonden.'

'En ze deed alleen maar wat ze wel prettig vond?'

'Mary had een volle agenda. Ze kon haar cliënten selecteren.'

'Waarom zou ze werken met gewelddadige cliënten niet prettig vinden, dr. Larsen?'

'Mary was overtuigd geweldloos.'

'Dat zijn we allemaal, dr. Larsen, maar dat wil nog niet zeggen dat we ons van de lelijke kanten van het leven kunnen afschermen.'

Larsen zei: 'Dr. Koppel kon dat wel.'

'Echt?' vroeg Milo.

'Ja.'

'Ik heb bandopnamen gehoord waarop dr. Koppel het over gevangenishervorming had.'

'Aha,' zei Larsen. 'Ik ben bang dat dat mijn invloed was. Stond ik ook op die opnamen?'

'Ik dacht het niet, meneer Larsen.'

Larsen trok een zuinig mondje. 'Ik heb Mary's belangstelling voor dat onderwerp gewekt, maar niet in klinische zin. Ze was zich maatschappelijk bewust en koesterde zowel een persoonlijke als een academische belangstelling voor bredere maatschappelijke thema's. Maar wat haar praktijk betrof, concentreerde ze zich op alledaagse problemen van gewone mensen. Voornamelijk vrouwen. En zegt dat niet iets over de waarschijnlijkheid dat de moordenaar een van haar cliënten is?'

'Hoezo, dr. Larsen?'

'Crimineel geweld is doorgaans een mannenaangelegenheid.'

'Hebt u belangstelling voor criminele psychologie?' vroeg Milo.

'Alleen als onderdeel van het maatschappelijk bestel,' zei Larsen.

Franco Gull zei: 'Albin is bescheiden. Hij heeft geweldige dingen gedaan als voorvechter van de mensenrechten.'

'En vandaar naar een privé-praktijk,' zei ik.

Larsen keek me even aan. 'Op een gegeven moment doe je wat je kunt.'

Milo zei: 'Mensenrechten brengen geen geld in het laatje.'

Larsen wendde zich tot hem. 'Ik vrees dat u gelijk hebt, inspecteur.'

'Dus geen psychopaten in dr. Koppels cliëntenbestand,' zei Milo.

Het was een verklaring en geen vraag, dus geen van beide psychologen reageerde. Albin Larsen at een reepje sla. Franco Gull keek op
zijn gouden horloge.

Milo haalde de foto van het blonde meisje tevoorschijn. 'Kent een
van u haar?'

Larsen en Gull bestudeerden de lijkfoto. Beiden schudden hun hoofd.
Gull ging met zijn tong langs zijn lippen. Er parelde zweet op zijn
neus. Geïrriteerd veegde hij het weg. 'Wie is zij?'

'Was,' zei Larsen. 'Het is duidelijk dat ze is overleden.' Tegen Milo:
'Heeft dit iets met de moord op dr. Koppel te maken?'

'Dat weten we nog niet, meneer Larsen.'

'Heeft Mary dat meisje gekend?' vroeg Gull.

'Dat weten we ook niet, meneer Gull. Dus geen van u heeft dat meisje in de praktijk gezien.'

'Nooit,' zei Gull.

Larsen schudde zijn hoofd. Plukte aan een knoop van zijn vest. 'Is er
iets wat wij moeten weten, inspecteur? In termen van onze eigen veiligheid?'

'Maakt u zich zorgen over uw veiligheid?'

'U hebt ons net een foto van een dood meisje laten zien. Ik neem aan
dat u het gevoel hebt dat haar dood iets met die van Mary te maken
heeft. Wat is hier eigenlijk aan de hand?'

Milo stopte de foto weer in zijn zak. 'Het enige wat ik u kan aanra-
den is de gebruikelijke behoedzaamheid in acht te nemen. Als een
van u met een gewelddadige cliënt te maken krijgt – of met iemand
anders uit dr. Koppels leven die verdacht lijkt – kunt u mij dat maar
beter laten weten.'

Hij sloeg zijn benen over elkaar en keek naar de spelende kinderen.
Er kwam een ijscowagen over het pad aanrijden, die belde. Een paar
kinderen begonnen te springen en te wijzen.

Franco Gull vroeg: 'Is er nog iets? Mijn middag zit helemaal volgeboekt.'

'Nog maar een paar vragen,' zei Milo. 'Over de structuur van uw partnerschap met dr. Koppel.'

'Albin heeft al gezegd dat het geen officiële vennootschap is,' zei Gull. 'We delen een praktijkruimte.'

'Een zuiver financiële kwestie?'

'Nou,' zei Gull. 'Zo strikt zou ik het niet uitdrukken. Mary was een goede vriendin van ons.'

'Wat gebeurt er met de huur nu dr. Koppel dood is?'

Gull keek hem aan.

Milo zei: 'Dit moet ik vragen.'

'Daar hebben Albin en ik het nog niet over gehad, inspecteur. We hebben de handen al vol aan de zorg voor Mary's cliënten.' Hij keek naar Larsen.

Die zei: 'Ik zou er wel voor zijn dat jij en ik Mary's aandeel in de huur verdelen, Franco.'

'Tuurlijk,' zei Gull. En tegen ons: 'Het stelt niet zoveel voor. De huur is redelijk en Mary's aandeel was kleiner dan het onze.'

'Waarom?' vroeg Milo.

'Omdat zij het gebouw heeft gevonden, voor een uitstekende huurovereenkomst heeft gezorgd en de hele verbouwing heeft geregeld.'

'Goeie onderhandelaar,' zei Milo.

'Inderdaad,' zei Larsen. 'Dat talent werd vergemakkelijkt omdat haar ex de eigenaar van het gebouw is.'

'Ed Koppel?'

Franco Gull zei: 'Iedereen noemt hem Sonny.'

Milo zei: 'Dus jullie huren van haar ex.'

'Mary en Sonny konden goed met elkaar overweg,' zei Gull. 'De scheiding was al jaren geleden. Zonder strijd.'

'Helemaal geen problemen?'

'Hij heeft ons een gunstige huurovereenkomst gegeven, inspecteur. Dat spreekt toch boekdelen?'

'Waarschijnlijk wel,' zei Milo.

Gull zei: 'U zult niemand vinden die Mary goed kende en iets slechts over haar zal zeggen. Ze was een geweldige vrouw. Dit is echt heel moeilijk voor ons.'

Zijn kin trilde. Hij zette zijn zonnebril weer op.

'Het zal inderdaad niet meevallen,' zei Milo. 'Het spijt me voor uw verlies.'

Hij maakte geen aanstalten om te vertrekken.

Larsen vroeg: 'Nog iets?'

'Dit is slechts een formaliteit, heren, maar waar was u op de avond dat dr. Koppel werd vermoord?'

'Ik was thuis,' zei Gull. 'Bij vrouw en kinderen.'

'Hoeveel kinderen?'

'Twee.'

Milo haalde zijn aantekenboekje tevoorschijn. 'En waar woont u, meneer Gull?'

'In Club Drive.'

'Cheviot Hills?'

'Ja.'

'Dus u en dr. Koppel waren buren?'

'Mary heeft ons geholpen met het vinden van een huis.'

'Via meneer Koppel?'

'Nee,' zei Gull. 'Voorzover ik weet, doet Sonny alleen in bedrijfspanden. Mary wist dat we naar iets beters uitkeken. Tijdens een wandeling zag ze een bordje met TE KOOP en ze dacht dat het huis wel iets voor ons was.'

'Hoe lang geleden was dat?'

'Een jaar... veertien maanden.'

'Daarvoor woonde u...'

'In Studio City,' zei Gull. 'Is dat relevant?'

Milo wendde zich tot Larsen. 'En u, meneer. Waar was u die bewuste avond?'

'Ook thuis,' zei Larsen. 'Ik woon in een appartement in Harvard Street in Santa Monica, ten noorden van Wilshire.' Hij noemde het adres met een zachte, vermoeide stem.

'Woont u alleen?'

'Ja.' Larsen glimlachte. 'Ik heb wat gelezen en ben naar bed gegaan. Ik vrees dat niemand dat kan bevestigen.'

Milo glimlachte ook. 'Wat heeft u gelezen?'

'Sartre. *Het ik is een ding.*'

'Lichte kost.'

'Soms is een uitdaging wel goed.'

'Zeg dat wel,' zei Milo. 'Ik kan u vertellen dat deze záák een uitdaging is.'

Larsen gaf geen antwoord.

Franco Gull keek weer op zijn horloge. 'Ik moet nu echt terug naar de praktijk.'

'Nog één vraag,' zei Milo. 'Ik weet dat u mij niets over diepe, duistere cliëntengeheimen kunt vertellen vanwege ethische beperkingen.

Maar ik heb wel een vraag waarvan ik denk dat u die mag beant-woorden. Heeft een van uw cliënten een donker Ford minibusje, een Aerostar? Zwart, donkerblauw of misschien grijs?'

Boven ons ritselde de kruin van de iep en er dreven hoge, vrolijke kindergeluiden over. De ijscowagen belde en reed weg.

'Een cliënt?' vroeg Albin Larsen. 'Nee, dat heb ik nooit gezien.' Hij keek naar Gull.

Die zei: 'Ik ook niet. Geen van de cliënten rijdt in zo'n auto, voor-zover ik weet. Niet dat het me zou opvallen. Ik ben in de praktijk wanneer de cliënten hun auto parkeren. Ik weet van niemand wat voor auto ze hebben, tenzij het in de therapie ter sprake komt.'

Zijn voorhoofd was nat van het zweet.

Milo schreef iets in zijn boekje en deed het dicht. 'Bedankt, heren. Voorlopig is dat alles.'

'Komt er dan nog meer?' vroeg Gull.

'Hangt ervan af wat voor aanwijzingen we vinden.'

'Vingerafdrukken?' vroeg Gull. 'Dat soort dingen?'

'Dat soort dingen.'

Gull stond zo vlug op, dat hij bijna zijn evenwicht verloor. 'Lijkt me logisch.' Larsen stond ook op. Gull was een hoofd groter en bijna een halve meter breder in de schouders. Football op de middelbare school, of misschien op de universiteit.

We keken het tweetal na toen ze naar hun Mercedes liepen.

Milo zei: 'Was me dát even boeiend?'

23

'Zweterige jongen,' mompelde Milo toen hij Kentekenregistratie bel-de.

Het duurde niet lang voordat hij de gegevens had. Op naam van Fran-co Gull in Club Drive stonden drie voertuigen geregistreerd. Een twee jaar oude Mercedes, een Corvette uit 1963 en een Ford Aerostar uit 1999.

'Kijk eens aan.'

Hij haalde een stratenboekje uit zijn handschoenenkastje, zocht een plattegrond en zette zijn wijsvinger erop. 'Gulls huis is maar een paar straten verwijderd van dat van Koppel, dus op het eerste gezicht is het niet zo vreemd als een van zijn auto's in de buurt wordt gesignaleerd. Maar volgens de getuige reed hij niet in de richting van zijn straat en leek hij ergens naar te zoeken.'

'Om twee uur 's nachts op en neer rijden doet een goeie buur niet. Dat is meer iets voor stalkers.'

'Een psycholoog die met dergelijke problemen kampt. Zou dat niet boeiend zijn?'

'Een psycholoog naar wie de rechtbank stalkers doorverwijst. Misschien was Gavin er op de een of andere manier achter gekomen, en heeft hij daarom Gull voor Koppel verruild.'

'Gull die langs Koppels huis rijdt,' zei hij. 'Koppel zou dat niet hebben geduld. Als Gavin dat tegen haar had gezegd, zou dat de lont in het kruitvat zijn geweest.'

'Aan de andere kant,' zei ik.

'Wat?'

'Drie voertuigen in het gezin Gull. Hij de Mercedes en de Corvette voor het weekeinde. Blijft over de Aerostar voor zijn vrouw.'

'Argwanende vrouw,' zei hij. 'O, ja. Gull en Koppel hadden iets met elkaar.'

'Toen jij het over aanwijzingen had, vroeg Gull naar vingerafdrukken. Dat trof me als buiten de context. Dat kan zijn omdat hij weet dat zijn vingerafdrukken zich bevinden tussen de verzameling die jij uit Koppels huis hebt.'

'Meer dan partners. Meer dan buren. Zij vindt een huis voor hem in de buurt; maakt aanwippen des te makkelijker. Mevrouw G. verdenkt hem en rijdt om twee uur 's nachts langs. Om te controleren. Geen wonder dat die gast zweet als een otter.'

Ik zei: 'Daar zul je gauw genoeg achter zijn. Hij heeft een staatsbevoegdheid, dus zijn vingerafdrukken zitten in het systeem.'

Hij klapte zijn blauwe telefoontje open. 'Ik zal meteen de technische dienst bellen. Laten we ondertussen maar bij zijn vrouw langsgaan.'

'En Gavins kamer dan?'

'Daar gaan we ook spitten,' zei hij. 'Maar daarna pas.' Grote grijns. 'Ik heb het opeens druk.'

Huize Gull was in Tudor-stijl en leek een beetje op dat van Koppel, maar minder imposant. Het stond op een vlak perceel zonder uitzicht. Gazon van golfbaankwaliteit, de gebruikelijke perken met balsemien en een amberboomscheut die net van kleur begon te veranderen en die in een krater stond waar eens een grotere boom had gestaan.

De Aerostar stond op de oprit. Donkerblauw. Twee bumperstickers: *MIJN KIND IS DE BESTE VAN DE KLAS OP DE WILD ROSE SCHOOL* en: *HUP LAKERS!*

Een Latijns-Amerikaans dienstmeisje deed open toen Milo had aangeklopt. Hij vroeg: '*La senõra por favor,*' en ze zei: '*Un momento,*' voordat ze de deur weer dichtdeed. Toen hij weer openging, stond er een kleine, erg slanke vrouw met een blonde paardenstaart, die afwezig keek. Milo's legitimatie veranderde daar niets aan. Ze bleef door ons heen kijken.

Lichtblond haar, lichtblauwe ogen, lichte botten, prachtige trekken. Zelfs stilstaand zag ze er gracieus uit. Maar gevaarlijk slank; haar huid was bijna transparant en haar zwarte, fluwelen trainingspak lubberde. Ze had zich fraai opgemaakt, maar de rode randen om haar ogen waren niet te verdoezelen.

Milo zei: 'Mevrouw Gull.'

'Zeg maar Patty.'

'Mogen we even binnenkomen?'

'Waarom?'

'Het gaat over een recent misdrijf in de buurt.'

De ene slanke hand trommelde op de andere. 'Wat, is er weer een straatroof geweest in Rancho Park?'

'Iets ernstigers, mevrouw. En ik ben bang dat u het slachtoffer kent.'

'O, zij,' zei Patty Gull. Haar stem was gedaald en ieder spoor van afwezigheid was geweken. De handen lieten elkaar los, zakten omlaag en omklemden haar heupen. Ze stak haar onderkaak naar voren. Hoe smal en scherp haar trekken ook waren, nu kreeg haar gezicht iets van de frons van een mastiff.

'Ja hoor, kom maar binnen.'

De ramen van de huiskamer hadden houten luiken en de eikenhouten lambrisering was zo donker gebeitst dat hij bijna zwart leek. Het interieur leek wel in één dag samengesteld door iemand met respect voor traditie, een krappe deadline en een kleine beurs: tweederangs namaakantiek, reproducties van paarden achter glas, het soort stillevens dat je op straat kunt kopen. Met een overdaad aan chintz met bloempatronen, veel te glimmende koperen snuisterijen en kunstmatig wanordelijke oppervlakten waren nog meer pogingen gedaan om de stijl van een Engels landhuis na te bootsen. Voorbij de kamer was een gang die vol lag met speelgoed en andere kinderspullen.

Patty Gull ging op het puntje van de zachte bank zitten en wij namen tegenover haar plaats op bijpassende oorfauteuils. Ze pakte een kussen met kwastjes en hield het tegen haar buik alsof het een kruik was.

Milo zei: 'Ik zag uw bumpersticker. Is er iemand een Lakers-fan?'

'Ik,' zei ze. 'Ik was vroeger een Lakers-meisje. Toen ik nog jong en knap was.'

'Niet zo langgeleden...'

'U hoeft me niet te vleien,' zei Patty Gull. 'Ik mag graag denken dat ik goed geconserveerd ben, maar over twee jaar ben ik veertig en ik heb mijn lichaam verknald door mijn man twee geweldige kinderen te geven. Hij beloont me door andere vrouwen te naaien wanneer hij maar kan.'

We zwegen.

Ze zei: 'Hij is een poezenjager, inspecteur. Als ik die had gewild, had ik wel een basketbalspeler kunnen versieren. Zelfs een van het reservebankje.' Haar lach klonk broos. 'Ik was een kéúrig Lakers-meisje. Na de wedstrijd ging ik naar huis, ik deed niet aan feestjes mee en gedroeg me voorbeeldig. Een aardig katholiek meisje dat was geleerd een goede man te zoeken. Ik trouwde met een psycholoog, want ik dacht dat het me stabiliteit zou opleveren.' Ze gaf het kussen een stomp, gooide het opzij en sloeg de armen om zichzelf heen.

'Mevrouw Gull...'

'Patty. Ik ben het beu; ik heb het helemaal gehad met hem.'

'Gaat u scheiden?'

'Misschien,' zei ze. 'Je maakt de balans van je leven op en zegt: "Dit is wat me te doen staat." Het lijkt zo voor de hand te liggen, maar dan doe je een stapje terug en word je bedolven onder de complicaties. Kinderen, geld... De vrouw trekt financieel altijd aan het kortste eind. Ik heb me nooit met Franco's zaken bemoeid. Hij kan overal geld hebben weggestopt en ik zou het niet weten.'

'Hebt u al met een advocaat gesproken?'

'Niet officieel. Ik heb een vriendin die advocaat is. Zij was ook een Lakers-meisje, maar in tegenstelling tot mij was zij zo slim om haar opleiding af te maken. Ik wilde een MBA halen, iets in het bedrijfsleven doen. Of misschien in de sportwereld; ik ben dol op sport. Maar...' Ze gooide haar handen in de lucht. 'Maar waarom vertel ik u dit allemaal? U bent hier vanwege haar.'

'Dr. Koppel.'

'Dóctór Mary Lou *naai-maar-iemand-anders'-man* Koppel. Denkt u dat Franco haar heeft vermoord?'

Patty Gull bestudeerde haar nagels.

'Moet ik dat soms denken, mevrouw Gull?'

'Waarschijnlijk niet. Volgens de krant was ze doodgeschoten en Franco heeft geen pistool. Hij zou absoluut niet weten wat hij daarmee aan moest. Bovendien was hij die bewuste nacht niet bij haar. Dat weet ik omdat ik midden in de nacht ben opgestaan en langs haar huis ben gereden om te kijken of zijn auto daar stond, en dat was niet zo.'

'Hoe laat was dat, mevrouw?'

'Moet tegen twee uur 's nachts zijn geweest. Ik was om tien uur naar bed gegaan, zoals altijd. Geweldig spannend leven en zo. Franco kwam thuis voordat ik in slaap kon vallen. We maakten weer ruzie, hij ging weg, en ik viel in slaap. Toen ik wakker werd en hij er niet was, bleek het bijna twee uur. Ik flipte echt alle kanten op.'

'Omdat hij niet was thuisgekomen.'

'Omdat,' zei Patty Gull, 'hij niets van beróúw had getoond. Je hebt ernstige problemen, je beweert dat je spijt hebt en vervolgens maak je weer ruzie. Wat doe je dan? Je benadert je vrouw op je knieën en smeekt om vergiffenis. Dat is constructíéf. Dat bewijst dat je om iemand geeft, dat je úítreikt. Franco zou zoiets tegen een cliënt zeggen. Maar wat doet híj? Weglopen, zijn autotelefoon uitzetten en wegblijven.'

'Dus ging u hem zoeken.'

'Zeker weten.'

'U ging ervan uit dat dr. Gull bij dr. Koppel zou zijn.'

'Doctor dit, doctor dat. Het klinkt alsof het over een medisch congres gaat. Hij néúkte haar. Ik had ze al eerder betrapt.' Ze greep hetzelfde kussen en sloeg het op een knokige knie. 'Die klootzak en dat loeder probeerden het niet eens subtiel te doen. We wonen vier straten bij elkaar vandaan. Ik bedoel, huur dan goddomme een kamer; bevuil je eigen nest niet.'

'U had ze bij haar thuis betrapt.'

'Precies.'

'Wanneer?'

'Een maand geleden. Dat was nádat Franco had beloofd dat hij eindelijk iets aan zijn probleem ging doen.'

'Dat hij een poezenjager was.'

Het leek alsof ze ervan schrok haar eigen woorden weer te horen. Ze zei: 'Eh… ja. Hij is altijd… Het is altijd moeilijk geweest. Ik heb meer geduld aan de dag gelegd dan Moeder Teresa. Ze moesten me zálig verklaren. En dan vind ik hem bij haar. Ze was niet eens aantrekkelijk. Nu is er dus weer iets anders om me met de neus op de feiten te drukken.'

'Hoe hebt u ze gevonden?' vroeg Milo.

'O, dit zult u prachtig vinden,' zei Patty Gull. 'Dit is geweldig. Franco hing het gebruikelijke lulverhaal op dat hij moest overwerken.

Daarna liet hij me door zijn antwoorddienst bellen om te zeggen dat hij nog steeds bezig was en dat het nog later zou worden. Ik wist meteen dat er iets niet klopte. Franco doet nooit noodgevallen. Hij doet bijna niets anders dan verveelde wijven uit Beverly Hills over de bol strijken. Dus besloot ik naar de praktijk te rijden om hem te confronteren. Ooit moet er toch een eind aan komen, vindt u niet? Dus ik zeg tegen Maria dat ze op de kinderen moet letten, en ik met de auto naar de praktijk. Iets maakt dat ik via McConnell ga; ik weet nog steeds niet wat dat was. Omdat die naar het noorden gaat, is het min of meer de goede richting. Kom ik langs haar huis en daar staat zijn auto. Voor het huis, pal ervóór. Is dat brutaal of niet?'

'Tamelijk schaamteloos.'

'Ik stop, hol die trap op naar de achtertuin en daar waren ze bezig, in de achterkamer. Zij heeft zo'n breedbeeld-tv, en er draaide een pornovideo. Blijkbaar hadden dat loeder en die klootzak een speelse bui en hadden ze besloten de smeerlapperij waar ze naar keken na te doen.'

'Tjonge,' zei Milo.

'Zeg dat wel. Ze hadden niet eens de moeite genomen om de deur op slot te doen, dus ik loop zo naar binnen. Ik passeer ze rakelings, maar ze gingen zo op in hun bezigheden dat ze me niet eens hoorden. Pas toen ik de tv uitzette, deden ze hun ogen open.'

Bij de herinnering deed ze haar eigen ogen dicht.

'Dat was verrukkelijk,' zei ze. 'Die gezichten. Zoals ze naar me kéken.'

'Geschokt,' zei Milo.

'Verbijsterd.' Patty Gull glimlachte. 'Het was alsof er iemand van een andere planeet, van een ander sterrenstelsel, met een UFO in die kamer was geland. Ik bleef gewoon staan staren om duidelijk te maken dat ze een stelletje betrapte viespeuken waren, en dat er geen lieve moeder aan hielp. Daarna ben ik naar buiten gelopen en terug naar huis gereden. Twintig minuten later komt Franco thuis met een gezicht alsof hij kanker had. Ik had de deur op de knip gedaan, liet hem niet binnen en zei dat ik de politie zou bellen als hij toch zou proberen om binnen te komen. Hij ging weg. Dat had ik wel verwacht; hij gaat altijd weg. Ik zag hem de volgende dag pas weer. Hij was naar zijn werk gegaan om de psycholoog uit te hangen en kwam thuis om te proberen met me te praten, met die psychologenstem van hem. De enige reden dat ik hem binnenliet, was dat ik inmiddels met mijn vriendin de advocaat had gepraat en zij me tot bedaren had gebracht.'

'Zij had u aangeraden geen eis tot echtscheiding in te dienen.'

'Ik was ertoe in staat, echt waar, maar zij zei dat het leven in een oogwenk ingewikkeld zou worden. Dus laat ik die hufter thuiskomen, maar aanraken is er niet bij en ik praat alleen met hem als de kinderen erbij zijn.'

Milo zei: 'Dat was een maand geleden. Bent u nog langs dat huis gereden tussen die keer en de nacht waarin dr. Koppel werd vermoord?'

'Constant.'

'Hoe vaak?'

'Om de dag,' zei Patty Gull. 'Minstens. Soms dagelijks. Als ik boodschappen ga doen, ligt het op de weg, dus waarom niet? Ik ga ervan uit dat ik net zo goed een stapel bewijzen kan verzamelen, voor het geval ik wel echtscheiding aanvraag. Hoe meer hoe beter, zegt mijn vriendin, zelfs als er geen schuldvraag is.'

'Hebt u zijn auto sinds die ene keer daar nog gezien?'

'Nee,' zei ze. 'Jammer genoeg. Misschien doen ze het wel in de praktijk. Of in een motel.'

Ze kneep de ogen dicht.

Milo zei: 'Maar u denkt wel dat ze met die relatie zijn doorgegaan nadat u ze had betrapt.'

Haar ogen gingen weer open. 'Franco dóét niet anders. Naaien, naaien. Naaien. Hij is ziek.'

'Hoeveel vrouwen heeft hij...'

'Nee,' zei Patty Gull. 'Daar wil ik het niet over hebben. Sommige dingen zijn privé.'

'Waren er cliënten bij?'

'Dat weet ik niet. Franco's werk was zijn domein. Dat was de afspraak.'

'De afspraak.'

'De huwelijksvoorwaarde. Ik heb mijn hele leven voor hem opgegeven om kinderen te krijgen, en hij zou voor brood op de plank zorgen.'

'Heeft hij dat goed gedaan?'

Ze maakte een loom gebaar om zich heen in de duistere kamer met z'n bloempatronen. 'Gaat wel.'

'Mooi huis.'

'Heb ik zelf ingericht. Ik denk erover om weer te gaan studeren, binnenhuisarchitectuur.'

'Mevrouw Gull, wat die andere vrouwen betreft...'

'Ik heb gezegd dat ik daar niet over wil praten, hè? Wat maakt het uit? Ik weet niet of hij cliënten neukte. Ik weet wél dat hij háár neukte. Maar hij heeft die trut niet vermoord. Ik heb al gezegd dat hij daar niet was, de bewuste nacht. Bovendien heeft hij er het lef niet voor.'

'Waar was hij die nacht dan wel?'

'Een of ander hotel. Ik ben vergeten welk. Vraag het maar aan hém.'

'Hoe weet u dat hij daar was?'

'Omdat hij me had gebeld om zijn kamernummer te geven en ik hem terugbelde en hij er toen was. Dat hotel op de hoek van Beverly en Pico; vroeger was het een Ramada; wat het nu is weet ik niet.'

'Waar hebt u het over gehad?'

'Niks leuks,' zei ze. 'En wilt u nu alstublieft weggaan? Ik heb van alles te doen.'

'Niet beledigd zijn omdat ik dit moet vragen, mevrouw, maar waar was u...'

'Ik heb die trut ook niet vermoord. Wapens maken me bang; ik heb er zelfs nooit een aangeraakt. Dat is iets wat Franco en ik gemeen hebben. We zijn voorstander van een wapenverbod. Het is verschrikkelijk wat wapens in dit land hebben aangericht. Bovendien wás Franco daar niet die avond, dus waarvoor zou ik dat klerewijf een bezoek brengen?'

'Voor een praatje. U had tenslotte reden om een hekel aan dr. Koppel te hebben.'

'Op dat uur?'

'U bent er op dat uur wel langsgereden.'

'Vijf minuten, uit en thuis,' zei Patty Gull. 'Alleen maar om te kijken. Ik zocht naar zijn Benz, zag die niet, ging weer naar huis, slikte een Ambien en heb geslapen als een roos.'

Milo zei niets.

'Als een-hekel-hebben-aan voldoende motief zou zijn, inspecteur, zou ik hele busladingen vrouwen vermoorden, niet alleen haar.' Ze lachte. Nu was ze echt geamuseerd. 'Dan zou ik zo'n seriemoordenaar zijn.'

Milo haalde de foto van het dode meisje tevoorschijn. 'Kent u haar, mevrouw?'

Patty Gulls bravoure verdween. Haar mond ging open en haar kin trilde. 'Is zij... Ze is dood, hè?'

'Ja. Kent u haar?'

'Nee, nee, natuurlijk niet... Is zij een van Franco's... Heeft hij haar...'

'Vooralsnog weten we niet wie zij is.'

'Waarom laat u die foto dan zien? Haal weg, hij is afschuwelijk.'

Milo maakte aanstalten om hem in zijn zak te stoppen, maar haar hand schoot uit en hield de foto vast.

'Ze lijkt op mij. Niet zo knap als ik op die leeftijd, maar toch vrij knap; een mooi meisje.' Ze legde de foto op haar schoot en bleef ernaar kijken.

'Ze líjkt wel op mij. Afgrijselijk.'

24

We lieten Patty Gull achter in de kamer die ze zelf had ingericht.

Buiten zei Milo: 'Griezelige dame. Zweet ík nu?'

'Ze haat haar man, maar is ervan overtuigd dat hij Koppel niet heeft vermoord en levert iets wat in haar ogen een alibi is. Maar het feit dat ze Gulls auto in de nacht van de moord niet bij Koppel heeft gezien zegt nog niets. Het is een dubbele garage; hij kan hem binnen hebben gezet. Vooral nadat hij een keer was betrapt. Of hij had hem een paar straten verder gezet. Een derde mogelijkheid is dat hij een kamer in een hotel had genomen en met een taxi was gegaan.'

'Hij kan het goddorie gelopen hebben,' zei hij. 'Het is maar tweeëneenhalve kilometer.' We liepen naar de auto. 'Als hij een taxi heeft genomen, kan ik dat te weten komen. Heb jij net zo'n belangstelling voor Gull als ik?'

'Hij is slim genoeg om zijn sporen uit te wissen, zoals onze man heeft gedaan. En zijn geschiedenis met vrouwen is opmerkelijk, al zou Patty overdrijven. Bovendien konden hij en Gavin niet met elkaar overweg. Stel dat het meer dan een slechte verstandhouding was? Stel dat Gavin iets te weten was gekomen waardoor hij een bedreiging voor Gull werd?'

'Met een cliënt naar bed gaan,' zei hij. 'Gavin komt er op de een of andere manier achter en obsessief als hij is, hangt hij rond bij de praktijk. Hij wilde toch zo graag schandalen aan de kaak stellen? Nu had hij er een. Maar aan de andere kant, waarom zou Gull Koppel willen vermoorden? Ze waren minnaars.'

'Misschien strekten haar misstappen zich niet uit tot het goedkeuren van moord. Ze is erachter gekomen wat er met Gavin was gebeurd en dreigde Gull aan te geven. Of de relatie kwam Gull niet meer uit. Of allebei.'

'Dan heb je het wel over een kouwe.'

'Niet zo koud,' zei ik. 'Hij zweet gauw. Ik heb het over iemand die wel last heeft van angstgevoelens, maar die het toch leuk vindt om risico's te nemen. Iemand die vier straten van zijn huis met een andere vrouw slaapt, tegen de lamp loopt en misschien gewoon doorgaat.'

'Mary Lou dreigt hem aan te geven... Ze was bepaald niet openhartig toen ik met haar sprak. Maar aan de andere kant, misschien had Gull nog niet met haar gekapt. Als hij dat een paar dagen later had gedaan, zou hij twee afgewezen vrouwen tegenover zich hebben... Wat vond je ervan dat Patty een gelijkenis in het dode meisje zag?'

'Niet zo bijzonder,' zei ik. 'Het leek mij dat Patty egoproblemen had, maar misschien heeft ze toch ergens de vinger op gelegd.'

'Gull, die zijn vrouw symbolisch vermoordt? Jij hebt deze toestand van meet af aan als iets symbolisch gezien.'

'Als Gull onze man is, kan dat ook de schakel met Flora Newsome zijn. Zij was Koppels cliënt, dus had Gull de gelegenheid om haar te leren kennen. Voeg daar Flora's gevoelens van seksuele tekortkoming aan toe, Gulls zelfbeeld als haan, plus het prestige van zijn beroep, dan heb je vruchtbare grond voor een eenvoudige verleidingspoging.'

'Gull gaat met haar naar bed en vervolgens vermoordt hij haar. De cliënt van zijn minnares; over risico's gesproken.'

'Toen Flora werd vermoord, had ze iets met Brian van Dyne. Misschien reageert dr. Gull slecht op afwijzing. Of het nu om een cliënt gaat of een minnares.'

'Boosaardige psycholoog,' zei hij. 'Al dat zweten. Je zou zeggen dat iemand die zo berekenend is dat wel onder controle zou hebben.'

'Het is één ding om het hoofd koel te houden als je aan de touwtjes trekt, of het nu gaat om verleiding of om moord,' zei ik. 'De plaats delict in scène zetten, de regie en de dominantie, omdat je onderdanige partners uitzoekt. Dat verandert allemaal als je door de politie onder de loep wordt genomen. Opeens sta je een treetje lager.'

'Wordt hij geïntimideerd door mijn charme?'

'Zoiets.'

'Dus de beste aanpak is die hufter stevig aanpakken, over hem heen walsen.'

'Precies,' zei ik. '*Method-acting*.'

'Het doek gaat op,' zei hij. 'Kom op.'

We reden naar het gebouw waar Franco Gull zijn praktijk had, parkeerden in het vak naast zijn Mercedes en liepen naar de achteringang. Een conciërge was bezig het kleed op de parterre te zuigen. Alle zes de deuren van Charitable Planning waren dicht en de gang rook nog steeds naar passiviteit en popcorn.

Nog steeds alsof er niets gebeurde, en dat zei ik ook tegen Milo.

Milo haalde zijn ogen niet van de conciërge af. Hij liep op hem af. Magere knaap, halverwege de dertig, met de glimmende huid van een drankzuchtige dakloze, een baard van drie dagen, sluik bruin haar en schichtige konijnenogen. Hij droeg een sweater van de universiteit van Berkeley op een lubberende grijze trainingsbroek en groezelige sportschoenen. Zijn nagels hadden een rouwrand. Hij keek niet op van zijn werk en deed alsof hij niet zag dat er een robuuste rechercheur zijn kant op kwam.

Milo bewoog zich voort op die verrassend vlugge manier van hem, bukte zich en schakelde de stofzuiger uit. Toen hij zich oprichtte, was hij nog dichterbij gekomen, zodat de man alleen zijn glimlach kon zien. 'Hallo.'

Geen antwoord.

'Rustige middag hier op de benedenetage.'

De man ging met zijn tong langs zijn lippen. Een erg bang konijn. 'Ja,' zei hij uiteindelijk.

'Wat doet Charitable Planning eigenlijk?'

'Al sloeg u me dood.' De man had een jammerend, verstikt stemgeluid, zodat alles wat hij zei ontwijkend klonk. Hij schokschouderde. De schouders gingen weer omhoog en bleven opgetrokken om een schriele nek zitten. Neus en wangen waren getekend door gesprongen bloedvaten. Zijn lippen waren droog en gebarsten en langs zijn pols slingerden zich tatoeages omhoog.

Milo keek ernaar en de man probeerde zijn hand in zijn mouw terug te trekken.

'Berkeley, hè?'

De man gaf geen antwoord.

'Jouw alma mater?'

Hij schudde zijn hoofd.

'Werk je hier al lang?'

'Een tijdje.'

'Hoe lang is een tijdje?'

'Eh... ongeveer... een maand of twee.'

'Ongeveer.'

'Ik doe een aantal panden voor de eigenaar.'

'Meneer Koppel.'

'Ja.'

'Heb je ooit iemand zien werken bij Charitable Planning?'

'Eh… eh…'

'Zo moeilijk is die vraag toch niet?' vroeg Milo.

'Ik… eh… wil een juist antwoord geven.'

'Waarheidsgetrouw of juist?'

'Waarheidsgetrouw.'

Milo pakte 's mans rechterpols, schoof de mouw van de sweater omhoog langs een magere onderarm. De groezelige huid was bezaaid met schijfjes littekenweefsel, voornamelijk in de holte van zijn elleboog. De tatoeages waren blauwzwart met hier en daar een rode vlek. Duidelijk van eigen maaksel. Slecht getekende naakte vrouwen met veel te grote borsten. Een slang met doffe ogen en druipende giftanden.

Milo vroeg: 'Heb je die van Berkeley?'

'Nee.'

'Wat is je echte alma mater? San Quentin of Chico?'

'Geen van tweeën.'

'Waar heb je gezeten?'

'Voornamelijk in de gemeentegevangenis.'

'Hier?'

'Hier, en elders.'

'Dus jij bent iemand van korte celstraffen?'

'Ja.'

'Wat is je specialiteit?'

'Drugs, maar ik ben clean.'

'Je bedoelt inbraak, winkeldiefstal en oplichting.'

De man zette een hand op de buis van de stofzuiger. 'Nooit oplichting.'

'Mishandeling of andere kwalijke praktijken?' vroeg Milo. 'Je weet dat ik er toch wel achter kom.'

'Eén keer heb ik gezeten voor mishandeling. Maar die andere vent was begonnen en ze hebben me vroegtijdig voorwaardelijk in vrijheid gesteld.'

'Wat voor wapen?'

'Het was zijn mes. Ik had het afgepakt. Het was voornamelijk een ongeluk.'

'Voornamelijk,' zei Milo. 'Had je hem erg toegetakeld?'

'Hij heeft het overleefd.'

'Laat eens een identiteitsbewijs zien.'

'Heb ik iets misdaan?'

'Hoe kom je daar nu bij, *amigo*? Ik ben alleen maar grondig; je weet zeker wel wat wij hier doen, hè?'

De man haalde zijn schouders op.

'Waarom zijn we hier dan, *amigo*?'

'Vanwege wat er met die psychologe van boven is gebeurd.'

'Weet je niet hoe ze heet?'

'Dr. Koppel,' zei de man. 'De ex. Ze konden het goed met elkaar vinden.'

'Als tortelduifjes zeker.'

'Nee. Ik... eh... Meneer Koppel zegt altijd dat ik moet doen wat ze wil.'

'Wat ze wil?'

'Als er een probleem is. In het pand. Hij zei dat we het snel moeten oplossen, dat we moeten doen wat ze zegt.'

'Is hij zo tegenover al zijn huurders?'

De man zweeg.

'Dus eigenlijk probeer je me te vertellen dat ik meneer Koppel niet moet verdenken van de moord op zijn ex, omdat hij en zij nog steeds vrienden waren.'

'Nee, ik... eh... ik weet nergens niks van.' De man rolde de mouw van zijn sweater weer af.

'Enig idee wie dr. Koppel wel kan hebben vermoord?'

'Ik heb haar niet gekend; ik zag haar bijna nooit niet.'

'Alleen om dingen voor haar te maken.'

'Nee,' protesteerde de man. 'Dat soort dingen doe ik niet. Ik bel de loodgieter of zo, en die maakt het. Ik kom hier gewoon schoonmaken. Ik doe voornamelijk de panden van meneer Koppel in de Valley.'

'Maar vandaag ben je aan deze kant van de heuvel.'

'Ik doe wat ze zeggen.'

'Ze.'

'De firma van meneer Koppel. Ze hebben overal onroerend goed.'

'Wie heeft je opdracht gegeven om vandaag hiernaartoe te gaan?'

'Meneer Koppels secretaresse. Een van hen. Heather. Ik kan u het nummer geven, kunt u het controleren.'

'Misschien doe ik dat wel,' zei Milo. 'En nu een legitimatiebewijs.'

De man scharrelde wat in een zak aan de voorkant van zijn broek en viste er een bundeltje bankbiljetten uit met een elastiekje eromheen. Hij haalde het eraf, zocht tussen het geld – groezelige biljetten van vijf en één dollar – en trok er een Californisch identiteitsbewijs uit.

'Roland Nelson Kristof,' zei Milo. 'Is dit je huidige adres, Roland?'

'Ja.'

Milo las de kaart. 'Sixth Street... Dat is toch even voorbij Alvarado?'

'Ja.'

'Heleboel tussenfasehuizen daar. Is dat jouw situatie?'

'Ja.'

'Dus je bent nog steeds voorwaardelijk?'

'Ja.'

'Hoe ben je aan die baan bij meneer Koppel gekomen?'

'Via mijn reclasseringsambtenaar.'

'Wie is dat?'

'Meneer Hacker.'

'Van het kantoor in de stad?'

'Ja.'

Milo gaf hem zijn kaart terug. 'Ik ga je natrekken, Roland. Want een gast in een tussenfasehuis die in een pand werkt waar iemand is vermoord is iets wat ik moet onderzoeken. Als ik merk dat je tegen me hebt gelogen, kom ik langs bij je stek en je weet dat ik dan iets ga ontdekken waardoor je wel kunt fluiten naar je vrijheid. Dus als er iets is wat je me wilt vertellen, kun je dat maar beter meteen doen.'

'D'r is niks,' zei Kristof.

'Nooit problemen met vrouwen gehad? Geen slecht gedrag op dat terrein?'

'Nooit,' zei Kristof. Tot dan toe was zijn toon vlak en mechanisch geweest. Nu sloop er een vermoeden van verontwaardiging in.

'Nooit,' zei Milo.

'Nooit, niet één keer. Ik ben al een junkie sinds mijn veertiende. Ik doe niemand kwaad.'

'Maar je zit nog steeds aan de heroïne.'

'Ik word ouder, het gaat iets beter.'

'Wat?'

'De zucht,' zei Kristof. 'De dagen duren niet zo lang meer.'

'Hoe is het met je seksleven, Roland?'

'Heb ik niet.' Hij zei het zonder spijt, bijna opgewekt.

'Je klinkt blij.'

'Ja, dat ben ik ook,' zei Kristof. 'Je weet wat dope met je doet wat dat betreft.'

'Geen libido,' zei Milo.

'Precies.' Kristof glimlachte lusteloos, zodat er bruine tanden met tussenruimte zichtbaar werden. 'Nog iets waarover ik me geen zorgen hoef te maken.'

Milo schreef zijn adres op en liet hem weer doorgaan met stofzuigen.

Toen we de trap naar Pacifica-West Psychological Services opgingen en het geraas van de stofzuiger wegstierf, zei hij: 'Als dat geen gewoontemisdadiger is.'

Ik zei: 'Crimineel opgebrand. Als ze een zekere leeftijd bereiken, zijn ze te uitgeblust om nog iets te flikken.'

'Raad eens hoe oud hij is.'

'Vijftig?'

'Achtendertig.'

De wachtkamer was leeg. Het lampje van dr. Larsen was uit. Dat van dr. Gull was rood.

'Het is halfvier,' zei ik. 'Als hij sessies van drie kwartier heeft, zal hij zo wel klaar zijn.'

'Geweldig beroep heb jij toch,' zei Milo. 'Stel je voor dat een chirurg dat kon doen. Dat die driekwart van de blindedarm weg kon halen om je vervolgens een rekening te sturen.'

'Hola,' zei ik. 'Wij gebruiken dat kwartier om aantekeningen te maken en te peinzen.'

'Of, als je Gull heet, om alle spullen terug te leggen die je van je bureau hebt geveegd toen je besloot om je cliënt peinzend op het blad te kezen.'

'Cynisch, hoor.'

'Dank je.'

Om veertien minuten voor vier ging de deur naar de wachtkamer open en kwam er een rood aangelopen, aantrekkelijke vrouw van in de veertig naar buiten. Ze liep achterwaarts en babbelde nog tegen Franco Gull.

Hij volgde haar op de voet en hield haar vast bij de elleboog. Toen hij ons zag, liet hij zijn hand zakken. De vrouw voelde zijn spanning en haar wangen werden nog roder.

Ik wachtte tot Gull ging transpireren, maar hij herstelde zich, liep met de vrouw naar de deur en zei: 'Tot volgende week dan maar.'

De vrouw was een brunette met ronde vormen, gehuld in een overvloed van kasjmier. Ze haalde een hand door haar haar, wierp ons een broze glimlach toe en vertrok.

Gull zei: 'Nog een keer? Wat nu weer?'

Milo zei: 'We hebben met uw vrouw gesproken.'

Lange stilte. 'Aha.'

Milo glimlachte.

Gull zei: 'Patty heeft het moeilijk momenteel. Maar het komt wel goed.'

'Zo klonk ze anders niet.'

Gull streek zijn haar naar achteren. 'Waarom komt u niet binnen? Het komende uur heb ik toch vrij.'

'Althans drie kwartier,' zei Milo zacht.

Gull hoorde het niet. Hij had zich omgedraaid en liep naar het drietal praktijkruimten. De deuren van Albin Larsen en Mary Lou Koppel waren dicht.

Die van Gull stond open. Voordat hij naar binnen ging, bleef hij staan.

'Mijn vrouw... heeft problemen.'

'Vast,' zei Milo. 'Misschien moet ze wel in therapie.'

25

Gulls praktijkruimte was een derde kleiner dan die van Mary Lou Koppel en was verrassend eenvoudig ingericht. Geen lambrisering van gespikkeld esdoornhout, alleen beige wanden. Dun, beige tapijt maakte het vertrek minder hoekig. Crèmekleurige divans en leunstoelen waren uit de losse hand neergezet. Koppels kamer had een uitstalling van kristallen eieren en Indiaans keramiek. Goedkope lijstjes met foto's van dieren met jongen waren Franco Gulls enige concessie aan de rest van het interieur.

Ik betrapte mezelf erop dat ik het aroma van seks probeerde te ruiken, maar het enige wat ik opsnoof was een weeë melange van parfums.

Gull ging breeduit op een bank zitten en nodigde ons uit om plaats te nemen. Voordat we goed en wel zaten, zei hij: 'Wat jullie over Patty moeten weten, is dat ze met een paar zeer ernstige problemen te kampen heeft.'

'Ontrouw?' informeerde Milo.

Gulls mond kreeg een gekwetst trekje. 'Haar problemen gaan veel verder. Ze had een buitengewoon slechte vader.'

'Aha,' zei Milo. *Aha* was ons grapje. Een beproefd therapeutenfoefje. Hij draaide zijn hoofd zo naar mij dat Gull hem niet zag knipogen. 'Al dit gepraat over mevrouw Gull. Waarschijnlijk vallen echtgenotes niet onder het beroepsgeheim.'

Gulls ogen schoten vuur. Vanonder de schaduw van een golvende haarlok parelde een beetje vocht.

Ik had gelijk: zijn adrenaline sloeg op hol wanneer hij in de verdediging werd gedrongen.

'Ik vertel u over Patty omdat u de juiste context moet weten.'

'U bedoelt dat ik niet alles moet geloven wat ze zegt.'

'Dat hangt ervan af wat ze u heeft verteld.'

'In de eerste plaats,' zei Milo, 'denkt ze dat u Koppel niet hebt vermoord.'

Gull had zich voorbereid op de verdediging. Hij herstelde zich en ging verzitten. '*Voilà*. Zelfs iemand die me geen warm hart toedraagt weet dat ik zoiets nooit zou doen. Ik heb niet eens een...'

'U hebt een hekel aan wapens,' zei Milo. 'Ook dat heeft ze verteld.'

'Ik vind wapens weerzinwekkend.'

'Mevrouw Gull heeft het gevoel dat ze u een alibi heeft verschaft voor de nacht dat dr. Koppel is vermoord.'

'*Voilà*,' herhaalde Gull. Hij ging wat rechter zitten.

'Ja, ik ben op dreef,' zei Milo. 'Het punt is, meneer Gull, dat wat mevrouw Gull een alibi vindt, wij niet waterdicht vinden.'

'Wát? Ach, kom nou toch. U maakt een grapje.' Nu parelde het zweet langs zijn hele haargrens. 'Waarom zou ik een alibi nodig hebben?'

'Wilt u niet weten wat mevrouw Gull heeft verteld?'

'Niet echt.' Hij slaakte een dramatische zucht. 'Goed, vertel het dan maar.'

'Mevrouw Gull is om twee uur 's nachts langs dr. Koppels huis gereden, op zoek naar uw auto. Die zag ze niet staan.'

'Heeft ze dat gedaan?' vroeg Gull. 'Wat... treurig. Zoals ik al zei, Patty kampt met ernstige problemen op het gebied van vertrouwen.'

'Vindt u dat gek?'

'Waarom bent u überhaupt met Patty gaan praten? Waarom onderzoekt u zoiets vergezochts?'

'Laten we even naar dat alibi terugkeren, meneer Gull. Het feit dat uw auto niet op McConnell stond zegt niet veel. U had hem ergens anders in de buurt kunnen neerzetten. Of een taxi kunnen nemen van het hotel waar u logeerde... Hoe heet dat hotel?'

Gull gaf geen antwoord.

'Meneer Gull?'

'Dat zijn privé-zaken, rechercheur.'

'Nu niet meer, meneer.'

'Waarom?' vroeg Gull. 'Waarom doet u dit?'

Milo haalde zijn aantekenboekje tevoorschijn. 'Welk hotel was dat, meneer? We komen er toch wel achter.'

'O, godallemachtig. Het Crowne Plaza.'

'Op de hoek van Pico en Beverly Drive.'

Gull knikte.

'Logeert u daar dikwijls?'

'Waarom zou ik?'

'Het is dicht bij uw werk, voor wanneer u en uw vrouw bonje hebben.'

'Zo vaak hebben wij geen bónje.'

Milo tikte met zijn balpen op zijn boekje. 'Zelfde vraag, meneer.'

'Ik ben de vraag vergeten.'

'Logeert u daar dikwijls?'

'Af en toe.'

'Wanneer uw vrouw u op straat zet.'

Gull werd rood. Hij balde zijn vuisten. Kolossale vuisten. 'Met mijn huwelijkszaken hebt u niets...'

'Waar ik heen wil,' zei Milo, 'is of ze u kennen in het Crowne Plaza.'

'Ik weet het niet... Dat soort hotels...'

'Wat is ermee?'

'Zakelijk, anoniem. Het is niet bepaald een herberg,' zei Gull. 'En ik ben er echt niet zo dikwijls.'

'Hoe dikwijls is niet zo dikwijls?' vroeg Milo.

'Ik zou het niet kunnen zeggen.'

'Uw creditcardafschriften wel.'

'Mijn... Dit is totaal abs...'

'U beschouwt dat hotel niet als uw tweede huis? Zo dicht bij uw werk?'

'Ik heb geen tweede huis nodig... Ik betaal contant.'

'Waarom?'

'Dat lijkt me eenvoudiger.'

'Voor wanneer u daar vrouwen mee naartoe neemt.'

Gull schudde zijn hoofd. 'Dit is bespottelijk.'

'Hebt u dr. Koppel daar ooit mee naartoe genomen?'

'Néé.'

'Dat hoefde waarschijnlijk niet,' zei Milo. 'Tenslotte woonde ze heel dicht bij haar praktijk. En bij uw huis. Even aanwippen na het werk en dan door naar vrouw en kinderen.'

Gulls voorhoofd was nat en bleek. 'Ik begrijp niet waar u naartoe wilt...'

'Hoever zou u zeggen dat het is van uw werk naar het huis van dr. Koppel? Anderhalve kilometer?'

Gull draaide met zijn schouders. 'Eerder drie.'

'Denkt u?'

'Helemaal via Pico naar Motor en vervolgens in zuidelijke richting naar Cheviot.'

'Laten we het verschil delen,' zei Milo. 'Twee kilometer.'

Gull schudde zijn hoofd. 'Ik denk echt dat het rond de drie is.'

'Dat klinkt alsof u het hebt opgemeten, meneer.'

'Nee,' zei Gull. 'Ik weet alleen... Laat ook maar. Dit is zinloos.'

'U ziet er vrij goed uit, meneer Gull. Doet u aan fitness?'

'Thuis heb ik een loopapparaat.'

'Een wandelingetje van twee kilometer op een koele juniavond zou dus geen uitdaging voor u zijn?'

'Dat is nooit gebeurd.'

'U bent nooit van het Crowne Plaza naar huize Koppel gelopen.'

'Nooit.'

'Waar was u de avond van de moord?' vroeg Milo.

'In het hotel.'

'Maaltijd van roomservice?'

'Nee, ik had al gegeten voordat ik een kamer nam.'

'Waar?'

'Thuis.'

'Voor die ruzie.'

'Ja,' zei Gull. Hij wreef met een knokkel in zijn oog en wiste zijn voorhoofd af met een mouw.

'U bent de hele nacht in het hotel gebleven,' zei Milo.

Gull masseerde zijn kaak. 'Ik heb een video gehuurd. Dat zal nog wel ergens staan.'

'Hoe laat?'

'Om een uur of elf. Bel ze maar.'

'Dat zal ik doen,' zei Milo, 'maar het enige wat daarmee is bewezen, is dat u misschien een knopje op de afstandbediening hebt ingedrukt, niet dat u bent blijven kijken.'

Gull keek hem aan. 'Dit is waanzin. Ik heb Mary niet vermoord.'

'Hoe heette die film?'

Gull wendde zijn hoofd af en gaf geen antwoord.

'Meneer Gull?'

'Het was een seksfilm. Ik weet de titel niet meer.'

'Waarschijnlijk,' zei Milo, 'heeft het geen zin om u te vragen het verhaal van de film na te vertellen.'

Gull wist een wrange glimlach op te brengen.

Milo vroeg: 'Wanneer hebt u dr. Koppel voor het laatst gezien?'

'Die middag,' zei Gull. 'We brachten allebei een cliënt naar de wacht-kamer en zeiden elkaar goeiendag. Dat was de laatste keer.'

'Geen rendez-vous voor later op de avond?'

'Nee. Dat was voorbij.'

'Wat was voorbij?'

'Mary en ik.'

'Wie heeft het uitgemaakt?'

'Wij allebei,' zei Gull.

'Want?'

'Want dat was het beste.'

Milo sloeg zijn blocnote open en nam zijn aantekeningen door. 'Als u niet naar haar huis bent gelopen,' zei hij, kunt u ook een taxi heb-ben genomen.'

'Dat heb ik niet gedaan.'

'Dat kunnen we controleren, meneer.'

'Controleer maar naar hartelust.'

Milo klapte zijn aantekenboekje dicht. Gull schrok en wiste zijn voor-hoofd weer met zijn mouw af.

'Meneer Gull, waarom had Gavin Quick u als therapeut aan de kant gezet?'

'Hij had me niet *aan de kant gezet*. Ik heb hem aan Mary overge-dragen.'

'Waarom?'

'Dat is vertrouwelijk.'

'Nee, dat is het niet!' blafte Milo. 'Gavin is dat voorrecht kwijtge-raakt toen iemand hem doodschoot. Waarom ging hij naar een an-dere therapeut, meneer?'

Gulls armen waren verstijfd en hij drukte zijn handen op de kussens van de bank alsof hij elk moment kon opspringen.

'Ik zeg niets meer,' zei hij. 'Niet zonder een advocaat.'

'U weet zeker wel hoe u er dan op komt te staan?'

'Ik sta op mijn recht, en dat maakt een slechte indruk?'

'Als u niets te verbergen hebt, waarom zou u zich dan druk maken om uw rechten?'

'Omdat ik niet in een politiestaat wil leven,' zei Gull. 'Met álle ge-volgen van dien.' Hij glimlachte geforceerd. Zijn voorhoofd en hals glommen van het zweet. 'Wist u dat van alle beroepen die lid van de nazi-partij werden, de politie het meest enthousiast was, recher-cheur?'

'Heus? Ik heb juist gehoord dat het artsen waren.'
Gulls glimlach haperde. Het kostte enige moeite om hem weer te herstellen. 'Basta. Geen woord meer.' Hij trok een vinger over zijn lippen.
'Prima,' zei Milo. '*No sweat.*' [fig. Geen probleem, vert]

26

Op het moment dat we Gulls kantoor verlieten, nam hij de telefoon van de haak.
Op de gang zei Milo: 'Hij belt een advocaat.'
Ik zei: 'Je vraag over Gavins overplaatsing naar Koppel deed het 'm.'
'Een of ander streng en duister geheim,' zei hij. 'Iets waardoor hij er slecht op komt te staan.'
'Ik vraag me af hoeveel de Quicks weten.'
'Als ze het weten, waarom hebben ze dan niets gezegd?'
'Misschien was dat ook geen aanbeveling voor Gavin.'
'Wat? Denk je dat Gavin erachter was gekomen dat de man die werd geacht hem met zijn stalkingprobleem te helpen, zelf nog een grotere stalker was? En dat hij had besloten hem te ontmaskeren? Waarom zouden zijn ouders daar niet over willen praten? En hoe past Koppel in dat plaatje?'
'Ik weet het niet,' zei ik. 'Maar alles lijkt wel naar deze praktijk te wijzen.'
'Ik zal Binchy vragen Gull een beetje te schaduwen. Misschien kan ik er nog een andere beginneling op zetten.'
'Een beetje?'
'Dit is geen tv-serie met onbeperkte middelen en mankracht. Ik mag van geluk spreken als ik twee diensten per dag kan laten draaien.'
We daalden de trap naar de parterre af. Hij vroeg: 'En? Hoe effectief denk je dat mijn harde aanpak was?'
'Hij neemt een advocaat in de arm,' zei ik.
'En zou iemand die onschuldig is dat doen? Ja, ik heb zeker een tere snaar geraakt... Ik wil echt weten waarom Gavin is overgestapt.'
'Misschien kan de neuroloog die Gavin naar Gull heeft verwezen, iets zeggen. Specialisten moeten een goede band met hun verwijsbron onderhouden, dus Gull kan hem iets van een verklaring hebben gegeven.'

'Singh,' zei hij. Hij haalde zijn aantekenboekje tevoorschijn en bladerde wat. 'Leonard Singh in St. John's. Heb je zin in een collegiaal praatje?'

'Ja hoor.'

'En als je er nog steeds voor voelt om Ned Biondi te bellen voor een poging om de foto van het blonde meisje in de krant te krijgen, ga je gang maar.'

Hij gaf me een dichtgeplakte envelop waarop stond FOTO – NIET VOUWEN. 'Hier is je kans om een anonieme bron te zijn.'

Ik ging met een vinger langs mijn lippen.

We waren beneden. Roland Kristof en zijn stofzuiger waren nergens meer te bekennen en Milo staarde naar de verlaten gang.

'Spookhuis,' zei hij. 'Charitable Planning. Ruik jij ook een *eau de* flessentrekkerij?'

'Op z'n minst een *eau de* lege BV,' zei ik. 'Je hebt Kristof wel het vuur aan de schenen gelegd. Wat zat je precies dwars?'

'Er sloegen golven *eau de* schooier van hem af, en daar is mijn neus altijd gevoelig voor.'

'Ik had de indruk dat het iets meer was dan dat.'

'Zoals?'

'Een tewerkgestelde, ingehuurd door Mary Lou's ex, werkzaam in een pand waar drie moordslachtoffers zijn geweest. Flora Newsomes baan bij de reclassering. Voordat Koppel werd vermoord, hadden we een theorie over een ex-gedetineerde.'

'Dus weer Flora,' zei hij, en hij liep door.

Toen we buiten waren vroeg ik: 'Vind jij dat niet raar?'

'Wat?'

'Dat Sonny Koppel een voorwaardelijk in vrijheid gestelde junkie aanneemt voor het onderhoud van zijn gebouwen. Die hele misdaadconnectie.'

'Ik vind alles raar.' Bij de auto zei hij: 'Wat Flora betreft, was onze hypothese dat ze met een ex-gedetineerde naar béd ging. Het kan best zijn dat ze het met een griezel hield, Alex, maar ik weiger aan te nemen dat ze het aan zou leggen met een mislukkeling als Kristof.'

'Dus is Kristof misschien niet de enige bajesklant op Koppels loonlijst. Misschien heeft Koppel wel een bron van goedkope arbeid aangeboord. Mary Lou hield zich bezig met gevangenishervorming. Daar zou een verband kunnen liggen.'

'Volgens Larsen had ze dat idee van hem.'

'Larsen was teleurgesteld dat we hem niet op die radiobanden hadden gehoord. Iedereen heeft een ego.'

'Zelfs psychologen?'

'Vooral psychologen.'

Hij probeerde het autoportier open te trekken. Ik had de Seville nog niet van het slot gedaan. Hij spande zijn arm en gromde. Toen ik de auto van het slot had, was hij weer teruggelopen naar de steeg.

Toen hij terugkwam, zei hij: 'Het wordt tijd voor een praatje met meneer Sonny Koppel. Wéér zoiets wat ik direct had moeten doen. Vrouw wordt vermoord, dan ga je meteen naar de ex. Dat is goddomme paragraaf 101 uit het recherchehandboek.'

'Je hebt drie zaken op je bord die stuk voor stuk een andere kant op wijzen.'

Hij wierp lachend zijn handen in de lucht. 'Alweer die ondersteunende therapie.'

'Het is de realiteit.'

'Als ik realiteit had gewild, zou ik niet in L.A. wonen.'

Toen we wegreden, verzonk hij in stilzwijgen. Ik stak Olympic over en hij kondigde aan dat hij wel alleen naar Sheila Quick zou gaan om Gavins kamer te doorzoeken. Ik zette hem af bij het bureau en ging terug naar huis. Spike wachtte me op bij de deur. Hij zag er mistroostig uit.

Dat was nieuw. Meestal speelde hij nonchalance: wanneer ik thuiskwam, bleef hij in het voorportaal wachten tot het tijd werd om te gaan wandelen, en deed hij alsof hij sliep tot ik zijn slappe lichaam optilde om hem met vier poten op de grond te zetten.

'Dag jongen.'

Hij snoof, schudde een sliert speeksel mijn kant op en likte mijn hand.

'Eenzaam, hè?'

Hij liet het hoofd hangen, maar zijn ogen bleven me aankijken. Eén oor bewoog.

'Heel eenzaam.'

Hij keek omhoog en liet een laag, schor gekreun horen.

'Hé,' zei ik. Ik liet me op een knie zakken en krabde zijn nek. 'Morgen is ze weer thuis.'

Vroeger zou ik eraan toegevoegd hebben: *ik mis haar ook.*

Spike snuffelde en rolde op zijn rug. Ik krabde zijn buik. 'Wat dacht je van wat lichaamsbeweging?'

Opeens was hij een en al oor. Hijg, hijg.

In de kast van mijn werkkamer hing nog een oude riem en toen ik terugkwam, stond hij te springen en te janken en aan de deur te krabben.

'Fijn dat je me waardeert,' zei ik.

Hij hield op met zijn nerveuze gedoe met een uitdrukking van: verbeeld je maar niets.

Zijn korte stompe pootjes en afgenomen energie konden net een kilometer de Glen in en terug aan. Niet slecht voor een hondje van tien jaar; qua buldogjaren was hij allang gepensioneerd. Toen we terugkwamen, was hij uitgehongerd en uitgedroogd, dus ik vulde zijn bakjes.

Terwijl hij at, belde ik het laatste nummer dat ik van Ned Biondi had. Ned was jaren geleden met pensioen gegaan als een van de stafjournalisten van de *Times* en destijds overwoog hij om naar Oregon te verhuizen, dus keek ik er niet van op dat ik een bandje hoorde met de boodschap dat het nummer buiten gebruik was. Ik probeerde Inlichtingen van Oregon, maar daar was zijn naam niet bekend.

Jaren geleden had ik Neds dochter behandeld, een briljant meisje dat te hoge eisen aan zichzelf stelde en zich bijna had doodgehongerd. Het feit dat Ned me geen verhuiskaart had gestuurd was waarschijnlijk een goed teken. De familie had me niet meer nodig. Hoe oud zou Anne Marie nu zijn? Tegen de dertig. In de loop der jaren had Ned me af en toe gebeld met het laatste nieuws, dus ik wist dat ze getrouwd was, een kind had gekregen en nog steeds over een carrière praatte.

De informatie kwam altijd via Ned. Met zijn vrouw had ik nooit veel contact gekregen; zij had gedurende de therapie amper een woord met me gewisseld. Toen de behandeling voorbij was, sprak Anne Marie ook niet meer met me, zelfs niet om follow-up-telefoontjes te beantwoorden. Ik zei er iets over tegen Ned, en hij kreeg iets verontschuldigends en schutterigs, dus liet ik het daar maar bij. Een jaar na de laatste sessie schreef Anne Marie me een elegante bedankbrief op roze, geparfumeerd briefpapier. De toon was beleefd en de boodschap duidelijk: *het gaat goed met me. Laat me met rust.*

Ik kon haar natuurlijk niet bellen om Ned te lokaliseren. Iemand bij de krant zou zijn adres wel hebben.

Toen ik het nummer van de *Times* wilde bellen, kwam er een wachtende oproep tussendoor.

Allison zei: 'Dag schat.'

'Hallo.'

'Hoe was jouw dag?'

'Niet slecht,' zei ik. 'En de jouwe?'

'Gewoon… Heb je even?'

'Is er iets?'

'Nee, nee. Ik was gewoon… gisteren, toen ik langskwam… Alex, je weet dat ik Robin best mag, we hebben het altijd goed kunnen vinden. Maar toen ik aan kwam rijden… toen ik jullie zo zag…'

'Ik weet hoe het eruitzag, maar ze bedankte me alleen maar omdat ik op Spike zou passen.'

'Ik weet het.' Ze lachte nerveus. 'Ik bel om te zeggen dat ik dat wel weet. Omdat ik misschien een jaloerse vibratie heb afgegeven. Het zat me een beetje dwars. Dat ik haar jou een kus zag geven.'

'Kuise kus,' zei ik. 'Op de wang.'

Ze lachte weer en daarna werd het stil.

'Ally?'

'Ik kon het niet plaatsen,' zei ze. 'Ik zag alleen maar twee mensen die… Jullie zagen eruit als een stel, jullie leken me zo op je gemak met elkaar. Toen gebeurde het. Ik zag gewoon de tegenstelling; het lijkt alsof wij nog zover te gaan hebben…'

'Allison…'

'Ik weet het, ik weet het, ik doe neurotisch en onzeker,' zei ze. 'Dat mag toch wel, zo af en toe?'

'Tuurlijk, lieverd, maar in dit geval is er geen reden toe. Ze was daar alleen om Spike over te dragen. Punt.'

'Gewoon een kus op de wang.'

'Precies.'

'Ik wil niet dat je denkt dat ik in een bezitterig, paranoïde grietje ben veranderd; o, hoor mij nou toch.'

'Luister eens,' zei ik. 'Andersom zou ik net zo zijn. Robin heeft geen belangstelling voor mij; ze is gelukkig met Tim. En ik vind het geweldig om met jou te zijn.'

'Ik ben vrouw-nummer-een.'

'Echt.'

'Oké, ik heb mijn injectie eigenwaarde wel weer gehad,' zei ze. 'Het spijt me dat ik je hier midden op de dag mee lastigval.'

'Jij bent mijn meisje, dr. Gwynn. Als ik jou betrap wanneer je de een of andere vent aflebbert, zul je eens wat meemaken.'

'Ja hoor. Jij zeker, de vleesgeworden beschaving.'

'Stel me niet op de proef.'

Ze lachte, ditmaal van harte. 'Niet te geloven dat ik je hiervoor heb gebeld. Bezitterig is wel het laatste wat ik wil zijn.' Haar stem haperde.

'Soms is het best prettig om in bezit genomen te worden,' zei ik.

'Het is… Oké, geen gezeur meer. Ik krijg nog drie cliënten en die moeten me allemaal als alwetend beschouwen. Daarna moet ik naar mijn terminale patiënten.'

'Nog een momentje vrij?'

'Als dat zou kunnen. Het verpleeghuis geeft een wat-de-pot-schaft-etentje voor alle vrijwilligers, dus eet ik daar. De enige adempauze die ik heb is nu, omdat er iemand op het laatste moment heeft afgezegd. Wat ik zóú moeten doen is kaarten bijhouden en mensen terugbellen in plaats van tegen jou te zitten jammeren.'

'Ik ben er over twintig minuten.'

'Wat?' zei ze.

'Ik kom eraan. Ik wil je zien.'

'Over veertig minuten heb ik m'n volgende cliënt, Alex. Alleen al dat ritje zal je…'

'Ik wil je kussen,' zei ik. 'Dat duurt niet lang.'

'Ik stel op prijs wat je probeert te doen, Alex, maar het is wel oké, je hoeft mijn neurotische…'

'Dit doe ik voor mezelf. Ik moet toch in de buurt zijn om met een arts in St. John's te praten.' Al had ik nog geen afspraak gemaakt.

'Lieveling,' zei ze. 'Ik kan je verzekeren dat wat me daarnet dwarszat, alweer voorbij is.'

'Ik wil je zien,' zei ik.

Stilte.

'Ally?'

'Ik jou ook.'

Onderweg naar Santa Monica kreeg ik het nummer van dr. Singh van Inlichtingen en ik hoorde dat hij zijn ronde deed en over een uur weer terug zou zijn. Ik vertelde de secretaresse dat ik langs zou komen en hing op voordat ze kon vragen waarom.

Toen ik bij Allisons kantoorpand kwam, stond ze al op het trottoir te wachten, gekleed in een hemelsblauwe kasjmiertrui met een capuchonkraag en een lange, bordeauxrode rok. Ze dronk iets uit een kartonnen beker en tikte met de hak van een laars op de stoep. Haar zwarte haar zat naar achteren met een haarspeld en ze zag er jong en zenuwachtig uit.

Ik stopte op een plek voor het pand waar ik niet mocht staan en ze stapte in aan de passagierskant. Uit het bekertje steeg een aroma van koffie en vanille. Ik boog me opzij, nam haar kin in mijn hand en drukte er een kus op.

Ze zei: 'Ik wil je lippen.'

We kusten elkaar een hele poos. Toen we elkaar loslieten, zei ze: 'Zo, ik heb mijn territorium afgebakend. Slokje?'

'Ik hou niet van meisjeskoffie.'

'Ha.' Ze heeft een zachte, lieve stem en haar poging om te grommen deed me glimlachen. 'Dit is het geluid van de oervrouw, schat!'

Ik wierp een blik op het kartonnen bekertje. 'Drinken oervrouwen dat spul?'

Ze keek naar de beige vloeistof. 'In het postfeministische tijdperk mogen vrouwen zowel meisjesachtig als sterk zijn.'

'Goed,' zei ik. 'En wat nu? Ga je me naar je hol slepen?'

'Als dat zou kunnen.' Ze verwijderde de haarspeld, schudde haar haar los en schoof dikke zwarte lokken achter haar oor. Haar huid was melkwit en ik streelde de vage, blauwe aderen langs haar kaak. Ze zei: 'Oervrouw; wat maak ik mezelf wijs? Ik piep en jij vliegt naar me toe. Mijn professionele advies is dat je zulk afhankelijk gedrag niet moet aanmoedigen, Alex.'

'Wat is je niet-professionele advies?'

Ze pakte mijn hand. De tijd ging te hard.

Ze vroeg: 'Betekent *geen slechte dag* dat je vorderingen maakt in de zaak Mary Lou?'

Ik vertelde haar over Patty en Franco Gull.

'Is Gull echt een verdachte?'

'Milo neemt hem flink onder handen.'

'Moordzuchtige psycholoog. Alweer een propagandaslag voor onze beroepsgroep.'

'Jij zei dat Gull glad overkwam. Herinner je je nog meer over hem?'

Ze dacht even na. 'Ik kreeg alleen de indruk van iemand voor wie imago echt belangrijk is. Houding, kleding, dat haar. Ik kijk er in elk geval niet van op dat hij overspelig is. Hij had die manier van bewegen; dat lichamelijke zelfvertrouwen van iemand die al vroeg charisma heeft ontwikkeld.'

'Ik dacht aan een middelbareschoolmacho.'

'Dat zou dan in het beeld passen,' zei ze. 'Ik zou er ook niet van opkijken als hij met cliënten sliep.'

'Waarom niet?'

'Gewoon, een gevoel.'

'Maar daar heb je nooit iets over gehoord?'

'Ik heb nooit iets anders over hem gehoord dan dat hij Mary Lou's partner was. Misschien heeft dat mijn blik vertroebeld. Vanwege haar reputatie. Dat ze duur en publiciteitsgeil is. Gull kwam net zo op me over.'

'Albin Larsen niet,' zei ik.

'Hij is meer de professor.'

'Kennelijk is hij een soort mensenrechtenactivist. Misschien hebben ze hem binnengehaald voor het aanzien van de praktijk. Toen we met hem en Gull spraken, zat de laatste te zweten en leek Larsen zich te verbijten. Alsof hij Gull een beetje... smakeloos vond.'

'Dat klinkt niet alsof Mary Lou en Gull erg discreet zijn geweest over hun verhouding,' zei ze. 'Dus misschien wist Larsen ervan.' Ze schudde haar hoofd. 'Dat hij zijn auto voor haar huis heeft laten staan. Ik ben psycholoog genoeg om te denken dat zulke vergissingen vrij zeldzaam zijn. Ik krijg de indruk dat ze allebei wílden dat Gulls vrouw erachter zou komen. Tamelijk wreed.'

Ik zei: 'Misschien beschouwde Mary Lou zichzelf wel als een oervrouw.'

'Een echte oervrouw hoeft de man van iemand anders niet af te pikken,' zei ze. Ze keek op het dashboardklokje. 'Ik heb nog vijf minuten.'

'Onzin.'

'Wat gebeurt er met de praktijk, nu Mary Lou er niet meer is?'

'Gull en Larsen zeggen dat ze alle cliënten overnemen die met hen verder willen en de rest zullen doorverwijzen.'

'De overname van zelfs een klein deel van haar cliënten kan een flinke inkomstenverbetering betekenen.'

Ik keek haar aan. 'Zie jij hier een wínstmotief in?'

'Ik ben het met je eens dat er dominantie en woede in het spel zijn, en waarschijnlijk een paar seksuele implicaties. Maar winst zou een aangename bijkomstigheid zijn. En als Gull jullie moordenaar is, zou het kloppen. Wat is er nu bedwelmender voor een psychopaat dan iemand uit de weg ruimen die hij ooit seksueel heeft bezeten en vervolgens haar zaak plunderen? Dat is een fundamentele oorlogsmentaliteit.'

Haar ivoorkleurige wangen kregen een rond rood vlekje. Robin had zulke gesprekken altijd weerzinwekkend gevonden.

'Je bent een boeiend meisje,' zei ik.

'Boeiend maar maf, zeker? Je komt langs voor liefde en ik sla met een noodgang aan het analyseren.'

Voordat ik antwoord kon geven, kuste ze me vol op m'n lippen en leunde toen met een ruk achterover.

'Aan de andere kant,' zei ze, 'is analyse iets waarvoor we geleerd hebben. Ik moet gaan. Bel me zo gauw mogelijk.'

Dr. Leonard Singh was een lange, iets gebogen man met een noot-muskaatkleurige huid en heldere, lichtbruine ogen. Hij droeg een prachtig Italiaans pak – donkerblauw met een vaag rood ruitje – een geel overhemd met een brede kraag, een glinsterende rode das met bijpassend pochet en een gitzwarte tulband. Hij had een volle, grijze baard en een grijze, Kipling-achtige snor.

Hij keek ervan op om mij in zijn wachtkamer aan te treffen en was nog verraster toen hij het doel van mijn komst hoorde. Maar hij was niet op zijn hoede. Hij nodigde me uit in de krappe, groene ruimte die als zijn spreekkamer diende. Aan een houten kapstok hingen drie onberispelijke witte jassen. Tussen twee stapels medische dossiers stond een glazen pot met pepermuntstaafjes geklemd. Hij was afgestudeerd aan de medische faculteit van Yale, maar zijn accent kwam uit de buurt van Texas.

'Dr. Gull,' zei hij. 'Nee, die ken ik niet echt.'

'U hebt Gavin Quick naar hem verwezen.'

Singh sloeg glimlachend de benen over elkaar. 'Dat is als volgt gegaan. De jongen kwam via de eerstehulp bij mij terecht. Ik was een van de twee neurologen die dienst hadden. Ik wilde net naar huis gaan, maar iemand met wie ik heb samengewerkt, vroeg me het consult te doen.'

Jerome Quick had een naam genoemd. De specialist van de familie, een golfmaatje...

'Dr. Silver,' zei ik.

'Die ja,' zei Singh. 'Dus heb ik de jongen ontvangen, stemde ermee in om hem te behandelen en heb gedaan wat ik kon. Gezien de situatie.'

'Intern hersenletsel, niets te zien op de CAT-scan.'

Singh knikte en pakte de pot met pepermunt. 'Wilt u wat namiddagsucrose?'

'Nee, dank u.'

'Graag of niet; ze zijn lekker, hoor.' Hij haalde er een pepermuntstaafje uit, beet er een stukje af en kauwde langzaam. 'In dat soort gevallen hoop je bijna op iets overduidelijks op de CAT. Niet dat je echt weefselschade wilt zien, want zulke omstandigheden zijn doorgaans ernstiger. Je wilt alleen graag weten wat de hersenbeschadiging precies behelst, dan kun je de familie iets concreets vertellen.'

'Gavins situatie was vaag,' zei ik.

'De moeilijkheid met een geval als dat van Gavin is, dat je gewoon weet dat hij problemen zal krijgen, maar je kunt de familie niet precies vertellen wat er gaat gebeuren, en of dat blijvend zal zijn. Toen ik hoorde dat hij was vermoord, dacht ik: mijn hemel, wat een tragedie. Ik heb zijn ouders gebeld en een boodschap ingesproken, maar niemand heeft teruggebeld.'

'Ze zijn behoorlijk overstuur. Hebt u gedachten over de moord?'

'Gedachten? Wie het gedaan kan hebben? Nee.'

'Gavins symptomen waren al tien maanden oud,' zei ik.

'Geen goed teken,' zei Singh. 'Bovendien waren alle symptomen gedragsmatig. Psychiatrische dingen. Celspecialisten als wij hebben liever iets concreets, een goeie, duidelijke ataxie, iets oedemateus wat we kunnen laten slinken, zodat we ons heldhaftig kunnen voelen. Zodra we op uw terrein komen, bevinden we ons op glad ijs.'

Hij nam nog een hapje van zijn pepermuntstaafje. 'Ik heb voor die jongen gedaan wat ik kon. Dat bestond eruit dat ik hem gescreend heb om me ervan te vergewissen dat ik niets over het hoofd had gezien, vervolgens heb ik iets van bezigheidstherapie voorgeschreven.'

'Had hij problemen met zijn fijne motoriek?'

'Nee,' zei Singh. 'Dit was ondersteunend van aard. We wisten dat hij iets van cognitieve achteruitgang en persoonlijkheidsverandering ervoer. Ik dacht dat er iets van psychologische hulp geboden was, maar toen ik de ouders een consult met een psycholoog voorstelde, wilden ze daar niets van horen. Gavin zelf evenmin. Dus bond ik in en stelde bezigheidstherapie voor, ervan uitgaande dat zoiets beter te verteren zou zijn. Dat was het ook, maar helaas... U kent Gavins ervaringen met zijn therapeute.'

'Beth Gallegos.'

'Leuke meid. Hij heeft haar gekweld.'

'Ziet u dat wel vaker bij gevallen van IHL?'

'Je kunt zeker obsessieve veranderingen waarnemen, maar nee, ik kan niet zeggen dat ik ooit iemand in een stalker heb zien veranderen.' Singh knabbelde aan het gebroken eindje van het pepermuntstaafje.

'Dus de familie had bezwaar tegen psychotherapie,' zei ik.

'Ernstig bezwaar.' Singh glimlachte bedroefd. 'Ik had de indruk dat dit gezin erg aan de schijn hechtte. Dat zei dokter Silver ook. Hoewel hij ze niet zo goed kende.'

'O, nee?' zei ik. 'Ik had juist de indruk dat hij een vriend van de familie was.'

'Barry? Helemaal niet. Barry is gynaecoloog/verloskundige. Hij was net begonnen de moeder te behandelen voor premenopauzale klachten.'

Jerome Quick had dus gelogen dat Silver een golfvriend was. Een klein leugentje, maar waarom?

Ik vroeg: 'Wat was uw connectie met dr. Gull?'

'Die was er niet,' zei Singh. 'Toen Gavin in moeilijkheden kwam door wat hij met Beth had gedaan, belde zijn vader me om te zeggen dat zijn zoon was gearresteerd en dat de rechtbank in Santa Anna hem achter slot en grendel ging zetten als ze niet iets van verzachtende omstandigheden konden aanvoeren. Hij wilde zwart op wit van mij dat het gedrag van de jongen duidelijk het gevolg was van zijn ongeluk. En als dat niet voldoende was, wilde hij dat ik voor Gavin zou getuigen.'

Singh at de rest van het pepermuntstaafje op. 'Ik moet u zeggen dat ik op twee gedachten hinkte. Ik heb er een hekel aan om naar de rechtbank te moeten, en ik wist niet of ik dat allemaal naar waarheid kon beweren. Beth Gallegos was een van onze beste bezigheidstherapeuten, echt een geweldig mens, en wat er met haar was gebeurd vond ik vreselijk. Ik moest mezelf de vraag stellen of Gavin vrijuit laten gaan wel het beste zou zijn voor alle partijen. Het was duidelijk dat de jongen ernstige problemen had, dus misschien had hij wel een lesje nodig. Aan de andere kant hadden we het wel over gevangenisstraf, hád hij hersenletsel opgelopen en wás hij mijn patiënt. Ik besloot de officier van justitie die de zaak behandelde te bellen, en zij vertelde me dat ze hem niet te hard aan zouden pakken omdat het zijn eerste vergrijp was. Ze zei dat zij er genoegen mee zou nemen als ik hem naar een psychiater of psycholoog verwees. Ik heb het een paar psychologen die hier werken gevraagd, maar die hadden het gevoel dat er een belangenconflict zou optreden omdat ze Beth kenden. Voordat ik iemand anders kon bellen, hing meneer Quick aan de lijn met de mededeling dat hij een goede psycholoog had gevonden, hier in Beverly Hills, vlak bij zijn huis. Hij vond dat belangrijk, omdat hij niet wilde dat Gavin te ver van huis zou gaan.'

'Dus meneer Quick had gevraagd om de verwijzing naar Gull,' zei ik.

'Hij vroeg om een verwijzing naar dr. Koppel, maar zij hield de boot af en stuurde hem naar Gull. Ik liet mijn secretaresse bellen om de geloofsbrieven van dr. Gull na te trekken en alles bleek in orde. Ik belde dr. Gull, hij leek me een aardige vent, dus heb ik die brief geschreven.'

Hij streek zijn das glad. De lichtbruine ogen keken me scherp aan. 'Dus vertelt u eens, is daar iets mee? Want mijn naam staat onder die verwijsbrief, en als er moeilijkheden opduiken, wil ik dat graag weten.'

'Ik kan niets bedenken dat op u zou afstralen.'

'Dat klinkt griezelig vaag.'

'Het spijt me,' zei ik. 'Maar het is nog te vroeg om specifieker te zijn. Ik beloof u dat ik u zal bellen wanneer er meer duidelijkheid is.'

Singh raakte zijn tulband aan. 'Ik zou u zeer erkentelijk zijn.'

'Wist u dat Gavin niet bij Gull is gebleven?'

'O nee?'

'Niemand heeft u ingelicht.'

'Het enige contact was met Gull. Een week later belde hij op om me te bedanken en hij zei dat alles prima ging. Ik heb verder nooit meer iets van hem gehoord. Wat was er gebeurd?'

'Gavin kon niet met Gull opschieten en werd overgenomen door dr. Koppel.'

'Misschien had ze toch een gaatje voor hem gevonden. Arme Gavin. Ondanks wat hij met Beth uitspookte, heeft hij het niet makkelijk gehad. Goed, als dat alles is, ik heb nog een heleboel administratie te doen.'

Hij liet me uit.

Ik bedankte hem voor zijn tijd en vroeg: 'Dallas?'

'Houston. Pa deed harttransplantaties in het team van Denton Cooley.' Hij glimlachte. 'Cowboys en indianen, en al dat opwindende gedoe.'

27

Even na vijf uur kwam ik thuis. Ik belde personeelszaken van de *Times*, maar de afdeling was dicht. Ik probeerde me de namen van collega's te herinneren die Ned Biondi had laten vallen, en er schoot me een te binnen, Don Zeltin. Ooit was hij evenals Ned verslaggever geweest, maar nu was hij columnist. Ik belde de centrale van de krant en werd doorverbonden.

'Zeltin,' zei een schorre stem.

Ik legde uit wie ik was en dat ik contact met Ned wilde opnemen.

'Klinkt ingewikkeld,' zei Zeltin. 'Je kunt wel een mafkees zijn.'

'Dat kan, maar dat ben ik niet. Als u de moeite neemt Ned te bellen...'

'Misschien heeft Ned je zijn nummer niet gegeven omdat hij niet wilde dat je hem zou bellen.'

'Zou het te veel gevraagd zijn om hem te bellen? Het is belangrijk.'

'Psycholoog, hè? Mijn ex besloot ook psycholoog te worden. Toen ze nog mijn vrouw was. Ik heb drie vrienden die in hetzelfde schuitje zitten. Als je vrouw zegt dat ze weer psychologie wil gaan studeren, kun je wel meteen een echtscheidingsadvocaat bellen.'

Ik moest lachen.

Hij zei: 'Dat is niet geestig. Toch wel eigenlijk. Uiteindelijk is ze gesjeesd; nu woont ze in Vegas en verkoopt ze kleren in zo'n rottig boetiekje. Oké, wat kan het ook schelen. Ik zal Ned bellen. Zeg nog eens hoe je heet.'

Ik zocht Franco Gull op in mijn gids van de American Psychological Association. Hij had gestudeerd aan de universiteit van Kansas in Lawrence. Twee hoofdvakken: psychologie en bedrijfswetenschappen. De overstap naar Berkeley voor zijn doctoraalstudie was twee jaar uitgesteld omdat hij semi-professioneel football speelde voor een kleine club in Fresno. Niet het soort gegevens dat je doorgaans in een gids van de APA aantreft. Kennelijk was Gull trots op zijn sportieve intermezzo.

Al op jeugdige leeftijd charismatisch; fysiek zeker van zichzelf.

Gull had geen academische aanstelling gehad en sinds zijn doctoraalstudie geen onderzoek verricht dat hij de moeite van het vermelden waard vond. Zijn belangstelling ging uit naar 'intermenselijke relaties' en 'op inzicht georiënteerde therapie'. Van wat ik eruit opmaakte, was hij na zijn postdoctoraalstudie aan de universiteit Riverside direct aan zijn privé-praktijk met Mary Lou Koppel begonnen.

Nu ik het boek toch voor me had, zocht ik ook Albin Larsen op. Zijn cv was aanzienlijk langer en indrukwekkender. Zijn studie aan de universiteit van Stockholm was gevolgd door een assistentschap bestuurskunde van een jaar in Cambridge; terug naar Zweden voor een doctoraalstudie aan de universiteit van Göteborg en een positie als docent op het Instituut Sociale Wetenschappen van dezelfde universiteit. De gebieden van zijn belangstelling waren culturele factoren van psychologische beoordeling, de integratie van sociale en klinische psychologie, de toepassing van psychologisch onderzoek op conflictbeheersing en de intake en behandeling van oorlogstrauma en stress. Hij had ontwikkelingswerk gedaan in Rwanda en Kenia en was consulent geweest van Amnesty International, Artsen Zonder Grenzen, de Human Rights Beacon Symposium, World Focus on Prisoner's Rights en van een subcommissie kinderwelzijn van de Verenigde Naties. Hoewel hij al acht jaar in de Verenigde Staten woonde, had hij een academische positie in Göteborg aangehouden.

Een man van gewicht. Zouden de strapatsen van Koppel en Gull hem soms een doorn in het oog zijn geweest?

Ik zette me aan de computer en logde in op de website van de California Board of Psychology om de lijst van disciplinaire maatregelen te controleren. Niets over Gull, noch over Larsen. Als Gull iets had misdaan, was het geheim gebleven.

En daar kon wel eens de kneep zitten.

Was Gavin iets te weten gekomen waardoor hij een bedreiging voor Gull was geworden?

Had het geheim soms iets met de familie Quick te maken? Waarom had Jerome Quick gelogen dat Barry Silver een golfmaatje was? Waarom had hij nagelaten te vertellen dat hijzelf het initiatief voor de verwijzing had genomen?

Had Quick misschien al eerder iets met Koppel of Gull te maken gehad? Was er een specifieke reden waarom hij wilde dat Gavin aan de zorg van de groep werd toevertrouwd?

Zo ja, dan hield hij dat voor zich, en nu was Gavin dood.

En zijn therapeut ook.

Ik kauwde er een tijdje op zonder ander resultaat dan hoofdpijn, nam pauze voor een kop koffie, trof het apparaat leeg en deed er net koffie in toen Ned Biondi belde.

'Meneer Delaware,' zei hij. 'Het spijt me dat ik geen contact met u heb gehouden, maar ik ben net verhuisd en de dozen moeten nog uitgepakt worden.'

'Oregon?'

'De andere kant op. Ik heb een mooi appartementje op Coronado Island gekocht. Piepklein huisje omdat alles zo duur is, maar meer heb ik niet nodig; ik ben alleen.'

Ik zei: 'Het is daar prachtig.'

'Ik heb uitzicht op de baai en de brug. Norma en ik zijn gescheiden. Om precies te zijn heb ik me van haar laten scheiden. Vorig jaar.'

'Het spijt me dat te horen.'

'Nergens voor nodig; ik had het al veel eerder moeten doen. Ze is een vals mens en een vreselijke moeder. Weet u nog dat ze niets van u moest hebben en dat ze niet wilde deelnemen aan de behandeling van Anne Marie?'

'Ja.'

'IJskonijn,' zei hij. 'Volgens mij had zij een groot aandeel in de problemen van Anne Marie; dat had ik veel eerder moeten inzien. U hebt dat waarschijnlijk wel gezien, maar dat kon u moeilijk zeggen, hè?

"Je moet van je vrouw scheiden, Ned." Ik had u meteen aan de kant gezet. Maar u zou wel gelijk gehad hebben.'

'Hoe is het met Anne Marie?'

'Grotendeels goed,' zei hij. 'Niet altijd zo geweldig. Ze heeft haar stemmingen, maar meestal gaat het wel. Die man van haar is oké en ze hebben net een derde kind gekregen. Qua loopbaan heeft ze het nooit voor elkaar gekregen, maar ze zegt dat ze het heerlijk vindt om moeder te zijn, en waarom zou ik haar niet geloven? Ze is een geweldige moeder, de kinderen zijn dol op haar en Bob houdt van haar. Weet u wat me deed beseffen dat ik van Norma af moest?'

'Nou?'

'Ik besloot met roken te stoppen. Uiteindelijk maakte ik daar serieus werk van. En wat doet Norma? Die probeert me ervan te weerhouden, en dan heb ik het echt over oorlog. Zíj wilde niet stoppen, omdat roken iets was wat we samen deden; 's morgens sigaretten en koffie bij het ochtendblad. Wandelingen maken en er samen op los paffen alsof we de kanker uitnodigden. Ze beschuldigde mij er zelfs van dat ik haar in de steek liet door te willen stoppen. Ik hield voet bij stuk en ze ontplofte. Dus ik ontspande me en dacht: stommeling, het kan haar geen ruk schelen of je ziek wordt of sterft, ze wil gewoon haar zin doordrijven, het gaat alleen maar over haar. Vijfendertig jaar te laat, maar wat kan het schelen; ik zit hier en zij is naar New York verhuisd om een boek te schrijven, en ik loop rond met nicotinepleisters en ben inmiddels geminderd tot zeven Winstons per dag.'

'Gefeliciteerd.'

'Bedankt. Goed, wat kan ik voor u doen?'

Ik vertelde hem over de foto van het blonde meisje.

Hij zei: 'Ik zal ze bellen, maar het spijt me dat ik niets kan beloven, meneer Delaware. De krant heeft het niet op dienstverlening; dat is altijd zo geweest. Het gaat om advertentieruimte verpatsen en dat betekent dat je het op de invalshoek moet gooien. Van wat ik zo hoor, zit hier geen sappige hoek aan.'

'Een dubbele moord?' zei ik. 'Op Mulholland?'

'Helaas is L.A. nog meer een filmstad dan het al was. En sappig betekent een connectie met Hollywood. Lever me een kleptomaan sterretje dat een slipje gapt op Rodeo en ik garandeer je een verhaal in de krant. Twee dooie jongelui op Mulholland is tragisch, maar het is niet man-bijt-hond.'

'Wat dacht u van deze hoek: de politie wilde de foto niet vrijgeven omdat het nog te vroeg in het onderzoek was, maar een anonieme bron heeft hem aan de *Times* geleverd.'

'Hm,' zei hij. 'Misschien zal de hoofdredactie daarvoor gaan. Ze hebben een instinctieve afkeer van het gezag. Als ze iets kunnen publiceren wat aantoont dat ze niet aan de leiband van de politie van L.A. lopen, geeft dat hun het gevoel dat ze de poepwroeters zijn die ze graag zouden zijn... Oké, ik zal het proberen. Is dat waar, overigens?'

'Bureau voorlichting van de politie wilde de foto niet vrijgeven omdat ze bang waren dat er geen sappige hoek aan zat.'

Hij lachte. 'Iedereen zit in de showbizz. Ik zal ze bellen en dan bel ik u wel terug. Nog iets wat u me over dat meisje kunt vertellen?'

'Niets,' zei ik. 'Dat is de moeilijkheid juist.'

'Ik zal zien wat ik kan doen, meneer Delaware. Goed om u gesproken te hebben... Nu ik u toch aan de lijn heb, wil ik u iets vragen. Gelooft u die studie die is verschenen en die zegt dat getrouwde mannen beter functioneren dan vrijgezellen?'

'Hangt van de man af,' zei ik. 'En van het huwelijk.'

'Precies,' zei hij. 'U slaat de spijker op z'n kop.'

Even nadat ik had opgehangen, belde Milo en ik vertelde dat Biondi zou proberen de foto geplaatst te krijgen.

'Bedankt. Ik heb een deel van de vingerafdrukken uit Koppels huis binnen en ja hoor, die van Gull zaten overal. Plus een heleboel andere die we niet konden thuisbrengen. Eentje die we wel konden identificeren was van een vent die in het systeem voorkomt vanwege een mishandeling. De man blijkt voor een verwarmings- annex airconditioningbedrijf te werken en heeft er een maand geleden een onderhoudsbeurt gedaan. Zijn afdrukken zaten op de ketel en nergens anders, dus dat klopt. De mishandeling was een gevecht in een café.'

'Zoals Roy Nichols,' zei ik.

'Er is een hoop woede in de wereld. Als de mensen eens wisten wie ze allemaal in huis halen.'

'Betekenen die afdrukken van Gull wel iets?' vroeg ik. 'Gezien zijn verhouding met Mary Lou?'

'Daar zou hij het op gooien, en zijn advocaat ook. Hij heeft overigens een woordvoerder uit Beverly Hills in de arm genomen. Ken hem niet, maar een van de lui hier op het bureau wel. Geen grote jongen, meer een middelmaat.'

'Wil dat zeggen dat Gull niet zo bang is?'

'Bang genoeg om een advocaat te nemen,' zei hij. 'Misschien kent hij geen betere, of kan hij zich geen betere veroorloven. Hij heeft dan wel een Baby Benz en een Corvette, maar echt rijk is hij niet, hè? Al reken je een fors honorarium, dan nog zitten er maar zoveel uur in een werkdag.'

'Interessant dat je dat zegt,' zei ik. Ik vertelde wat Allison over een winstmotief had gezegd.

'Hij vermoordt Koppel en pikt haar cliënten... Slim meisje, die Allison... Ik zou heel graag een blik op Gulls financiën willen werpen, maar ik zou nog niet weten hoe.'

'Hoe is het gegaan met Gavins kamer?'

'Heb ik nog niet gedaan,' zei hij. 'Er was niemand thuis. Ik zal het morgen nog eens proberen.'

'Ik heb met dr. Singh gesproken.' Ik vatte het onderhoud samen.

'Dus Jerry Quick heeft gelogen,' zei hij. 'Wat had dat nou voor zin?'

'Goeie vraag.'

'Het wordt tijd om papa en mama nader aan de tand te voelen. Ondertussen heb ik geprobeerd een afspraak met de heer Edward Koppel te maken, maar ik kom niet voorbij zijn receptioniste.'

'Het bekende magnatenspelletje?'

'Kennelijk. Ik denk dat het maar het beste is om morgenochtend vroeg te proberen; zeg maar om halfnegen. Dan krijg ik hem misschien te pakken voordat zijn dag te magnaterig wordt. Zin om mee te gaan?'

'Wil je dat ik rij?'

'Wat dacht je?'

De volgende morgen kwam hij om acht uur, liep de keuken in, dronk een kop koffie, verorberde staand aan het aanrecht twee broodjes en zei: 'Klaar?'

Ik reed via de Glen de Valley in. Toen naar het oosten, Sepulveda over en het centrum van Encino in. Wolkenkrabbers blonken als chroom in de ochtendzon. De verkeersopstoppingen deden niet onder voor die in de stad en de sfeer van geld en propaganda hing er als smog. Maar Edward Koppels kantoor was gehuisvest in een overblijfsel uit een vroeger tijdperk: een haveloze, gepleisterde doos van twee etages aan Ventura, even voorbij Balboa, ingeklemd tussen een terrein vol tweedehands Jaguars, Ferrari's en Rolls-Royces aan de ene kant, en een klein Libanees restaurant aan de andere.

Achter het gebouw was een parkeerterreintje aan het eind van een steeg. Bij de meeste vakken stond een bordje GERESERVEERD. De ingang was een glazen deur. Een en ander leek precies op het gebouw waarin Mary Lou Koppels praktijk was gevestigd. Ik zei het tegen Milo.

Hij zei: 'En ik verwachtte nog wel een duur kantoorpand. Misschien is Koppel wel gespecialiseerd in kleine gebouwen die makkelijk te verhuren zijn. Zet de auto maar daar aan het eind.'

Hij loodste me naar een plek vanwaar we alle voertuigen die arriveerden konden zien. In het halfuur dat volgde, kwamen er vier auto's. Twee kleine auto's met een jonge vrouw aan het stuur, een busje dat flessen met water kwam bezorgen en een vaalgroene Buick van tien jaar oud, waaruit een zwaargebouwde, verfomfaaide man in een gekreukte broek en een slobberig, buitenmaats bruin poloshirt stapte. Hij had een bruine papieren zak in zijn hand en leek nog half te slapen toen hij de trap op wankelde.

In de volgende tien minuten arriveerden er nog twee Toyota's met secretaresseachtige types. Kort daarop kwam de dikke man zonder bruine zak naar buiten om weer weg te rijden.

'Wat was hij?' vroeg ik. 'Een geldloper?'

Milo fronste, wierp een blik op zijn Timex en zweeg.

Een halfuur na aankomst zaten we er nog steeds. Milo leek nergens last van te hebben. Zijn oogleden waren half geloken, maar zijn ogen misten niets. Ik kreeg er genoeg van en zei: 'Het lijkt erop dat meneer Koppel zich gemakkelijke werktijden veroorlooft.'

'Laten we maar naar binnen gaan.'

Op de parterre van het gebouw waren drie kantoren: *Landmark Realty*, *SK Development* en *Koppel Enterprises*. Boven waren een reisbureau, een aannemer en een uitzendbureau voor secretaresses. Milo probeerde de deurkruk van Koppel Enterprises en Landmark Realty, maar die waren allebei op slot. Maar het kantoor van SK Development was open.

We betraden een grote, lichte kantoorruimte met werkhokjes achter schermen tot heuphoogte. Alle vier de jongedames die we op het parkeerterrein hadden gezien, zaten opgewekt achter een computer te typen. Drie van hen hadden een koptelefoon op.

Achterin was een deur met PRIVÉ. Milo liep langs de secretaresses en probeerde de deur open te maken. Ook op slot. De enige typiste zonder koptelefoon stond op en liep naar hem toe. Ze was halverwege de twintig; haar gezicht was niet knap, maar wel prettig en ze had kort, donker haar, sproeten en een ontspannen glimlach. Ze was gekleed in een bruin broekpak van katoen en kunststof.

'Kan ik u helpen?'

'We zoeken meneer Koppel.'

'Sonny?' zei ze. 'U hebt hem net gemist.'

'Hoe ziet hij eruit?'

Ze keek om zich heen, kwam een stapje dichterbij en zei met de hand naast de mond: 'Een dikkerd in een bruin poloshirt.'

'Met een oude Buick?'

'Precies. Zijn jullie van de politie of zo?'

Milo liet haar zijn legitimatie zien.

'Wow.'

'Hoe is uw naam, mevrouw?'

'Cheryl Bogard.' Ze wierp een blik over haar schouder naar de andere vrouwen. Die bleven typen.

'Zijn dat koptelefoons van dicteerapparaten?' vroeg Milo.

'Nee hoor,' zei Cheryl. 'Ze luisteren naar muziek. Sonny heeft een cd-systeem geïnstalleerd zodat ze kunnen luisteren naar wat ze willen.'

'Goeie baas.'

'Er is geen betere.'

'Dus wat doen jullie hier, Cheryl?'

'Wij helpen met het beheer van Sonny's eigendommen. En wat doen júllie hier? Is er soms ingebroken bij een van onze panden?'

'Gebeurt dat dikwijls?'

'U weet hoe dat gaat,' zei ze. 'Er gebeurt altijd wel iets als je zoveel panden hebt als Sonny.'

'Een vastgoedimperium,' zei Milo.

'Hij heeft een heleboel onroerend goed.' Ze voegde er opgewekt aan toe: 'Dat houdt ons allemaal van de straat. Waar is er nu weer ingebroken?'

'Dat doet er niet toe,' zei Milo. 'Dus dat was de baas. Hij is ook niet lang gebleven.'

'Hij kwam gewoon wat paperassen ophalen.' Ze glimlachte. 'U had zeker een ander type verwacht?'

Milo knikte.

'U kent de uitdrukking, rechercheur. Schijn bedriegt.'

'Wanneer komt hij terug?'

'Moeilijk te zeggen. Hij is vaak onderweg. Hij heeft panden in vier gemeenten, dus dat betekent veel reizen. We maken wel eens grapjes, dat hij een mooie auto moet kopen; die kan hij best betalen. Maar hij is gek op zijn Buick. Sonny is geen patser.'

'Onopvallend.'

'Het is echt zó'n vent.'

'Kunt u hem voor ons bellen?'

'Het spijt me,' zei ze. 'Sonny gebruikt geen mobiel in zijn auto. Hij is nogal ouderwets. Hij vindt het niet leuk om te worden gestoord

als hij nadenkt. Ook vindt hij praten en sturen niet veilig.'
'Veiligheidsbewust,' zei Milo.
'Hij is redelijk voorzichtig. Wilt u dat ik hem een boodschap geef? Over het pand waar is ingebroken?'
'Nee dank u; het is beter als we hem persoonlijk spreken.'
'Oké,' zei Cheryl. 'Ik zal zeggen dat u bent geweest.'
'Geen idee wanneer hij weer terug is?'
'Als ik een gok moest doen, zou ik in de namiddag zeggen. Als hij al terugkomt. Je weet het nooit met Sonny.'
Milo gaf haar een visitekaartje en zei: 'Als we hem vandaag niet te pakken krijgen, vraagt u dan maar of hij ons wil bellen.'
'Goed.' Cheryl Bogard ging terug naar haar werkhokje, zette het kaartje voor zich, keek op en zwaaide.
Milo maakte aanstalten om te vertrekken, bedacht zich, liep naar haar toe, zei iets en luisterde naar haar antwoord.
Toen we de gang in liepen, vroeg ik: 'Wat zei je tegen haar?'
'Ik vroeg wat er in die zak zat.' Hij wreef langs de zijkant van zijn neus. 'Rolletjes Fruitella, M&M's en amandelrepen. Onze Sonny brengt de meisjes snoep. Ze zei dat iedereen aan de lijn doet en er weinig van eet. Hij eet op wat er overblijft.'

28

Eén straat voorbij Sonny Koppels hoofdkwartier was een cafetaria met een ruimteschip uit de jaren veertig klaar voor vertrek op het dak van blauw metaal. Milo en ik gingen aan een verlaten toonbank zitten, snoven de geur op van eieren die in het vet lagen te spetteren en bestelden koffie bij een serveerster die oud genoeg was om mijn moeder te kunnen zijn.
Hij belde met Kentekenregistratie. Het adres op het rijbewijs van Edward Albert Koppel was het pand waar we net waren geweest. Hij had vier auto's op zijn naam staan: de Buick, een Cutlass van vijf jaar oud, een Chevrolet van zeven jaar en een Dodge van elf.
'Hij houdt van Amerikaanse auto's,' zei ik.
'Je hebt hem gezien,' zei hij. 'Geloof jij dat Mary Lou op zo'n vent valt?'
'Dat huwelijk was jaren geleden, toen hij nog rechten studeerde,' zei ik. 'Misschien zag hij er toen anders uit.'

'De *Candy Man*... Zijn secretaresse leek me in elk geval wel een snoepje.' Hij dronk zijn koffie met grote slokken op en trommelde met zijn vingers op de toonbank. 'Vriendelijke baas, nobele patriot, iemand zonder enige pretentie... Als iets te mooi lijkt om waar te zijn, is het dat waarschijnlijk ook. Klaar?'

'Waar gaan we naartoe?'

'Jij gaat naar huis en ik ga weer naar de Quicks om Gavins kamer te onderzoeken. Heb jij nog kans gezien om Franco Gull na te trekken bij de raad van toezicht?'

'Schone handen,' zei ik.

'O ja?' Nou, misschien dacht Gavin daar anders over, en kijk eens wat er met hem is gebeurd.'

Pas twee dagen later hoorde ik weer iets van hem. Ned Biondi had niet gebeld en ik was de moorden even vergeten.

Robin kwam langs om Spike op te halen. Hoewel we die twee dagen weer nader tot elkaar waren gekomen, viel hij bij het zien van haar Ford-pick-up direct weer terug op zijn minachting voor mij. Toen ze op de oprit hurkte, holde hij op haar af. Hij sprong in haar armen en maakte haar aan het lachen.

Ze bedankte me voor het oppassen en gaf me een blauw geschenkdoosje.

'Dat is niet nodig.'

'Ik waardeer je hulp, Alex.'

'Hoe was het in Aspen?'

'Valse kerels met een blonde stoot aan hun arm, een heleboel pelzen van dode dieren en de mooiste bergen die ik ooit heb gezien.' Ze speelde met een oorbel. Spike zat gehoorzaam bij haar voeten.

Toen ze me een kus op de wang wilde geven, deed ik alsof ik het niet zag en wendde me af.

Ik hoorde het portier van de pick-up dichtslaan. Robin zat met een verwonderd gezicht aan het stuur en startte.

Ik zwaaide.

Ze zwaaide aarzelend terug. Spike likte haar gezicht en ze reed weg. Ik maakte het blauwe doosje open. Zilveren manchetknopen in de vorm van een gitaartje.

Toen Milo eindelijk belde, kwam ik net onder de douche vandaan. 'Meneer en mevrouw Quick zijn blijkbaar op vakantie. Het huis zit op slot. Haar busje staat er wel, maar zijn auto niet en een buurman heeft ze koffers zien inladen.'

'Er even tussenuit,' zei ik.

'Ik moet die kamer in. Ik heb haar zus – Paxton – gebeld, maar ze heeft nog niet teruggebeld. Op naar meneer Sonny Koppel. Hij mag zich dan kleden als een zwerver, maar dat is niet uit armoe. De man heeft meer dan tweehonderd stuks onroerend goed. Commerciële en particuliere huurpanden in vier gemeenten, precies zoals dat meisje heeft gezegd.'

'Zonder meer een magnaat,' zei ik.

'Hij heeft ook allerlei holdings en NV's als front. Het heeft me al die tijd gekost om de grote lijn uit de vlooien. Het is echt een grote jongen, Alex, en van wat ik zo zie, mag hij graag met de overheid samenwerken.'

'Met de federale?'

'Federale, staats- en gemeentelijke overheid. Een heleboel van zijn eigendommen lijken medegefinancierd door publieke fondsen. Dan hebben we het over goedkope woningbouw, bejaardenwoningen, grote gebouwen en verzorgingsflats. En raad eens: tussenfasehuizen voor lui die voorwaardelijk op vrije voeten zijn. Inclusief dat huis aan Sixth Street waar Roland Kristof slaapt. Volgens de wet mogen wij betalen voor kost en inwoning van misdadige individuen en voor Koppels schoonmaak.'

'Hij is maatschappelijk bewust,' zei ik.

'Het is een geweldige regeling. Zoek een pand of een bouwproject dat in aanmerking komt voor overheidssubsidie, deel de kosten met vadertje staat en strijk alle inkomsten op. Wat Koppels verleden betreft, vind ik alleen maar dat hij rechten heeft gestudeerd. Maar hij heeft nooit gepraktiseerd en er staat nergens dat hij als advocaat heeft gewerkt. Op de een of andere manier heeft hij een imperium gefinancierd en opgebouwd.'

'Is het pand met de Pacifica-praktijk een overheidsaangelegenheid?'

'Zo te zien niet,' zei hij. 'Maar niet omdat het in een chique buurt van Beverly Hills is. Koppel heeft daar nog twee eigendommen – een bejaardenflat in Crescent Drive en een winkelcentrum in La Cienega – die met belastinggeld zijn gefinancierd. De flat komt in aanmerking voor een HUD-subsidie en het winkelcentrum heeft een FEMA-vergoeding gekregen, omdat de winkels die er eerst stonden schade hebben opgelopen door een aardbeving.'[HUD: Department of Housing and Urban Development – ministerie van Huisvesting en Stadsontwikkeling, FEMA: Federal Emergency Management Agency – een federaal rampenfonds; vert.]

'Hij weet de juiste kanalen wel te vinden,' zei ik.

'En goed ook. De enige keer dat zijn naam opduikt in gerechtelijke stukken, is wanneer hij iemand een proces aandoet, of wanneer dat met hem gebeurt. Meestal het eerste: achterstallige huur of huisuitzetting. Heel af en toe spant een huurder een proces aan wegens achterstallig onderhoud. Nu eens treft hij een schikking, dan weer gaat hij de strijd aan. Wanneer dat laatste gebeurt, wint hij. Hij verdeelt zijn zaken over acht verschillende advocatenkantoren, allemaal in het centrum, allemaal kleine firma's. Maar moet je horen: hij woont niet eens in een huis, laat staan een villa. Zijn vaste woon- en verblijfplaats – en die was niet makkelijk te vinden – is een appartement in Maple Drive in Beverly Hills. Dat klinkt wel goed, maar het is geen chique flat. Het is maar een oud en haveloos pand met zes appartementen. Eigenaar is een van Koppels NV's en hijzelf woont in een driekamerwoning achter. De beheerder weet niet eens dat een van haar huurders in werkelijkheid haar baas is, omdat ze over Koppel sprak als "die dikke, stille vent". Volgens haar waren de eigenaars een paar Iraniërs uit Brentwood. Voor een aantal van zijn panden heeft Koppel een echtpaar genaamd Fahrizad als front in dienst genomen.'
'Ongrijpbare knaap,' zei ik.
'Daar gaan we een eind aan maken,' zei hij.

Het deel van Maple Drive waar Sonny Koppel woonde lag tussen Beverly Boulevard en Civic Center Drive. Het was een gevarieerde buurt, waarvan de westkant werd beheerst door een met graniet beklede kolos die als hoofdkwartier van Mercedes-Benz fungeerde: een opvallend kantoorcomplex met een extravagante tuin, dat voorzag in de behoeften van juristen uit de filmindustrie en impresario's. In de buurt zweefde het stof van de drukte van de bouw van een wolkenkrabber.
Aan de overkant stonden flatgebouwen van twee etages, als aandenken aan de bouwexplosie van na de Tweede Wereldoorlog. Dat van Koppel was wel de grauwste; een traditioneel, grijsachtig gebouw met een goedkoop grinddak. Drie woningen boven, drie beneden, een mottig grasveld en struikgewas dat een overlevingsslag leverde.
Koppels Buick stond achter, op een van een vijftal vakken van een open carport. We reden wat rond en binnen twee straten vonden we al zijn andere auto's. Ze hadden stuk voor stuk een geldige parkeervergunning van Beverly Hills.
Een Oldsmobile, een Chevrolet en een Dodge. Grijs, grijs, donkergroen. Veel stof op de eerste twee. De Dodge was nog niet zo langgeleden gewassen. Ik liet de Seville stationair draaien toen Milo uit-

stapte om de auto's te inspecteren. Ze waren leeg.
Ik parkeerde en we liepen naar Koppels flat.

Sonny Koppel deed open terwijl hij popcorn uit een plastic schaaltje at. De geur deed denken aan het foyeraroma in het Pacifica-gebouw. Voordat Milo zijn legitimatie kon laten zien, knikte Koppel alsof hij ons al had verwacht en hij gebaarde ons naar binnen. Hij droeg een koningsblauw T-shirt op een geblokte pyjamabroek en pluizige, bruine pantoffels.

Een meter zeventig, minstens honderdtwintig kilo met een bierbuik en dun, roodbruin haar dat een beetje kroesde, boven een hoog, glimmend voorhoofd. Hij had zich een dag of wat niet geschoren en zijn stoppels hadden iets van roos. Blauwe hondenogen, hanglippen, korte, dikke ledematen en vlezige handen met stompe nagels.

Achter hem blèrde een oude RCA-tv met een scherm van vijfenveertig centimeter financieel nieuws van een kabelzender. Koppel zette het geluid zachter.

'De meisjes hebben me verteld dat jullie langs waren gekomen,' zei hij met een diepe, slaperige stem. 'Het gaat zeker over Mary? Ik vroeg me al af of jullie nog contact zouden opnemen. Hier, ga zitten, ga zitten.'

Hij bleef staan om een beursnotering op de buis te lezen, zette het toestel uit, verwijderde een enorme stapel kranten van de geblokte divan en bracht ze naar een tafeltje met metalen poten in de eethoek. Om de tafel stonden vier stoelen van rode kunststof. Op twee daarvan stonden ordners. De helft van de tafel werd door nog meer ordners en blocnotes in beslag genomen, plus een verzameling pennen, potloden, een rekenmachientje, blikjes 7-Up Light en zakjes snacks met een grote variatie aan koolhydraten.

Het was een eenvoudig appartement: witte wanden, laag plafond, met voorin een ruimte die dienstdeed als zowel huis- als eetkamer en een kitchenette. Achter een gewelfde en gepleisterde doorgang waren bad- en slaapkamers. Niets aan de muur. De keuken was rommelig, maar schoon. Een eindje van het aanrecht prijkte een computerwerkstation op een verrijdbaar wagentje. Een aquarium als screensaver. De airconditioner maakte een ratelend geluid.

Sonny Koppel zei: 'Willen jullie iets drinken?'

'Nee, dank u.'

'Zeker weten?'

'Absoluut.'

Koppel haalde zijn mollige en omvangrijke schouders op. Hij liet zich zuchtend op een La-Z-Boy-ligstoel van groene tweed zakken, maar liet de rugleuning rechtop staan.

'Zo,' zei Koppel, 'wat kan ik voor jullie doen?'

'In de eerste plaats,' zei Milo, 'kunt u ons iets over uw ex vertellen wat behulpzaam kan zijn bij de oplossing van de moord?'

'Ik wou dat het waar was. Mary was een bijzonder mens; aantrekkelijk en heel intelligent.' Koppel streek met een hand over zijn hoofd. Zijn haar ging echter niet liggen, maar krulde op door de statische elektriciteit alsof het bezield was. De kamer was slechtverlicht. Hij zat in silhouet tegen het licht uit de keuken en het was net alsof er een stralenkrans om zijn hoofd hing. Een treurige figuur met een aura in een pyjamabroek.

'U vraagt zich vast af,' zei hij, 'hoe het kan dat iemand als zij ooit iets heeft gehad met iemand als ik.'

Zijn lippen krulden op als minirollades; hij leek het grappig te vinden. 'Toen Mary en ik elkaar leerden kennen, zag ik er nog niet zo uit als nu. In die tijd was ik meer een korte stop dan een sumoworstelaar. Eigenlijk was ik best een redelijke honkballer. Ik kreeg een honkbalbeurs voor de universiteit en koesterde fantasieën over de eredivisie.'

Hij zweeg even alsof hij op commentaar wachtte. Toen dat niet kwam, zei hij: 'Maar vervolgens scheurde ik een achillespees en kwam ik erachter dat ik echt moest studeren om daar weg te komen.'

Koppel tastte in de popcornschaal. Hij bracht een handvol gepofte maïs naar zijn mond.

Milo vroeg: 'Hebt u dr. Koppel leren kennen toen u rechten studeerde?'

'Ik studeerde rechten en zij was nog bezig aan haar voorbereidende jaar. We leerden elkaar kennen in het ontspanningscentrum. Zij zwom en ik zat te lezen. Ik probeerde haar te versieren, maar zij wimpelde me af.' Hij voelde aan zijn buik alsof het daar pijn deed. 'Toen ik het nog een keer probeerde, wilde ze wel ergens koffie met me gaan drinken en toen klikte het geweldig. Een jaar daarna trouwden we en nog eens twee jaar later zijn we gescheiden.'

'Problemen?' vroeg Milo.

'Iedereen heeft problemen,' zei Koppel. 'Hoe gaat dat cliché ook alweer? We groeiden uit elkaar? Zij werkte aan haar proefschrift, ik liep college en we zagen elkaar nooit. De voornáámste moeilijkheid was dat ik het verknald heb. Ik had een verhouding met een medestudente. Als klap op de vuurpijl was die vrouw getrouwd, dus waren er twee gezinnen de sigaar. Mary deed niet moeilijk, ze wilde ge-

woon een keurige scheiding. Het stomste wat ik ooit heb gedaan.'
'Dat u haar bedroog?'
'Dat ik haar liet gaan. Aan de andere kant zou ze er toch wel een eind aan gemaakt hebben, ook al was ik haar trouw gebleven.'
'Waarom?'
'In die tijd was ik een beetje stuurloos,' zei Koppel. 'Ik had geen doel. Ik studeerde alleen maar rechten omdat ik niets beters wist. Mary was het tegenovergestelde: doelgericht en stabiel. Ze heeft...' Hij kreeg een pijnlijke uitdrukking op zijn gezicht. 'Ze had een sterk karakter. Charisma. Ik had haar nooit bij kunnen benen.'
'Dat klinkt alsof u uw licht onder de korenmaat zet,' zei Milo.
Koppel keek oprecht verrast. 'Nee, ik denk het niet.'
'Ik heb uw achtergrond een beetje bekeken, meneer, en u bent een van de grootste huisbazen van Zuid-Californië.'
Koppel maakte een achteloos gebaar met zijn dikke hand. 'Dat is gewoon Monopolie spelen.'
'U hebt goed gespeeld.'
'Ik heb geluk gehad.' Koppel glimlachte. 'Ik bofte dat ik een mislukkeling was.'
'Een mislukkeling?'
'Ik ben bijna gesjeesd tijdens mijn rechtenstudie, vervolgens was ik te laf om advocaat te worden. Voordat ik tot de balie werd toegelaten kreeg ik angstaanvallen waardoor ik een paar keer op de eerstehulp ben beland. U kent dat wel, van die pseudo-hartaanvallen. Inmiddels hadden Mary en ik al problemen, maar ze hielp me er wel doorheen. Ze liet me ademhalingsoefeningen en ontspannende visualisaties doen. Dat hielp, want die aanvallen stopten. Mary verwachtte dat ik toelatingsexamen zou doen voor de balie. Ik verscheen vroeg, keek om me heen in die zaal, liep weer weg en dat was dat. Mary vond dat erger dan het feit dat ik haar bedroog. Kort daarop vroeg ze echtscheiding aan.'
Koppel gebaarde weer, dit keer met een slappe hand. 'Een paar maanden later overleed mijn moeder en ze liet me een flatgebouw in de Valley na, dus opeens was ik huisbaas. Een jaar later heb ik dat gebouw verkocht en de winst plus een lening gebruikt om in een groter complex te steken. Dat deed ik een jaar of wat; kopen en verkopen. De huizenhandel maakte een grote vlucht en ik deed het goed.'
Hij haalde zijn schouders op en at nog wat popcorn.
Milo zei: 'U bent een bescheiden mens, meneer Koppel.'
'Ik weet wat ik ben en wat ik niet ben.' Koppel wendde zijn hoofd

af alsof hij schrok van dat inzicht. Zijn kaken trilden. 'Hebt u enig idee wie Mary heeft vermoord?'

'Nee, meneer. U wel?'

'Ik? Nee, natuurlijk niet.'

'Ze is thuis vermoord,' zei Milo. 'Geen sporen van braak.'

'U bedoelt dat het iemand was die ze kende?' vroeg Koppel.

'Weet u kandidaten, meneer?'

'Ik weet niets van Mary's privé-leven.'

'Hoeveel contact had u met haar?'

'We zijn vrienden gebleven en ik ben mijn echtelijke steunverplichtingen blijven nakomen.'

'Hoeveel steun?'

'Dat is gegroeid,' zei Koppel. 'Vlak na de scheiding heeft ze niets anders gekregen dan wat meubilair uit ons appartement, omdat we allebei arme studenten waren. Toen ik fatsoenlijk begon te verdienen, belde ze een keer op om steun te vragen. We spraken een bedrag af en in de loop der jaren heb ik dat opgevoerd.'

'Op haar verzoek?'

'Soms wel. Soms heb ik uit mezelf besloten om mijn succes te delen.'

'Om de ex tevreden te houden,' zei Milo.

Koppel gaf geen antwoord.

'Hoeveel betaalde u haar ten tijde van haar dood, meneer?'

'Vijfentwintigduizend per maand.'

'Royaal.'

'Het leek me wel zo eerlijk,' zei Koppel. 'Zij was naast me blijven staan toen ik haar nodig had. Ondanks het feit dat ik haar had bedrogen hielp ze me door die paniekaanvallen heen. Dat verdiende een beloning.'

Milo zei: 'Vijfentwintigduizend per maand. Ik heb haar bankafschriften bekeken en nergens overschrijvingen van die orde gezien.'

'Dat is niet zo gek,' zei Koppel. 'Mary leefde van haar praktijk en wat ze van mij kreeg investeerde ze weer.'

'Waarin?'

'We deden samen in een aantal objecten.'

'Dus ze liet u houden wat u haar schuldig was om het weer in vastgoed te steken.'

'Mary heeft uitstekend geboerd in dat partnerschap met mij.'

'Wie krijgt haar aandeel in die gezamenlijke projecten nu ze dood is?'

Zijn vingers gingen langs de rand van de popcornschaal. 'Dat hangt van Mary's testament af.'

'Ik heb geen testament aangetroffen en er hebben zich geen execu-teurs gemeld.'

'Daar kijk ik niet van op,' zei Koppel. 'Ik heb haar jarenlang aange-raden om een testament te maken. Met haar praktijk en haar on-roerend goed was ze bezig een comfortabele nalatenschap op te bou-wen. Je zou zeggen dat ze daar wel oren naar had, omdat ze op alle andere fronten zo georganiseerd was, maar ze had er iets tegen. Als u het mij vraagt, wilde ze niet over doodgaan nadenken. Haar ou-ders zijn vrij jong gestorven en af en toe had ze voorgevoelens.'

'Over jong doodgaan?'

'Over doodgaan voor het haar tijd was.' Er parelden tranen op Kop-pels onderste oogleden. De rest van zijn stoppelige gezicht bleef on-bewogen.

'Had ze die voorgevoelens onlangs?'

Koppel zei: 'Dat weet ik niet. Ik heb het over de tijd toen we nog ge-trouwd waren.'

Milo zei: 'Wat gebeurt er met haar aandeel in het vastgoed als er geen testament blijkt te zijn?'

'Als er geen sprake van crediteuren of erfgenamen is,' zei Koppel, 'valt het weer aan mij toe. Honderd procent in de gevallen waarvan ik de hypotheek heb verstrekt. Ik ben eigenaar van een financie-ringsbedrijfje dat me in staat stelt de zaken in eigen beheer te hou-den. In de gevallen die de bank heeft gefinancierd, heb ik de keus om Mary's aandeel af te betalen of te verkopen.'

'Maar hoe dan ook, u krijgt alles.'

'Inderdaad.'

Milo sloeg zijn benen over elkaar.

Koppel stiet een diep, rommelend lachje uit.

'Is er iets grappigs, meneer?'

'De implicatie,' zei Koppel. 'Waarschijnlijk zit er iets van logica in, inspecteur, maar reken maar na: Mary Lou's aandeel komt neer op... ik zou zeggen anderhalf à twee miljoen netto, afhankelijk van de vast-goedmarkt. Ik geef toe dat het geen kattenpis is. Uiteindelijk had ze met een gerust hart met pensioen kunnen gaan. Maar voor mij is een dergelijke som niet aanzienlijk... Zei u niet dat u een blik op mijn eigendommen hebt geworpen?'

'Twee miljoen is een druppel in de oceaan,' zei Milo.

'Dat klinkt zo patserig,' zei Koppel, 'maar het is wel zo. Een paar miljoen zou geen verschil maken.'

'In goede tijden,' zei Milo.

'De tijden zíjn goed,' zei Koppel. 'Dat zijn ze altíjd.'

'Geen zakelijke problemen?'

'Er zijn altijd problemen in zaken. De kunst is om ze als een uitdaging te beschouwen.' Koppel zette de popcornschaal tussen zijn knieën. 'Wat het voor mij eenvoudiger maakt, is het feit dat ik geen belangstelling heb voor het verwerven van materie. Ik doe in vastgoed omdat ik daar blijkbaar goed in ben. Omdat ik persoonlijk weinig nodig heb – ik ben vrij van spúllen – beschik ik altijd over geld. Dat wil zeggen dat er niet zoiets als een slappe markt bestaat. Gaan de prijzen omlaag, dan koop ik. Gaan ze omhoog, dan verkoop ik.'

'Het leven is dus goed,' zei Milo.

'Ik zou graag lichamelijk weer in vorm willen komen en ik ben overstuur door wat er met Mary is gebeurd. Maar als ik een stapje terug doe voor een kritische blik, heb ik inderdaad veel om dankbaar voor te zijn.'

'Vertelt u eens over die tussenfasehuizen van u, meneer.'

Koppel knipperde met zijn ogen. 'U hebt echt uw huiswerk gedaan.'

'Ik kwam een ex-gedetineerde tegen die in dr. Koppels pand aan het stofzuigen was. Dat maakte me nieuwsgierig.'

'O,' zei Koppel. 'Nou, ik neem die lui vaak in dienst voor beheersbezigheden. Als ze op hun werk verschijnen, doen ze het goed.'

'Bezorgen ze u geen absentieproblemen?'

'Niet meer dan wie ook.'

'Wordt er niet gejat?'

'Zelfde antwoord; mensen blijven mensen. In de loop der jaren ben ik wat gereedschap en meubilair kwijtgeraakt, maar dat hoort erbij.'

'Uw secretaresse zei dat er in uw panden wordt ingebroken.'

'Zo af en toe,' zei Koppel. 'Maar niet in de tussenfasehuizen. Wat valt daar nou te stelen?'

'Dus u rekruteert uw eigen huurders als conciërge.'

'Ik krijg aanbevelingen van de beheerders van de tussenfasehuizen. Zij sturen me jongens die zij betrouwbaar vinden.' Koppel tilde de popcornschaal op.

'Hoe bent u in die reclasseringszaken terechtgekomen?'

'Ik doe in vastgoed. Een paar van mijn panden zijn tussenfasehuizen.'

'Hoe bent u daaraan gekomen, meneer?'

'Uit mezelf zou ik dat nooit hebben gedaan. Ik ben een weekhartige linkse jongen, maar ik heb zo mijn grenzen. Het was Mary's idee. Eigenlijk was ik behoorlijk argwanend, maar zij heeft me over de streep getrokken.'

'Hoe was zij aan het idee gekomen?'

'Ik denk dat het een voorstel van dr. Larsen was, een van haar partners. Hebt u al met hem gesproken?'

Milo knikte.

'Hij is een deskundige op het gebied van gevangenishervorming,' zei hij. 'Hij heeft Mary erbij gehaald en zij raakte vol vuur. Ze zei dat ze meer wilde dan kapitaal vergaren; ze wilde dat haar investeringen maatschappelijk gezien gewicht in de schaal zouden leggen.'

'Zijn die tussenfasehuizen objecten waarin ze met u samendoet?'

'We doen ook samen in een paar conventionele huurobjecten.'

'Nogal idealistisch.'

'Als Mary ergens in geloofde, werd ze heel doelgericht.'

'Maar u probeerde haar ervan af te brengen.'

Koppel tilde een been op om het over het andere te slaan, bedacht zich en zette zijn voet met een dreun op het kleed. 'Ik benaderde het onderwerp zakelijk. Laten we eens naar de winst- en verliesrekening kijken. Mary had haar huiswerk gedaan, liet me de subsidies zien die de staat bood en ik moest bekennen dat de cijfers er aantrekkelijk uitzagen. Toch maakte ik me zorgen over beschadigingen door de bewoners, dus nam ik het volk onder de loep waar u het over had. Ik hield haar ook voor dat ik even grote of hogere subsidies kon krijgen voor beleggingen die me veiliger leken; bejaardenwoningen, monumenten, waar je wel drie verschíllende financieringsbronnen kon aanboren, als je respect had voor de integriteit van de structuur.'

Zijn ogen waren weer droog en hij praatte sneller. Hij was in zijn element.

Milo zei: 'Mary heeft u overtuigd.'

'Volgens Mary zouden de bewoners juist betrouwbaarder zijn en niet minder betrouwbaar, omdat ze geen huur betaalden, dus zouden ze geen reden hebben om weg te gaan. Bovendien schreef de staat supervisie door reclasseringsbeambten en bewakers voor. Ze moest een poosje op me inpraten, maar ik heb ja tegen een proef gezegd. Het slimste wat ik ooit heb gedaan.'

'Goeie deal?'

'De financiering staat als een huis. Langetermijnsubsidies van de staat die gemakkelijk verlengd worden, en panden die je voor een appel en een ei kunt kopen, omdat ze altijd in randgebieden staan. Je gaat tenslotte geen huis vol criminelen in Bell Air zetten, hè? Dus zijn er geen protesterende omwonenden, geen planologische problemen en als je de financiering eenmaal hebt geregeld die de staat niet dekt, zijn de huurinkomsten geweldig. En moet je horen: omgeslagen per vierkante meter komen de revenuen in de buurt van die van Beverly

Hills, omdat je niet te maken hebt met appartementen met zoveel kamers; het zijn allemaal aparte kamers. En in tegenstelling tot een bejaardensituatie waar de bezettingsgraad onzeker is omdat de dood het eind van een huurovereenkomst is, doe je zaken in de wetenschap dat de huurders er weliswaar voor de korte termijn zijn, maar altijd weer worden aangevuld.'

'Aan schurken geen gebrek.'

'Blijkbaar niet,' zei Koppel. 'En er blijkt juist mínder sprake van reparaties te zijn. De badkamers zijn allemaal gemeenschappelijk, dus de leidingen zijn gecentraliseerd; in de kamers is geen keuken; de huurders krijgen alleen een kookplaatje en het gebruik daarvan is beperkt tot bepaalde uren van de dag. Er komt wat administratie bij kijken, maar niets wat ik niet eerder heb gezien. En laten we eerlijk zijn, de staat wil graag dat je slaagt.'

'Wat is gesláágd?'

'Als de bewoners op hun plek blijven en niet de wijk in zwerven om iemand te mishandelen of te vermoorden.'

'Waar moet ik mijn handtekening zetten?' vroeg Milo.

Koppel glimlachte. 'Ik had kunnen weten dat ik niet fout kon gaan als ik naar Mary luisterde.' Hij verschoof zijn massa in de ligstoel. 'Nu is ze er niet meer. Niet te geloven. Kan ik u nog meer vertellen?'

'Nog even over die tussenfasehuizen, meneer. Ongeacht wat u me allemaal hebt verteld: hebt u ooit problemen met geweld van de kant van de huurders gehad?'

'Niet dat ik weet. Maar ik zou het ook niet weten.'

'Waarom niet?'

'Dat wordt allemaal intern afgehandeld,' zei Koppel. 'Ik ben geen gevangenisdirecteur. Ik ben gewoon de eigenaar van het pand en de staat beheert het. Hoezo? Denkt u dat een van die schooiers Mary heeft vermoord?'

'Daar is geen aanwijzing voor,' zei Milo. 'Ik trek gewoon alle mogelijkheden na.' Hij sloeg zijn blocnote open. 'Wat doet Charitable Planning eigenlijk?'

'Dat is mijn stichting,' zei Koppel. 'Ik geef tien procent per jaar weg. Van mijn inkomen na belasting.'

'We zijn een paar keer in het pand geweest en hebben nooit iets van activiteit op de parterre bespeurd.'

'Dat komt omdat er ook weinig gebeurt. Twee keer per maand ga ik ernaartoe om cheques voor goede doelen uit te schrijven. Dat kost wat tijd, omdat er constant aanvragen binnenkomen, dus er liggen echt stapels.'

'Een kantoorsuite van een hele benedenverdieping alleen om cheques uit te schrijven? Dat is een ruimte die aan Beverly Hills doet denken, meneer Koppel. Waarom verhuurt u die niet?'

'Vorig jaar had ik een transactie met een huurder voor de hele etage. Een on-linemakelaar. U weet wat er met de markt is gebeurd. De deal ging dus niet door. Ik wilde de boel onderverdelen. Het grootste deel verhuren en een kantoortje voor Charitable Planning aanhouden. Maar Mary vroeg me dat even uit te stellen totdat zij, Larsen en Gull hadden besloten of zij de etage wilden.'

'Waarvoor zouden ze die willen?'

'Om hun praktijk uit te breiden. Ze hadden het over het geven van groepstherapie, dus hadden ze grotere ruimten nodig. Ik gebruik alleen een kantoortje. De rest staat leeg. Mary zou het me ongeveer over een week laten weten.'

'Groepstherapie,' zei ik.

'Vanuit zakelijk oogpunt leek het mij een slim idee. Behandel het maximale aantal cliënten in een zo kort mogelijke tijd. Ik heb nog een grapje tegen Mary gemaakt, dat ze er verdomd lang over had gedaan om dat uit te vogelen.' Koppel glimlachte. 'Ze zei: "Sonny, jij bent de financier, ik ben de dokter. Laten we allebei bij onze leest blijven."'

Hij trok aan een mondhoek en at een handje popcorn.

Milo liet de foto van het dode meisje zien.

Koppel kauwde wat sneller en moest hard slikken. 'Wie is dat?'

'Ook iemand die is vermoord.'

'Iemand anders? Heeft dat iets met Mary te maken?'

'Geen idee, meneer.'

'U wilt zeggen dat wat er is voorgevallen ergens ónderdeel van uitmaakt... dat Mary niet de enige was?'

Milo haalde zijn schouders op.

'Wat is er eigenlijk aan de hand, inspecteur?'

'Meer kan ik u niet vertellen, meneer. Zegt de naam Flora Newsome u iets?'

Koppel schudde zijn hoofd. Hij wierp een blik op de foto. 'Is zij dat?'

'En Gavin Quick?'

'Ik ken wel een Quick,' zei Koppel, 'maar niet Gavin.'

'Wie dan wel?'

'Jerry Quick. Jerome. Hij is een van mijn huurders. Wie is Gavin? Zijn zoon? Die dat ongeluk heeft gehad?'

'U weet van dat ongeluk.'

'Jerry heeft me erover verteld; hij zei dat zijn zoon wat emotionele problemen had. Ik heb hem naar Mary verwezen.'

'Hoe lang huurt meneer Quick al van u?'

'Vier maanden.'

'Goeie huurder?'

'Hij betaalt de huur, maar niet altijd op tijd. Ik voelde me een tikje... gebruikt. Vooral omdat ik zijn problemen had aangehoord en hem naar Mary had verwezen. Ik ben een paar keer bij Jerry langs moeten gaan.' Hij glimlachte. 'Dat is niet wat het lijkt. Geen zware jongens met een honkbalpetje. We hebben gewoon gepraat en uiteindelijk is hij wel over de brug gekomen.'

'Waarom zou ik *zware jongens met een honkbalpetje* moeten denken, meneer?'

Koppel werd rood. 'Zo bedoel ik het niet. Wat is er met Gavin?'

'Hij is overleden.'

'Ook vermoord?'

'Jawel, meneer.'

'Mijn god. Wat heeft dat met Mary te maken?'

'Momenteel weten we alleen dat Gavin haar cliënt was en dat ze allebei dood zijn.'

'Mijn god,' herhaalde Koppel. 'Er is wel veel wat u me niet kunt vertellen.'

'Is er iets wat u óns kunt vertellen, meneer?'

Koppel dacht even na. 'Ik zou het graag willen. Mary en ik praatten zelden met elkaar; alleen als er iets zakelijks te bespreken was. Maar dan nog waren we kort van stof. Ik heb ons partnerschap geregeld, zodat zij er zelf weinig aan hoefde te doen. Zij had haar praktijk; ze hoefde er geen tijd in te steken. Want onroerend goed kan veeleisend zijn. Als je er een succes van wilt maken, moet je er aandacht aan geven, net als aan kinderen. Ik ben altijd onderweg.'

'Al die auto's,' zei Milo.

'Ik weet het, ik weet het, dat zal wel excentriek lijken, maar ik kan niet zonder betrouwbaar vervoer... Jerry's zoon? Hij was toch jong? Nog maar een knaap.'

'Hij was twintig.'

Koppels gezicht had een ongezonde kleur gekregen. Van Bolognezer worst die te lang in de koelkast heeft gelegen. 'Kunt u me helemaal niets vertellen?'

'Eigenlijk weten we zelf maar weinig.'

'Quicks zoon... Dat meisje dat u me hebt laten zien – Flora – was zij ook een cliënte van Mary?'

'Het meisje dat we u hebben laten zien is nog niet geïdentificeerd, dus weet ik niet of zij een van dr. Koppels cliënten was. De dossiers zijn vertrouwelijk; daar kunnen we niet bij.'

'Al die vragen over die tussenfasehuizen,' zei Koppel. 'Bedoelt u dat een van mijn... dat een van die huurders iets met die verschrikking te maken heeft? Zo ja, dan wil ik dat graag weten. Dan móét ik dat zelfs weten.'

'Denkt u dat die mogelijkheid bestaat, meneer?'

'Hoe weet ík dat nou?!' riep Koppel. Een van zijn handen maakte een onwillekeurige beweging en sloeg tegen de popcornschaal waardoor die de lucht in schoot.

Gele regen. Toen die gedaald was, zat Koppel onder de popcorn, vliesjes en stof.

Hij keek ons zwaar ademend aan. Milo ging naar de keuken om een stuk keukenrol af te scheuren. Hij kwam terug en begon Koppel schoon te vegen. Die griste het papier uit zijn hand en sloeg zich af. Toen hij eindelijk stopte, zat er nog steeds geel gruis op zijn T-shirt en pyjamabroek.

Hij keek ons nog altijd hijgend aan.

Milo vroeg: 'Wat kunt u ons nog meer over Jerome Quick vertellen?'

Koppel gaf geen antwoord.

'Meneer?'

'Het spijt me. Dat ik mijn kalmte verloor. Maar jullie jagen me de stuipen op het lijf. Eerst Mary, nu de zoon van Jerry Quick. Dat meisje.'

Milo herhaalde zijn vraag.

'Hij betaalde de huur niet op tijd, anders niet. Zijn excuus was de wisselvalligheid van zijn inkomsten. Hij is metaalhandelaar; hij doet in schroottransacties. Af en toe gaat het hem voor de wind en daar kan hij het een poosje mee doen. Dan weer draait hij met verlies. Het klonk mij meer in de oren als gokken dan als zakendoen. Als ik dat had geweten, had ik nooit een pand aan hem verhuurd.'

'Had hij dat niet gezegd?'

'Hij is via een tussenpersoon bij me gekomen. Die was in het verleden betrouwbaar gebleken,' zei Koppel. 'Het is niet zo dat hij een schandalig bedrag aan huur moet betalen. Ik houd al mijn huurbedragen redelijk. Ik wil de omzet aan de lage kant houden.'

Hij keek naar beneden en plukte verdwaalde stukjes popcorn van zijn pyjamabroek. Eerst deed hij de korrels terug in de schaal; de rest at hij op.

'Zijn zoon. Arme Jerry. Misschien moet ik hem wat ruimte geven.'

Opeens stond hij verrassend gracieus op, sloeg zich nog wat meer af en ging weer zitten.

'Wat voor emotionele problemen heeft Jerry Quick beschreven?'

'Hij heeft me geen bijzonderheden verteld. Eerst wist ik niet eens of ik hem wel moest geloven. Hij bracht het ter sprake bij een van onze huurgesprekken. Het was de huur van de tweede maand en hij liep al twintig dagen achter. Ik ging langs om erover te praten en hij vertelt me een larmoyant verhaal dat hij op verraderlijke wijze een transactie was misgelopen. Dat hij een enorm verlies had geleden en dat als klap op de vuurpijl zijn zoon psychisch in de nesten zat.'

'Wat hij niet nader toelichtte.'

'Ik wilde het niet weten. Ik dacht dat hij alleen meelij wilde wekken. Die verwijzing was een manier om hem af te troeven. Ik zei: "Als dat zo is, waarom zoek je dan geen hulp?" Hij zei: "Ja, dat moet ik ook doen." En ik zei: "Mijn ex is psychologe, en haar praktijk is vlak bij jouw huis. Wil je haar nummer?" Hij zei ja graag en ik heb het hem gegeven. Zoals ik al zei, dacht ik dat het een afleidingsmanoeuvre was. Dus hij heeft m'n raad echt opgevolgd.'

Milo knikte. 'Hoe is hij sindsdien met de huur?'

'Chronisch te laat.'

'Heeft dr. Koppel nooit iets over de verwijzing gezegd?'

'Dat zou ze nóóit hebben gedaan,' zei Koppel. 'Beroepsgeheim was belangrijk voor haar. In de tijd dat we getrouwd waren sprak ze nooit over cliënten. Dat bewonderde ik ook in haar. Haar ethiek.'

'Waar was u de avond dat uw ex-vrouw werd vermoord, meneer Koppel?' vroeg Milo.

'U maakt een geintje.'

'Nee, meneer.'

'Waar ik was? Hier.'

'Alleen?'

'Ja, wrijf het er maar in,' zei Koppel. 'Die avond... Laat eens kijken. Ik geloof dat ik die avond mevrouw Cohen tegen het lijf liep. Die is lerares kunstgeschiedenis; ze woont voor. We zetten allebei de vuilnis buiten. Gaat u het haar vragen? Zo ja, wilt u dan alstublieft niet zeggen dat ik haar huisbaas ben?'

'Is dat geheim?' vroeg Milo.

'Ik probeer niet op te vallen. Op die manier kan ik thuiskomen zonder dat huurders me bellen over reparaties.'

'Een eigen huis zou een oplossing zijn.'

'Ja, ja, ik ben een excentriekeling,' zei Koppel. 'De moeilijkheid met een huis is te veel onderhoud, en ik heb in het dagelijks leven al met niets anders te maken. Bovendien heb ik al die ruimte niet nodig.'

'Weinig bezittingen.'

'Wat is er zo normaal aan het hamsteren van spullen?'
'Dus bent u de hele nacht hier geweest, meneer?'
'Zoals altijd; behalve als ik op reis ben.'
'Hoe vaak bent u onderweg?'
'Een à twee dagen per week.'
'Waar logeert u?'
'In motels, zoals Best Western. Maar die bewuste avond was ik thuis.'
Milo stond op. 'Dank u wel, meneer.'
'Graag gedaan,' zei Koppel, terwijl hij nog wat popcorn van zijn kleren plukte.

29

'De gevoelige magnaat,' zei Milo toen we weer buiten op de stoep stonden. 'Geloof jij het?'
'Ik denk dat hij geen kleine jongen is als het om geld gaat. Wil je niet bij mevrouw Cohen langs, die lerares?'
'Om zijn alibi te verifiëren? Zij heeft alleen gezien dat hij het vuilnis buitenzette. Vijf minuten op een hele avond. Het mocht wat.'
'Beschouw je hem als een verdachte?'
'Hij is de huisbaas van een hele zwik ex-gedetineerden en hij schoof vijfentwintigduizend per maand naar Mary Lou. Nu zij dood is, hoeft hij niet alleen meer niet te betalen, hij krijgt ook nog eens haar hele nalatenschap. Dat is een sterk motief. Ook beweert hij dat hij een efficiënte zakenman is, maar hij houdt een hele etage van een pand in Beverly Hills leeg. Ik zou daar graag eens een kijkje nemen om te zien wat Charitable Planning echt is.'
'Groepstherapie,' zei ik. 'Als Sonny echt zo dol op Mary was als hij deed voorkomen, geloof ik wel dat hij de ruimte voor haar vrij hield.'
'Zie je hem dan niet als een potentiële verdachte?'
'Zoals jij het neerzet, hoort hij zonder meer op het radarscherm. Maar waarom zou hij Gavin en het blonde meisje vermoorden?'
Hij gaf geen antwoord. We liepen naar mijn auto.
Ik vroeg: 'Hoe gaat het met de surveillance van Gull?'
'Hij gaat naar zijn werk en daarna weer naar huis. Zijn advocaat heeft hem zeker aangeraden geen rare sprongen te maken.'
'Dat leugentje over Gavins verwijzing kan zijn omdat Jerry Quick wilde verdoezelen dat hij Mary Lou's naam van Sonny had. Want

als we Sonny zouden spreken, zouden we te horen krijgen dat hij een wanbetaler is. Zeggen dat die verwijzing van een arts kwam klonk veel respectabeler.'

'Kan,' zei hij. 'Maar zijn zoon was vermoord, dus je zou zeggen dat hij wat behulpzamer zou zijn.'

'Dan nog wat,' zei ik. 'Sonny heeft Gavin rechtstreeks naar Mary Lou gestuurd, maar Gull kreeg hem als cliënt. Vervolgens ging hij toch weer naar Mary. Misschien heeft Sonny er op de een of andere manier iets mee te maken, maar ik kan het gevoel dat Gavins dood iets met zijn behandeling te maken heeft niet van me af zetten. Hetzelfde geldt voor Flora Newsome. We hebben het over twee cliënten en hun therapeut, allemaal dood.'

'Stuk voor stuk aan het spit geregen,' zei hij. 'Iemand die ze allemaal kenden. Of die hen kende. Maar misschien had het niets met de behandeling te maken. Misschien had Sonny wel de een of andere ex-gedetineerde ernaartoe gestuurd om het pand schoon te maken. Die vent zag ze en besloot zich uit te leven. De een of andere echte psychopaat die het systeem heeft gemanipuleerd en zich met succes heeft uitgegeven voor een geweldloze voorwaardelijk invrijheidgestelde. Ik zal Sonny een lijst van onderhoudsjongens vragen, es kijken wie er opduikt. Laten we ondertussen maar weer eens naar huize Quick gaan. Misschien zijn Jerry en Sheila terug van weggeweest en kan ik Gavins kamer te lijf gaan.'

Ik nam Gregory Drive, helemaal naar Camden. Toen we voor het huis van Quick stopten, zei Milo: 'Nog niets veranderd. Haar auto staat er wel, de zijne niet. Blijf maar zitten; dit duurt waarschijnlijk maar even.'

Hij sprong uit de Seville, liep naar de voordeur en belde aan. Tikte met zijn voet. Belde nog een keer. Hij schudde zijn hoofd en wilde net terugkomen, toen de voordeur half openging.

Ik ving een glimp op van Sheila Quicks ingevallen gezicht.

Milo zei iets tegen haar. Hij draaide zich om en zijn lippen vormden de woorden *kom binnen.*

'We waren bij mijn zuster in Westlake Village,' zei ze. Er zat een blauwe handdoek om haar hoofd en ze droeg een dikke, beige ochtendjas met een patroon van vlinders en clematis. Er zaten vlekken op. Haar krijtgezicht was afgetobd en haar ogen stonden gedesillusioneerd.

'U en uw man?' vroeg Milo.

'Jerry wilde er een paar dagen tussenuit.' Ze sprak langzaam en met dikke tong en moest haar best doen om de woorden te vormen. Ik gokte op kalmerende middelen, maar vervolgens rook ik haar adem. Ze had een heleboel wintergroen gekauwd, maar niet voldoende om de alcoholkegel te verdoezelen.

We stonden met zijn drieën in de huiskamer. Er hing een bedompte, verstikkende sfeer. Waar het licht op het meubilair viel, was een laag stof te zien.

'Uw man wilde ertussenuit,' zei Milo.

'Weg van de stress.' Sheila Quick krulde minachtend haar lippen.

Ik vroeg: 'Wilde u niet mee?'

'Eileen,' zei ze, 'denkt dat ze zo'n geweldig huis heeft... Die tafeltennisruimte van haar. Wat haar betreft, zou ik een erg goede reden moeten hebben om níét te gaan.'

Ze keek naar mij alsof ze bevestiging zocht. Ik knikte.

'Jerry,' zei ze. 'Alles gaat zoals Jerry het wil. Weet je wat ik denk?'

'Nou?'

'Ik denk dat Jerry me daar wilde ópbergen. Dus borg hij me daar op. En vervolgens is hij vrolijk zijns weegs gegaan.'

'Hij is niet gebleven.'

'Ik had blij moeten zijn, omdat Eileen een zwembad en die tafeltennisruimte heeft. Het is niet eens een wedstrijdtafel, maar half zo groot.' Ze greep mijn mouw. 'Wij zouden ook een zwembad gaan aanleggen. Gavin hield van zwemmen.'

Ze wierp de handen in de lucht. 'Ik haat chloor. Ik krijg er jeuk van. Waarom zou ik blij moeten zijn, alleen omdat er een zwembad is? Ik wilde dat Jerry me weer naar huis bracht. Uiteindelijk belde hij en heb ik hem ópgedragen om me weer naar huis te brengen.' Benevelde glimlach. 'Hier ben ik dus.'

'Waar is Jerry?' vroeg ik.

'Aan het werk. Ergens.'

'De stad uit?'

Ze knikte. 'Zoals begruikelijk... gebrui... Het is wel grappig.'

'Wat?'

'Jerry heeft de pest aan Eileen. Maar hij wilde me daar opbergen zodat hij god-mag-weten-wat... Het sloeg nergens op.'

Ze tikte haar vingers af en praatte zangerig. 'Eileen heeft háár huis. Ik heb míjn huis.'

'U bent op uw privacy gesteld,' zei ik.

'Ik hou niet van haar zwembad. Het water jeukt. Ik speel geen pingpong. Zij en haar man gaan naar hun werk, ik moet daar blijven met

al die... al die stílte. Wat moet ik de hele dag dóén? Maar Jerry...
Eileen had me de vorige week al gevraagd om te komen en toen zei
Jerry vergeet het maar. Vervolgens bedacht hij zich. Waar slaat dát
nou op? Ik zal je zeggen waar dat op slaat.'
Maar dat deed ze niet.
Milo zei: 'Waar is meneer Quick momenteel voor zijn werk?'
'Weet ik veel. Wie weet nou waar hij uithangt? Hij is net een vogel.'
Ze zwaaide met haar handen. 'Dag vogeltje! Hij is uit de kooi ont-
snapt. Ik blijf hier. Ik ga hier nooit weg; dit is mijn huis. Jerry belt
nooit. Hij wil niets van me weten.'
Ze kneep in mijn arm. 'Hij is niet... kensekwont. De ene dag noemt
hij haar een arrogante trut, die denkt dat haar stront naar parfum
ruikt. De volgende dag brengt hij mij daarnaartoe en komt hij hier
terug om Gavins kamer op te ruimen; vervolgens is hij weg. Om zijn
ding te doen. Zijn huppelepup.'
'Hij heeft Gavins kamer opgeruimd,' zei Milo.
'Zeker wéten! Weet u wat ík denk? Ik denk dat dát het was.'
'Wat?'
'Hij wist dat ik woest zou worden als hij Gavins kamer zou opruimen, dus heeft hij het stiekem gedaan.'
'Hij heeft de kamer opgeruimd toen u bij Eileen was.'
'Het was een bende,' zei Sheila Quick. 'Daar waren we het wel over
eens. Een bende was het ongetwijfeld. Een grote. Gore. Bende. Vroeger was Gavin wel netter; toen kreeg hij dat ongeluk.' Ze liet mijn
mouw los, wankelde en moest een stoel vasthouden om in evenwicht
te blijven. 'Had ik u dat al verteld?'
Ik vroeg: 'Waarom denkt u dat Jerry die bende wilde opruimen?'
'Dat moet je aan hém vragen.' Glimlach. 'Alleen dat kan niet. Omdat hij er niet is. Hij is er nóóit. Ik ben er altíjd.'
De pezen in haar nek stonden strak. 'Ik wilde niet dat hij Gavs kamer zou opruimen. Ik zou kwaad zijn geworden. Ik was dol op die
bende. Het was Gavins bende; vanwaar die háást?'
Ze begroef haar gezicht in haar handen en barstte in snikken uit. Ik
bracht haar naar de divan.
Milo ging naar boven.

Tien minuten later was hij weer beneden. Ik was naar de keuken gegaan, trof een koffiezetapparaat halfvol lauwe koffie, warmde die op
in de magnetron en bracht een kopje naar Sheila Quick. Ik gokte op
zuivelvrije koffieroom en een pakje zoetstof. De gootsteen stond vol
vuile vaat. Het aanrecht was smerig. Vlak bij het koffieapparaat stond

een vrijwel lege fles Tangueray-gin en een buisje Binaca-mondspray. Ik hield het kopje vast toen ze een slok nam. Haar mond trilde nog; ze morste en ik veegde haar kin af.

Ze keek me even aan. 'U bent aardig. Knap, dat ook.'

Milo kwam de huiskamer in. 'Ik herinner me dat er een computer in Gavins kamer stond.'

'Ja, dat klopt.'

'Waar is die?'

'Jerry heeft hem weggehaald. Hij zei dat hij hem aan de Beverly Vista-school zou doneren.'

'En Gavins papieren?'

'Hij heeft alles in een doos gestopt en hem naar de vuilnis gebracht.'

'Wanneer is die vuilnis opgehaald?'

'Morgen.'

Hij vertrok.

Sheila Quick zei: 'Díe heeft haast.'

Ik zei: 'Jerry had ook haast om Gavins kamer op te ruimen.'

'Haast. Heel veel haast.'

Ik knikte.

'Hij vond dat we de werkelijkheid onder ogen moesten zien,' zei Sheila Quick. 'Het zal wel aan mij gelegen hebben. Ik huilde te veel; ik werkte op zijn zenuwen omdat ik de hele tijd maar huilde. Ik doe niets voor hem.'

Ik dacht dat ze bedoelde dat de aantrekkingskracht verdwenen was, maar ze vervolgde: 'Ik wíl ook niets voor hem doen. Hij komt thuis van z'n werk, dan verwacht hij zijn eten; misschien trek ik een blik open. Hij zegt: "Zullen we uit eten gaan?" Ik zeg nee. Waarom zou ik uit eten willen gaan? Waarom?'

Ik zei: 'Er is niets voor u, buiten.'

'Dát is het nou precies. U begrijpt me.' Tegen niemand in het bijzonder: 'Hij begrijpt me.'

Milo kwam terug. Zijn gezicht stond grimmig.

Ze gaf me een klopje op de schouder en zei: 'Hij begrijpt me.'

'Hij is een heel begrijpend iemand,' zei Milo.

Sheila Quick zei: 'Jerry heeft opgeruimd opdat ik de werkelijkheid onder ogen zou zien. Die godvergeten rotman van me begrijpt er geen láárs van. Hij had het niet mogen doen zonder het aan mij te vragen! Er waren dingen bij die ik wilde houden.' Ze klaarde op. 'Is het er allemaal nog? In de steeg? In de container?'

Milo zei: 'Het spijt me, mevrouw. Uw container is leeg.'

'De klootzak,' zei ze. 'Voor wat hij heeft gedaan, zouden ze hem moe-

ten... Het was verkeerd. Wie kan het wat schelen waar hij is? Wie kan het een barst schelen?'
'Heeft hij nog gebeld?'
'Gisteravond heeft hij een boodschap ingesproken. Ik sliep. Ik slaap veel. Ik heb hem gewist. Wat kan hij me nou te vertellen hebben? Dat hij me mist? Ik weet toch wel dat hij bij de een of andere hoer zit. Als hij op reis is, gaat hij altijd naar de hoeren. Weet u hoe ik dat weet?'
'Zegt u het maar, mevrouw.'
'Condooms,' zei ze. 'Ik heb condooms in zijn bagage gevonden. Hij laat mij uitpakken en laat ze erin zitten. Hij wil dat ik het weet.' Ze glimlachte bitter. 'Heb ik geen last van... Ben er wel... blij om.'
'Dat hij naar prostituees gaat?'
'Ja hoor,' zei ze. 'Zij liever dan ik.'

We lieten haar nog wat koffie drinken, maar ze bleef met dubbele tong praten. Ik vroeg me af hoe lang het haar had gekost om die fles gin weg te werken.
Ze gaapte. 'Ik moet een dutje doen.'
'Natuurlijk, mevrouw,' zei Milo. 'Nog maar een paar vragen, alstublieft.'
'Alstublieft?' Ze wikkelde de handdoek van haar hoofd en gooide hem op de grond. 'Oké, omdat u alstublieft zegt.'
'Wie heeft u naar dr. Koppel verwezen?'
'Dr. Silver.'
'Uw gynaecoloog?'
Haar ogen gingen dicht; haar hoofd zakte naar voren en bleef zo hangen.
'Ik ben moe.'
'Dr. Barry Silver?' vroeg Milo. 'Uw gynaecoloog?'
'Ja.'
'Heeft dr. Silver u die verwijzing persoonlijk gegeven?'
'Aan Jerry; die had hem gebeld. Jerry zei dat hij intelligent was... Mag ik nu gaan slápen, alstublieft?'
'Nog één ding, mevrouw. Gavins kamer is opgeruimd, maar ik zag dat zijn kleren nog in de kast lagen.'
'Jerry was waarschijnlijk van plan die ook weg te halen, om ze weg te geven. Die hele leuke Ralph Lauren-shirts die ik hem met Kerstmis heb gegeven. Gav vond het heerlijk om met mij te gaan winkelen, omdat Jerry zo'n krent is. We gingen naar alle winkels. Gap, Banana Republic, Saks... Barneys. Soms gingen we naar Rodeo Drive

voor de opruiming. Ik heb voor Gav een Valentino-sportjack gekocht, mooier dan alle kleren van Jerry bij elkaar. Die zou Gavs kleren waarschijnlijk al hebben weggegeven als hij meer tijd had gehad.'

Ze balde haar vuisten. 'Jerry mag dóódvallen als hij denkt dat ik Gavs kleren ga weggeven.'

We hielpen haar naar boven en een aardedonkere slaapkamer in omdat de gordijnen potdicht zaten. Op het nachtkastje lagen proppen van papieren zakdoekjes, een slaapmasker en er stonden twee miniflesjes sterke drank. Bourbon en Schotse whisky. In een kristallen cocktailglas stond een halve centimeter water.

Milo stopte haar in. Ze glimlachte naar hem en ging met haar tong langs haar gebarsten lippen. 'Trusten.'

'Nog één vraag, mevrouw. Wie is de accountant van uw man?'

'Gene Marr. Met een H.'

'Maher?' vroeg Milo.

Ze begon aan een antwoord, gaf het op en deed haar ogen dicht.

Ze snurkte al toen we amper de kamer uit waren.

Voordat we weggingen, liet Milo me Gavins kamer zien. Dezelfde lichtblauwe muren, maar nu kaal. De twijfelaar opgemaakt met een donkerblauw dekbed. In Gavins boekenkast stonden een paar boeken en tijdschriften, plus twee vliegtuigmodellen. Het kleed was sjofel. De kast hing vol jasjes, broeken, hemden en overjassen.

'Mooie garderobe,' zei ik. 'Jerry heeft de papieren niet naar de vuilnis gebracht. Hij heeft ervoor gezorgd dat niemand ze zou zien.'

Milo knikte en wees naar de trap.

Toen we wegreden, zei hij: 'Die lul weet waarom zijn zoon is vermoord en probeert het te verdoezelen.'

Hij vond Quicks zakelijke nummer in zijn aantekeningen, belde, wachtte en klapte zijn telefoon weer dicht. 'Niet eens een antwoordapparaat.'

'Hij is op reis en heeft Angie-met-de-blauwe-nagels een vrije dag gegeven.'

'Angie met het kleine maar zeer concrete strafblad. Quick begint naar meer te ruiken dan alleen een rouwende vader.'

'Zijn huisbaas neemt probleemgevallen in dienst, en hij ook,' zei ik.

'Misschien is mededogen wel aanstekelijk. Of heeft Sonny hem ook Angie Paul gestuurd.'

'Sonny Koppelbaas? Ik zorg voor een verwijzing, jij investeert je geld.'

'Misschien had Quick meer met hem te maken dan alleen de achterstallige huur.'

'Zijn eigen zoon, en hij zegt geen woord.'

'Misschien is het wel meer dan weten waarom,' zei ik. 'Stel dat hij medeplichtig is?'

'Zou dat even mooi zijn.'

'Wat heb je in Gavins zakken gevonden?'

'Wie zegt dat ik iets heb gevonden?'

'Die vragen over Gavins kleding. Je had geen tien minuten nodig om een paar boeken en zakken te onderzoeken.'

Hij sloeg met zijn grote hand een driekwartsmaat op het dashboard. 'Die klootzak heeft de computer weggehaald. Zou ik wel de moeite nemen de Beverly Vista-school over die donatie te vragen?'

Zonder op antwoord te wachten belde hij en hing met een woedende grijns op. 'Dat was nieuws voor ze. Wil je weten wat ik denk? Gavin was erachter gekomen dat zich een louche zaakje in dat gebouw afspeelde; iets wat met Koppel en Charitable Planning en papa te maken had. De jongen verbeeldde zich dat hij onderzoeksjournalist was en dacht een lekker schandaaltje op het spoor te zijn. Hij had weliswaar een hersenbeschadiging, maar heeft toch iets van aantekeningen bijgehouden. En zijn ouweheer heeft die vernietigd. Mijn eigen stomme schuld, had ik die kamer maar meteen moeten doorzoeken.'

'Wat heb je in de kast gevonden?' vroeg ik.

Hij opende zijn blocnote halverwege en liet me iets zien wat daar in een plastic bewijszakje zat geklemd.

Gekreukt velletje papier ter grootte van een indexkaart. Klein, gelinieerd papier, zoals dat van Milo's eigen blocnote. Cijfers in blauwe inkt. Opeen geperst en gevlekt. Een slordige kolom van combinaties van zeven cijfers en letters.

'Kentekens?'

'Ik denk het wel,' zei Milo. 'Dat stomme joch deed aan surveillánce.'

30

Milo zei: 'Zet mij maar af bij het bureau. Ik trek die nummers na en daarna ga ik naar het gemeentearchief om te zien of ik nog een verband tussen Jerry Quick en Sonny kan vinden dat verdergaat dan een huurovereenkomst. Als ik gauw vertrek, kan ik op tijd in het centrum zijn.'

'Wil je niet dat ik je daar rechtstreeks naartoe breng?'

'Nee, dit wordt een vervelende klus, ik doe het alleen. Ik wil ook met Quicks accountant spreken. Gelukkig hebben die lui geen beroepsgeheim. Heb je al iets van de *Times* gehoord over het plaatsen van die foto?'

'Nog niet.'

'Als je vriend Biondi niet slaagt, zal ik een babbeltje gaan maken met mijn gewoonlijk onbehulpzame hoofdinspecteur. Hij heeft de pest aan mijn gezicht, dus misschien kan ik hem wel beloven hem een jaar lang niet meer lastig te vallen als hij die mislukkelingen van Voorlichting passeert en iemand de media onder druk laat zetten. Met alle bedrog in deze zaak zit ik niet te wachten op een slachtoffer dat ik niet kan identificeren.'

'Ik zal Ned nog eens bellen.'

'Mooi,' zei hij. 'Bedankt. Laat me hoe dan ook iets weten.'

Ik belde Coronado Island.

Ned Biondi zei: 'Heeft niemand u gebeld? Jezus. Sorry, meneer Delaware. Ik dacht dat het in kannen en kruiken was. Oké, ik zal zien wat er aan de hand is en dan bel ik u zo gauw mogelijk terug.'

Een uur later ging de telefoon.

'Meneer Delaware?' Bekakte, theatrale bariton. Elke lettergreep met nadruk.

'Dat ben ik.'

'Met Jack McTell van de Los Angeles *Times*. U hebt een foto die u graag gepláátst wilt zien.'

'Een foto van een moordslachtoffer,' zei ik. 'Een rechercheur van de politie van L.A. wil hem graag geplaatst zien, maar zijn superieuren denken dat hij niet belangwekkend genoeg is voor u.'

'Nou,' zei hij. 'Ik kan in elk geval niets belóven.'

'Zal ik hem brengen?'

'Als u wílt.'

Het hoofdkantoor van de *Times* was in First Street, in een kolossaal gebouw van grijze natuursteen in het hart van de stad. Ik kwam vast te zitten in de chaos op de snelweg, moest lang naar een parkeerplaats zoeken en vond eindelijk een plekje in een veel te dure parkeergarage vijf straten verderop.

Drie bewakers patrouilleerden in de enorme, hol klinkende receptie. Ze lieten een aantal mensen passeren, maar mij hielden ze tegen. Twee van de lieden in uniform namen me met veel vertoon van top tot teen op terwijl nummer drie het kantoor van Jack McTell belde, mijn naam in de hoorn blafte, ophing en zei dat ik moest wachten. Tien minuten later kwam er een jonge vrouw met gemillimeterd haar in een zwarte trui op een spijkerbroek en wandelschoenen uit de lift. Ze keek om zich heen, zag me en kwam mijn kant op.

'Bent u de persoon met de foto?' Op haar naamplaatje van de *Times* stond Jennifer Duff. Door haar linkerwenkbrauw zat een piercing in de vorm van een minihaltertje.

'Dit is voor meneer McTell.'

Ze stak haar hand uit en ik gaf haar de envelop. Ze pakte hem voorzichtig aan tussen duim en wijsvinger alsof het iets vies was, draaide zich om en vertrok.

Ik verdeed nog eens twintig minuten met wachten tot de bewaker van de parkeergarage zes andere auto's had verwijderd zodat ik de Seville kon bevrijden. Ik benutte de tijd door een boodschap aan Milo te laten doorgeven dat de *Times* de foto had en dat we nu aan de genade van de hoofdredacteur waren overgeleverd. Inmiddels was hijzelf ook in het centrum om microfiches te lezen in het gemeentearchief een paar straten verderop.

Er stond een file op de oprit van de 101, dus nam ik Olympic Boulevard in westelijke richting. Dat was niet alleen om weer een verkeersopstopping te vermijden. Mijn route voerde ook langs het praktijkpand van Mary Lou Koppel.

Om halfvier was ik op Palm Drive, sloeg links af en draaide het steegje naar de achterzijde in. De Mercedesen stonden er, tezamen met een paar andere nieuwe luxeauto's. Naast het vak voor gehandicapten stond een koperkleurig busje. Met witte plakletters stond op de flanken:

THRIFTY CARPET AND DRAPERY CLEANING

Met een adres op Pico en een 323-nummer.

De glazen deur aan de achterzijde werd opengehouden door een houten driehoek. Ik parkeerde en stapte uit.

In de gang rook het naar vuile was. De kunststof onder mijn voeten was nat en maakte zuigende geluiden. Aan het eind van de gang duwde een man een industriële tapijtreiniger in trage cirkels rond.

Twee deuren van Charitable Planning werden op dezelfde manier opengehouden. Vanbinnen klonk een mechanisch gekreun. Ik nam een kijkje.

Een tweede man – een kleine, gezette Latino in gekreukte grijze werkkleding – duwde een soortgelijke machine over het dunne blauwe vilt dat bij Charitable Planning op de grond lag. Hij stond met zijn rug naar me toe en mijn voetstappen verdronken in het kabaal.

Rechts was een kantoortje. Een draaistoel was op een gehavend metalen bureau getild. In de hoek stond een tafel op wieltjes met een IBM Selectric. Naast de stoel op het bureau lagen vijf bundels post met een elastiekje eromheen.

Ik bekeek de afzenders. United Way, Campaign for Literacy, het Thanksgiving-fonds, de Firefighters Ball. Ik nam alle stapels door. Iedereen aasde op Sonny Koppels geld.

De rest van het kantoor was één grote ruimte met hoge, horizontale ramen waar goedkope nylon gordijnen voor hingen. Leeg, op een twintigtal klapstoeltjes na die tegen de muur gestapeld stonden. De latino zette de machine uit, rechtte langzaam de rug alsof hij pijn had, haalde een hand door zijn haar, een sigaret uit zijn zak en stak die op. Hij stond nog altijd met zijn rug naar me toe.

'Hallo,' zei ik.

Hij draaide zich om. Keek verrast, maar niet op zijn hoede. Hij keek naar zijn sigaret. Knipperde met zijn ogen. Haalde zijn schouders op.

'No permisa?'

'Ik heb er geen last van,' zei ik.

Berustende glimlach. Geen harde lijntjes om de ogen, geen derderangs tatoeages. 'Usted no es el patron?' U bent niet de baas?

'Nee,' zei ik. 'Vandaag niet.'

'Hoké.' Hij lachte en nam een trekje. 'Misschien morgen.'

'Ik denk erover om deze ruimte te huren.'

Blanco uitdrukking.

Ik wees naar het natte tapijt. 'Goed werk; muy limpia.'

'Gracias.'

Ik vertrok en vroeg me af wat hij had opgeruimd.

Sonny Koppel had de waarheid gesproken over Charitable Planning, maar wat betekende dat nog? Misschien was het vertellen van gedeeltelijke waarheden wel een strategische zet.

Al die vrijstaande ruimte in Beverly Hills voor het geval Mary Lou die nodig had.

Als Milo gelijk had en Gavin had hier rondgehangen om te spioneren, wat had hij dan gezien?

Lege zaal. Twintig klapstoelen.

Wat had je nog meer nodig voor groepstherapie?

Waren de sessies soms al begonnen?

Wat had zich daar afgespeeld?

Ik reed een straat verderop, zette de auto aan de stoeprand en dacht nog wat na over Gavin Quick.

Ondanks zijn hersenbeschadiging had hij zijn geheimen weten te bewaren.

Of misschien ook niet. Misschien had hij zijn vader in vertrouwen genomen en was dat de reden waarom Jerry Quick zijn kamer had leeggehaald.

Nu was Quick weer op reis, nadat hij zijn vrouw bij haar zuster had ondergebracht. Was hij zoals gewoonlijk op reis voor zijn werk, of was hij op de vlucht omdat hij iets wíst?

Eileen Paxton had gezegd dat Quick sletten als secretaresse in dienst nam. De secretaresse die ik had ontmoet was veroordeeld wegens dopebezit en had te lange nagels voor typewerk.

Een huis in Beverly Hills, maar een dubbelleven?

Gavin was vermoord naast een blond meisje om wie niemand voldoende gaf om haar als vermist op te geven. Ik had me van meet af aan afgevraagd of ze een beroeps was. Jerry en Gavin waren allebei seksueel agressief.

Was het blonde meisje een geschenk van vader aan zoon geweest? Ook door Sonny Koppel verwezen?

Angie Paul beweerde haar niet te kennen. Milo had gezien hoe ze met haar ogen knipperde. Ik legde dat uit als een reactie op de lijkfoto. *Het blonde meisje.*

Gavins type. Ruim drie kilometer naar het noorden woonde een blond meisje in een kostbare villa, dat Gavin voor zijn ongeluk had gekend. Een meisje dat we nog steeds niet hadden gesproken.

De laatste keer dat ik Kayla Bartell had gevolgd, had ze halverwege de dag een afspraak met de kapper. Dat betekende dat ze geen baan van negen tot vijf had.

Rijk meisje met een heleboel vrije tijd? Misschien had ze wat tijd voor mij.

224

Villa Bartell achter zijn beveiliging van wit metaal was zo doods als een mortuarium. Op de cirkelvormige oprit stond een witte Bentley Mulsanne met MEW ZIK op het nummerbord aan de achterkant, maar van Kayla's rode Cherokee was geen spoor.

Ik reed door naar Sunset. Aan twee kanten van de middenberm suisden auto's voorbij en ik wachtte op een gaatje om rechts af te slaan en een plek te zoeken om te keren. Dat duurde even. Net toen ik de boulevard op draaide, ving ik een rode glimp op in mijn spiegeltje.

Waarschijnlijk loos alarm, maar ik reed toch terug naar Camden.

De Jeep stond voor het huis.

Ik reed zes huizen verder om de auto stil te zetten. Ik zou het een halfuur geven.

Achttien minuten later kwam Kayla naar buiten. Ze was in het wit gekleed, maar droeg een grote, zwarte tas. Ze stapte in de rode SUV, wachtte tot het hek open gleed en snelde me voorbij.

Precies dezelfde route die ze de vorige keer had genomen. Via Santa Monica in westelijke richting naar Canon Drive. Zou ze zich weer door Umberto laten verwennen?

Maar deze keer reed ze langs de salon en twee straten verder naar een Rite Aid-apotheek.

Eerst haar kapsel, nu de make-up? Zou zo'n meisje haar cosmetica niet in een boetiek kopen?

Na vijf minuten observatie kreeg ik mijn antwoord, maar het was niet wat ik verwachtte.

Ze liep rechtstreeks naar de nagellak. Ik ging aan het eind van het gangpad een uitstalling flesjes bekijken. Haar witte kleren bestonden uit een T-shirt, dat haar bruine buik goed deed uitkomen, op een witte heupbroek van struisvogelhuid en witte, open sandalen met een oranje hak. Haar lange haar zat weggewerkt onder een alpinopet van witte spijkerstof, die ze zwierig schuin op het hoofd had gezet. Grote, witte, plastic oorbellen. Ze wipte een paar keer op en neer en leek zich te ontspannen toen ze naar de nagellak tuurde.

Grote beslissing; rimpels op haar knappe gezicht. Uiteindelijk koos ze een flesje vermiljoen en deed dat in haar mandje. Vervolgens liet ze, zo snel dat ik het bijna niet zag, nog twee flesjes in de grote zwarte handtas glijden; dezelfde tas die ik de eerste avond had gezien, extra groot met geborduurde rozen.

Hij paste niet goed bij haar witte uitdossing, maar zo'n grote tas had wel zijn voordelen.

Ze liep door het gangpad naar de eyeliner. Een in haar mandje, twee in haar tasje. Schaamteloos; ze keek niet eens waakzaam om zich heen. Het was stil in de winkel; er was maar weinig personeel. Als er bewakingscamera's hingen, waren ze goed verstopt.

Ik bleef op afstand, deed alsof ik de mondspoeling bekeek, kuierde naar het volgende gangpad en weer terug, en hield m'n hoofd schuin omlaag gericht. Nu was ze bij de lipstick. Zelfde verhaal.

Zo bewoog ze zich een minuut of tien door de winkel en concentreerde zich op kleine artikelen. Tandfloss, lenzenvloeistof, aspirine, snoep. Ze jatte twee keer zoveel als ze in haar mandje deed.

Ik kocht een pakje kauwgom van tien in één en stond achter haar bij de kassa.

Opgewekt zwaaiend met haar tas en draaiend met haar strakke kontje liep ze naar de Cherokee. Het lukte me om als eerste bij de suv te zijn; ik liep om de motorkap heen en pakte de zwarte tas beet.

Ze zei: 'Wat zullen we...' Toen herkende ze me.

'Smeris.' Ze verslikte zich bijna in het woord.

Het leek me een slecht moment om open kaart te spelen, dus ik zei: 'Je hebt een probleempje, Kayla.'

Ze sperde haar grijsgroene ogen open. De glosslippen weken terwijl ze nadacht hoe ze zich hieruit moest redden. Knap meisje, ondanks die haviksneus. Wat een lege ogen.

Ze zei: 'Ik deed research. Voor een scriptie.'

'Waarover?'

'Je weet wel.' Ze wierp een blik opzij, duwde haar heup naar buiten en probeerde een glimlach te voorschijn te toveren.

'Waar studeer je?'

'Santa Monica College.'

'Wanneer?'

'Hoezo?'

'Het is eind juni. Er is geen school.'

'Misschien volg ik wel een zomercursus.'

'Is dat zo?'

Geen antwoord.

'Wat is je hoofdvak?'

Ze keek naar het asfalt, hief haar hoofd op en deed een poging tot oogcontact.

'Vormgeving... en eh... psychologie.'

'Psychologie,' zei ik. 'Dus je weet hoe dit heet.'

'Wat?'

Ik pakte de tas van haar af en haalde een fles lenzenvloeistof, een pakje in cellofaan verpakte Tylenol en Passionate Peach lipgloss tevoorschijn. 'Hiervoor, Kayla.'

Ze wees naar de Tylenol. 'Ik heb last van hoofdpijn.'

'En nu wel heel erg.'

Ze keek schichtig om zich heen op het parkeerterrein. 'Ik wil niet dat iemand me ziet.'

'Dat is nog wel je geringste probleem.'

'Alsjeblieft,' zei ze. 'Toe nou.'

'We moeten even praten, Kayla.'

'Toe nou,' herhaalde ze. Kromde haar rug. Deed haar alpinopet af en schudde een hele wolk blond haar los.

Ze knipperde twee keer met haar lange oogleden en deed iets mals met haar hoofd. Haar gouden lokken schitterden. 'Toe nou,' zei ze bijna fluisterend. 'Ik weet er wel iets op.'

'Wat dan?'

Langzaam verscheen er een glimlach om haar lippen. 'Ik zal je pijpen,' zei ze, 'zoals je nog nooit gepijpt bent.'

Ik pakte haar autosleutels, liet haar achter het stuur plaatsnemen en zei dat ze zich niet mocht bewegen, terwijl ik aan de passagierskant naast haar schoof. Ik hield mijn portier een stukje open. Haar auto was haar territorium. Hopelijk zou het open portier me vrijwaren voor een aanklacht wegens ontvoering, als de waarheid ooit aan het licht zou komen.

Met een nijdige beweging zette ze de alpinopet weer op haar hoofd. Achteloos; er hingen nog een paar gouden lokken uit.

'Alsjeblieft,' zei ze, voor zich uit kijkend. Haar korte T-shirt was een stukje omhooggekropen. Haar platte buik bewoog door haar snelle ademhaling.

Ik liet de stilte even zijn werk doen. Auto's reden het parkeerterrein van de Rite Aid op en af. De gekleurde raampjes zorgden voor privacy.

Ik vroeg me af of ze zou gaan huilen.

Ze trok een pruillip. 'Ik begrijp niet waarom je me niet gewoon m'n gang laat gaan; ik zal je een heel lekker gevoel geven, én ik breng de spullen terug. Goed?'

Sonny Koppel vond spullen maar een last.

Ik zei: 'Ik zal je vertellen wat we gaan doen. Je brengt alles terug en belooft het nooit meer te zullen doen. Maar eerst vertel je me het een en ander over Gavin Quick. Als je eerlijk en openhartig bent, en alles zegt wat je over hem weet, zien we dit door de vingers.'

Ze draaide zich snel naar me toe en keek me met open mond aan. Ze had poeder op haar haviksneus. Onder het laagje zag ik kleine sproetjes. De grijsgroene ogen stonden opeens berekenend.

'Meer niet?' vroeg ze.

'Dat is alles.'

Ze lachte. 'Cool. Ik had niet echt zin om je te pijpen. Over Gavin gesproken.'

'Hield Gavin daarvan?'

'Gavin hield van d'rin en d'ruit. Zelfs voor een jonge jongen was hij snel. Ook als hij twee keer achter elkaar klaarkwam. Ik bedoel, zo beginnen ze allemaal, maar je kunt ze wel trainen. Gavin ho maar. De man-van-twintig-seconden. Dus heb ik er een punt achter gezet.'

'Achter de seks met hem.'

'Er was nooit sprake van seks,' zei ze. 'Dat is het 'm nou juist.'

'Hoezo?'

'Zijn gezelschap was net als... basketbal spelen. Hij werpt, scoort, trekt z'n gulp dicht en dan ga je koffie drinken.'

'Heb je het daarom uitgemaakt?'

'We hebben het niet úítgemaakt omdat we nooit echt met elkaar gíngen, snap je?'

'Wat was het dan voor relatie?'

'We kenden elkaar. Al jaren. Sinds Beverly; we zaten bij elkaar in de klas. Daarna is hij weet-ik-wat gaan studeren en ik besloot vormgeving te gaan doen. Dat kun je beter op SMC dan op de een of andere universiteit.'

'Is SMC sterk in vormgeving?'

'Zeker weten. Je kunt gewoon dat ene vak doen en hoeft niets anders te doen.'

'Zoals psychologie?'

Ze grijnsde. 'Je hebt me te pakken. Alweer. Dat researchsmoesje was nogal slap, hè?'

'Erger dan slap.'

'Ja,' zei ze. 'Ik had me beter moeten voorbereiden. Hoe heb je me betrapt?'

'Je deed het bepaald niet subtiel.'

'Ik ben nog nooit eerder betrapt.'

'Dus je doet het al een poosje.'

Ze wilde iets gaan zeggen, maar bedacht zich.

'Kayla?'

'Ik dacht dat je het me niet moeilijk ging maken als ik je over Gavin vertelde.'

'Je kwam er zelf mee.'

'O ja?'

Ik knikte.

'O,' zei ze. 'Nou, mijn schuld dan. Laten we maar bij Gavin blijven. Wat ik niet heb gedaan. Bij hem blijven.' Ze lachte. Stopte en legde haar wijsvinger tegen haar mond. Gaf zich een klap op de vingers. 'Foei Kayla. Dit mag ik niet doen.'

'Wat niet?'

'Over hem lachen; hij is tenslotte dood en zo.'

'Enig idee wie hem heeft vermoord?'

'Nee.'

'Hij is samen met een meisje gevonden. Blond, ongeveer even groot als jij...'

'Die sloerie,' zei ze.

'Ken je haar?'

'Ik heb haar gezien. Hij probeerde mij de ógen uit te steken met haar. Já hoor. Mijn vriendin Ellie zei dat ze op mij leek, maar ik zei dat ze het geld van haar laserbehandeling moest terughalen. Zegt Ellie: "Geen tweelingzus, Kayle, een beetje maar. Jij na een wilde nacht."' Ze schudde haar hoofd. 'Geen sprake van; dat mokkel was een stuk vulles uit de goot. Maar toen bedacht ik dat Gavin, met die hersenbeschadiging van hem en zo, op haar viel omdat hij dácht dat ze op mij leek. Omdat hij mij niet kon krijgen en zij een sneu tweedekeusje was, begrijp je?'

'Wanneer kwam hij met haar te koop lopen?'

'Toen ik had gezegd dat het afgelopen was met de wipexpres.'

'Na het ongeluk?'

'Een ééuw na het ongeluk,' zei ze. 'Dat was... ik denk een maand of wat geleden. Ik dacht dat hij was opgehouden met mij voor de voeten te lopen, want ik had al een poos niks van hem gehoord, maar toen belde hij me weer. Ik had verwacht dat hij in zou storten en me zou gaan smeken, weet je wel. Omdat hij had bewéérd dat hij echt gek op me was. Maar hij belde gewoon omdat hij met me uit wilde. Dus dat bewijst toch dat hij loog, dat hij níét gek op me was?'

'Niets voor Gavin,' zei ik.

'Wat bedoel je?'

'Dat hij het zo makkelijk opgaf. Ik heb me laten vertellen dat hij behoorlijk vasthoudend kon zijn.'

'Na het ongeluk was hij wat dat betreft echt maf geworden. Hij begon weer te bellen, wel twintig keer per dag. Kwam langs om mijn vader lastig te vallen.' Flauwe glimlach. 'Misschien kreeg hij uiteindelijk toch iets smekends. Toen hield het opeens op.'

Omdat hij Beth Gallegos stalkte. Ik zei: 'Dus hij wilde met je uit.'

'Hij wilde ergens met me naartoe, de auto neerzetten en zijn lul in mijn mond stoppen. Ik had met hem te doen, dus dat heb ik een keer gedaan. Maar daarna nooit meer.'

'Geen Concorde-seks meer,' zei ik.

'Je doet net alsof ik een vals loeder ben,' zei ze. Ze trok aan haar losse lokken en probeerde ze vergeefs onder de alpinopet te duwen. Ze rukte de pet van haar hoofd en begon hem te kneden.

'Je mag je excuses wel eens aanbieden,' zei ze.

'Waarvoor?'

'Omdat je zegt dat ik een valse slet ben.'

'Je zei dat je met Gavin te doen had...'

'Precies. Ik was juist aardig. Na dat ongeluk was hij... Ik wil niet zwakzinnig zeggen omdat het zo gemeen klinkt, maar dat was hij eigenlijk wel. Dus ik had medelijden met hem en wilde iets voor hem doen.'

'Klinkt logisch,' zei ik.

'Inderdaad,' knikte ze.

'Dus Gavin was mentaal trager geworden.'

'Vroeger kon hij onaangenaam zijn, maar hij was wel slim. Maar daarna... Het was...' Ze voelde met haar tong in haar wang. 'Ik wil eigenlijk sneu zeggen.'

'Zo klinkt het ook.'

'Hè?'

'Sneu.'

'Ja, precies, dat was het écht.'

'Die keer dat je met hem meeging...'

'Het was maar één keer. Ik had met hem te doen.'

'Waar had hij de auto gezet?'

'Boven op Mulholland.' Haar mond verstrakte in een klein rondje. 'Dat was de plek waar... O mijn god.'

'Kwamen jij en Gavin daar wel vaker? Vroeger?'

'Af en toe.' Ze moest huilen. 'Dat had ik dus kunnen zijn.'

'Vertel eens wat over dat blonde meisje,' zei ik.

Ze droogde haar ogen en glimlachte. 'Geblondeerd. Je zag de haarwortels.'

'Waar heb je haar ontmoet?'

'Ik heb haar nooit ontmoet, in de zin van dat we met elkaar omgingen. Ik en Ellie gingen naar de film en daarna gingen we naar Kate Mantolini voor een vegetarische maaltijd. Jerry Seinfeld komt daar wel eens.'

Haar blik dwaalde door het zijraampje, veranderde van richting en bleef op een parkeerbord rusten. 'Ik hoop dat ik niet over mijn parkeertijd zit.'

Ik zei: 'Jij en Ellie bij Kate Mantolini.'

'Ja,' zei ze. 'Wij zitten onze groenten te eten en daar komt Gavin binnen met die del. Ik bedoel zo'n goedkope blouse en een rokje dat zo kort was dat je haar je-weet-wel kon zien.' Haar blik daalde naar haar sandalen. 'Ze had wel gave schoenen. Zwart, met zo'n open hiel. Erg Naomi Campbell.'

'Jimmy Choo,' zei ik.

'Hoe weet je dat?'

'Die had ze aan op de avond dat ze werd vermoord.'

'Het waren gave schoenen. Ik dacht dat ze die wel gepikt zou hebben.' Ze grinnikte. 'Grápje.'

'Dus Gavin kwam met haar de zaak in...'

'En deed net alsof hij mij niet zag, dus ik deed net alsof ik hém niet zag. Maar vervolgens moest hij langs ons lopen om bij zijn tafeltje te komen. Dus hij deed alsof hij me opeens in de gaten kreeg. Helemaal verrast, zo van: hé, ben jij d'r ook, Kayla?'

'Wat deed jij?'

'Ik wachtte tot hij vlak bij ons tafeltje was, ik bedoel zo dichtbij dat je hem niet kon missen.'

'En toen?'

'Toen zei ik: "Hé, Gav." Hij die lellebel wenken; zij komt bij hem staan met een houding van *wie ben jij?* Alsof ze heel wat voorstelde. Wat niet zo wás. En Gavin zegt dit is... hoe ze ook mocht heten. En Lellebel staat daar in haar Jimmy's alsof ze een filmster is! Uit het een of andere waar gebeurde Hollywood-verhaal of zo.'

'Weet je haar naam niet meer?'

'Nee.'

'Doe eens je best.'

'Alsof ik luisterde.'

'Probeer het toch maar,' zei ik.

'Is het belangrijk?'

'Ja.'

'Waarom?'

'Omdat ze dood is.'

'Hmm.' Ze trok haar bovenlip op met haar wijsvinger en liet hem weer tegen haar tanden slaan. Dat herhaalde ze een paar keer met een ploffend geluidje. Ze kneep in de alpinopet en keek hoe de zachte stof als een amoebe bewoog en zijn oorspronkelijke vorm weer aannam.

'Kayla?' zei ik.

'Ik denk na,' zei ze. 'Waarschijnlijk was het iets van Chris. Of Christa. Iets chrissigs.'

'Nog een achternaam?'

'Nee,' zei ze. 'Zeker weten. Gavin noemde geen achternaam. Het was ook geen officiële introductie. Gavin had iets van *Ik heb jou niet nodig; kijk maar wat ik hier heb.*'

'Zei hij dat?'

'Nee, maar dat zag je zo. Later kwam hij weer naar ons tafeltje om te vertellen hoe cool ze wel was.'

'Hoezo later?'

'Toen Lellebel naar de wc ging en hem alleen liet zitten. Ze bleef een hele tijd weg; ik denk voor dope. Ze zag erúit als een echte junk. Broodmager. Geen sprake van dat ze iets van mij weg had. Maar Gavin...' Ze keek scheel en tikte tegen haar voorhoofd.

'Zij liet hem alleen en hij kwam naar jullie tafeltje.'

'Ja, en Ellie zegt: "Wie is je nieuwe dáme, Gav?" En Gavin zegt: "Christa." Ik denk dat het Christa was, zoiets, of misschien Crystal. En Ellie zegt: "Knap meisje, Gav." Maar ze meende er niets van, ze nam hem gewoon in de maling. En ik zeg geen boe of bah, ik blijf gewoon m'n gestoomde spinazie eten, het gaafste van die hele vegetarische schotel. Vervolgens verschijnt er zo'n misselijk lachje op Gavins gezicht. Hij draait zich af van Ellie, buigt zich naar mij over en fluistert in m'n oor: "Ze doet het allemaal, Kayla. Eindeloos lang." Ik dacht meer iets van *Eindeloos saai en eindeloos onvolwassen* maar dat zei ik niet. Omdat Gavin niet meer spoorde; dat zou zoiets zijn als een debiel afzeiken. Maar ook omdat hij inmiddels naar zijn eigen tafeltje terug was gegaan. Alsof het hem geen moer kon schelen wat ik te zeggen had.'

Ik vroeg: 'Kun je me nog meer over Christa vertellen?'

'Misschien was het Crystal,' zei ze. 'Volgens mij was het inderdaad Crystal.'

'Heeft ze niets tegen jou gezegd?'

'Nee, maar Gavin wel. Eigenlijk zei hij nog meer dan wat ik je net heb verteld.'

Ik wachtte af.

'Het was vals, ik wil het me echt niet herinneren.'

'Het is belangrijk, Kayla.'

Ze zuchtte. 'Oké, oké. Toen hij zich naar me over boog, zei hij ook nog: "Ze is danseres, Kayla. Zíj kent alle bewegingen." Alsof ik die niet ken. Je weet toch wat dat betekent?'

'Nou?'

'Kom nou,' zei ze. 'Danseres betekent een stripper. Die noemen zich allemaal danseres. Ze was een stuk stront op een croissant.'

'Ken jij stripteasedanseressen?'

'Ik? Maak 'm nou. Maar ze had zoiets van... Die hele houding, de manier waarop ze... Alsof ze zeggen wou: moet je m'n lijf eens zien, het is een wereldlijf, ik ben dol op mijn lijf, voor een gemengde salade trek ik mijn kleren uit.'

'Losse zeden,' zei ik.

'En dat is stom,' zei ze. 'Je wilt toch dat jongens je respecteren? Zo zijn ze nu eenmaal; je moet een beetje terughoudend blijven.'

'Wat kun je over Gavins huiselijk leven vertellen?'

'Bedoel je zijn ouders?'

'Ja.'

'Zijn moeder is knetter en zijn vader loopt z'n pik achterna. Gavin heeft het waarschijnlijk van hem.'

'Heeft zijn ouweheer ooit geprobeerd jou te versieren?'

'Getver,' zei ze. 'Over m'n lijk. Maar je hoort wel eens wat.'

'Waarover?'

'Over lui die erop los neuken.'

'Deed Jerome Quick dat?'

'Dat zei Gavin.'

'En dat heeft hij aan jou verteld?'

'Hij was aan het opscheppen,' zei ze. 'Zo van, mijn vader is een hengst en ik ook.'

'Was dat na het ongeluk?'

'Nee,' zei ze. 'Ervoor. Toen Gavin nog als een normaal iemand praatte.'

'Je zegt dat zijn moeder gek is.'

'Dat weet iedereen. Ze kwam nooit op schooltoestanden; je zag haar zelfs nooit in haar achtertuin, altijd maar in haar slaapkamer; zuipen en slapen. Gavins vader kwam tenminste naar dingen van school.'

'Gavin had meer met hem.'

Ze keek me aan alsof ik iets in een vreemde taal had gezegd.

Ik vroeg: 'Heeft Gavin ooit met jou over zijn carrièreplannen gesproken?'

'Je bedoelt wat hij voor werk wilde doen?'

'Ja.'

'Voor het ongeluk wilde hij een rijke zakenman worden. Daarna had hij het over schrijven.'

'Waarover?'

'Dat zei hij niet.' Ze lachte. 'Alsof hij dat kon.'

'Heeft hij ooit laten vallen dat hij iemand van iets verdacht?'

'Hè?' zei ze. 'Iets spionageachtigs?'

'Zoiets,' zei ik.

'Nee. Mag ik nu weg? Als-je-blieft? Ik heb met Ellie in Il Formaio afgesproken en ik wil m'n parkeertijd niet overschrijden. Geld betalen om te parkeren is balen.'

'Ook om cosmetica te kopen,' zei ik.

'Hallo,' zei ze. 'Ik dacht dat we het daar niet meer over zouden hebben.'

'Wat kun je me nog meer over Gavin vertellen?'

'Niks. Hij was uit mijn leven en hield het met sletten. Denk je dat hij daarom is vermoord? Omdat hij met verkeerde mensen omging?'

'Kan,' zei ik.

'Zo zie je maar weer,' zei ze. 'Je kunt maar beter fatsoenlijk zijn.'

31

Ik liet haar de apotheek ingaan om een boodschappentas te halen. Ik deed de gestolen dingen erin en zei: 'Zet hem maar binnen de deur.' Ze werd opeens doodsbleek onder haar make-up. 'Laat me daar niet naar binnen gaan. Alsjeblieft.'

Ze legde een hand op mijn mouw. Niets verleidelijks; ze had witte knokkels.

'Oké,' zei ik. 'Maar beloof me dat je je zult gedragen.'

'Doe ik. Mag ik nu gaan? Ellie zit op me te wachten.'

Gavin had tegenover Kayla opgeschept over alle seks die hij met het blonde meisje had. Misschien probeerde hij wel zijn vroegere meisje af te troeven. Maar het paste ook in de callgirltheorie.

Christa of Crystal. Ik probeerde Milo weer te bereiken, maar zijn mobiel stond nog steeds uit.

Kayla Bartell uithoren over de treurige janboel van Gavins leven had me al mijn energie gekost. Om zeven uur hadden Allison en ik afgesproken om ergens te gaan eten. Ik besloot alles van me af te zetten. Dat lukte vrij goed, maar tegen het eind van de avond betrapte ik mezelf erop dat ik Allison zat te vertellen over de ontluisterde familie Quick, hun misgrepen en tegenspoed en de dood van de intimiteit.

Een naamloos meisje in een roestvrijstalen lade, van wie het lichaam weer dicht was gehecht en aan de koude opslag was toevertrouwd. Allison luisterde als de goede therapeute die ze was en dat hield me aan de praat. Ik wist dat ik narrig was, maar wilde niet ophouden met praten. Toen we voor haar huis stopten, deed mijn eigen stem pijn aan m'n oren.

'Het spijt me,' zei ik. 'Ik ben slecht gezelschap.'

Ze zei: 'Waarom blijf je niet slapen?'

'Heb je nog niet genoeg gehoord, dan?'

'Ik wil graag dat je blijft slapen.'

'Ik heb nooit geweten dat je een masochist was.'

Ze haalde haar schouders op en speelde met mijn wijsvinger. 'Ik vind het leuk als jij het eerste bent wat ik 's morgens zie. Jij bent altijd echt blij om mij te zien, en je bent de enige van wie ik dat kan zeggen.'

We gingen meteen door naar haar slaapkamer, kleedden ons uit, gaven elkaar een kuis kusje met de monden dicht en sliepen in een oogwenk. In het holst van de nacht werd ik drie keer wakker, twee keer om me aan moedeloze gedachten over te geven, en een keer omdat ik door elkaar werd geschud. Ik kreeg met moeite mijn ogen open, zag Allison met bungelende borsten over me heen gebogen met een hoekje van het dekbed in haar hand. Ze zag er zelf niet al te wakker uit.

Ik zei iets als 'Hè?' als mijn tong het had gedaan.

'Je was... helemaal bedekt,' zei ze versuft. 'Ik zag je niet bewegen, wilde even... controleren.'

'Sniks mis.'

'Wel... truste.'

Het ochtendlicht deed pijn aan mijn oogleden. Ik liet Allison slapen, ging naar de keuken, haalde de krant binnen en zocht vergeefs naar de foto van het dode meisje. Allison had vroege cliënten en zou zo op zijn, dus ging ik het ontbijt klaarmaken.

Even later schuifelde ze naar binnen in een buitenmaats kaki t-shirt en pluizige pantoffels. Haar gezicht vertoonde nog rimpels van de slaap en haar haar zat achteloos opgestoken. Ze snoof.

'Eieren,' zei ze terwijl ze in haar ogen wreef. 'Goed geslapen?'

'Prima.'

'Ik ook.' Ze geeuwde. 'Heb ik gesnurkt?'

'Nee,' loog ik.

'Ik was meteen weg,' zei ze. 'Boem.'

Ze herinnerde zich niet dat ze wakker was geworden om te zien of ik nog leefde. Zelfs in haar dromen bekommerde ze zich nog om me.

Ik was een kwartier thuis toen Milo me uit zijn auto belde. Hij ademde piepend alsof hij een heuvel op was gehold. 'Ik heb geprobeerd je om negen uur te bellen.'

'Ik heb vannacht bij Allison geslapen.'

'Goed zo,' zei hij. 'Hoe ziet je agenda er voor vandaag uit?'

'Leeg. Ik heb misschien een voornaam van het blonde meisje. Crystal of Christa.'

'Hoe ben je dáárachter gekomen?'

'Kayla Bartell. Het is een heel verhaal...'

'Vertel dat maar als ik bij je ben. Ik zit al op de kruising van Sepulveda en Wilshire. Logeert Fikkie nog bij je?'

'Nee, die is weg.'

'Oké, dan eet ik dit lapje gedroogd vlees zelf wel op.'

Hij kwam binnen in een treurig grijs pak, modderbruin overhemd en een grijze kunststof das, en hij kauwde op de dikste kabel gedroogd vlees die ik ooit had gezien.

'Wat is dat?' vroeg ik. 'Gedroogde python?'

'Buffel, weinig vet, weinig zout. Speciale aanbieding van Trader Joe's.' Zijn haar zat plat en hij had rode ogen. We gingen naar de keuken.

'Vertel.'

Ik recapituleerde mijn gesprek met Kayla.

Hij zei: 'Kleine klepto, hè? En jij hebt de boze smeris uitgehangen. Goed werk.'

'Het was waarschijnlijk illegaal.'

'Het was een gesprek tussen twee volwassenen.' Hij draaide aan de knoop van zijn das. 'Heb je nog koffie over?'

'Ik heb niet gezet.'

'Geeft niet, ik zit toch al vol... Christa of Crystal. Waarom dacht Kayla dat ze een stripper was?'

'Omdat Gavin had gezegd dat ze danseres was,' zei ik.

'Nou,' zei hij, 'noem een meisje Crystal en wat denk je? Dat ze een graad in de biomechanica heeft, of met haar kont draait voor een fooi?' Hij trok zijn jasje uit en gooide het over een stoel. Sinds zijn komst was de sfeer geladen.

'Kayla zei ook dat ze eruitzag als een junk.'

'De lijkschouwer heeft niets in haar bloed gevonden. En hoe zit het met de *Times*?'

'Die heeft zijn eigen agenda. Waarom vroeg je naar de mijne?'

Hij haalde een vel papier uit zijn zak en gaf het aan mij. Het was een getypte lijst.

1. 1999 Ford Explorer. Bennett A. Hacker, 48, Franklin Avenue, Hollywood.
2. 1995 Lincoln vierdeurs. Raymond R. Degussa, 41, postbus in Venice.
3. 2001 Mercedes-Benz vierdeurs, Albin Larsen, 56, Santa Monica.
4. 1995 Mercedes-Benz vierdeurs, Jerome A. Quick, 48, Beverly Hills.

'Gegevens van Kentekenregistratie naar aanleiding van Gavins lijstje,' zei hij.

'Had Gavin zijn vaders nummer opgeschreven?'

'Maf, hè? Kan dat iets met die hersenbeschadiging te maken hebben? Hebben jullie daar een woord voor?'

'Overvolledigheid... Maar er valt me iets anders op. Quicks auto wordt als laatste genoemd. Je zou zeggen dat Gavin zijn vaders auto het eerst zou hebben gezien.'

'Tenzij hij de auto's in volgorde van aankomst heeft opgeschreven en paps als laatste is gekomen.'

'Dat kan best,' zei ik. 'Dus wat denk je, een onderonsje?'

Hij knikte. 'Quick en Albin Larsen en die andere twee. De grote vraag is waarom Gavin zijn vader surveilleerde. Dat riekt ernaar dat paps weinig goeds in zijn schild voerde, en dat hij daarom Gavins kamer heeft leeggehaald; om alle mogelijke bewijzen die zijn zoon had vergaard te verdonkeremanen. Daarna is hij vertrokken. Zijn zoon is net vermoord, hij is weer op reis, laat zijn vrouw stikken, gaat zakendoen. Dit stinkt, Alex. De fout die onze Jerry heeft gemaakt is dat hij Gavins kleren niet heeft weggedaan.'

Hij pakte de lijst, vouwde hem weer op en stak hem terug in zijn zak. 'Veel is het niet, maar wat mij betreft, verandert dit lijstje alles. Ik zal je wat vertellen over die andere twee op die lijst.'

Ik zei: 'Die ex-gedetineerde die het gebouw schoonmaakte – Kristof – zei dat zijn reclasseringsambtenaar Hacker heette.'

Hij ging aan de keukentafel zitten. 'Ik ben onder de indruk. Inderdaad, hij is een reclasseringsambtenaar die in een kantoor in het centrum werkt, en Raymond Degussa is een van zijn vroegere cliënten. Zware jongen, hele rits arrestaties wegens geweldpleging, diefstal, afpersing, gewapende overvallen en dope. Degussa is een paar keer vrijgesproken en heeft andere misdrijven bekend; heeft een poosje in de gemeentegevangenis gezeten en uiteindelijk vijftien jaar gekregen voor een gewelddadige roofoverval. San Quentin, strafvermindering wegens goed gedrag en tijdens zijn voorwaardelijke invrijheidsstelling schijnt hij zich evenmin te hebben misdragen; hij meldde zich regelmatig bij Hacker en twee jaar geleden was hij weer een helemaal vrij mens. Ik heb San Quentin gebeld en een assistent-directeur gesproken die er betrekkelijk kort zit en Degussa niet kende. Ze wist wel te achterhalen dat Degussa een dominante gedetineerde was, niet deel uitmaakte van een bende, maar nooit is onderdrukt. Ze beschouwden hem als een soort leverancier, omdat hij nooit zonder sigaretten of snoep zat. Ook werd hij verdacht van ten minste twee moorden op medegevangenen, maar ze konden niets bewijzen.'

'Beroepsboef,' zei ik. 'Verdacht van twee moorden en ze hebben hem strafvermindering gegeven wegens goed gedrag?'

'Zonder bewijs dus. De leiding van de gevangenis heeft haar eigen agenda. Ze zijn altijd overbevolkt en willen doorstroming. En het mirakel is geschied: Degussa blijkt met succes geherintegreerd. Sinds het einde van zijn voorwaardelijke tijd is hij niet één keer in aanraking met de politie geweest.'

'Een bevriende reclasseringsambtenaar helpt wel,' zei ik. 'Geslaagde herintegratie. Dat zou Albin Larsen wel leuk vinden. Misschien was Degussa een van zijn lievelingsprojecten. Of van Mary Lou Koppel. Wat was er voor wapen gebruikt bij die gevangenismoorden?'

'Een mes. Het is altijd een mes in de gevangenis.'

'Geen spietswerk?'

'Er staat niets over in zijn dossier.'

'Ze hebben Degussa opgeborgen wegens een gewelddadige beroving,' zei ik. 'Was daar nog een wapen bij gebruikt?'

'Alleen intimidatie.'

'Heeft Bennett Hacker nog op een van die buitenposten van de reclassering gewerkt?'

'Flora Newsome,' zei hij.

'Zij heeft bij de reclassering gewerkt. Dat lijkt me wel heel toevallig.'

'Ja... Ik wilde niet te veel vragen stellen. Als Hacker niet deugt, wil ik niet dat hij weet dat ik rondsnuffel. Maar ik zal doen wat ik kan om achter de schermen te snuffelen.'

Hij trommelde op de tafel. 'Ik krijg het gevoel dat de hachee begint te pruttelen. Maar alles is nog net buiten handbereik; alsof ik in iemand anders' keuken sta te koken.'

Hij stond op om te ijsberen en aan zijn das te trekken. 'Ik denk dat Gavin zichzelf had wijsgemaakt dat hij onderzoeksverslaggever zou worden, dat hij rondneusde in zijn vaders zaakjes. Of hij had eerst iets verdachts gezien in dat therapiepand. Hij ging de zaak serieus in de gaten houden en heeft aantekeningen bijgehouden.'

'Een psycholoog, een reclasseringsambtenaar en een ex-gedetineerde,' zei ik. 'Zonder Jerry Quick had het gewoon een behandelingsgesprek kunnen zijn.'

'*Precissimoso*. Het feit dat Jerry erbij was, maakt het tot iets heel anders. Jerry is een rokkenjagende scharrelaar, die iemand als Angie Paul in dienst neemt als zijn camouflagemeisje. Hij huurt ook nog eens van Sonny Koppel. En Sonny is Mary Lou's zakenpartner in de tussenfasehuizen, de geldschieter. Degene die Jerry om te beginnen naar Mary Lou had verwezen.'

'Ben je nog achter zakelijke contacten tussen Sonny en Quick gekomen?'

'Geen fluit. En ik heb flink gespit, gisteren én vanmorgen vroeg.'

Hij hing over de koelkast en nam nog een slok uit een pak roze grapefruitsap. 'Geen vuiltje te bekennen op onze Sonny. Geen huisjesmelkersproblemen, geen klachten wegens misdadige activiteiten en niemand bij Georganiseerde Misdaad heeft ooit van hem gehoord. Tot nu toe komt hij precies over als de man voor wie hij zich uitgeeft, iemand met een heleboel vastgoed. Hij was ook eerlijk toen hij zei dat hij veel geld weggaf. Volgens de Franchise Tax Board zit Charitable Planning in de lift als een van belasting ontheven stichting. Sonny dient op tijd zijn papieren in en geeft minstens een miljoen per jaar weg.'

'Aan wie?'

'De armen, de zieken en de zwakken. Alle noemenswaardige ziekten, plus Red de Baai, Voed de Bomen, Knuffel de Kerkuil, noem maar op.'

'Sint Sonny,' zei ik.

'Als het te mooi lijkt om waar te zijn... Ik weet niet waar die vergadering over ging, maar het enige wat hout snijdt is dat ze allemaal met iets louche bezig waren. Misschien heeft Sonny zijn klauwen in

Jerry Quick geslagen omdat die altijd om geld verlegen zit. Maar ik kan nog steeds niet bedenken wat Quick voor hem zou kunnen betekenen. Laten we dat voorlopig maar even laten liggen. Wat voor chicanes kan een stelletje psychologen uithalen om grof geld binnen te halen?'

'Het eerste wat bij me opkomt,' zei ik, 'is ordinaire fraude. Te hoge rekeningen naar de verzekering of de staat sturen. Het eenvoudigste doelwit zou een instantie zijn; een of andere overeenkomst met de overheid. Sonny zou wel weten hoe hij die hoek moest bespelen. Tenslotte krijgt hij de overheid ook zo gek om zijn tussenfasehuizen en bejaardenwoningen te financieren. Hij beweert dat de tussenfasehuizen het idee van Mary Lou en Larsen zijn. Dat kan wel zijn, maar als het in eigendom hebben van die tussenfasen eraan heeft meegewerkt dat Sonny een gesubsidieerd behandelingsplan op het spoor is gekomen, zou dat wel aan zijn zakeninstinct appelleren.'

'Therapie voor ex-gedetineerden,' zei hij.

'Een ingebouwde cliëntenstroom. Cliënten die ze een rekening kunnen sturen, of ze die nu hebben behandeld of niet, want wie trekt er nou zijn mond open?'

'Sonny, Mary Lou en Larsen. En Gavin heeft de een of andere stafvergadering gezien.'

'Gavin had Gulls kenteken niet opgeschreven,' zei ik. 'Dus misschien heeft Gull de bijeenkomst gemist. Of was hij er niet bij betrokken. Hij kampt met persoonlijke problemen en transpireert te veel. Als ik een gladde criminele onderneming op poten zou zetten, zou ik hem een risicofactor vinden.'

'Ik wil nog steeds weten waarom Gavin hem als therapeut aan de kant heeft gezet.' Hij ijsbeerde nog wat. 'Voordat iemand als Sonny zich bij een chicane laat betrekken, moet er wel sprake zijn van heel veel geld.'

'Misschien ook niet,' zei ik. 'Sonny beweert dat hij geen belangstelling heeft voor het vergaren van spullen. Die indruk wekt hij ook wel, wat wil zeggen dat hij een kick krijgt van het spel; het procés van geld verdienen.'

'De overheid uitzuigen.'

'Of Sonny heeft wel een manier uitgevogeld om grof geld te verdienen. Hij beweert dat hij de benedenverdieping beschikbaar hield totdat Mary Lou en de rest iets hadden besloten over het geven van groepstherapie. Als ze bezig waren met de een of andere behandeling van voorwaardelijk invrijheidgestelden, zou dat rechtvaardigen dat de zaal van Charitable Planning werd vrijgehouden. Ik ben daar gisteren binnen geweest. Ze waren bezig de tapijten te reinigen en ik kon zo binnenlopen. Leeg, op een kantoortje voor Sonny na en een zaal met een stel klapstoelen. Wat moest Sonny met stoelen als hij daar alleen maar kwam om cheques uit te schrijven? Maar ze zouden wel van pas komen als je beweerde dat je groepen gaf en iemand kwam een kijkje nemen. Natuurlijk zou je weinig aan je front hoeven te doen als de persoon die komt kijken een vriend van je is.'

'Bennett Hacker,' zei hij. 'Ze hebben de een of andere deal met de paroolcommissie, en Hacker heeft het toezicht.'

'Iemand in Hackers positie kan ook namen leveren in ruil voor een provisie. En Raymond Degussa als geslepen, dominante bajesklant, iemand die puur met intimidatie een overval doet, zou de cliënten kunnen overtuigen mee te werken.'

'Psychotherapie voor mensen die voorwaardelijk vrij zijn,' zei hij. 'Kan zoiets echt schuiven?'

'Als er maar genoeg cliënten zijn,' zei ik. 'Laten we maar een rekensommetje maken. Groepstherapie in een privé-praktijk kan tussen de vijftig en honderd dollar per uur opleveren. Medi-Cal [het Californische ziekenfonds; vert] vergoedt veel minder, maar vijftien tot twintig dollar. Maar je kunt voor allerlei dingen facturen bij Medi-Cal indienen. Individuele behandeling, intakegesprekken, tests, cliëntenoverleg...'

'Cliëntenoverleg. Bedoel je vergaderingen na werktijd in het pand? Hoeveel betaalt Medi-Cal daarvoor?'

'Zesendertig dollar per halfuur. Als deze lui een supplementair fonds hebben aangeboord als aanvulling op de vergoeding van Medi-Cal – iets wat Sonny heeft geritseld – kan het honorarium aanzienlijk hoger uitvallen. Maar laten we aan de zuinige kant blijven en uitgaan van een kern van groepstherapie van twintig dollar per cliënt per sessie. Ik heb minstens twintig klapstoeltjes gezien. Als ze groepen van twintig man doen – of dat beweren – kan elke groepssessie vierhonderd dollar per uur in het laatje brengen. Als je vijf dagen per week zes groepen per dag geeft, kom je uit op twaalfduizend dollar. Dat op zich zou dus zeshonderdduizend per jaar opleveren. Stop er nog meer cliënten bij, tel er aanvullende honoraria bij op en dan wordt het echt interessant. Vooral als je niet echt iets doet.'

'Miljoenen,' zei hij.

'Dat is niet ondenkbaar.'

'Iedere bajesklant krijgt dagelijks therapie... hoeveel groepen zou je voor een enkele cliënt kunnen rechtvaardigen?'

'Als je een marathonmodel ontwikkelt, kun je hem de hele dag behandelen.'

'Zoiets als die toestand waar je de hele dag op een stoel moet zitten en de een of andere vent tegen je schreeuwt dat je een slappeling bent, en waar je niet mag plassen?'

'Est, Synanon,' zei ik. [Est – Erhardt Seminar Training – een vorm van groepstherapie die in de jaren zeventig en tachtig populair was in Amerika; vert.] 'Er zijn voldoende precedenten, vooral op het terrein van verslaving. Je zou kunnen pleiten voor marathontherapie voor bajesklanten, omdat het doel een ingrijpende verandering op diverse niveaus zou zijn. Tegen een nieuwsgierige scepticus kun je zeggen dat het nog altijd goedkoper is dan ze in de gevangenis houden. En dat het een gigantische besparing zal zijn als ze er echt iets aan hebben.'

'Mary Lou en haar reïntregratiekick,' zei hij. 'Hup, op de radio, zij en Larsen.' Hij lachte. 'De overheid die psychotherapie voor schurken subsidieert. Ik heb het verkeerde beroep gekozen. Jij ook trouwens.'

Ik vroeg: 'Hoeveel lui wonen er in Sonny's tussenfasehuizen?'

'In drie tehuizen? Een paar honderd, denk ik.'

'Reken eens uit als die zich allemaal inschrijven.'

'Honderd dollar per week per boef; vijfduizend per jaar. Een miljoen alleen al voor de groepstherapie.'

'Plus extra's.'

'De enige moeilijkheid is dat al die rekeningen schrijven een onmogelijke taak is voor een paar psychologen, Alex.'

'Dan nemen ze assistenten, co-counselers. En ze liegen alsof het gedrukt staat, ze schrijven rekeningen voor sessies die nooit hebben plaatsgevonden.'

'Co-counselers,' zei hij. 'Je bedoelt andere schurken? Inderdaad, dat is tegenwoordig een rage, hè? Oud-bendeleden die groepsleider worden, junkies die opeens therapeut van afkickcentra zijn. Zo zou iemand als Degussa in het plaatje passen... schooiers die therapie geven. Mag dat?'

'Alles hangt van de voorwaarden van de overeenkomst af,' zei ik. 'En iemand als Sonny weet wel hoe je een mals overheidscontract in de wacht sleept.'

'Al die uren die in rekening gebracht kunnen worden,' zei hij. 'Die zaal zou uit zijn voegen barsten. Maar dat is niet het geval.'

'Misschien is die discrepantie Gavin ook opgevallen.'

'Verslaggever met hersenbeschadiging brengt fraude aan het licht,' zei hij. Hij nam een slok sap, zette het pak neer en veegde zijn mond af aan zijn mouw. 'Meer dan een zaal en een paar stoelen om een miljoen binnen te slepen heb je niet nodig. Het is inderdaad een goudmijn, maar Sonny geeft jaarlijks een miljoen weg. Waarom zou hij zich met zoiets bezighouden? Om het spel?'

'Misschien om iets anders,' zei ik.

'Wat dan?'

'Mary Lou blij maken.'

'Die is niet al te blij aan haar eind gekomen,' zei hij.

'Misschien is er iets misgegaan.'

'Dus ze waren bezig het tapijt schoon te maken. Daags na ons gesprek met Sonny. Wie waren het; tuig zoals Roland Kristof?'

'Die indruk had ik niet,' zei ik. Ik noemde de naam van de firma en hij schreef hem op.

'Herintegratiezwendel,' zei hij. 'Maar dat brengt ons terug bij vraag één: wat doet Jerry Quick daarbij?'

'Dat kantoor van hem,' zei ik. 'Daar gebeurt niet veel.'

'Een front.'

'Misschien is hij in werkelijkheid bij Sonny in dienst.'

Hij fronste. 'In dit hele scenario is Quick meer dan een gluiperd. Het betekent dat hij weet waarom zijn zoon is vermoord, en in plaats van dat tegen ons te zeggen haalt hij zijn kamer leeg.'

'Misschien uit angst,' zei ik. 'Eerst Gavin, vervolgens Mary Lou Koppel. Daarom is Quick 'm gesmeerd. Toen jij het kantoor belde, nam er niemand op. Misschien had Quick Angie een poosje vrij gegeven.'

'Hij gaat pleite… laat zijn vrouw achter… omdat ze toch niet met elkaar overweg kunnen. Zij kan hem geen barst schelen.'

'Dat zou ook verklaren waarom Kelly – zijn dochter – na Gavins dood niet naar huis was gekomen. Quick wil haar buiten schot houden.'

'De fraude begint te rafelen… als die echt bestaat.'

'Zo'n fraude zou Flora Newsome ook verklaren. Toen ze bij de reclassering werkte, is ze iets te weten gekomen wat ze niet mócht weten. Misschien was Mary Lou inhalig geworden en wilde ze een groter aandeel. Of wellicht was haar perspectief door Gavins dood veranderd.'

'Hoezo, zou ze plotseling gewetensbezwaren hebben gekregen?'

'Financiële spelletjes zijn één ding, moord is andere koek. Misschien is Mary Lou in paniek geraakt en wilde ze zich losmaken. Of ze heeft geprobeerd Sonny onder druk te zetten.'

Hij stond weer op en liep een paar keer door de keuken. 'Wat Flora Newsome betreft, is er nog een andere mogelijkheid, Alex. Het kan zijn dat ze deel uitmaakte van de zwendel. Misschien maakte ze wel lijsten van nieuwe voorwaardelijk vrijgelatenen en gaf ze namen door.'

'Kan,' zei ik. Ik moest aan Evelyn Newsome denken, die op herinneringen leefde en haar leven vorm probeerde te geven.

Hij keek een hele tijd naar buiten. 'Beroepsmisdadiger, reclasseringsbeambte, louche metaalboer. En professor Larsen, de mensenrechtenactivist. We hebben ons op Gull gericht en maar weinig aandacht aan Larsen besteed.'

Hij dronk het pak leeg en slaakte een diepe, luidruchtige zucht. 'Ik heb een afspraak met Jerry Quicks accountant in Brentwood. Daarna moest ik me maar eens goed in Degussa en Hacker verdiepen. Onder meer om erachter te komen of een van beiden iets met Flora's satellietkantoor te maken had.'

Hij klapte zijn tas dicht en salueerde. 'Ondanks alles zitten we nog altijd met Crystal, het mysterieuze blondje.'

'Gavins meisje,' zei ik. 'Hij had haar in vertrouwen genomen. Of niet, en dan was ze gewoon op het verkeerde tijdstip op de verkeerde plek.'

'Dus ben je van gedachten veranderd en is zij niet langer het primaire doelwit.'

'Souplesse is een teken van volwassenheid.'

Hij grijnsde. 'Nu je toch een open agenda hebt, en als je de opdracht aanvaardt...'

'Nou?'

'Wetenschappelijk onderzoek. Alles, maar dan ook alles opspitten wat je over Albin Larsen en de rest te weten kunt komen. Je moet je richten op het soort makkelijke overheidsgeld waar we naar gissen. Nationaal, lokaal, federaal en particulier. Iets met weinig controle waar je makkelijk fictieve rekeningen aan kwijt kunt.'

'Klinkt als gewone subsidie,' zei ik.

'Zo jong, en toch al zo cynisch. Doe je het?'

'En wat krijg ik ervoor terug?'

'Deugdzaamheid is haar eigen beloning, mijn jongen.'

32

Het duurde een hele tijd voordat mijn deugdzaamheid iets opleverde.

De naam Jerome Quick leverde geen resultaten op. Evenmin die van Raymond Degussa of Bennett A. Hacker.

Edward 'Sonny' Koppel was een welgesteld man, maar hij verscheen weinig in de openbaarheid: in totaal twintig verwijzingen, waarvan zestien te maken hadden met Koppels liefdadige donaties. Meestal was het niet meer dan Koppels naam op een contributielijst. Als hij al ergens te boek stond, was het als 'belegger en filantroop'. Nergens een foto.

Albin Larsen liet zich heel wat vaker zien op de digitale snelweg. De afgelopen tien jaar had hij de psychologische praktijk afgewisseld met voordrachten over de rol van de psychologie in maatschappelijk activisme, zowel in zijn geboorteland Zweden als in Frankrijk, Holland, België, Canada en Kenia. Zijn naam dook drieënzestig keer op. Dat soort reislust stond haaks op langetermijntherapie; maar aan de andere kant was het eenvoudiger om een cliëntenbestand te onderhouden als je die cliënten in werkelijkheid niet ontmoette.

Ik liep de resultaten een voor een na. Larsens bemoeienissen met Afrika gingen verder dan alleen het geven van voordrachten; hij was waarnemer van de VN in Rwanda geweest tijdens de genocide die het leven had gekost aan achthonderdduizend Tutsi's, en was vervolgens adviseur geweest tijdens het oorlogstribunaal.

Een aantal verwijzingen waren herhalingen, maar de dertig resultaten die ik bestudeerde waren allemaal meer van hetzelfde: Larsen, die goede daden deed.

Niet het profiel van een zwendelaar of moordenaar. Voordat ik klaar was, schakelde ik naar een hogere versnelling om te speuren naar psychotherapieprogramma's voor voorwaardelijk invrijheidgestelden en andere ex-gedetineerden. Geen overheidsprojecten in Californië, behalve een door de staat gefinancierde opleiding tot vrachtwagenchauffeur voor pas vrijgelaten misdadigers. Die was een keer onder de loep genomen toen een van de studenten zich volgooide met methadon en vervolgens zijn enorme truck in een restaurant in Lodi boorde. Maar ik vond geen aanwijzing dat de subsidie was stopgezet.

Alles wat ik daarna vond was academisch; een keur van sociale wetenschappers die theorieën etaleerden en met cijfers goochelden. Als er al behandeling voor criminelen bestond, bevond die zich buiten het therapiecircuit. Een groep in Baldwin Park maakte reclame voor meditatie en 'instellingsverandering' voor ex-gedetineerden, en een andere in Laguna propageerde de kracht van kunstzinnige vorming. Krijgskunst, en vooral tai chi, scoorde hoog bij een organisatie in San Diego, en er was geen tekort aan godsdienstige groeperingen die technieken voor morele verandering hoog in het vaandel droegen.

Ik belde het ministerie van Volksgezondheid en moest bijna een uur voicemail- en wachtstandellende verduren voordat ik een lusteloze dame aan de lijn kreeg, die me vertelde dat ze nog nooit had gehoord van groepstherapie voor ex-gedetineerden, maar zo die al bestond, zou zij het toch niet weten omdat ik bij het departement Gevangeniswezen moest zijn. Weer drie kwartier van telefonische kwelling via de centrale van het Gevangeniswezen omdat ik van menu naar menu werd verwezen. Ik drukte als een bezetene op de o, kreeg eindelijk een telefonist te pakken en die zei dat het kantoor dicht was. Kwart over vier. Mijn belastinggeld maakte overuren.

Ik boog me opnieuw over het laatste tiental verwijzingen naar Albin Larsen. Weer een paar voordrachten en vervolgens een gezamenlijke verklaring van Larsen en een vn-commissaris, genaamd Alphonse Almogardi, in het Nigeriaanse Lagos, waarin werd beloofd dat de Verenigde Naties alles zouden doen wat in hun vermogen lag om de schuldigen van de genocide in Rwanda voor de rechter te brengen.

Via links belandde ik op een website over Afrikaanse openbare aangelegenheden. Het belangrijkste evenement vond plaats in Kigali, de hoofdstad van Rwanda: een protestmars in juni 2002 van vijfendertighonderd overlevenden van de genocide, die het Internationaal Oorlogstribunaal een klucht noemden. Gedurende de acht jaar sinds de instelling van het tribunaal waren er maar zeven rechtszittingen gehouden tegen oorlogsmisdadigers, allemaal lage officieren. Naarmate de jaren zich voortsleepten, stierven of verdwenen er getuigen. Wie volhield moest dreigementen verduren en werd lastiggevallen. Aangeklaagde slachters werden rijk omdat hun advocaten een aandeel in hun door het tribunaal gefinancierde honorarium met hen deelde.

Schadelijker was de aantijging dat de tribunaalrechters actief samenzwoeren om de zaken tegen hooggeplaatste massamoordenaars op de lange baan te schuiven vanwege de angst dat openbare zittingen de medeplichtigheid van vn-medewerkers aan het licht zouden brengen.

Een tribunaalgriffier, genaamd Maria Robertson, reageerde vanuit haar veilige kantoor in Dublin door de overlevenden te hekelen wegens hun 'opruiende taal' en ze waarschuwde tegen de instigatie van een 'geweldscyclus'. Sprekend in Lagos benadrukte adviseur professor Albin Larsen de complexiteit van het onderwerp en hij brak een lans voor geduld.

Het negentiende resultaat kwam ook uit de hoofdstad van Nigeria, en dat gaf stof tot nadenken. Het was een beschrijving van een project genaamd *Sentries for Justice*, dat was gericht op hulp aan jonge Afrikanen om hen af te brengen van een crimineel bestaan.

De groep, bestaande uit Europese vrijwilligers, bood *synergetische alternatieven voor celstraf die leiden tot effectieve herintegratie en instellingsverandering middels een holistische nadruk op de interactie tussen maatschappelijk altruïstisch gedrag en plaatselijke maatschappelijke normen, ontstaan in het prekoloniale tijdperk, maar ontwricht door het kolonialisme.* De dienstverlening bestond uit ouderbegeleiding, beroepsopleiding, drugs- en alcoholcounseling, crisisinterventie en iets wat ze 'culturele demarginalisering' noemden. De synergie werd geïllustreerd door het gebruik van Sentries-bussen, bestuurd door oud-leerlingen, die gedetineerden naar de rechtbank vervoerden. De meeste vrijwilligers hadden een Scandinavische naam, en Albin Larsen stond te boek als een hoge adviseur.

Ik maakte een uitdraai en ging verder met de laatste zoekresultaten. Nog meer toespraken van Larsen en tot slot een laatste verwijzing die drie weken geleden op het net was gezet: een agenda van evenementen in een boekwinkel in Santa Monica genaamd *The Pen Is Mightier*. Een hoogleraar van Harvard, George Issa Qumdis, kwam een lezing geven over het Midden-Oosten en Albin Larsen zou erbij zijn om hem in te leiden.

De lezing was die avond, over vier uur. Professor Larsen was een drukbezet mens.

Ik nam de uitdraai van de Sentries for Justice door op sleutelwoorden en voerde die in bij diverse zoekmachines. *Synergetische alternatieven – effectieve herintegratie – instellingsverandering – demarginalisering* en dergelijke scoorden een heleboel academisch gepraat, maar niets bruikbaars.

Toen ik eindelijk achter mijn computer vandaan kwam, was het 17.30 uur en veel had ik niet geoogst.

Ik zette koffie, at een broodje, nam een slok en keek peinzend door het keukenraam naar de grijzer wordende lucht. Ik besefte dat ik in de goedkope val van de digitale research was gevallen en besloot het op de ouderwetse manier aan te pakken.

Olivia Brickerman en ik hadden samengewerkt in het Western Pediatric Hospital, zij als toezichthoudend maatschappelijk werkster, ik als aankomend psycholoog. Ze was twintig jaar ouder dan ik en had zichzelf als surrogaatmoeder opgeworpen. Dat vond ik helemaal niet erg, want ze was een goede moeder die van koken hield en die er een gezonde nieuwsgierigheid naar mijn liefdesleven op nahield.

Haar man was een internationale schaakmeester en had de column *Final Moves* geschreven voor de *Times*. Hij was inmiddels overleden en Olivia had haar verlies gecompenseerd door zich weer op haar werk te storten. Eerst had ze een reeks korte, maar goed betalende adviseurschappen voor de overheid gedaan, en vervolgens had ze een functie gekregen op de deftige, oude universiteit aan de andere kant van de stad, waar ik in naam professor aan de medische faculteit was. Olivia wist meer dan wie ook onder mijn bekenden van overheidssubsidies en over de manier waarop de instanties werkten.

Om tien over halfzes zat ze nog steeds aan haar bureau. 'Dag mijn lieve Alex.'

'Dag mijn lieve Olivia.'

'Wat leuk om je stem weer eens te horen. Hoe staat het leven?'

'Het leven is goed,' zei ik. 'En het jouwe?'

'Ik leef nog. En, hoe gaat het met de nieuwe?'

'Als een trein.'

'Daar kijk ik niet van op,' zei ze. 'Jullie zitten allebei in hetzelfde vak, dus hebben jullie een heleboel gemeen. Wat niet wil zeggen dat ik iets tegen Robin heb. Ik ben dol op haar, ze is een prachtvrouw. De nieuwe trouwens ook; dat haar en die ogen. Ook dat verbaast me niets, met zo'n knappe jongen als jij. Heb je al een andere hond?'

'Nog niet.'

'Een hond is goed voor je,' zei ze. 'Ik ben gek op mijn Rudy.'

Rudy was een borstelige straathond met wallen onder zijn ogen en een voorkeur voor vlees van de traiteur. 'Rudy is te gek,' zei ik.

'Hij is slimmer dan de meeste mensen.'

De laatste keer dat ik haar had gesproken – een maand of drie vier geleden – had ze haar enkel verstuikt.

'Hoe is het met je been?' vroeg ik. 'Ben je alweer aan het joggen?'

'Ha! Je kunt niet terug naar een plek waar je nooit bent geweest. Maar om je de waarheid te zeggen, is dat been nog steeds een beetje gammel. Ik moet afvallen. Maar goddank, het nieuwste is dat ik aan de bloedverdunners ben.'

'Is alles wel goed met je, dan?'

'Nou ja,' zei ze, 'mijn bloed is dunner geworden, maar helaas niets anders. Wat kan ik voor je doen, schat?'

Ik legde het haar uit.

'Gevangeniswezen,' zei ze. 'Ik heb al heel lang weinig met die eikels te maken gehad. Niet sinds mijn advieswerk voor Sybil Brand. In die tijd waren er wel een paar overheidssubsidies voor therapie, maar dat was allemaal voor binnen de muren, om gedetineerden met kinderen te leren goeie moeders te worden. Goed idee, maar de supervisie was belabberd. Ik heb nooit iets gehoord over een project buiten de gevangenis zoals jij dat beschrijft.'

'Misschien bestaat het ook niet,' zei ik.

'En je informeert hiernaar vanwege...'

'Omdat het iets met een paar moordzaken te maken kan hebben.'

'Een paar nog wel,' zei ze. 'Akelige dingen?'

'Zeer.'

'Jij en Milo... Hoe is het trouwens met hem?'

'Hard aan het werk.'

'Dat zal nooit anders zijn,' zei ze. 'Nou, het spijt me dat me niets te binnen schiet, maar het feit dat ik er niet van heb gehoord wil nog niet zeggen dat het niet bestaat. Ik doceer en ben min of meer het contact met de goddelijke wereld van de publieke fondsen kwijt... Wat jij beschrijft zou een pilotstudie kunnen zijn; ik zal even mijn Mac opstarten en kijken... Oké, daar gaan we, klik klik klik... Het lijkt erop dat ik geen inleidende studie over postdetentieve herintegratietherapie kan vinden, noch bij de NIH, noch bij de NHS, noch... bij de overheid... Misschien particulier... Nee, op die lijst staat ook niets. Dus misschien was het goedgekeurd als een volledige subsidie, niet voor een pilotstudie.'

Ik zei: 'Misschien kun je zoeken onder "Sentries for Justice" en als dat niets oplevert, heb ik nog een paar sleutelwoorden voor je.'

'Geef maar op.'

'*Synergie, demarginalisering, instellingsverandering, holistische interactie...*'

'Wat je hier op de achtergrond hoort is het gekreun van meneer Orwell.'

Ik lachte. Wachtte. Hoorde Olivia neuriën en in zichzelf mompelen.

'Niets,' zei ze uiteindelijk. 'Niet in de databanken die ik kan lokaliseren. Maar niet alles bereikt op tijd de computer; er bestaan nog steeds goeie ouwe gedrukte lijsten. Die heb ik niet hier; daarvoor moet ik naar het hoofdkantoor, dat al op slot zit voor de nacht... Gun me even de tijd, schat, dan kijk ik wat ik voor je kan doen.'

'Bedankt, Olivia.'

'Graag gedaan. Kom een keertje bij me eten, Alex. En neem Allison mee. Is ze vegetariër of zo?'

'Integendeel.'

'Wat een bofkont ben je toch,' zei ze. 'Dan moet je haar zeker meenemen, dan marineer ik een paar entrecotes. Jij neemt Allison en wat wijn mee. Ik kan wel een paar leuke mensen gebruiken in huis.'

Halfzeven. Milo belde me van achter zijn bureau.

'Jerry Quicks accountant was op zijn hoede, maar ik heb er toch een paar dingen uit gekregen. In de eerste plaats kreeg ik niet de indruk dat Quick een rijke cliënt is. In de tweede plaats ontvangt Quick zijn inkomen met horten en stoten. Hij heeft geen vast inkomen, alleen geld van de transacties die hij sluit, en de accountant ziet de cheques nooit; hij schrijft gewoon op wat Jerry opgeeft. Zijn voornaamste grief was dat Jerry's inkomen onstabiel is, dus een belastingschatting is een probleem.'

'Geen rijke cliënt,' zei ik. 'Hoe draait hij de laatste tijd?'

'Ik kreeg hem niet zover dat hij me bijzonderheden gaf, maar hij zei wel dat Quick te laat was met het betalen van zijn rekening.'

'Daar klaagde Sonny Koppel ook al over, dus misschien heeft Quick een marginaal bestaan. Huis in Beverly Hills, een Mercedes, al is die dan een paar jaar oud. De schijn ophouden is belangrijk. Voeg daarbij Gavins medische onkosten en hij staat onder druk.'

'Ja,' zei hij. 'Het zou verklaren dat Quick zich met een louche en lucratief zaakje is gaan bemoeien. Maar het verklaart niet waarom Sonny en de rest hem erbij zouden wíllen. De man is een middelmatige metaalhandelaar. Wat heeft hij ze te bieden?'

'Pistolen zijn van metaal.'

'Van therapie naar wapens? Een ontluikend misdaadsyndicaat?'

'Het schiet me alleen maar te binnen,' zei ik. 'Handelaren houden van handel. Quick reist rond om schroot op te kopen. Brengt de politie geconfisqueerde wapens niet naar de schroot?'

'Jawel,' zei hij. 'Alles is mogelijk, maar we hebben nog steeds niets om Quick of wie dan ook in verband te brengen met therapiezwendel, laat staan iets ondeugends met wapens. En ik heb die klojo nog steeds niet gelokaliseerd. Ik heb zijn telefoonoverzicht van thuis te pakken gekregen, maar er is niet met een luchtvaartmaatschappij gebeld. Ik vind helemaal niets wat op reizen wijst. Kon geen zakelijke telefoon vinden, dus heb ik bij Sheila geïnformeerd. Ze zegt dat hij prepaid mobiel belt. Precies wat je zou doen als je obscure zaakjes doet. Ondertussen heeft Sheila nog geen flauw idee waar hij uithangt. Dus misschien heb je gelijk en heeft hij aan de kuierlatten getrokken.'

'Hoe is zij daaronder?'

'Ze was flink lam, maar klonk wel een tikje bang. Alsof ze beseft dat Jerry niet zomaar op zakenreis is. Als ze weer nuchter is, zal het wel erger worden. Helderheid kan heel vervelend zijn. Ik ben ook weer bij Quicks kantoor langsgegaan. Gesloten, geen teken van Angie-met-de-blauwe-nagels, stapels post op de voordeurmat, allemaal reclamedrukwerk.'

'Misschien gaat zijn belangrijke post ergens anders naartoe.'

'Dat zou me niet verbazen,' zei hij. 'Ik heb Angies privé-nummer in Hollywood-noord gebeld. Wordt niet opgenomen. Op het andere front werkt de heer Raymond Degussa als uitsmijter van een club in Hollywood-oost. Petra kent hem niet, maar ze heeft in de dossiers van Hollywood gekeken en de naam Degussa dook op bij een patrouillemelding. Gelazer in de club, Degussa kreeg het aan de stok met een weerspannige klant, de laatste belt de politie, laat een blauw oog zien en beweert dat Degussa had gedreigd hem te vermoorden. Maar er waren geen getuigen en bovendien was de klager stoned, vijandig en onaangenaam, dus geen aanklacht.'

'Doodsbedreigingen,' zei ik. 'Leuke jongen.'

'Ik weet zeker dat hij tactvol en diplomatiek op het scherp van de snede loopt. Behalve dit ene incident heeft hij schone handen weten te houden. Maar ik heb nog iets sappigers: Bennett Hacker, de man die we als dwalende reclasseringsambtenaar doodverven, heeft inderdaad tussen een paar satellietkantoren gecirculeerd, inclusief het bureau waar Flora Newsome een poosje heeft gewerkt, maar hij heeft daar maar twee weken gezeten.'

'Dat is lang genoeg,' zei ik. 'Wat doe je vanavond, zeg maar over een uur?'

Ik vertelde hem over Albin Larsens optreden in de boekwinkel. 'We kunnen daar langsgaan om hem gade te slaan. Dan hebben we de gelegenheid om Larsen in een andere omgeving te zien. Tenzij je bang bent dat we slapende honden wakker maken.'

'Een andere omgeving,' zei hij. 'Geen slecht idee. Wat die slapende honden betreft, hebben we een goed excuus. We willen met hem praten over Mary Lou en Gull, en omdat hij zo'n druk baasje is, vonden we dit de beste manier.'

'Bovendien zal dat excuus de indruk wekken dat we ons nog steeds op zijn partner concentreren. Houdt Binchy die nog in de gaten?'

'Ja. Gull houdt zich gedeisd... Uitstapje naar de boekwinkel van-
avond... Best, laten we dat maar doen.'
Ik noemde het adres.
Hij zei: 'Laten we zeg maar een half blok verder naar het oosten
afspreken, op de hoek van Sixth. Een beetje vroeg, kwart over ze-
ven.'
'Ter verkenning?'
'Geen goedkope plaatsen voor ons, jongen.'

33

Ik was om tien over zeven op de hoek van Broadway en Sixth. Het
was niet druk. De lucht zag eruit als platgeslagen tin.
De avonden waren altijd fris in Santa Monica. Deze avond was de
junilucht ijskoud door de wind uit zee. Die wind voerde een sterke
geur van kelp en verrotting en een ijzerachtige, weeë belofte van regen met zich mee. Een paar daklozen duwden winkelwagentjes over
de boulevard. De ene snelde me mompelend voorbij. De andere nam
het dollarbiljet dat ik hem voorhield aan en zei: 'Hé, man. Ik wens
je een beter jaar toe, oké?'
'Ik jou ook,' zei ik.
'Ik? Ik heb een geweldig jaar,' zei hij verontwaardigd. Hij droeg een
gerafelde, zalmkleurige kasjmier sportjas die onder de vlekken zat;
eens had die aan een grote, rijke man toebehoord. 'Ik heb Mike Tyson
in Vegas een pak op z'n lazer gegeven. Ik heb zijn vrouw afgepikt en
nu is ze míjn wijf.'
'Goed zo.'
'Het was héél goed.' Hij wierp me een tandeloze grijns toe, boog zich
tegen de wind in en vervolgde zijn weg.
Even later kwam Milo de hoek van Sixth om en beende op me af.
Hij had zich verkleed op het bureau en droeg een slobberige spijkerbroek en een oude, beige coltrui die hem onnodig dikker maakte. Zijn suède schoenen kletsten over de stoep. Hij had iets diks en
glimmends in zijn haar gewreven en hier en daar piekte het.
'Je hebt iets van een auteur,' zei ik. 'Van zo'n Ierse dichter.' In mijn
ogen zag hij er nog steeds uit als een politieman.
'Nu hoef ik alleen nog maar een boek te schrijven. Wie heeft het boek
van vanavond op z'n naam?'

'Een hoogleraar van Harvard. George Issa nog wat, over het Midden-Oosten.'

We liepen de kant van de winkel op. 'Issa Qumdis.'

'Ken je die?'

'Van naam.'

'Ik ben onder de indruk.'

'Hoor eens,' zei hij. 'Ik lees de krant wel. Ook als ze geen foto's van dode meisjes publiceren. Nu ik het daar toch over heb, ik ben de clubs langsgegaan in een vergeefse poging om Christa/Crystal te lokaliseren. Maar vanavond gaan we intellectueel doen; daar zijn we. Net of we weer studeren, hè?'

Hij had gestudeerd aan de universiteit van Indiana. Over zijn studententijd wist ik weinig meer dan het feit dat hij in de kast had gezeten.

We stonden voor de boekwinkel en hij bekeek de gevel. *The Pen Is Mightier* had een smalle voorgevel van glas boven door zout aangevreten baksteen en een uithangbord dat iets van een poster van de Grateful Dead weg had. Het grootste deel van de verduisterde winkelruit was bedekt met aanplakbiljetten en aankondigingen. De lezing van vanavond werd aangekondigd door een velletje papier met het opschrift PROF. GEORGE I. QUMDIS ONTHULT DE WAARHEID ACHTER HET ZIONISTISCH IMPERIALISME. Daarnaast zat een sticker van een exclusief koffiemerk waarop stond JAVA INSIDE! plus een B-klassering van de gezondheidsinspectie.

'B,' zei Milo, 'wil zeggen een toelaatbare hoeveelheid rattenkeutels. Ik zou de muffins maar laten staan.'

Binnen hing geen geur van koffie of muffins, alleen maar het bedompte aroma van oude, natte kranten. Waar de wanden niet waren bedekt met ruwe, grenenhouten planken, waren kale bouwblokken zichtbaar. In het midden stond een willekeurige opstelling van verrijdbare boekenkasten. Het haveloze linoleum op de grond had de kleur van overjarige vanillevla. Langs het zeven meter hoge plafond liepen leidingen als spaghetti en er stonden trappen. Geen bibliotheekladders op wieltjes, maar gewoon opklapbare aluminium trappen voor klanten die naar eruditie wilden klimmen.

Achter de kassa zat een zwaargebouwd, langharig Aziatisch joch met zijn neus begraven in iets wat in effen bruin pakpapier was gebonden. Op een bordje achter hem stond NIET ROKEN, maar hij pafte een sigaret van Indiase kruiden. Op een ander bord stond LEZEN ACHTERIN boven een wijzend handje. De winkelbediende sloeg geen acht op ons toen we hem passeerden en ons een weg baanden door het onsamenhangende labyrint van verplaatsbare boekenkasten.

De ruggen die ik kon onderscheiden, dekten een heel scala van -ismen. De titels vertegenwoordigden de schorre puberkreten van de salonrevolutie. Milo las ze en fronste veel. We belandden ten slotte in een kleine, schemerige, open ruimte achterin waar een stuk of dertig rode plastic klapstoelen voor een lessenaar stonden. Er zat niemand. Op de achterwand zat een bordje met TOILETTEN M/V.

Wij waren de enigen.

Ondanks zijn gepraat over goede zitplaatsen bleef Milo staan. Hij trok zich een eindje terug zodat hij weer in het doolhof van boekenkasten stond en schuin uitzicht had op de lessenaar.

Uitstekende plek, vanwaar we alles onbespied konden volgen.

'Goed dat we vroeg zijn,' fluisterde ik. 'Met al die drukte en zo.'

Hij wierp een blik op de stoelen. 'Een heleboel klapstoeltjes. Je kunt hier groepstherapie doen.'

Een minuut of tien kwam er geen mens, en we brachten de tijd zoet met rondneuzen. Milo leek wat afwezig. Vervolgens ontspande zijn gezicht en kreeg hij iets meditatiefs. Ik bekeek de titels, en tegen de tijd dat de eerste mensen begonnen binnen te druppelen, had ik een stoomcursus gevolgd in 1. Hoe maak ik zelf bommen, 2. Zelf hydroponisch telen, 3. Vandalisme ten dienste van een hoger doel en 4. De ethische deugden van Leon Trotzky.

Het publiek verspreidde zich over de stoelen. Een stuk of tien mensen, zo te zien verdeeld in twee groepen, aan de ene kant jongelui van in de twintig met piercings en brandmerken, en liefhebbers van de dreadlocksrage in dure, gerafelde kleding, en aan de andere kant stellen van rond de zestig in aardse kleuren; de vrouwen droegen een helmvormig, streng grijs kapsel, de mannen hadden een ruige baard en een pet op hun hoofd.

De uitzondering was een zwaargebouwde man met golvend haar van middelbare leeftijd in een donkerblauwe duffelse jas die tot zijn hals was dichtgeknoopt, en een gekreukte pied-de-poulebroek die midden op de voorste rij plaatsnam. Hij had een vierkante kaak met stoppels. Hij droeg een bril met een zwart montuur, had brede schouders en zware dijen, en zag eruit alsof hij zojuist de havenarbeiders had georganiseerd. Hij zat stijfjes met de armen over elkaar voor zijn brede borstkas naar de lessenaar te fronsen.

Milo bestudeerde hem door samengeknepen ogen.

'Wat is er?' fluisterde ik.

'Kwaaie aap daar voorin.'

'Waarschijnlijk niets bijzonders bij dit volk.'

254

'Ja,' zei hij. 'Er is een hoop om je kwaad over te maken. In Noord-Korea is het comfortabeler en knusser.'

Twintig voor acht, kwart voor acht, tien voor acht. Nog geen teken van Albin Larsen, de spreker, noch van personeel van de boekwinkel. Rustig publiek. Iedereen zat gewoon te wachten.
Even voor achten betrad Larsen de ruimte met een lange, gedistingeerde man in een geblokt houthakkersjack met suède elleboogstukken op een bruine flanellen broek en glimmende, halfhoge, lichtbruine schoenen. Ik had een type uit het Midden-Oosten verwacht, maar professor George Issa Qumdis had de rossige huid en magistrale houding van een Oxford-don. Ik schatte hem tussen de vijfenvijftig en zestig, een gezeten man van middelbare leeftijd. Zijn halflange peper-en-zoutkleurige haar viel in krullen over de boord van een hagelwit overhemd. Zijn saaie das betekende waarschijnlijk iets. Hooghartige neus, holle wangen, dunne lippen. Hij draaide het publiek half de rug toe om een blik op een indexkaart te werpen.
Albin Larsen ging achter de lessenaar staan en begon met zachte stem te spreken. Geen algemeenheden, geen dankwoord aan de toehoorders. Meteen met de deur in huis.
De Israëlische onderdrukking van het Palestijnse volk.
Larsen sprak vloeiend en met een minimum aan modulatie. Hij glimlachte bitter toen hij het had over de 'diepgaande historische ironie' van joden die, als slachtoffers van onderdrukking, zelf de grootste onderdrukkers ter wereld waren geworden.
'Wat is het merkwaardig, wat is het treurig,' zei Larsen, 'dat de slachtoffers van de nazi's nu zelf nazi-methoden hebben aangenomen.'
Instemmend gemompel van het publiek. Milo's gezicht was uitdrukkingsloos. Zijn blik ging van Larsen naar het publiek en weer terug.
Larsens toon bleef kalm, maar zijn retoriek stroomde er vurig en wraakzuchtig uit. Telkens wanneer hij het woord zionisme uitsprak, knipperde hij met zijn ogen. De toehoorders begonnen warm te lopen en knikten heftiger.
Behalve de zwaargebouwde man in de duffelse jas. Die had zijn handen op zijn knieën gelegd en wiegde een beetje naar voren en naar achteren op zijn stoel in het midden van de voorste rij. Hij had zijn hoofd schuin afgewend van de lessenaar. Ik kon zijn profiel goed zien. Strakke kaak, samengeknepen ogen.
Milo bekeek hem nog een poosje en zijn eigen mond verstrakte.
Larsen ging nog een tijdje door. Uiteindelijk maakte hij een weids gebaar naar George Issa Qumdis, haalde een vel papier tevoorschijn en

las een paar stukjes voor van het academische cv van de professor. Toen hij klaar was, liep Issa Qumdis naar de lessenaar. Net toen hij het woord nam, klonken er voetstappen achter ons, en Milo en ik draaiden ons om.

Er was een man ons gangpad ingekomen. Hij was halverwege de dertig, zwart, verzorgd en erg lang. Hij droeg een goed zittend grijs pak op een antracietkleurig overhemd dat tot zijn hals dicht was geknoopt. Hij zag ons, glimlachte verontschuldigend, en trok zich weer terug.

Milo keek hem na en zag hem vlug rechts afslaan. De zwarte man liet zich niet meer zien en Milo strekte zijn vingers en balde zijn vuisten.

Vanwaar al die spanning? Dit was een lezing in een boekwinkel. Misschien had hij te veel gewerkt met te weinig resultaat. Of zijn intuïtie was scherper dan de mijne.

Professor George Issa Qumdis knoopte zijn jas los, streek zijn haar naar achteren, glimlachte naar zijn toehoorders en maakte een grapje dat hij gewend was aan colleges in Harvard, waar het publiek de puberteit nog niet had bereikt. Er klonk wat gegrinnik in het publiek. De man in de duffelse jas begon weer te wiebelen. Eén hand begon heftig aan zijn achterhoofd te krabben.

Issa Qumdis zei: 'De waarheid – de onweerlegbare waarheid – is dat het zionisme de meest weerzinwekkende doctrine is die er bestaat in een wereld vol boosaardige dogmatiek. Beschouw het zionisme maar als een kwaadaardige vorm van bloedarmoede van de hedendaagse beschaving.'

Een van de jongens met piercings en brandmerken zei grinnikend iets in het oor van zijn meisje.

Issa Qumdis liep warm. Hij noemde joden die naar Israël emigreerden 'niets minder dan oorlogsmisdadigers. Ze verdienen stuk voor stuk de doodstraf.' Hij zweeg even. 'Ik zou ze zelf doodschieten.' Stilte.

Zelfs voor dit publiek was dit zware kost.

Issa Qumdis lachte, streek zijn revers glad en zei: 'Heb ik iemand beledigd? Ik mag het hopen. Zelfgenoegzaamheid is de vijand van de waarheid en als geleerde is de waarheid mijn catechismus. Jawel, ik heb het over de jihad. Een Amerikaanse jihad, waar...'

Hij stopte met open mond.

De man in de duffelse jas was overeind gesprongen en riep: 'Val jij maar dood, vuile nazi!' terwijl hij aan de knopen van zijn jas friemelde.

Milo liep al zijn kant op toen Duffel een pistool tevoorschijn haalde, een groot zwart pistool waarmee hij recht op de borst van Issa Qumdis schoot.

Het hagelwitte overhemd van Issa Qumdis werd scharlakenrood. Hij stond stokstijf, met opengesperde ogen. Hij betastte zichzelf en zijn duim werd kleverig rood.

'Zielige fascist die je bent,' bracht hij borrelend uit.

Hij stond nog overeind. Zijn ademhaling ging snel, maar hij ademde tenminste nog. Hij wankelde niet. Zijn gezicht was niet doodsbleek.

Rode stroompjes kronkelden naar beneden en bevuilden de rand van zijn jas.

Bezoedeld, maar levend en wel.

De man in de duffelse jas schoot opnieuw en het gezicht van Issa Qumdis veranderde in een bloedrood masker. Issa Qumdis slaakte een schreeuw en veegde als een bezetene over zijn gezicht. Albin Larsen zat verstijfd van verbazing op zijn stoel.

'O mijn god,' zei iemand.

'Dat is zwíjnenbloed!' schreeuwde de man in de duffelse jas. 'Arabische varkensneuker!' Hij sprong op Issa Qumdis af, struikelde, viel op de grond en krabbelde weer overeind.

Verblind door het bloed bleef Issa Qumdis in zijn ogen wrijven.

Duffelse Jas hief zijn wapen. Een verfpistool van zwart plastic. Een vrouw op de tweede rij – een van de grijsharigen – gilde: 'Fascist!', schoot overeind en probeerde hem het wapen afhandig te maken. Duffelse Jas trachtte haar van zich af te schudden. Ze klauwde en krabde, kreeg zijn mouw te pakken en liet niet meer los.

Milo haastte zich zigzaggend tussen de stoelen en door de geïmproviseerde gangpaden naar voren, terwijl de metgezel van de vrouw, een kale man met een slappe kin en een omabril in een rode sweater met de letters cccp, opsprong en zwakjes op Duffels nek begon in te slaan. Duffel sloeg terug, trof zijn schouder en de man tuimelde op zijn achterwerk.

Inmiddels kon Issa Qumdis weer iets zien en stond naar het gewoel te kijken. Albin Larsen ging verbijsterd achter hem staan, overhandigde Issa Qumdis een zakdoek en voerde hem naar de achterkant van de winkel.

Toen Milo de vechtpartij bereikte, had zich een andere grijsharige man in de strijd gemengd en was Duffel tegen de grond geslagen. De vrouw die naar het verfpistool had geklauwd, had het eindelijk te pakken. Ze richtte omlaag en schoot een hele stroom bloed naar Duffel, maar die gaf haar een trap, het pistool schoot opzij en ze trof haar metgezel, wiens spijkerbroek rood kleurde.

'Shit!' riep die. Hij liep rood aan. Hij begon Duffel, die op zijn buik lag, vals te schoppen.

Milo trok hem weg. Duffel krabbelde overeind, haalde met een grote zwaai uit naar Omabril, miste en verloor opnieuw zijn evenwicht.

Issa Qumdis en Larsen waren de m/v-toiletten in geglipt.

De vrouw richtte weer met het verfpistool, maar Milo drukte haar arm omlaag en het wapen droop op de vloer.

'Wie ben jij?' riep ze.

Een stel met piercings en brandmerken kwam overeind.

Ik holde dichterbij toen iemand schreeuwde: 'Pak die fascist!' en de menigte barstte los in geschreeuw en gevloek.

Milo greep Duffels mouw en sleurde hem naar de achterdeur.

De jongemannen marcheerden naar voren en kwamen binnen handbereik van Milo. Die bracht de grootste met een vlugge, harde kneep in zijn blote spierbal tot staan. De man knipperde met zijn ogen.

Milo zei: 'De boel is onder controle, *compadres*. Ga weg.'

Hij hoefde niet eens met zijn legitimatie te zwaaien. Zijn toon deed hen verstijven.

Ik maakte de achterdeur open en Milo duwde Duffel naar buiten, de koude avondlucht in.

Toen de deur langzaam dichtzwaaide, wierp ik een blik over mijn schouder. De meeste toeschouwers waren blijven zitten.

Een klein stukje achter de klapstoeltjes, half verborgen door de boekenkasten, stond – verborgen in zijn eigen hoekje – de lange, slanke, zwarte man in het fraaie grijze pak en het zwarte overhemd.

Achter de winkel was een leverancierssteeg, duister in de nacht. Milo duwde Duffel snel in westelijke richting en toen die aarzelde, gaf hij hem een zet. Duffel verzette zich vloekend en Milo deed iets met zijn schouderblad wat hem een kreet van pijn ontlokte.

'Laat me los, communistische klootzak!'

'Houd je bek,' zei Milo.

'Wel gotver…'

'Ik ben van de politie, malloot.'

Duffel probeerde met een ruk te blijven staan. Milo gaf hem een schop tegen zijn hiel en de man struikelde onwillekeurig naar voren.

'Politie… óverheid,' zei hij. Zijn stem was dik en schor en hij stiet de woorden hijgend uit. 'Dus je bent een fascist, geen communist.'

'Idioot nummer twee aan het woord.' Een paar meter verderop zag

Milo een geparkeerde auto. Hij duwde Duffel erheen en drukte hem tegen de kofferbak. Hij rukte een van diens armen op zijn rug, haalde zijn handboeien tevoorschijn, sloeg er een om zijn pols, draaide de andere arm naar achteren en de man zat vast.

Tussen het moment waarop Duffel zijn verfpistool had gericht en nu waren er amper vijf minuten verstreken.

De man zei: 'Antisemitische...'

'Houd je mond en doe je hoofd omlaag.'

Milo fouilleerde hem grondig en haalde een portefeuille en een sleutelring tevoorschijn.

De man zei: 'Ik weet precies hoeveel geld erin zit, dus als je van plan bent...'

Milo legde een vinger op Duffels schouderblad. De herinnering aan de eerste keer was voldoende om de man de rest van zijn woorden te laten inslikken.

Op Broadway hoorde ik het geraas van passerende auto's, maar voor de rest was het een stille avond.

Milo inspecteerde de portefeuille. 'Er zit twintig dollar in. Had jij iets anders in je hoofd?'

Stilte.

Even later: 'Nee.'

'Twintig hele dollars nog wel. Wilde je een avond gaan slempen in de stad, wijsneus?'

'Hij is Hitler,' zei de man. 'Dat zwijn. Hij liegt, hij is een Hitler...'

Milo sloeg geen acht op hem en las zijn rijbewijs. 'Elliot Simons... Wat hebben we hier... legitimatiebewijs van Cedars-Sinai... RN... Ben je verpleegkundige?'

'Op de OK,' zei Elliot Simons.

'Fijn voor je,' zei Milo. 'Je zit een beetje buiten je vaarwater, meneer Simons.'

'Hij is een Hitler, hij liegt, hij beweert dat hij...'

'Ja, ja,' zei Milo.

'Val me toch niet zo in de rede, laat me mijn zin afmaken,' zei Simons. 'Hij beweert dat hij...'

'Het is een oplichter,' onderbrak Milo hem. 'Heeft een boek geschreven, beweert een Palestijnse vluchteling uit Jeruzalem te zijn, maar hij is in Italië geboren en is half Engelsman, half Syriër. Eén van de joodse tijdschriften heeft hem ontmaskerd.'

Ik keek mijn vriend aan. Elliot Simons ook.

Hij bleef stil terwijl Milo zijn creditcards doornam. Daarna vroeg hij: 'Heb je hem al een poosje geschaduwd? Wie heeft je gestuurd?'

'Wie denk je?' zei Milo.

'De overheid? Zijn ze eindelijk zo verstandig geworden om hem te volgen? Het werd tijd, die man is een verrader. We hebben 11 september gehad en de regering weet nog steeds niet wat ze doet. Hoeveel schandalige schurkenstreken moeten er nog gebeuren voordat jullie eindelijk iets doen?'

'Je beschouwt Issa Qumdis als een terrorist.'

'Je hebt hem toch gehoord?'

Simons had een arbeidersgezicht, een gewoon gezicht. Alleen die ogen. Die schoten vuur van iets wat sterker was dan woede.

Hij rammelde met zijn boeien. 'Maak me los.'

'Hoe lang ben je hem al aan het stalken?' vroeg Milo.

'Ik heb niemand gestalkt,' zei Simons. 'Ik lees de krant, kwam erachter dat hij bezig is zijn leugens te verspreiden en besloot er iets aan te doen. Ik heb nergens spijt van; als je me wilt arresteren, ga je je gang maar. Ik maak het allemaal openbaar.'

'Wat allemaal?'

'Dat die vent een Hitler-figuur is met een fraaie graad van een beroemde universiteit.' Simons' ogen brandden nog feller. 'Mijn ouders hebben in Auschwitz gezeten. Ik ga niet werkeloos toezien hoe de een of andere verrekte nazi gore leugens verspreidt.'

Milo wees naar de rode vlek op de voorkant van de duffelse jas. 'Is dat echt varkensbloed?'

Simons grijnsde.

'Hoe ben je eraan gekomen?' vroeg Milo.

'L.A.-oost,' zei Simons. 'Bij een van de slachthuizen. Ik heb wat heparine van m'n werk meegenomen en erdoorheen gemengd. Dat is een antistollingsmiddel. Ik wilde het lekker vloeibaar maken.'

'Goed werk. Je bent tenslotte een OK-verpleger.'

'Ik ben de beste die er is,' zei Simons. 'Ik had dokter kunnen worden, maar ik kon de artsenstudie niet betalen. Mijn vader was altijd ziek, kon niet werken, door wat ze in dat kamp met hem hebben uitgespookt. Ik klaag niet, hoor; met mij gaat het prima. Heb vier kinderen naar bekende universiteiten gestuurd. Ik ben de beste. Als je me niet gelooft, mag je het controleren. De artsen zijn erg blij met me. Ze willen mij omdat ik de beste ben.'

'Ken je dr. Richard Silverman?'

Simons knikte heftig. 'Ik ken hem en hij kent mij. Tovenaar met de scalpel. Hoe ken jíj hem?'

'Van naam,' zei Milo.

'Ja, nou ja,' zei Simons. 'Bel dr. Silverman maar op en informeer naar

Elliot Simons. Hij weet dat ik geen halvezool ben; op m'n werk ben ik volkomen gericht bezig.'

'Vanavond was je erop gericht de kleren van Issa Qumdis te ruïneren.'

'Had ik maar een echt pistool gehad...'

'Niet zeggen, meneer,' zei Milo. 'Voor je eigen bestwil; ik wil geen dreigementen horen.'

'Menéér,' zei Simons. 'Worden we opeens formeel?' Hij rammelde weer met zijn boeien. 'En wat nu?'

'Waar studeren je kinderen?'

'Drie op Columbia, een op Yale. Ze mogen doodvallen,' zei Simons en het speeksel vloog in het rond. 'Niet mijn kinderen, maar zíj, die nazi's en die communisten in die boekwinkel die al die lulkoek geloven. Vijftig jaar geleden wilden ze ons uitroeien; we hebben het overleefd; we zijn weer groot geworden en we hebben gezegd: "Val maar dood, we zijn slimmer dan jullie." Dus dóódvallen kunnen ze. Als je me wilt arresteren omdat ik opkom voor mijn volk, prima. Ik neem wel een advocaat. Ik span een proces aan tegen die nazischoft die me daarbinnen een trap heeft gegeven, en die verlepte nazitrut. Daarna span ik een proces aan tegen die Arabische smeerlap en die Zweedse lul die waarschijnlijk zijn billenmaat is, en ook tegen jou.' Hij hijgde weer.

Milo vroeg: 'Waarom had je het op Issa Qumdis gemunt?'

'Omdat hij een nazi is, en omdat hij hier is.'

'Alleen daarom?'

'Is dat niet genoeg?' vroeg Simons. '*Goyische kopf.*'

'Ja hoor, ik ben een stomme *goy*,' zei Milo. 'Ondertussen zit jij onder het bloed en zit je in de boeien, en het enige wat je daarbinnen hebt bereikt, is de steun voor die vent consolideren.'

'Gelul,' zei Simons. 'Ze waren al jodenhaters voor ze binnenkwamen, en als jodenhaters gaan ze weer naar huis, maar nu weten ze tenminste dat we niet lijdzaam zullen toezien als ze weer proberen ons naar de gaskamers te drijven.'

Hij tuurde naar Milo. 'Jij bent toch niet joods?'

'Ik ben bang van niet.'

'Wat dan, een Duitser?'

'Iers.'

'Iers,' zei Simons, alsof hij dat verbijsterend vond. Tegen mij: 'Ben jij joods?'

Ik schudde mijn hoofd.

Weer tegen Milo: 'Dus de politie leest tegenwoordig *The Jewish Beacon?*'

'Ik lees wel eens wat, zo hier en daar.'

Simons glimlachte wetend. 'Oké, dus je bent met serieuze surveillance bezig. Het werd tijd.'

'De man die Issa Qumdis heeft ingeleid. Hoe zit het met hem?'

'Wat is er met hem?'

'Is er iets wat ik over hem moet weten?'

'Verrekte Zwééd,' zei Simons. 'Ook zo'n klóteprofessor... Mijn kinderen hebben op de universiteit hoogleraren gehad, ik zou je verhalen kunnen vertellen...'

'Laten we het maar alleen op professor Larsen houden,' zei Milo. 'Wat weet je over hem?'

'Hij is samen met die nazi, dus zal hij er ook wel een zijn. Wist je dat de Zweden in de oorlog bewéérden neutraal te zijn, maar ondertussen zaken deden met de nazi's? ss-soldaten naaiden links en rechts met Zweedse vrouwen, hele orgies, om de Zweedse vrouwen zwanger te maken. Waarschijnlijk is de helft van de zogenaamde Zweden Duits. Misschien is die Larsen er een van. Heb je gehoord wat hij daarbinnen zei? Ik had ook op hem moeten schieten.'

'Stop,' zei Milo. 'Als je zo blijft praten, moet ik je opbrengen.'

Simon keek hem aan. 'Doe je dat dan niet?'

Er reed een auto door de steeg, die gas terugnam om ons te passeren, zijn weg vervolgde naar Sixth en toen links afsloeg.

Milo zweeg.

'Nou?' vroeg Simons. 'Wat doen we?'

'Ben je hier met je eigen auto gekomen?'

'Dit is L.A., wat dacht je?'

'Waar staat hij?'

'Om de hoek.'

'Welke hoek?'

'Op Sixth,' zei Simons. 'Wat nou? Ga je die in beslág nemen?'

'Wat voor een auto?' vroeg Milo.

'Een Toyota,' zei Simons. 'Ik ben verdomme geen arts.'

We brachten hem naar zijn auto met zijn handboeien nog om. Twee wagens verder dan mijn Seville. Milo's ongemarkeerde auto stond aan de overkant.

'We spreken het volgende af,' zei Milo. 'Jij rijdt rechtstreeks naar huis, je gaat niet langs Start en je komt hier nooit meer terug. Blijf uit de buurt en dan houden we het bij deze les.'

'Welke les?' vroeg Simons.

'Dat het verstandig is om naar mij te luisteren.'

'Wat is er zo bijzonder aan jou?'

'Dat ik een stomme *goy* ben die weet waar Abraham de mosterd haalt.' Milo pakte Simons kraag en draaide die met zijn hand zo strak om 's mans dikke nek, dat zijn ogen uitpuilden.

Hij zei: 'Je...'

'Ik bewijs je een gunst, idioot. Een grote gunst. Stel mijn goede bedoelingen niet op de proef.'

Simons staarde hem aan. 'Ik stik.'

Milo liet de stof een millimeter vieren. 'Een grote gunst,' herhaalde hij. 'Natuurlijk kan ik je arresteren als je dat liever hebt, dan krijg je een heleboel publiciteit. Sommige mensen zullen je als een held beschouwen, maar ik denk niet dat de artsen in Cedars jou nog zo graag zullen hebben als ze erachter komen hoe stompzinnig je wel bent.'

'Dat zullen ze heus wel,' zei Simons. 'Ik ben de...'

'Je bent niet goed wijs,' zei Milo. 'Je kleren zitten onder het varkensbloed en je hebt geen fluit bereikt.'

'Die lui...'

'Hebben een pesthekel aan je en die zullen ze altijd houden, maar je bent een randminderheid. Als je iets wilt bereiken, moet je je als vrijwilliger aanmelden bij het Holocaust Center, als excursieleider voor kinderen van de middelbare school. Verdoe je tijd niet met die gekken.' Hij haalde zijn schouders op. 'Dat is mijn mening maar. Als je het er niet mee eens bent, zal ik je martelaarsfantasieën voeden en je opbergen in een fijne gevangeniscel met de een of andere bajesklant die tien tegen een geen hoge cijfers voor etnische gevoeligheid heeft gehaald.'

Simon kauwde op zijn lip. 'Het leven is kort. Ik wil ergens voor staan.'

'Dat is het 'm nou juist,' zei Milo. 'Overleving is de beste wraakoefening.'

'Wie zegt dat?'

'Ik.'

Simons kwam eindelijk tot bedaren en Milo maakte zijn boeien los. Hij keek omlaag naar zijn bebloede duffelse jas alsof hij de vlek voor het eerst zag, en plukte aan een schoon stukje revers. 'Deze jas is naar de maan; die kan ik niet thuis bij mijn vrouw brengen.'

'Goed gezegd,' zei Milo. 'Donder maar op.' Hij gaf Simons' portefeuille en sleutels terug en liet hem achter het stuur van zijn Toyota kruipen. Simons reed vlug weg, snelde naar Broadway en sloeg rechts af zonder richting aan te geven.

'Dat was leuk,' zei Milo. Hij controleerde zijn eigen kleding.

'Schoon,' zei ik. 'Ik heb al gekeken.'

Hij liep met me mee naar de Seville. Net toen we daar aankwamen, klonk er achter ons een stem: zacht, beschaafd, net hard genoeg om verstaanbaar te zijn. 'Heren? Heren van de politie?'

De lange zwarte man in het grijze pak stond een meter of drie achter ons op de stoep. Hij had de handen voor zich in elkaar geslagen. Hij glimlachte hartelijk. Probeerde niet bedreigend over te komen. 'Wat moet je?' vroeg Milo. Zijn hand gleed naar zijn pistool. 'Zou ik alstublieft een woordje met u mogen wisselen? Over een van de mensen in de boekwinkel?'
'Wie?'
'Albin Larsen,' zei de man.
'Wat is er met hem?'
De man praatte glimlachend door. 'Kunnen we ergens in alle rust praten?'
'Waarom?' vroeg Milo.
'Om wat ik te vertellen heb, meneer. Dat is niet... aangenaam. Het is geen aangenaam mens.'

34

Milo zei: 'Kom maar heel langzaam naar me toe en houd je handen waar ik ze kan zien. Goed, laat nu maar eens iets van een legitimatiebewijs zien.'
De man gehoorzaamde en haalde een glanzende zwarte portefeuille tevoorschijn, waar hij een visitekaartje uit haalde en dat aanreikte. Milo las het en gaf het aan mij.
Zwaar, wit karton met prachtige letters.

Protais Bumaya

Special Envoy
Republic of Rwanda
West Coast Consulate
125 Montgomery Street, Suite 840
San Francisco, CA 94104

'Kan het ermee door, meneer?'

'Voorlopig wel.'

'Dank u wel, meneer. Mag ik weten hoe u heet?'

'Sturgis.'

Misschien had Bumaya een warmer welkom verwacht, want zijn glimlach week eindelijk van zijn gezicht. 'Er is een gelegenheid, een taveerne een eindje verderop. Zullen we daarnaartoe gaan?'

'Ja,' zei Milo. 'Toe maar.'

De 'taveerne' was aan de overkant van Broadway tussen Fourth en Fifth, een vensterloos tentje dat de Seabreeze heette. De afwerking was in melancholieke Tudor-stijl met een ruwe, door zout aangetaste deur die ooit voor Engels eiken zal zijn doorgegaan. Het was een relikwie van het Santa Monica uit de periode tussen de twee bevolkingsgolven die de badplaats hadden gebouwd: eerst de stoere *burghers* uit het Midden-Westen die omstreeks het begin van de twintigste eeuw naar het westen stroomden voor de warmte, en zeventig jaar later de linkse maatschappelijke activisten die profiteerden van het beste huurtoezicht van Californië.

De periode daartussen werd gekenmerkt door het soort verderf dat je krijgt bij een combinatie van toeristen, sjacheraars, zacht weer en de zee, maar Santa Monica bleef een plaats die door zelfgenoegzaamheid was vormgegeven.

Milo bekeek de onvriendelijke voorgevel van de Seabreeze. 'Ben je hier al eerder geweest?'

Bumaya schudde zijn hoofd. 'De nabijheid leek me wel zo eenvoudig.'

Milo gaf een zet tegen de deur en we gingen naar binnen. Lange, lage, slecht verlichte ruimte met drie grove eethokjes links, en rechts een houten bar die met glanzend acrylvernis was opgeknapt. Er zaten acht serieuze drinkers met grijs haar en grauw gezicht met hun buik tegen het kunststof van de bar en hun gezicht naar de barkeeper, die eruitzag alsof hij met regelmatige tussenpozen zijn eigen waar proefde. Er hing een sterke geur van gist, hop en zweet en de lucht was zo vochtig, dat je er varens kon kweken. Negen mensen staarden ons aan toen we binnenkwamen. Frankie Valli liet ons via de jukebox weten dat we te goed waren om waar te zijn.

We namen het verste eethokje. De barkeeper sloeg geen acht op ons. Uiteindelijk kwam een van de drinkers naar ons toe. Een dikke man in een groen poloshirt en een grijze broek. Een verchroomd apparaatje met wisselgeld aan zijn riem duidde erop dat hij de ober was.

Hij keek fronsend naar Bumaya. 'Wat zal het wezen?'
Milo bestelde whisky en ik zei: 'Voor mij ook.'
Protais Bumaya zei: 'Ik wil graag een Boodles met tonic alstublieft.'
'We hebben alleen Gilbeys.'
'Dat is prima.'
Groenhemd grijnsde. 'Dat is je maar geraden.'
Toen hij weg waggelde, keek Bumaya hem na en zei: 'Blijkbaar heb ik iemand beledigd.'
'Waarschijnlijk houden ze niet van lange, donkere vreemdelingen,' zei Milo.
'Zwarte mensen?'
'Dat ook, misschien.'
Bumaya glimlachte. 'Ik had gehoord dat dit een vooruitstrevende stad was.'
'Het leven is vol verrassingen,' zei Milo. 'Nou, wat kan ik voor u doen, meneer Bumaya?'
Bumaya wilde antwoord geven, maar zweeg omdat de bestelling werd gebracht. 'Dank u wel, meneer,' zei hij tegen Groenhemd.
'Nog iets?'
'Als je zoute pinda's hebt,' zei Milo. 'Zo niet, dan willen we met rust worden gelaten, makker.'
Groenhemd keek hem nors aan.
Milo sloeg zijn whisky achterover. 'En nog zo een.'
Groenhemd pakte Milo's glimmende glas, liep naar de bar en kwam terug met een tweede whisky en een schaaltje knobbelige zoutjes. 'Dit zout genoeg?'
Milo at een zoutje en gromde. 'Ik ga mijn beroerte eerlijk verdienen.'
'Wat?'
Milo wierp hem een valse grijns toe. Groenhemd knipperde met zijn ogen en verwijderde zich. Toen hij zijn kruk weer had ingenomen, at Milo nog een zoutje en zei: 'Ja, echt een vooruitstrevende stad.'
Protais Bumaya probeerde niet te laten merken dat hij ons bestudeerde. In het schemerlicht had zijn huid de kleur van ebbenhout. De wijd uiteen staande lichtbruine ogen bewogen amper. Hij had enorme handen, maar dunne polsen. Hij was nog groter dan Milo, ruim een meter negentig. Maar hij had een kort bovenlijf; hij zat onderuitgezakt op zijn stoel en wekte een merkwaardig jongensachtige indruk.
We dronken een poosje zonder iets te zeggen. Frankie Valli maakte plaats voor Dusty Springfield die alleen maar bij ons wilde zijn. Bumaya leek van zijn gin-tonic te genieten.
'Goed,' zei Milo. 'Wat is er met Albin Larsen?'

'Een vooruitstrevend iemand, inspecteur Sturgis.'

'U weet wel beter.'

'In de boekwinkel hield u hem in de gaten,' zei Bumaya.

'Wie zegt dat we hem in de gaten hielden?'

'Wie anders?' zei Bumaya. 'George Issa Qumdis geeft voortdurend politieke lezingen. Hij is een publiek figuur. Wat zou een politieman te weten kunnen komen door hem te observeren? En die man met die donkerblauwe jas. Impulsief, maar geen zware jongen.'

'Is dat uw diagnose?'

'Hij spuit met verf,' zei Bumaya achteloos. 'U hebt hem ondervraagd en weer laten gaan. U bent toch rechercheur?'

Milo keek nog eens naar Bumaya's visitekaartje. 'Speciaal gezant. Als ik dit nummer bel en naar u informeer, wat krijg ik dan te horen?'

'Op dit uur krijgt u een bandje dat u zal adviseren gedurende kantoortijd te bellen. Als u tijdens kantooruren belt, stuit u weer op een bandopname die u talrijke keuzemogelijkheden biedt. Als u de juiste keuze maakt, zult u uiteindelijk een charmante dame genaamd Lucy aan de lijn krijgen, die de secretaresse is van de weledelgeboren heer Lloyd MacKenzie, een welbespraakte advocaat uit San Francisco, die dient als de facto consul van mijn land voor de westkust; mijn land is de republiek Rwanda. De heer MacKenzie zal u op zijn beurt meedelen dat ik een wettelijke vertegenwoordiger van mijn land ben.' Bumaya glimlachte. 'Als u dat allemaal wilt vermijden, kunt u mij ook gewoon geloven.'

Milo dronk zijn tweede glas whisky leeg. Het was sterk, bijtend spul. Ik moest nog mijn best doen het eerste glas weg te krijgen.

'Speciaal gezant,' herhaalde hij. 'Bent u een politieman?'

'Momenteel niet.'

'Maar?'

'Ik heb wel politiewerk gedaan.'

'Draai er dan niet omheen en vertel ons wat u van plan bent te vertellen.'

Bumaya's ogen glinsterden. Hij sloeg zijn lange, gemanicuurde vingers om zijn glas, stak een vinger in het vocht en speelde wat met het schijfje citroen. 'Ik wil dat Albin Larsen zijn verdiende loon krijgt.'

'En dat is?'

'Straf.' Bumaya haalde zijn glimmende zwarte portefeuille uit zijn binnenzak. Hij klapte hem open en betastte iets wat op een gestikte zoom leek. Het stiksel kwam los, waardoor er een gleuf zichtbaar werd. Hij stak zijn vingers in de gleuf en haalde een wit envelopje tevoorschijn.

Bumaya keek ons aan en tikte met een glimmende nagel het envelopje open. 'Hoeveel weet u van de genocide die ons land in 1994 heeft geteisterd?'

'Ik weet dat er een heleboel mensen zijn gedood en de wereld stond erbij en keek ernaar,' zei Milo.

'Bijna een miljoen slachtoffers,' zei Bumaya. 'Het meest genoemde aantal is achthonderdduizend, maar ik geloof dat die schatting te laag is. Mensen die de gruweldaden willen bagatelliseren zeggen dat er slechts driehonderdduizend mensen zijn afgeslacht.'

'Slechts,' zei Milo.

Bumaya knikte. 'Mijn overtuiging, gesteund door persoonlijke observatie en kennis van de bijzonderheden, is dat het uiteindelijke aantal dichter in de buurt van een miljoen zal zijn – misschien zelfs meer – als je het aantal mensen meetelt dat uiteindelijk aan ernstige verwondingen is bezweken.'

'Wat heeft dat allemaal met Albin Larsen te maken?'

'Larsen was tijdens de genocide in mijn land; hij werkte tijdens de ergste gruweldaden voor de Verenigde Naties in Kigali. Als adviseur mensenrechten.'

'Wat wilde dat zeggen met betrekking tot uw land?'

'Dat bepaalde Larsen zelf. De Verenigde Naties besteden miljarden dollars aan de salarissen van mensen die doen wat hun uitkomt.'

'U bent geen liefhebber van internationale instanties, meneer Bumaya?'

'De Verenigde Naties hebben niets gedaan om de genocide in mijn land een halt toe te roepen. Integendeel, bepaalde individuen die op de loonlijst van de VN staan, hebben actief en passief aan de massamoord deelgenomen. Internationale organisaties zijn altijd goed geweest in het achteraf veroordelen van tragedies, maar verbijsterend nutteloos als het op voorkomen aankomt.'

Bumaya hief zijn glas en nam een grote teug. Het witte envelopje bleef tussen de vingers van zijn vrije hand geklemd.

'Wilt u zeggen dat Larsen bij de genocide was betrokken?' vroeg Milo. 'Actief of passief?'

'Maakt dat iets uit?'

'Doet u mij een plezier, meneer.'

'Ik weet het niet, rechercheur Sturgis,' zei Bumaya. 'Nog niet.' Hij wierp een blik naar de bar.

'Wilt u er nog een?'

'Jawel, maar ik zal hem toch maar afslaan.' Bumaya tikte weer tegen het witte envelopje. 'In januari 2002 werd een zekere Laurent

Nzabakaza gearresteerd wegens medeplichtigheid aan de Rwandese genocide. Vroeger was Nzabakaza beheerder geweest van een gevangenis aan de rand van Kigali. De meeste gevangenen waren Hutu's. Toen de gewelddadigheden begonnen, maakte Nzabakaza hun cellen open, bewapende hij hen met speren, machetes en knuppels en alle vuurwapens die hij kon vinden en wees hij hen de huizen van Tutsi's aan. Het was een uitje voor de hele familie; Nzabakaza's vrouw en tienerzoons deden mee en moedigden de moordenaars juichend aan toen die erop los verkrachtten en hakten. Voordat dit allemaal aan het licht kwam en Nzabakaza in Genève werd gearresteerd, had hij een nieuwe betrekking gevonden. Hij werkte als rechercheur voor het Internationaal Oorlogstribunaal in Rwanda. Albin Larsen had hem aan die positie geholpen. Hetzelfde heeft Larsen voor andere individuen gedaan, van wie een aantal vervolgens is geïdentificeerd als genocideverdachte.'

'De schurken werken voor de rechtbank die geacht wordt hen te berechten.'

'Stelt u zich Goering of Goebbels maar eens voor op de loonlijst van het tribunaal van München.'

'Is Larsen soms een hotemetoot onder de Hutu's?'

'Larsen was – en is – een opportunist. Zijn geloofsbrieven zijn onberispelijk. Doctoraat in de psychologie, hoogleraar zowel in Zweden als in de Verenigde Staten. Hij staat al ruim twee decennia op de loonlijst van de VN en andere humanitaire organisaties.'

'Als mensenrechtendeskundige,' zei ik.

Bumaya maakte het witte envelopje open en haalde er een kleine kleurenfoto uit, die hij midden op de tafel legde.

Twee lachende jongens met een wit overhemd en een geruite schooldas. Glimmende, ebbenzwarte huid, heldere ogen, kortgeknipt haar, witte tanden. De een iets ouder dan de ander; ik schatte hen op negen en elf.

'Deze jongens,' zei Bumaya, 'zijn Joshua en Samuel Bangwa. Toen deze foto werd gemaakt, waren ze acht en tien jaar. Joshua was een uitstekende leerling die dol was op exacte vakken, en Samuel, de oudste, was een voortreffelijk atleet. Hun ouders waren ouderlingen van de zevendedagadventisten, die lesgaven in het dorp Butare. Kort nadat Kigali in handen viel van de Hutu-opstandelingen, werd Butare een doelwit omdat er voornamelijk Tutsi's woonden. Beide ouders van de jongens werden met machetes door de troepen van Laurent Nzabakaza gedood. Hun moeder werd voor en na haar dood herhaalde malen verkracht. Joshua en Samuel hadden zich in een kast verstopt en zagen door een spleet in de deur wat er gebeurde. Ze konden ontsnappen en zijn uiteindelijk Rwanda uit gesmokkeld door een adventistendominee. Omdat ze kroongetuige waren tegen Nzabakaza, werden ze naar Lagos in Nigeria gebracht en ondergebracht in een kostschool van de VN voor kinderen van diplomaten en beambten van de Nigeriaanse overheid. Twee weken nadat Laurent Nzabakaza in Zwitserland was gearresteerd, verschenen de jongens niet aan het ontbijt. Ze bleken in hun kamer in bed te liggen. Hun keel was van oor tot oor doorgesneden. Met één jaap van een scheermes; er was geen energie verspild.'

'Een beroeps,' zei Milo.

Bumaya haalde het schijfje limoen uit zijn glas, zoog erop en deed het weer terug. 'De school werd bewaakt, rechercheur. Het was een beveiligde instelling, en er waren geen sporen van braak. De dader is nooit gepakt.'

'En Albin Larsen...'

'Was psychologisch adviseur van de school, hoewel hij daar zelden kwam. Maar een week voor de jongens werden afgeslacht, arriveerde hij in Lagos en nam hij een kamer in een vleugel van de school. De aangegeven reden voor zijn bezoek was een officiële inspectie voor de VN. Tijdens zijn bezoek heeft hij ook nog andere plaatselijke activiteiten ontplooid.'

'Zoals...'

'Laat u me even uitspreken, alstublieft,' zei Bumaya. 'Men is erachter gekomen dat Larsen de school pas maanden later moest inspecteren, maar hij verkoos zijn komst te vervroegen.'

'Denkt u dat hij de twee jongens heeft vermoord?' vroeg Milo.

Bumaya fronste. 'Ik heb niets gevonden wat erop wijst dat Larsen ooit geweld heeft gebruikt. Maar het is bekend dat hij contacten met gewelddadige mensen heeft gehad en hen heeft geholpen bij hun activiteiten. Wat zou u zeggen van de volgende samenloop van omstandigheden: Larsens vriendschap met Laurent Nzabakaza, de bedreiging die de jongens voor die laatste vormden, en Larsens onverwachte aanwezigheid in de school.'

Milo pakte de foto en bestudeerde de lachende gezichten.

Protais Bumaya zei: 'Ik ben ervan overtuigd dat Larsen iemand in de arm heeft genomen om de jongens te vermoorden. Kan ik dat bewijzen? Nog niet.'

'Bent u gestuurd om het te bewijzen?'

'Onder andere.'

'Wat nog meer?'

'Feiten verzamelen.'

'Succes gehad?'

Bumaya leunde achterover en zuchtte. 'Tot nu toe heb ik nog niet veel tot stand gebracht. Vandaar dat ik, toen ik u Larsen zag observeren, dacht: aha, hier is mijn kans.' Hij legde zijn handen plat op tafel. Zijn knokkels waren grijs. 'Is er een mogelijkheid dat u informatie met mij deelt?'

'Zo werkt dat niet.'

Lange stilte.

Bumaya zei: 'Aha.'

'Wat weet u nog meer over Larsen?' vroeg Milo.

'Waarop doelt u?'

'Wat zijn andere "plaatselijke activiteiten" waren.'

'Professor Larsen heeft een breed scala van interesses,' zei Bumaya, 'maar voor mijn doeleinden zijn die niet relevant.'

'Ik maak me druk om mijn doeleinden,' zei Milo.

'Hij was betrokken bij projécten.' Bumaya sprak het woord uit alsof het een vloek was. 'Door de vn gesponsorde projecten, particuliere, humanitaire projecten. Larsen verbindt zich aan projecten om zich te verrijken.'

'Een rampenpooier,' zei Milo.

Er verscheen een flauwe glimlach om Bumaya's lippen. 'Die uitdrukking ken ik niet. Aardig. Ja, dat is een goede omschrijving.'

'Gaat het om veel geld?'

Bumaya's glimlach werd breder. 'Met alle administratie die de bureaucratie verlangt, zou je zeggen dat iemand een keer zou vaststellen dat een week maar zoveel uren heeft.'

Ik zei: 'Larsen dient valse nota's in.'

'Adviseurschap hier, adviseurschap daar. Als je zijn werkstaatjes gelooft, is hij de drukste man ter wereld.'

Milo vroeg: 'Om wat voor projecten gaat het?'

'Ik ben alleen maar bekend met de projecten in mijn land en in Lagos. Het gaat grotendeels om scholen en liefdadige instellingen. Minstens tien. Als je het papierwerk in zijn geheel bestudeert, kom je erachter dat Larsen honderdvijftig uur per week werkt.'

'Zijn er ook projecten bij die met gevangenishervorming te maken hebben?' vroeg Milo.

'Via het gevangeniswerk heeft Larsen Laurent Nzabakaza leren kennen. Hij heeft geld van de lutherse kerk losgepeuterd om de gedetineerden in de gevangenis van Nzabakaza te helpen hun misdadige neigingen te overwinnen. Sentries for Justice. Aanzienlijke sommen voor Nzabakaza hebben daarbij geholpen... Is de uitdrukking niet *de raderen smeren*?'

'De handen,' zei Milo. 'Iemand de handen smeren.'

'Aha,' zei Bumaya. 'Hoe dan ook, de gevangenen die door de Sentries for Justice zijn behandeld, vormen nu precies die groep die door Nzabakaza is bewapend en op Butare af is gestuurd. Larsen was al met een identiek programma begonnen in Lagos, en toen de genocide een eind maakte aan zijn activiteiten in Rwanda, richtte hij zich meer op de Nigeriaanse tak.'

Een grote, zwarte hand sloot zich om zijn glas. 'Ik denk dat ik er toch nog maar eentje neem.'

Milo pakte het glas, liep naar de bar en kwam met een vol glas terug.

Bumaya dronk het halfleeg. 'Dank u wel... Larsen heeft geprobeerd zichzelf aan de crisis in Bosnië te verbinden, maar dat is hem niet gelukt omdat er te veel concurrentie was. Onlangs heeft hij blijk gegeven van grote belangstelling voor de Palestijnse zaak. Hij was een van de buitenlanders die naar Jenin is gereisd om zijn steun aan Arafat te betuigen tijdens het Israëlische beleg. Hij heeft de VN voorzien van rapporten over het bloedbad van Jenin.'

'Dat nooit had plaatsgevonden,' zei Milo.

'Inderdaad. Er volgde een kort, maar hevig internationaal schandaal, maar Larsen kreeg toch voor zijn adviezen betaald. Zijn komst naar de regio heeft waarschijnlijk te maken met het feit dat zijn neef – Torvil Larsen – medewerker van de UNRWA in de Gaza-strook is. Als er ergens een internationaal conflict is, zul je Larsen altijd zien opduiken om zijn zakken te vullen. Als hij niet wordt tegengehouden.'

'Bent u van plan om hem tegen te houden?' vroeg Milo.

Bumaya klopte op zijn borst. 'Ik ben een feitenverzamelaar, geen man van de praktijk.'

Milo keek naar de foto van de lachende jongens. 'Waar logeert u in L.A.?'

'Bij vrienden.'

Milo haalde zijn aantekenboekje tevoorschijn. 'Naam, adres en telefoonnummer.'

'Is dat nodig?'

'Waarom zou u er iets tegen hebben om dat aan mij te vertellen?' vroeg Milo.

Bumaya sloeg de ogen neer. Dronk zijn glas leeg. 'Ik logeer bij Charlotte en David Kabanda.' Hij spelde de achternaam langzaam. 'Het is een artsenechtpaar. Ze werken in het Veterans Hospital in Westwood.'

'Adres?' vroeg Milo.

'Ik was een jaargenoot van Charlotte en David op de universiteit. Ik heb rechten gestudeerd. Zij denken dat ik advocaat ben.'

Milo tikte op zijn blocnote. 'Adres.'

Bumaya gaf het nummer van een flat in Ohio.

'Telefoon?'

Bumaya ratelde zeven cijfers af. 'Als u Charlotte en David belt en onthult wat ik u zojuist heb verteld, zullen ze verward zijn. Zij denken dat ik met juridisch onderzoek bezig ben.'

'Is dat adres uw enige verblijfplaats?' vroeg Milo.

'Jawel, rechercheur.'

'U bent gezant zonder hotelvergoeding?'

'We zijn een erg arm land, rechercheur, en we moeten ons best doen om de eenheid te herstellen. Meneer Lloyd MacKenzie, onze consul, werkt voor een gereduceerd tarief. Een echte humanitair.'

Milo vroeg: 'Wat kunt u mij nog meer over Larsen vertellen?'

'Ik heb u al heel veel verteld.'

'Moet ik de vraag herhalen?'

'Eenrichtingsverkeer,' zei Bumaya.

'Inderdaad.'

Bumaya lachte twee rijen parelwitte tanden bloot. 'Dit is alles wat ik over de zaak te vertellen heb.'

'Oké,' zei Milo, en hij sloeg zijn blocnote dicht.

'Het is in beider belang dat we de handen ineenslaan, meneer.'

'Als er iets is wat u dient te weten, neem ik contact met u op, meneer. Wees ondertussen voorzichtig. Het zou geen goede zaak zijn als een buitenlandse agent zich met een lopend onderzoek bemoeit.'

'Inspecteur, ik ben niet van plan...'

'Dan is er geen vuiltje aan de lucht,' zei Milo.

Bumaya fronste.

Milo vroeg: 'Wilt u nog iets drinken? Ik trakteer.'

'Nee,' zei Bumaya. 'Nee, dank u.' Het kiekje van de vermoorde jongens lag nog op tafel. Hij pakte het op en stopte het terug in zijn portefeuille van slangenleer.

'Kunt u goed met vuurwapens omgaan, meneer Bumaya? U bent tenslotte politieman geweest.'

'Ik kan schieten. Maar ik reis niet gewapend.'

'Dus als ik rondsnuffel in het appartement van uw vrienden, zullen er geen wapens opduiken?'

'Niet een,' zei Bumaya. Zijn lippen bewogen alsof zich een scala van emoties afspeelde. Uiteindelijk glimlachte hij vreugdeloos. 'Misschien ben ik niet duidelijk geweest, rechercheur Sturgis. Mijn enige doel is feiten verzamelen en die aan mijn superieuren doorgeven.'

'Al die moeite voor Albin Larsen.'

'En anderen.'

'Anderen in L.A.?'

'Hier en in andere steden. Andere landen.' Bumaya deed zijn ogen dicht en weer open. Zijn irissen, die net nog helder en nieuwsgierig hadden gestaan, waren nu dof. 'Ik zal hier heel lang mee bezig zijn.'

We keken hem na toen hij het café verliet.

Milo vroeg: 'Vind je dat ik hem te hard heb aangepakt?'

'Een beetje wel.'

'Ik sympathiseer met zijn zaak, maar hij interesseert zich alleen maar voor zijn eigen doeleinden, en ik zit niet op complicaties te wachten. Als ik Larsen achter slot en grendel kan krijgen, bewijs ik Bumaya en zijn superieuren een enorme dienst.'

'Daar kan ik inkomen,' zei ik.

'O ja?' Hij fronste. 'Die twee jongens.' Hij wendde zijn hoofd af en wenkte Groenhemd voor een derde whisky.

Groenhemd keek naar mij. 'U ook?'

Ik legde een hand op mijn glas en schudde van nee. Toen Milo's bestelling was gebracht, zei ik: 'Bumaya heeft zijn eigen agenda, maar wat hij zei bevestigt onze vermoedens. Larsen heeft een geschiedenis van nou juist dat soort zwendel waarover wij hebben gespeculeerd. En hij gebruikt geweld als het in zijn kraam te pas komt.'

'Stille wateren,' mompelde Milo.

'Toen hij daarstraks Issa Qumdis introduceerde was hij nogal vurig.'

'Ideologie en winst,' zei hij.

'Rampenpooier. Dat is een goeie.'

Hij nam een slok.

Ik zei: 'Ik ben alleen maar nieuwsgierig hoor, maar hoe komt het dat je zoveel over Issa Qumdis weet?'

'Wat nu? Mogen rechercheurs niet lezen?'

'Ik heb nooit geweten dat je politieke belangstelling had.'

Hij haalde zijn schouders op. 'Rick laat boeken en tijdschriften rondslingeren. Daar kijk ik wel eens in. Een van die tijdschriften was toevallig *The Jewish Beacon* met het artikel dat beweert dat Issa Qumdis zichzelf had uitgevonden.'

'Ik heb ook nooit geweten dat Rick in politiek geïnteresseerd was.'

'Was hij ook nooit. Zelfs voor homoseksuele vraagstukken liep hij niet warm.' Hij rekte zijn nek en zijn gezicht vertrok. 'Zijn ouders zijn overlevenden van de holocaust.'

Na al die jaren wist ik nog steeds niet veel over Rick. Noch over Milo wanneer die de deur van zijn huisje in Hollywood-west achter zich dichttrok.

Hij zei: 'Ze hebben hem altijd achter de vodden gezeten.'

'Naar aanleiding van de holocaust?'

Hij knikte. 'Ze wilden dat hij zich meer van zijn joodse identiteit bewust was. Die bagage was er altijd al, en het feit dat hij homo is, was een extra complicatie. Toen zijn ouders erachter kwamen zijn ze helemaal geflipt, en de erfenis van de holocaust maakte het alleen maar erger. Zijn moeder huilde alsof er iemand was gestorven. Zijn vader schreeuwde tegen hem dat hij een stommeling was omdat de nazi's nu twéé redenen hadden om hem te vergassen.'

Hij nam nog een slok whisky en spoelde ermee alsof het mondwater was. 'Hij is enig kind en dat was niet makkelijk. In de loop der jaren is het iets beter geworden omdat zijn vader en moeder ouder werden. Uiteindelijk konden hij en zijn vader erover praten.'

Iets wat Milo zelf nooit had ervaren voordat zíjn vader stierf.

'Toen kwam 11 september en Rick veranderde,' zei hij. 'Hij vatte het persoonlijk op. Het feit dat de Arabieren erachter zaten, plus de revisionistische theorieën die de joden verantwoordelijk stellen. Al die antisemitische troep die er uit Saudi Arabië en Egypte kwam. Opeens kreeg Rick belangstelling voor zijn joodse afkomst en begon hij joodse geschiedenis en materiaal over Israël te lezen. Hij begon geld aan zionistische bewegingen te geven en nam abonnementen op tijdschriften.'

'Waarin jij toevallig neusde.'

'Die Issa Qumdis-affaire wekte mijn nieuwsgierigheid omdat de kern was dat die vent een zwendelaar is, maar dat dit feit zijn academische loopbaan niet in de weg had gestaan. Zoiets boeit me altijd. Hoe weinig de werkelijkheid te maken heeft met de manier waarop het leven zich ontvouwt. Hij wás tenslotte iemand, hè? De vleesgeworden leerstoel, die erudiete instelling, en vervolgens in de openbaarheid komen met de opvatting dat er mensen over de kling gejaagd moeten worden. Dat is verrekte haatdragend voor een hoogleraar.'

'Er waart een heleboel haat door de academische wereld,' zei ik.

'Heb je daar zelf ervaring mee?'

'Meestal is het subtieler, maar je zou ervan opkijken wat zich allemaal afspeelt op faculteitsfeestjes als de geleerden denken dat niemand meeluistert.'

'Ik vraag me af of Issa Qumdis zo op Harvard tekeergaat. Hebben universiteiten geen protocol voor haatcolleges?'
'De regels worden selectief toegepast.'
'Het hangt er maar van af wiens os er wordt opengereten... Ja, dit is een fraaie wereld. Laten we er maar over ophouden en ons op de boosaardige dr. Larsen concentreren. Ben je nog iets over een plaatselijke zwendel te weten gekomen?'
'Nog niet. Ik heb Olivia gevraagd om haar licht eens op te steken. Ik heb haar het Sentries-project als handvat gegeven omdat ik er op internet op stuitte.'
'Sentries for Justice... Olivia is een prima mens... Tussen haakjes, Franco Gull heeft eindelijk zijn routine doorbroken en is naar de fitness gegaan. Gewichtheffen zonder acht op de dames te slaan en vervolgens weer naar huis. Dus misschien is hij op de hoogte van de zwendel en van wat de inzet is. De man wordt gauw emotioneel. Misschien kunnen we wel een barst in zijn pantser slaan. Lijkt dat je wat?'
'Dan zou je je in de kaart laten kijken.'
'Jawel, maar als ik niet snel vorderingen maak, heb ik geen keus, hè?' Hij wreef over zijn gezicht. 'Oké, ik wacht wel tot je iets van Olivia hoort, maar uiteindelijk zal ik de koe bij de horens moeten vatten...'
Zijn mobieltje ging en hij drukte het tegen zijn oor. 'Sturgis... Hoe laat? Nee maar. Oké, geef me het nummer maar.'
Zijn pen en papier lagen nog op tafel. Hij krabbelde snel iets neer en klapte de telefoon dicht met een merkwaardige glimlach om zijn mond. 'Wel wel wel.'
'Wie was dat?'
'Rechercheur Binchy. Gehoorzame jongen als hij is, zit hij aan zijn bureau om zijn administratie bij te houden voordat hij Gull weer in de gaten gaat houden. Er werd net voor me gebeld en hij nam op. Sonny Koppel wil met me praten. Hij zit te eten in een cafetaria aan Pico. Ik word uitgenodigd om langs te komen.'
'Ben ik ook uitgenodigd?'
'Ja hoor,' zei hij. 'Ik nodig je uit.'

35

De cafetaria heette Gene's en het was een van de lichte plekken in een rustig en donker blok aan de zuidkant van Pico, vlak bij de verkeersdrukte op La Cienaga, op een steenworp van de oostgrens van Milo's district.

Toen we er arriveerden, was het tien over halfelf en alle lichten brandden. Een lange, smalle ruimte met groezelig linoleum op de vloer, een formica toonbank en zeven bijpassende tafels, gebleekt door het felle licht. Op een bordje voor stond GEOPEND TOT MIDDERNACHT. Binnen zaten twee jongemannen met een veel te grote bril samenzweerderig te fluisteren achter koffie met gebak, en er lag een ingebonden scenario tussen hen in op tafel. Een oude vrouw peuzelde een broodje met eisalade. Achter haar zat een gespierde man in werkkleding oud nieuws in de ochtendkrant te lezen en een hamburger weg te werken.

Gehuld in een slappe grijze regenjas zat Sonny Koppel aan de toonbank eieren met spek met een vork in zijn mond te scheppen. De man achter de toonbank sloeg geen acht op Koppel en was bezig een frituurpan te boenen. Toen we dichterbij kwamen, draaide hij zich even om en hervatte zijn werk.

Koppel veegde zijn mond af, kwam van zijn kruk en droeg zijn bord, bestek en servet naar een tafeltje voorin. Vlak bij de deur, maar buiten gehoorsafstand van de andere klanten. Onder zijn regenjas droeg hij een lichtbruine sweater met witte strepen. Zijn kleine, brede voeten staken in tennisschoenen waarvan de veters losjes waren dichtgeknoopt. Hij had zich pas geschoren en zich een paar keer gesneden.

Zijn kop koffie liet hij staan en Milo nam hem mee naar de tafel. De man achter de toonbank draaide zich om en vroeg: 'Kan ik iets betekenen?'

'Nee, dank je.'

Koppel stond nog toen Milo zijn koffie bracht.

'Bedankt,' zei hij. 'Een moment.' Hij liep weer naar de toonbank om de ketchup en de tabasco te pakken. Uiteindelijk trok hij een stoel naar achteren, ging zitten en veegde zijn mond af. Hij liet een vork op zijn bord stuiteren en glimlachte. 'Ontbijt. Vind ik lekker als avondeten.'

'Ieder zijn meug,' zei Milo. 'Wat kunnen we voor u doen?'

'Die foto, van dat meisje. Hebt u die nog bij u?'

Milo haalde de lijkfoto uit de zak van zijn jasje en gaf hem aan Koppel.

Die bekeek hem en knikte. 'Toen u hem voor het eerst aan me liet zien, kwam ze me bekend voor. Maar ik kon het niet plaatsen, dus zei ik maar dat ik haar nog nooit had gezien. Ik wist echt niet zeker of ik dat gezicht wel kende.' Hij ging met zijn tong langs zijn lippen. 'Maar ze bleef me wel bezighouden.'

'Nu denkt u dat u haar wel kent,' zei Milo.

'Ik weet het niet zeker,' zei Koppel. 'Als zij het inderdaad is, heb ik haar maar een paar keer gezien. Letterlijk twee keer.' Hij wierp nog een blik op de foto. 'Zoals ze er hierop uitziet, is het moeilijk te zeggen...'

'Dat krijg je met iemand die dood is.'

Koppel slikte. Hij prikte een reep spek aan zijn vork. Halverwege zijn mond viel hij eraf en hij zag hem vlak naast zijn bord landen. Hij pakte hem op tussen duim en wijsvinger, legde hem weer naast de berg eieren en likte het vet van zijn vingertoppen.

'Waar denkt u haar te hebben gezien, meneer Koppel?' vroeg Milo.

'Zij kan het meisje zijn dat ik in Jerry Quicks kantoor heb gezien. Ze praatte met Jerry's secretaresse.'

'Jerry's secretaresse...'

'Angie Paul.'

'Kent u Angie Paul persoonlijk?'

'Ik ken haar alleen van mijn bezoekjes aan Jerry om over de huur te praten.' Koppel krabde de zijkant van zijn neus. 'Hebt u ook belangstelling voor haar? Ze heeft me altijd verbaasd.'

'Hoezo?'

'Ze leek me niet veel te doen te hebben. Ze was niet het type dat ik als secretaresse zou uitkiezen. Aan de andere kant hoefde ze ook niet veel indruk te maken.'

'Waarom niet?'

'Er was niet veel handel in Jerry's kantoor. Ik heb er nooit iemand anders gezien dan hem en haar.'

'En misschien dit meisje?'

'Misschien,' zei Koppel. 'Alleen misschien.'

Milo zei: 'U gaat niet vaak bij het kantoor van meneer Quick langs, maar het meisje hebt u er twee keer gezien.'

Koppel werd rood. 'Ik... Het enige wat ik zeggen wil... Wat weet ik nou helemaal. Het spijt me als ik uw tijd heb verdaan.'

Milo zette zijn wijsvinger op een hoek van de lijkfoto.

Sonny Koppel zei: 'U zult wel een vreemde indruk van me hebben.

278

Eerst zeg ik dat ik haar niet ken, dan bel ik u op.'

Milo glimlachte.

'Ik probeer gewoon te doen wat juist is, inspecteur.'

'Dat stellen we op prijs, meneer. Wat kunt u me nog meer over dat meisje vertellen?'

'Alleen dat,' zei Koppel, die nog een paar seconden naar de lijkfoto staarde. 'Ze kan het zijn.'

'Een meisje dat met Angie in de receptie van meneer Quicks kantoor praatte.'

'Dat was de eerste keer. Twee, drie maanden geleden. De tweede keer was recenter, zes weken terug. Ik zag ze met z'n tweeën, zij en Angie, het pand verlaten. Het was lunchtijd, dus nam ik aan dat ze gingen eten.'

'Waar zijn ze gaan eten?'

'Ik heb ze niet gevolgd, inspecteur. Ik kwam voor Jerry.'

'In verband met de huur.'

'Ja.' Koppel krabde achter zijn oor. 'Ik krijg de indruk dat ik mijn leven ingewikkelder maak door te doen wat ik juist acht.'

'In welk opzicht, meneer?'

'Zoals ik al zei, het zal wel een vreemde indruk maken.' Koppel schoof de foto weer naar Milo. 'Hoe dan ook, meer weet ik niet.'

Milo nam de foto van de ene hand in de andere, als een goochelaar met een kaarttruc. 'Samen met Angie.'

'Ze praatten, zoals meisjes doen.'

'Meisjes willen plezier maken,' zei Milo.

'Ik had niet de indruk dat ze plezier hadden,' zei Koppel. 'Ik bedoel dat ze niet lachten of giechelden of zo. Die keer dat ik ze samen zag weggaan leek het zelfs alsof ze een ernstig gesprek hadden, want toen ze mij zagen, hielden ze direct hun mond.'

'Ernstig gesprek onderweg naar hun lunch.'

'Misschien gingen ze niet eten. Dat denk ik maar omdat het lunchtijd was.'

'Noemde Angie het andere meisje nog bij naam?'

'Nee.'

'Wat kunt u me nog meer over haar vertellen? Over haar signalement?'

'Ze was niet groot en niet klein. Slank. Goed figuur. Maar ze was wel een beetje... Ze zag er niet uit als iemand die met geld is opgegroeid.'

'Nouveau riche?' vroeg Milo.

'Nee,' zei Koppel. 'Eerder... Haar kleren waren mooi, maar een tikje te... opvallend? Alsof ze gezien wilde worden? Misschien had ze een beetje te veel make-up op. Ik kan het me echt niet herinneren; ik wil u geen dingen vertellen die niet waar zijn.'

'Een beetje opzichtig.'

Koppel schudde zijn hoofd. 'Dat was het niet. Ik wil niet grof zijn, maar ze zag er een beetje... dellerig uit. Zoals dat haar. Haar is van nature toch nooit zo blond, behalve als je vijf jaar oud bent?'

'Klinkt alsof u haar goed hebt bekeken.'

'Ik heb haar gezien,' zei Koppel. 'Ze was knap. En welgevormd. Ik ben een man; u weet hoe dat gaat.'

Milo glimlachte flauw. 'Nog iets?'

'Nee, dat is het wel.' Koppel pakte zijn vork. De eieren waren gestold. Hij prikte een flinke klont en stak hem in zijn mond. De twee jongens met het scenario stonden op. Ze keken geërgerd en gingen zwijgend naar buiten.

Milo zei: 'Toen we u de vorige keer spraken, zei u dat uw ex-vrouw de benedenverdieping van haar pand voor groepstherapie wilde.'

'Ze zou me definitief iets laten weten voordat ze... voor haar dood.'

'Had ze u nog bijzonderheden verteld over de aard van de therapie?'

'Nee,' zei Koppel. 'Waarom zou ze?'

'Geen specifieke reden,' zei Milo. 'Ik verzamel nog steeds feiten.'

'Hebt u al vooruitgang geboekt?'

Milo haalde zijn schouders op.

Sonny Koppel zei: 'Wat die groepstherapie ook behelsde, het gaat niet door. Albin Larsen heeft me gisteren gebeld om te zeggen dat het goed was dat ik de benedenetage verhuurde. Mary Lou was de specie die hen tezamen hield. Nu zij weg is, zou het me niets verbazen als Larsen en Gull zouden proberen de huur op te zeggen.'

'Zien ze het pand niet zitten?'

'Ik weet niet zeker of ze bereid zijn de financiële last te dragen. Ik had het voor een vriendenprijsje aan Mary verhuurd. Er is geen contract, het gaat van maand tot maand.'

'Gaat u de huur verhogen?'

'Hoor eens, zaken zijn zaken,' zei Koppel.

'Hebt u iets tegen ze?'

'Ik heb erg weinig met ze te maken gehad. Zoals ik al zei, hield Mary de zaak bij elkaar. Als er iets zakelijks te bespreken was – een reparatie of zo – was Mary degene die belde.' Koppel glimlachte. 'Dat vond ik niet erg. Het was een kans om met haar te praten. Maar nu...'

Hij wierp de handen in de lucht.

Milo zei: 'Zij was de persoon voor de zakelijke kant, maar Larsen had haar belangstelling voor de tussenfasehuizen gewekt.'

'Hij kwam op mij over als de ideeënman,' zei Koppel. 'Maar als het op praktische dingen aankwam, had ik alleen met Mary te maken.'

'Mary en u.'

'Met de dagelijkse gang van zaken had ik niets te maken. Ik weet alleen iets over vastgoed.'

'Zoals overheidsfondsen aanboren,' zei Milo.

Koppel knikte. Hij knipperde niet met zijn ogen, er trilde geen spiertje.

'Had uw ex-vrouw ooit gevraagd om haar te helpen bij het verkrijgen van de een of andere overheidssubsidie voor de groepstherapie die ze beneden wilde geven?'

'Waarom zou ze? Wat weet ik nu van therapie?'

'U kent de wegen.'

'Op mijn beperkte terrein,' zei Koppel. 'Ik heb u al verteld dat Mary mij nooit om raad vroeg over professionele kwesties.' Hij draaide met zijn vork. 'Het grijpt me behoorlijk aan. Mary's dood. Stom, hè? We waren al jaren uit elkaar. Hoe dikwijls spraken we elkaar nou? Hooguit een keer per maand. Maar het laat me niet los. Dat iemand die je kent op zo'n manier aan haar eind moet komen.' Hij streek over zijn omvangrijke buik. 'Dit is al mijn tweede maaltijd. Dat is m'n gewoonte als de zaak me boven het hoofd groeit. Dan eet ik te veel.'

Als om het te onderstrepen stak hij twee repen spek in zijn mond.

'Mary was een sterk persoon,' zei hij tussen twee happen door. 'Het is een groot verlies.'

Milo probeerde nog wat visjes uit te gooien over het thema van de herintegratie van gevangenen, maar Koppel hapte niet. Toen die een dubbele portie geroosterd brood met jam en thee met honing bestelde en pakjes marmelade openmaakte, namen we afscheid en liepen we terug naar de Seville.

Milo vroeg: 'Wat denk je dat hierachter zat?'

'Hij wilde je uithoren en laten weten dat hij niets van Mary's professionele activiteiten wist.'

'En hij manoeuvreerde ons dichter naar het blonde meisje.'

'Naar Jerry Quick,' zei ik. 'Om de aandacht van zichzelf af te leiden.'

'Een dikke man die snel kan handelen. Larsens telefoontje dat ze de ruimte niet nodig hebben; denk je dat ze de tent opbreken?'

'Waarschijnlijk wel.'

'Het blonde meisje gaat dus met Angie om. Ik vraag me af of dat waar is.'

'Er is maar één manier om daarachter te komen,' zei ik.

Angie Pauls laatst bekende adres was een groot, vierkant flatgebouw van vijftig appartementen even ten westen van Laurel Canyon Boulevard en ten noorden van Victory, in een saai stuk van Hollywoodnoord. De snelweg liep anderhalve kilometer naar het zuiden in de buurt van Riverside Drive, maar het hardnekkige geraas was nog steeds te horen.

Het was er tien graden warmer dan in de stad. Op een bord voor het complex stond dat je bij een nieuw huurcontract twee maanden gratis satelliet-tv kreeg, en dat het gebouw was beveiligd. Die beveiliging betekende dat je je auto met behulp van een magneetkaart in de ondergrondse parkeergarage kon zetten, plus een tweetal ingangen met een lage poort. Dat voorkwam allemaal niet dat de goten vol lagen met troep en de voorgevel onder de lelijke vlekken van overgeschilderde graffiti zat.

Geen parkeerplaatsen. Milo dirigeerde me naar een verboden-te-parkerenzone en beloofde dat hij de boete zou betalen.

De twee poorten betekenden twee groepen brievenbussen. De bel van Angie Paul zat aan het noordelijke eind van het gebouw. Nummer 43. Geen gehoor. Er stond geen conciërgenaam. Terug naar de zuidkant.

Nummer 1, geen naam, alleen *Crge*.

Het was 23.40 uur. Milo drukte op de bel.

Ik zei: 'Ik hoop dat hij een nachtmens is.'

'Wat betekent een beetje gemiste slaap in dienst van het recht nou helemaal?'

Een mannenstem zei: 'Ja?'

'Politie.'

'Wacht even.'

Ik zei: 'Hij klinkt niet verrast. Misschien heeft hij interessante huurders.'

Er klonk een zoemer en we duwden de poort open.

De vijftig appartementen bestonden uit twee woonlagen die uitzagen op een lange, rechthoekige binnenplaats waar een zwembad had moeten zijn. Maar in plaats daarvan was er een schraal grasveld met tuinstoelen en een ingeklapte parasol. Op een tweetal deuren op de begane grond stond NAAR DE PARKEERGARAGE. Op het platte dak stonden drie tv-schotels. Ineens klonk er muziek, een flard van een stem en brekend glas.

Rechts was de conciërgewoning en er stond een man in de deuropening. Jong, een jaar of dertig, klein, kaalgeschoren hoofd en een kort baardje op z'n kin. Hij droeg een sportshort, een slobberig wit T-shirt met WOLF TRAP 2001 en rubber teenslippers.

Toen we voor hem stonden, zei hij: 'Ik had uniformen verwacht.'

'Komt er vaak politie?'

'U weet wel, voor burengerucht en zo.'

Milo liet zijn legitimatie zien.

'Inspecteur? Is er iets ernstigs of zo?'

'Nog niet, meneer...'

'Chad Ballou.' Hij wilde zijn hand uitsteken, bedacht zich en liet hem weer zakken.

Milo vroeg: 'Veel burengerucht?'

Ballou's blik ging langs de woonlagen. 'Niet meer dan je zou verwachten met zoveel mensen. Ik zeg tegen de huurders dat ze eerst mij moeten waarschuwen als er iets mis is, maar soms doen ze dat niet. Wat ik prima vind, ik wil me er eigenlijk niet mee bezighouden.'

'Bent u fulltime conciërge?' vroeg Milo.

Chad Ballou zei: 'Min of meer. Dit gebouw is van mijn ouders. Ik studeer klassiek gitaar op de CSUN. Ze vinden eigenlijk dat ik computertechniek moet studeren. De afspraak is dat ik dit werk doe, in plaats van dat ze me gewoon geld geven.' Hij glimlachte opgewekt.

'Dus wat is er aan de hand?'

'We zijn op zoek naar Angie Paul.'

Ballou betastte zijn kin met zijn rechterhand. Zijn nagels waren lang en gelakt. Die van zijn linkerhand waren kortgeknipt. 'Paul... Nummer 43?'

'Die ja.'

'De stripper?'

'Weet u dat zeker?'

'Dat heeft ze op haar aanmeldingsformulier gezet,' zei Ballou. 'Ze kwam met loonbriefjes van een club om het te bewijzen. Mijn ouders zouden het niet goedgekeurd hebben, maar ik zei waarom niet? Ze verdient meer dan een hoop van de mislukkelingen die hier een woning proberen te krijgen.' Ballou grijnsde. 'Tenslotte hebben ze mij de leiding gegeven, dus volgens mij mag ik beslissen. Hoe dan ook, ze bezorgt me geen last en betaalt de huur. Wat is er loos?'

'We willen haar iets vragen in verband met een lopend onderzoek.'

'Hebt u haar flat al geprobeerd?'

'Geen gehoor.'

'Waarschijnlijk is ze niet thuis.'

'Is ze vaak weg?'

'Dat zou ik niet weten,' zei Ballou.

'Vanuit uw huis hebt u een vrij goed uitzicht,' zei Milo.

'Als ik thuis ben, ben ik meestal aan het studeren of oefenen. Behalve als er klachten zijn. En zij heeft nog nooit geklaagd.'

'Krijgt ze bezoek?'

'Dat kan ik u ook niet vertellen. Ik zie haar eigenlijk maar weinig. Nummer 43 is helemaal aan de noordkant boven. Ze kan de trap in de hoek nemen naar de deur van de parkeergarage en ongezien komen en gaan.'

'Dus u hebt haar nooit in gezelschap van iemand anders gezien?'

'Niet dat ik weet.'

Milo liet hem de foto van het blonde meisje zien.

Ballou sperde zijn ogen open. 'Die ziet er dood uit.'

'Dat is ze ook.'

'Tjeetje... Dus dit is echt ernstig. Is ze in moeilijkheden... de stripper? Ik zit niet te wachten op een vreselijke toestand waar mijn ouders van flippen.'

Milo zwaaide met de foto. 'Hebt u haar nooit gezien?'

'Nóóit. Wat is er met haar gebeurd?'

'Iemand heeft haar doodgemaakt.'

'Jezus... U gaat me toch niet vertellen dat ik me ergens zorgen over moet maken?'

'Misschien wel als Angie Pauls lijk in haar woning ligt te schimmelen.'

Chad Ballou verbleekte. 'Shit... Meent u dat?'

'Wilt u een kijkje nemen?'

'Ik geef u de sleutel wel,' zei Ballou. 'Kijken jullie maar.'

'Juridisch zou dat problemen geven,' zei Milo. 'U hebt als conciërge het recht om op redelijke gronden het huis te inspecteren. Als er zeg maar een vermoedelijk gaslek is, of kortsluiting. Allerlei onderhoudsdingen.'

Ballou staarde hen aan. 'Schimmel... Zeker, zeker... Mag ik gewoon de deur openmaken om u binnen te laten?'

'Prima.'

'Moet dat nu?'

'Zo meteen,' zei Milo. 'Vertelt u me eerst maar eens waar juffrouw Paul stript.'

'Dat kan ik doen. Dat kan ik zeker.'

We volgden Ballou naar binnen. Netjes, Spartaans, sfeerloos, met een digitale tv van anderhalve meter in de voorkamer, tezamen met drie klassieke gitaren op een standaard. De tv stond op MTV. Heavy metalband met het volume hoog. Ballou zette hem zachter en zei: 'Ik ben een buitenbeentje.'

Naast de koelkast in de keuken stonden drie archiefkasten met elk drie laden. Ballou maakte de middelste open en haalde er een zwarte map uit. Hij sloeg hem open, bladerde wat en zei: 'Hier heb ik het.' Hij gaf ons een formulier.

Angie Pauls huuraanvraag. Ze beweerde drieduizend dollar netto per maand te verdienen en in de kantlijn stond *Nagetrokken*. Onder werkgever stond *The Hungry Bull Club W.L.A. branch (Exotic Dancer)*. Mijn blik gleed naar de onderkant van het formulier. Persoonlijke referenties.

1. Rick Savarin (manager THB)
2. Christina Marsh (collega)

Christa of Crystal.

Ik vroeg: 'Hebt u ooit haar referenties nagetrokken?'

Ballou zei: 'Ze heeft me haar loonbriefjes laten zien.'

'En hoe zit het met vroegere huisbazen?' vroeg Milo. 'Het is toch normaal dat die gebeld worden?'

'Volgens mij heeft ze gezegd dat ze van buiten de stad kwam,' zei Ballou.

'Waar?'

'Is dit belangrijk? O christus.'

Milo vroeg: 'Waar buiten de stad?'

'Dat weet ik niet meer. Ze verdiende genoeg om me de eerste en de laatste maand te betalen, plus een borg. Dus ze stripte; wat maakt dat uit? Ze is een prima huurder.'

Milo vouwde het formulier op en stak het in zijn zak. 'Laten we haar woning maar eens bekijken.'

Angie Pauls flat was even groot als die van Ballou. Ook netjes, met een kleinere tv, goedkoop meubilair, katoenen foulards en een paar reproducties van rozen met poezen aan de wand. De geur van een koppig, muskusachtig parfum bereikte de deuropening waarin ik naast Chad Ballou stond.

Milo verdween in de slaapkamer. Ballou tikte met zijn voet en zei:

'Tot nu toe alles kits?'
Ik glimlachte. Hij werd er niet geruster op.
Even later kwam Milo weer tevoorschijn en zei: 'Er ligt niets te schimmelen. Als juffrouw Paul terugkomt, moet u niet zeggen dat wij zijn langs geweest, maar mij bellen.' Hij gaf Ballou zijn kaartje.
'Goed... Kan ik afsluiten?'
'Jawel.'
Gedrieën daalden we de trap af en Milo liet Ballou Angies parkeervak aanwijzen. Leeg.
'Rijdt ze nog steeds in een Camaro uit '95?'
'Ik denk het wel,' zei Ballou. 'Ja, zo'n felblauwe.'

We liepen weer terug naar de Seville. Halfeen. Geen parkeerbon.
'Vrouwe Fortuna lacht ons toe,' zei Milo. 'Eindelijk.'
Ik zei: 'Christina Marsh.'
'Ja, kan.'
Ik startte en hij sloeg een neurotisch cha-cha-cha-ritme op het dashboard. Drie whisky's, god-mag-weten-hoeveel werkuren; de man liep een mentale marathon.
'Goeiemorgen,' zei ik.
'Moe?'
'Helemaal niet.'
'Ik ook niet. Wanneer ben je voor het laatst in een striptent geweest?'
'Een hele poos geleden.'
'Ik heb er een paar bezocht,' zei hij. Grote grijns. 'Ook met vróúwen die zich uitkleedden.'

36

The Hungry Bull in L.A.-west was in Cotner, een zijstraat van Olympic, op een industrieterrein waar het naar constructielijm rook. Naast de club was een sloperij van Rolls-Royces. Achter een omheining van harmonicagaas lagen grote bergen van het eens zo roemrijke chassis en auto-ingewanden.
Een eindje verderop was een coöperatieve galerie waar ooit een begaafde schilder was gewurgd in het toilet. Het was de laatste zaak waarin Milo en ik hadden samengewerkt. Als hij eraan moest denken, liet hij dat niet merken.

De club was ondergebracht in een raamloze hangar die matzwart was geverfd. De dubbel gecapitonneerde verchroomde deuren leken er wel op geniet. Neonreclame beloofde sterkedrank en mooie vrouwen.

Het industriële decor was ideaal: geen klagende buren overdag en geen mens die protesteerde tegen de dreunende tweekwartsbeat die door het zwarte pleisterwerk naar buiten drong.

De striptent afficheerde zich als 'Herenclub'. Het parkeerterrein stond vol stoffige autootjes en pick-ups, en twee donkerharige olifanten met tatoeages bewaakten de ingang. Op de een of andere manier verwachtte ik geen mollige krasse heren aan de cognac en de dure sigaren te midden van boekenkasten en mahoniehouten chic.

Milo liet zijn legitimatie aan Olifant Een zien. De man boog kruiperig. 'Ja, meneer, wat kan ik voor u doen?'

'Is Rick Savarin er vanavond?'

Het bolle gezicht van de uitsmijter werd in tweeën verdeeld door een oud, grijs litteken van een meswond dat van het midden van zijn voorhoofd over de brug van zijn neus liep, van richting veranderde, over zijn lippen kronkelde en eindigde in de holte van een kin waarop je kon leunen.

'Jawel, meneer. Hij is in zijn kantoor. Iemand zal u ernaartoe brengen, meneer.'

'Bedankt.'

'Graag gedaan, meneer.'

Olifant Twee, die nog groter was en een zonnebril op had, hield de deur open. Binnen wachtte nog een kolos. Deze, een slungelig Caribisch type, had lang haar. Hij ging ons voor naar links, door een korte gang die eindigde bij zwaaideuren die ook met zwarte kunststof waren gecapitonneerd.

Het kleurenschema van de zaal was zwart met een bloedrode afwerking. Drie treden voerden omlaag naar een verzonken gedeelte waar mannen geconcentreerd om een cirkelvormig podium zaten. Twee naaktdanseressen haalden vrij atletische stunts uit en bedreven de liefde met roestvrijstalen palen. Ze waren superslank, hadden allebei een hoge, ultrablonde bos haar, en borsten die de grens van het biologisch haalbare ver waren ontstegen. Ze droegen allebei een rode kousenband om hun linkerdij. Eén meisje had een blauwe tatoeage van een stralende zon over haar hele rug en had meer bankbiljetten in haar band.

We kwamen bij de zwarte kunststof deuren. De slungelige reus wees en duwde ze open. Hij bleef staan toen we een korte vestibule betraden. Daar waren twee ongemarkeerde deuren en een deur met een aluminium bordje met MANAGER.

Voordat Milo kon kloppen, ging de deur open. Een jongeman met een extravagant zwart toupet stak glimlachend zijn hand uit. 'Rick Savarin. Kom binnen.'

Savarin droeg een lichtblauw pak met zachte plooien en brede revers, een zwartzijden T-shirt, blauwe Gucci-instappers zonder sokken en een gouden ketting om een veel te bruine hals. Zijn kantoor was klein en functioneel en het rook er naar Shirley Temple-cocktails. Op zijn bureau stond een ingelijste foto van een vrouw die er gewoontjes uitzag met een verwonderde kleuter.

Savarin zei: 'Mijn zus in Iowa. Ga zitten, maakt u het zich gemakkelijk. Mag ik u iets te drinken aanbieden?'

'Nee, dank u,' zei Milo. 'Komt u ook uit Iowa?'

Savarin glimlachte. 'Langgeleden.'

'Boerenjongen?'

'Dat was héél langgeleden.' Savarin schoof achter zijn bureau, nam plaats, duwde zijn stoel naar achteren tegen de muur en zette een voet op de handgreep van een lade. Aan de muur hingen een paar naaktkalenders met het logo van de Hungry Bull en een van de drankhandel.

'Zo,' zei hij met de vingers schuin tegen elkaar. Hij leek me een jaar of vijfendertig, was goedgebouwd en had blauwe ogen met wallen en een gespannen mond. Wanneer die openging, werd er een rij parelwitte tanden zichtbaar. Sneeuwwitte kronen. Het haarstukje leek wel geleend te zijn.

Milo zei: 'Angie Paul.'

'Angie?' zei Savarin. 'Die heeft hier een poosje geleden gewerkt. Haar toneelnaam was Angie Blue.'

'Vanwege die nagels.'

'Nagels, G-string, blauwe auto. Er is veel concurrentie en de meisjes vinden dat ze iets moeten hebben dat hen onderscheidt. In Angies geval zou een goeie bos hout voor de deur geholpen hebben, maar zij had zichzelf wijsgemaakt dat blauw belangrijk was.' Savarin grinnikte. 'Wat heeft ze uitgespookt?'

'We zoeken haar omdat we belangstelling voor haar hebben,' zei Milo. 'Wanneer is ze opgehouden met werken?'

'Vier maanden geleden.'

'Is ze gestopt of is ze ontslagen?'

'Ze is gestopt,' zei Savarin. 'Een van de klanten – van haar vaste klanten – heeft haar betoverd.'

'Omgaan met de klanten?'

'Het is tegen de regels en we doen ons best om er de hand aan te houden. Maar de meisjes die hier werken hebben niet veel met regels.'

'Wie was die man?'

'De een of andere vent van middelbare leeftijd. Hij kwam wel twee, drie keer per week, dan weer een poosje niet, dan kwam hij weer.'

'Voor Angie?'

'Vaste prik,' zei Savarin. 'De bofkont.' Hij streek met zijn hand over zijn borst. 'Sommige mannen houden van puur natuur. Met al die siliconen en zoutoplossingen die ik de hele dag zie, moet ik bekennen dat ik op meisjes met een lief gezicht en natuurlijke prammen val. Maar de meeste klanten?' Hij schudde zijn hoofd. 'Zelfs kerels die van puur natuur houden, willen wel wát zien, en Angie was vrijwel plat. Ik wilde haar eigenlijk niet aannemen, maar ze had mooie heupen en een lekker kontje en ze bewoog zich goed bij de auditie. Bovendien trof ze me op een tijdstip dat ik slecht in de meisjes zat.'

'Die vaste klant had het echt op haar gemunt.'

'Hij kwam alleen op dagen dat zij danste. Dan ging hij helemaal vooraan zitten en kon hij zijn ogen niet van haar afhouden. Zij voor hem dansen. Hij haar dikke fooien geven. Waarschijnlijk hebben ze zo iets met elkaar gekregen.' Savarin krabde op zijn hoofd. 'Ik heb haar nooit bij hem op schoot zien zitten; dat zou een waarschuwing zijn geweest.'

'Hoezo?'

'Hij hoefde haar niet op schoot, want dat kreeg hij wel na de show.'

'Beschrijf die man eens.'

'Middelbare leeftijd; vrij gewoon,' zei Savarin. 'Ik heb nooit zijn naam geweten, want hij betaalde altijd contant en ging in zijn eentje aan een tafeltje zitten. Ik ben een keer naar hem toe gegaan om te vragen of ik hem ergens mee van dienst kon zijn, maar hij wuifde me weg.'

'Wat zei hij?'

'Hij wuifde me alleen maar weg, zo van: val me niet lastig, ik moet me concentreren. Vond ik prima; het was tenslotte zijn geld. Hij dronk voornamelijk fris, maar wel een heleboel. Vijf, zes cola per avond. Met lime. Soms wilde hij er een scheut rum in.'

'Middelbare leeftijd,' zei Milo.

'Vijftig schat ik. Een meter tachtig, beetje mager, beetje afgezakt.'

'Afgezakt.'

'Hij stond gebogen, weet je wel. Alsof er een last op zijn schouders drukte.'

Milo knikte. 'Wat nog meer?'

Savarin zei: 'Laat eens kijken… Grijs haar.'

'Over een kale plek gekamd?'

Savarins gezicht vertrok. 'Dat zou ik niet zeggen. Niet zo'n officiële, met haarlak op zijn plek gehouden camouflage. Dit had er meer van weg dat hij wat hij nog aan haar had opzij kamde en verder vergat.'

'Hoe ging hij gekleed?'

'Nonchalant. Truienwerk. Ik kan je wel vertellen wat voor auto hij had. Kleine Baby Benz, zwart, of misschien grijs. Donker. Soort zakenman. Financieel iemand, dacht ik. Een vent met een eigen kantoor, advocaat of zo.'

'Kwam hij altijd alleen?'

'Altijd. Bleef ook alleen.'

'Heeft Angie ooit zijn naam genoemd?'

'Even nadenken,' zei Savarin. 'Larry, misschien? Ze heeft die naam maar één keer genoemd, toen ze ontslag nam. Eerlijk gezegd vond ik het niet erg dat ze wegging.'

'Kleine bos hout,' zei Milo.

'Ja, plus geen al te beste instelling. Daar op het podium moet je jezelf bijzonder maken; je moet iets dienends krijgen. Je moet de klanten ervan zien te overtuigen dat je iets om ze geeft. Angie had iets chagrijnigs. Sommige mannen kicken daar op; de opwinding van de jacht, weet je wel. Maar de meesten willen een brede glimlach, een hartelijk welkom. Dat is het hele eieren eten.'

'De klanten welkom heten.'

'Gastvrijheid,' zei Savarin. 'Als er een flitsendere meid was langsgekomen, had ik Angie waarschijnlijk ontslagen. Je kunt iemand wel bewegingen leren, maar als ze niet gastvrij willen zijn, kun je het ze ook niet bijbrengen.'

'Dus ze kwam opzeggen en ze zei dat ze met Larry meeging.'

'Ik denk dat het Larry was,' zei Savarin. 'Vraag me niet er een eed op te doen.'

'Wat zei ze over hem?'

'Dat ze een beter aanbod van een van haar vaste klanten had gekregen. Ze deed het voorkomen alsof ze een belangrijke baan had gekregen, maar ik had de indruk dat hij haar ergens stalde als zijn maîtresse.'

'Waarom?'

'Gewoon het type,' zei Savarin. 'Geld genoeg, zij is dertig jaar jonger dan hij. Je komt hier niet naar een kantoormanager zoeken.'

'Zei ze dat hij een kantoor had?'

'Kan… Dit was maanden geleden.'

'Kan de naam van die vaste klant ook Jerry zijn geweest?' vroeg Milo.
Savarins gezicht klaarde op. 'Dat kan heel goed zijn, weet je. Larry,
Jerry... Wie is hij?'
'Iemand.'
'Heeft hij haar iets aangedaan?'
Milo schudde zijn hoofd. 'En Christina Marsh?'
'Christi? Zij was een vriendin van Angie. Zij had Angie aanbevolen.
Zij is ook gestopt, ongeveer een maand na Angie. Van haar speet het
me wél. Geen kolossale boezem, maar genoeg, en echt mooi van vorm,
zoiets als peren, weet je wel? Leuke roze tepeltjes waar geen rouge
op hoefde. Haar hele lijf had iets alsof ze op melk was grootgebracht.
Mooie benen, dat ook. Ze wist goed raad met de paal.'
'Waarom is ze gestopt?'
Savarin schudde zijn hoofd. 'Van haar weet ik het niet. Ze kwam ge-
woon niet meer opdagen. Ik heb haar een paar keer gebeld en ze bel-
de niet terug, dus daar heb ik het maar bij gelaten.' Hij hield zijn
handen op. 'In dit werk kun je maar beter filosofisch zijn.'
'Hebt u haar nummer?'
'Dat heb ik nog wel ergens, waarschijnlijk. Af en toe komen de ei-
genaars papieren opruimen, maar misschien heb ik het nog wel.'
'Wie zijn de eigenaars?'
'Een consortium van Chinees-Amerikaanse zakenlui. Bofkonten.'
'De zaken gaan goed,' zei Milo.
'De zaken gaan gevéldig; ik wou dat ik een aandeel had. Maar ik
krijg m'n bonussen.'
'Waar is het hoofdkwartier?'
'In Monterey Park. Daar is ook de oorspronkelijke club, bedoeld voor
Aziatische klanten. Naast deze club zijn er nog zeven andere. Onta-
rio, San Bernardino, Riverside. Helemaal naar San Diego County.
Mijn omzet hoort bij de hoogste.'
'Nog meer eigenaars behalve die van Monterey Park?'
'Nee.'
'Van wie is het gebouw?'
Savarin glimlachte. 'Een lieve oude dame uit Palm Springs die het van
haar man heeft geërfd. Grace Baumgarten. Ze is een keer geweest om
naar de meisjes te kijken en ze zei dat ze zich nog herinnerde dat zij-
zelf zo kon bewegen.'
'Is er nog iemand anders bij de zaak betrokken?'
'Afgezien van de werknemers?'
'Andere eigenaars?'
'Nee, dat was het.'

'En de uitsmijters? Zijn er nog meer dan degenen die vanavond dienst hebben?'

'Af en toe maak ik gebruik van footballspelers van de California State University,' zei Savarin.

'Ooit een knaap gebruikt die Ray Degussa heet?'

'Nee. Wie is dat?'

'Iemand.'

'Oké, ik zal er niet naar vragen,' zei Savarin. 'Maar mag ik wél vragen waarom jullie al die informatie willen over Angie en die Jerry en Christi? Ik bedoel, is er iets wat m'n winkel schade kan berokkenen?'

Milo liet hem de lijkfoto zien. Savarins bruine kleur verloor iets van zijn glans.

'Dat is Christi. O, man. Wat is er in godsnaam met haar gebeurd?'

'Daar proberen we nu juist achter te komen.'

'Christi,' zei Savarin. 'O jezus. Dat was in wezen een lief kind. Niet al te slim, maar wel lief. Over boerenmeisjes gesproken. Ik denk dat ze uit Minnesota kwam of zoiets. Natuurlijk, blond haar. O jezus. Wat zonde.'

'Heel zonde,' zei Milo.

'Ik zal kijken of ik die papieren kan vinden.'

In de vestibule maakte Savarin een van de ongemarkeerde deuren open. Daarachter was een kast vol dozen en flessen schoonmaakmiddel. Hij scharrelde wat door de archiefdozen. Het duurde een poosje, maar eindelijk had hij een roze formulier met het opschrift PERSONEELSGEGEVENS, waarop het sofinummer en postadres stonden van Christina Marsh en verder niets.

Vanowen Boulevard, Hollywood-Noord. Niet ver van het complex van Angie Paul. Christina Marsh was acht maanden geleden bij de club begonnen en zes maanden later niet meer komen opdagen.

Vlak nadat Gavin met zijn therapie was begonnen.

Milo zei: 'Er staat geen telefoonnummer bij.'

Savarin wierp een blik op het formulier. 'U hebt gelijk. Volgens mij had ze gezegd dat ze nog geen telefoon had. Ze was net verhuisd of zoiets.'

'Uit Minnesota.'

'Dat denk ik. Zo zag ze eruit, echt romig. Lief meisje.'

'Maar niet slim,' zei ik.

'Toen ze dit invulde,' zei Savarin, 'duurde het echt een hele tijd en ze bewoog haar lippen. Maar een geweldige danseres.'

'Ongeremd,' zei ik.

'Voor een dollar fooi wilde ze voor je hurken, mocht je alles zien. Maar dat had niets... ranzigs.'

'Sexy maar niet ranzig?'

'Sexy omdát het niet ranzig was,' zei Savarin. 'Ik probeer te zeggen dat er niets plágerigs bij zat. Het was net alsof dat paalnaaien en alles laten zien gewoon een manier was om te tonen wat de natuur haar had geschonken. Ze had iets gezonds, weet je wel? Mannen vinden dat leuk.'

Milo vroeg: 'Zei ze nog waar ze vroeger had gewerkt?'

Savarin schudde zijn hoofd. 'Toen ik zag hoe ze zich bewoog, heb ik niets meer gevraagd.'

'Had zij vaste klanten?'

'Nee, zo was ze niet. Ze circuleerde.'

'In tegenstelling tot Angie.'

'Angie wist dat ze de fysieke concurrentie niet aankon, dus richtte ze zich op één man en die bewerkte ze voor honderd procent. Christi was iemand voor meer mensen; ze haalde echt enorme fooien binnen. Daarom was ik zo verbaasd dat ze niet meer kwam opdagen. Hoe lang geleden is ze... Wanneer is dit gebeurd?'

'Paar weken geleden,' zei Milo.

'O. Dus had ze inmiddels iets van werk gevonden.'

'Enig idee wat?'

'Ik zou zeggen als danseres in een andere club, maar dat zou ik geweten hebben.'

'Door het circuit.'

Savarin knikte. 'Het is een klein wereldje. Als meisjes naar de concurrentie gaan, krijg je dat te horen.'

'Wie zijn de concurrentie?'

Savarin ratelde een lijst van clubs af en Milo schreef ze op.

'De meisjes die vanavond werken,' zei hij. 'Zijn er een paar bij die Christi of Angie kennen?'

'Ik betwijfel het. Geen van hen is hier langer dan een paar maanden. Althans niet in dit filiaal. Daar zijn we goed in; we laten het talent circuleren.'

Ik zei: 'Dat helpt om te veel Jerry's te voorkomen.'

'Het houdt álles vers,' zei Savarin.

Milo zei: 'Het is een kleine wereld. Dan kent een van de meisjes Angie of Christi misschien van vroeger.'

'U kunt naar de kleedkamer gaan om met ze te praten, maar waarschijnlijk verdoet u uw tijd.'

'Nou,' zei Milo, 'daar ben ik aan gewend.'

De kleedkamer was een rommelige gang vol kostuums aan rekken en make-up op tafels, flesjes aspirine en Mydol, lotions en haarspelden en pretentieuze pruiken op piepschuim hoofden. Er hingen drie rokende meisjes in badjas rond. Een vierde meisje, slank en donker, zat naakt met een been op tafel haar schaamhaar bij te werken met een scheermes. Van dichtbij kon je de dikke laag pancakemake-up goed zien. Van dichtbij leken de meisjes op tieners op een verkleedpartijtje. Geen van hen kende Angela Paul of Christina Marsh, en toen Milo hun de lijkfoto liet zien, kregen hun ogen iets angstigs en verdrietigs. Het meisje met het scheermes moest huilen.

We mompelden wat woorden van troost en verlieten de club.

De recherchekamer was verlaten. We liepen door naar Milo's kantoor. Hij liet de deur open en rekte zich uit op zijn stoel. Het was bijna twee uur 's nachts.

Hij vroeg: 'Wat doen ze eigenlijk in Minnesota? Koeien melken? Wilde rijst oogsten?' Hij schudde zijn hoofd. 'Met melk grootgebracht.'

'Is het nog te vroeg om de plaatselijke politie te bellen?' informeerde ik.

Hij wreef zich in zijn ogen. 'Koffie?'

'Nee, dank je.'

Hij haalde de foto van Christi Marsh tevoorschijn en keek ernaar. 'Eindelijk een naam.' Hij startte zijn computer op en voerde haar naam in de nationale misdaadbank en de plaatselijke databanken. Geen resultaten. Niet eens een rijbewijs, en haar sofinummer leverde geen arbeidsgegevens op.

'Spookmeisje,' zei hij.

'Als ze freelancer was in een gelegenheid met veel contant geld,' zei ik, 'zou er toch ook geen behoefte aan administratie zijn?'

'Dus een prostituee, zoals jij al dacht. Waar heeft ze Angie dan ontmoet?'

'In een club die geen formulieren indient. Of Angie tippelde ook. De jongens van Zeden kenden Christi niet omdat ze nieuw was en nog niet was opgepakt.'

'Minnesota,' zei hij. 'Ik zal ze daar over een paar uur gaan bellen. Moet trouwens een heleboel gaan bellen. Weet je zeker dat je geen koffie wilt? Ik neem wel een bak.'

'Moet je niet slapen?'

'Dat ben ik ontwend.' Hij hees zich overeind, slofte weg en kwam terug met een plastic beker. Hij plofte in zijn stoel, nam een slok en wreef weer in zijn ogen.

'Wanneer heb je voor het laatst geslapen?' vroeg ik.

'Kan ik me niet herinneren. Nemen je krachten af?'

'Ik kan nog even mee.'

Hij zette zijn beker neer. 'Het is alsof er twee parallelle verhaallijnen zijn, die van Jerry Quick en die van Albin Larsen-Sonny Koppel. Ik heb moeite er één geheel van te maken. Laten we met Jerry beginnen: louche jongen, losse seksuele moraal, gebruikt prepaid mobieltjes, reist veel, zogenaamd om metaal te kopen, maar verdient niet veel. Betaalt zijn huur niet op tijd, zit achter de vrouwen aan en doet geen moeite om dat voor zijn vrouw verborgen te houden. Als hij in de stad is, laat hij zijn vrouw 's nachts alleen om van zijn favoriete stripper te genieten. Uiteindelijk koopt hij haar weg om zogenaamd zijn secretaresse te worden, hoewel haar nagels te lang zijn om te kunnen typen. Waarschijnlijk had Savarin gelijk: Jerry hield Angie erbij en zette haar op kantoor om het een legaal tintje te geven. Op die manier was ze in de buurt als hij zin had in een partijtje bureau-aerobics. Nu is hij ervandoor en Angie ook.'

'Met z'n tweeën ondergedoken,' zei ik.

'De vraag is waarom?'

'Het kaartenhuis begint in te storten; de zwendel loopt mis. Jerry en Angie weten waarom Gavin is vermoord. Ze weten dat zij nu aan de beurt kunnen zijn.'

Hij dacht even na. 'Ik zie nog steeds niet in welke rol er voor Quick in die zwendel is weggelegd, maar wie weet wat hij echt in zijn schild voert... Oké, dus misschien voelt hij zich zelfs schuldig over Gavin, maar hij wil vooral voorkomen dat de waarheid aan het licht komt, want dan is hij erbij omdat hij medeplichtig is aan de dood van zijn zoon. Hij ontruimt Gavins kamer, brengt Sheila onder bij haar zus, wil terug naar huis om de schoonmaak af te maken, maar krijgt het op zijn zenuwen en smeert 'm samen met Angie. Die heeft het natuurlijk ook niet meer omdat ze haar vriendin Christi kwijt is. Het meisje dat zij en Jerry aan Gavin hebben gekoppeld om die laatste tevreden te houden.'

'Angie leek me niet overstuur toen we haar spraken,' zei ik. 'Ze knipperde even met haar ogen toen je haar de foto liet zien, maar dat is nog altijd vrij cool.'

'Klopt,' zei hij. 'Koelbloedig meisje. Een prostituee.'

'Wat Jerry's rol in de zwendel betreft: hij werkte misschien voor Koppel als tussenpersoon, als een soort leverancier. Stel dat hij Angie heeft weggekocht bij de club voor meer dan seks buitenshuis? Een prostituee annex stripper kent misschien wel een paar bajesklanten, en die zijn kanonnenvlees voor de zwendel.'

'Jerry als pooier... Dan zouden ze Bennett Hacker en Ray Degussa hebben om de ex-gedetineerden te leveren.'

'Wie weet,' zei ik, 'heeft Jerry die Hacker en Degussa wel in contact gebracht met de rest. Degussa is uitsmijter en iemand als Jerry, die vaak in stripteaseclubs komt, leert uitsmijters kennen. Jerry heeft via Degussa Hacker leren kennen. Hij heeft het tweetal aan Sonny Koppel voorgesteld, die toevallig een belang in een paar tussenfasehuizen heeft.'

'Jerry als huurder van Sonny is een front en Sonny heeft dat verhaal over zijn achterstallige huur opgehangen om ons een rad voor ogen te draaien.'

'En om zich van Jerry te distantiëren. Een ondernemende knaap als Sonny zou zijn kans geroken hebben. Hij heeft die tussenfasehuizen, en via Jerry ook de contacten. Voeg daarbij een ex met belangstelling voor gevangenishervorming plus haar partner, iemand die al twintig jaar ervaring heeft met het te gelde maken van misère, en de zwendel is perfect.'

'Een samenscholing van akelige breintjes,' zei hij. 'Perfect zolang het duurde.'

Ik zei: 'Gavins ongeluk was het begin van de neerwaartse spiraal. Hij onderging een persoonlijkheidsverandering, veranderde in een stalker, werd opgepakt en moest in therapie van de rechter. Daar wist Sonny wel iets op, en hij stuurde Gavin naar iemand op wie ze konden rekenen dat ze de juiste dingen tegen de rechter zou zeggen. Maar die goede daad werkte averechts omdat Gavin zichzelf als schandaaljournalist ging beschouwen. Hij snuffelde rond en vond een echt schandaal.'

Milo deed zijn ogen dicht en bleef roerloos zitten. Even dacht ik dat hij in slaap was gevallen. Toen ging hij rechtop zitten en keek me nietszeggend aan alsof hij had gedroomd.

Ik vroeg: 'Volg je me nog?'

Hij knikte langzaam.

'Jerry loog tegen ons over de verwijzing en verzon het verhaal dat dr. Silver zijn golfmaatje was, juist om zijn banden met de groep te verdoezelen. Hij deed het voorkomen alsof het een lustmoord was. Nog zo'n poging om de aandacht af te leiden.'

'Die goeie ouwe pa,' zei hij. 'Beweert metaalhandelaar te zijn, maar in werkelijkheid is hij een pooier.'

'Omdat Gavin een stalkingprobleem had, dacht Jerry waarschijnlijk dat hij een geweldige vader was door hem Christi toe te schuiven.

Gavin leek ook blij, want hij schepte op tegenover Kayla over de seks met zijn nieuwe vriendin. De enige moeilijkheid was dat de hersenbeschadiging zijn denken nadelig beïnvloedde. Hij schreef nummerborden op, dat van zijn vader incluis. Iemand is erachter gekomen en heeft ervoor gezorgd dat hij en die arme Christi Marsh werden vermoord. Mary Lou kwam erachter, en dat joeg haar de stuipen op het lijf. Gevangeniswezen oplichten is één ding, maar moord iets heel anders. Misschien heeft ze Sonny en Larsen wel onder druk gezet om de hele toestand te laten vallen. Ze wist dat ze een potje bij Sonny kon breken en dacht dat ze hem in haar zak had. Maar in de hoek gedreven bleek Sonny helemaal niet zo onschuldig. En Albin Larsen evenmin.'

'Als we Bumaya mogen geloven, is Larsen een monster.'

'Een monster met een doctoraat,' zei ik. 'Sluw, berekend en gevaarlijk. Mary Lou heeft haar eigen charisma te hoog aangeslagen.'

'En Sheila? Die weet nergens van?'

'Sheila kampt met ernstige emotionele problemen. Zij en Jerry zijn al jaren vervreemd, maar voor de schijn is hij bij haar gebleven. Nu is één kind uit huis en het andere dood. Voeg daar wat paniek bij en het is het ideale moment voor hem om haar te verlaten.'

'De schijn,' zei Milo. 'Dat huis, de Benz en een school in Beverly Hills voor de kinderen. Vervolgens krijgt Gavin een klap op zijn schedel en alles stort in. Hoe zit het met die spies? De seksuele hoek? Een kogel zou genoeg zijn geweest voor een eenvoudige afrekening.'

'De spies is de slagroom op de taart,' zei ik. 'Iemand die van moorden geniet. Iemand die het al eerder heeft gedaan.'

'Ray Degussa,' zei hij. Hij stond op, liep naar de deur, keek links en rechts de verlaten gang in, zei: 'Het is stil,' en hij ging weer zitten. 'Dus Mary was een zwendelaar, maar moord wilde er niet in?'

'De zwendel kan ze gerationaliseerd hebben; ze kan zichzelf wijsgemaakt hebben dat ze goeddeden, dat ze alleen de rekening wat aandikten. Wie leed daar tenslotte onder? Een corrupte gevangenisbureaucratie.'

'Precies het soort lulkoek dat hufters als Larsen haar gevoerd zouden hebben.' Hij fronste. 'De moeilijkheid is dat dit hele kaartenhuis van een zwendelpartij uitgaat, en we weten niet eens of daar wel sprake van is.'

'Over een paar uur zal ik Olivia bellen.'

'Denk je echt dat Mary Lou zo gek zou zijn om Larsen en de rest te bedreigen? Zou ze blind zijn geweest voor het soort mensen waarmee ze te maken had?'

'Het kan heel gevaarlijk zijn om je eigen propaganda te geloven.'
'En hoe zit het met Gull?'
'Die was er ofwel bij betrokken, of niet.'
'Ik vraag me af waarom Gavin van hem af wilde.'
'Ik ook.'
'Maf joch,' zei hij. 'Dom, maf joch. Maffe familie.'
'En hoe zit het met dat andere kind in die familie?' vroeg ik. 'Het kind dat niet naar huis ging toen haar broer was gestorven? Soms zijn het degenen die weggaan die de interessantste dingen te vertellen hebben.'
'Kelly, de rechtenstudente op de universiteit van Boston.'
'Haar eerste jaar zal inmiddels achter de rug zijn. Maar ze is toch in Boston gebleven.'
'Nog iets voor mijn activiteitenlijst. Er staat een heleboel op. Ik moet naar bed.'
'Wij allebei,' zei ik.
Hij kwam met moeite overeind. De randen van zijn ogen waren bloedrood en zijn gezicht was grauw. 'Basta,' zei hij. 'Laten we er als de sodemieter vandoor gaan.'

37

Ik was om halfvier 's nachts gaan slapen en werd gewekt door de telefoon. Toen ik weer iets kon zien, keek ik op de klok. Het was zes uur later. Ik pakte de hoorn en liet hem bijna uit mijn handen vallen.
'Ik heb het,' zei Olivia Brickerman. 'De oplossing was lateraal denken.'
'Goeiemorgen,' zei ik.
'Je klinkt slaperig.'
'Lange nacht geweest.'
'Arme schat. Wil je eerst je tanden poetsen en me dan terugbellen?'
Ik lachte. 'Nee, vertel maar.'
'De moeilijkheid was,' zei ze, 'dat ik mezelf te veel beperkte, dat ik me alleen maar op tegemoetkomingen en subsidies concentreerde. Alsof dat de enige fondsen zijn. Uiteindelijk ben ik naar een andere versnelling geschakeld en bingo! Deze toestand is bij de wet geregeld, Alex. Het was een amendement van een ongenadige strafwet. Ka-

merlid Reynard Bird, een democraat uit Oakland... Ken je die? Vroeger was hij lid van de Zwarte Panters.'

'Jazeker.'

'Bird heeft voor dat amendement gezorgd als onderdeel van de aloude geven-en-nemenpolitiek. Dus nu kun je slechte jongens een hele poos achter slot en grendel zetten, maar als ze vrijkomen, krijgen ze gratis therapie.'

'Ongeacht wie?'

'Alle voorwaardelijk invrijheidgestelden die erom vragen, krijgen die. Tot een jaar individuele- of groepstherapie per schurk, geen beperking op uren, en het geld komt rechtstreeks van Medi-Cal. Daarom kon ik de geldstroom niet vinden. Het is een druppel in de oceaan van algemene medische vergoedingen.'

'Daar boffen de criminelen maar mee,' zei ik. 'En de verstrekkers ook.'

'Dat doen ze zeker, maar er zijn maar weinig verstrekkers die er gebruik van maken. Ofwel ze weten er niet van, ofwel ze willen geen wachtkamer vol gespuis. Waarschijnlijk het eerste. Bird heeft er nooit ruchtbaarheid aan gegeven, terwijl hij doorgaans direct een persconferentie geeft. Ik ben erachter dat zijn derde vrouw psychologe is en raad eens: zij leidt twee van de grootste projecten in Oakland en Berkeley. Bijna alle activiteiten concentreren zich in het noorden. Er is nog een project in Redwood City en er zijn een paar groepen in Santa Cruz die worden geleid door een vijfentachtigjarige, gepensioneerde psychiater die een praktijk in L.A. heeft gehad. De praktijk waarvoor jij waarschijnlijk belangstelling hebt, is Pacifica Psychological Services in Beverly Hills, Californië. Klopt dat?'

'Hoe weet je dat?'

'Dat is het enige project in Zuid-Californië.'

'Rechtstreeks betaald uit de koektrommel van Medi-Cal,' zei ik. 'Hoe hoog is het vergoedingsniveau?'

'Wacht even, schat, er is nog meer. We hebben het over Medi-Cal-plús. De wet staat toeslagen toe vanwege een clausule "noodvoorzieningen". Het geld komt uit een of ander speciaal rijkspotje, maar de administratie gaat via Medi-Cal.'

'Wat wil zeggen dat het om patiënten gaat die de doorsneedokter niet in zijn praktijk wil zien, dus de staat looft een aanmoedigingspremie uit. Hoeveel?'

'Dubbele vergoeding,' zei ze. 'Zelfs iets meer dan dubbel. Medi-Cal betaalt veertien dollar voor groepstherapie door een gekwalificeerde psycholoog en vijftien door een arts. Verstrekkers krijgen volgens deze wet vijfendertig dollar. Hetzelfde geldt voor individuele therapie. Van twintig tot vijfenveertig dollar per uur. Zeventig dollar voor de eerste intake en achtenveertig voor casusbesprekingen.'

'Vijfendertig per uur voor groepstherapie,' zei ik, en ik maakte een snelle herberekening van mijn oorspronkelijke schatting. Een heleboel nullen. 'Niet slecht.'

'Ik kan geen fiscale supervisie vinden, je hoeft alleen maar de overheid een nota te sturen en het geld binnen te harken.'

'Is er een manier om erachter te komen hoeveel ieder project in rekening brengt?'

'Niet voor mij, maar Milo mag dat waarschijnlijk wel,' zei ze. 'Als hij er meer van wil weten, zou ik Sacramento bellen. Je moet vragen naar Dwight Zevonsky, hij is een goeie vent die fraude onderzoekt.'

Ik schreef het nummer op.

'Hoe heet het project officieel?' vroeg ik.

'Het heeft geen naam, alleen maar Wet 5678930-CRP-M, amendement F,' zei ze. 'Met als ondertitel *Psychologische demarginalisering van ontslagen gedetineerden.*' Dat was een van je sleutelwoorden. Ik vond er nog een paar in de tekst van het amendement: *Instellingsverandering – holistische nadruk.* De afzonderlijke projecten zijn vrij hun eigen naam te voeren. Dat van Beverly Hills heet...'

'Sentries for Justice.'

'Ja, precies zoals je al zei. Dus hoe zit het? Hebben ze zoiets al eerder gelapt?'

'O, jazeker,' zei ik.

'Waar?'

'Dat wil je niet weten.'

Ik kwam achter de naam van de derde vrouw van kamerlid Reynard Bird en zocht haar op via internet.

Dr. Michelle Harrington-Bird. Een lange, in Schotland geboren roodharige van in de veertig, die graag Afrikaanse gewaden droeg en dikwijls haar stem liet horen bij politieke aangelegenheden. Het kamerlid was in de zeventig. Hij was een doorgewinterde parlementariër, die bekendstond om zijn hartstochtelijke retoriek en om zijn vermogen om oneffenheden in zijn kiesdistrict weg te werken.

Op een van de talrijke foto's die ik aantrof, poseerde Harrington-Bird met een groep medepsychologen onder wie Albin Larsen. Het was een groepje therapeuten op een congres. Larsen stond naast Harrington-Bird. Met zijn geitensik, bril en tweedpak met vest zag hij eruit als een Hollywood-incarnatie van Freud. Zijn lichaamstaal verried geen intimiteit met de huidige echtgenote van het kamerlid. Een en al zakelijkheid. Daar was dan ook alle reden voor.

Mevrouw Harrington-Bird had Larsens bewoordingen gekozen voor de formulering van de wet. Ongetwijfeld had Larsen indruk op haar gemaakt met beschrijvingen van zijn mensenrechtenwerk in Afrika. Ik vroeg me af wat ze zou vinden van zijn rol in de Afrikaanse genocide. Van die twee jongetjes die met een afgesneden keel in bed lagen.

Ik vond het tweetal Larsen en Harrington-Bird nog drie keer, als ondertekenaars van politieke advertenties. Nadat ik had uitgedraaid wat ik relevant achtte, ging ik bellen.

Milo zei: 'O man, die Olivia moet wereldpresident worden.'

'Ze is overgekwalificeerd,' zei ik. 'Nu weten we dat die financiering echt is, en dat Larsen er al vroeg bij was.'

'Reynard Bird. Ik vraag me af hoe ver dit gaat.'

'Er is geen aanwijzing dat Bird of zijn vrouw gefraudeerd hebben. Larsen kende haar professioneel en ze waren politiek twee handen op één buik. Misschien heeft hij haar ook wel gebruikt.'

'Heeft zij iets met mensenrechten?'

'Ze heeft iets met petities. Protesten tegen de Amerikaanse bemoeienis in Afghanistan en Irak en zo. Larsen heeft die petities mede ondertekend.'

Hij gromde. 'Wanneer is dat fonds van start gegaan?'

'Anderhalf jaar geleden. De eerste vergoedingen werden zestien maanden geleden betaald. Pacifica is van meet af aan van de partij geweest.'

'Vijfendertig dollar voor elk boevenuur,' zei hij. 'Nog meer dan we hadden geschat.'

'Een enorme aanmoediging om de zaak draaiende te houden. En om je in te dekken als er met ontmaskering werd gedreigd. Als Mary Lou iets van een bedreiging was, lag het voor de hand om haar te elimineren.'

'De kogel en de spies. Nu ik het daar toch over heb, hier heb je mijn bijdrage aan de databank. Via een paar fraaie recherchetrucs heb ik een gepensioneerde hoofdcipier van San Quentin gevonden die Raymond Degussa echt heeft gekend. Hij weet zeker dat Degussa niet alleen verantwoordelijk was voor twee, maar voor dríe huurmoorden op medegevangenen, en misschien nog eens vijf. Als interne huurmoordenaar werd hij in de arm genomen door bendes die zelf schone handen wilden houden. Ondanks dat alles konden ze maar geen bewijs tegen die schoft vinden. Als Degussa geen medegevangenen vermoordde, deed hij alle dingen waarvan paroolcommissies gaan kwijlen. Ging naar de kerk, was de assistent van de pastor, bood zich aan als vrijwilliger om kerstspeelgoed voor gettokinderen te maken en werkte als vrijwilliger in de bibliotheek. En moet je horen, hij nam regelmatig counselingsessies. Deze meneer kent de waarde van therapie.'

'Zonder meer.'

'En nu komt het leukste, Alex: deze hoofdcipier heeft me God zij geloofd en geprezen verteld dat er bij al die moorden een soort spies kwam kijken. Het was een combinatiesignatuur, wat ongebruikelijk is bij bajesmoorden. Meestal is het steken en wegwezen. Degussa stak ook wel. Hij sneed ze de strot af en stak zijn slachtoffer verschillende malen in z'n donder. Maar om de zaak af te ronden stak hij een of ander puntig voorwerp in de hals of de borst. In een aantal gevallen is dat voorwerp gevonden: een geslepen vulpen en een vleesspies die uit de gevangeniskeuken was gepikt. Raymond is geheid onze dader.'

'Heeft hij geen zedenmisdrijven op zijn naam?'

'Zijn strafblad heb ik je al verteld: diefstal, drugs, gewapende overvallen. Maar dat zijn alleen maar de dingen waarop hij is gepakt. Wie weet wat hij in zijn vrije tijd uitspookt? Met ingang van vanavond moet Sean Binchy Gull loslaten en Degussa gaan schaduwen. In het begin zal ik erbij zijn om ervoor te zorgen dat hij niet in moeilijkheden komt. Een zwetende psycholoog in de gaten houden is één ding, deze schooier is andere koek.'

'Is Gull uit beeld?'

'Integendeel. Nu we weten dat er wel degelijk sprake is van een zwendel, hebben we iets om tegen hem te gebruiken. Aangenomen dat jij hem nog steeds als de zwakste schakel beschouwt.'

'Als je iemand de duimschroeven aan wilt draaien, zou ik hem nemen.'

'Ik wil héél graag iemand de duimschroeven aandraaien,' zei hij. 'Dan nog wat. Het adres dat Christi Marsh heeft opgegeven is een postbus, waar ik niet van opkijk. Ze heeft hem maar twee maanden gehuurd en de bediende kan zich haar gezicht niet herinneren. Heb je vanmorgen al in de krant gekeken?'

'Nog niet.'

'Ze hebben de foto eindelijk geplaatst. Op bladzijde 32, onderaan, met drie zinnen waarin iedereen die haar kent wordt opgeroepen om mij te bellen. Nog niets gehoord. Wat de familie Quick betreft, heb ik zuster Kelly opgespoord. Zij is in Boston gebleven om voor een advocatenkantoor te werken. Maar ze heeft net vrij genomen, zogenaamd vanwege een zieke oma in Michigan.'

'Jij denkt dat ze heel wat verder naar het westen zit.'

'Ik heb het huis gebeld, maar er wordt niet opgenomen en ik heb een boodschap achtergelaten bij Eileen Paxton, voor het geval ze weer zusterlijke neigingen krijgt. Ik wil liever vandaag nog dan morgen met je overleggen over Franco Gull. Ik heb een paar ideeën over de fijne nuances van pressie in de menselijke omgang.'

38

Franco Gull had een strafpleiter, genaamd Armand Moss, in de arm genomen. Moss had de opdracht aan een partner uitbesteed, een onthutsend mooie brunette van een jaar of veertig die Myrna Wimmer heette.

De bijeenkomst was op haar kantoor, een vertrek met glazen wanden op de hoogste verdieping van een kantoorgebouw op Wilshire in de buurt van Barrington. Het was een schitterende dag en de glazen wand bood een prachtig uitzicht.

Myrna Wimmer droeg een wijnrood broekpak en had een smetteloze, ivoorkleurige huid. Haar glanzende, efficiënte kapsel had een v-vorm met kunstige coupe-soleilstrepen. Haar rechtenbul van Yale was tentoongesteld als de icoon die het was. De foto's op haar bureau verrieden dat ze een liefhebbende man en vijf snoezige kinderen had. Ze bewoog zich als een danseres en begroette ons hartelijk. Haar ietwat scheve grijze ogen onder fraai gevormde wenkbrauwen konden harten laten smelten.

Ze zei: 'Voor alle duidelijkheid, dr. Gull is hier uit eigen vrije wil en hij is niet verplicht welke vragen dan ook te beantwoorden, laat staan vragen die we ongepast vinden.'

'Jawel, mevrouw, u zegt het maar,' zei Milo.

Mevrouw Wimmer keek hem geamuseerd aan en wendde zich tot Gull, die met zijn voeten op het kleed in een leunstoel bij de langste glazen wand zat. Hij zag er uitgeblust en vermagerd uit. De stoel stond op zwenkwieltjes en trilde wanneer Gull zich bewoog.

Hij droeg een zwart pak, een witte coltrui en donkerrode kalfsleren instappers. Op zijn zwarte sokken zaten rode klokjes. Hij had een opgevouwen linnen zakdoek in zijn hand. Nog geen zweet, maar verwachtte hij het wel? Of misschien had zijn advocaat hem die zakdoek gegeven. Milo nam de stoel die het verst bij hem vandaan stond. Ik ging vlak bij hem zitten.

'Goedemorgen,' zei ik. Het was 11.00 uur en het uitzicht door Myrna Wimmers glazen wanden nodigde uit tot langdurige meditatie. Maar ik was daar voor iets heel anders, gekleed in mijn beste donkerblauwe pak, een wit overhemd met een kraagspeld, Franse manchetknopen en een das van goudkleurige jacquard. De laatste keer dat ik dat pak had gedragen, had iemand me voor een advocaat versleten. Wat we allemaal overhebben voor het algemeen belang.

Er waren twee dagen verstreken sinds de foto van Christina Marsh in de krant had gestaan. Milo was gebeld door een paar schizofrenen, die ieder een merkwaardig eensluidend verhaal ophingen over een ontvoering door buitenaardse wezens. Ze waren er allebei van overtuigd dat Christina in werkelijkheid van Venus kwam. Het was een komische, lichte noot in het geheel, en Milo kon die wel gebruiken met al die werkdruk.

Twee avonden surveillance van Raymond Degussa waren de mist ingegaan omdat de uitsmijter niet op zijn werk bij de club verscheen. Toen zijn laatst bekende adres werd nagetrokken, bleek dat hij er al anderhalf jaar niet meer woonde, en nu moest Milo nog verder zoeken.

Voordat we naar Myrna Wimmers kantoor gingen, had hij me politiefoto's van Degussa en een foto van Kentekenregistratie van Bennett Hacker laten zien. Degussa's gegevens meldden dat hij een meter tachtig was, negentig kilo woog en onder de tatoeages zat. Lang, gelooid gezicht, dikke nek, uitgesproken trekken, zwart haar dat met brillantine achterovergekamd zat. Op een van de foto's had Degussa een dikke druipsnor. Op andere was hij gladgeschoren. Kleine spleetoogjes verrieden dodelijke verveling.

Hacker was een meter vijfentachtig en woog zevenenzeventig kilo. Hij had dun peper-en-zoutkleurig haar en een slappe kin. Hij droeg een wit overhemd met een das en glimlachte vaag naar de camera van Kentekenregistratie.

Volgens de onderzoeker van Medi-Cal, Dwight Zevonsky, was de reclasseringsbeambte een bemiddeld man. Ze waren allebei rijk trouwens.

Franco Gull had niet op mijn begroeting gereageerd, dus ik herhaalde die.

Hij zei: 'Morgen.'

Ik hield het jasje van mijn pak dichtgeknoopt en mijn houding straalde gezag uit. 'Mooi daarbuiten,' zei ik. 'Maar daar zult u geen oog voor hebben.'

Geen antwoord.

'Al die dissonantie zal niet meevallen, Franco.'

'Pardon?' zei Myrna Wimmer.

'Dissonantie. Wanneer het zelfbeeld botst met de harde werkelijkheid.' Ik schoof wat dichter naar Gull toe. Hij drukte zich tegen de rugleuning van zijn stoel. Die rolde een paar centimeter naar achteren.

'Wat heeft dit te betekenen?' vroeg Wimmer. 'Heb ik een afspraak afgezegd om naar psychologie van de koude grond te luisteren?'

Ik bleef Gull aankijken. 'In de eerste plaats behoor je te weten dat ik geen politieman ben, maar een collega.'

Franco Gulls linkeroog trok en hij keek even naar Wimmer. Die zei: 'Wat is hier aan de hand?'

Milo zei: 'Dr. Delaware is klinisch psycholoog. Hij is politieadviseur.'

Gull keek me nijdig aan. 'Dat hebt u nooit gezegd.'

'Daar was geen reden toe,' zei ik. 'Maar nu is die er wel.'

Wimmer kruiste haar armen voor haar borst. 'Nou, dít is weer eens iets anders.'

'Is daar iets tegen?' vroeg Milo.

Ze stak een vinger omhoog. 'Stil, ik moet even nadenken.'

'Misschien is dit aangenamer voor uw cliënt,' zei Milo. 'Geen bruut politieoptreden, maar een beetje collegialiteit.'

'Dat moeten we nog zien.' En tegen mij: 'Wat is uw invalshoek? Maar in de eerste plaats, mag ik uw naam nog een keer?'

Ik noemde mijn naam en zij schreef die met veel vertoon op. 'Oké, nú mag u me uw invalshoek vertellen.'

'Klinische psychologie.' Ik wendde me weer tot Gull. 'Ik heb een poging gedaan om te begrijpen hoe jij je in deze onverkwikkelijke situatie hebt gewerkt.'

Gull wendde zijn hoofd af, en ik vervolgde: 'Ik heb wat speurwerk gedaan, maar dat maakte het raadsel alleen maar groter.' Ik schoof nog wat dichter naar Gull toe. Gull probeerde zich terug te duwen, maar de wieltjes onder zijn stoelpoten bleven in het kleed haken.

'Franco... mag ik Franco zeggen? De kloof tussen de persoonlijkheid naar wie ik naspeuringen heb gedaan en wat er nu met je gebeurt is vrij groot, Franco.'

Gull ging met zijn tong langs zijn lippen.

Myrna Wimmer lachte. 'O jee, paragraaf 101 uit het psychologisch handboek.'

Ik wendde me tot haar. 'Hebt u hier problemen mee?'

De vraag verraste haar. 'Vraagt u naar mijn mening?'

'Wat ik wil zeggen,' zei ik, 'is dat als ik de verkeerde benadering hanteer, en u een betere manier weet om met dr. Gull te communiceren, ik die graag wil horen.' Ik sprak zacht, zodat ze haar hoofd schuin moest houden om me te verstaan.

Ze zei: 'Ik... Gaat u maar door. Ik heb over drie kwartier een andere afspraak.'

Ik wendde me weer tot Gull. 'Je bent cum laude afgestudeerd en je bent lid van een Phi Beta Kappa aan de universiteit van Kansas in Lawrence. [Philosophia Biou Kubernètes, het oudste academische broederschap in de vs; vert.] Dat heb je klaargespeeld terwijl je vier jaar voor de universiteit hebt gehonkbald. In je laatste jaar heb je bijna het record homeruns van de universiteit gebroken. Ik vind dat meer dan indrukwekkend, Franco. Over een allround wetenschapper gesproken. Min of meer het Griekse ideaal, nietwaar? Daar weet jij natuurlijk alles van. Je bent in je tweede jaar van klassieke talen op psychologie overgestapt.'

Myrna Wimmer was om haar bureau gelopen en gaan zitten. Ze keek zowel boos als geboeid.

Franco Gull bleef roerloos zitten zonder iets te zeggen.

Ik zei: 'Twee jaar in de lagere divisie en iedereen daar is vol lof over jou. Jammer van die gescheurde hamstring.'

Gull zei: 'Die dingen gebeuren nu eenmaal.'

Ik zei: 'Berkeley, hetzelfde verhaal. Jij en ik weten hoe moeilijk het is om daar te worden ingeschreven, maar jij stond boven aan de lijst. Als student bleef je op hoog niveau. Je proefschriftbegeleider, professor Albright, wordt al een dagje ouder, maar aan zijn geheugen mankeert niets. Hij heeft me verteld dat je een harde werker was, dat je onderzoekswerk indrukwekkend was en dat je je goed op probleemoplossing kon richten. Hij had gehoopt dat je een academische loopbaan zou kiezen, maar dat is weer een ander verhaal.'

Gull droogde zijn hals.

Ik zei: 'Dan zijn er nog al je goede werken. Naast alle uren die je in klinisch werk moest steken voor je titel, heb je vrijwillig je diensten aangeboden in een tehuis voor mishandelde kinderen. In datzelfde jaar schreef je je proefschrift. Dát is pas indrukwekkend. Hoe heb je daar de tijd voor gevonden?'

Gull zei: 'Gewoon door m'n werk te doen.'

'Je hebt meer dan je werk gedaan, Franco. Heel wat meer. En dan je onderzoeksproject. *Reactions of Latency-aged Girls from Divorced*

Homes to a Personal Space Challenge. Sterke dissertatie, gepubliceerd in *Clinical and Consulting Psychology*, wat voor een student geen geringe prestatie is. Na je studie ben je niet verdergegaan op die weg. Jammer. Je bevindingen waren uitdagend.'

Gull zei: 'Een gepasseerd station.' Hij sloeg de benen over elkaar en wierp Wimmer een geforceerde glimlach toe. 'Heeft dit zin, Myrna?' Wimmer wees op haar platina horloge en haalde haar schouders op.

Ik zei: 'Je postdocbegeleider, dr. Ryan, herinnert zich jou ook als intelligent en ijverig. Dat hele jaar ben je niet één keer zelfs maar in de buurt van een ethische misstap gekomen. Curieus is dat hij zich jou als buitengewoon respéctvol naar vrouwen toe herinnert.'

Gull klemde de lippen op elkaar.

Ik zweeg.

Hij zei: 'Dat ben ik nog steeds.'

Ik zei: 'Nadat je was afgestudeerd, was de arbeidsmarkt voor academici krap, en alle aanbiedingen die je kreeg, waren in het middenwesten. Heb je daarom voor de privé-praktijk gekozen? Hoe houd je mensen op de boerderij als ze eenmaal aan Beverly Hills hebben geroken?'

Gull vroeg: 'Ooit in Kansas geweest?' Hij nam zijn zakdoek in zijn andere hand. 'Toen ik afstudeerde, had ik grote schulden. Ik heb verdomme niets voor niets gekregen.'

'Je hoeft je niet te verontschuldigen omdat je een privé-praktijk bent begonnen,' zei ik. 'Wie zegt dat academici zoveel voor de samenleving betekenen?'

'Wat je zegt.'

'Neem nou Albin Larsen. Academische aanstellingen op twee continenten, reist de hele wereld af met zijn idealen hoog in het vaandel. Maar wij weten allebei waar het merendeel van zijn geld vandaan komt.'

Gull zei: 'Ik heb geen idee waar je het over hebt.'

Ik zei: 'Oké; dan maar terug naar jou en de vrouwen. Die promiscuïteit, dat dwangmatige rokkenjagen. Wanneer is dat precies begonnen, Franco? Was je soms in staat om dr. Ryan een rad voor ogen te draaien, of was het iets wat pas vat op je kreeg toen je besefte hoeveel macht je als therapeut had?'

Gull werd rood. 'Val maar dood,' zei hij terwijl zijn vuist zich om zijn zakdoek sloot. 'Laten we hier een eind aan maken, Myrna.'

'Absoluut,' zei Myrna. 'Heren, uw tijd is om.'

'Geen probleem,' zei Milo opgewekt.

'Dat was buitengewoon grof,' zei Gull toen hij opstond.

'Volledig mee eens,' zei Wimmer.

Wij bleven zitten.

Ze zei: 'Heren, ik heb het erg druk.'

'Dat begrijp ik, mevrouw,' zei Milo. Hij stond op en haalde wat opgevouwen witte paperassen uit zijn zak. 'Ik zal dit arrestatiebevel voor dr. Gull zo snel mogelijk ten uitvoer leggen.'

Gull had staan friemelen aan de hals van zijn trui. Hij liet zijn hand vallen alsof hij zich had gebrand en tilde met een ruk zijn kin op. 'Wat?!'

Milo deed een stap in zijn richting. 'Meneer Gull, dit is een arrestatieb...'

Wimmer vroeg: 'Op beschuldiging waarvan, inspecteur?'

'Beschuldigingén,' zei Milo. 'Meervoudige moord, samenzwering tot moord, verzekeringsfraude. En nog een paar dingen. Uw cliënt moet in ver...'

Gull kreeg een verwilderde blik.

'Waar héb je het in godsn...'

Wimmer zei: 'Laat dit maar aan mij over, Franco.' Tegen Milo: 'Geef hier.'

Milo gaf haar het arrestatiebevel. Hij had het OM afgestruind op zoek naar een officier van justitie die bereid was hem het document te verstrekken. Het feit dat Gulls vingerafdrukken in Mary Lou Koppels hele huis zaten had geholpen, plus een telefoontje van State Fraud Investigator Dwight Zevonsky. De klap op de vuurpijl was een fles Glenlivet van vijfentwintig jaar oud voor de bikkelharde, zestigjarige officier van justitie Eben Marovitch, wiens vrouw er twee jaar voor zijn pensionering met een psychiater vandoor was gegaan.

'Ben je nou niet trots op me?' had Milo gevraagd toen we in de lift naar Wimmers kantoor stonden. 'Toegepaste psychologie, en zo.'

Terwijl Wimmer de bijzonderheden van het arrestatiebevel las, liep Franco Gull een eindje bij Milo vandaan en hij bleef met zijn rug naar het raam staan. Achter hem waren een schitterend blauwe hemel en de koperkleurige skyline van het centrum te zien. Hij stond zo stil als een sculptuur. Een levensgroot beeld. *Doodsangst met Uitzicht op Californië.*

Wimmer had het document gelezen, keerde terug naar bladzijde 1 en keek nog eens. Haar mond verstrakte.

'Wat is er? Wat is er?' vroeg Franco Gull.

Geen antwoord.

'Myrna...'

'Sst, laat me dit even uitlezen.'

'Wát uitlezen? Dit is bespottelijk, dit is...'

Wimmer legde hem met een korte handbeweging het zwijgen op, voltooide haar leeswerk en vouwde het arrestatiebevel weer op. 'Het is overduidelijk bespottelijk, Franco, maar blijkbaar wel geldig.'

'Wat wil dat zeggen, Myrna? Wat wil dat godverdomme zéggen?' Hij had de zakdoek in zijn vuist geklemd en zijn knokkels waren wit. Het zweet droop onder zijn haargrens vandaan, maar hij deed geen poging het weg te wissen.

Milo haalde zijn handboeien tevoorschijn. Gull schrok van het geluid van rammelend metaal.

'O, alsjeblieft,' zei Myrna Wimmer.

Milo zei: 'U hebt de tenlastelegging gelezen.'

Gull zei: 'Myrna...'

Wimmer zei: 'Dit wil zeggen dat je met ze mee moet, Franco.' Haar stem had iets afkeurends. Alsof Gull haar had teleurgesteld. 'Waar wordt hij naartoe gebracht, inspecteur?'

'Met zulke beschuldigingen?' zei Milo. 'Dat zal het huis van bewaring moeten worden.'

Gull zei: 'De gevangenis? O god, nee toch.'

Wimmer glimlachte naar Milo. 'Kunt u mij een plezier doen en hem in L.A.-west in verzekerde bewaring stellen? Om mij een lange rit te besparen?'

'In verzekerde bewáring?' zei Gull. 'Myrna, hoe kun jij daar gewoon...'

Milo zei: 'Nee, dat kan niet, mevrouw de advocaat. Het spijt me.'

Wimmer moest haar razernij verbijten.

Gulls ogen vulden zich met tranen. 'Myrna, dit kán ik niet.'

Ze vroeg: 'Heeft je vrouw toegang tot je financiën? Zo ja, dan zal ik haar bellen en ga ik aan het werk om een borgstelling te regelen.'

'Borg? Myrna, dit is krankzínnig...'

'Is dat een formele diagnose, meneer Gull?' vroeg Milo.

'Alsjeblíéft,' zei Gull. Hij liep nog wat verder achteruit en drukte zijn rug tegen het glas. 'U weet niet wat u doet. Ik heb nooit iets gedaan van wat u beweert. Alsjeblieft.' Hij haalde diep adem. 'Alsjeblieft.'

Milo zei: 'Draait u zich om en legt u uw handen op het bureau van mevrouw Wimmer, meneer Gull. Als u een wapen of ongeoorloofde middelen bij u draagt, is het nu het moment om me dat te vertellen.'

'Moord?!' riep Gull. 'Waar héb je het godverdomme over? Móórd? Ben je niet goed bij je hoofd?' Hij opende zijn hand en de zakdoek dwarrelde op de grond. Hij keek hem na en zijn knieën begaven het bijna, maar hij wist zijn evenwicht te bewaren.

Myrna Wimmer zei: 'Kom tot bedaren, Franc...'

'Tot bedáren? Jij hebt makkelijk praten, jij bent niet degene...'

'Als je advocaat raad ik je aan om niets te zeggen, Franco...'

'Ik zeg alleen maar dat ik nooit iets heb gedáán; wat is er mis met zeggen dat ik nooit iets heb gedáán?'

Milo zei: 'De handen op het bureau, alstublieft.' Hij liep op Gull af. 'Franco Gull, u hebt het recht om te zwijgen...'

Gulls machtige lichaam verstrakte. Hij sloeg dubbel. Barstte in huilen uit. 'O mijn god! Hoe is dit mógelijk?'

Myrna Wimmer wierp mij een blik toe van *Heb je nou je zin?*

Milo rammelde met zijn boeien. Gull deed een stap naar voren, legde zijn handen op het bureau en snikte nog wat na.

Milo draaide een van Gulls armen op zijn rug en sloeg een boei om zijn pols. Gull schreeuwde het uit.

'Mishandelt u mijn cliënt?' blafte Wimmer.

'Misschien psychisch,' zei Milo. 'Hij zit toch niet te strak, meneer Gull?'

'O god, o god,' zei Gull. 'Wat kan ik doen om deze situatie te redden?'

Milo gaf geen antwoord.

'Waarom zegt u dat ik iemand heb vermóórd? Wie? Máry? Dat is krankzinnig. Mary was een vriendin van me, we waren... Ik zou haar nooit...'

Milo trok Gulls andere arm op zijn rug.

Gull riep: 'Wat móéten jullie van me?'

Ik zei: 'Openhartigheid.'

'Openhartigheid waaróver?'

Myrna zei: 'Houd je mond, Franco.'

'Wat? En me in de bóéien laten slaan en me gevángen laten zetten?'

'Franco, ik weet zeker dat ik dit...'

'Wat ík zeker weet, is dat ik nooit iemand heb vermoord, noch heb sámengezworen, noch wat dan ook heb misdaan!' Gull draaide zich om naar mij. 'Wat jij doet is onethisch. Je moest je schamen!'

Ik zei: 'Voel je vrij een klacht in te dienen. Hoewel ik me kan voorstellen dat je dat niet wilt.'

Hij vroeg: 'Wat geeft jou het recht om me te veroordelen?'

'Openhartigheid,' zei ik, 'betekent niet spelstrategie.' Tegen Milo: 'Ik vind dat we hier een punt achter moeten zetten.'

Milo legde zijn hand in Gulls nek, draaide hem om en verplaatste zijn hand naar zijn onderrug. 'Tijd om naar het huis van bewaring te gaan, meneer Gull.'

Gull riep: 'Stop! Alsjeblieft. Ik zal openhártig zijn. Oké, ik heb inderdaad achter een paar vrouwen aan gezeten. Wil je het dáárover hebben? Príma, daar wil ik wel over práten. Ik heb een probléémpje, wil je dat soms horen? Ik heb vrouwen genot bezorgd, en ik heb genot in ruil daarvoor gekregen, maar dat heeft niets te maken met de gevangenis, of met móórd, of al die godvergeten lúlkoek die me de gevángenis in zou laten draaien. En ja, dat ís een formele diagnose, daartoe ben ik bevóégd, ik bén een goeie psycholoog, ik ben een verrekt goeie psycholoog, al mijn cliënten worden béter!'

Ik vroeg: 'Zoals Gavin Quick?'

Gull zei: 'Hij... Dat... Hij was niet echt mijn cliënt.'

'Nee?'

'Ik heb hem vier, vijf sessies gegeven. Toen hield het op.'

'Waarom?'

'Maak deze dingen los, dan zal ik het vertellen.'

'Vertel het nu maar.'

Wimmer zei: 'Franco, mijn advies is om ze niets...'

Gull zei: 'Dat stomme joch moest mij niet omdat hij erachter kwam dat ik met een cliënte sliep. Oké? Zo goed? Ik ben vernederd, ik ben nu formeel, *en publique*, te kakken gezet. Maar ik heb nooit iemand vermóórd! Maak die dingen los.'

Myrna zei: 'Ik neem een hoofdpijntablet.'

Milo maakte de boeien los en liet Gull op dezelfde stoel plaatsnemen.

Gull zei: 'Kunnen we allemaal wat rustiger worden en rationeel praten?' Zijn gezicht was asgrauw.

Milo zei: 'Als u eerlijk blijft, kunnen we misschien iets regelen.'

Wimmer zei: 'Dat wil ik zwart op wit.'

Milo zei: 'Nee, het spijt me.'

'Dan weiger ik mijn cliënt te laten...'

'Myrna, houd nou toch eens op de zaak ingewikkeld te maken, houd op met de verrekte advocáát uit te hangen!' zei Gull. 'Het is niet jóúw leven!'

Wimmer keek hem fronsend aan en slikte de twee Advil-tabletten die ze in haar hand had droog in. 'Je bent gewaarschuwd, Franco.'

Gull wendde zich tot mij. 'Waarover moet ik eerlijk zijn? Ik zei toch al dat ik met een cliënte heb geslapen?'

'Eén maar?' vroeg ik.

Zijn ogen zochten de mijne. Hij probeerde erachter te komen hoeveel ik wist.

'Meer dan één,' zei hij. 'Maar echt niet met zoveel, en het was altijd met instemming. Dat stomme joch kwam erachter, ontplofte en zei dat hij mij niet langer kon vertrouwen. Hij wilde van me af. Daarna dreigde hij me aan te geven. Hij nota bene.'

'Hoezo hij nota bene?'

'De hele reden van zijn therapie was om af te komen van zijn éigen seksuele problemen. Híj was een stalker. Dus waar haalde hij het recht vandaan om de moraalridder uit te hangen?'

'Begrijp je niet waarom hij vond dat jij niet de ideale therapeut was, Franco?'

'Dat begrijp ik wel, dat begrijp ik heus wel,' zei Gull. 'Het had niet mogen gebeuren, maar het is gebeurd. Maar hij was aan het gluren; het was niet zo dat ik ermee te koop liep of zo. Hij had een hersenbeschadiging. Zijn psychische activiteit was aangetast.'

'Hij kon niet helder denken,' vertaalde ik voor Milo.

'Bovendien,' zei Gull, 'was hij pathologisch compulsief, extreem vasthoudend. Cognitief en gedragsmatig.'

Ik zei: 'Als hij eenmaal zijn tanden ergens in had gezet, liet hij niet meer los.'

'Juist,' zei Gull, alsof dat het laatste woord was.

'Hoe kwam hij erachter?' vroeg ik.

'Dat zei ik al, door te gluren.' Gull stiet een schorre lach uit. 'Hij stalkte míj.'

'Waar?'

'Hij bleef na zijn sessie rondhangen bij het pand, kwam na kantoortijd terug en wachtte op straat in zijn auto.'

'Waar op straat?'

'Op Palm Drive. Achter het gebouw, achter het parkeerterrein. Op het moment zelf had ik het niet in de gaten, maar toen hij me later confronteerde, besefte ik dat hij daar had gezeten.'

'Wat voor auto?'

'Een Mustang.'

'Kleur?'

'Rood. Een rode cabriolet. Maar hij had het dak altijd dicht en de ramen waren gekleurd, dus ik kon nooit zien of er iemand in zat.'

Ik zei: 'Dat is de auto waarin hij is vermoord.'

'Nou, dat spijt me, dat is dan jammer,' zei Gull. 'Maar daar heb ik niets mee te maken.'

'Hij heeft je geconfronteerd en dreigde je aan te geven.'

'Dat is geen reden om iemand te vermoorden.'

'*Make love, not war.*'

'Zo klinkt het alsof ik een geile gladjanus ben. Zo was het niet. Sommige vrouwen hebben behoefte aan tederheid.'
Wimmer balde haar vuisten.
Ik zei: 'Dus Gavin hing bij het gebouw rond.'
'Zeker weten, verdomme.'
'Hoe vaak?'
'Dat weet ik niet,' zei Gull. 'Ik heb hem maar één keer betrapt.'
'Toen hij jou betrapte.'
Stilte.
'Hoe ging dat in zijn werk?'
'Ga je dit tegen me gebruiken?'
'Ethische vergrijpen zijn nog wel je geringste probleem.'
'Wat wil je dan van me?'
'Alles wat je weet over alles wat ik vraag.'
'De grootinquisiteur,' zei hij. 'Hoe kun je dit professioneel rechtvaardigen?'
'We passen ons aan,' zei ik.
Milo rammelde met de boeien.
Gull zei: 'Oké. Prima. Ga je gang maar.'
'Hebt u daar moeite mee?' vroeg ik aan Wimmer. 'Met uw drukke agenda en zo?'
Wimmer aarzelde. Gull jammerde: 'Myr-na?' Ze keek op haar horloge, slaakte een zucht en leunde weer achterover. 'Best, maak het je maar gemakkelijk. Jóngens.'

39

Franco Gull zei: 'Ik had mijn intuïtie moeten volgen en hem nooit in behandeling moeten nemen.'
'Niet jouw type cliënt,' zei ik.
Hij gaf geen antwoord.
Een paar minuten daarvoor had hij een paar keer zijn keel geschraapt en Milo stelde Myrna voor dat iemand haar cliënt een glas water zou brengen. Met een geërgerd gezicht liet ze telefonisch een kan met glazen brengen, maar toen die kwamen, weigerde Gull iets te drinken.
Hij klampte zich vast aan een strohalm van zelfstandigheid.
Ik zei: 'Waarom wilde je Gavin Quick niet behandelen?'

'Ik hou niet van pubers,' zei Gull. 'Te veel crisis, te veel veranderingen.'

'Plus een hersenbeschadiging.'

'Dat ook. Ik heb een hekel aan neuropsychologie. Saai. Niet creatief.'

'Een adolescent met een hersenbeschadiging,' zei ik. 'Bovendien een man.'

'Ik behandel wel vaker mannen.'

'Maar niet veel.'

'Hoe weet jij dat nou?'

'Heb ik het mis?'

'Ik geef geen persoonlijke informatie over mijn cliënten,' zei Gull. 'Of je me nu onder druk zet of niet.'

'Ethisch type en zo,' zei ik.

Gull zweeg.

'Gavin hield het gebouw in de gaten,' zei ik. 'Hoe is hij erachter gekomen dat je met een cliënte sliep?'

Gull trok een pijnlijk gezicht. 'Is dit nodig?'

'Zeer.'

'Oké, oké. Hij was op het parkeerterrein toen we naar buiten kwamen.'

'Jij en je cliënte.'

'Ja. Een heerlijk mens. Ik liet haar uit. Het was laat, het was donker, zij was mijn laatste cliënt en ik ging ook naar huis.'

'Ridderlijk,' zei ik. 'Wat heeft Gavin gezien?'

Gull aarzelde.

Milo strekte de benen. Myrna Wimmer wreef haar horloge op aan haar mouw.

Gull zei: 'We gaven elkaar een kus. Ja, het was dom om het zo openlijk te doen. Maar hoe wist ik nu dat er iemand keek? Dat joch stond goddomme aan de stoeprand.'

'Pottenkijker,' zei ik.

'Je moet goed begrijpen, dit had niets met misbruik te maken. Het was liefdevol. Wederkerig en líéfdevol. Deze vrouw had een paar ernstige verliezen geleden in haar leven en ze had behoefte aan troost.'

'Diepgaande troost,' zei Milo.

'Wat ik deed was verkeerd. In de formele zin, in de normatieve zin van het woord. Maar de bijzonderheden van de situatie schreven een zekere mate van intimiteit voor.'

Ik zei: 'Therapeutische intimiteit.'

'Als je het zo wilt noemen.'

Myrna Wimmer pakte een blocnote en deed alsof ze las. Ze keek alsof ze net een slok rioolwater had genomen.

Gull keek naar mij. Hij was rood aangelopen. 'Ik verwacht niet dat je het begrijpt.'

Ik zei: 'Dus je deed het in je praktijk. Op de divan? Op het bureau?'

'Dit is vulgair...'

'Je gedrag was vulgair.'

'Ik heb het al gezegd. Ze was eenzaam.'

'En had een paar ernstige verliezen geleden.'

Myrna Wimmer schudde haar hoofd.

'Goed dan,' zei Gull. 'Ik ben een klootzak. Wil je dat soms horen?'

Ik zei: 'Terug naar het begin, je houdt niet van mannelijke adolescenten, maar Gavin Quick wilde je wel behandelen.'

'Bij wijze van gunst aan Mary. Hij was naar haar doorverwezen, maar zij zat vol en ik had zojuist de behandeling van een cliënt beëindigd. Een zeer succesvolle behandeling, mag ik wel zeggen. Dus toevallig had ik een gaatje. Wat een grote zeldzaamheid is.'

'Waarom had Mary jou gevraagd om Gavin onder je hoede te nemen en niet Albin Larsen?'

'Albin werkt maar parttime.'

'Te druk met zijn goede werken,' zei ik.

Gull haalde zijn schouders op.

'Had Mary je verteld hoe de verwijzing tot stand was gekomen?'

'Via haar ex-man. Hij is eigenlijk onze huisbaas, en Gavins vader was een van zijn huurders. Die had iets over Gavins juridische problemen laten vallen. De eigenlijke verwijzing kwam via een neuroloog van wie ik nog nooit had gehoord. Gavin beweerde dat het stalken het gevolg was van zijn hersenbeschadiging.'

'Dat geloofde jij niet.'

Gull haalde zijn schouders op.

Ik zei: 'Een man heeft geen hersenbeschadiging nodig om seksueel agressief te worden.'

Gull zuchtte. 'Dit wordt vermoeiend.'

'Het spijt me zeer.'

Wimmer vroeg: 'Kómt er nog meer?'

Ik vroeg: 'Heb je veel contact met Gavins ouders gehad?'

'Alleen met zijn vader,' zei Gull. 'En maar één keer. Ik vond dat ongebruikelijk, want doorgaans is het met de moeder. Ik informeerde ernaar bij zijn vader en die zei dat zijn vrouw zich niet goed voelde.'

'Wat kwam je van meneer Quick te weten?'

'Niet veel. Ik heb een vlugge gezinsintake gedaan. Hij scheen zich veel zorgen over zijn zoon te maken.'

Ik zei: 'Aanvankelijk had Mary geen tijd voor Gavin, maar toen Gavin jou aan de kant zette, nam zij het over.'

'Ik denk dat ze tijd had gemaakt,' zei Gull. 'Bij wijze van gunst naar mij.'

'Zodat Gavin de vuile was niet zou buitenhangen.'

Stilte.

Ik zei: 'Wat heb je daartegenover gezet?'

'Ik zou twee maanden avonddienst draaien.'

'Strekte die dienst zich ook uit tot haar privé-woning?' vroeg Milo.

Gull keek hem nijdig aan.

'U hebt de vraag nog niet beantwoord, meneer Gull.'

'Mary was een zeer seksueel persoon. Ze had sterke behoeften en die kon ik vervullen. We genoten van elkaar. Dat beschouw ik niet als zondig. Maar om op uw vraag antwoord te geven: nee. Mary en ik waren zeer wel in staat om werk en privé-leven gescheiden te houden.'

Ik vroeg: 'Wie heeft haar vermoord?'

'Ik heb geen idee. Uit je vragen leid ik af dat jullie denken dat het iets met Gavin Quick te maken had.'

'Jij dan niet?'

'Ik denk niets.'

'Een therapeut en haar cliënt worden binnen enkele dagen na elkaar vermoord. Heeft dat je nooit verwonderd?'

'Verwonderd wel,' zei Gull. 'Ik heb gewoon geen antwoorden.'

'Een gok?'

Hij schudde zijn hoofd.

'Het meisje dat naast Gavin is vermoord,' zei ik. 'Had je haar ooit eerder gezien?'

'Dat heb ik al gezegd toen je me de foto voor het eerst liet zien. Nee, dus.'

'De foto heeft gisteren in de krant gestaan. Riep hij nog herinneringen op?'

'Ik heb de krant van gisteren niet gelezen.'

'Geen belangstelling voor wereldkwesties.'

'Niet zo,' zei Gull. 'Ik ben geen politiek persoon.'

'In tegenstelling tot Albin Larsen.'

'Die naam blijft maar vallen.'

'Inderdaad.' Ik keek even naar Milo. Die zag er sereen uit.

Myrna Wimmer kwam naar voren en ging op het puntje van haar

bureaustoel zitten. Ze had een verbeten trek om haar mond en had haar schouders opgetrokken.

Gull zei: 'Gavin Quick; nu Albin weer. Ik begrijp het niet.'

Ik zei: 'Waarom heeft Albin Sonny Koppel zojuist laten weten dat jullie groep verder geen belangstelling had voor de huur van de benedenverdieping?'

'Verder geen belangstelling? Wat moeten wij met de benedenetage? Die is toch al verhuurd? Aan de een of andere liefdadige instelling.'

'Charitable Planning.'

Hij knikte.

'Wat is dat voor iets?'

'Dat weet ik niet.'

'Jullie zijn al een hele tijd buren.'

'Ik zie daar nooit iemand anders naar binnen gaan dan Sonny Koppel. En dat is niet zo vaak.'

'Hoe vaak?'

'Een à twee keer per maand. Misschien is het een van zijn zaken. Hij heeft er een heleboel.'

'Is hij een magnaat?'

'Kennelijk.'

'Hoe weet je dat?'

'Van Mary. Zij had ons via hem aan die etage geholpen. Zij deed alle papierwerk van de huur.'

'Een praktische vrouw,' zei ik.

'Mary was de motor. Albin en ik zijn meer... cerebraal. Zij heeft ons met die huur een geweldige deal bezorgd, omdat Sonny nog altijd gek op haar is.'

'Heeft ze je dat verteld?'

'Ja, en ze moest er ook om lachen,' zei Gull.

'Ze stak de draak met Sonny.'

'Eerlijk gezegd had ze hem niet hoog zitten. Mary kon wel eens... sarcastisch zijn. Niet vaak, maar zo af en toe.'

'En Sonny bracht Mary's sarcasme naar boven.'

'Je weet hoe dat gaat met een ex.'

'Wat heeft Mary je precies over Sonny verteld?'

'Dat hij kort na hun huwelijk in een dikke papzak was veranderd. Dat ze hem überhaupt nooit aantrekkelijk had gevonden, maar zichzelf had wijsgemaakt dat er wel iets van te maken was. Ze vond het leuk dat hij rechten studeerde. Daarna straalde hij voor zijn balieexamen en begon zij hem als een *archetypische mislukkeling* te zien. Haar woorden.'

'Een mislukkeling die het tot magnaat schopt.'

'Daar keek ze van op. Ze zei dat rijk zijn niet aan Sonny besteed was, omdat hij niet wist hoe hij geld moest uitgeven, hoe hij van het leven moest genieten.'

'Klinkt alsof de liefde maar van één kant kwam,' zei ik.

'Denken jullie dat hij haar heeft vermoord?'

'Waarom zouden we dat moeten denken?'

'Ex-man,' zei hij. 'Onbeantwoorde liefde. Misschien was hij erachter gekomen hoe Mary werkelijk over hem dacht. Misschien is het tot een uitbarsting gekomen.'

'Heeft Mary jou ooit een aanwijzing gegeven dat de relatie tussen haar en Sonny vijandig was geworden?'

'Nee, maar dat zou ze niet aan mij hebben verteld.'

'Ondanks het feit dat jullie vrienden waren; ondanks al die intimiteit.'

Gull zei: 'Ik kan je alleen maar vertellen wat er is gebeurd.'

'Acht jíj Sonny Koppel een logische verdachte?'

'Ik zeg alleen, onderzoek die mogelijkheid, gezien de omstandigheden.'

'In plaats van u onder de loep te nemen,' zei Milo.

Gull zei tandenknarsend: 'Ik heb niemand vermóórd.'

Ik vroeg: 'Hoe groot is momenteel je cliëntenbestand?'

Die wending bracht Gull van zijn stuk. Hij ging rechtop zitten, haalde een hand door zijn haar en schudde zijn hoofd. 'Ik heb al gezegd dat ik niet over cliënten praat.'

'Ik vraag niet naar namen, alleen naar een benadering van het totale aantal.'

Gull wierp een blik op Myrna Wimmer. Die negeerde hem.

Milo zei: 'U neukt ze wel, maar u wilt niet over ze praten. Alstublieft, zeg.'

'Wacht eens even...'

'Nee, wacht ú eens even, meneer Gull.' Milo's stem had iets van een diep gegrom. 'Openhartig zijn betekent geen gelul meer. De vraag was hoeveel cliënten u heeft, niet wat voor tics ze hebben of de maat van hun beha.'

Gull verbleekte. 'Oké, oké, laat eens kijken... Ik werk... achtendertig uur per week met vaste cliënten en dan heb ik er nog eens... zo'n vijfentwintig die af en toe komen.'

'Voor een beurt,' zei Milo.

'Ik heb geen garagebedrijf.'

'Vijfenzestig in totaal,' zei ik.

'Ongeveer.'

'Van die vijfenzestig zou je je de namen herinneren.'

'Vanzelf.'

Ik haalde een uitdraai uit mijn zak.

'Zegt de naam Gayford Woodrow je iets?'

'Nee.'

'En James Leroy Craig?'

'Ook niet,' zei Gull.

'Carl Philip Russo,' zei ik. 'Ludovico Montez, Daniel Lee Barendo, Schendley Paul, Orlando Jones.'

Hij schudde zijn hoofd.

'Roland Kristof, Lamar Royster Collins, Antonio Ortega.'

'Wie zíjn die lui?'

'Cliënten voor wie je de afgelopen zestien maanden gepeperde rekeningen hebt gestuurd aan Medi-Cal.'

Gull zag er verbijsterd uit. 'Dat is bespottelijk. Ten tweede zijn dat allemaal mannen, en mijn cliënten zijn bijna uitsluitend vrouwen. Ten derde zou ik het weten als ik iemand had behandeld.'

'En ervoor betaald kreeg.'

'Dit is absoluut psychotisch.'

Ik pakte de lijst en las nog wat namen voor. 'Akuno Williams, Salvador Paz, Mattias Soldovar, Juan Jorge Montoya, Juan Eduardo Lunares, Baylor Hawkins, Paul Andrew McCloskey...'

'Nee, niemand,' zei Gull. 'Dit is een vergissing.'

'Nooit iemand van hen behandeld? Niet één keer?'

'Niet één keer.'

'Heb je helemaal geen Medi-Cal-cliënten?'

'Waarom zou ik? De vergoedingen zijn een lachertje en ik zit vol met goed betalende cliënten.'

'Waarom heb je dan de moeite genomen om een Medi-Cal factureernummer aan te vragen?'

'Wie zegt dat?'

Ik liep naar hem toe en hield hem de uitdraai voor. 'Is dat jouw handtekening op de aanvraag om ziekenfondspsycholoog te worden?'

Hij zei: 'Het lijkt er wel op. Misschien heb ik wel een nummer aangevraagd, maar ik heb het nooit echt gebruikt.'

'De afgelopen zestien maanden heb je meer dan 300.000 dollar aan Medi-Cal-vergoedingen ontvangen. Om precies te zijn 343.000 dollar en 52 cent.'

Hij deed een greep naar het papier. Ik trok het weg.

'Laat zien!'

'Je hebt wel een nummer gekregen, maar het niet écht gebruikt.'
Stilte.
Ik zei: 'Nu komt *openhartigheid* om de hoek kijken.'
Gull zei: 'Goed, goed, ik heb alleen dat nummer aangevraagd om...
alle ijzers in het vuur te houden. Voor als er een slappe tijd zou zijn,
zodat ik de uren kon opvullen. Maar 300.000? Je bent niet goed
wijs!'
'De overheidsbetalingen zijn naar een factuuradres in Marina del Rey
gegaan.'
'Voilà,' zei hij. 'Ik héb geen adres in Marina del Rey. Ik kan me niet
eens de laatste keer herinneren dat ik in Marina ben geweest. Iemand
heeft kennelijk een enorme blunder gemaakt. Jullie zogenáámde onderzoek lijkt nergens op.' Langzaam verscheen er een glimlach om
zijn lippen. 'Ik stel voor dat jullie eerst je huiswerk doen. Allebei.'
Ik vroeg: 'Dus geen Marina? Geen etentjes aan de haven voor jou en
je vrouw?'
Gull wendde zich tot Wimmer. 'Niet te geloven, hè Myrna? Ik heb
ze net laten zien dat ze er volkomen naast zitten, en ze willen het niet
toegeven. Denk jij wat ik denk? Een proces wegens aantasting van
de persoonlijke vrijheid?'
Wimmer gaf geen antwoord.
Ik wapperde met de uitdraai. 'Dus geen van die namen zegt jou iets?'
'Niet één. Helemaal geen een.'
'En deze dan: Sentries for Justice?'
Gulls glimlach week van zijn gezicht. Een hand schoot spastisch om-
hoog om aan zijn bovenlip te trekken en te draaien. Als een kind dat
met een rubbermasker speelt.
Een treurig masker.
'Die naam ken je wel,' zei ik.
'Dat,' zei hij. 'O, mijn hemel.'

40

Gull wees naar de waterkan op Myrna Wimmers bureau. 'Nu wil ik
wel een glas.'
Wimmer glimlachte kil. Gull stond op en schonk een glas vol. Staand
bij het bureau dronk hij het leeg en schonk nog eens in.
'Ik moet alles in de juiste context plaatsen,' zei hij.

Ik zei: 'Ga je gang. Als de agenda van mevrouw Wimmer het toelaat.'

Wimmer zei: 'O, ja hoor. Dit is het hoogtepunt van mijn dag.'

Gull zei: 'Inderdaad, ik heb een inschrijfnummer bij Medi-Cal aangevraagd, maar alleen op aandrang van Mary en Albin. Die twee waren maatschappelijk bewust. Een van de thema's waar zij zich mee bezighielden was herintegratie van ex-gedetineerden.'

'Wie kwam er het eerst mee?'

'Volgens mij was het Albins idee, maar Mary trok de kar.'

'Zij was degene die de bal aan het rollen bracht.'

'Mary was niet de creatiefste persoon die ik kende, maar wanneer ze zich eenmaal op iets toelegde, was het volle kracht vooruit. Zij tweeën kwamen op het idee om een behandeling op poten te zetten voor ex-gedetineerden die voorwaardelijk op vrije voeten waren, met de bedoeling om recidive tegen te gaan. Ik bewonderde wat ze deden, maar verkoos om erbuiten te blijven.'

'Waarom?' vroeg ik.

'Zoals ik al zei, had ik het druk genoeg. Bovendien was ik sceptisch. Die mensen, die criminelen. Ze zitten met vastgeroeste persoonlijkheidsstoornissen. Psychotherapie heeft op dat terrein nooit veel effect gehad.'

'Daar waren Mary en Albin het niet mee eens.'

'Vooral Mary niet. Zij was vol vuur. Er kwam overheidsgeld voor vrij, dus het was meer dan alleen theorie.'

'Hoe wist ze dat?'

'Een van Albins politieke contacten – hij is bij een heleboel progressieve zaken betrokken – is de vrouw van een politicus in het noorden. Zij is ook psycholoog, en ze had haar man zover gekregen dat hij er een wet door kreeg die psychotherapie op bestelling mogelijk maakte voor ex-gedetineerden die voorwaardelijk vrijkomen. Albin had haar met de formulering geholpen. Dat heeft hij aan Mary verteld en zij weer aan mij.'

'Maar jij bedankte,' zei ik. 'Vanwege de vastgeroeste persoonlijkheidsstoornissen.'

'Ja.'

'Ook strookten de vergoedingen niet met je particuliere honoraria.'

'Ik werk voor de kost,' zei Gull. 'Ik zie niet in waarom ik me daarvoor moet verontschuldigen.'

'Wat is je uurprijs?'

'Is dat relevant?'

'Ja.'

'Ik gebruik een glijdende schaal. Van honderdtwintig tot tweehonderd dollar per sessie.'

'Medi-Cal betaalt twintig en legt het aantal sessies aan banden.'

'Medi-Cal is een lachertje,' zei Gull. 'Volgens Mary was die vergoeding verdubbeld; het was een soort politiek spel van geven en nemen geweest. Maar veertig dollar is nog steeds kruimelwerk. Ik heb me teruggetrokken.'

'Hoe reageerden Mary en Albin daarop?'

'Albin zei niet veel. Hij was altijd al iemand van weinig woorden. Mary was boos op me, maar dat duurde niet lang.'

Milo zei: 'Omdat je nu eenmaal een intieme vriend van haar was en zo.'

Gull snoof.

Ik zei: 'Je wilde niet meedoen, maar je hebt toch een nummer bij Medi-Cal aangevraagd.'

'Op verzoek van Mary en Albin. Ze zeiden dat de staat de voorkeur gaf aan groepspraktijken. We zouden er beter op staan als we allemaal op de lijst stonden. Mary vulde de formulieren in, ik zette mijn handtekening en dat was dat.'

Inmiddels transpireerde hij als een otter en hij zocht weer naar zijn linnen zakdoek. Ik haalde een papieren zakdoekje uit een doos op Wimmers bureau en gaf het aan hem. Hij wiste haastig zijn gezicht af en het zakdoekje veranderde in een grijs bolletje.

'Je bedoelt dat je eigenlijk nooit cliënten via dat project in je praktijk hebt gehad?'

'Vrijwel niet.'

'Vrijwel?'

'Ik heb er weinig gezien; heel weinig. Alleen in het begin, om de bal aan het rollen te krijgen.'

'Hoeveel is weinig?'

Hij haalde een leesbril met heel kleine glazen uit zijn zak en speelde met de pootjes.

'Franco?'

'Drie. Meer niet. En niemand van degenen die je net noemde.'

'Hoe was dat, ex-gedetineerden behandelen?'

'Dat was geen prettige ervaring.'

'Waarom niet?'

'Twee van hen kwamen chronisch te laat, en als ze verschenen, waren ze high van het een of ander. Het was duidelijk dat ze gewoon de tijd doodden.'

'Waarom zouden ze dat doen?'

'Hoe weet ik dat nou?'

'Was er enige aanwijzing dat ze werden betaald om hun gezicht te laten zien?'

Gull trok zijn wenkbrauwen op. 'Niemand heeft dat ooit gezegd. Wat er ook achter zat, gemotiveerd waren ze niet. Geen inzicht, en ook geen verlangen naar inzicht.'

'En cliënt nummer drie?'

'O, die.' Gull fronste. 'Hij bracht me van mijn stuk. Hij was niet dronken of stoned, en hij praatte aan één stuk door. Maar niet over zichzelf. Over zijn meisje. Wat zij nodig had en hoe hij van plan was dat aan haar te geven.'

'Wat had ze dan nodig?'

Gull klapte zijn bril dicht en open. 'Orgasmes. Blijkbaar kon ze geen orgasme krijgen, en hij was vastbesloten dat probleem te verhelpen.'

'Vroeg hij jou om raad?'

'Nee,' zei Gull. 'Dat was het 'm nu juist. Hij wilde helemaal niets van mij; hij dacht dat hij alles wist. Erg agressief, erg... Geen prettig mens. Hoewel hij wel probeerde charmant over te komen. Hij probéérde intelligent te praten.'

'Maar dat lukte niet.'

'Nauwelijks. Hij speelde het maar; typisch antisociale charme. Als je ervaring hebt met psychopaten, weet je wat ik bedoel.'

'Pretentieus,' zei ik.

'Precies. Het schoolvoorbeeld van een antisociale dikdoener.' Hij ontspande zich een beetje. 'Hij deed net alsof we collega's waren die een klinisch babbeltje maakten. 'Bloemig taalgebruik, onnatuurlijk gretig. Hij spéélde dat hij onderlegd was en dacht dat hij me een rad voor ogen kon draaien. Maar die fantasieën.' Hij zuchtte.

'Sadistisch?'

'Dominantie, bondage en inderdaad, ik zou zeggen met een vleugje sadisme. Hij hield er niet over op dat hij die vrouw wilde vastbinden, om vervolgens net zolang agressief de liefde met haar te bedrijven dat hij de orgasmes uit haar lichaam dwong. Hij gebruikte niet de term *de liefde bedrijven*.'

'Seksuele krachtpatser,' zei ik.

'Zijn fantasieën gingen over meervoudige penetratie, bondage en het inbrengen van vreemde objecten. Ik probeerde hem zover te krijgen dat hij interesse toonde voor de behoeften van deze bewuste vrouw. Ik liet doorschemeren dat ze misschien behoefte aan tederheid had, aan intimiteit, maar dat wimpelde hij lachend af. Hij was van plan haar, ik citeer: "op alle mogelijke manieren aan zijn speer te rijgen tot ze om genade gilde".'

Hij glimlachte vermoeid, alsof hij door ervaring wijs geworden was. Alle reserve over het bespreken van cliënten was geweken. 'Míj was onduidelijk wat dat allemaal te maken had met het terugdringen van recidive, en toen hij niet meer kwam opdagen, zei ik tegen Mary dat ik het project en de mensen die het bracht beu was.'

Hij deed de bril weer terug in zijn zak. 'Jullie moeten goed begrijpen dat ik Mary nooit iets zou aandoen. Nóóit.'

Ik zei: 'Dus je hebt maar drie cliënten gehad via Sentries for Justice. Voor hoeveel sessies in totaal?'

'Ik denk twaalf; in elk geval niet veel meer. Ik weet nog dat ik dacht dat het project, nog afgezien van onaangenaam en zinloos, een financiële mislukking was. Volgens mij ontsteeg het totale factureerbare honorarium nauwelijks de vijfhonderd dollar. Daarom is dat bedrag van driehonderdduizend zo absurd. En het geld ging niet naar Marina del Rey, het kwam terecht bij Mary op kantoor. Zij verzilverde de cheque van de staat en gaf mij mijn deel. U moet echt de feiten goed controleren, heren.'

'Mary was penningmeesteres.'

'Zogezegd wel, ja.'

Milo haalde een paar paperassen uit zijn attachékoffertje en gaf ze aan mij. Ik liet Franco Gull een politiefoto van Raymond Degussa zien.

Hij zei: 'Ja, dat is hem. Ray.'

'Meneer Dominant.'

Hij knikte. 'Heeft hij Mary vermoord?'

'Waarom vraag je dat?'

'Omdat hij duidelijk de indruk wekte dat hij tot geweld in staat was. Zijn hele houding, de manier waarop hij zat, waarop hij liep, als een beest dat maar aan een heel dun draadje vastligt.' Hij bekeek de foto. 'Moet je die ogen zien. Hij gaf me de kriebels. Ik zei het tegen Mary. Ze lachte erom en zei dat ik me nergens zorgen over hoefde te maken.'

'Die vriendin over wie hij het had,' zei ik. 'Heeft hij ooit haar naam genoemd?'

'Nee, maar ik heb haar wel gezien. Althans, ik nam aan dat zij het was.'

'Je nam het aan?'

'Kort nadat Ray niet meer kwam opdagen, zag ik hem met een vrouw. Hij had een arm om haar heen geslagen. Hij leek me nogal... bezitterig.'

'Waar zag je ze?' vroeg ik.

'Ik kwam toevallig de wachtkamer in om mijn cliënt binnen te laten, en zij tweeën zaten er ook. Eerst dacht ik dat er een probleem was met de afspraken, dat Ray voor een sessie kwam. Maar voordat ik iets kon zeggen, kwam Mary uit haar kamer en ging de vrouw met haar naar binnen.'

'Die vriendin was dus een cliënte van Mary.'

'Blijkbaar.'

Ik liet hem de foto van Flora Newsome zien, lachend en levend.

'Ja,' zei hij. 'Lieve hemel, wat moet dit allemaal?'

'Heb je deze vrouw nog bij andere gelegenheden samen met Ray Degussa gezien?'

'Eén keer,' zei Gull, 'toen ik net aankwam bij het praktijkpand en zij naar buiten kwamen op de parkeerplaats. Ik keek ervan op; ik bedoel van haar uiterlijk. Opeens was er een gezicht bij de vrouw over wie hij het had. Bij zo'n man had ik iemand verwacht die... wat opzichtiger was.'

'Een del,' zei Milo.

'Deze vrouw was... Ze zag eruit als een lokettiste bij de bank.'

'Ze was onderwijzeres,' zei ik.

'Was,' zei Gull. 'Bedoel je te zeggen... Mijn god, wat is er allemaal nog méér?'

'Je wist dat Degussa een crimineel was. Heb je Mary verteld over zijn fantasieën over haar cliënte?'

'Nee, dat kon niet. Beroepsgeheim. Het was iets waar we ons strikt aan hielden. Als onze deur eenmaal dicht was, punt. Geen onderling gebabbel over cliënten.'

'Beschouwde je Degussa niet als een bedreiging voor Flora Newsome?'

'Flora,' zei Gull. 'Dus zo heette ze... lieve god.' Hij sprong overeind om nog een tissue te pakken. 'Er was geen reden om iemand te waarschuwen. Niets wat ook maar in de buurt kwam van het Tarasoff-niveau. [Tarasoff: de naam van een beroemde uitspraak in de Amerikaanse jurisprudentie (Tarasoff tegen het bestuur van de universiteit van Californië): beroepsgeheim is niet onschendbaar wanneer er sprake is van gevaar voor derden; vert.] Hij had nooit gezegd dat hij haar iets wilde aandoen, alleen dat hij haar wilde laten klaarkomen.'

'Haar wilde laten schreeuwen om genade,' zei ik.

'Ik vatte dat overdrachtelijk op.'

Milo zei: 'Omdat het zo'n poëtisch type was zeker.'

'Heeft hij haar vermoord?' vroeg Gull. 'Willen jullie zeggen dat hij haar echt heeft vermoord?'

'Iemand heeft het gedaan.'

'O, mijn god. Dit is mijn ergste nachtmerrie.'

'Die van haar was erger,' zei Milo.

Een poosje zei niemand iets. Toen vroeg Gull: 'Heeft hij haar seksueel mishandeld?'

Milo zei: 'Wij stellen de vragen.'

'Goed, goed. Lieve hemel, dit zuigt me leeg, ik droog uit.' Gull stond op, schonk twee glazen water in en dronk ze allebei leeg. Zijn gezicht glom. Vocht erin en eruit. Een doorstromer.

Ik vroeg: 'Wie was er nog meer bij Sentries of Justice betrokken?'

'Alleen Mary en Albin.'

'En Ray Degussa?'

'Die? Bedoel je dat hij... Weet je, nu je het zegt, hij hing inderdaad vaak in de buurt van de praktijk rond. Nadat zijn sessies waren gestopt.'

'Waar precies?'

'Ik zag hem op straat lopen; dan knikte hij me lachend toe en stak hij zijn duim op. Alsof we vrienden waren. Ik nam aan dat hij in de buurt werkte.'

'Heb je ooit met hem gesproken?'

'Alleen hallo en tot ziens.'

'Zat het je niet dwars dat er een misdadiger in de buurt was?'

'Mary en Albin behandelden nu eenmaal criminelen.'

'Maar je nam aan dat Degussa in de buurt werkte.'

Gull haalde zijn schouders op. 'Ik stond er echt niet zo bij stil.'

'Wanneer waren de sessies van Sentries for Justice?'

'Ik neem aan na kantooruren.'

'Om de reguliere cliënten niet op het verkeerde been te zetten.'

Gull knikte.

'Hebben jij, Mary en Albin Larsen het ooit over de bijzonderheden gehad?'

'Eerlijk gezegd,' zei Gull, 'wilde ik die niet weten.'

'Waarom niet?'

'Criminelen. Ze stuiten me tegen de borst. Ik wilde afstand houden van...'

'Van?'

'Onaangename dingen.'

'Dus je vermoedde dat er iets illegaals plaatsvond.'

Myrna Wimmer zei: 'Geen antwoord geven. Dat kan tegen je pleiten.'

Gull zei: 'Maar ik heb niets misdaan.'

Wimmer keek hem boos aan en hij hield zijn mond.

Milo zei: 'Mevrouw Wimmer, uw cliënt heeft een boeiende manier om zaken te verdringen waar hij niet aan wil. Is het niet juist de bedoeling van therapie om al die ontkenning te doorbreken?'

'Inspecteur, vanuit mijn perspectief is mijn cliënt buitengewoon behulpzaam gebleken. Hebt u nog meer vragen die ik acceptabel acht?'

Milo knikte naar mij en ik liet Gull de kentekenfoto van Bennett Hacker zien. 'En deze man? Heb je die ooit gezien?'

'Ik heb hem een paar keer in gezelschap van Albin gezien.'

'Waar?'

'In Roxbury Park. Dan zat hij met Albin te lunchen. Op dezelfde plek waar jullie met ons hebben gesproken. Albin komt daar dikwijls. Hij zegt dat het park hem aan Zweden doet denken.'

'Heeft Albin je ooit aan hem voorgesteld?'

'Nee. Ik nam aan dat hij ook therapeut was.'

'Waarom?'

'Ik weet het eigenlijk niet... Misschien door zijn gedrag.'

'Hoe was dat?'

'Bedaard, plezierig.'

'En Sonny Koppel?' vroeg ik. 'Wat was zijn rol in Sentries for Justice?'

'Sonny? Geen, voorzover ik weet.'

'Heeft Mary het er nooit over gehad dat hij erbij betrokken was?' vroeg Milo.

'Het enige wat Mary me had verteld, was dat ze Sonny had overgehaald om een aantal panden van hem als tussenfasehuizen te gebruiken, en dat zij en Albin daar hun cliënten vandaan gingen halen. Ze zei dat het de zaak aanmerkelijk eenvoudiger zou maken.'

'Een kant-en-klare cliëntenbron.'

'Ik geloof dat haar bedoelingen louter oprecht waren. Ze had het gevoel dat ze goed kon doen en tegelijkertijd geld kon verdienen.'

'Ondanks die lage vergoedingen.'

Gull zweeg. Daarna zei hij: 'Wat zich ook heeft afgespeeld, ik heb verkozen er niet aan mee te doen. Dat pleit voor me, vind ik.'

'We plakken een ster in uw dossier, meneer Gull.'

Ik zei: 'Je zegt dat Sonny er niet bij betrokken was.'

'Ik betwijfel of Mary Sonny in iets van enig gewicht zou hebben laten delen. Hij boezemde haar afkeer in. Eerlijk gezegd wist Mary best wat Sonny voor haar voelde, en zij heeft daar munt uit geslagen. Door een geweldig huurcontract voor onze praktijk te bedingen, en door haar eigen beleggingen in vastgoed te financieren.'

'Leende ze geld van Sonny?'

'Het waren geen leningen, maar geschenken. Als ze om geld vroeg, zei hij altijd ja. Daar maakte ze wel eens grapjes over. Ze zei: "Ik gebruik alles van het varken behalve zijn gegil."'

Myrna Wimmer tikte met haar nagels op de rand van haar bureau.

Gull zei: 'Ik wil Mary niet negatief afschilderen. Het kan niet eenvoudig zijn geweest om met iemand als Sonny getrouwd te zijn. Hebben jullie hem gesproken?'

'Ja,' zei ik.

'Kun je je Mary met zo iemand voorstellen?'

'Waarom? Heeft Sonny haar onheus behandeld?'

'Nee, geen sprake van. Integendeel zelfs.' Gull ging verzitten.

'Nou?' zei ik.

'Eerlijk gezegd, hield Mary wel van een beetje... Ze genoot ervan om te worden gedomineerd. Op een liefdevolle manier. Wanneer ze het punt had bereikt waarop ze iemand voldoende vertrouwde om intiem met hem te zijn.'

'Bondage?'

'Nee, er kwamen geen touwen aan te pas. Alleen lichamelijke druk.'

'Eronder houden.'

'Op haar eigen verzoek,' zei Gull.

'Dat wilde Sonny niet.'

'Dat kón Sonny niet. Ze vertelde dat hij, toen ze nog getrouwd waren en zij ook maar het geringste verlangen naar dominantie aan de dag legde, op slag impotent werd. Want híj wilde gedomineerd worden. Ze beschouwde dat als symptomatisch voor al zijn problemen. "Een slappe geest in een slap lichaam." Zo noemde ze het.'

Gull klopte op zijn middenrif. 'Als je het mij vraagt, was dat de reden waarom ze bij hem is weggegaan. Hij wilde niet de baas over haar spelen.'

'Dus gebruikte ze hem maar.'

'Ze zei: "Sonny wil overheerst worden. Ik bewijs hem een dienst door hem aan de leiband te nemen."'

'Maar ze heeft dus nooit laten vallen dat Sonny bij de Sentries betrokken was.'

'Alleen dat hij eigenaar van de panden was.'

'En Albin Larsen?' vroeg ik. 'Hebben hij en Mary ooit iets met elkaar gehad?'

Gull keek beledigd. 'Ik weet wel zéker van niet.'

'Waarom?'

'Albin is Mary's type niet.'

'Ook niet dominant?'

'Voorzover ik kan zien, is Albin aseksueel.'

Milo: 'Heeft hij iets van een monnik?'

'Zolang ik Albin ken, heeft hij nooit blijk gegeven van belangstelling voor seks of seksuele kwesties. En we werken al jaren samen.'

'Te druk met zijn goede werken,' zei ik.

'Mensen kanaliseren hun driften op verschillende manieren,' zei Gull. 'Ik heb er geen oordeel over. Ik heb Albin altijd beschouwd als iemand die zich misschien wel op zijn gemak zou voelen in een klooster. Hij leeft Spartaans.'

'Bewonderenswaardig,' zei Milo.

Gull vroeg: 'Hoe zit het met al die namen? Willen jullie zeggen dat iemand echt beweert dat ik die mensen heb behandeld en rekeningen naar Medi-Cal heb gestuurd?'

'Dat beweert de staat Californië.'

'Belachelijk. Dat is nooit gebeurd.'

'De papieren liegen er niet om, meneer Gull.'

'Dan heeft iemand een kolossale vergissing gemaakt, of hij liegt. Controleer mijn bankrekeningen maar. Trek mijn uitgaven na, of hoe dat ook heet. Jullie zullen geen 300.000 vinden die ik niet kan verantwoorden.'

'Er zijn een heleboel manieren om geld te verdonkeremanen, meneer Gull.'

'Nou, die ken ik dan niet.'

'De documenten, meneer Gull...'

'Iemand zit te liegen!' riep hij.

Milo glimlachte. 'Wie zou dat toch zijn?'

Gull zweeg.

Ik vroeg: 'Heb je een theorie?'

Myrna Wimmer zei: 'Pas op je tellen, Franco.'

Gull ademde heel diep in en langzaam weer uit. 'Jullie zeggen dat Mary en Albin op mijn naam rekeningen hebben vervalst en het geld in eigen zak hebben gestoken.'

Milo zei: 'U zegt het, meneer Gull.'

Gull veegde zijn natte voorhoofd af. 'Ja. En nu is Mary dood.'

'Inderdaad, meneer Gull.'

Gull zweette overvloedig en deed geen moeite meer om zijn gezicht te drogen. 'Dat menen jullie niet.' Zijn stem was veranderd. Hoger register; gespannen.

Ik zei: 'In de genoemde periode heb je klaarblijkelijk facturen ingediend tot een bedrag van 340.000 dollar wegens neptherapie, Mary voor 380.000 en Albin Larsen voor 440.000.'

'*Albin*?' zei Gull.

Ik zei: 'Dat is de vraag. Laten we nu aan het antwoord gaan werken.'

41

In de lift van Wimmers hooggelegen kantoor naar de parterre zei Milo: 'Je hebt hem helemaal uitgewrongen. Gefeliciteerd.'

'Dank je,' zei ik.

'Niet blij?'

'Het moest helaas.'

Toen we ons in de verkeersstroom voegden, zei hij: 'Als ik op jacht ben en echt een prooi heb verschalkt, krijg ik altijd trek. Ik dacht aan rood vlees.'

'Prima.'

'Geen zin?'

'Rood vlees is best.'

'Heb je stevig ontbeten?'

'Ik heb niets gegeten.'

'Vond je de rol van grootinquisiteur zo erg?'

'Ik heb er niet voor geleerd.'

'Ach,' zei hij. 'Gewoon psychologische oorlogsvoering. In Vietnam hadden ze je in de strijdkrachten strooibiljetten laten schrijven.'

'Waar is dat rode vlees?'

'Oké, ander onderwerp... Op Wilshire, bij het strand is een nieuw restaurant waar ze vlees laten adelen, maar als het idee van een feestmaaltijd na het afbranden van een medemens je tegenstaat, begrijp ik dat. Ook al is die medemens een egoïstische slijmbal.'

'Nu je het zo zegt.'

'Het kan best zijn dat Gull niet rechtstreeks iets met de zwendel of de moorden te maken heeft, maar dat hij volmaakt onschuldig is, wil er bij mij niet in. Ik denk dat de transactie die de officier heeft gemachtigd een cadeau voor hem is.'

Twee jaar intrekking van Gulls bevoegdheid in ruil voor volledige medewerking bij alle misdadige en burgerlijke zaken die te maken hebben met...

'Meer dan redelijk,' zei ik. 'Aan tafel.'

Het steakhouse bood pilsjes van de tap en een belendende verster-vingsruimte met een grote etalageruit aan de boulevard. Een gezin toeristen bleef staan om de lendenstukken die aan glanzende haken hingen, te bewonderen, en Milo ging even bij hen staan. Twee kinderen wezen giechelend en de vader zei: 'Cool.' De moeder zei: 'Ik vind het maar wreed.'

Binnen, gezeten aan het achterste tafeltje, zei Milo: 'Gereguleerde ont-binding verhoogt de smaak. Net als in het echte leven.'

Ik zei: 'Het echte leven is moeilijk te reguleren.'

Hij gaf me een klap op mijn schouder. 'Des te meer reden om ons te buiten te gaan.'

Achter twee bergen Steak Delmonico, gepofte aardappels ter groot-te van een sportschoen en een fles rode wijn, namen we door wat we van Gull hadden opgestoken.

Milo zei: 'Sonny komt over als slachtoffer, niet als schurk.'

'Gull heeft geen reden om daarover te liegen, integendeel. Als er een manier was om de schuld af te schuiven, zou hij dat zeker hebben gedaan.'

'Dus misschien weet Gull niet hoe de vork echt in de steel zit, of is Sonny echt maar een arme sodemieter die nog niet over zijn schei-ding heen is. En die toevallig veel geld heeft verdiend.'

'En niet wist wat hij ermee moest doen,' zei ik.

'En uit de goedheid van haar hart heeft Mary hem daarbij geholpen. Zíj was echt wel dol op de pegels, hè? Een mooie, lucratieve prak-tijk, extra zakcentje van d'r ex, en toch zet ze alles op het spel voor een zwendel.'

'Misschien ging het wel om meer dan dollartekens,' zei ik. 'Misschien was het de kick van ongestraft iets illegaals doen. Zoals we al zei-den, heeft ze die fraude waarschijnlijk gerationaliseerd als het ver-diende loon van een corrupt systeem.'

Hij nam een flinke hap biefstuk en zei: 'Interessante vrouw, onze Ma-ry. Ze cultiveert een identiteit als psychologe en orakel van wijsheid, maar ze zag er geen been in om Sonny een verhoogde toelage af te troggelen. Als klap op de vuurpijl wilde ze graag vastgepind worden op het matras.'

'Macht is een merkwaardige drug. Soms willen mensen in gezagspo-sities seksueel graag overheerst worden.'

'Waar heb je dat vandaan?'

'Ik heb het meegemaakt.'

'O.' Hij veegde jus op met een stuk zuurdesembrood. 'Geloof jij dat Gull nooit Degussa's fantasieën over Flora met Mary heeft besproken?'

Ik zei: 'Zo niet, dan moet Mary wel een vermoeden hebben gehad over wat er gaande was. Flora kwam bij haar om behandeld te worden voor seksuele ongevoeligheid, en Mary kende Degussa van de zwendel. Ze wist wat voor vlees ze in de kuip had. Wie weet heeft Degussa Flora wel naar haar toe gestuurd voor therapie. Om haar seksueel te laten opwaarderen.'

'Brian van Dyne heeft gezegd dat hij Mary op de radio had gehoord.'

'Brian van Dyne is zich van een heleboel zaken niet bewust geweest.'

'Verloofde met een dubbelleven,' zei hij. 'Zou Flora met die twee gejongleerd hebben?'

'Flora heeft Degussa ontmoet toen ze bij de reclassering werkte. Hij legde wat psychopathologische machocharme aan de dag en hup, ze zette Roy Nichols aan de kant voor iemand die nog erger was. De kick was verboden vruchten. Daarna leerde ze Van Dyne kennen en begon ze aan een huwelijk te denken, maar het spelletje wilde ze nog niet opgeven.'

'Een aardige, achtenswaardige onderwijzer om aan mama te laten zien, en een ruige klant voor erbij.'

'Het kan best zijn dat de moord op Flora niets met de zwendel te maken had,' zei ik. 'Haar plaats delict was heel wat bloediger dan die van de rest, en er waren geen sporen van braak. Ik krijg de indruk dat hartstocht en seks daar uit de hand zijn gelopen. Toen we Roy Nichols spraken, vroeg je je af of er jaloezie als motief in het spel was. Waarom zou dat niet voor Degussa gelden?'

'Dus Degussa is achter het bestaan van Van Dyne gekomen en geflipt,' zei hij.

'De verkeerde persoon om te bedriegen. Voeg daarbij Flora's anorgasmie, en ze was ten dode opgeschreven. Iemand als Ray Degussa zou seksuele ongevoeligheid als een persoonlijke belediging opvatten.'

'Haar *op alle mogelijke manieren aan zijn speer rijgen.* Dat is goddomme een blauwdruk voor wat hij uiteindelijk met haar heeft gedaan. En Mary Koppel heeft haar nooit gewaarschuwd.'

'Beroepsgeheim,' zei ik. 'Dat was belangrijk voor haar.'

Hij sneed in zijn biefstuk en stopte. 'Dus moet ik Flora van de zwendelaarslijst halen?'

'Er is geen enkele aanwijzing dat ze erbij betrokken was.'

'Bovendien is haar moeder een lieve oude dame.'

'Ook dat.'

'Beroepsgeheim... Mary wilde de geldstroom gewoon niet in gevaar brengen. Ruim 350.000 dankzij haar eigen opgeblazen facturen, en bovendien deelden zij en Larsen nog eens 300.000 die op Gulls naam binnenstroomden. Dat is ruim een half miljoen de man, boven op wat ze legaal verdienden. Bovendien had Mary nog een toelage.'

'Mary minachtte Sonny omdat hij niet wist hoe hij moest leven.'

'Zij heeft wel geleefd. Zolang het duurde. De kunst is al dat geld te lokaliseren. Zevonsky brengt de bal aan het rollen voor de financiële dagvaardingen.'

'Misschien helpt het om meer over Larsens Afrikaanse connecties te weten.'

'Op de hoop.' Hij salueerde, stak een laatste, gigantische homp biefstuk in zijn mond, kauwde langzaam en slikte. 'Wat denk je dat er achter de moord op Mary zit? Zij trekt haar mond open tegen Larsen, slaat een dreigende toon aan en hij stuurt Degussa om haar naar de andere wereld te helpen.'

'Dat is precies wat ik denk.'

Ik schonk mijn wijnglas nog eens vol en nam een grote teug. Lekkere cabernet. Het laatste nieuws van de gezondheidsfreaks was dat drank goed voor je was, als je het maar niet overdreef.

Dit was de sleutel, je grenzen kennen.

Hij zei: 'Het klopt allemaal, ik moet alleen nog bewijzen hebben. Ik kan niet eens een adres van Degussa vinden. De club waar hij werkt betaalt hem zwart.'

'Probeer de Marina,' zei ik. 'Flora wilde daar met Van Dyne gaan brunchen. Misschien omdat ze er met Degussa was geweest.'

'Bobby J's. Ja, dat zie ik wel zitten. Als ze een spelletje speelde, zou ze dat wel leuk hebben gevonden. Ik zal er nog eens langsgaan om Degussa's foto te laten zien.'

Hij hees zijn broek op en we verlieten het restaurant. Hij moest een enorme fooi hebben achtergelaten – een politiefooi – omdat de ober ons naar buiten volgde, bedankte en hem zelfs een hand gaf.

Milo zei: 'Het beste,' en we liepen terug naar zijn auto.

'Met wat we nu weten,' zei hij, 'moet ik wat extra personeel kunnen krijgen voor degelijke surveillance. Dit gaat gesmeerd, Alex. Nog een heel eind van de kat in het bakkie, maar het gaat wel goed.'

'Prettig om je zo tevreden te zien.'

'Ik? Ik ben altijd een zonnestraaltje.' Als om dat te illustreren, trok hij een grimas die voor een glimlach door kon gaan, en zette hij onder het rijden de politieradio aan. Hij neuriede vals mee met de eigenaardige litanie van schurkenstreken en ellende van de meldkamer.

Halverwege de terugweg naar het bureau zei hij: 'We weten nog steeds niet wat Jerry Quick in die zwendel doet.'

'Misschien niets,' zei ik. 'Gull kende hem alleen maar als Gavins vader, en misschien is dat het 'm juist. Misschien is Jerry *Gavin* wel
gaan volgen. Omdat Gavin zo raar was gaan doen. Gavin wist dat
niet, zag zijn vader en schreef zijn nummer op. In Gavins ontregelde
brein maakte iedereen deel uit van de samenzwering.'
'Was Gavin paranoïde?'
'Dat kan, met een beschadiging van de voorhoofdskwab.'
'Een bezorgde vader zou ons helpen, Alex, geen bewijzen vernietigen
en onderduiken. Quick is al... hoe lang?... vijf dagen weg. Wat heeft
dát verdomme te betekenen?'
'Daar zeg je wat,' zei ik.
'Het feit dat Gull niets van Quicks betrokkenheid wist, wil nog niet
zeggen dat Quick de onschuld zelve is. Die vent neemt een stripper
als secretaresse in dienst, gebruikt een prepaid mobiel, laat zijn condooms in zijn bagage om het er bij zijn vrouw in te wrijven, probeert
zijn schoonzus te versieren en betaalt zijn rekeningen niet op tijd. In
mijn ogen is dat nou precies zo'n modelburger die dol zou zijn op
zoiets als Sentries for Justice. Tot op zekere hoogte wil dat stuk van
de bezorgde vader er nog wel in, namelijk tot het punt waarop Quick
Christi Marsh aan Gavin cadeau gaf. Wat háár ook het leven heeft
gekost. Quick beseft dat hij in grote moeilijkheden komt met zijn familie als de hele waarheid boven water komt, om maar niet te spreken van grote moeilijkheden met justitie. Dus smeert hij 'm en laat
Sheila aan haar lot over. Dit is géén Ward Cleaver.' [Beroemde Amerikaanse probleemoplosser uit de jaren vijftig; vert.]
'Ik vraag me af hoe het met Sheila gaat,' zei ik.
'Jij blijft ook psycholoog. Voel je vrij om even langs te gaan om wat
therapie te geven. Ondertussen ga ik het salaris verdienen dat deze
stad me betaalt.'
Eén straat verder: 'Heb ik jou nou al bedankt voor je hulp?'
'Meer dan eens,' zei ik.
'Mooi,' zei hij. 'Manieren zijn belangrijk.'

42

South Camden Drive om twee uur 's middags was een fraaie plek.
Het gematigde klimaat van Beverly Hills, ongemoeid door de seizoenen, mooie huizen, mooie auto's en mooie hoveniers die mooie

gazonnen maaiden. Eén straat voor huize Quick liep een bejaarde man over het trottoir met behulp van een dubbel looprek en een kleine Filippijnse verzorgster aan zijn zijde. Toen ik langsreed, zwaaide hij glimlachend.

Geluk heeft heel weinig met de toestand van je botten te maken.

De voordeur van het witte huis stond open en Sheila Quicks busje draaide stationair op de oprit. De uitlaat blies tere wolkjes rook, die vlug oplosten in de warme, zachte lucht.

Voorin op de passagiersstoel zat het silhouet van een vrouw. Ik stapte uit en liep naar het busje. Sheila Quick zat houterig voor zich uit te kijken alsof ze in trance was. Haar raampje was dicht.

Ze zag me niet en ik wilde net op haar raampje kloppen toen er een jonge vrouw naar buiten kwam, die een enorme blauwe plunjezak zeulde.

Toen ze mij zag, verstijfde ze.

Ze was lang, slank en haar zwarte haar zat naar achteren in een achteloze paardenstaart. Prettig gezicht, minder saai dan op de familiefoto. Ze droeg een blauw sweatshirt met een capuchon op een spijkerbroek en witte sportschoenen. Haar ogen stonden schuin naar beneden en ze had de forse kin van haar vader. Plus zijn ietwat gebogen postuur. Het gaf haar iets vermoeids. Misschien was ze dat ook.

'Kelly?'

'Ja.'

'Mijn naam is Alex Delaware. Ik werk samen met de politie van L.A...'

'Mét de politie? Wat wil dat zeggen?'

Eerstejaars rechten; getraind om te analyseren? Of had ze dat beroep gekozen omdat het bij haar aard paste?

Ik zei: 'Ik ben psychologisch adviseur. Ik ben betrokken bij het onderzoek naar je broers...'

Toen ze het woord *psycholoog* hoorde, wendde ze het hoofd naar haar moeder. Ze zei: 'Ik ben er net, dus daar weet ik niets van.'

Achter me zei een opgewekte stem: 'Hallo!'

Sheila Quick had haar raampje omlaag gedraaid en wuifde glimlachend naar me. 'Daar bent u weer.'

Kelly Quick tilde haar plunjezak op, kwam naar voren en zette zich tussen mij en haar moeder.

'Hij is van de politie, Kell.'

'Dat weet ik, mam.' Tegen mij: 'Neemt u mij niet kwalijk, maar we hebben nogal haast.'

'Gaan jullie een poosje weg?'

Geen antwoord.

'Waarnaartoe, Kelly?'

'Dat zeg ik liever niet.'

'Naar tante Eileen?'

Kelly Quick schoof langs me heen naar de achterkant van het busje, tilde de achterklep op en legde haar plunjezak erin. Er stonden al twee grote koffers.

Sheila Quick zei: 'Nog altijd niets van Jerry gehoord! Wie weet is hij wel dood!'

Nog altijd opgewekt.

'Mám!'

'We hoeven niet oneerlijk te zijn, Kelly. Ik heb voldoende oneerlijkheid gehad voor de rest van mijn...'

'Mam, alsjeblíéft!'

Sheila zei: 'Je zegt tenminste alsjeblíéft.' En tegen mij: 'Ik heb ze beleefd grootgebracht.'

Ik vroeg: 'Waar gaan jullie naartoe?'

Kelly Quick kwam weer tussen ons in staan. 'We hebben haast.' Haar mond vertrok. 'Alstublieft.'

Sheila Quick zei: 'Dit is een intelligent kind; er is niets mis met haar hersens. Gavin had de charme en het uiterlijk, maar Kelly de hoge cijfers.'

Kelly Quicks gezicht betrok.

Ik vroeg: 'Kan ik je even spreken, Kelly? Heel even maar?'

Ze knipperde met haar ogen en duwde haar heup opzij. Een zweempje adolescentie die ze amper achter zich had.

'Oké, heel even dan.'

We liepen een stukje voorbij het busje. Sheila Quick riep: 'Waar gaan jullie naartoe?'

'Heel even maar, mam.' Tegen mij: 'Wat ís er?'

'Als je naar je tante Eileen gaat, zijn we daar zo achter.'

'Daar gaan we niet naartoe. We mogen gaan en staan waar we willen.'

'Vanzelfsprekend; ik kom je niet tegenhouden.'

'Wat dan?'

'Heb je al iets van je vader gehoord?'

Geen antwoord.

'Kelly, als hij contact met je heeft opgenomen om je instructies te geven...'

'Dat heeft hij niet. Nou goed?'

'Hij heeft je zeker opdracht gegeven om niets te zeggen. Jij denkt vast dat je hem helpt door hem te gehoorzamen.'

'Ik gehoorzaam niemand,' zei ze. 'Ik ben zelfstandig. We moeten gaan.'

'Je mag niet zeggen waarnaartoe?'

'Het is niet belangrijk... echt niet. Mijn broer is vermoord, en mijn moeder... heeft problemen. Ik moet voor haar zorgen, zo simpel is dat.'

'En hoe zit het met je vader?'

Ze keek naar de stoep.

'Kelly, het kan zijn dat hij in grote moeilijkheden is. De mensen met wie hij te maken heeft mag je niet onderschatten.'

Ze keek omhoog, maar staarde langs me heen.

'Niemand weet beter dan jij hoe kwetsbaar je moeder is. Hoe lang denk je voor haar te kunnen zorgen?'

Ze draaide haar hoofd met een ruk naar me toe. 'U denkt dat u het weet.'

'Ik weet zeker van niet.'

'Maakt u de zaak alstublieft niet nog erger.'

Haar ogen vulden zich met tranen. Oude ogen in een jong gezicht. Ik deed een stap opzij en ze liep weer terug naar het busje, kroop achter het stuur en trok het portier dicht. Terwijl ze startte, babbelde Sheila met veel gebaren.

Ze was in een feestelijke stemming. Kelly's gezicht stond grimmig. Ze had haar handen op het stuur gelegd. Ze ging nergens naartoe voordat ik vertrokken was. Ik reed weg van de stoeprand.

Toen ik bij de hoek in mijn spiegeltje keek, stond het busje er nog steeds.

Milo was er niet, dus vroeg ik naar rechercheur Binchy.

Hij zei: 'Dus u vermoedt dat meneer Quick zijn dochter heeft gebeld.'

'Dat zou ik wel denken.'

'Dus weet zij waarschijnlijk waar hij is. Moet ik naar het busje uit laten kijken?'

'Dat zou ik aan Milo vragen. Wanneer komt hij terug?'

'Dat heeft hij niet gezegd,' zei Binchy. 'Hij zei iets over een lunch in de Marina. Ik had de indruk dat er meer achter zat, maar daar liet hij het bij. Meestal legt hij het later wel uit.'

Een uur later zocht Milo me thuis op om tekst en uitleg te geven.

'Ik heb een lekker koel drankje genoten bij Bobby J's,' zei hij, terwijl hij over zijn buik wreef. 'Ik trof een serveerster die zich kon herinneren dat Flora en Degussa er een paar keer hadden gegeten. Brunch én avondeten. Ze wist het nog omdat ze hen maar een raar stel vond.'

'De onderwijzeres en de boef.'

'Ze zei dat Degussa ongegeneerd met haar flirtte, en Flora zat daar maar gewoon. Ook vertelde ze dat Degussa vreemd zat te eten, helemaal over zijn bord gebogen alsof iemand het wilde stelen.'

'Bajesetiquette,' zei ik. 'Had ze Flora ooit samen met Van Dyne gezien?'

'Nee. Ze had ofwel geen dienst, of onze Brian had geen indruk gemaakt. Weer een pluim voor jou voor de tip over de Marina. Ik heb daar ook het adres van Bennett Hacker gevonden.'

'Ik dacht dat hij in Franklin woonde.'

'Sinds zeven maanden heeft hij twee adressen. Een appartement in Franklin en een maisonnette in Marina Way. Misschien een weekeindhuis.'

'Je kunt wel raden waar het geld vandaan komt,' zei ik. 'Ik vraag me af hoeveel commissie hij van de Sentries kreeg.'

'Over een periode van zestien maanden is er ruim een en een kwart miljoen dollar uitgekeerd, dus er was genoeg voor iedereen. Misschien dat Larsen en Mary hem en Degussa een derde gaven, dan hielden ze nog voldoende over.'

'Misschien gebruikten ze Gulls valse declaraties daar wel voor.'

'Dat mag Zevonsky uitzoeken. Ik concentreer me op vier moorden, en dat wil zeggen dat Bennett Hacker wordt geschaduwd zodra hij vandaag het kantoor van de reclassering verlaat. In het wagenpark van de politie heb ik een mooie, onopvallende auto gevonden en ik wil over een halfuur in het centrum zijn. Met Binchy houden we radiocontact. Wil je mee? Kun je misschien foto's maken als ik mijn handen vol heb.'

Ik zei: 'Lach eens naar het vogeltje.'

'Mooi en onopvallend' bleek een donkergrijze Volvo stationcar met zwart getinte ramen en een bumpersticker met I LOVE L.A. Vanbinnen rook hij naar tabak en wierook. Op de passagiersstoel lag een Polaroid-camera met vijf filmcassettes. Ik legde ze op schoot.

'Mooie wagen.'

'Geconfisqueerd van een drugsdealer,' zei hij. 'Hij is feller dan hij eruitziet, want hij heeft turbo-injectie.'

'Rijden drugsdealers in stationcars?'

'Het leven is vol verrassingen,' zei hij. 'Deze was een eerstejaarsstudent die ecstasy aan zijn corpsvrienden verkocht. Papa is chirurg, mama is rechter. Deze auto was vroeger van haar.'

Onderweg naar het centrum vertelde ik hem over mijn ontmoeting met Kelly en Sheila Quick.

'Het hoogbegaafde kind,' zei hij. 'Quick heeft haar naar huis geroepen om een handje te helpen.'

'Hij weet dat hij in de nesten zit en wil zijn familie uit de vuurlinie halen. Bovendien heeft hij iemand nodig om een oogje op Sheila te houden.'

'Weer bij Eileen Paxton ondergebracht?'

'Toen ik daarnaar vroeg, klapte Kelly dicht.'

Bij het volgende rode stoplicht zocht hij Paxtons nummers op in zijn aantekenboekje en kreeg haar te pakken op haar werk. Hij zei weinig, luisterde veel, hing op en klemde zijn kaken op elkaar.

'Sheila en Kelly zouden inderdaad vanavond bij haar komen, maar Kelly heeft net gebeld om te zeggen dat de plannen waren veranderd, maar ze wilde niet zeggen wat ze gingen doen. Paxton probeerde Kelly op andere gedachten te brengen, maar die hing op, en toen Paxton terugbelde, was de autotelefoon uitgezet. Volgens Paxton is Kelly altijd al een stijfkop geweest. Ze gelooft dat haar zus psychisch achteruitgaat en zegt dat ze haar nog nooit zo belabberd heeft gezien. Ze wilde me net bellen. Had jij die indruk ook van Sheila?'

'Nogal broos,' zei ik. 'Alles wat ze nog méénde te hebben ontglipt haar. Sean vroeg zich af of hij een *Be-on-the-Lookout* voor het busje moest uitvaardigen.'

'Sean heeft te veel tv gekeken. Sheila en Kelly zijn geen verdachten, maar een paar bange vrouwen. En met reden. Een BOLO zou ze juist tot doelwit maken, en dat is wel het laatste wat ik wil.'

Hij reed de 405 op en vervolgens naar de 10 in oostelijke richting. Twee afritten later: 'Ik vraag me af of de Quicks een paspoort hebben.'

'Gezinsontsnapping?' vroeg ik. 'Kan best, als Jerry voldoende geld heeft weggezet.'

'Ik heb met hem te doen,' zei hij. 'Tot ik weer aan al die gespietste lijken moet denken. Wie weet is hij al ergens naartoe gevlogen en vindt er nu een hereniging met het vrouwtje en de dochter plaats. Of hij is gewoon de grens met Mexico overgestoken.'

'Vrouwtje en dochter plus Angie Paul?'

Hij klakte met zijn tong. 'Ja, dat zou dan wel een probleempje zijn... Ik zal Sean de luchthavens en de grensbewaking laten bellen, en daarna nog eens een kijkje op Angies adres laten nemen.'

Hij zwenkte naar de snelle rijstrook en belde Binchy bij een snelheid van ruim honderdtien kilometer per uur. 'Sean, ik heb een paar klusjes voor je... O ja? Denk je? Oké, ja, geef maar op.' Tegen mij: 'Wil jij dit even opschrijven?'

Ik vond een kauwgompapiertje in het handschoenenkastje en schreef het 805-nummer op dat hij noemde.

Hij gaf Binchy instructies en hing op. 'Wannéér het regent, stortregent het ook. Er is net een op het oog betrouwbare tip over Christina Marsh binnengekomen. Deze jongen beweert haar broer te zijn. Hij heeft haar foto in de krant gezien. Student op de universiteit van Californië in Santa Barbara, woont in Isla Vista. Als we met Hacker klaar zijn, gaan we kijken of het waar is.'

Het California Department of Corrections, Parole Division, Region III was op Broadway in de buurt van First, midden in het centrum. We reden de 110 op, verlieten de snelweg bij Fourth Street, koersten in zuidelijke richting en kwamen vast te zitten in de buurt van Second. Milo liet me het kantoor van de reclassering bellen om naar Hacker te vragen.

'Kun je overkomen als een bajesklant?'

'Hé, man,' zei ik terwijl ik mijn stem liet dalen. 'Wat moet je van me?'

Hij lachte. Ik ging in de clinch met de voicemail die bedoeld was om me te ontmoedigen, en eindelijk kreeg ik een kort aangebonden, jachtige vrouw aan de lijn. Hoeveel ex-gedetineerden zouden daar het geduld voor hebben?

Ze blafte: 'Ben je een van zijn cliënten?'

'Dat hebben ze gezegd,' zei ik.

'Heb je een afspraak?'

'Nee, maar ik...'

'Je moet een afspraak maken. Hij is er niet.'

'Krijg nou wat,' zei ik. 'Enig idee wanneer hij weer terug is?'

'Hij is vertrokken,' zei ze. 'Ongeveer een minuut geleden.'

Ik gaf het op.

Milo vloekte. 'Drie uur en de man gaat ervandoor.'

'Ze zei dat hij net een minuut weg is,' zei ik. 'Als zijn auto buiten staat, kunnen we hem misschien zien vertrekken.'

Het verkeer was niet vooruit te branden. Daarna ging het met een slakkengang. En stopte weer. Er stonden vier auto's voor ons. De schaduwen in het centrum maakten de trottoirs aardedonker.

'Wat kan het ook schelen,' zei Milo, en hij rukte de pook in de parkeerstand. Hij stapte uit en speurde Broadway naar twee kanten af. De rechterrijstrook was afgesloten door groepjes oranje kegels. De afzetting markeerde langwerpige uitgravingen. Het rook er naar teer, maar er was geen wegarbeider te zien.

Milo zwaaide met zijn legitimatie naar vier geschrokken bestuurders, stapte weer in en zag ze naar rechts zwenken, gevaarlijk dicht bij de kegels. Hij reed door een opening.

'Macht,' zei hij met een dankjewel-gebaar. 'Werkt verslavend.' Hij liet de auto een paar meter uitrijden en vond een illegale parkeerplaats bij een brandkraan, pal tegenover het kantoor van de reclassering. Het was druk op de stoep en niemand lette op ons.

Even later kwam er een forsgebouwde vrouwelijke parkeerwacht aan, met een bonnenboek in haar hand. Toen ze bij Milo's raampje was, haalde hij opnieuw zijn legitimatie tevoorschijn. Hij praatte snel en gaf haar niet de kans om iets te zeggen. Ze liep kwaad weg.

Hij zei: 'Die kan zo in een gevangenisfilm. Als de onbarmhartige directrice.'

We wachtten. Geen teken van Bennett Hacker.

'Eén minuut geleden, hè?'

'Misschien is er een uitgang aan de achterkant,' zei ik.

'Zou dat even jammer zijn.'

Er verstreken nog vijf minuten. Het was een groot, grijs overheidsgebouw waar het een constant komen en gaan van mensen was. Drie minuten later kwam Bennett Hacker door de voordeur naar buiten, te midden van een groep collega's.

Je kon hem makkelijk over het hoofd zien toen hij uit de groep stapte om een sigaret op te steken.

Maar toen het zicht beter werd, rookte hij nog steeds. Hij droeg een slecht gesneden sportjas over een donkerblauwe, katoenen broek en blauw overhemd met een lichtblauwe, gestreepte das. Rokend liep hij naar een hotdogkraampje op de volgende straathoek.

Milo reed langzaam verder en ik nam een polaroid van Hacker met een mondvol hotdog met chilisaus.

Al etend en rokend liep Hacker nog een straat verder. Hij had geen haast en blijkbaar geen zorg in de wereld.

Het was een hele klus om hem zo langzaam te volgen dat we niet in het oog liepen. Het verkeer stond stil of schoot vooruit. Milo overtrad ongestraft een heleboel verkeersregels. Wanneer het zicht vrij was, nam ik polaroidfoto's. De kiekjes lieten de ultieme vergeetbare man zien: lang en slungelig, met een onopvallend gezicht en dito huidskleur. Het enige opvallende trekje was dat hij met ietwat naar binnen gekeerde tenen liep. Daardoor bewoog hij zich onvast ter been voort, bijna alsof hij beschonken was.

Bij de volgende straathoek had Hacker zijn hotdog op, gooide hij het vettige papier naar een prullenmand en miste. Hij draaide zich om zonder te stoppen om het op te rapen.

'Zo,' zei ik. 'Nu kun je hem oppakken omdat hij rommel maakt.'

'Ik houd de score bij.' Milo reed langzaam op de hoek af.

Hacker betrad een gemeentelijk parkeerterrein.

Milo zei: 'We blijven hier wachten tot hij naar buiten komt. We moeten op een Explorer van '99 letten. Volgens de gegevens is hij zwart, maar dat kan veranderd zijn.'

'Heeft hij twee adressen en maar één auto?'

'Ja.'

'Hij heeft geen geld over voor een mooiere auto,' zei ik. 'Noch voor kleren. Blijkbaar is dat huis in de Marina zijn prijs.'

'Moet wel. Zijn stek in Franklin is een zootje. Een eenkamerwoning in een oud gebouw van drie etages zonder lift. Ik ben er gisteravond langsgereden. Ik dacht, misschien vang ik wel een glimp van hem op, met een beetje geluk samen met Degussa. Niks geluk. Zijn brievenbus zit vol. Nu weet ik waarom. Hij geeft de voorkeur aan de zeewind.'

De Explorer was wel zwart, maar grijs geworden door het stof van weken. Dak en motorkap zaten onder de vogelpoep.

Bennett Hacker meed de snelweg en reed via zijstraten in westelijke richting: door de verkeersdrukte van het centrum naar Figueroa, vervolgens in zuidelijke richting, naar Olympic, langs het Staples Center helemaal door naar Robertson. Daarna rechtsaf op Pico naar Motor, en vervolgens in zuidelijke richting naar Washington Avenue, waar de brede weg doodliep bij het terrein van de Sony-studio's. Weer rechtsaf en we reden naar de Marina.

Het was een omweg die bijna een uur kostte. Hacker deed geen poging om stukken af te snijden of slimme sluipweggetjes te nemen. Hij reed zoals hij liep, langzaam en ontspannen. Hij wisselde zelfs niet van rijstrook, tenzij het niet anders kon. Hij rookte constant en draaide het raampje omlaag om peuken weg te schieten.

Milo bleef drie auto's achter hem rijden en er was geen teken dat Hacker ons in de gaten had. Op Palms belde Milo met Sean Binchy om te zeggen dat hij niet hoefde te komen helpen bij het schaduwen omdat het er niet al te ingewikkeld uitzag. Binchy zat tot zijn nek in het bureauwerk en genoot ervan: passagierslijsten van luchtvaartmaatschappijen, douane, en de belasting om te informeren naar de belastinggegevens van Jerry Quick.

Milo zei: 'Ik ben blij dat je het leuk vindt, Sean.'

Op Washington Avenue, even ten oosten van Palawan Way, stopte Bennett Hacker bij een 7-Eleven om een Slurpee te kopen, en ik nam een foto van hem terwijl hij met twee rietjes dronk. Al drinkend stapte hij weer in de Explorer, reed de Via Marina op en passeerde zijn appartement. Hij gooide de lege beker uit zijn raampje, en hij stuiterde op de middenberm.

Hij reed verder door de Marina, langs Bobby J's en een scala van andere restaurants aan de haven, en hij stopte bij een rij winkels aan het zuideinde.

Wasserette, drankzaak, bedrijf voor raamtralies, winkel met scheepsbenodigdheden.

HOG TRAIL MOTOR CYCLE SHOP.

Spandoeken in felle kleuren met vette letters boven de ingang van de garage maakten duidelijk dat er een grote opruiming gaande was. Ervoor stond een lange rij schuin geplaatste zware, blinkende motorfietsen waarvan er een heleboel een eigen uiterlijk hadden gekregen.

'Kijk eens aan,' zei Milo. 'Een nieuw speeltje voor onze rijksambtenaar.'

Ik maakte een foto van Hacker toen hij de zaak betrad en bleef schieten toen hij even later met een andere man naar buiten kwam.

Zijn metgezel bietste een sigaret. Hij was een grote, zware kerel in een wit T-shirt, een strakke spijkerbroek en werkschoenen. Handen, armen en shirt zaten onder de vetvlekken.

Talrijke tatoeages, zwart, vet, achterovergekamd haar. Raymond Degussa zag er zwaarder en ouder uit dan op de meest recente politiefoto. Hij had weer een snor gekweekt. Die vertoonde grijze haren. Midden onder zijn mond zat een plukje haar dat zijn dikke onderlip accentueerde.

.'Wel, wel,' zei Milo. 'Meneer Ray heeft toch een dagbaantje. Waarschijnlijk ook zo'n prettige, contante salarisregeling, zoals in die club. Geen administratie, geen belastingaanslag.'

'Kijk eens wat er rechts van hem op de grond ligt,' zei ik.

Drie rollen zwart dekzeil. Neopreen; er was een stukje aangetroffen op de plaats delict van Flora Newsome.

Milo's mond verstrakte.

'Ik wil vrouwe Fortuna niet tegen de haren instrijken,' zei ik, 'maar dat bedrijf voor raamtralies daar moet ijzeren staven in voorraad hebben. Over snelwinkelen gesproken.'

'Ja, inderdaad,' zei Milo. 'Wat dacht je van nog een paar foto's?'

Klik, klik, klik.

Degussa vond een lap om zijn handen aan af te vegen. Bennett Hacker praatte en allebei bliezen ze rookwolken die oplosten in de zeewind. Degussa's lange, harde gezicht stond uitdrukkingsloos.

Daarna knikte hij grijnzend. Hij gaf een klap met de lap en gooide hem drie meter verder in een witte emmer achter de rollen neopreen. Twee punten. De man kon schieten.

Hij trok zijn vette T-shirt uit. Hij had een massieve, platte borst, een harde, dikke buik, zware, harige schouders, armen en hals en een dik middel met handvatten. Hij had een redelijk postuur, maar moest het voornamelijk van zijn omvang hebben. In gevangenissen kon je gratis gewichtheffen om massa te kweken, maar ze hadden er geen apparaten om het geheel in evenwicht te brengen.

Hij maakte een prop van het T-shirt, ging weer naar binnen en kwam naar buiten in een zwartzijden overhemd met korte mouwen dat los hing over dezelfde spijkerbroek en schoenen.

'Niet ingestopt,' zei ik. 'Ik vraag me af of hij gewapend is.'

'Ik zou er niet van opkijken.'

Ik deed een nieuwe cassette in de camera en fotografeerde Degussa en Hacker toen ze in de Explorer stapten. De suv maakte een verboden U-bocht, reed terug naar Washington Avenue, sloeg af in zuidelijke richting op Inglewood en stopte vlak voor Culver Boulevard aan de stoeprand voor een café dat Winners heette.

Het was zo'n leemkleurig meesterwerk van betonblokken met een Budweiser-reclame voor het enige, met vliegen bezaaide raam en een spandoek met kortingslogan HAPPY HOUR WELL-DRINKS boven de ingang. Milo vond een plekje aan de overkant, een meter of tien naar het noorden. Hij maakte ook een verboden U-bocht en parkeerde de auto.

Ik fotografeerde de voorkant van het café.

Milo zei: 'Te klein om naar binnen te gaan zonder op te vallen, dus we blijven maar wachten.'

Een uur later waren Hacker en Degussa nog altijd niet naar buiten gekomen. Een halfuur nadat we waren gestopt, had Milo het risico genomen om een straatje om te lopen om de achterkant van het café te verkennen.

'De achterdeur zit vergrendeld. Uiteindelijk moeten ze wel aan de voorkant naar buiten komen.'

Terwijl we zaten te wachten, belde hij Sean Binchy nog een paar keer. Tot nu toe had hij niets gevonden wat erop wees dat Jerome Quick of Angela Paul ergens naartoe waren gevlogen.

Jerry en Angie.

Gavin en Christi.

Zo-vader-zo-zoon had een nachtmerrie voortgebracht, en ik betrapte mezelf erop dat ik met Quick te doen had, wat hij verder ook had uitgespookt.

Milo gromde: 'Niets bekend bij de Mexicaanse grens, maar wat zegt dat nou in hemelsnaam? Na 11 september zou je zeggen dat ze goddomme elke auto zouden registreren, maar dat doen ze niet; het is nog steeds dat verrekte stéékproefgedoe. Waarmee Quick een enorm gat heeft waar hij zo doorheen kan walsen.'

Ik wilde net iets meelevends zeggen toen ik beweging voor Winners zag.

'Het feest begint,' zei ik.

Hacker, Degussa en twee vrouwen stonden op de stoep te wachten tot hun ogen aan het licht gewend waren.

Een blondine en een brunette van tegen de veertig. Grote bos haar, zware heupen en forse boezem. De blonde vrouw droeg een zwarte tanktop op een superstrakke spijkerbroek. De brunette droeg een rode tanktop. Ze liepen op sandalen met hoge hakken zonder hiel, waardoor ze allebei nuffig trippelden en met hun achterwerk draaiden. Door de alcohol wankelden ze ook een beetje.

Gezichten die ooit aantrekkelijk waren geweest, waren geplaveid door smakeloze beslissingen.

Hacker bleef staan om zichzelf vuur te geven en Degussa sloeg zijn armen om beide vrouwen. In elke hand een borst. De blondine wierp lachend het hoofd naar achteren. De brunette greep speels naar zijn kruis.

'Klasse,' zei Milo.

Het viertal stapte in de Explorer en keerde terug naar Hackers appartement, waar ze door een elektrisch bediend hek een ondergrondse garage inreden.

'We gaan feestvieren,' zei Milo. 'En toch ben ik alweer niet uitgenodigd.'

43

De conciërge van het gebouw was een kalende man van in de zestig die Stan Parks heette. Hij droeg een wit overhemd met korte mouwen op een grijze broek. Zijn mond had een afkeurend trekje. Achter zijn bureau hing een dertig jaar oud ingenieursdiploma van Caltech. Zijn kantoor was naast de lift op de parterre en op willekeurige momenten trilde de kamer wanneer de lift in werking was.

Hij zei: 'Hacker heeft geen huurcontract. Hij betaalt van maand tot maand. Hij en zijn huisgenoot.'

'Raymond Degussa?'

'Raymond nog wat. Ik zal even kijken.' Parks tikte op de toetsen van een laptop. 'Inderdaad, Degussa.'

'Kwam hij hier gelijk met Hacker wonen?'

'Twee maanden later. Hacker heeft het aan mij gevraagd. Ik zei geen onderverhuur, de cheque moest rechtstreeks van Hacker komen, geen gedeelde verplichtingen.'

'Hoe zijn ze als huurders?'

'Ze zijn wel oké. Degenen die van maand tot maand betalen, bezorgen je de meeste last. Ik heb liever huurcontracten, maar het is niet een van de beste woningen. Hij heeft lang leeggestaan.'

'Wat is er mis mee?'

'Er is niets mis mee; het is gewoon niet een van de beste. Hij is niet aan de havenkant en aan de andere kant kun je door de bomen op die hoogte niet veel zien.'

'Wat voor moeilijkheden hebt u met hem gehad?'

Parks speelde fronsend met zijn pen, zette stippels op drie vingertopjes en rolde de pen vervolgens tussen zijn vingers. 'Kijk, ik ben niet alleen de conciërge, maar ook voor een deel eigenaar. Dus als er iets gaande is wat met dit gebouw te maken heeft, wil ik het weten.'

'Wie zijn de andere eigenaars, meneer?'

'Mijn zwagers; die zijn tandarts.' De lift deed de kamer trillen. Parks onderging het stoïcijns. 'Dit is mijn broodwinning. Is er iets waarover ik me zorgen moet maken?'

Milo zei: 'Op dit moment niet. Wat voor moeilijkheden hebt u met Hacker en Degussa gehad?'

'Op dit moment,' zei Parks.

'De problemen, meneer?'

'In het begin kreeg ik een paar klachten over geluidsoverlast. Ik heb met Hacker gesproken en toen hield het op.'

'Wat voor geluid?'

'Harde muziek, stemmen. Blijkbaar nemen ze vrouwen mee naar huis om mee te feesten.'

'Blijkbaar?'

'Ik zit meestal hier,' zei Parks.

'Hebt u die vrouwen ooit gezien?'

'Paar keer.'

'Waren het dezelfde vrouwen?'

Parks schudde zijn hoofd. 'U kent dat wel.'

'Kent wat, meneer?'

'Het type.'

'Wat voor type bedoelt u?' vroeg Milo.

'Niet bepaald... de hoogste klasse.'

'Feestneuzen.'

Parks draaide met zijn ogen. 'Hacker betaalt de huur. Ik bemoei me niet met het privé-leven van de huurders. Na die paar klachten in het begin ging het prima.'

'Hoe hoog is de huur van hun woning?'

'Is dit een geldkwestie? Een of ander financieel misdrijf?'

'De huur alstublieft.'

Parks zei: 'Hacker betaalt 2200 per maand. De woning heeft twee grote slaapkamers, een werkkamer, twee badkamers en een inge-bouwde bar. Aan de havenkant zou hij meer dan drieduizend op-brengen.'

'Die vrouwen die u hebt gezien; zou u die herkennen?'

Parks schudde zijn hoofd. 'Iedereen bemoeit zich hier met zijn eigen zaken. Dat is het 'm nu juist met de Marina. Je krijgt hier geschei-den mensen, weduwen en weduwnaars. De mensen zijn erg op hun privacy gesteld.'

Milo zei: 'Iedereen houdt zich bij zijn eigen zaakjes.'

'Net als u, inspecteur. U stelt al die vragen en vertelt me niets. U lijkt me er vrij bedreven in.'

Milo glimlachte.

Parks glimlachte terug.

Milo vroeg of hij Hackers parkeerplek mocht zien en Parks ging ons voor naar de parkeergarage beneden, waar het naar motorolie en nat cement rook. De helft van de vakken was leeg, maar de zwarte Ex-plorer stond op zijn plek. Milo en ik keken door de raampjes. Do-zen van cafetariavoedsel, een windjack, kaarten, losse paperassen.

'Heeft dit iets met drugs te maken?' vroeg Stan Parks.

'Waarom zou het?' zei Milo.

'Omdat u de auto bekijkt.' Parks kwam dichterbij en tuurde door de raampjes. 'Ik zie niets belastends.'

'Waar is het vak van de heer Degussa, meneer?'

Parks liep een tiental vakken verder naar een grote, vierkante Lincoln Town Car uit de tijd dat ze nog niet op kleinere modellen waren overgestapt. Chroomstrips, glimmend overgespoten. Geen standaardkleur; een donkere, roestbruine tint.

Parks zei: 'Nogal lelijke kleur, hè? Steek je zoveel geld in een opknapbeurt, krijg je zoiets. Ik heb zelf een kleine autoverzameling, maar ik zou van m'n leven niet zo'n tint nemen.'

Zo'n tint was precies de kleur van opgedroogd bloed.

'Lelijk,' zei ik. 'Wat voor auto's hebt u?'

'Een Cadillac uit '48, een Jaguar E-type uit '62 en een Mini Cooper uit '64. Ik heb een opleiding als ingenieur, dus ik doe al het sleutelwerk zelf.'

Ik knikte.

Parks zei: 'Tussen haakjes, Degussa heeft ook een motorfiets, die zet hij daar.' Hij wees op een gedeelte rechts van hem, met kleinere vakken voor tweewielers.

Er waren geen motorfietsen te zien.

'Daar betaalt hij extra voor,' zei Parks. 'Hij wilde gratis parkeren, maar ik zei twintig dollar per maand.'

'Koopje,' zei Milo.

Parks haalde zijn schouders op. 'Ze hebben niet de beste woning.'

We verlieten de Marina en Milo vroeg het 805-nummer dat ik had opgeschreven en de naam die erbij hoorde.

Cody Marsh.

De Volvo was uitgerust met een handsfree-telefoon en onder het rijden verbond Milo zijn blauwe oortje ermee. Hij toetste Cody's nummer in. Na twee keer te zijn overgegaan, klonk er een stem die zei dat hij naar een mobiele telefoon werd doorgeschakeld. Hij ging nog twee keer over en toen zei een mannenstem: 'Hallo?'

'Meneer Marsh?'

'Ja.'

'Met inspecteur Sturgis.'

'O, hallo.' Slechte ontvangst. 'Wacht even, dan zet ik de radio uit... Oké, daar ben ik weer. Dank u wel dat u me belt. Ik zit in de auto op weg naar L.A. Kunnen we iets afspreken?'

'Waar bent u nu?'

'Op de 101, bijna bij... Balboa. Het is tamelijk druk, maar waar-

schijnlijk kan ik wel over een halfuur in L.A.-west zijn.'
'Is Christina Marsh uw zuster?'
'Dat was ze... Hebt u tijd om met mij te praten? Ik wil echt graag weten wat er is gebeurd.'
'Ja hoor,' zei Milo. 'Kom maar naar het restaurant bij het bureau. Café Moghul.' Hij spelde de naam en noemde het adres.
Cody Marsh bedankte hem en verbrak de verbinding.

We reden meteen door naar het restaurant. Het kostte ons vijfentwintig minuten. Cody Marsh zat al aan een hoektafeltje *chai* te drinken.
Hij was makkelijk te ontdekken; hij was alleen.
Toen we door het gordijn van glazen kralen naar binnen liepen, kwam hij overeind. Hij zag er precies uit als iemand die een naaste heeft verloren.
'Meneer Marsh.'
'Bedankt voor uw komst, inspecteur. Wanneer mag ik mijn zus zien... om het lijk te identificeren?'
'Weet u zeker dat u dat wel wilt, meneer?'
'Ik dacht dat het moest,' zei Cody Marsh. 'Christi heeft niemand anders.'
Hij leek me een jaar of dertig. Hij had lang, golvend bruin haar met een scheiding in het midden, en droeg een grijs shirt onder een bruin, gebarsten leren jack dat op de wrijfpunten wit versleten was, op een gekreukte, beige werkbroek en witte sportschoenen. Hij had een rossig, hoekig gezicht met dikke lippen en vermoeide blauwe ogen achter een bril met een hoornen montuur. Een meter vijfenzeventig lang, het begin van een bierbuik. Het enige teken van verwantschap met het dode meisje was een kin met een kuiltje.
'Eigenlijk hoeft u dat niet persoonlijk te doen, meneer. U kunt ook een foto bekijken.'
'O,' zei Marsh. 'Goed, waar moet ik zijn om die foto te zien?'
'Die heb ik hier bij me, meneer, maar ik moet u waarschuwen...'
'Laat maar zien.'
Milo zei: 'Zullen we eerst gaan zitten?'

Cody Marsh staarde naar de lijkfoto. Zijn ogen gingen dicht en weer open. Hij zoog zijn lippen naar binnen. 'Dit is Christi.' Hij hief zijn vuist alsof hij een klap op de tafel wilde geven, maar net boven het blad bedacht hij zich.
'Godverdómme.'

De vriendelijke dame in sari die het restaurant dreef, draaide zich om. Milo besprak zijn werk nooit met haar, maar ze wist wat hij deed.

Hij glimlachte naar haar en ze ging weer door met servetjes vouwen. 'Mijn medeleven, meneer.'

'Christi,' zei Cody Marsh. 'Wat is er gebéúrd?'

Milo pakte de foto en borg hem weer op. 'Uw zuster is samen met een jongeman doodgeschoten terwijl ze in een geparkeerde auto op Mulholland zat.'

'Was die jongeman een vriend van haar?'

'Blijkbaar,' zei Milo. 'Hij heette Gavin Quick. Kent u hem?'

Cody Marsh schudde zijn hoofd. 'Enig idee waarom het is gebeurd?'

'Dat is wat we momenteel onderzoeken. Dus Christi heeft Gavin Quick nooit genoemd.'

'Nee, maar Christi en ik waren niet... zo dik met elkaar.'

De vrouw in de sari kwam naar het tafeltje. Milo zei: 'Voorlopig alleen maar chai, alstublieft. Morgen kom ik waarschijnlijk lunchen.'

'Dat zou ik prettig vinden,' zei de vrouw. 'Dan hebben we *sag paneer* en zalm tandoori als specialiteit.'

Toen ze weer weg was, vroeg Cody Marsh: 'Kan het... Kan Christi worden vrijgegeven? Voor de begrafenis?'

'Dat hangt af van het bureau van de lijkschouwer,' zei Milo.

'Hebt u het telefoonnummer?'

'Ik zal wel bellen. Het duurt misschien een paar dagen voordat het papierwerk klaar is.'

'Graag.' Marsh tikte met een nagel tegen zijn theekopje. *Ping.* 'Dit is vreselijk.'

'Kunt u iets over uw zus vertellen wat ons zou helpen, meneer?'

Ping ping. 'Wat wilt u weten?'

'Om te beginnen, wanneer is Christi naar L.A. verhuisd?'

'Dat weet ik niet precies, maar ongeveer een jaar geleden belde ze me op om te zeggen dat ze hier was.'

'Komen jullie uit Minnesota?'

'Baudette, Minnesota,' zei Marsh. 'Walleye-hoofdstad van de Wereld. Mensen die daar toevallig komen, worden met Willie Walleye op de foto gezet.'

'Een vis.'

'Een dertien meter lang modél van een vis. Zodra ik kon, ben ik daar weggegaan. Ik heb mijn voorbereidend jaar gedaan op Oregon State en vervolgens een paar jaar lesgegeven op de basisschool in

Portland om voldoende geld te sparen om geschiedenis te kunnen studeren.'

'Geschiedenis,' herhaalde Milo.

'Gedoemd zijn zij die het verleden vergeten, en zo.'

Ik vroeg: 'Heeft het feit dat u in Santa Barbara zat een rol gespeeld in de komst van uw zuster naar Californië?'

'Ik zou graag ja zeggen,' zei Marsh, 'maar ik betwijfel het ten zeerste. Dat hele jaar hebben we elkaar zegge en schrijve twee keer gezien. We hebben elkaar een keer of vier gebeld. En lang voordat Christi uit Minnesota vertrok, hadden we al geen contact meer.'

'Die twee keer,' zei ik.

'Dat was hier, in L.A. Ik was op een congres en belde haar. Ik heb haar zelfs drie keer gebeld, maar één keer kon ze niet.'

'Waarom niet?'

'Dat zei ze niet.'

'Waar trof u haar?'

'We gingen eten in mijn hotel.'

'Welke hotels waren dat?'

'Is dat belangrijk?' vroeg Marsh.

'Alles kan van belang zijn, meneer.'

'U bent de deskundige... Eens kijken, de ene was de Holiday Inn in Pasadena, de andere de Holiday Inn in Westwood. We hadden afgesproken in het restaurant, en Christi had zich er totaal niet op gekleed. Ik bedoel voor een academische bijeenkomst. Niet dat ze daaraan deelnam, maar het... het wemelde van de academici in het restaurant.'

'En ze zag er niet academisch uit,' zei Milo.

'In de verste verte niet.'

'Hoe dan?' vroeg ik.

'Ik wil eigenlijk niet kwaadspreken over mijn zus.'

'Ik begrijp het.'

Marsh tikte nog een paar keer tegen zijn kopje. 'Beide keren droeg ze een haltertopje met een blote rug, een superkort rokje, naaldhakken en een heleboel make-up.' Marsh zuchtte. 'We waren omringd door universiteitsvolk en de mensen keken. De eerste keer heb ik er niets van gezegd; ik ging ervan uit dat ze niet wist wat ze kon verwachten. De tweede keer zei ik er wel iets van, en dat werd een heel gespannen etentje. Ze maakte er snel een eind aan, zei dat ze moest gaan en liep weg zonder afscheid te nemen. Ik ben haar niet achternagegaan. Later besefte ik wat een arrogante eikel ik was geweest, en heb ik een boodschap op haar antwoordapparaat ingesproken, maar ze belde niet terug. Ik probeerde het later nog een keer, maar toen was het nummer buiten gebruik. Een maand later belde ze mij weer, maar toen zei ze niets over de keer dat ze was weggelopen. Ik vroeg haar nieuwe nummer, maar ze zei dat ze een prepaid mobiel gebruikte, zo'n weggooiding, dus dat het geen zin had om het nummer op te schrijven. Daar had ik nog nooit van gehoord.'

'Zei ze nog waarom ze een prepaid mobiel gebruikte?'

'Ze zei dat het makkelijker was. Ik leidde eruit af dat ze niet genoeg krediet had om een echte telefoonrekening te nemen. Of dat ze geen vast adres had.'

'Dat ze op straat leefde?'

'Nee, ik dacht wel dat ze ergens onderdak had, maar geen vast adres. Ik probeerde het wel te weten te komen, maar ze wilde het niet zeggen. Misschien dacht ze dat ik het zou afkeuren.'

Ping ping. 'En waarschijnlijk had ze gelijk. Christi en ik zijn heel verschillend.'

Ik zei: 'Ze belde u om het contact te herstellen.'

'Het was haar gelukt om me te vinden op de Faculteit Geschiedenis. Op een dag kwam ik binnen en lag er een briefje in mijn kastje met de mededeling dat mijn zus had gebeld. Eerst dacht ik dat het een vergissing was.' Cody Marsh trok een pijnlijk gezicht. 'Voor mijn gevoel had ik geen zus. Christi en ik hebben dezelfde vader, maar een andere moeder, en we zijn niet samen opgegroeid. Christi is veel jonger dan ik. Ik ben drieëndertig en zij is... was drieëntwintig. Tegen de tijd dat ze oud genoeg was voor een broer-zusrelatie zat ik al in Oregon, dus eigenlijk wás er ook geen relatie.'

'Leven haar ouders nog?'

'Onze vader is dood. En míjn moeder ook. Christi's moeder leeft nog, maar die heeft ernstige geestelijke problemen; die zit al jaren in een inrichting.'

'Hoe lang?' vroeg ik.

'Sinds Christi's vierde jaar. Onze vader was zwaar aan de drank. Wat mij betreft, was hij verantwoordelijk voor mijn moeders dood. Hij had stomlazarus in bed liggen roken. Mijn moeder dronk ook, maar die sigaret was van hem. Het huis is in vlammen opgegaan, en hij slaagde erin om naar buiten te wankelen. Hij raakte een arm en een deel van zijn gezicht kwijt, maar dat zuipen ging onverminderd door. Ik was zeven toen ik bij mijn grootouders van moeders kant ging wonen. Kort daarop leerde hij Christi's moeder in een café kennen en begon hij een heel nieuw gezin.'

'Ernstige geestelijke problemen,' zei ik.

'Carlene is schizofreen,' zei Marsh. 'Daarom legde ze het aan met een zuiplap met één arm en een gezicht vol littekens. Ik weet zeker dat de drank iets was wat ze gemeen hadden. En dat haar geestestoestand er door de alcohol en het samenwonen met mijn vader niet op vooruit is gegaan. Ik bofte. Mijn grootouders waren goed opgeleid. Ze waren allebei leraar, en religieus. Mijn moeder had een opleiding als maatschappelijk werker. Haar huwelijk was haar grote rebellie.'
'En je vader heeft Christi grootgebracht nadat haar moeder was opgenomen?'
'Veel opvoeding kan het niet zijn geweest. Ik ken de bijzonderheden niet, want ik woonde in Baudette en hij is met Christi naar St. Paul verhuisd. Ik hoorde dat ze de middelbare school eraan had gegeven, maar ik weet niet precies in welke klas. Later verhuisde ze met hem naar Duluth; hij werkte bij een soort ontginningsploeg. En daarna weer terug naar St. Paul. Echt een slechte buurt.'
Milo zei: 'Het klinkt alsof je wel op de hoogte wilde blijven.'
'Nee,' zei Marsh. 'Ik hoorde alles via mijn grootouders, gekleurd door hun vooroordeel.' Marsh trok een paar plukken haar voor zijn gezicht, veegde ze weer terug en schudde zijn hoofd. 'Zij hadden de pest aan mijn vader. Ze gaven hem de schuld van mijn moeders dood, plus van alles wat er verder nog mis was in de wereld. Ze mochten graag tot in de kleinste bijzonderheden over zijn tegenslagen vertellen. De achterbuurten waarin hij moest wonen, Christi's mislukking op school, het feit dat ze van school af ging. Dat Christi zich moeilijkheden op de hals haalde. Ik heb het hier over geredigeerde verhalen, geen objectieve verslagen. Ze beschouwden Christi als verlengstuk van hem; slechte genen. Ze wilden niets met haar te maken hebben. Ze was hun bloed niet. Dus Christi en ik werden bij elkaar uit de buurt gehouden.'
'Wat voor moeilijkheden haalde Christi zich op de hals?' vroeg ik.
'De gewone dingen: drugs, verkeerde vrienden, winkeldiefstal. Mijn grootouders vertelden dat ze naar zo'n oerwoudkamp was gestuurd, en vervolgens naar de jeugdgevangenis. Dat was voor een deel uit leedvermaak; ze zwolgen in andermans ellende. Maar diep vanbinnen maakten ze zich ook zorgen over mij. Omdat ik genetisch voor de helft mijn vader was, dus gebruikten ze mijn vader en Christi als afschrikwekkend voorbeeld. Ze preekten voor eigen parochie omdat Christi alles in mijn *roots* vertegenwoordigde waarvan ik over m'n nek ging. De gajeskant, zoals mijn grootouders het noemden. Ik was een goede student, ik gedroeg me netjes, ik was voorbestemd voor iets beters. Ik geloofde dat ook. Pas toen ik gescheiden was...' Hij

glimlachte. 'Ik vergat erbij te zeggen dat ik op een gegeven moment ben getrouwd. Dat huwelijk heeft negentien maanden geduurd. Kort na de scheiding zijn beide grootouders overleden, en ik voelde me behoorlijk eenzaam. Toen besefte ik dat ik nog een halfzus had, die ik amper kende, en dat ik misschien eens moest ophouden met de zelfgenoegzame eikel uit te hangen. Dus probeerde ik contact met Christi op te nemen. Ik heb mijn oudtante – de zus van mijn grootmoeder – net zolang lastiggevallen tot ze me vertelde dat Christi nog altijd in St. Paul woonde en "iets tingeltangelachtigs" deed. Ik een paar stripclubs bellen. Door die hele broer-zusfantasie was ik erg gemotiveerd, en uiteindelijk had ik de tent te pakken waar Christi werkte. Ze was niet blij om iets van me te horen en bleef erg afstandelijk. Dus heb ik haar omgekocht door honderd dollar over te maken. Sindsdien belde ze me om de paar maanden op. Soms om even te babbelen, soms voor geld. Daar leek ze moeite mee te hebben; dat ze iets moest vragen. Ze had een verlegen kant. Ze deed alsof ze bikkelhard was, maar ze kon ook lief zijn.'

Milo vroeg: 'Heeft ze je nog bijzonderheden over haar leven verteld?'

'Alleen dat ze danste, maar geen details. Wanneer ze belde, was dat altijd vanuit een nachtclub; ik hoorde de muziek op de achtergrond. Soms klonk ze alsof ze high was. Maar ik wilde niets doen om de afstand te vergroten. Ze vond het wel leuk dat ik onderwijzer was. Soms sprak ze me aan met *Meester* in plaats van mijn voornaam.'

Marsh zette zijn bril af en maakte de glazen schoon met zijn servet. Onbeschermd waren zijn ogen klein en zwak. 'Toen hielden die telefoontjes op, en volgens de club was ze vertrokken zonder een postadres op te geven. Ruim een jaar hoorde ik niets meer van haar, tot dat briefje in mijn kastje op de faculteit.'

'Heb je geen idee wat ze ruim een jaar had gedaan?'

Marsh schudde zijn hoofd. 'Ze zei dat ze met dansen genoeg had verdiend om een poosje te luieren, maar dat vroeg ik me af.'

'Wat?'

'Of ze misschien met andere dingen bezig was. Dat zette ik van me af, omdat ik niets wist.'

'Andere dingen zoals...'

'Haar lichaam verkopen,' zei Marsh. 'Dat was ook zoiets wat mijn grootouders constant over Christi vertelden. Dat ze promiscue was. Ze gebruikten een minder vriendelijk woord. Ik wilde er niets van horen.'

Hij pakte zijn kop en nam een slok *chai*.

'Christi had leerproblemen, maar één ding waarvan ze misschien al-

tijd op aan kon, was haar uiterlijk. Als kind was ze al beeldschoon. Broodmager toen ze klein was, met lichtblond haar tot onder haar middel. Het was nooit schoon of gekamd, en ze droeg kleren die niet bij elkaar pasten. Mijn vader had geen benul. Het gebeurde niet vaak, maar hij kwam wel eens onaangekondigd langs. Mijn opa verdween dan altijd naar zijn kamer boven en liet zich niet meer zien. Mijn oma noemde Christi *het straatmeisje*. "Daar hebben we de bedelaar en het straatmeisje. We kunnen de kopjes en glazen maar beter ontsmetten." Meestal vluchtte ik ook naar m'n kamer. Op een keer rende Christi de trap op, rukte mijn deur open en wiérp zich in mijn armen. Ik was veertien, dus zij kon niet ouder dan vier zijn geweest.' Marsh plukte aan de huid van zijn kin. 'Ze knuffelde me, kietelde me, en maar giechelen. Een idioot kon zien dat ze mijn aandacht wilde. Maar ik vond het vreselijk, dus ik schreeuwde dat ze op moest houden. Keihard. Ze liet me los en keek me aan. Die blik in haar ogen. Ze sloop mijn kamer uit. Ik had haar echt verpletterd.'
Zijn ogen waren droog, maar hij veegde er toch langs. 'Ik was veertien jaar. Wat wist ik nou helemaal?'
Ik vroeg: 'Wat weet je van haar leven in L.A.?'
'In L.A. heeft ze me nooit meer om geld gevraagd, dat kan ik je wel vertellen.' Hij schoof zijn kopje opzij. 'Waarschijnlijk zat dat me niet zo lekker. Door wat ze misschien deed voor de kost. Ging ze met de verkeerde mensen om?'
'Heeft ze dat laten doorschemeren?'
Marsh aarzelde.
'Meneer?'
'Ze vertelde me wel een paar wilde verhalen,' zei Marsh. 'Toen we elkaar de laatste keer aan de telefoon hadden...'
'Hoe lang geleden is dat?' vroeg Milo.
'Drie, vier maanden.'
'Wat voor wilde verhalen?'
'Meer bezopen dan wild,' zei Marsh. 'Ze praatte razendsnel, dus vroeg ik me af of ze soms met drugs bezig was, met amfetamine of cocaïne, iets waar ze speedy van werd. Of nog erger, dat ze dezelfde kant op ging als haar moeder.'
'Vertel eens over die verhalen,' zei ik.
'Ze beweerde dat ze voor geheime diensten werkte, dat ze infiltrantenwerk deed, dat ze gangsters moest bespioneren die banden met terroristen onderhielden. Dat ze grof geld verdiende en dure kleren droeg; dure schoenen; ze hield er maar niet over op. Het sloeg echt nergens op, maar ik liet haar maar praten. Toen hield ze gewoon op

met praten; ze zei dat ze ervandoor moest en hing op.'

Hij trok aan zijn haar. 'Dat is de laatste keer dat we elkaar spraken.'

Milo zei: 'Geheime diensten.'

Marsh zei: 'Zoals ik zeg, bezopen.'

Ik zei: 'En haar schoenen waren belangrijk.'

'Spioneren en dure schoenen dragen,' zei Marsh. 'Ze noemde zelfs een merknaam, iets Chinees.'

'Jimmy Choo.'

'Die ja.' Marsh keek ons aan. 'Wat? Was het dan waar?'

'Ze droeg Jimmy Choo-schoenen op de avond dat ze werd vermoord.'

'O mijn god. En de rest...'

'De rest was verbeelding,' zei Milo.

'Arme Christi,' zei Marsh. 'Verbeelding... geestesziek dus?'

Milo wierp een blik op mij.

'Nee,' zei ik. 'Ze was misleid.'

'Door de persoon die haar heeft vermoord?'

'Misschien.'

Marsh kreunde en sloeg een hand voor zijn gezicht.

We zagen zijn schouders schokken.

'Ze werd tenminste niet gék,' zei hij.

'Dat is belangrijk voor je.'

'Mijn grootouders... Die hebben me goed opgevoed, op een pseudo-morele manier. Maar ik ben gaan inzien dat ze geen morele mensen waren. De manier waarop ze afgaven op Christi, op haar moeder. Zelfs op pa. Ik haatte hem, maar ik ben gaan inzien dat iedereen genade en naastenliefde verdient. Oma en opa zeiden altijd dat Christi net zo zou eindigen als haar moeder. *Zo gek als een deur.* En: *manden vlechten in Bedlam.* Ze hadden het over een kínd! Mijn zús! Ik vond het niet leuk om te horen, maar ik heb er nooit iets van gezegd.'

Hij pakte een handvol haar en trok er zo hard aan dat de bovenkant van zijn voorhoofd ervan rimpelde.

'Dus ze hadden het mis. Dat is mooi.'

Ik vroeg: 'Heeft Christi nog namen van mensen bij geheime diensten genoemd voor wie ze werkte?'

'Dat mocht niet, zei ze. "Dit is gehéím, Meester. Dit is echt godsgruwelijk linke soep, Meester."'

Marsh schoof zijn kopje dichter naar zich toe. 'Iemand heeft haar dus misleid... Wie?'

'In dit stadium kan ik niet meer vertellen, meneer,' zei Milo.

Marsh glimlachte berustend. Maar zijn gezicht lichtte ervan op. Hij vond het niet erg om teleurgesteld te zijn. 'U bent met uw eigen geheime operatie bezig?'

'Zoiets.'

'Kunt u me op zijn minst vertellen of u optimistisch bent? Over het vinden van de dader?'

'We boeken vooruitgang, meneer.'

'Misschien moet ik het daar maar mee doen,' zei Cody Marsh. 'Is er nog iets?'

'Op dit moment niet, meneer.' Milo schreef zijn nummer op en Marsh stond op.

'Dus u belt de lijkschouwer voor me? Ik wil mijn zusje echt graag zien.'

We keken hem na.

Milo zei: 'Spionage. Linke soep. Denk je dat ze misschien tóch is gaan malen?'

'Volgens mij heeft iemand een meisje met leermoeilijkheden ervan overtuigd dat ze spionagespelletjes speelde. Denk eens aan die prepaid mobieltjes.'

'Jerry Quick.'

'Hij heeft haar en Gavin samengebracht,' zei ik. 'Misschien heeft hij besloten haar nog een opdracht te geven, om zijn medezwendelaars te bespioneren. Stel dat hij met een zwendel bínnen een zwendel bezig was, dat hij tegen de lamp is gelopen en 'm daarom nu is gesmeerd?'

'Dat hij Christi als mol gebruikte.'

'Die zou ideaal zijn voor zo'n opdracht. Een slecht geschoold, goedgelovig randfiguur met een laag zelfbeeld. Als ze is opgegroeid met een alcoholische vader die haar verwaarloosde, zal ze hebben gehunkerd naar de aandacht van een oudere man. Jerry was een gladjanus die zijn huur niet op tijd betaalde, maar wel een Mercedes en een huis in Beverly Hills had. Voor meisjes als Angie Paul en Christi zou hij zoiets als een suikeroompje zijn.'

'Christi zou ook ideaal zijn voor iets anders,' zei hij. 'Feestvieren met Hacker en Degussa om Jerry van informatie te voorzien. Vergeleken met die snollen met wie we die twee net hebben gezien, was Christi een stuk.'

De vrouw in de sari kwam vragen of we nog iets nodig hadden.

'Misschien een bord met gemengde voorafjes?' zei Milo.

Ze verwijderde zich stralend.

Hij zei: 'Die klootzak koopt Jimmy Choo's voor haar.'

'En parfum van Armani plus nog ander speelgoed,' zei ik.

'Parks zegt wel dat hij de vrouwen met wie Hacker en Degussa feest-vierden niet zou herkennen, maar ik zou hem Christi's lijkfoto kun-nen laten zien. De moeilijkheid is dat hij zou flippen en Hacker en Degussa vervolgens op straat zou willen zetten, dus ik kan er niet op vertrouwen dat hij zijn mond zal houden.'

Er werd een bord met gefrituurde dingen gebracht.

'Wil je hier iets van?'

'Nee, dank je.'

'Dus allemaal voor mij.' Hij doopte iets ronds in yoghurt met peter-selie. 'Christi is niet vermoord omdat ze toevallig samen was met Gavin. Ze was tegen de lamp gelopen... Goddomme, misschien was zij inderdáád het doelwit en niet Gavin, zoals we aanvankelijk ook dachten. Dat zou ook het seksuele karakter verklaren.'

Ik dacht even na. 'Degussa heeft mannen in de gevangenis gespietst en hetzelfde bij tenminste drie vrouwen gedaan. Gavin heeft hij níét gespietst. Misschien heb je wel gelijk; hij heeft zijn woede op Chris-ti botgevierd. Maar zelfs in dat scenario was Gavin meer dan een toe-vallig slachtoffer. Als Jerry Quicks zoon zal hij het doelwit van een wraakoefening zijn geweest. Of Degussa was de moord op Flora Newsome aan het herhalen.'

'Hoe bedoel je?'

'Het jaloeziescenario,' zei ik. 'Als Degussa een feestje met Christi had gevierd, zal hij niet vrolijk zijn geworden toen hij haar met Gavin zag vrijen.'

'Degussa had een relatie met Flora,' zei hij. 'Christi was een meisje om mee te feesten. Die hufter versiert sletten in cafés. Van emotio-nele betrokkenheid moet hij niets hebben.'

'Toch wel misschien. Niet in de romantische betekenis, maar wel de bezitterige. Je hebt het zelf gezegd: Christi was een stapje hoger. Jong, knap, meegaand. Stel dat Degussa haar voor zichzelf wilde? Denk maar eens aan de plaats delict op Mulholland, aan de manier waar-op de lijken zijn aangetroffen: Gavins gulp was open en Christi's top-je was uit. Degussa heeft ze gevolgd, zag ze parkeren, zag ze bezig met het voorspel. Als hij alleen maar een snelle executie wilde, had hij eerder kunnen toeslaan om er een punt achter te zetten. Maar hij wachtte. Hij sloeg ze gade. De timing was belangrijk: vóór de ge-slachtsdaad. De boodschap was: je kunt het wel proberen, maar het lukt je toch niet. Door Gavin voor de ogen van Christi neer te schie-ten, demonstreerde hij dat hij een dominante man was. Ze was ge-schokt en doodsbang. Misschien probeerde ze zich wel een uitweg te flirten. Degussa deed zijn grapje met zijn ijzeren spies en schoot haar vervolgens een kogel in het hoofd.'

Milo legde zijn vork neer met een gezicht alsof eten wel het laatste was wat hij wilde.

Ik zei: 'Hoe langer ik erover nadenk, hoe logischer het me lijkt. Dit is een hypermacho, een op actie gerichte psychopaat die slecht op afwijzing reageert.'

Hij legde geld op tafel, belde Sean Binchy en gaf hem opdracht twee andere rechercheurs te zoeken om Hacker en Degussa nauwlettend te volgen. 'Raak ze niet kwijt, Sean.' Hij hing op en wreef over zijn gezicht. 'Als jij gelijk hebt en Jerry Quick heeft Christi Hacker en Degussa laten bespioneren, dan heeft hij haar gebruikt op een manier die haar voorstellingsvermogen te boven ging.'

Hij stopte een voorafje in zijn mond en slikte het door. Fronste.

'Slecht stukje?'

'Slechte wereld.'

44

Roxbury Park; 16.40 uur.

De picknicktafels. Het roodhout nam door de schaduw van de Chinese iepen en de ondergaande zon de kleur van oud asfalt aan.

Op dit late middaguur waren er maar vier kinderen in de speelhoek. Twee jongetjes die wild schreeuwend rondrenden en een klein meisje dat aan de hand van haar moeder de trap van een glijbaan met een dubbele bult beklom en naar beneden suisde. Ze kon er niet genoeg van krijgen. Een ander jongetje zat peinzend in zijn eentje en liet zand door zijn vingers glijden. Drie kindermeisjes in uniform zaten vrolijk en geanimeerd te kwebbelen. Vlaamse gaaien schreeuwden en spotvogels deden ze na. Het verkeer op Olympic klonk ver en gedempt. Het tien jaar oude busje van de ijsverkoper, ooit wit, nu grijs, stond met zijn neus naar de omheining geparkeerd. De flanken waren versierd door met de hand geschilderde afbeeldingen van zoete lekkernijen in onwaarschijnlijke kleuren. De eigenaar werd weergegeven in een uitvoerige, gekalligrafeerde verklaring: GLO-GLO FROZEN DESSERTS, PROP.: RAMON HERNANDEZ, COMPTON, CALIFORNIA.

Op de passagiersstoel voorin stond een koelbox vol waterijs, wafelijsjes en *pop-ups*. Voor het geval er belangstelling voor was.

Tot nu toe was er niemand gekomen. De handel werd ontmoedigd door het geringe aantal kinderen en het late uur. Ook door de positie van het busje; net buiten het gezichtsveld van de speelhoek. En voldoende dichtbij om goed zicht op de picknicktafels te hebben. Achter het stuur zat een rechercheur die Sam Diaz heette en lid was van de technische recherche van het hoofdbureau. Diaz was vijfendertig en gedrongen. Hij droeg een wit sweatshirt op een slobberige schildersbroek. Aan zijn riem hing een automaatje met wisselgeld. Hij had een commerciële voedingsvergunning op zak waarmee hij zich als Ramon Hernandez kon legitimeren, plus een portefeuille met kleine biljetten. Onder zijn sweatshirt had hij een 9mm-pistool in een holster.

In het dashboard van het busje was voor veertigduizend dollar aan langeafstandsapparatuur voor buitenopnamen geflanst. Het type dat National Geographic gebruikt om vogelgeluiden vast te leggen. De microfoons waren omlaag gericht en de aria's van gaaien en spotvogels waren tot piepjes gereduceerd. Dat gold ook voor de geluiden uit de speelhoek: vrolijke, hoge piepjes en gemompel van volwassen stemmen.

De apparatuur was lastig te ontdekken, tenzij je in het busje klom en alle knopjes en LED-schermpjes zag, plus alle draden die onder de afscheiding tussen de stoelen voor en de laadruimte achter door liepen. In de afscheidingswand was een communicatiegat gemaakt met een schuifdeurtje ervoor, dat nu openstond. De portieren van het busje zaten op slot en de ramen waren een paar tinten donkerder gekleurd dan het wettelijk toegestane maximum. Het was haastwerk geweest; een deel van het gekleurde plastic bolde al aan de rand. De vraag die voor de hand lag, was waarom iemand de moeite zou nemen om een ijsbus te camoufleren, maar die stelde niemand.

Milo en ik zaten achterin op twee kunststof bankjes die we uit een in beslag genomen Toyota hadden geleend en op de vloer waren bevestigd. Ook een haastklus: de stugge kussens wiebelden piepend wanneer we ons bewogen, en Milo kreeg het op zijn heupen van het stilzitten. Hij had twee wafelijsjes en een knots, bezaaid met pinda's verorberd en de propjes van de verpakking in de hoek gesmeten. Hij mompelde: 'Vraatzucht regeert.'

Achter het busje was een steeg, en daarachter waren de hoge schuttingen en achtertuinen van de huizen aan Spalding Drive die een fraai uitzicht hadden. Door het hartvormige gaatje dat in een van de achterportiers van het busje was gesneden, konden we een kleine twintig meter naar het noorden en het zuiden kijken. In het uur dat we er hadden gezeten, waren er acht auto's door de steeg gereden. Vanuit de huizen geen beweging. Daar keken we niet van op. Dit was tenslotte Beverly Hills.

Aan onze kant van het scheidingswandje zat de monitor van een kleuren-tv gemonteerd, die het verstrijken van de tijd weergaf. De kleuren waren onecht: het felle groen van Beverly Hills was tot olijfgroen verschoten, de boomstammen waren grijs en de lucht was botergeel. De geluidseffecten kwamen uit een luidspreker rechts van het tv-scherm.

Op dit moment kwam het enige geluid van Franco Gull die op een van de roodhouten bankjes ging verzitten. Hij haalde zijn hand door zijn haar, staarde in de verte en bestudeerde het tafelblad. Hij deed zijn best om nonchalant over te komen, en probeerde een slok uit een Starbucks-beker te nemen. Het was een grote beker, een *grande-mega-poobah*, of hoe ze die ook noemden.

Tijdens ons tweede gesprek had hij zijn best gedaan om vriendelijk te zijn. Tegen mij zei hij dat hij begreep dat ik de beste bedoelingen had. Halverwege het gesprek liet hij vallen dat hij wel vermoedens had gekoesterd dat er 'iets niet klopte' met Sentries for Justice, maar niet had geweten wat hij eraan moest doen.

Hij was dankbaar voor de transactie. Dit was zijn bijdrage.

Het miniatuurmicrofoontje dat zo nu en dan een zucht de ether in stuurde, was onder op de picknicktafel gemonteerd.

Die locatie lag voor de hand. Sam Diaz had één blik op Gull geworpen en gezegd: 'Die zweet zo erg dat hij zichzelf misschien elektrocuteert als ik het microfoontje op zijn lijf aanbreng.'

Verder was Gulls nervositeit geen probleem. Hij werd geácht nerveus te zijn.

Nu wachtte hij.

Net als wij allemaal.

Om vijf over vijf zei Diaz: 'Er komt iemand aan van de kant van Roxbury, over het pétanqueveld.'

In de bovenste rechterhoek van het scherm was een gestalte te zien. Een man, vooralsnog onherkenbaar. Vervolgens zakte hij omlaag en werd hij groter naarmate hij dichterbij kwam. Toen de man het bankje naderde waarop Gull zat, tekende zich de gestalte van Albin Larsen af. Vandaag droeg hij een tarwekleurige sportjas, een lichtbruin overhemd en een lichtbruine broek. Althans dat nam ik aan; op het scherm was het allemaal vuilwit.

'Dat is 'm,' zei Milo.

'Meneer Beige,' zei Diaz. 'Ik had net zo goed zwart-wit kunnen gebruiken.'

'Ja, het zijn niet bepaald kermiskleuren.'

Toen Larsen vlak bij het bankje was, gaf hij Gull een klein knikje. Hij ging zitten en zweeg.

Diaz draaide aan een knopje en de vogelgeluiden werden sterker.

Gull zei: 'Bedankt dat je bent gekomen, Albin.' Uit de luidspreker klonk zijn stem blikkerig.

Larsen zei: 'Je klonk overstuur.'

Larsen sloeg de benen over elkaar en wierp een blik over zijn schouder op de kinderen. Er waren er nog twee, met één kindermeisje.

Diaz draaide aan een ander knopje en zijn camera zoomde in op Larsens gezicht. Passief en onbewogen.

Diaz zoomde uit en nu waren beide mannen in beeld.

Gull zei: 'Ik ben ondervraagd door de politie, Albin.'

Larsen: 'O, ja?'

Gull: 'Je klinkt niet verrast.'

Larsen: 'Ik neem aan dat het over Mary ging.'

Gull: 'Het begon wel over Mary, maar nu stellen ze me vragen die me van mijn stuk brengen, Albin. Over ons, onze praktijk, onze nota's.'

Stilte.

'Albin?'

'Ga door,' zei Larsen.

'Over Sentries for Jústice, Albin.'

Milo zei: 'De man denkt dat hij toneelspeler is.'

'Vandaag is hij dat ook,' zei ik.

Albin Larsen had nog steeds niet gereageerd.

We hoorden vogelgeluiden en de schreeuw van een driejarige.

Gull zei: 'Albin?'

Larsen zei: 'Heus.'

Gull: 'Héús.'

Larsen: 'Wat voor vragen?'

Gull: 'Van wie het idee van het project was, hoe we ervan hadden gehoord, hoe lang het al duurde, of we er alle drie aan deelnamen. Daarna werden ze persoonlijk, en dat is iets wat me dwarszit. Hoeveel ik persoonlijk in rekening bracht en of ik die cijfers kon waarmaken. Of Mary of jij ooit met mij over opzettelijk aangedikte nota's had gesproken. Ze hebben me echt onder druk gezet, Albin. Fascistisch. Ik heb de indruk dat ze de een of andere zwendel ruiken. Is er iets wat jij en Mary me nooit hebben verteld?'

Stilte. Elf seconden.

Larsen vroeg: 'Wie stelde die vragen?'

'Dezelfde rechercheurs die de eerste keer langskwamen, samen met de een of andere malloot van Medi-Cal.'

Stilte. Gull schoof wat dichter naar Larsen toe. Die gaf geen krimp.

Sam Diaz zei: 'Díé vent is op z'n hoede. Maar hij is zo koud als een kikker.'

Veertien seconden; zestien.

Gull: 'Is er iets gaande, Albin? Want zo ja, dan wil ik dat weten. Ík ben degene die wordt lastiggevallen, en ik weet niet wat ik ze moet vertellen. Is er iets wat ik moet weten?'

Larsen: 'Waarom zou er iets zijn?'

Gull: 'Zij... ze lijken zo overtuigd van zichzelf. Alsof ze echt iets op het spoor zijn. Ik weet dat jij en Mary wilden dat ik meer Sentries-cliënten behandelde, maar ik heb je verteld dat ik er echt geen zin in had. Dus waarom vallen ze míj dan lastig? Ik had niets met het project te maken.'

Stilte. Negen seconden.

Gull: 'Zo is het toch? Albin?'

Larsen: 'Misschien denken ze wel dat jij er meer van weet.'

Gull: 'Maar dat is niet zo.'

Larsen: 'Dan heb je niets om je zorgen over te maken.'

Gull: 'Albin, ís er iets om je zorgen over te maken?'

Larsen: 'Wat heb je ze over je nota's verteld?'

Gull: 'Dat ik nota's heb verstuurd voor de paar cliënten die ik heb behandeld, en meer niet. Ze waren sceptisch. Dat zag ik aan hun gezicht. Alsof ze op het punt stonden me voor leugenaar uit te maken. Ze zeiden dat ze dat moeilijk te geloven vonden. Ook al was het waar; dat weet je best, Albin.'

Elf seconden.

Gull: 'Kom op, Albin. Is er soms wél sprake van nota's waar ik níéts van weet?'

Larsen: 'Je bent echt boos.'

Gull: 'Ik lig niet bij je op de divan, Albin.'

Larsen legde een hand op zijn hart en glimlachte flauwtjes.

Gull: 'Ik stel je een rechtstreekse vraag en jij zegt: "Je bent echt boos." Die fascisten hebben me door de wringer gehaald, dus dit is niet het moment voor Rogeriaanse lulkoek, Albin.'

Zestien seconden. Daarna stond Albin Larsen op en Sam Diaz zei: 'O, o.'

Larsen liep een stukje van de tafel vandaan met de handen op de rug.

Hij stond nu iets dichter bij de speelhoek. Een professor, verzonken in gepeins.

Franco Gull wierp een blik over zijn schouder in de richting van het busje. Hij keek recht in onze richting.

'Idioot,' zei Milo.

Larsen draaide zich om en ging weer aan de tafel zitten. 'Het is duidelijk dat je overstuur bent, Franco. Met het overlijden van Mary, en wat dat voor ons betekent, is dat ook niet vreemd.'

Gull: 'Dat is het 'm nou juist, Albin. Ik krijg de indruk – van hen, van de politie – dat ze denken dat Mary's dood iets met de Sentries te maken heeft. Ik weet dat het krankzinnig klinkt, maar als dat is wat zíj denken, wie weet waar dit dan allemaal toe leidt?'

Vier seconden.

Larsen: 'Waarom zouden ze dat denken?'

Gull: 'Zeg jij het maar. Als jij iets weet, hoor ik het ook te weten, dan moet je me dat vertellen, dat is niet meer dan eerlijk. Míj wordt het vuur aan de schenen gelegd; je hebt geen idee hoe ze je behandelen als ze je van iets verdenken. Ze bellen me constant op en laten mij m'n afspraken afzeggen om naar het bureau te komen voor verhoor. Ben je ooit op een politiebureau geweest, Albin?'

'Een paar keer.' Larsen glimlachte.

Gull: 'Ja, waarschijnlijk ergens in Afrika of zo. Maar niet als verdachte. Ik kan je vertellen dat het niet leuk is.'

Dertien seconden.

Gull: 'Ze noemen het een vraaggesprek, maar het is een verhoor. Ik zweer het je, Albin, het voelt verdomme net alsof ik in een film meespeel. Zo'n Kafka-achtige Hitchcock-film. De nietsvermoedende idioot overkomt van alles, en die ben ik.'

Larsen: 'Klinkt vreselijk.'

Gull: 'Het is afgríjselijk. En ontregelend. Het begint mijn werk te beïnvloeden. Hoe moet ik me in hemelsnaam op mijn werk concentreren als de volgende boodschap op mijn antwoordapparaat van hén kan zijn? Stel dat ze me documenten gaan sturen, dagvaardingen, of hoe het ook mag heten. Stel dat ze mijn administratie door willen spitten?'

Larsen: 'Hebben ze het woord *dagvaarding* gebruikt?'

Gull: 'Weet ik niet meer. Waar het om gaat, is dat ze aan het wroeten zijn als truffelzwijnen.'

Larsen: 'Wroeten. Meer is het niet.'

Gull: 'Albin, ik heb het gevoel dat ik niet tot je doordring.' Hij pakte Larsen bij zijn schouders. Larsen bleef roerloos zitten en Gull liet zijn handen zakken. 'Waarom concentreren ze zich op Sentries? Vertel op: wat hebben Mary en jij uitgespookt?'

Stilte. Zes seconden.

Larsen: 'We poogden iets van mededogen in het Amerikaanse strafrecht te injecteren.'

Gull: 'Ja, ja, dat verhaal ken ik. Ik heb het over concrete dingen; de nota's. Ze hebben zich vastgebeten in de nota's. Ze stonden op het punt om ons van ziekenfondsfraude te beschuldigen. Heb jij met nota's gerotzooid?'

Larsen: 'Waarom zou ik dat doen?'

Milo zei: 'Behoedzame eikel.'

Gull: 'Ik weet het niet. Maar ze verdenken ons wel van iets. Voordat deze zaak uit de hand loopt, moet ik weten of hun vermoedens ergens op slaan. Ook al is het maar een soort vergissing, iets administratiefs. Heb jij – of Mary – iets, wat ook maar, uitgespookt dat hun reden tot argwaan geeft? Ik denk namelijk dat ze bloed willen zien, Albin. Echt waar. Ik denk dat de dood van Mary ze op een heel bizar spoor heeft gezet. Obsessief zijn ze. Net als die cliënt van Mary die dood is gegaan. Je weet dat ik die heb behandeld. Gavin Quick. Die jongen was een schoolvoorbeeld van een OCS, nog afgezien van al zijn andere problemen. Ik was blij dat ik hem bij Mary kon lozen. Maar ik zweer het je, Albin, toen ik met die lui praatte, was het net alsof ik werd gedwongen mee te doen aan de een of andere obsessief-compulsieve soap. Steeds maar weer dezelfde vragen. Alsof ze me klein wilden krijgen.'

Achttien seconden.

Gull: 'Waarom zeg je niets?'

Larsen: 'Ik luister.'

'Prima… Je weet hoe dat gaat met obsessies. De cliënt bijt zich ergens in vast en blíjft maar doorgaan. Dat is allemaal goed en wel als jij de therapeut bent. Maar als je het slachtoffer bent… Dit zijn geen subtiele mensen, Albin, maar ze gaan wel door. Ze bekijken de wereld vanuit een jager-prooiperspectief, en ze hebben geen enkel ontzag voor ons werk. Ik krijg het gevoel dat ze mij als prooi erin willen laten lopen, en daar zit ik niet op te wachten. En jij ook niet, stel ik me zo voor.'

Larsen: 'Wie wel?'

Milo zei: 'Wat een empathie.'

Sam Diaz zei: 'Als ze díé gast aan de leugendetector zouden zetten, zou de naald niet eens trillen. Bij Gull zou het apparaat ontploffen.'

Gull gesticuleerde. Diaz zoomde een eindje uit om de lichaamstaal uit te laten komen.

Larsen zat daar maar.

Er waren tweeëndertig seconden verstreken voordat Gull zei: 'Ik moet zeggen dat ik me een beetje… terzijde geschoven voel, Albin. Ik stel concrete vragen, en jij doet niets anders dan me nietszeggend geruststellen.'

Larsen legde een hand op Gulls schouder. Hij zei vriendelijk: 'Er valt je ook niets te vertellen, mijn vriend.'

Gull: 'Niets?'

Larsen: 'Niets waar jij je druk over hoeft te maken.' Drie seconden. 'Niets waardoor je één seconde minder hoeft te slapen.'

Gull: 'Jij hebt makkelijk praten; jij bent niet degene die wordt…'

Larsen: 'Zou je je beter voelen als ik met ze ging praten?'

Gull: 'Met de politie?'

Larsen: 'Met de politie, met de lui van Medi-Cal, met wie je maar wilt. Zou je je dan beter voelen?'

Gull wierp een blik over zijn schouder naar het busje. Larsen keek weer naar de kinderen.

Gull: 'Ja, om je de waarheid te zeggen. Dan zou ik me een stuk beter voelen, Albin.'

Larsen: 'Dan zal ik dat doen.'

Zes seconden.

Gull: 'Wat ga je ze vertellen?'

Larsen: 'Dat zich niets… onwelvoeglijks heeft afgespeeld.'

Gull: 'En is dat zo?'

Larsen gaf Gull weer een schouderklopje. 'Ik maak me niet druk, Franco.'

Gull: 'Jij denkt echt dat je klaarheid in de zaak kunt brengen.'

Larsen: 'Er hoeft geen klaarheid in de zaak gebracht te worden.'

Gull: 'Geen vuiltje aan de lucht?'

Larsen: 'Geen vuiltje aan de lucht.'

Milo zei: 'Koele klootzak. Hij zal geen woord te veel zeggen, dat kan ik je wel vertellen.'

De stoel van Sam Diaz kraakte. 'Wil je nog een pindaknots?'

'Nee, dank je.'

'Misschien wil ik wel zo'n sinasstaaf; de vanillehelft ziet er lekker romig uit.'

Op het scherm haalde Franco Gull zijn handen door zijn haar. 'Oké, ik mag het hopen. Dankjewel, Albin.'

Hij maakte aanstalten om weg te gaan.

'Nee, nee, nee,' zei Milo. 'Blijf zitten, idioot.'

Het laatste kindermeisje verzamelde haar protégés en vertrok.

Larsen hield Gull tegen door een hand op diens manchet te leggen. 'Laten we nog even blijven zitten, Franco.'

Gull: 'Waarom?'

Larsen: 'Om van de frisse lucht te genieten. Van dit prachtige park. Om van het leven te genieten.'

Gull: 'Heb je geen cliënten meer vandaag?'

Larsen: 'Nee.'

Negentig seconden. Geen van beiden zei iets.

Na honderddertig seconden zei Sam Diaz: 'Er nadert een man. Weer van de kant van Roxbury.'

Een heel eind verderop liep een andere gestalte diagonaal vanuit het oosten door het park. Hij stak met grote stappen het gazon ten noorden van de speelhoek over en liep door naar de schaduw van de Chinese iepen.

Diaz richtte de camera op hem en zoomde in.

Forse kerel, brede schouders, borst als een kleerkast. Een overhemd van blauwe zijde, dat op het scherm donkergroen werd, droeg hij los over een spijkerbroek.

Zijn donkere haar zat recht naar achteren gekamd. Zijn snor werd al grijs, maar Raymond Degussa had het plukje haar op zijn kin afgeschoren.

Milo zei: 'Dat is een zware jongen, bereid je op alles voor, Sam.'

Hij klikte zijn holster open, maar haalde zijn pistool er niet uit. Hij maakte een van de achterdeuren van de ijscowagen open, stapte uit en deed het portier weer zachtjes dicht.

Ik draaide me weer om naar het scherm. Gull en Larsen bleven zwijgen. Gull zat met zijn rug naar Degussa toen die op de picknicktafel af liep. Larsen zag Degussa wel, maar reageerde niet.

Toen draaide Franco Gull zich om en vroeg: 'Wat doet híj hier?'

Geen antwoord van Larsen.

Gull: 'Wat is er aan de hand, Albin... Hé, laat m'n mouw los! Waarom houd je me tegen? Laat los! Wat is er goddomme aan de...'

Degussa liep recht op de tafel af. Op twee meter afstand stak hij zijn hand onder zijn overhemd. Gull wist zich los te rukken.

Larsen bleef gewoon zitten.

Degussa haalde een pistooltje tevoorschijn; iets speelgoedachtigs. Waarschijnlijk een goedkope kaliber .22 die je weg kon gooien om vervolgens voor een grijpstuiver op straat een nieuwe te kopen.

Hij was anderhalve meter van Gull, die een mooi, makkelijk doelwit vormde. Ik moest aan Jack Ruby denken die Oswald omlegde. Waar zat Milo?

Gull dook ineen, trok Larsen in Degussa's schootsveld en riep: 'Help!' terwijl hij zich op het gras liet vallen en wegrolde. De camera van Diaz bleef op het tafereel scherpgesteld.

Degussa liep met een boogje om Larsen heen om goed op Gull te kunnen richten. Larsen dook weg om hem een handje te helpen. Gull had getracht om overeind te krabbelen, maar hij zat vast. Zijn benen zaten klem onder de picknicktafel en zijn bovenlijf zat verdraaid. Hij legde zijn handen op zijn hoofd bij wijze van nutteloos schild. Degussa boog zich over de bank.

Richtte.

Beng! Het geluid van een paar handen dat één keer klapte.

Er verscheen een gaatje in Degussa's voorhoofd; een zwart gaatje dat er op de monitor donkerbruin uitzag, de kleur van zijn aangepaste Lincoln. Zijn mond viel open. Hij fronste geïrriteerd.

Hij hief zijn pistoolarm op, probeerde nog steeds te schieten. Liet hem weer zakken. Viel met zijn gezicht plat op de tafel. Het pistool vloog uit zijn handen en belandde op de grond. Albin Larsen dook ernaar. De man kon dus in actie komen als het nodig was.

Sam Diaz zei: 'Godallemachtig, daar moet ik bij zijn.'

'Waar is Milo?'

'Ik zie hem nergens. Ik ga ondersteuning vragen, dan ga ik eruit. U blijft hier, meneer Delaware.'

Hij pakte de microfoon van de politieradio. Ik zag Albin Larsen zich bukken om Degussa's pistool te pakken. Gull had zijn benen bevrijd, probeerde Larsen vergeefs een trap te geven, sprong op en wilde weghollen.

Larsen bekeek het wapen; daarna mikte hij met zijn rug naar de camera.

Beng. Beng. Twee keer handgeklap. Achter op Larsens sportjas verschenen twee gaatjes, zo'n twee centimeter van elkaar, een klein stukje rechts van de middennaad.

Diaz zei: 'Er is er net weer een omgelegd. Dit wordt een *Code Three Plus*, vriend.'

Larsen rechtte de rug. Hij rekte zijn nek alsof hij opeens kramp had gekregen. De gaatjes in zijn jas veranderden in een bruine vlek. Zijn rechterhand reikte naar achteren, alsof hij zich wilde krabben.

Hij bedacht zich. Hij draaide zich om zodat de camera hem gedeeltelijk en profil zag.

Uitdrukkingsloos. Weer klonken er knallen, en iets spatte in het midden van Larsens hals. Op de rand van zijn rossige vlees en de lichtbruine kraag van zijn overhemd.

Larsens hand wilde daar ook naartoe gaan. Zijn armen schoten spastisch opzij en vielen slap neer.

Zijn lichaam viel voorover op het gras.

Zeven meter verderop stond Gull toe te kijken en te schreeuwen.

Vogelgeluiden uit de luidspreker.

Stilleven op het scherm.

De Starbucks-beker stond nog altijd op zijn plek.

De achterdeur van het busje vloog open en Milo stortte zich naar binnen.

Hij was doodsbleek en hijgde. 'Verderop zit iemand,' hijgde hij. 'Het moet een van de huizen aan Spalding zijn, in een achtertuin. Iemand met een geweer. Ik zat naast het busje en kon niet weg.'

Diaz ging weer terug naar de cabine en schoof het scheidingswandje open. 'Ondersteuning komt eraan. Moet een geweer met een langeafstandsvizier zijn. Alles goed met jou?'

'Ja, prima.'

Even later – om precies te zijn zeventien seconden volgens het scherm – klonken de sirenes.

45

Bennett Hacker sloeg snel door.

Oog in oog met een torenhoge bewijslast, verzameld door fraude-inspecteur Dwight Zevonsky van Medi-Cal – een jongen van negenentwintig die eruitzag als een hippiestudent met de manier van doen van een grootinquisiteur – ruilde de reclasseringsbeambte volledige openheid van zaken en een schuldbekentenis aan fraude en grootscheepse verduistering, voor een celstraf van zes jaar in beschermde afzondering in een gevangenis buiten Californië, omdat Hacker ooit agent in uniform was geweest in Barstow, en voormalige politieagenten achter de tralies niet vriendelijk bejegend worden, al zijn ze met een bajesklant bevriend geweest.

De zwendel was precies volgens onze theorie verlopen: Hacker en Degussa gingen de tussenfasehuizen af op zoek naar bewoners van wie de naam als Sentries-cliënt kon worden geregistreerd. De voorwaardelijk invrijheidgestelden kregen daarvoor een kleine som geld, drugs, of soms helemaal niets in ruil. Eerst kwamen de ex-gedetineerden nog wel opdagen in de leegstaande benedenverdieping, voor een inschrijvingssessie en één follow-up. Later lieten ze zelfs die wassen neus vallen.

Weer later reikte de cliëntenpopulatie verder dan de tussenfasehuizen. Degussa had de opdracht om nieuwe cliënten te ronselen.

'Nu eens gebruikten we dope, dan weer maakte Degussa de junkies gewoon bang,' zei Hacker. 'Als Ray je even aankijkt, kan dat voldoende zijn.'

Hij nam glimlachend een trekje van zijn sigaret. Hij wist dat hij er goed vanaf was gekomen. Waarschijnlijk was hij al bezig met wat de komende zes jaar aan mogelijkheden konden bieden.

Milo en Zevonsky zaten tegenover hem in de verhoorkamer. Ik keek toe via een doorkijkspiegel. Voordat Hacker werd opgesloten, moest hij zijn contactlenzen ruilen voor een goedkope gevangenisbril met een doorzichtig plastic montuur. Die bril was een maatje te groot en zakte langs zijn neus omlaag, zodat zijn kin er nog slapper uitzag. Het resultaat was griezelig: kwaadaardige druiloor in blauwe gevangeniskleding.

Hacker probeerde het verhaal te vertellen alsof hij zelf geen hoofdfiguur was. Degussa en 'zijn partner' ontvingen tweederde van de opbrengst van de nota's die op naam van Franco Gull werden ingediend. Ieder de helft van iets meer dan 200.000 dollar gedurende een periode van zestien maanden.

'Ray was ontevreden,' zei Hacker. 'Volgens hem harkten de anderen miljoenen binnen; hij vond dat hij meer verdiende.'

'Wat deed hij eraan?' vroeg Milo.

'Hij was van plan met ze te gaan praten.'

'Ze,' zei Zevonsky. 'Dat zijn?'

'Die psychologen; Koppel en Larsen.'

'Die hadden de leiding.'

'Alleen zij. Zij hebben het bedacht en vervolgens hebben ze mij benaderd.'

'Hoe kende je ze?'

'Koppel kwam me wel eens tegen in haar tussenfasehuizen. Als ik mijn protégés bezocht.'

'Zij heeft jou dus benaderd,' zei Zevonsky.

'Precies.'

'En jouw taak was om...'

'Mijn handtekening onder de therapieformulieren te zetten. En om goeie kandidaten aan te wijzen.'

'Wat wil dat zeggen?'

'Drugsgebruikers, mislukkelingen, lui die geen problemen zouden opleveren.' Hacker glimlachte. 'Ze was een zakenvrouw.'
Milo zei: 'Zij was samen met haar ex eigenaar van die tussenfasehuizen.'
'Nou en?'
'Hoe zit het met hem?'
'Met vetzak? Hij was wel de eigenaar, maar hier had hij niets mee te maken.'
Zevonsky zei: 'Weet je zeker dat je dit zwart op wit wilt?'
'Ik zeg dit omdat het zo is. Waarom zou ik liegen?' Hij pafte aan zijn sigaret. 'Goddomme, als ik iemand anders kon verlinken, zou ik het zo doen. Als ik de schuld kon delen, zou ik mezelf misschien nog een dienst bewijzen.'
'Misschien zou je gewoon een potje liegen voor de lol,' zei Milo.
'Dit is geen lol,' zei Hacker. 'Verre van.'
'En hoe zit het met Jerome Quick?' vroeg Milo.
'Alweer: hoezo? De enige Quick die ik ken is Gavin, en over hem heb ik je al verteld. Wie is Jerome? Zijn broer?'
Over hem heb ik je al verteld.
Het was een onbewogen verhaal geweest. Gavin die na kantooruren rond het pand snuffelde en haveloze figuren voor een bezoekje van vijf minuten naar binnen zag gaan; Gavin die dingen had afgeluisterd. Gesprekken over nota's.
Gavin, de zogenaamde onderzoeksverslaggever met een hersenbeschadiging, die op een goed onderwerp was gestuit. Wat hem het leven kostte.
'Stomme lul,' zei Hacker.
'Omdat hij rondsnuffelde,' zei Milo.
'En z'n grote smoel opentrok. Hij ging Koppel over zijn vermoedens vertellen. Gedurende zijn therapie. Hij had haar nog nooit samen met die ex-gedetineerden gezien, dus waarschijnlijk ging hij ervan uit dat zij er geen deel van uitmaakte. Zij vertelde het aan Larsen en zei dat ze het wel zou fiksen. Larsen geloofde dat niet en liet het door Ray fiksen.'
Beroepsgeheim.
Milo vroeg: 'Wie zag Gavin dan wel samen met die bajesklanten?'
'Ray en Larsen.'
'Vergeet je niet iets?' vroeg Dwight Zevonsky.
Hacker nam een trekje en knikte. 'Ik was er af en toe ook bij. Maar mijn taak was voornamelijk namen leveren, en ervoor zorgen dat die jongens stabiel waren.'

'Smeergeld overhandigen,' zei Zevonsky.

'Zoiets.'

Milo vroeg: 'Wist Koppel dat ze Gavin een kopje kleiner gingen maken?'

'Nee,' zei Hacker. 'Zoals ik zeg, zij dacht dat ze het wel kon fiksen.'

'Larsen geloofde haar niet.'

'Larsen wilde niet wachten.'

'Dus belde hij Ray.'

'Ray had het al eens eerder gedaan.'

'Iemand voor Larsen omgelegd?'

'Nee, voor zichzelf.'

'Wie?'

'Lui in de gevangenis.'

'En een vrouw?'

Hij zweeg even. 'Dat ook, misschien.'

'Misschien?' zei Milo.

'Ik weet het niet zeker. Ray liet het doorschemeren. Hij zei dat vrouwen die hem afzeken een scherpe rekening van hem kregen. Toen hij dat zei, zat hij met een mes te spelen, zijn nagels schoon te maken.'

'Een scherpe rekening. Zo zei hij dat.'

'Voor hem was het... bij wijze van spreken. Als er iemand werd omgelegd, kregen ze een scherpe rekening. Ray kon erg royaal zijn. Als we feestvierden, gaf hij vrouwen alles wat ze maar wilden. Zolang ze hem maar niet teleurstelden.'

'Hoe?'

'Door niet te doen wat hij wilde.'

'Bazig heerschap,' zei Milo.

'Dat kon hij zeker zijn,' zei Hacker.

'Dus Koppel wist niets van de moord op Gavin.'

'Nee, dat zeg ik. Toen ze erachter kwam, toen ze had uitgevogeld wat er was gebeurd, flipte ze alle kanten op. Ze dreigde de hele boel stop te zetten, Larsen probeerde haar tot bedaren te brengen, maar ze was behoorlijk over de rooie. Wat haar volgens mij het meest dwarszat, was dat een van haar cliënten was omgelegd. Dat vatte ze persoonlijk op.'

'Dus heeft Ray haar ook het zwijgen opgelegd.'

Hacker knikte.

'Hij heeft je verteld dat hij dat ging doen. Ook over Gavin.'

'O, nee. Geen sprake van. Als hij het had gezegd, had ik geprobeerd er een stokje voor te steken.'

'Als fatsoenlijk mens en zo,' zei Milo.

'Hoor eens,' zei Hacker met een knipoog, 'ik ben tenslotte zijn reclasseringsambtenaar geweest.'

'En Christina Marsh?'

'Die vierde feest bij ons. Een sletje. Ray naaide haar. Ze was een stripper en hij zag haar wel zitten omdat ze dom was en een strak lijf had. Hij kocht dure spullen voor haar.'

'Zoals?'

'Kleren, parfum. Zoals ik zei, Ray kon best royaal zijn.'

'Met al dat geld dat jullie verdienden kon hij het zich ook wel veroorloven.'

'Het glipte als zand door zijn vingers,' zei Hacker. 'Typische bajesklant.'

'Heeft Ray ook schoenen voor Christina gekocht?'

'Het zou me niet verbazen.'

'Hij zag haar wel zitten.'

'Hij zag zitten wat ze voor hem dééd.'

'Tot...'

'Tot wat?' vroeg Hacker.

'Zij was daar ook op Mulholland, Bennett.'

'Klopt,' zei Hacker.

'Is dit volledige openheid van zaken? We kunnen de deal nog steeds ongedaan maken.'

Hacker duwde zijn bril terug. 'De deal staat al op papier.'

'Als jij de zaken zo blijft verdraaien dat jij steeds buiten het plaatje blijft, verscheuren we de documenten en laten we je vervolgen op grond van een 187.'

'Ik zet mezelf buiten het plaatje omdat ik er niet op sta,' zei Hacker. 'Op het plaatje van de Sentries, jawel. Op het plaatje van hulp met de administratie, dat ook. Maar niet op het Mulholland-plaatje.'

'Je wist dat Ray Gavin een kopje kleiner ging maken.'

'Hij heeft dat nooit met zoveel woorden gezegd.'

'Maar er wel op gezinspeeld,' zei Milo. 'Hij zei dat iemand een scherpe rekening gepresenteerd zou krijgen.'

Hacker aarzelde en knikte.

'En hij heeft het je naderhand verteld?'

'Wie zegt dat?'

'Jullie waren huisgenoten.'

'Maar geen holmaten.'

Milo deed alsof hij een papier ging verscheuren.

Hacker: 'Wat hij zei, was: "Ik heb ons probleem opgelost." Ik heb geen vragen gesteld. Later, een paar dagen later, zijn we thuis high geworden. Hij voelde zich goed en toen vertelde hij me de bijzonderheden. Hij zei dat het een makkie was geweest; dat de jongen verbaasd was en zich niet verweerde.'

'Waarom vermoordde hij Christina Marsh?'

'Omdat ze daar was.'

'Geen ander motief?'

'Hij zei dat ze hem irriteerde omdat ze bij die jongen was.'

'Irriteerde.'

'Dat woord gebruikte hij. Ray kon... kleine woordjes voor grote gevoelens gebruiken. Ik weet zeker dat Christi hem ook al eerder had geïrriteerd, want dat zei hij.'

'Wat had ze misdaan?'

'Eerder wat ze niet had gedaan. Niet beschikbaar zijn wanneer Ray dat wilde. Eén keer had hij wat eersteklas coke gescoord, wilde hij een feestje met haar bouwen en toen kon ze niet. Later gebeurde dat nog een keer. Zei ze dat ze het druk had. Ray kon moeilijk nee accepteren.'

'Hoe had Ray Christi leren kennen?'

'Ergens in een café,' zei Hacker. 'Hij had haar opgepikt.'

'Een café waar?'

'Playa Del Rey. De Whale Watch. Daar kwamen we vaak.'

'En daar was Christi,' zei Milo.

'Daar was ze,' zei Hacker. 'Rijp voor de pluk; zo zei Ray dat.'

'Heb jij ook met haar gefeest?'

Hacker lachte, nam een trekje, duwde zijn bril weer terug, zette hem af en zei: 'Ik moet een kleinere hebben.'

Milo vroeg: 'Heb jij ook met Christi Marsh gefeest, Bennett?'

'Niet echt.'

'Waarom niet?'

'Ray hield niet van delen.'

'Heeft Ray het ooit over een zekere Flora Newsome gehad?'

'Die?' zei Hacker verrast. 'Ja, Flora ken ik wel. Ze was een tijdelijke kracht in een kantoor waar ik heb gewerkt.'

'Kwam Ray daar ook?'

'Ja,' zei Hacker. 'Ray heeft haar trouwens ook gekend; ze zijn een poosje met elkaar omgegaan.'

'Trouwens,' zei Milo.

'Hoezo? Wat heeft zij hiermee te maken?'

'Ze heeft een scherpe rekening gekregen.'

Hackers bijziende ogen werden groot. 'Maak 'm nou.'

'Wist je dat niet?'

'Ik ben na een week of twee overgeplaatst. Het was een bijkantoor. Flora? Die mocht ik wel. Lief meisje, rustig. Ik dacht erover om haar een keer mee uit te nemen, maar Ray was me voor.'

'En Ray hield niet van delen.'

'Heeft hij haar vermóórd?'

'Jazeker,' zei Milo.

'Jammer,' zei Hacker. Zijn stem was zachter geworden en het leek alsof hij het meende.

'Zit je ergens mee, Bennett?'

'Hoe had ze Ray kwaad gekregen?'

'Weet je dat niet?'

'Nee, ik zweer het.'

'Je zei dat Ray liet doorschemeren dat hij vrouwen had vermoord.'

'Ja, maar zoals ik zeg, hij maakte alleen maar toespelingen. Dus dat was Flora. Shit.'

'Vind je dat erg, Bennett?'

'Ja nou. Ik mocht haar graag. Lief meisje. Toen Ray had gezegd dat het uit was, zei ik dat ik misschien zou proberen het met haar aan te leggen. Dat irriteerde hem. Hij zei dat alleen mislukkelingen een twee-dehandsje pakken.' Hacker ging met zijn tong langs zijn lippen. 'Ik heb nog overwogen het toch te doen, want Flora zag ik wel zitten. Maar je moest Ray niet tegen je krijgen. Heeft het in de krant ge-staan?'

'Nee,' zei Milo. 'Het was geen groot nieuws.'

'Flora,' zei Hacker. 'Niet te geloven.'

'Vonden jullie het leuk, samen in dat appartement in de Marina?'

'Dat was zijn idee, niet het mijne,' zei Hacker. 'Hij zou de helft van de huur betalen, dus ik dacht waarom niet, we hebben toch ieder ons eigen leven. Hij heeft maar één maand betaald.'

'Laat me eens raden,' zei Milo. 'Je hebt er niets van gezegd.'

'Ik zeg 't toch.'

'Was Ray een goede huisgenoot?'

'Eigenlijk wel, ja,' zei Hacker. 'Hij maakte zijn bed op, hield het huis schoon. Je weet hoe dat is met bajesklanten; die kunnen heel netjes zijn. Ik dacht dat het me wat geld zou besparen. Mijn idee was het huis te kopen, niet alleen maar te huren. Zelf heb ik een gribusje; je hebt het gezien. Ik hou van de zee. Weet je zeker dat die federale deal sluitend is? Dat ik niet bij iemand zit met wie ik in Californië heb gewerkt? Ik wil niet de hele tijd over mijn schouder hoeven te kij-ken.'

'Waterdicht.'

Hacker nam een trekje en glimlachte. Alle gedachten aan Flora Newsome waren geweken.

'Is er iets geestigs, Bennett?' vroeg Milo.

'Ik zit net te denken,' zei Hacker. 'Als ik die zes jaar heb uitgezeten, word ik toegewezen aan iemand zoals ik.'

46

Het zou nog een tijd duren voordat het hele verhaal van Jerry Quick bekend was.

'Misschien wel nooit,' zei Milo.

Er was een sprankje valse hoop. Een week nadat ik Kelly Quick en haar moeder had gezien, beging ze de eerste fout om een conventioneel mobieltje, geen prepaid toestel, te gebruiken, om Rio de Janeiro te bellen. Milo had een gerechtelijk bevel voor haar nummer gekregen en het telefoontje getraceerd.

'Staybridges Suites Hotel, São Paulo, Brazilië.'

'Brazilië heeft geen uitleveringsverdrag met de vs,' zei ik.

'Het gekke is dat Quick er vier dagen geleden een kamer had geboekt, samen met een vrouw. Hij betaalde contant en is gisteren weer vertrokken; niemand weet waarnaartoe. Ze staan te boek als meneer en mevrouw Jack Schnell, Englewood, New Jersey, en ze hadden paspoorten om dat te bewijzen. De receptionist beschreef het als een winterromance. Grijze man, jonge vrouw, donker, slank.'

'Had ze blauwe nagels?'

'Juist, jij wint de eerste prijs. Volgens de receptionist was hij verliefd tot over zijn oren. De man zei dat meneer Schnell een stringbikini en andere snuisterijen voor mevrouw Schnell heeft gekocht.'

Ik zei: 'Schnell is Duits voor quick.'

'Ja, dat weet ik. Ha, ha, ha.'

Vergissing nummer twee: de MasterCard van Sheila Quick was gebruikt om een kamer te reserveren in een Days Inn in Pasadena. Milo en ik reden ernaartoe en zagen Sheila een pocket lezen bij het zwembad. Ze droeg een dikke ochtendjas. Voor haar geen stringbikini. Ze zag er pips en kleintjes uit. We meden haar en gingen naar haar kamer.

Milo's klop op de deur werd beantwoord door de stem van een jonge vrouw: 'Ja?'

'Huishoudelijke dienst.'

Kelly Quick deed open. Zag eerst hem daarna mij. 'O, nee toch,' zei ze. Ze was op blote voeten, had het haar opgestoken en droeg een bril, een afgeknipte spijkerbroek en een slobberig, olijfgroen t-shirt met de tekst US ARMY SPECIAL FORCES, WE GET THE JOB DONE. Ze had een lijvig wetboek in haar hand.

Milo zei: 'Hallo, Kelly,' en hij liet haar zijn legitimatie zien.

Ze zei: 'Ik heb niets misdaan.'

'Hoe is het weer in São Paulo?'

Ze liet haar gezicht hangen. 'Ik heb het verknald; ik had in een telefooncel moeten bellen. Hij zal...' Ze klemde haar lippen op elkaar.

'Hij zal wat, Kelly?'

Haar ogen vulden zich met tranen. 'Hij zal teleurgesteld in me zijn.'

Milo voerde haar weer de kamer in. Keurig opgemaakte tweepersoonsbedden. Overal slingerden lege frisblikjes, verpakkingen van afhaalmaaltijden en vrouwenkleren. Op een nachtkastje lag nog een stapel wetboeken.

Hij ging op een van de bedden zitten. 'Hoe gaat het met de studie?'

'Het valt niet mee om me te concentreren.'

'Ga je in de herfst weer door?'

'Wie weet.'

'Dit hoeft niet moeilijk te zijn, Kelly.'

'O, nee?' zei ze. 'Laat me niet lachen.'

'Hoe lang ben je van plan zo te leven? En voor je moeder te blijven zorgen?'

Kelly's donkere ogen schoten vuur. 'Ik zorg niet voor haar. Ze is... Ze laat niet voor haar zorgen, je kunt haar alleen in de gaten houden.'

'Zodat ze zichzelf niets aandoet.'

'Ook goed.'

Ik zei: 'Ze heeft behoefte aan echte hulp, Kelly. En jij moet de draad van jouw leven weer oppakken.'

Ze keek me nijdig aan. Er verscheen wat speeksel in haar mondhoeken. 'Als jij het zo goed weet, zeg dan maar hoe.'

'We kunnen je tante bellen...'

'Eileen is een trut...'

'Ze is ook een volwassene en ze woont in Californië. Jij moet weer terug naar Boston.'

'Ja hoor.' Ze knipperde met haar ogen.

Ik zei: 'Daar kunnen we je bij helpen.'
'Vast.'
Milo vroeg: 'Waar gaat je vader naartoe?'
'O nee, val maar dood met jullie hulp. Laat me met rust.'
'Heb je dat t-shirt van je vader gekregen?' vroeg Milo.
Geen antwoord.
'Ik heb wat naspeuringen gedaan, Kelly. Ik heb een website gevonden waaruit bleek dat hij naar een legerreünie was geweest. Wat er niet bij stond, was dat hij bij de Special Forces heeft gezeten. Als gediplomeerd sluipschutter.'
Kelly deed haar ogen dicht.
Milo zei: 'Ik heb zelf in Vietnam gevochten, ik ken die eenheid. Hij heeft heel wat gevaarlijke situaties meegemaakt.'
'Ik zou het niet weten.'
'Daar geloof ik niets van, Kelly. Ik durf te wedden dat je vader je een heleboel heeft verteld.'
'Dan zou je je weddenschap verliezen.'
'Iets anders wat uit mijn onderzoek is gebleken, is dat niemand enige aanwijzing kan vinden dat je vader ooit in metaal heeft gehandeld. We weten wat hij echt voor de kost deed, Kelly. Zijn laatste klus was voor een meneer uit Afrika. Heeft hij je dat verteld? Heeft hij verteld wat hij deed om de rekeningen te betalen?'
Ze wendde zich af. 'Hij was zakenman. Hij heeft ons onderhouden.'
'Waar is hij dan nu?'
Ze schudde haar hoofd.
'In Brazilië,' zei Milo. 'Met een meisje dat niet veel ouder is dan jij.'
'Dat mag hij,' schreeuwde Kelly. 'Hij heeft zijn best gedaan, voor... haar. Voor mijn moeder. Je hebt geen idee hoe het zit.'
'Je moeder is een taaie.'
'Mam is...' Ze wierp de handen in de lucht. 'Mam is wie ze is.'
'Dat is nou precies de reden waarom jij je niet gedwongen mag voelen om voor privé-verpleegster te spelen.'
'Ik bén haar verpleegster niet; je weet niet waar je het over hebt.'
'Luister,' zei Milo. 'Het is alleen maar een kwestie van tijd. Wij gaan spitten, en we komen erachter hoe hij aan zijn geld is gekomen en waar hij het bewaart. Als het zover is, wordt de geldkraan voor je moeder dichtgedraaid.'
Kelly keek hem aan. 'Waarom doen jullie dit? Mijn broer is dood, mijn moeder is ziek en hij is weg. Heb ik soms geen recht op een leven?'
'Absoluut. Dat heb je zeker.'

'Laat me dan met rust!' schreeuwde ze. 'Laat me dan in godsnaam met rust!' Ze ging op bed liggen en krulde zich op. Haar gezicht vertrok en ze stompte op het matras.

Milo keek me hulpeloos aan.

'Kom op,' zei ik.

We stopten bij een tentje aan Colorado Boulevard om koffie te drinken en de theorie te bespreken.

'Protais Bumaya bestaat,' zei hij. 'Jij hebt hem gezien, ik heb hem gezien. Maar er is geen enkel bewijs dat hij het land in is gekomen, noch dat hij is vertrokken. En die namen die hij ons heeft gegeven? Die zogenaamde vrienden? Nep. Ik heb niet de moeite genomen om het na te trekken. De man heeft me goed tuk gehad.'

'Waarschijnlijk is hij meegelift met de een of andere diplomatieke missie.'

Hij wees naar me. 'Alweer raak. Vorige maand heeft een handelsdelegatie uit Rwanda een rondreis door Amerika gemaakt. De naam Bumaya staat niet op de lijst, maar wat zegt dat nou? Ondertussen is de heer McKenzie, de voormalige consul van Rwanda in San Francisco, erg vriendelijk maar weinig behulpzaam.'

Ik bedekte mijn ogen, toen mijn oren en daarna mijn mond.

'De TR heeft die achtertuin aan Spalding onderzocht. De eigenaar was al een maand de stad uit, de poort zat op slot, maar het was een koud kunstje om eroverheen te klimmen. Je had er prachtig zicht op de picknicktafel en je kon je makkelijk achter een grote bananenstruik verbergen. Vochtige aarde; je zou zeggen dat er wel een schoenafdruk zou zijn, maar *nada*. Niet één afdruk, geen patroonhulzen, geen peukjes.'

'Jerry is een pro,' zei ik. 'Freelancer voor vreemde mogendheden. Perfecte civiele overgang voor een rusteloze ouwe stomp van de Special Forces.'

'Ik heb de TR van Beverly Hills zijn huis overhoop laten halen. In een kast in zijn garage hebben ze wat kruitsporen en ijzervijlsel aangetroffen, maar geen wapens. Maar het was een grote, afsluitbare kast; groot genoeg voor een flinke voorraad. Wapens, viziers, al die mooie dingen.'

'Dus Bumaya heeft Quick in de arm genomen om die vermoorde jongens te wreken,' zei ik. 'En misschien ook nog een paar andere mensen. Quick hield Larsen goed in de gaten. Hij kwam achter die zwendel en heeft het juiste moment afgewacht. Misschien zocht hij naar een manier om de hand op Larsens fraudegeld te leggen. Misschien dacht hij erover om Larsen te ontvoeren, zodat hij hem kon dwingen zijn pincodes af te staan, of de toegangscodes voor zijn buitenlandse rekeningen. Hij heeft het verband gelegd tussen Larsen en Mary Lou en tussen Mary Lou en Sonny Koppel. Hij heeft een pand van Sonny gehuurd om dichter bij het vuur te zitten. Vervolgens kreeg Gavin een ongeluk en dat bezorgde hem een nieuwe mogelijkheid: hij wist dat Mary Lou bij de zwendel betrokken was, maar met haar had hij geen appeltje te schillen. Hij kletste wat met Sonny en kreeg die zover dat hij hem naar Mary Lou verwees. Als zijn zoon in therapie was, had hij een excuus om in het pand te zijn. Mary Lou speelde de bal door naar Gull, maar dat was geen probleem voor Jerry. Weet je nog dat Gull zei dat Gavin door Jerry voor zijn eerste sessie was gebracht, en niet door Sheila?'

'Bezorgde vader,' zei hij. 'Een door de Special Forces opgeleide pro, en hij betaalt zijn huur niet op tijd.'

'Iedereen heeft zijn zwakheden,' zei ik. 'Geld was de zijne. Een leven in Beverly Hills van onregelmatige huurmoorden bekostigen kan best een stressbestaan zijn geweest. Bovendien moest hij de schijn van aanzien ophouden en hield hij er een maîtresse op na. Een aanzienlijk honorarium zou hem wat speelruimte hebben verschaft. Daarom heeft hij zich op die zwendel gericht. Vervolgens gooide Gavin roet in het eten met zijn eigen spionagespelletje. Hij schreef autonummers op, dat van zijn vader incluis. Die bewuste avond was Jerry zijn zoon misschien gevolgd. Of hij was met zijn eigen surveillance bezig en had geen idee dat Gavin hém in de smiezen had. Misschien heeft Gavin het hem zelfs verteld, en heeft Jerry zijn zoon een smoesje opgehangen en hem gewaarschuwd de zaak te laten rusten. Maar Gavin was obsessief. Hij zette door en werd vermoord. Jerry wist waarom, en nu had hij nog een reden om Larsen een kopje kleiner te maken. Plus een tweede doelwit: Degussa. Hij haalde Gavins kamer leeg om te kijken hoeveel Gavin precies wist, en ook om elk verband met hem te vernietigen. Vervolgens dook hij onder.'

'Larsen en Degussa. Ik heb hem rechtstreeks de weg gewezen.'

'Zit je daarmee?'

'Voor geen meter. Denk je echt dat Gavin z'n ouweheer heeft geconfronteerd?'

'Het is moeilijk te zeggen hoeveel ze communiceerden, afgezien van Jerry's pogingen om Gavin aan vrouwen te helpen. De eerste keer dat we Jerry spraken, vertelde hij dat Gavin en hij dik met elkaar waren, maar ik weet nog dat ik dacht dat er iets niet klopte. Het leek erop dat hij het contact met zijn familie kwijt was. Het feit dat Kelly niet meteen overkwam was ook raar. Dit gezin is uiteindelijk uiteengevallen, maar dat zat er allang aan te komen. Gavins ongeluk zal voor geen van hen makkelijk zijn geweest, Jerry incluis.'

'Je hebt met die man te doen,' zei hij. 'Maar als we in zijn reisschema duiken, weet jij ook wel dat we op een heleboel dooien gaan stuiten.'

'Als dat mensen zijn zoals Albin Larsen, zal ik er geen traan om laten.'

Hij glimlachte. 'We doen allebei aan waardeoordelen.'

'Dat is menselijk.'

'Jij vindt dat ik zijn reisschema maar met rust moet laten.'

'Ik vind Kelly Quick een prima meid. Wat heeft zij nu op haar kerfstok, behalve trouw zijn aan haar ouders?'

'Ja,' zei hij. 'Misschien gaat ze zelfs wel terug naar de universiteit om advocaat te worden. Wat dat ook moge betekenen in het grotere plaatje.'

En dat was de laatste keer dat we de familie Quick bespraken.

47

Vrijdagmorgen 10.00 uur. Allison en ik zouden over acht uur naar Las Vegas vliegen. ('Wat dacht je van iets ongezonds, Alex? Wat dacht je van een heleboel herrie en licht, en wat zuurverdiend geld aan de goktafels verspelen?')

Ik wilde wat langdurig verwaarloosde administratie doen en met onbezwaard gemoed vertrekken.

Milo belde om 11.14 uur en zei: 'Ik moet je een gunst vragen, maar als je vol zit, mag je het gewoon zeggen.'

'Wat dan?'

'Zo te horen val ik je lastig.'

'Wat moet er gebeuren?'

'Het heeft even geduurd voordat ze het lichaam van Christi Marsh vrijgaven voor de begrafenis. Cody Marsh is teruggegaan naar Minnesota. Hij heeft een plek voor haar gevonden en nu is hij weer terug. Hij is onderweg naar het mortuarium, heeft nog vragen over de manier waarop ze aan haar eind is gekomen en wil ons daar spreken. Ik wil het wel doen, maar met al dat werk aan de zaak Gavin-Mary Lou-Flora en een nieuwe zaak – twee omgelegde drugsdealers in Mar Vista – zit ik tot m'n nek vol.'

'Wanneer heb je die nieuwe zaak gekregen?'

'Drie uur geleden,' zei hij. 'Niks bijzonders, maak je niet druk. Ik hoef jou nergens mee lastig te vallen. Maar het komt erop neer dat ik geen tijd heb om met onze Cody te praten en hem de gevoeligheid te betonen die hij verdient.'

'Wat moet hij weten?' vroeg ik.

'Niet de hele waarheid, dat is zeker. Leg de nadruk maar op Christi's goeie kanten. Dat laat ik aan jouw wijze discretie over.'

'Hoe laat is hij in het mortuarium?'

'Over twee uur.'

'Oké,' zei ik.

'Bedankt,' zei hij. 'Zoals gewoonlijk.'

Ik reed naar Boyle Heights en vond een parkeervak op het terrein voor het kantoor van de lijkschouwer. Toen ik uit de Seville stapte, hotste er een rokende, oude Chevrolet het terrein op, die zich log op een vak dicht bij het mijne installeerde.

Sonny Koppel stapte uit, bedekte zijn ogen tegen het felle zonlicht en tuurde naar het bord boven de deur. Zijn gezicht vertrok. Hij droeg een geel overhemd met korte mouwen op een gekreukte broek van grijs katoen en witte tennisschoenen. Zijn haar was platgekamd met brillantinegel en zijn gezicht had een ongezonde rode kleur.

Hij liep naar de ingang. Bleef staan toen hij mij zag en hield de adem in.

'Hallo,' zei hij. 'Wat doet u hier?'

'Ik heb hier met iemand afgesproken.'

'Heeft het iets met Mary te maken?'

'Nee,' zei ik.

'Er vallen veel dooien,' zei hij. 'Ik ben er om Mary's lichaam op te halen. Ik probeer het al weken, maar juridisch heb ik er niets over te zeggen, omdat we niet meer getrouwd waren. Uiteindelijk heb ik de bureaucraten weten te vermurwen.'

'Dat kan heel lastig zijn, ja.'

'Het belangrijkste is dat ik nu toestemming heb.' Hij zuchtte. 'Mary heeft nooit gezegd wat ze in dit soort situatie wilde. Ik neem maar aan dat ze voor crematie zou kiezen.'

Hij keek mij aan alsof hij om raad vroeg.

Ik zei: 'U zult het wel 't beste weten.'

'O ja?' zei hij. 'Ik denk het niet. Ik vind niet dat ik zoveel weet.'

'U hebt uw best voor haar gedaan.'

'Dat is vriendelijk van u.'

'Ik denk dat het waar is.'

Hij maakte puffende geluidjes met zijn lippen. 'Ik hoop dat u gelijk hebt.'

We waren bij de glazen deuren. Ik hield er een voor hem open.

'Bedankt,' zei hij. 'En nog een prettige dag.'

'U ook.'

'Het is moeilijk genoeg,' zei hij, 'maar ik doe m'n best.'